Sur l'auteur

Aslak Nore est né en 1978 et a grandi à Oslo. Après des études à la New School for Social Research de New York, il rejoint le bataillon d'élite norvégien Telemark en Bosnie, avant de travailler comme journaliste au Moyen-Orient et en Afghanistan. Auteur de plusieurs best-sellers et lauréat du prix Riverton pour le meilleur roman policier en Norvège en 2018, il vit aujourd'hui à Marseille.

ASLAK NORE

LE CIMETIÈRE DE LA MER

Traduit du norvégien
par Loup-Maëlle Besançon

10
18

LE BRUIT DU MONDE

NORLA
Norwegian
Literature Abroad

This translation has been published
with the financial support of NORLA.

Titre original :
Havets kirkegård

ISBN 978-2-264-08314-2
Dépôt légal : avril 2023

NOTE DE L'AUTEUR

Ceci est un roman. Les lieux, les événements et les personnages sont fictifs. À quelques exceptions près, évoquées plus en détail dans les remerciements. Tout ce qui a trait au contexte du naufrage de l'express côtier DS *Prinsesse Ragnhild* le 23 octobre 1940 s'appuie sur des sources documentaires.

Parmi celles-ci, les plans du navire me sont parvenus grâce à l'aide d'une bonne âme du musée de l'Express côtier de Stokmarknes. Le récit se fonde également sur le procès-verbal maritime du tribunal d'instance de Salten, et plus particulièrement sur le témoignage du capitaine Knut Indergård de Batnfjordsøra, un document resté jusqu'alors inconnu du grand public. Il m'a été transmis par la Société historique de la navigation norvégienne du Nordmøre et propose un nouveau récit des événements du 23 octobre 1940.

Indergård et l'équipage du cargo MK *Batnfjord* – l'officier de pont Petter Søholt de Molde, le chef mécanicien Johan Brevik de Smøla, l'officier mécanicien Hans Lie de Kristiansund et le maître d'hôtel Oskar Mortensen – ont accompli en Norvège un des sauvetages les plus héroïques de la Seconde Guerre mondiale, sans qu'aucune reconnaissance leur ait jamais été témoignée.

Ce livre est dédié à ces hommes qui repêchèrent plus de cent quarante Norvégiens et soldats allemands dans l'océan polaire ce jour-là, ainsi qu'à tous ceux qu'ils ne parvinrent pas à sauver et qui furent ensevelis dans le cimetière de la mer.

PROLOGUE

Dagens Næringsliv, 4 août 2006

Le médecin humaniste

Hans Falck a sauvé des milliers de vies humaines. En revanche, il a souvent oublié les anniversaires de ses enfants.

PAR JOHN O. BERG

Liban, septembre 1982. Dans l'obscurité, le jeune médecin traverse d'un pas vif le camp de réfugiés de Chatila à Beyrouth. D'une main, il tient un grand sac rouge de premiers secours. Au creux de son bras libre, il porte un nouveau-né enroulé dans une couverture.

Hans Falck sent l'odeur de poudre et d'excréments, une puanteur qu'il retrouvera à maintes occasions au cours des décennies suivantes et qui, chaque fois, lui évoquera ce soir à Chatila. Celui où une milice de phalangistes chrétiens est entrée dans le camp. Sous prétexte d'y débusquer des militants palestiniens qui s'y cacheraient. Le carnage est en cours et les phalangistes n'épargnent personne. Des voix, des cris et des rafales de tirs éparses retentissent autour de lui.

Une fusée déchire le ciel. L'instant suivant, c'est comme si un filtre coloré gris argenté éclairait les bâtiments d'une lumière irréelle. Falck s'immobilise. Les morts gisent entre les tas d'ordures, les rations de combat et les bouteilles d'alcool : de jeunes hommes émasculés, des femmes enceintes éventrées, des enfants, des nourrissons. Sur la gauche de son champ de vision, à une vingtaine de mètres de lui, il distingue un amas de corps : des mères protégeant leurs petits, des hommes s'étreignant étroitement. Tous ont un petit trou dans le front. Ils ont été exécutés d'une balle à bout portant.

La fusée s'éteint. Aussitôt, la lumière disparaît, de la même manière que lorsque l'on appuie sur un interrupteur. Au niveau de l'entrée sud du camp, il entraperçoit les contours de maisonnettes explosées. Derrière elles, une barrière de miliciens encercle les fondations.

C'est alors qu'il entend les pleurs étouffés mais pénétrants du nouveau-né. Il se réfugie derrière une poubelle et s'agenouille tout en essayant de bercer le bébé.

Se pourrait-il que quelqu'un le voie ? Non, il est caché.

Il doit agir, autrement ils lui enlèveront l'enfant. Il ouvre la fermeture Éclair du sac contenant le matériel de premiers secours. Il retire les flacons en plastique d'alcool et de solution saline, puis la civière pliable tout au fond : ils prennent trop de place, comme les cathéters, les stéthoscopes et les tensiomètres. Les bords pointus de ces appareils pourraient blesser l'enfant à la tête.

Une poche latérale renferme une bouteille de whisky de la marque Johnnie Walker, Black Label. Un cadeau des dirigeants palestiniens qu'il a rencontrés. Il le sait, sans réellement le savoir : tous sont désormais morts.

Il dévisse le bouchon et plonge le bout du doigt dans le goulot. Il fait inhaler l'odeur de l'alcool au nouveau-né, avant d'enfoncer son doigt dans sa petite bouche. Le bébé le tète avec la force caractéristique du nouveau-né. L'enfant vagit doucement, puis se tait. Avec précaution, il dispose les couvertures au fond du sac de façon à former un petit lit, y installe le corps léger, le recouvre de garrots et de fines bandes de gaze, et remonte la fermeture Éclair.

Falck saisit le sac et commence à s'avancer en direction des miliciens. À cette époque où il est connu pour son charme, il est tout aussi capable de « séduire le fisc que les responsables politiques ou les femmes en niqab », pour reprendre les mots d'un de ses collègues. Ce terrible soir de 1982, le docteur Falck se trouve face à une des plus grandes épreuves de sa vie : réussir à faire sortir un nouveau-né d'un camp pendant qu'un massacre y est perpétré.

Liban, été 2006. Plus de vingt ans ont passé depuis les massacres des camps palestiniens qui ébranlèrent la planète. Entre-temps, beaucoup d'eau a coulé sous les ponts. Certaines choses cependant demeurent : le Liban est encore en guerre et Hans Falck a toujours le teint aussi hâlé, la peau aussi lisse et le pas aussi léger que dans les années soixante-dix. Il n'a rien perdu non plus de son charme canaille, celui du fils de l'armateur de Bergen qui séduisait ces dames, déguisé en ouvrier autoprolétarisé, et prétendait collectiviser de force les compagnies maritimes paternelles « à la Révolution ».

« Mais le tribunal des successions nous a devancés », plaisante Falck en adressant un compliment à une comédienne palestinienne qu'il croise dans le bar du Mayflower, l'hôtel légendaire où il loge quand il est à Beyrouth.

« Nous ne l'appelons que Hans *Saqr*, dit en rougissant la jeune femme. Cela signifie aussi *faucon* en arabe. »

Bien sûr, Falck commande deux Johnnie Walker, sans glace : « Boire l'alcool de l'Organisation de libération de la Palestine s'impose », déclare-t-il.

« À la vôtre ! ajoute-t-il en levant le verre de cristal. Aux vivants, aux morts et aux opprimés ! »

Soyons clairs : notre homme ne fait en aucun cas partie de cette dernière catégorie, puisqu'il est issu de la puissante dynastie Falck qui, tout au long du XXe siècle, joua un rôle central dans la vie du pays en tant qu'armateurs, bienfaiteurs et hommes politiques. Son grand-père paternel, le « Grand Thor », un armateur célèbre, mourut pendant la guerre dans le naufrage d'un express côtier et la croix de guerre avec épée lui fut attribuée à titre posthume, pour sa contribution à l'organisation de la Résistance sur le littoral norvégien.

Depuis cette époque, la famille Falck s'est divisée en deux branches principales. Celle de Bergen, à laquelle appartient Hans Falck, habite un domaine à Fana, une banlieue huppée du sud de la ville. De mauvaises langues soutiennent que ce clan a été lésé lors du partage du patrimoine familial, ce qui pourrait laisser présager une guerre de succession entre les Falck d'Oslo et ceux de Bergen.

« Oh non, croyez-moi, ça ne risque pas d'arriver ! nous assure Hans Falck. En tant que communiste, je suis, par principe, contre l'institution de l'héritage. Rien ne renforce davantage les inégalités que la transmission du patrimoine. Qui plus est, sourit-il, j'estime qu'avoir perdu tous nos biens est plutôt un privilège. Une chance. Le problème des riches, c'est qu'ils vivent avec la peur qu'on leur pique leur fric. On ne peut être libre qu'après avoir tout perdu. »

Ce qu'on ne peut définitivement pas dire de l'autre branche de l'empire Falck, le clan d'Oslo comme on l'appelle. L'oncle de Hans, Olav Falck, a été ministre de la Défense et se trouve aujourd'hui à la tête de l'influent groupe SAGA qui a ses quartiers généraux à Rederhaugen, en périphérie d'Oslo. Ce nabab qui fuit les médias pèserait dans les dix milliards mais le poids de son influence ne se mesure pas en argent.

Il semblerait bien que nous soyons là en présence de la fracture classique dans l'histoire norvégienne entre la culture entrepreneuriale de la côte et l'élite administrative d'Oslo.

« Vous savez, nous les Berguénois, la capitale ne nous intéresse guère, déclare Hans en riant. Je dirais seulement que quand je prends l'avion pour aller en Europe ou au Moyen-Orient, je ne fais jamais escale à Oslo, à moins d'y être obligé. »

Le patriote de Bergen, le rouge idéaliste, le bourgeois bohème. Ce ne sont pas les épithètes qui manquent pour décrire Hans Falck. Quel que soit le sujet de conversation ou presque, il a toujours le bon mot et un sourire espiègle au coin des lèvres. Mais selon ceux qui le fréquentent de près, Hans Falck est une véritable poupée russe : dès que l'on commence à gratter, un nouveau visage apparaît. Il connaît la moitié du Moyen-Orient, tant les hommes politiques importants que les chauffeurs de taxi de la rue Hamra, mais reste un mystère pour ses proches. L'homme dont le rire contagieux retentit dans le hall de l'hôtel a vu plus de souffrance que n'importe quel autre Norvégien de sa génération, mais n'en semble pas affecté. Le médecin célèbre bien au-delà du cercle médical pour avoir sauvé des milliers d'exclus dans les pires zones de conflit dans le monde a oublié plus d'une fois les anniversaires de ses enfants. Le féministe qui marche en tête du défilé du 8 mars a trompé sans vergogne toutes ses femmes. Mais à cela aussi, Hans Falck sait quoi répondre. « Pour paraphraser Hemingway : j'aime les communistes quand ils sont médecins, mais je les déteste quand ils sont prêtres. Je ne suis qu'un être faillible comme un autre. »

Il n'y a rien qui puisse le déstabiliser ?

Si, de fait.

Quand on lui demande s'il a déjà aimé quelqu'un d'autre que les opprimés de ce monde et lui-même. Pour la première fois, son regard vacille, il s'agite sur son siège. Il ne répond pas directement, néanmoins il fournit peut-être une réponse.

Liban, septembre 1982. Les miliciens puent l'alcool à plusieurs mètres de distance. Plutôt cela que l'odeur de la mort, pense Hans. Les jeunes hommes ont le regard vague, un foulard sur le nez et pointent le canon de leur fusil vers lui. Dans son dos, plusieurs rafales de tirs et des cris diffus retentissent, suivis d'un silence.

« Nous avons une opération en cours contre des terroristes palestiniens, l'informe un lieutenant. En tant qu'étranger, vous avez eu la possibilité de quitter le camp avant qu'elle ne soit lancée. »

Le phalangiste allume une cigarette. « Que vous n'ayez pas profité de l'opportunité qui vous était offerte indique que vous appartenez, vous aussi, aux groupes d'activistes. »

Parmi les soldats les plus jeunes, tout juste adolescents, quelques-uns chargent leur arme et font un pas menaçant dans sa direction.

« J'ai été appelé pour un accouchement, répond Hans.

— Les nourrissons d'aujourd'hui sont les terroristes de demain, déclare le lieutenant, en donnant l'impression de cracher ses mots. Il est où, le bébé ? »

Hans a la paume des mains en sueur, il se rend compte que le sac est sur le point de lui glisser des doigts. Un seul bruit de l'enfant ou une fouille du sac, et ils sont morts, tous les deux.

« Je ne sais pas, répond Hans. La dernière chose que j'ai vue, c'est la prise d'assaut de la maternité.

— Vous venez d'où ?

— De Norvège… un pays chrétien… ami d'Israël… des liens étroits. »

La bouche du lieutenant se tord dans une grimace, puis il échange quelques mots avec son voisin. Avant d'adresser un hochement de tête à Hans. « Vous pouvez y aller. »

Intérieurement, Hans pousse un soupir de soulagement.

« Mais d'abord, montrez-nous votre sac. »

Que faire ? Hans pose le sac par terre avec précaution. Ouvre délicatement la fermeture. Les miliciens sont penchés au-dessus de lui. Le visage du nouveau-né est caché, mais Hans remarque le très léger mouvement de la couverture, c'est la respiration d'un nouveau-né.

Est-il le seul à le voir ?

Il sort la bouteille de Johnnie Walker et la tend au lieutenant.

« Vous en avez plus besoin que moi », dit-il.

L'officier libanais scrute l'étiquette. Heureusement, le sac n'éveille pas ses soupçons. Il s'empare de la bouteille et lui intime de dégager. « *Get lost!* » lâche-t-il.

Les mains de Hans tremblent si fort qu'il ne parvient pas à fermer la fermeture Éclair, il est comme en état d'apesanteur et engourdi tandis qu'il se dirige vers la liberté, avec les armes des phalangistes libanais braquées sur lui ; si les soldats venaient à faire feu maintenant, se console-t-il, ils se tireraient dessus. Il rentre à l'hôtel, le même hôtel que celui où il est assis vingt-cinq ans plus tard dans un canapé Chesterfield marron foncé, alors qu'une ombre passe sur son visage plein d'assurance.

« Et l'enfant, qu'est-il devenu ?

— Je l'ai laissé entre de bonnes mains. J'ai promis à sa mère de ne jamais révéler son identité, et je compte bien tenir cette promesse. Mais j'espère qu'il a eu une plus belle vie que la sienne. »

PREMIÈRE PARTIE

L'À-PIC

Chapitre 1

Un faucon prêt à prendre son envol

De tout temps, sa grand-mère, Vera Lind, avait prédit que la propriété familiale périrait avant elle. Qu'entendait son aïeule par là ? Était-ce une façon de se déclarer immortelle ou une malédiction qu'elle proférait contre ses descendants ? Personne ne le savait exactement. Vera n'était pas écrivaine pour rien, mais de toutes les histoires qu'elle avait racontées, aucune n'effrayait autant Sasha que celle-ci.

Son nom de baptême était en réalité Alexandra Falck, mais depuis sa plus tendre enfance, sa grand-mère insistait pour l'appeler Sasha, ou *Sashenka* – petite Sasha –, en hommage à l'arrière-grand-père russe dont personne n'avait jamais vu ne serait-ce qu'une photo.

En proie à une insomnie, elle s'était levée tôt, avait enfilé un pull à col roulé bleu marine et un blazer en tweed. Pour exécuter les tâches pénibles, il était important d'arborer une tenue formelle. La veille, elle avait découvert qu'un des doctorants travaillant sur les archives qu'elle dirigeait avait consulté les fichiers du rapport annuel de la fondation pour l'année 1970, enfreignant ainsi la clause de confidentialité qu'il avait signée. Les engagements non tenus était une chose qu'elle ne prenait pas à la légère.

Avoir ce doctorant qui fouinait dans les archives était déjà bien assez désagréable, mais surtout, elle y reconnaissait un symptôme. Elle le sentait, comme on sent dans le fond de l'air qu'une saison en remplace peu à peu une autre : des histoires demeurées longtemps cachées étaient sur le point de remonter à la surface.

Qu'avait voulu dire sa grand-mère en déclarant que vérité et loyauté envers la famille allaient parfois à l'encontre l'une de l'autre ?

Sasha sortit de la maison du gardien du domaine où elle habitait avec son mari et ses filles. Les petites étaient chez un couple d'amis, dans leur chalet de vacances. Mads était parti en Asie pour le travail. Au début de leur mariage, il avait osé laisser entendre qu'ils risquaient d'étouffer en vivant sur une propriété qui abritait à la fois le siège de l'entreprise familiale et plusieurs autres membres du clan. Sasha était entrée dans une colère noire, comme souvent quand quelqu'un pointe du doigt une évidence dérangeante à propos d'une chose que l'on aime.

Il était hors de question de s'installer ailleurs.

Rederhaugen se trouvait dans les quartiers ouest de la capitale, à un court trajet en bateau du centre-ville. Sasha se dirigeait à présent vers la place où s'arrêtait la longue allée d'érables. Le pâle éclat du gel avait coloré le paysage pendant la nuit. Un souffle d'air glacial passa sur son visage et transperça sa veste. Malgré elle, elle frissonna.

Bien qu'elle ait toujours vécu ici, une vague d'amour et d'attachement à cet endroit la submergeait encore régulièrement. C'était son monde. Dans son esprit, la propriété et la famille se confondaient l'une avec l'autre, elles étaient un prolongement d'elle-même, avec les grands rochers plats légèrement inclinés à l'ouest du domaine où elle se baignait enfant, les pontons et les hangars à bateaux sur la pointe sud, les pelouses parfaitement planes qui devenaient émeraude en été, auxquelles succédait la pinède au silence épais, qui, à l'est, débouchait sur une paroi à pic et le chalet de Vera, l'endroit où elle écrivait et logeait.

À partir de la fontaine asséchée sur la place au bout de l'allée, elle prit un sentier gravillonné menant à une bâtisse crépie de blanc qui s'élevait sur trois niveaux et dominait la propriété située sur une hauteur herbue. Une demeure ornée de colonnades, d'encorbellements, de balcons en fer forgé ouvragés comme de la dentelle et d'une tour ronde d'allure médiévale au sommet crénelé.

Vera était de nature conservatrice. Les changements l'effrayaient et la contrariaient. Lors d'une dispute, Mads avait objecté qu'une personne de sa condition – un jour, elle, son frère et sa sœur hériteraient de ce qui était sans doute une des plus belles propriétés de Norvège, d'un conglomérat estimé à plusieurs milliards de couronnes et d'une fondation philanthropique – n'avait rien à gagner à des bouleversements révolutionnaires. Ce en quoi il avait raison, mais le conservatisme de Sasha allait encore plus loin : au fond, la seule chose qui comptait à ses yeux, c'était la famille.

Pour elle, rien n'importait plus que la loyauté à l'égard des siens, et quand les personnalités les plus fortes de son clan entraient en conflit – sa grand-mère et son despote de père vivaient ainsi depuis un demi-siècle sur le même domaine en ne s'adressant que rarement la parole –, elle considérait comme son devoir de rétablir l'équilibre entre les deux extrêmes.

Elle passa par l'entrée du rez-de-chaussée à l'arrière du corps de logis, puis s'engagea dans la bibliothèque où se situait son bureau. Dans sa boîte aux lettres, elle découvrit une carte portant l'inscription « Finse 1222 » :

N'oublie pas notre excursion sur le glacier du Hardangerjøkulen. Je t'aime. M.

C'était tout lui, ce genre de petites surprises. Le fait que Mads ait réussi à mettre la main sur une carte postale de Finse et qu'il ait pris la peine de la lui envoyer avant de partir l'emplit de tendresse. Plus jeune, elle y aurait vu une tentative cynique pour l'impressionner et n'aurait guère attaché d'importance à ce geste. Aujourd'hui elle y voyait de l'amour.

Elle s'assit dans le fauteuil Eames en cuir marron.

En tant que directrice du musée de la Fondation SAGA, elle était responsable du personnel, qu'il s'agisse des employés permanents ou des doctorants. Elle ouvrit le calendrier. Rendez-vous : 8:00-8:10. Sasha regarda l'heure. Il lui restait quinze minutes. Elle était pleine d'appréhension.

Au cours de cette dernière année, elle avait dirigé la mise en place d'un ambitieux projet mené en collaboration avec l'Abteilung Militärarchiv, le service fédéral des archives militaires allemandes à Freiburg. Quand elle parlait du projet à des personnes de l'extérieur, assez régulièrement leur regard devenait fuyant. Les archives n'avaient rien de sexy, mais c'était bien là le cadet de ses soucis. Pour elle, c'était l'histoire avec un grand H qui apparaissait à travers les lettres et les télégrammes succincts et ce travail de défrichage lui convenait parfaitement. Certes, sa grand-mère affirmait que la recherche historique était aussi peu objective qu'un roman mais, comme bien souvent, elle exagérait.

La collaboration avec l'Abteilung Militärarchiv consistait à réunir les informations concernant les centaines de milliers de soldats allemands stationnés sur le territoire norvégien pendant la guerre. Dans la base de données, la famille, les historiens ou autres pouvaient effectuer une recherche à partir d'un nom, un numéro de plaque d'identité militaire ou ce genre de choses, et avoir accès aux renseignements existants. Ce projet posait des défis logistiques de taille, mais la grande idée de son père était de faire mieux connaître la fondation en Allemagne.

On frappa à la porte, une fois, deux fois, mais elle ne répondit que quand sa propre montre indiqua 8 heures.

« Entrez. »

Le doctorant Sindre Tollefsen s'avança d'un pas prudent dans le bureau. Ses vêtements n'étaient plus de toute première jeunesse, ses tempes avaient commencé à se dégarnir et il ne lui restait plus sur le haut du front qu'une touffe de cheveux hirsutes. Il la considéra d'un regard doux, légèrement fuyant, dans lequel se lisait l'incertitude. Il devait avoir à peu près son âge.

« Asseyez-vous », dit-elle, et il obtempéra. Elle pensa à toutes les personnes que son père avait dû licencier ou mettre à la porte.

Mais comment faisait-il ? Personnellement, ça lui était très pénible.

« Commc vous le savez, commença-t-elle avec hésitation après s'être raclé la gorge, la Fondation SAGA collabore depuis longtemps avec l'université en permettant aux doctorants de se servir de ses archives durant leurs études et pour leurs recherches. Une collaboration qui repose sur une confiance mutuelle. Nous vous devons des contributions importantes sur la guerre, et vous avez participé activement au projet mené avec les Allemands. »

Il déglutit, sa pomme d'Adam saillante se souleva et s'abaissa. Sasha avait été emballée par le sujet de thèse de Tollefsen. Il travaillait sur les mouvements de résistance antinazie dans les forces armées du IIIe Reich en Norvège. Ses travaux s'appuyaient sur l'histoire totalement méconnue de deux sous-officiers allemands exécutés à Kristiansand à la fin de la guerre. Une telle thèse était susceptible de faire bouger les lignes de la recherche.

« Mais, ajouta Sasha, dans le contrat que vous avez signé, il y avait une condition formelle pour accéder à nos archives, une clause de confidentialité, celle-ci s'appliquant à la fois aux soldats allemands et à tout ce qui touche à SAGA et à nos affaires familiales. »

À cet instant seulement, le doctorant sembla comprendre la gravité de la situation. « Comment savez-vous…

— Je ne peux pas vous expliquer plus en détail notre procédure de sécurité interne », répondit-elle.

En réalité, pour la mise en place de ce système, le chef de la sécurité de Rederhaugen avait pris pour modèle celui de l'Assurance maladie, où l'on pouvait voir qui se connectait aux archives et les pages consultées par cette personne. La veille, après son entretien houleux avec Vera, Sasha avait souhaité compulser des documents numérisés et, en se connectant, avait découvert dans l'historique des recherches l'identifiant du doctorant. Elle n'aimait pas que l'on s'immisce d'aussi près dans l'histoire de sa famille. Sur ce point, elle était comme son père.

« Vous avez consulté les procès-verbaux des conseils d'administration de Saga pour les années 1969 et 1970, dit-elle. Ce sont des documents internes, sans aucun intérêt pour vos recherches ou le grand public.

— Sans aucun intérêt pour le grand public ?! » Le doctorant avait haussé la voix.

« Exactement, répliqua Sasha. Comme vous le savez peut-être, notre famille fait preuve de la plus grande réserve à l'égard de la presse. Vous n'avez jamais lu de reportages effectués à Rederhaugen et vous n'en lirez jamais. La loyauté et la discrétion sont nos principaux signes caractéristiques. »

De la pointe de son stylo-bille, elle frappa le sous-main en cuir sur son bureau.

« Quoi qu'il en soit, vous avez abusé de la confiance que nous vous avons accordée, c'est pourquoi vous perdez avec effet immédiat votre poste ici et l'accès aux archives. »

La lèvre inférieure du doctorant trembla. « Vous me virez ? »

Elle hocha la tête. « Désolée. »

Elle s'attendait à ce qu'il se lève, mais non, il demeura coi sur sa chaise, un sourire crispé aux lèvres.

« Savez-vous pourquoi j'ai lu ces deux comptes rendus ?

— Non, et ça ne m'intéresse pas de le savoir.

— Parce que l'histoire de Vera Lind est aussi en lien avec mon sujet de recherche et le récit mensonger que votre famille a toujours livré sur elle-même. »

Elle inspira et résista à la tentation de répondre sur le même ton. « L'heure est venue de mettre un terme à cet entretien », dit-elle sèchement en indiquant la porte du menton.

Juste avant de quitter son bureau, le doctorant se retourna vers elle : « Et moi qui croyais que vous n'étiez pas comme les autres. Malheureusement vous êtes au moins aussi lâche qu'eux. Si ce n'est pire. Or je n'ai aucune envie de travailler pour une fondation qui a la vérité comme devise, mais qui incarne le contraire. Demandez donc à votre grand-mère ce qui s'est réellement passé dans la Fondation SAGA en 1970. »

La porte se referma dans un claquement.

*

Sasha resta sur son fauteuil à regarder le plafond. Vera, de nouveau. La vérité et la loyauté ? En 1970 ? Fidèle à elle-même – attentionnée et diplomate de son propre point de vue, trop effacée et fuyant les conflits selon celui de son frère et sa sœur –, Sasha avait pour habitude de rendre visite à sa grand-mère une fois par semaine dans son chalet près de l'à-pic.

Elle y était allée la veille.

Comme toujours, elle avait apporté des pâtisseries spécialement achetées pour l'occasion et, comme toujours, sa grand-mère lui avait offert un verre de vin rouge et une cigarette pendant que Sasha lui lisait un chapitre d'un de ses romans favoris. Jusque-là, tout s'était déroulé normalement, avant que la conversation ne prenne une autre tournure.

« La famille commémorera le soixante-quinzième anniversaire du naufrage cette année, avait déclaré Sasha d'une voix prudente. Nous avons affrété un express côtier pour nous rendre sur le lieu de la catastrophe. »

Lentement, sa grand-mère s'était tournée vers elle. « J'ai besoin d'une autre cigarette, Sashenka.

— Ce serait peut-être bien pour toi de nous accompagner, tu ne crois pas ? avait ajouté Sasha. Et ce serait éventuellement l'occasion aussi de nous raconter ce qui s'est réellement passé.

— Ah oui ?

— Tu ne t'es jamais exprimée à ce sujet. »

Peut-être était-ce typique de la génération de sa grand-mère de ne pas parler de ses traumas. L'accident avait coûté la vie à son mari et son nouveau-né en avait réchappé de justesse.

« Cela me ferait certainement du bien, déclara Vera. Mais je ne suis pas certaine que vous ayez envie d'entendre ce que j'ai à dire.

— Bien sûr que si. La guerre appartient désormais au passé, et nous sommes prêts à entendre la vérité. »

Sa grand-mère l'avait longuement scrutée à travers le nuage de fumée. « *Nous*, dit-elle en secouant la tête. Tu as toujours été loyale envers la famille, Sashenka. C'est bien. Mais parfois, la loyauté et la quête de vérité vont à l'encontre l'une de l'autre. Quant à cet express côtier affrété pour l'occasion, je peux te garantir que je n'y mettrai pas les pieds. Tu veux vraiment entendre ce que j'ai à dire ? »

Sasha avait hoché la tête.

« Dans ce cas, prépare-toi à ce que tout s'effondre.

— Alors je crois que j'ai moi aussi besoin d'une cigarette. »

Vera avait gardé le silence, mais au moment où Sasha s'apprêtait à partir, elle lui avait demandé de lui appeler un taxi et de l'accompagner à travers bois jusqu'à la place au bout de l'allée.

« Mais, grand-mère, tu ne sors plus jamais ! s'étaitelle exclamée.

— Eh bien, aujourd'hui, il faut croire que si, ma chère Sashenska, avait répondu sa grand-mère d'une voix où perçait l'aigreur. Et puis bon sang, je ne suis pas sous tutelle, que je sache ! »

Elle avait dû déglutir, elle n'était pas habituée à ce que Vera la remette ainsi à sa place. Ce sentiment désagréable ne l'avait pas quittée alors qu'elles traversaient la forêt et il avait perduré le reste de la journée.

Elle n'avait toujours aucune idée de l'endroit où s'était rendue Vera la veille, après leur discussion, mais il était temps de le découvrir.

Le chien de garde Jazz se tenait devant l'entrée du rez-de-chaussée. Quand il aperçut Sasha, il se leva sur ses deux pattes de derrière.

« Qu'est-ce qui t'arrive ? » murmura-t-elle en grattant le chien derrière les oreilles. Jazz aboya avec impatience. Le berger belge malinois avait un long museau, un masque noir et une robe couleur café pareils à ceux d'un berger allemand, mais son poil était plus court, son corps plus léger et son dos plus droit que ceux de son cousin allemand. Jazz était aussi affectueux qu'un chiot et courageux qu'un loup. Bien dressé, ce chien était capable de tout. Jazz grimpait dans les arbres comme un chat. Quand les présidents étaient sous protection et les terroristes capturés, il y avait toujours un malinois en tête des unités d'intervention.

Sasha suivit le chien dans les fourrés en courant à petites foulées. Elle connaissait chaque racine et rocher sur le parcours, elle avait intégré physiquement la géographie de la propriété. Le chemin traversait d'abord une forêt de résineux sur un sentier sombre, au sol souple couvert d'aiguilles de pin, il grimpait ensuite sur un rocher poli par la mer qui glissait dès qu'il pleuvait, auquel succédaient des racines lisses, pareilles à des os, et un petit étang couvert de nénuphars, situé entre deux formations rocheuses qui ressemblaient à de larges dalles formant comme une gorge. Quand ils étaient enfants, il leur était évidemment interdit de s'aventurer dans la forêt du Diable.

Soudain le paysage s'ouvrit, la végétation laissant place à une paroi à pic, une véritable forteresse naturelle. Le chalet de sa grand-mère se trouvait à quelques mètres sur la gauche.

Un petit coup de vent la bouscula et elle fut saisie d'un léger vertige. Jazz bondit jusqu'au pas de porte dallé, se dressa sur ses deux pattes de derrière et aboya.

Sasha cogna doucement le fer à cheval contre le panneau en bois.

Personne ne répondit.

« Grand-mère ? »

Elle entra. Les gonds émirent un faible grincement.

« Vera, tu es là ? »

Une odeur de renfermé lui sauta au nez. Sasha jeta un œil sur la bibliothèque aux étagères surchargées, sans s'arrêter sur les titres au dos. Le plancher ondoya légèrement sous ses pas quand elle se dirigea vers la chambre à coucher. Elle ouvrit la porte. Le lit était fait, un jeté blanc en dentelle recouvrait la couette. Une photo était accrochée au-dessus de celui-ci : sa grand-mère et le père de Sasha bébé sur l'express côtier. Sa vue l'émouvait toujours et lui donnait le sentiment que le monde et le temps étaient intrinsèquement liés.

Quand elle était plus jeune, il arrivait que des anciens se mettent à pleurer rien qu'en l'apercevant, elle, tellement elle ressemblait à sa grand-mère. Elle aussi se rendait compte de cette similitude. Leur lèvre supérieure tombait très légèrement aux coins de la bouche, ce qui leur donnait un air naturellement mélancolique et aristocratique dans lequel beaucoup croyaient déceler de l'arrogance. Sa peau impeccable à la pâleur nacrée contrastait avec ses cheveux châtain foncé rehaussés de reflets roux, comme ceux de sa grand-mère. Elle avait aussi les mêmes yeux légèrement en amande, où brillaient deux iris bleu azur encadrés de pommettes saillantes et de sourcils bruns fournis. Elle avait une petite trentaine, « l'âge où les femmes sont à l'apogée de leur beauté », pour reprendre les mots du docteur Hans Falck. On pouvait dire ce qu'on voulait du don juan de Bergen, mais il en connaissait un rayon sur le sujet.

Doucement, elle referma la porte de la chambre et se dirigea vers le coin cuisine. Tout était propre et lavé depuis peu. Le réfrigérateur contenait les provisions qu'elle avait apportées la veille. Sasha ouvrit un placard au-dessus du plan de travail.

Elle s'apprêtait à le refermer quand son attention fut attirée par la façon dont la lumière brillait à travers une rangée de verres à pied sur l'étagère du haut. Il y avait de la buée sur trois d'entre eux. Sasha en prit un et l'effleura du bout du doigt. Il restait encore quelques gouttes sur le verre et le bord était humide, comme s'il venait juste d'être lavé. Jazz gémit et pressa son cou puissant contre sa hanche.

Elle sortit. Le chien bondit en direction de l'à-pic, avant de freiner brutalement et d'esquisser un pas vers la falaise, le museau au sol, comme pour signaler quelque chose.

En raison d'une saillie en partie couverte de genévriers et de buissons, il était difficile de voir clairement ce qui se cachait en contrebas. Environ dix mètres au-dessous d'elle, un petit écueil émergeait, il était relié à la terre ferme par une étroite bande de sable, de galets et de roseaux qui permettait à marée basse de rejoindre le rocher à pied sec. Cette même bande amenait l'eau dans une baie sans profondeur, pleine de coquillages, d'algues et de vase.

Sasha tendit le cou pour voir. Elle s'agenouilla, le bras autour de la tête de Jazz. Le soleil bas lui piquait les yeux. Elle se mit à quatre pattes et avança à tâtons sur la corniche au sol raboteux, les aiguilles de pin s'enfonçaient dans la paume de ses mains, la mer ondulait légèrement.

Vera gisait le visage dans l'eau, son corps flottait à la surface, comme une bouée, comme un jouet en plastique gonflable oublié qui danserait sur les flots, ses vêtements trempés avaient pris une teinte plus sombre. Un rayon de soleil tombait sur son corps et faisait scintiller les ondes. Elle était entourée d'une armada de méduses à crinière de lion. Du vomi de revenants, comme elle les appelait. La veste matelassée verte portait l'emblème de SAGA sur le dos, un faucon prêt à prendre son envol, surmonté de la devise familiale, et à travers la surface de l'eau agitée, les ailes déployées donnaient l'impression de remuer.

Chapitre 2

Ce n'est pas à un vieux singe qu'on apprend à…

Olav Falck jeta le peignoir sur un banc et s'avança, nu, sur le ponton. Il faisait inhabituellement froid pour la saison. Les planches givrées collaient légèrement sous la plante de ses pieds. Il faisait moins sept, l'eau était à deux degrés, peut-être trois. Le ponton se trouvait juste à côté d'un hangar à bateaux rouge, dans une baie protégée de part et d'autre par deux grands rochers à la verticale, en forme de lame de hache. Comme toujours, il s'assura qu'il n'y avait aucune méduse à proximité. Puis il plongea.

Ses vaisseaux sanguins se contractèrent pour protéger ses organes vitaux. Il s'allongea sur le dos tandis que son sexe ratatiné par le froid remontait à la surface, jusqu'à ce qu'il reprenne le contrôle de sa respiration et puisse regarder le ciel bleu dégagé. D'aussi loin qu'il se souvienne, il s'était baigné toute l'année et ce, bien avant que cette pratique ne devienne à la mode. Tout le monde sait que les nourrissons retiennent automatiquement leur respiration sous l'eau, mais le concernant, ce phénomène était aussi un récit héroïque qui convenait parfaitement à l'histoire qu'il se plaisait à raconter sur lui-même. Pour Olav Falck, la vie était un combat où l'on devait se mesurer aux autres et s'affirmer. Or il avait commencé la sienne en luttant pour ne pas mourir.

Puis cette même vie l'avait gâté. À soixante-quinze ans, il n'était toujours soumis à aucun médicament ou traitement. Le cardiologue lui avait clairement signalé qu'il ne devait pas se baigner dans l'eau froide sans surveillance.

Ce dont il se fichait, car quitte à mourir, autant que ce soit dans l'eau.

Les bains dans l'eau glacée étaient sa seule addiction. Il lui restait encore de grandes questions à résoudre, celle notamment de sa succession quand sonnerait l'heure de la retraite. Mais dans l'ensemble, il en allait de l'entreprise familiale comme du pays dans lequel il vivait : il ne s'agissait plus de bâtir, mais de gérer.

Il s'écoula un bon moment avant qu'il ne grimpe à l'échelle du ponton. De nouveau, le sang afflua dans ses doigts et ses orteils et un léger picotement parcourut son corps, telle la chaleur d'un feu de cheminée se répandant dans une pièce froide en hiver.

Sur le ponton, Olav exécuta quelques petits pas cadencés et, les poings serrés, quelques uppercuts dans le vide. Il aimait les sports classiques. Pendant les jeux Olympiques ou le championnat du monde d'athlétisme, il était capable d'annuler des rendez-vous pour ne pas manquer les épreuves majeures. Il aimait par-dessus tout la boxe. En 1959, il avait dix-neuf ans quand Ingemar Johansson battit Floyd Patterson ; il suivit l'âge d'or de ce sport dans les années soixante et soixante-dix avec les yeux d'Argus et était assis aux premières loges quand les champions combattaient pour un titre mondial à Las Vegas.

Peu de choses l'irritaient davantage que l'interdiction

de la boxe professionnelle et ce paternalisme à la norvégienne. Certes, ce sport comportait peut-être une part de risques, mais que serait la vie sans celle-ci ? Il faisait bon vivre justement parce que ça faisait mal. Sans douleur, il n'y aurait ni joie ni plaisir.

Il remonta à pas pressés le sentier dans le petit bois givré qui séparait la baie du jardin, traversa la pelouse où trônait le buste de son père. Moulé dans un alliage de cuivre et d'étain, il avait été édifié sur un socle en granit brut et façonné par un des plus grands sculpteurs du pays. Un reflet rougeoyant éclairait son front. Une épigramme était gravée sur le socle : *Continuer à vivre dans les cœurs que nous quittons n'est pas mourir. Thor S. Falck 3.11.1903 – 23.10.1940.* Même si Olav avait perdu son père dans sa tendre enfance et ne gardait aucun souvenir de lui, la lignée à laquelle il appartenait le remplissait d'humilité.

Il entra par l'arrière de la tour à la rosace. Après une douche brûlante au vestiaire, il monta l'escalier en colimaçon, referma soigneusement la porte de son bureau derrière lui et consulta son agenda. Aucun rendez-vous de la journée. Tant mieux, il pourrait préparer sa conférence et écrire le texte auquel il réfléchissait depuis un moment. Il prendrait comme point de départ son père et sa communication s'intitulerait « Les pionniers du combat de la Résistance ». En tant que directeur d'une grande compagnie maritime de Bergen, dont dépendaient plusieurs express côtiers, le Grand Thor avait organisé l'espionnage contre les Allemands, envoyé des bateaux de pêche en mer du Nord et rapporté des émetteurs radio.

Sa conférence aborderait aussi le sujet des mines anglaises le long de la côte norvégienne. Le fait que son père ait perdu la vie à cause d'un engin explosif britannique, et non allemand, représentait tout de même un sacré paradoxe.

Olav avait déjà formulé quelques phrases quand on frappa à la porte.

« Sverre ? Qu'est-ce qui t'amène ? »

Le fils aîné d'Olav était dans la seconde moitié de la trentaine, et les années passant, il devenait de plus en plus indéniable qu'il commençait à lui ressembler physiquement. Comme lui, son fils était grand et athlétique, et son long visage bronzé aux yeux étroits et scrutateurs était dominé par un appendice légèrement crochu, que les mauvaises langues appelaient « le bec des faucons ».

Pour l'occasion, il avait délaissé son habituelle veste de tweed classique de chez Savile Row au profit d'une chemise noire exubérante brodée de fleurs. Ce jour-là, un semblant de gaieté se mêlait à son expression soumise.

« Tu aurais un moment à m'accorder ? demanda-t-il.

— Pas sans rendez-vous, j'avais pensé profiter de la vue sur le fjord et de mon agenda vide le reste de la journée pour préparer ma conférence pour le soixante-quinzième anniversaire du naufrage.

— C'est justement au sujet de l'anniversaire que je souhaiterais te voir et de l'expédition sous-marine jusqu'à l'épave du navire, poursuivit Sverre. Il y a une personne ici que je souhaiterais te présenter. »

Sverre était en charge de l'organisation du SAGA Arctic Challenge, un projet qui se déroulerait plus tard dans l'année. Il avait fait du bon boulot jusqu'ici. Affréter un express côtier plein d'intellectuels du monde entier jusqu'au lieu du naufrage de 1940, en passant par l'archipel des Lofoten et des Vesterålen, correspondait à l'image que la Fondation SAGA voulait renvoyer. C'était à la fois profondément norvégien et séduisant pour les étrangers.

« Bon, soupira-t-il, entrez. »

Le compagnon de Sverre portait un blazer croisé en velours bordeaux qui s'imposa dans le champ de vision d'Olav, tel un chiffon rouge.

« C'est carnaval aujourd'hui ? » demanda-t-il.

Il savait bien sûr qui était la personne en face de lui. Olav ne méprisait pas les parvenus qui, ces dernières années, étaient apparus dans les classements des plus grandes fortunes du pays, au contraire, il aimait observer l'inconfort que leur impudence provoquait parmi les membres de la vieille bourgeoisie. Et parmi eux, Ralph Rafaelsen remportait la palme du m'as-tu-vu.

Olav demanda qu'on leur serve un café pendant qu'il essayait de décrypter le rapport de force entre son fils et Rafaelsen. Ces dernières années, les médias avaient souvent présenté Rafaelsen comme un type audacieux qui aimait prendre des risques. Il avait investi dans la pisciculture et bâti une immense fortune sur l'entreprise familiale dont il avait développé l'activité.

« Alors comme ça vous voulez me parler plongée sous-marine ? demanda Olav en les regardant tour à tour. C'est vous qui possédez cette fameuse combinaison ? »

L'idée était qu'en arrivant à l'endroit du naufrage, un plongeur descende jusqu'à l'épave à trois cents mètres de profondeur dans cet équipement spécialement adapté et que l'événement soit retransmis en direct aux invités sur le bateau.

« Effectivement. » Rafaelsen le regarda droit dans les yeux. « Même si appeler ça une combinaison de plongée est un peu comme comparer un avion de ligne à une navette spatiale.

— Ou aussi exact que de commercialiser vos poissons sous la dénomination de *saumon sauvage de l'Atlantique* ? répliqua Olav. Vos créatures ternes ont autant en commun avec les fiers saumons de l'Atlantique qu'un caniche avec un loup. »

Rafaelsen gloussa. « L'Exosuit est une révolution. Cette combinaison est atmosphérique, ce qui permet d'éviter les accidents de décompression dans les grandes profondeurs. Le pilote – puisqu'il s'agit en réalité d'un submersible pour une personne – ne rencontre aucun problème de pression. Il n'existe qu'une seule combinaison de ce genre en Norvège et elle m'appartient. L'utiliser valoriserait le projet. »

Rafaelsen continua à discourir sur les particularités techniques de sa petite merveille, mais Olav ne l'écoutait plus que d'une oreille. Il était un généraliste et n'avait jamais compris cette obsession maniaque des *nerds* pour les détails.

À son grand agacement, Sverre, probablement âgé d'une dizaine d'années de plus que son acolyte, donnait l'impression d'être à la botte de Rafaelsen. Il riait aux blagues de ce nouveau riche du Nord et acquiesçait avec un empressement excessif à tout ce qu'il disait.

Si à soixante-quinze ans Olav était encore le P-DG du groupe SAGA, un conglomérat que le magazine *Kapital* avait estimé à douze milliards de couronnes, c'était en grande partie à cause de Sverre. Bien que les revenus de la société immobilière et la gestion d'actifs soient ce qui assurait la trésorerie familiale, lui-même n'éprouvait que mépris pour l'esprit mercantile des marchands et des petits commerçants. Il préférait nettement mettre en avant la Fondation SAGA dont il était le directeur. Certes, il lui fallait remplir les caisses, mais le credo de SAGA n'était pas celui-ci. Le groupe avait pour mission de raconter l'histoire nationale. Certains avaient des milliards sur leur compte, d'autres un capital culturel. Seul SAGA avait les deux.

Toutefois Olav ne serait jamais resté P-DG tant d'années après l'âge légal de la retraite si SAGA s'était contenté de donner des conférences et d'attribuer des bourses, comme la plupart des fondation reconnues d'utilité publique de ce type. Dès les années d'après guerre, les sociétés de la famille avaient été impliquées dans les services secrets nationaux, d'abord en tant que membres du réseau clandestin d'exfiltration anticommuniste stay-behind et ensuite comme… Non, c'était une histoire longue et compliquée. Cette activité de renseignement ne rapportait ni argent ni reconnaissance publique. Au contraire, elle pouvait même menacer les autres secteurs. Mais elle donnait à Olav une chose nettement plus importante : le sentiment d'être utile. Cependant, avant de pouvoir imaginer se retirer, il devait initier son éventuel successeur – qui d'après les statuts était censé être un de ses enfants – aux subtilités de ces affaires très complexes.

Il avait de bonnes raisons de ne pas vouloir raccrocher les gants.

« Ça m'a l'air bien. » Olav coupa Rafaelsen au milieu d'une longue tirade sur la caméra sous-marine spécialement conçue pour la combinaison. « On fait ça comme ça.

— Ce n'est pas tout, dit Sverre en donnant l'impression de prendre son élan.

— J'ai tout mon temps, sourit Olav.

— Comme tu le sais peut-être, commença Sverre, et Olav remarqua son hésitation, de nombreuses personnalités très en vue sont attendues lors de cet événement. Tout le monde accepte l'invitation, tout le monde veut aller aux Lofoten. Notre nom attire encore. Certains ont des milliards sur leur compte en banque, d'autres le capital cult…

— Viens-en au fait, l'interrompit Olav.

— J'ai reçu à l'instant la confirmation que la famille royale d'Arabie saoudite serait représentée, il est possible que le prince héritier en personne fasse un saut au SAGA Arctic Challenge dans son jet privé.

— Bodø a la plus longue piste d'atterrissage du pays, ajouta Rafaelsen. Vu que des U2 américains y ont déjà atterri, un avion privé ne devrait pas poser de problème. »

Sverre regarda son camarade. « Ralph et moi avons discuté de la possibilité d'offrir quelques extras aux VIP les plus jeunes. Ralph a de bons contacts dans les escadrons d'hélicoptères et pourrait réquisitionner quelques appareils. Nous atterririons sur l'express côtier dans l'après-midi, les invités survoleraient les Lofoten et se rendraient chez Ralph en hélicoptère, dans sa propriété des Vesterålen, avant de retourner sur le bateau le lendemain.

— Ça serait un extra, pour dire ça comme ça », compléta Rafaelsen.

La famille royale saoudienne… des hélicoptères réquisitionnés à des fins privées… la propriété de Rafaelsen… les mots s'enchevêtraient dans la tête d'Olav, comme les cauchemars qui parfois l'assaillaient, enfant.

Il garda le silence un long moment, la tête inclinée sur le côté, avant d'ouvrir la bouche.

« Puis-je me permettre un commentaire ?

— Nous sommes là pour ça », répondit Sverre.

Olav se racla la gorge. « La dernière fois que je suis descendu à l'hôtel Dorchester à Londres, j'ai eu une petite conversation avec le concierge. Il m'a demandé si je ne souhaitais pas plutôt la suite présidentielle que choisissent normalement les Falck. »

Quand il prononça le nom de l'hôtel, il remarqua que son fils se mordait la lèvre inférieure, comme s'il se doutait de ce qui allait suivre. Olav sourit en poursuivant : « Personnellement, lui ai-je répondu, je préfère les chambres normales, du moment qu'elles ont une belle vue, bien qu'étant… »

Il observa une pause, comme s'il éprouvait le besoin de chercher ses mots « … un homme riche. – Mais votre fils choisit toujours la suite, a insisté le concierge. – Oui, ai-je répondu, mais lui est *le fils* d'un homme riche. »

Son regard s'attarda sur Sverre, qui se tenait devant lui bouche ouverte et l'air penaud. Ralph Rafaelsen lâcha un rire prudent.

« La Norvège est un pays où il fait bon vivre quand on a de l'argent. La plupart des Norvégiens n'ont rien contre les riches, au contraire le Norvégien admire les entrepreneurs qui ont du courage et de l'audace. Par ailleurs, nos lois protègent bien nos intérêts. Mais cet équilibre demeure fragile. Nous admirons autant les gens sérieux et compétents que nous détestons la décadence et le chaos. Nous n'avons jamais vraiment eu de noblesse, et celle-ci a carrément disparu en 1821 avec la loi abolissant ses titres et ses privilèges. Gérer et faire fructifier la richesse en Norvège, en tout cas si on nourrit de plus grandes ambitions qu'un investisseur financier et qu'on souhaite participer à la construction de la société, ce n'est pas lutter contre les syndicats et embaucher des Polonais sous-payés pour construire nos maisons au noir. »

Olav regarda Ralph, qui ressemblait à un écolier pris

en faute dans un magasin de bonbons. La construction de son immense villa sur les Vesterålen et les conditions de travail sur le chantier avaient fait couler beaucoup d'encre à l'époque.

« Gérer la richesse de la Norvège, c'est comprendre le modèle norvégien, ajouta Olav. C'est comprendre le travail de collaboration que mènent le gouvernement, les employés et les employeurs, c'est comprendre les avantages d'une échelle des salaires relativement resserrée, ce qui implique d'aller se saouler la gueule avec les représentants du personnel et les dirigeants du syndicat national. Car, en réalité, c'est ça le modèle norvégien. Nous veillons à ce que d'honnêtes gens, des citoyens ordinaires, vivent dans de bonnes conditions, en leur octroyant un salaire qui leur permette de s'offrir un voyage au soleil, de s'acheter une nouvelle voiture et de contracter un prêt immobilier pour accéder à la propriété. En retour, nous avons un peuple qui nous respecte, qui ne vote pas pour des agitateurs et ne prend pas d'assaut nos propriétés. Et tout ce que vous venez de me raconter à propos de ce Saga Arctic Challenge, ces fichus Saoudiens, les hélicoptères et la fête sur la propriété de Rafaelsen, va complètement à l'encontre de ce compromis.

— Ce n'est pas à un vieux singe qu'on apprend à... », s'exclama Rafaelsen.

Il fut interrompu par des coups frappés à la porte.

« Je suis occupé ! » cria Olav.

La secrétaire n'en passa pas moins la tête par l'entrebâillement.

« Vous ne m'avez pas entendu ? grogna-t-il, agacé.

— Je suis vraiment désolée, mais c'est important.

— J'espère. »

Il s'apprêtait à saisir sa tasse de café, mais les yeux

écarquillés et le regard mort de sa secrétaire qui entrait dans la pièce l'arrêtèrent.

« Notre entrevue est terminée », déclara-t-il à Sverre et Rafaelsen, qui se levèrent en échangeant un coup d'œil perplexe face à cette brusque interruption.

« De quoi s'agit-il ? » demanda Olav une fois seul avec sa secrétaire. Mais au fond de lui, il connaissait déjà la réponse.

Chapitre 3

No man's land

Centre d'interrogatoire américain,
dans un lieu indéterminé au Moyen-Orient

Quand Johnny Berg fut introduit dans la pièce éclairée, entre deux gardiens, il se souvint de ce que lui avait un jour déclaré son mentor, le vieil officier uniquement connu sous les initiales HK : le pire dans la torture, ce n'est pas la douleur elle-même mais de ne pas savoir ce qu'elle vous réserve.

Il n'avait aucune idée de l'endroit où il se trouvait. Les semaines et les mois écoulés depuis son arrestation par la milice kurde étaient aussi flous dans son esprit que la vue sur un haut plateau pris dans une tempête de neige, où le sol se confond avec le ciel, où les minutes sont comme des heures, et inversement.

Ils l'avaient transféré dans un autre camp de prisonniers avant qu'il n'atterrisse entre les mains des Américains.

Les gardiens lui avaient enlevé la cagoule avant de le pousser dans la pièce, comme s'ils souhaitaient qu'il voie ce qui l'attendait. Les néons au plafond lui écorchaient les yeux. Du hard rock à plein volume s'échappait des enceintes.

Il y avait au centre de la pièce un banc légèrement incliné, avec des lanières en cuir de chaque côté. Un capuchon noir en laine et une serviette bien pliée étaient posés dessus. Deux hommes cagoulés, en polaire gris et rangers de couleur camouflage, l'attendaient. Contre le mur, il aperçut des brocs d'eau.

La musique s'arrêta.

Non, pensa Johnny alors que son cœur battait à tout rompre, dites-moi que c'est un exercice, un rêve, n'importe quoi, mais épargnez-moi ça, c'est pire que la mort.

« Yahya Sayyid Al-Jabal ? demanda l'un des deux hommes avec un fort accent américain. C'est votre nom ? »

Johnny ne répondit pas.

« Je vous ai posé une question, dit l'homme, un soupçon plus fort.

— *No, sir*, mon nom est John Omar Berg.

— Nationalité ?

— Norvégienne.

— OK, déclara l'homme à travers la cagoule, toujours sans agressivité dans la voix, nous avons des questions qui nécessitent une réponse. »

Le second homme, lui aussi masqué, mais plus costaud, prit la parole. Son ton était celui de tous les jours, on aurait pu croire qu'il parlait de la réparation d'une machine à laver, avec l'accent chantant typique des États du Sud.

« Pour ce faire, deux possibilités s'offrent à nous. M'est avis que vous préférerez la première. »

Johnny avait le regard rivé sur le mur raboteux en parpaings gris.

« Vous êtes entré en Irak et en Syrie sous le nom d'Al-Jabal, poursuivit-il. Selon les autorités de la région autonome du Kurdistan irakien, le passage de la frontière a été enregistré à Erbil le 12 septembre dernier. Et voilà que vous nous dites qu'Al-Jabal n'est pas votre vrai nom ? »

Johnny ferma les yeux, bascula la tête en arrière et posa la paume de ses mains sur son visage.

« Je ne peux pas entrer dans les détails, répondit-il. Mais vous pouvez vérifier auprès de mes supérieurs qui vous confirmeront que j'étais en mission. »

Aussitôt les Américains rebondirent, sans relâcher la pression. « C'était quoi l'objectif ? »

Le secret professionnel s'appliquait-il aussi maintenant ? « Je devais, euh… exfiltrer un combattant étranger norvégien.

— Son nom ?

— Abu Fellah. Les autorités norvégiennes pourront vous le confirmer. »

Cette dernière année, un paquet de musulmans occidentaux avaient afflué dans la région pour instaurer le califat récemment proclamé. L'alarme avait été donnée par les services de sécurité de leurs pays d'origine. La grande crainte de ces derniers était que ces combattants aguerris et hostiles décident de retourner sur leurs terres natales.

L'Américain secoua lentement la tête, les traits de son visage se découpaient vaguement sous la cagoule. « Nous nous sommes renseignés. Ni la Norvège ni aucun autre allié ne peut confirmer votre histoire fantaisiste. »

Johnny sentit sa gorge se nouer, soudain il avait l'impression de ne plus pouvoir respirer. Tout a une fin, y compris la chance qui l'avait jusqu'alors maintenu en vie. Pendant dix ans, il avait travaillé pour les services de renseignement, dans les endroits les plus dangereux de la planète, en Afghanistan, en Libye, en Irak. Il avait reçu maintes médailles. À de multiples reprises, il avait eu très chaud, mais ne dit-on pas que *Dieu est norvégien* ?

Tu parles !

« Je répète ma question, reprit celui qui menait l'interrogatoire, quel était votre objectif ? »

Après toutes ces années de service, il était vidé et avait perdu toute illusion. Le Moyen-Orient était foutu, que l'Occident intervienne ou non. Leur ingérence ne servait à rien, voire ne faisait qu'empirer les choses.

Environ un an plus tôt, un officier l'avait contacté : il souhaitait lui confier une mission hors des canaux officiels. Une mission de la plus grande importance pour la nation que malheureusement, par manque de volonté politique, la Norvège pacifiste n'était pas prête à accomplir. Le boulot consistait à partir au Kurdistan, à aller acheter une arme américaine au marché aux armes de la capitale, à se mettre en relation avec un ancien soldat des forces spéciales américaines qui combattait l'EI sur place et à traverser le no man's land qui constituait la ligne de front jusqu'à la ville contrôlée par l'EI, où vivait le Norvégien Fellah. À aucun moment, il n'avait été mentionné qu'il partait sans le consentement de l'État.

Les souvenirs de ce qui s'était passé lui revenaient par flashs, sous forme de suées, de battements de cœur et de brefs éclairs sur la rétine. La maisonnette, de couleur verte dans les lunettes de vision nocturne. Les pièces fraîches, les tapis poussiéreux, les tirs assourdis, le regard du petit garçon dans le couloir.

Non, affronter ce regard était au-dessus de ses forces, il repoussa ces pensées.

Ils avaient été découverts juste avant d'atteindre l'herbe haute qui poussait dans le no man's land. La mission était accomplie, mais l'Américain avait été abattu. Johnny avait réussi à s'enfuir, mais en arrivant de l'autre côté, il avait été arrêté par la milice kurde. Ce qui s'était passé précisément était impossible à dire, mais l'EI avait sans doute fait courir sur les radios la rumeur que l'un des leurs avait disparu. Ils se vengeaient ainsi de son geste et de leur avoir échappé. Sur le front, il était de notoriété publique que les parties en conflit écoutaient les communications de leurs adversaires.

Les Kurdes l'avaient conduit dans un camp d'internement de terroristes, avant de le remettre aux Américains. D'où sa présence ici, dans une pièce aveugle, face à des gens qui ne croyaient pas un traître mot de ce qu'il leur racontait.

Il commençait à se rendre compte de la gravité de la situation dans laquelle il se trouvait. Sa mission n'était pas officielle, il était un clandestin, et les personnes qui auraient été susceptibles de prendre sa défense dans son pays ne l'avaient pas fait. Au contraire, il était un Norvégien aux cheveux noirs, à la peau basanée et d'origine arabe qui, de toute évidence, avait perdu foi dans la guerre menée par l'Occident.

Les autorités norvégiennes pouvaient lui décerner toutes les médailles du monde pour sa bravoure. Les généraux, les ministres et autres représentants de la famille royale pouvaient lui serrer la main. Au fond de lui, il savait qu'il resterait toujours un étranger à leurs yeux. Tous les Norvégiens basanés le savaient. Quand tu étais courageux au combat ou marquais un but en faveur de l'équipe nationale, tu étais cent pour cent norvégien. Mais quand ça partait en vrille, tu n'étais rien d'autre que le petit Marocain, l'Arabe, le bougnoule, le rebeu, le musulman, l'étranger, l'adolescent de quatorze ans qui doit fuir les nazis et se cacher derrière une haie en claquant des dents. Les Norvégiens adoraient les étrangers assimilés, soumis, qui faisaient du ski en hiver, portaient le costume traditionnel lors de la fête nationale le 17 mai et mangeaient des côtes de porc à Noël, mais ils aimaient aussi voir leurs préjugés confirmés : « On aurait dû se douter qu'il fallait s'en méfier. »

Il était le bouc émissaire parfait.

Les Américains lui passèrent une cagoule noire moulante sur la tête et l'allongèrent à plat dos sur la banquette inclinée. L'un d'entre eux attacha les lanières sur les trois cicatrices qui barraient sa poitrine afin de l'empêcher de bouger.

À l'exception du bruit de l'eau clapotant dans les brocs qui étaient soulevés du sol, il régnait un silence de mort dans la pièce. Il faisait complètement noir. Il sentit l'eau tiède que l'on balançait sur son visage, elle s'infiltra dans le capuchon et lentement remplit ses narines. C'était humide, ça gargouillait.

Il retint sa respiration, la retint si longtemps que ses poumons hurlaient et ses intestins se tordaient de douleur. Puis tout s'obscurcit.

Il pensa à Ingrid. Depuis qu'il était papa, c'était toujours la vision de sa fille qui le maintenait en vie dans les pires moments. Parfois, elle était si près de lui qu'il pouvait caresser ses cheveux foncés, qui lui tombaient sur les épaules. Elle était assise à côté de lui entre les prisonniers en tenue orange, au bord du lit en métal, ses petites jambes pendant dans le vide, les genoux écorchées et les ongles de ses orteils noirs de crasse, ou alors elle installait ses poupées dans un alignement complexe contre le mur de la cellule tout en les coiffant ou les sermonnant. Comme elle lui semblait proche quand elle se dirigeait de son pas léger et enfantin vers le lavabo pour se brosser les dents avec le dentifrice rose, jusqu'à ce qu'elle disparaisse, tel un mirage sur une longue route droite dans un désert qui soudain s'évanouit. Elle était son sang, elle avait ses traits, un côté norvégien mâtiné d'une physionomie plus exotique dont il ignorait l'origine.

L'instinct qui pousse l'être humain à retenir son souffle sous l'eau est si fort qu'il dépasse la peur de manquer d'oxygène.

Il finit néanmoins par céder, sans savoir s'il inspirait ou expirait, il sentit juste l'eau emplir ses cavités nasales et l'étouffement consécutif, aussi impuissant qu'un être emprisonné au fond d'un navire en train de sombrer. L'instinct qui nous retient de respirer sous l'eau est aussi tellement fort qu'il nous pousse à dire n'importe quoi, absolument n'importe quoi, pour échapper à cette épreuve.

Personne ne pouvait résister à une telle torture.

Qui était responsable de sa présence sur ce banc ? Le fait que l'opération ait mal tourné était de sa faute, mais l'absence de réaction et la lâcheté de ceux qui l'avaient missionné était impardonnable. S'il retrouvait un jour les responsables, il consacrerait le reste de sa vie à veiller à ce qu'ils subissent le même sort, à ce qu'ils se retrouvent sur une banquette en bois dans un sous-sol et sentent l'eau couler dans leurs poumons.

« Je… Je… »

Deux hommes le redressèrent en position assise. Johnny inspira et hurla de peur et de douleur.

« Je m'appelle John Omar Berg et j'ai servi dans

les commandos marine et le renseignement. Sous… le nom de Yahya Al-Jabal… je suis parti rejoindre l'État islamique.

— Parfait. Ramène-le aux Kurdes », déclara l'Américain.

Chapitre 4

Mais qu'est-ce que c'est que ce texte de merde ?

Nu dans le vestiaire, un pied posé sur le banc, Olav était en train d'enduire l'intérieur de ses cuisses de crème hydratante quand son fils entra.

Le matin où il avait appris la mort de sa mère, il avait immédiatement compris ce qui s'était passé. Au fond de lui, il avait toujours su que, tôt ou tard, sa mère mettrait fin à ses jours. Depuis soixante-quinze ans il le savait. Il l'attendait. Il entendait ses cris la nuit quand il était petit. En espérant qu'ils cessent. Sa mère avait trouvé la mort dans l'eau, exactement comme son père.

Il ne restait plus que quatre jours avant les funérailles et il y avait encore beaucoup de points à régler. Il devait garder le contrôle des opérations, maintenir le statu quo. C'était Vera qui avait fondé Rederhaugen et jeté les bases qui avaient fait de SAGA le groupe qu'il était aujourd'hui. Son décès risquait de soulever des questions susceptibles de les ramener dans les années sombres et de rouvrir l'abîme de la guerre.

Non. Il inspira profondément.

Une chose à la fois, pensa Olav. Il devait adopter la même tactique pour s'attaquer aux questions ayant trait à la mort de sa mère que quand il avait un problème à résoudre : en agissant avec calme et de façon organisée.

Il avait mandaté l'avocate de la famille, Siri Greve, pour aller chercher le testament de Vera, sa mère, chez le notaire.

Il l'attendait d'une minute à l'autre, et craignait l'éventuelle teneur de cet acte.

Ces dernières années, il n'avait adressé la parole à sa mère qu'une seule fois par an, à l'occasion de son propre anniversaire qui tombait à la fin du mois de juillet, et immanquablement, elle pleurait. De l'avis d'Olav, la raison du conflit avec sa mère était évidente : si pour lui, rien n'était plus important que la famille, sa mère s'était toujours estimée au-dessus de celle-ci.

La porte qui s'ouvrit dans son dos le tira brusquement de ses pensées. Il reconnut Sverre dans le miroir embué. Plus Sverre vieillissait, plus il ressemblait aux photos de lui au même âge, mais il y avait chez son fils une faiblesse et un côté fuyant qu'une photographie ne pouvait révéler, c'était un peu comme la différence entre une vraie Rolex et une bonne copie.

« Toi ici ? » fit-il remarquer en continuant à s'hydrater la peau. Il avait longtemps pensé que l'armée serait l'endroit qui formerait son fils et le préparerait aux tâches qui l'attendaient à SAGA. Mais cela ne s'était pas passé comme il l'avait espéré : Sverre était rentré de son service militaire à l'étranger pâle et tremblant.

Son fils hocha la tête, il semblait gêné de le voir nu.

« La pasteure m'a envoyé un mail hier soir avec le brouillon de son hommage à l'église. Je l'ai imprimé. »

Olav noua une serviette autour de sa taille, prit la feuille et en entama la lecture.

« *Vera Lind est passée de vie à trépas*, lut-il. Sverre ? dit-il en agitant la feuille. C'est quoi ces conneries ? »

Son fils avait le regard rivé sur le sol mouillé.

« *Elle a enfin rejoint les verts pâturages*... Mais qu'est-ce que c'est que ce texte de merde, Sverre ? Ma mère était écrivaine. La langue était son outil de travail. Elle aurait préféré se couper la main que de produire des phrases pareilles.

— Écrivaine, écrivaine ! protesta Sverre. Cela faisait près de cinquante ans qu'elle n'avait rien publié. Et ce sont les mots de la pasteure, pas les miens.

— Je me contrefiche des pasteures norvégiennes, cette bande de lesbiennes impies et gauchistes. Ton boulot était de lui dresser une liste de quelques idées clés concernant Vera, des éléments que même une pasteure ne pouvait pas comprendre de travers. Ce truc ne vaut rien. »

Olav chiffonna le discours et jeta la boule de papier dans la poubelle.

« Je vais demander à Alexandra de refaire le point avec la pasteure. Si cette conne n'est pas fichue de pondre quelque chose, on demandera à quelqu'un d'autre. Éventuellement on confiera l'écriture de ce texte à Alexandra.

— C'est à moi que tu as demandé, pas à Sasha », maugréa Sverre.

Olav vaporisa de l'eau de Cologne dans le creux de son cou.

« Les Danois exportent de la viande de porc, les Français du vin, la Norvège du pétrole et du saumon. Tu vois ce que je veux dire ? Si nous entrions en guerre et devions abattre un chef taliban à mille mètres avec un fusil de tireur d'élite, c'est évidemment à toi que je m'adresserais. J'ai beaucoup de respect pour ce que tu as fait en Afghanistan, Sverre. »

Son fils ne répondit pas.

« En tant qu'être humain, nous avons tous des dispositions naturelles différentes. Ce bon Adam Smith aurait parlé de division du travail. L'erreur vient de moi, je n'aurais jamais dû te demander de t'occuper de ce texte. » Il sourit. « C'est de ma faute. »

Sverre le fixa d'un regard sombre. L'absence de protestations de son fils agaçait Olav au plus haut point. Alors qu'il était de toute évidence vexé, même si Olav ne faisait qu'exprimer la vérité. À la longue, il le fallait bien.

Dès tout petit, Olav avait donné à son fils l'éducation d'un prétendant au trône. Il lui arrivait souvent de jeter le gamin terrorisé dans l'eau glaciale, celui-ci criait et frétillait comme un poisson. Qu'il lui ait fallu des années pour se remettre de ce traitement à la dure, soit, mais Olav avait espéré qu'en vieillissant il comprendrait la valeur de cette mise dans le bain. Ce n'était malheureusement pas le cas.

Plus jeune, Olav avait toujours pensé qu'il quitterait la direction de SAGA et de la fondation à l'âge légal de la retraite. Mais les années passèrent et jamais il ne trouva le bon moment ou un successeur digne de ce nom. Puis il annonça à ses enfants et ses collaborateurs qu'il se retirerait à soixante-dix ans. Mais lors de la grande fête donnée à l'occasion de cet anniversaire, auquel assistaient le roi et le Premier ministre, il avait fait tinter son verre et déclaré qu'après mûre réflexion, il avait décidé de « proroger son départ ».

D'un point de vue aussi bien formel que juridique, il avait le droit de son côté. En tant que fondateur, les statuts de la Fondation SAGA lui assuraient le droit de prolonger sa fonction sans limitation dans le temps. Et sans lui, son clan n'aurait été qu'une de ces vieilles familles de la haute bourgeoisie en permanence criblées de dettes avec de grandes propriétés mais aucune liquidité.

« Ce texte a seulement pour but d'essayer de parler d'une personne qui a joué un certain rôle dans nos vies, répliqua Sverre. Ce n'est pas non plus le discours du Nouvel An du Premier ministre. »

Olav passa le bras autour des épaules de son fils. « Les discours du Nouvel An sont nuls, les discours des hommes politiques norvégiens sont aussi passionnés que des rapports publics.

— Je n'ai aucune intention de me lancer dans la politique.

— Tant mieux. Les politiques sont élus pour quelques années, ils goûtent au caractère aphrodisiaque du pouvoir puis tombent dans l'oubli. Il n'y a qu'à regarder la liste de ceux qui ont siégé avec moi au gouvernement. Oubliés, à quelques exceptions près. Un politicien *has been* est presque aussi triste qu'une starlette déchue ou un ancien champion toxicomane. Tu es un survivant, Sverre, un boxeur au menton en granit. Si tu dois un jour me succéder, il faut que tu sois capable de supporter des commentaires bien pires que celui-ci. Quand j'étais ministre de la Défense, les vautours me tournaient autour à longueur de journée. La vie est un combat, Sverre, la vie est un bain dans l'eau glaciale : soit tu te hisses à la surface, soit tu te noies. Viens, on y va. »

Ils quittèrent le vestiaire et sortirent dans la cage d'escalier. D'un côté, l'escalier en colimaçon montait dans la tour à la rosace et menait à son bureau. En face, une double porte donnait accès à la bibliothèque, où la famille devait se réunir pour passer en revue toutes les questions à régler en lien avec le décès.

Siri Greve se tenait debout, adossée au mur enduit de crépi. Comme toujours, elle était vêtue d'un tailleur près du corps qui mettait en valeur ses longues jambes et dont la couleur bleu marine contrastait avec sa chevelure blonde ondulée.

Au regard qu'elle lui lança, Olav comprit qu'elle avait une information importante à lui communiquer.

« Sverre, tu n'as qu'à entrer, laisse-moi un petit instant avec Siri », dit-il en le congédiant d'un signe de la main.

Sans un mot, son fils disparut tandis qu'Olav s'avançait vers Siri Greve. Le visage de l'avocate était figé. Définitivement, il y avait un problème.

« Vous avez l'air d'une personne porteuse de mauvaise nouvelle ?

— Je crains que ça ne s'avère compliqué, répondit Siri Greve.

— Le règlement d'une succession n'est jamais simple », déclara-t-il, comme s'il essayait de repousser l'annonce d'ennuis à venir.

Siri Greve passa la main dans ses cheveux et les rejeta en arrière, puis laissa tomber le couperet : « Le testament a disparu. »

Olav resta coi. Le goût désagréable remonta dans sa gorge, de nouveau il avait le sentiment de perdre le contrôle de la situation.

Il s'était blindé contre les mauvaises surprises que pouvait réserver le testament, mais pas contre sa disparition.

« Un testament ne se volatilise pas comme ça dans la

nature ! s'étonna-t-il. Je croyais qu'elle l'avait déposé chez le notaire ?

— Effectivement, Vera Lind conservait son testament chez le notaire depuis 1970.

— On devrait donc pouvoir y avoir accès ?

— Sauf que le notaire confirme par écrit que votre mère a récupéré le testament, répondit l'avocate en agitant un papier. Elle est allée le chercher le jour où elle s'est donné la mort. »

Olav passa deux doigts sur le bout de son nez, puis sur sa bouche avant que ceux-ci n'atterrissent sous son menton. « Maman est allée chercher son testament, pour juste après se jeter dans le vide ?

— C'est difficile à comprendre, mais oui. »

Perplexe, il commença à faire les cent pas dans la cage d'escalier. « Au pire, à quoi peut-on s'attendre, Siri ? »

Il raisonnait toujours ainsi, c'était son secret en affaires : quand des experts sur l'arme atomique ou des climatologues tenaient des conférences à SAGA, Olav demandait toujours quels étaient les pires risques que l'on courait et définissait sa stratégie en fonction de leur réponse.

« Il est possible que Vera ait souhaité se débarrasser du testament. Au pire : elle en a établi un nouveau dans lequel elle lègue ses biens à une autre branche de la famille.

— Hans et ces maudits Berguénois », murmura Olav.

Le clan d'Oslo à Rederhaugen, d'abord sous l'influence du mode de vie bohème de Vera, puis sous son contrôle à lui, s'était considérablement enrichi grâce aux revenus générés par le groupe SAGA. La fondation du même nom leur avait en outre donné quelque chose d'une plus grande valeur encore : de l'influence. Combien de temps était-ce appelé à durer ?

« Voilà où nous en sommes. » Siri Greve hocha la tête en direction de la bibliothèque. « C'est l'heure. On y va ? »

Chapitre 5

On parle de biens d'une valeur non négligeable

« Le problème est donc de savoir où la défunte doit être inhumée. »

Dans la mesure où Sasha avait un avis éclairé sur la question, elle leva sagement la main. En costume sombre, l'agent des pompes funèbres était un homme d'âge moyen rougeaud et grassouillet.

Quatre jours s'étaient écoulés depuis qu'elle avait trouvé sa grand-mère, mais l'image de son aïeule ce matin-là – sur le ventre, dans les hauts-fonds, la veste gaufrée, vert foncé dans l'eau, marquée de l'emblème de SAGA – l'avait hantée jour et nuit. Sasha n'avait encore jamais découvert de cadavre auparavant, à peine en avait-elle vu un.

Mais ses propres traumas n'étaient pas le pire, elle réussirait à les surmonter. Elle ne pouvait pas en dire autant du sentiment de culpabilité qui l'accablait. Vera s'était comportée de façon étrange quand Sasha, bêtement et naïvement, lui avait demandé si elle pourrait envisager de parler du naufrage. Avant, le soir même, de mettre fin à ses jours.

« Pourquoi pas Æreslunden, la partie du cimetière

de Vår Frelser gravlund réservée aux personnages célèbres ? suggéra Sverre.

— Ce n'est plus ce que c'était, murmura Olav. Soit il affiche complet, soit il est passé de mode parmi les morts.

— Papa, le coupa Sasha. Les commentaires de ce genre sont déplacés.

— Papa est enterré au cimetière de Vestre gravlund, poursuivit Olav. C'est bien comme endroit. Une tombe commune là-bas serait ce qui me semble le plus naturel.

— Je ne suis pas d'accord », répliqua Sasha.

Tous les regards se tournèrent vers elle. La réunion de préparation se tenait dans l'atrium de la bibliothèque, une pièce ronde, lumineuse, d'un rayon d'environ cinq mètres. Le soleil qui s'introduisait par une fenêtre étroite courant sur tout le périmètre de la pièce l'éblouissait dans son fauteuil. La coupole était dominée par des motifs tirés des livres des Rois de la Bible. Sous la fenêtre, les rayonnages descendaient jusqu'au carrelage poli en granit clair. La salle comportait plusieurs espaces de lecture et, en son centre, de profonds fauteuils où la famille s'était installée.

« Et sur quoi porte ton désaccord ? demanda Olav.

— Je propose que l'on crée un lieu à sa mémoire près de l'à-pic, répondit sa fille, et qu'à cet endroit, ses cendres soient dispersées dans le fjord. »

Le regard perplexe de l'agent des pompes funèbres se déroba, puis il nota dans son carnet. « Dans le fjord, d'accord. »

Olav l'ignora et se tourna vers l'avocate. « Siri, que dit la loi de ce choix éventuel ?

— D'un point de vue purement légal, ce devrait être possible, tant que la dispersion des cendres ne se fait pas à proximité d'habitations ou d'une zone de trafic important des bateaux de plaisance. »

Sur ce, l'agent des pompes funèbres continua à s'étendre sur le cadre pratique des funérailles – le cercueil en cerisier, de teinte acajou, quelle photo de Vera souhaitaient-ils mettre sur le livret de la cérémonie, avaient-ils une préférence pour les musiciens qui joueraient à l'église et pendant la réception après l'enterrement.

« Que penseriez-vous des Petits Chanteurs à la croix de bois ? demanda Olav. Je voudrais que ce soient eux qui chantent à l'église. »

L'agent des pompes funèbres hésita. « Ils sont très sollicités et je crains qu'il ne soit difficile de réussir à les faire venir dans un délai aussi court.

— OK, dit Olav agacé en jetant un œil sur la Rolex Daytona attachée à son poignet par une dragonne de ski aux couleurs du drapeau national. Dans ce cas, je passerai moi-même un coup de fil au chef de chœur. Mon fils vous appellera si nous avons d'autres questions. »

L'employé hocha la tête et quitta la pièce sans demander son reste.

C'était typique de son père d'humilier les gens de la sorte, mais Sasha subissait ce comportement depuis tellement longtemps qu'elle n'y prêtait plus guère attention. Bien qu'elle soit de dix ans son aînée, Siri l'avait invitée à rejoindre son réseau féminin en la conviant, dans un premier temps, aux bains qu'elle organisait dans le sauna sous Rederhaugen. Elle espérait ainsi l'aider à résister à la domination masculine dans sa famille.

Elles auraient aussi dû inclure sa grand-mère dans ce réseau, elle était la première féministe, mais personne n'était allé jusque-là. Quoi qu'il en soit, sa grand-mère n'aurait jamais rien accepté de tel, même dans un moment de folie, et de toute façon, maintenant, il était trop tard.

Olav s'éclaircit la voix. « Le but de cette petite réunion, hormis les informations pratiques concernant les funérailles, est d'en savoir un peu plus sur les questions juridiques autour de l'héritage. Andrea est encore en Suède, mais elle rentrera dès que possible. »

Sverre lança un regard découragé en direction de Sasha, le frère et la sœur n'étaient jamais aussi proches que lorsqu'ils parlaient de l'irresponsabilité de la petite dernière. Andrea était le fruit d'une passade de leur père dans les années quatre-vingt avec une femme alcoolique de la petite noblesse suédoise.

« Alexandra, Mads a-t-il l'intention d'avancer son retour ? » demanda Olav.

Sasha secoua la tête.

Quand elle lui avait annoncé la mort de sa grand-mère, son époux avait proposé de sauter dans le premier avion, mais elle l'en avait dissuadé. Bien que Mads soit d'ordinaire son interlocuteur le plus proche, elle avait l'impression que la mort de Vera la poussait à se recentrer sur sa famille. Mads ne connaissait sa grand-mère que superficiellement. Or le suicide avait un caractère intime qui ne le concernait pas.

« Je lui ai dit que ce n'était pas la peine, mais il viendra aux funérailles.

— Bien. Les réunions auxquelles il participe en Asie sont importantes, déclara Olav en les regardant tour à tour. Au cas où certains se poseraient la question, nous avons été en relation étroite avec la police après la mort de maman. Ils ont suivi la procédure habituelle en ouvrant une enquête sur les circonstances du décès et se sont rendus sur place pour examiner les lieux. Ils ont également parcouru l'historique de ses appels et interrogé les personnes présentes à Rederhaugen. Ils ont finalement exclu la possibilité d'une mort criminelle et ont clos l'enquête. Une évidence, peut-être, mais ce n'en demeure pas moins un soulagement. »

Il eut un sourire fatigué et lança un regard presque complice à Siri Greve, comme s'ils partageaient un secret. Peut-être les dernières volontés de Vera contenaient-elles de la dynamite.

« Je souhaiterais savoir ce qu'il en est du testament », intervint Sverre.

Il arrivait à son frère de faire preuve d'une étonnante clarté et d'aller droit au but, et ce avec le plus grand naturel, mais à la surprise de Sasha, son père et Siri Greve réagirent avec une certaine fébrilité.

« Il y a quelques complications concernant le testament de maman, déclara Olav.

— Des complications ? demandèrent Sasha et Sverre en chœur.

— Eh bien…, commença Siri Greve.

— Nous ne l'avons pas, poursuivit Olav. Je viens juste d'apprendre que maman était allée le chercher chez le notaire le jour où elle s'est donné la mort. »

Il s'ensuivit un long silence dans l'atrium.

La réponse de son père fit à Sasha l'effet d'un coup de massue. Elle était complètement sonnée.

Mon Dieu, songea-t-elle, cette nouvelle information aggravait-elle ou atténuait-elle sa culpabilité ? Sa culpabilité non pas au sens légal, mais moral. Impossible à dire. Mais quel geste étrange. Au moins, léguer ses biens à certaines personnes ou en déshériter d'autres était une conséquence logique de la haine et de l'amour. Mais aller chercher son testament et se suicider ?

Ça ne collait pas. Et elle ne pouvait se défaire du sentiment que cet acte était lié à une chose qu'elle avait dite.

« Mais pourquoi ? demanda Sverre.

— Aucune idée. Une hypothèse est qu'elle ne souhaitait pas léguer son héritage, dit Olav. Pourquoi serait-elle allée chercher le testament, sinon ?

— Et juridiquement, ça implique quoi ? » voulut savoir son fils.

Siri Greve se leva. Sa famille était la représentante légale des Falck depuis plusieurs générations. Siri avait non seulement le bon pedigree, mais elle était de surcroît une juriste éminente qui était devenue associée dans un cabinet de renom avant qu'Olav ne parvienne à la convaincre de rejoindre SAGA.

« Si le défunt n'a pas établi de testament authentique, la succession est dévolue aux héritiers en ligne directe, Olav dans ce cas. Pour le moment, basons-nous sur l'hypothèse selon laquelle Vera aurait souhaité léguer ses biens, mais que le testament ne nous est pas encore parvenu. Pour bien comprendre ce qui est en jeu, nous avons besoin de savoir précisément ce que possédait Vera et ce qui ne lui appartenait pas.

— Et pour SAGA ? demanda Sverre.

— Vera ne détenait aucune part dans SAGA. Les biens y font l'objet d'un régime à part, qui obéit au principe de la ligne directe. Vous connaissez les détails. Olav dirige l'entreprise, dont chacun des trois enfants détient une part. De même que ceux de Bergen. Comme vous le savez, les actionnaires faisant partie de la famille ont un droit de préemption en cas de vente.

Par conséquent, vous n'avez aucun souci à vous faire concernant SAGA.

— Papa avait compris combien il était important que la famille garde le contrôle du groupe dans le temps », ajouta Olav en hochant la tête d'un air approbateur.

Comme les patriarches Falck avant lui, il avait toujours été obsédé par l'idée de perpétuer la dynastie. Lorsque, tout juste grand-père, il était venu rendre visite à Sasha à l'hôpital à la naissance de Camilla, il avait soulevé le petit bout de chou dans ses bras et déclaré : « Il n'y a rien de plus beau que les familles éternelles ! »

Siri Greve regarda les autres. « Par conséquent, la succession de Vera, qu'il y ait ou non un testament, porte avant tout sur le foncier. Les plus gros biens de la famille : Hordnes à Bergen, le chalet de chasse à Ustaoset et bien sûr, Rederhaugen. On parle de propriétés d'une valeur non négligeable. »

D'une *valeur non négligeable*, c'était la litote du jour, en concurrence avec le *chalet* de chasse, puisqu'en pratique le fameux chalet était un domaine dans les estives.

« Juste par pure curiosité, dit Sverre, que valent ces propriétés ? »

Siri eut un sourire crispé. Sasha sentait combien son frère l'agaçait. « Eh bien. S'il est facile d'estimer le prix d'un F3 ou d'une maison normale, parce qu'il s'agit d'un marché important et parce que des biens de ce genre sont sans arrêt mis en vente, que dire du chalet de chasse, de Hordnes et Rederhaugen ? Ces trois propriétés sont en effet des domaines uniques en Norvège, valant ce qu'un éventuel acheteur sera prêt à payer. Or ce type d'acheteur ne court pas les rues.

— Avez-vous parlé avec ceux de Bergen ? » Sverre s'avança sur son siège.

« Ils ont sans doute demandé l'aumône à maman », grinça Olav.

Ça avait tellement mal tourné pour la branche de Bergen que l'ancienne et magnifique propriété de Hordnes dans le fjord de Fana avait failli être saisie par huissier. Vera avait acheté le domaine et les avait laissés y vivre pour un prix dérisoire, mais les rentrées d'argent étaient, selon son père, si limitées que les Berguénois avaient à peine de quoi payer la facture d'électricité.

« Vous craignez que Vera ait pu léguer une ou plusieurs propriétés à ceux de Bergen ? demanda Sasha.

— C'est une éventualité », répondit Siri.

Olav se leva et commença à arpenter nerveusement l'atrium. « Hans et les siens savaient que les titres de propriété étaient encore au nom de Vera. Hans est un coureur de jupons et cette fois-ci, il a tenté de courtiser une vieille dame excentrique de quatre-vingt-quinze ans. Difficile de faire plus proche de la définition de la bassesse. »

Même dans les meilleures familles, les gens perdent tout jugement dès lors qu'il est question de succession. Sasha avait néanmoins cru que la sienne réussirait à se comporter avec un minimum de dignité. Comme elle avait été naïve ! Il était parfois épuisant d'être une Falck.

« Ce sont des accusations graves que tu portes là, papa, dit-elle. Nous ignorons ce qu'il s'est passé. Ce sont des spéculations et tu envisages la situation sous le pire angle possible.

— Hans et les siens veulent notre peau depuis bien avant ta naissance, Sasha. Ils ne se sont jamais remis d'avoir eu tellement peu de jugeote dans les années soixante-dix et d'avoir tout dilapidé.

— Il n'empêche que cela demeure des spéculations. Il nous reste encore quelques jours avant les obsèques. Si Vera est effectivement allée chercher son testament et l'a conservé, il doit se trouver ici.

— Bien, Alexandra. Je veux que tu fouilles sa maison de fond en comble. »

Sasha hocha docilement la tête.

« Un testament est irrévocable, n'est-ce pas ? Dans ce cas, pourquoi est-il si important d'être les premiers à le trouver ? demanda Sverre.

— Parce que l'information, c'est le pouvoir », répondit Siri en adressant un sourire à Sasha de l'autre côté de la table.

Olav se tourna de nouveau vers sa fille. « Dès que tu mettras la main dessus, préviens-moi.

— Et si on essayait de parler à Hans ? suggéra Sasha. Peut-être qu'il sait quelque chose.

— J'ai essayé, mais je tombe directement sur son répondeur, répondit Olav. Il n'a pas de réseau, comme d'habitude. »

Chapitre 6

Marché conclu ?

La ligne de front, Kurdistan irakien

« Dernière possibilité de faire demi-tour, annonça le chauffeur dans un mauvais anglais tout en allumant une cigarette avec la braise de la précédente. C'est trop dangereux.

— On continue », répondit Hans Falck en abaissant la vitre du vieux pick-up.

La route jusqu'à la prison zigzaguait entre les pieds-de-loup, les immeubles en béton, les véhicules blindés et les sacs de sable. Les forces spéciales kurdes vêtues de tenues de camouflage américaines grises montaient la garde et battaient des bras pour se réchauffer dans le vent froid du désert.

La Landover grisâtre roulait lentement vers le premier check-point. Un soldat cagoulé et casqué arrêta la voiture d'un geste sec, un autre vérifia qu'aucune arme ou bombe n'était cachée à l'arrière ou sous la carrosserie, puis regarda sous le châssis avec un miroir, avant de faire signe au chauffeur de repartir sur la route poussiéreuse.

Au check-point suivant, une centaine de mètres plus loin seulement, on ordonna à Hans de descendre du véhicule. Une fumée épaisse s'élevait d'un bidon d'huile rouillé et se déployait telle une nappe autour du barrage. Elle se mélangeait à une odeur de combustible et de viande d'agneau épicée. L'odeur du Moyen-Orient.

Une femme soldat ordonna à Hans de retirer ses chaussures de marche, sa veste et son blouson pour le fouiller et le scanner avec le détecteur de métaux. Elle avait des traits sombres, des yeux de braise et un visage étroit un peu trop asymétrique pour être d'une beauté traditionnelle.

« Qu'allez-vous faire en prison ?

— Parler à un de vos supérieurs », répondit Hans en souriant.

La femme ne lui rendit pas son sourire, mais le conduisit à l'intérieur d'un poste de garde. Au fond de la pièce nue, derrière un bureau en métal sous l'étoile rouge kurde sur fond jaune, était assis un officier corpulent engoncé dans un uniforme vert. Hans posa sa carte d'identité, sa carte de médecin et sa lettre de recommandation sur la table.

Le directeur de la prison prit son temps pour compulser les papiers. Il se gratta la moustache.

« Voyons ça… l'Afghanistan dans les années quatre-vingt, le Liban, Gaza, la Bosnie, l'Irak, la Syrie. Mais surtout le Kurdistan, vous êtes un ami de longue date de notre cause, j'ai entendu dire. Coauteur d'un manuel d'anesthésie qui est utilisé dans le monde entier par les médecins en zone de guerre. Quelle carrière impressionnante, *mister* Hans ! »

Hans hocha la tête sans enthousiasme.

« Mais notre prison a déjà été inspectée plusieurs fois par les médecins du Croissant-Rouge, poursuivit le directeur, sans qu'ils y aient rien trouvé à redire. Nous traitons nos ennemis mieux qu'ils ne nous traitent. Nous sommes des gens civilisés, pas des monstres. Vous êtes conscient du danger que vous courez en pénétrant à l'intérieur ? Si une émeute éclate, il n'est pas sûr que nous puissions vous sauver.

— C'est un risque que je suis prêt à prendre. » Il but une gorgée du thé aussi sucré qu'une confiserie. « J'ai carte blanche de la part des autorités norvégiennes pour soigner un prisonnier norvégien. »

Il ne parvenait toujours pas à prononcer le nom de Yahya Al-Jabal pour parler de Johnny Berg, l'homme qu'il avait cherché pendant des mois, depuis que HK lui avait murmuré à l'oreille que Johnny avait disparu en Syrie.

« Un individu extrêmement dangereux, soumis aux mesures de sécurité les plus strictes, expliqua le directeur. Il nous a été envoyé par les Américains, qui lui ont fait passer un mauvais quart d'heure. Nos prisonniers d'Europe de l'Ouest sont en grande majorité des hommes peu éduqués avec un parcours de petits criminels. Des voyous, des délinquants, des sadiques, des malfaiteurs, certes, mais pas les plus futés qui soient. Al-Jabal est différent. Il a fait partie des unités spéciales norvégiennes, à ce que j'ai compris, il parle arabe et un peu kurde, et connaît suffisamment notre culture pour pouvoir se faire passer pour un sympathisant. Puis-je vous demander pour quelle raison ce Al-Jabal a besoin d'être examiné ?

— Mon serment d'Hippocrate m'oblige à soigner tous les êtres humains, ami ou ennemi, répondit Hans calmement, puis il but son thé à petites gorgées. Sa santé m'inquiète. »

D'après les autorités norvégiennes, Berg était présumé mort, mais son vieil ami avait eu vent d'une rumeur selon laquelle le garçon, accusé d'être djihadiste, moisirait dans une prison kurde. Il n'aimait pas la situation. Les Kurdes s'étaient toujours, et non sans raison, sentis trahis et poignardés dans le dos par leurs alliés étrangers, et leur paranoïa avait encore empiré ces dernières années, depuis qu'ils étaient presque seuls sur la ligne de front contre les islamistes.

Le directeur de la prison se leva et pénétra dans une pièce voisine, une odeur de transpiration se répandit dans la pièce. Au bout d'une éternité, il revint.

« Désolé, dit-il. Après discussion, ce n'est pas possible. »

Hans se renversa sur sa chaise, en se tenant la tête dans ses mains. Un non ici n'était pas comme un non en Europe.

« Appelez le ministre de la Santé à Erbil et expliquez-lui la situation », dit Hans. Il rechercha le nom de l'homme en question et tendit son téléphone au directeur de la prison. « C'est un bon ami. »

L'homme scruta longuement l'écran, sans un mot, avant de lui rendre son portable.

« À vous l'honneur. »

Hans l'appela, mais tomba directement sur son répondeur et jura tout bas.

« C'est impossible », répéta le directeur de la prison en laissant choir un nouveau morceau de sucre dans son thé.

Hans inspira et joua sa dernière carte. « Je suis allé sur les monts Sinjar l'été dernier, juste après les massacres et la purification ethnique, j'étais un des rares médecins occidentaux sur place. Je ne sais pas si vous lisez la presse internationale, mais si vous avez des doutes quant à ma loyauté envers vous qui combattez vaillamment contre les djihadistes, en toute modestie je dirais que j'ai fait plus pour la cause kurde que la plupart. Accordez-moi un peu de temps avec le prisonnier, et vous aurez un problème de moins dans votre prison d'ici la tombée de la nuit. »

Le directeur le fixa longuement.

« OK, *mister* Hans, finit-il par déclarer. Je vous donne une heure. »

*

Le bâtiment de la prison était une construction en béton gris, percée de petites meurtrières et coiffée au sommet de lucarnes.

Quelques jours seulement s'étaient écoulés depuis l'appel de Vera. Hans l'avait toujours appréciée, leurs liens étroits remontaient au printemps 1970. Il était encore lycéen à l'époque et Vera, pour les besoins d'un manuscrit auquel elle travaillait, avait vécu un certain temps chez eux, dans la vieille propriété des Falck au bord du fjord de Fana. Un manuscrit qui n'avait jamais été publié.

Vera lui avait téléphoné deux jours avant de se suicider. Après coup, il ne pouvait s'empêcher de penser qu'elle avait eu un ton lugubre et grave, comme celui que prennent souvent les gens qui font ce choix définitif.

Ils avaient discuté pendant près de dix minutes, puis elle avait déclaré qu'elle préférait ne pas aborder certaines questions au téléphone, c'était inapproprié.

Ce furent ses dernières paroles.

Cette affaire sentait mauvais et pour creuser le sujet, il était indispensable qu'il parle à Johnny Berg. Il pouvait sembler étrange qu'un jeune Norvégien soupçonné d'avoir rejoint l'EI puisse être impliqué dans une guerre entre héritiers d'une écrivaine de quatre-vingt-quinze ans. Mais c'était bel et bien le cas.

Le gardien ouvrit une grille en fer et referma à clé derrière lui. Deux sas plus loin, il arriva devant la porte de la prison.

Il fut conduit dans le couloir. La puanteur des cellules s'accentua, des relents de transpiration, d'excréments et de chair putréfiée. Il pouvait voir les prisonniers à travers les lucarnes. Les hommes portaient des tenues orange. La lumière tombait d'une petite fenêtre. Les sas étaient grillagés, les murs turquoise et blanc, les cellules surpeuplées. Une odeur pestilentielle mêlée d'infections non traitées flottait dans l'air. Ils manquaient de médicaments, certains clopinaient sur des membres amputés, d'autres agonisaient ou faisaient semblant d'agoniser. En tant que médecin, Hans en avait vu des vertes et des pas mûres, mais quand le gardien ouvrit la porte, il fut saisi d'un haut-le-cœur.

La cellule dans laquelle il pénétra était dimensionnée pour accueillir une vingtaine de prisonniers, or ils étaient sans doute plus du double ou du triple entassés dans la pièce. Des vieillards sous-alimentés au thorax protubérant jouaient aux cartes avec de jeunes garçons amputés, un adolescent geignait et se lamentait dans ce qui ressemblait à du flamand, d'autres toussaient ou réajustaient des garrots et des bandages sales autour de leurs plaies. Un homme avec un bandeau sur l'œil se déplaçait péniblement à l'aide de béquilles. Certains des prisonniers cherchaient à établir un contact en criant *sahafi !* – journaliste ! – pendant que plusieurs autres le fixaient en passant lentement leur index sur leur gorge.

C'était au fond de la pièce que l'odeur était la plus

forte. Ça puait la mort. Des serviettes et des vestes étaient suspendues autour des toilettes à la turque.

« Ici, lui indiqua le gardien en donnant un coup de pied dans l'homme assis en position du lotus. Al-Jabal, debout ! »

Johnny était assis contre un mur turquoise, les yeux fermés et la paume des mains tournée vers le ciel, comme s'il méditait. Il portait le même type de tenue orange que les otages de l'EI avant leur exécution. Probablement une façon pour les Kurdes de prendre leur revanche. Bien que son visage symétrique soit gris et amaigri, c'était un beau garçon. Ou un bel homme, puisqu'il avait désormais une petite trentaine d'années. Son nez légèrement busqué se terminait sur des lèvres larges, ses pommettes anguleuses saillaient sous la barbe épaisse et ses cheveux foncés et gras tombaient sur ses épaules. Johnny ouvrit les yeux et le scruta longuement. Il lui était impossible de deviner son état d'esprit à partir de son regard.

Hans se souvenait parfaitement de leur dernière rencontre. Lors du bombardement israélien du Liban en 2006, Berg l'avait interviewé, en tant que jeune journaliste free-lance cette fois-là. Une bonne interview, une des meilleures qu'il ait lues. À l'époque déjà, Hans avait soupçonné Berg de travailler pour les renseignements, mais il en était sûr à présent.

« Je viens t'examiner, annonça Hans. Heureux de te revoir, je garde le souvenir d'une discussion intéressante. »

Johnny soutint longuement son regard, toujours sans proférer un mot. Puis il referma les yeux et respira calmement par le nez.

Le gardien kurde surveillait les autres prisonniers

comme le lait sur le feu, ils avaient commencé à éveiller leur attention.

Malgré sa maigreur et une sous-nutrition évidente, on voyait clairement que Johnny avait été un jour en excellente condition physique. Il avait le dos barré de trois longues cicatrices. Juste au-dessous de l'épaule, deux balles avaient laissé deux marques légèrement plus sombres que la couleur de sa peau.

Le stéthoscope autour du cou, Hans prit sa tension artérielle, son pouls, mesura son rythme cardiaque au repos, puis lui préleva un échantillon de sang dans l'index.

« Maintenant écoute-moi bien, murmura Hans en posant ses mains sur les siennes. À ton âge, je sautais sur la moindre occasion de partir en mission à l'étranger. Aujourd'hui, je commence à me faire vieux. As-tu jamais entendu parler de personnes qui, à l'article de la mort, regretteraient de ne pas avoir gagné plus d'argent ou participé à plus de missions secrètes au Moyen-Orient ?

— Qu'est-ce que vous cherchez à me dire ? demanda Johnny.

— Tu as une fille », répondit Hans.

Enfin Johnny leva les yeux.

« Ne reproduis pas la même erreur que moi, continua Hans. Pour des raisons sanitaires, je vais exiger au nom de la Norvège que tu sois libéré. J'y parviendrai, les Kurdes se débarrassent plus que volontiers des combattants étrangers, surtout s'ils sont porteurs de maladie.

— Pourquoi vous m'aidez ? demanda Johnny après un long silence.

— Le serment d'Hippo…

— Des conneries, vous le savez, l'interrompit Johnny en secouant la tête.

— Tu es la victime d'une grave injustice.

— C'est vrai, mais ce n'est pas la raison de votre présence ici.

— Sacré Johnny ! Quelle tête de pioche. OK. Tu me devras une faveur à ton retour en Norvège, murmura Hans. Pas le temps pour les détails, mais j'ai un deal à te proposer : la liberté en échange d'un service. »

Le prisonnier inclina la tête sur le côté, comme s'il réfléchissait.

Hans poursuivit : « Tu as toujours des soutiens en Norvège, des gens qui te croyaient mort et qui sont choqués de la manière dont tu as été traité. Suis mes consignes et tu seras dans l'espace aérien européen avant la tombée de la nuit.

— Comment savoir si je peux vous faire confiance ? demanda Johnny en levant vers lui ses yeux vert clair.

— Tu n'as aucun moyen de le savoir. Mais dans la situation où tu te trouves, tu n'as pas trop le choix, il me semble. Marché conclu ? »

Chapitre 7

À maman !

La veille des obsèques, Sasha entendit des pas à l'extérieur du chalet. Peu après, le fer à cheval s'abattit avec force sur l'épais battant de bois, et avant même qu'elle ait eu le temps de réagir, la porte s'ouvrit en grand et une silhouette apparut dans l'obscurité.

Olav était vêtu de bottes en caoutchouc hautes, d'un polaire et d'un surpantalon avec des pièces de cuir aux genoux.

Il avança d'un pas sur le parquet grinçant. « Bonsoir, Alexandra, tu as trouvé quelque chose ? »

Depuis que Sasha était petite, ses visites chez sa grand-mère avaient toujours revêtu un caractère un peu merveilleux. Le monde objectif existait, bien sûr, même pour Vera, mais c'était celui des ingénieurs, des physiciens et des médecins, et il l'intéressait moins que les descriptions qu'on pouvait en faire. C'étaient les récits racontés autour du feu depuis la nuit des temps qui faisaient l'humanité, des histoires qui, par la suite, étaient devenues des livres, des livres qui avaient trouvé le chemin jusqu'à la bibliothèque du chalet de Vera près de l'à-pic de Rederhaugen, un monde éternel dont son père venait brusquement de la tirer.

Ces derniers jours, elle n'avait pratiquement pas

quitté cette pièce. Le matin elle se dépêchait d'envoyer les filles à l'école et veillait à ce que la garde d'enfants s'occupe d'elles l'après-midi. Ce jour-là, elle était toutefois passée en coup de vent à la maison afin de préparer les vêtements pour les obsèques : des robes de velours noir et des chaussures vernies à bride pour les petites, un costume sombre avec cravate assortie pour Mads. Son avion atterrirait quelques heures seulement avant le début des funérailles, et il apprécierait, à son arrivée, de n'avoir plus qu'à enfiler sa tenue. Tous deux aimaient prendre soin l'un de l'autre à travers de petites attentions.

Le reste du temps, elle n'avait pas bougé du chalet.

Fouiller chaque ouvrage dans une grande bibliothèque représentait un travail considérable et Vera en avait une collection colossale. Les murs de son petit bureau étaient tapissés de ce qui correspondait, selon Sasha, à une centaine de mètres linéaires de livres. Auxquels s'ajoutaient les cartons scotchés dans la cave à pommes de terre et tous les dossiers contenant la correspondance avec son éditeur.

Le bout de ses doigts était comme poli par du papier de verre à force de les feuilleter. Certains d'entre eux étaient dédicacés par des collègues écrivains de Vera plus ou moins célèbres. Il y avait là un nombre infini de romans et de livres d'histoire, de sociologie, d'économie et des écrits plus ésotériques sur les mythes et l'astrologie. Au fil de ses recherches, les souvenirs ressurgissaient.

« Je découvre toutes sortes de choses, répondit Sasha, mais du testament, aucune trace.

— J'ai appelé le notaire pour m'assurer que maman était bien allée le chercher et que Greve ne nous racontait pas de salades. Mais elle l'a effectivement récupéré.

— Tu n'as pas confiance en Siri ? » demanda Sasha.

Son père sourit. « Je lui fais plus confiance qu'à pratiquement n'importe qui d'autre. Sauf que ce n'est pas un membre de la famille. »

La nuit avait commencé à tomber, la surface du fjord était bleu pétrole. Au loin, sur l'autre rive, elle distinguait de faibles lueurs au sommet de la colline qui se dressait au bord de l'eau. Et derrière celle-ci, un ciel nocturne gris.

« Tu es triste, Alexandra ? »

Son père avait soudain ce regard ouvert et sensible qui était parfois le sien et qui lui rappelait le sentiment de sécurité et l'affection qu'elle éprouvait, enfant, lorsqu'elle grimpait sur ses genoux.

« Oui, dit-elle en détournant les yeux, effectivement. »

Sasha avait toujours été la préférée de sa grand-mère et le regard que son aïeule portait sur elle la remplissait de fierté. Quand elle était petite, Vera lui donnait une pièce de dix couronnes comme argent de poche, tandis que Sverre devait se contenter de cinq couronnes, ou de rien. Tout cela parce que Sasha était la seule de la famille à s'y entendre en littérature ou à aimer ses récits, à avoir ce regard aiguisé et cette force tranquille que doit posséder un écrivain. Sasha n'avait jamais compris pourquoi sa grand-mère avait cessé d'écrire.

Sasha gardait un souvenir précis d'une soirée chez elle, même si elle ne devait guère avoir plus de dix ou onze ans. Sa grand-mère lui lisait un ouvrage sur la mythologie grecque, sur la déesse Iris, la messagère des dieux, quand elle s'était soudainement interrompue et avait tendu l'oreille. Il y avait du bruit à l'extérieur.

Celui-ci s'était amplifié et sa grand-mère avait fondu en larmes.

« Pourquoi pleures-tu ? avait demandé Sasha. Ce sont juste des chats, c'est la saison des amours. »

Sa grand-mère l'avait regardée. « Pour les autres, ce n'est que ça. Mais pas pour *nous*. Pour un écrivain, la vérité est l'image que la réalité fait naître dans sa tête. Toi tu penses à un chat, pourquoi pas, pour ma part, je pense à un nourrisson qui souffre. Et nous avons raison l'une et l'autre. »

Olav feuilleta un livre contenant des fac-similés de vieilles coupures de journaux. « Bien sûr, maman a gardé tous les articles parus sur ses livres, dit-il d'un ton à la fois gai et chagriné avant de lire à voix haute : "un début sobre et d'une grande sûreté de style", "un livre morbide et magnifique écrit par notre nouveau scalde de la côte". »

Dans les années cinquante, les deux recueils de nouvelles de Vera Lind avaient été bien accueillis par la critique mais n'avaient pas été de grands succès, ce n'était que plus tard, quand certaines de ces nouvelles avaient été reprises dans les manuels scolaires, qu'ils étaient devenus cultes. À la fin des années soixante, elle avait écrit une série de romans à suspense sombres (« la Daphné Du Maurier du Nord » comme on la surnommait) qui s'étaient bien vendus, même s'ils étaient sans doute un peu en avance sur leur temps, avant que sa production littéraire ne cesse brusquement vers 1970.

« Grand-mère était-elle vraiment connue ?

— Pas autant qu'elle-même pensait mériter de l'être, glousse Olav.

— C'est curieux qu'elle ait arrêté d'écrire. »

Son père ne répondit pas à cette dernière remarque,

à la place il se dirigea vers le coin cuisine et sortit une bouteille d'aquavit poussiéreuse. Il remplit deux petits verres et s'assit à l'autre extrémité du bureau. Il poussa le second verre vers elle.

« Tu sais que ce sont les Allemands qui ont construit ce chalet quand ils ont réquisitionné Rederhaugen ? »

Sasha trempa les lèvres dans l'eau-de-vie, un frisson la parcourut.

« Après guerre, Vera a décidé d'en faire son bureau et de le rendre un peu plus confortable, poursuivit-il, imperturbable. Les angles en troncs d'arbres imbriqués de la maison et les murs en rondins en façade datent de cette époque, mais on peut toujours voir les matériaux d'origine sur le mur côté forêt. »

Il tendit le doigt dans cette direction, mais Sasha l'interrompit. « Je ne sais presque rien de cette période. Grand-mère n'en parlait jamais, et toi à peine plus. »

Olav but une gorgée d'eau-de-vie et la fixa d'un air triste. « Parce que c'était douloureux.

— Douloureux ? » Elle regarda son père bien en face, son visage parcheminé où une ride de sagesse se dessinait au-dessus de ses sourcils broussailleux.

« Comment dire ? » Il jeta un regard nerveux par la fenêtre. « Maman n'était pas le même type de mère que toi. Elle était absente. Chaleureuse et froide à la fois. La plupart du temps, c'était une gouvernante qui s'occupait de moi quand elle n'était pas là. Une année elle est allée passer un hiver entier dans le sud de la France. Tu te rends compte, un hiver entier… Il *fallait* qu'elle écrive, comme elle disait. Je me souviens d'avoir pleuré toutes les larmes de mon corps quand elle est partie. J'avais neuf ans, tu imagines, je pleurais comme une Madeleine sur le quai de la gare de l'Est. »

Sasha vit aussitôt la scène : le petit Olav sur un long

quai pendant que le train quittait lentement la gare. Elle posa la main sur la sienne.

« La nuit, maman criait, poursuivit-il. C'était bien avant que l'on restaure Rederhaugen, le corps de logis était alors vide et glacial, et très sonore, les cris résonnaient dans les couloirs, et jusque dans la chambre où je couchais. Maman hurlait, de manière inopinée, chaque nuit elle se dressait dans son lit et hurlait.

— Elle n'a pas cherché à être aidée ?

— Elle ne le voulait pas et on n'avait pas la même approche de ces choses à l'époque, ce n'était pas comme aujourd'hui. Un jour, à douze ans, peut-être treize, ça m'est devenu insupportable. Je me suis posté dans la mezzanine du corps de logis avec une corde autour du cou. J'ai pensé à la liberté qui m'attendait si je me jetais par-dessus la rambarde. Que la mort n'était qu'à un pas. Que la mort était noire, qu'elle n'était rien.

— Oh, papa ! s'exclama Sasha en lui caressant l'épaule.

— Je me suis senti mieux, ça finit toujours par aller mieux, Alexandra. Le lendemain, je me suis réveillé avec un sentiment étrange. Certes, j'avais toujours peur de ce que maman pouvait trouver à faire, et cette peur ne m'a jamais quitté. Mais j'étais libre. Quelque chose en moi avait compris que nous décidons de notre propre destin. »

Il y avait tant que de questions qu'elle aurait aimé poser, mais elle était trop bouleversée par les propos de son père.

« J'ai ressenti cette même peur quand tu étais adolescente. Tu étais le portrait tout craché de maman sur les vieilles photos d'elle. Je ne voulais pas que ta vie ressemble à la sienne. Mais tu n'es pas devenue comme elle, Alexandra. Nos ancêtres, et peut-être moi-même il y a belle lurette, étions connus pour une qualité que tu possèdes aussi. Tu es intelligente et visionnaire, certes, mais tu as quelque chose de plus important : du caractère. Des valeurs. Tu es loyale envers la famille. Tu gardes ton calme sous la pression. Tu réfléchis avant de parler, et tu laisses aux gens le soin de deviner ce que tu penses. »

Sasha sourit à son père. C'était presque pathologique. Dans le reflet du regard des autres, il ne voyait que lui. En permanence, il déversait sur ses interlocuteurs ses propres sentiments, l'ambiance de chaque pièce dépendait de son humeur. Et pourtant elle l'aimait, d'un amour incomparable à celui qu'elle pouvait éprouver pour d'autres. Ni Mads, ni son frère ou sa sœur. Même son amour pour ses enfants était d'un autre ordre, nettement moins complexe.

« J'ai trouvé un livre sur le naufrage de l'express côtier, dit-elle en prenant un ouvrage : *Recueil de textes sur le naufrage du* Prinsesse Ragnhild. Il contient, entre autres, le procès-verbal maritime du tribunal d'instance de Salten qui a été établi au lendemain de la catastrophe. Le genre de contenu qui ne laisse pas indifférent. »

Olav feuilleta le recueil, chaussa les lunettes qui pendaient à son cou et lut à voix haute. « “Lors de l'explosion, le navire se souleva et le commandant fut projeté en l'air avant de retomber sur le plancher du pont, à moitié à genoux. Là, il fut renversé et tomba sur son côté gauche. Selon le commandant, le naufrage serait dû à une mine, même si, précise-t-il, il n'en a jamais fait l'expérience. En revanche, il a été témoin de torpillages lors de la Première Guerre, et cette explosion y ressemblait. Le bruit sourd entendu est ce qui le pousse à penser qu'il s'agissait d'une mine..."

— Mais est-on bien sûr qu'il s'agissait d'une mine ? demanda Sasha.

— Aussi sûr qu'on peut l'être dès lors que l'on parle de faits historiques, répondit Olav. Tous ceux qui ont écrit à ce sujet partagent ce point de vue. Et écoute ce que le commandant Brækhus déclare sous serment. »

Lentement, il lut : « "Aux dires du commandant, tout porte à croire que l'explosion fut causée par une mine sous-marine. L'accident s'est probablement produit dans le champ de mines installé par les Anglais le 8 avril 1940."

— C'est quand même fou de penser que ce sont les Anglais qui sont responsables de la mort de grand-père », constata Sasha.

Son père hocha la tête et la regarda avec tendresse. « Quoi qu'il en soit, c'est secondaire. Tu imagines que maman a sauté dans l'océan polaire avec moi dans les bras ? Sans ce geste, je ne serais pas assis ici ce soir. »

Il sourit, la chaleur et la douceur revinrent dans ses yeux. « Ni toi, du reste. »

Sasha ne s'était pas sentie aussi proche de son père depuis longtemps, elle percevait son odeur. « Lors de notre dernière entrevue, j'ai demandé à grand-mère de raconter ce qui s'était passé lors du naufrage de l'express côtier. »

Olav sursauta, son regard se durcit. « Maman était conteuse, pas documentariste.

— J'ai tellement peur que ce soit cette demande qui l'ait poussée à se jeter dans le vide.

— Non », répondit Olav, d'un ton de nouveau plus tendre. Cette fois-ci, ce fut lui qui posa la main sur la sienne. « Un meurtre a parfois un motif simple, la haine ou l'amour. Pour le suicide, le motif, c'est la vie elle-même. Et la vie de maman n'a jamais été de ta responsabilité, Alexandra.

— Il reste tellement de questions sans réponses autour de grand-mère. Où elle a caché le testament, bien sûr, mais aussi qui elle était réellement, d'où elle venait, et pourquoi elle a cessé d'écrire. »

Le visage de son père se crispa. « La vie de maman est un labyrinthe. Si par malheur tu t'aventurais dedans, tu n'en ressortirais pas. »

Il soutint son regard un long moment, avant de sourire. « Portons un toast, à maman ! »

Peu après Olav se leva et posa les verres d'aquavit sur le plan de travail. « Tu es prête pour le discours de demain ? »

Sasha hocha la tête. « Je crois, oui.

— Vivement que les obsèques soient passées. Car avec elles, c'est un chapitre de l'histoire de notre famille qui se referme. Si attirants que puissent sembler les secrets de Vera, ce qui est souvent le cas avec les mythomanes, tu dois me promettre une chose, Alexandra. »

Brusquement, Sasha sentit un froid l'envahir. « Laquelle ?

— De ne pas retourner les pierres. Car si jamais tu le fais, tout ce que nous avons construit peut s'effondrer. »

Chapitre 8

La croix de guerre avec deux épées

Le ministère public avait demandé que l'audience préliminaire se déroule à huis clos, invoquant la sécurité du royaume, une requête qui avait été satisfaite.

L'avocat Jan I. Rana s'installa à côté du prévenu. John Omar Berg, ou *Johnny* Berg comme il s'était présenté, n'était en Norvège que depuis quelques jours, après avoir quitté le Kurdistan sous escorte, et il avait encore un visage maigre et des pommettes saillantes. Il ressemblait à un aigle, mais cette fois-ci au moins ses longs cheveux noirs étaient coiffés en arrière et tombaient sur son gros pull en laine aux motifs traditionnels.

Habiller les petites frappes en pull typiquement norvégien tenait peut-être de la caricature. Mais les clichés devenaient des clichés parce qu'ils fonctionnaient, se dit Rana.

Le juge était un grand type flegmatique en costume sombre. Avec ce que maître Rana supposait être l'assurance de la quatorzième génération élevée dans les belles demeures aux pommeraies bien entretenues dans les quartiers ouest et chics de la capitale, il lut les réquisitions du ministère public. Celui-ci demandait quatre semaines d'emprisonnement avec interdiction de correspondance et de visite, conformément à l'article 133 du Code pénal sur l'association de malfaiteurs terroristes et l'article 136 sur les voyages à visée terroriste.

« Le prévenu John Omar Berg consent-il à la peine d'emprisonnement ou demande-il sa libération ? demanda le juge, avec une nonchalance affectée.

— Sa libération », répondit Jan I. Rana.

Le juge s'éclaircit la voix : « Dans ce cas, je donne la parole à madame la procureure. »

Une femme blonde à la trentaine bien tassée se leva.

« Comme nous le savons, le 12 septembre 2014 John Omar Berg a atterri dans la ville kurde d'Erbil. Nous savons aussi que ces dernières années, il a livré une vision du monde de plus en plus extrême, comme en témoigne ce courrier électronique daté du 23 juillet de cette année, je cite : "Le rôle joué par l'Occident au Moyen-Orient m'écœure tellement que ça me donnerait presque envie de m'enrôler au sein de Daesh. Au moins ils ont des couilles", fin de citation. L'objectif de Berg est clair : il veut s'engager dans cette organisation terroriste. »

Elle marqua une pause, Rana regarda longuement Johnny qui se tenait immobile sur sa chaise, telle une poupée de cire. Rana n'avait jamais vu un calme pareil chez quelqu'un au tribunal, il lui rappelait les moines tibétains capables de méditer dix ans d'affilée.

« Berg a par conséquent des intentions terroristes, poursuivit la procureure. Ce jour-là, il passe la ligne de front près de la ville de Telskuf dans le nord de l'Irak, où il retrouve les autres combattants étrangers norvégiens qui vivent dans un village contrôlé par l'État islamique, dont Abu Fellah, un djihadiste recherché par la police. Que se passe-t-il quand John Berg rencontre

Fellah ? Nous l'ignorons. En revanche nous savons, par l'intermédiaire des renseignements étrangers, qu'il est arrêté par la milice kurde peshmerga le lendemain. »

La procureure se tourna vers le juge. « La raison pour laquelle le ministère public estime le placement en détention provisoire particulièrement important dans ce cas est bien sûr due à la gravité de l'inculpation, mais aussi à la personnalité de John Berg, à son parcours. »

Le juge avait l'air de s'ennuyer en écoutant le réquisitoire sans âme de la procureure. Elle se fondait parfaitement dans le décor minimaliste et terne des lieux, songea Rana.

« Berg, poursuivit-elle, a été formé dans les commandos marine et a servi dans l'armée pendant de nombreuses années, avec une habilitation de sécurité du plus haut niveau. Le fait qu'une personne avec son parcours fasse le choix de se rallier à une organisation terroriste accentue sérieusement la gravité du voyage du combattant étranger. C'est un terroriste en puissance. Il y a par conséquent plusieurs raisons de le garder en prison : nous avons appris par des collaborateurs européens que d'autres détenus relâchés de la prison où Berg a été emprisonné sont recherchés pour préparation d'actes terroristes. De plus, le ministère public considère le risque de destruction de preuves comme réel dans cette affaire. Et le relaxer heurterait l'opinion publique. »

C'est par ces mots qu'elle termina son réquisitoire avant de refermer son dossier et de se rasseoir, les mains sagement posées sur ses genoux.

Jan I. Rana réajusta sa cravate et sa veste de costume sombre.

À l'origine il s'appelait Mohammed Iqbal Rana,

un nom qui, à son grand dam, avait tendance à être abrégé en Mo-I-Rana, comme la petite ville du Nord pas très glamour, ce qui lui avait valu de nombreuses moqueries dans son enfance. Mais Mo-I-Rana comprit vite que s'il voulait devenir quelqu'un dans la vie, il devait arrêter de racketter les petits bourges derrière le centre commercial de Tåsen et travailler main dans la main avec les Norvégiens. Et vu que la moitié de la ville s'appellerait bientôt Mohammed, il avait besoin de porter un nom scandinave. Il avait pensé à Tormod. Puis Bjørn. Mais non, ça sonnait faux. Ce n'était pas lui.

Jusqu'à ce qu'il se rende compte que Jan était le prénom norvégien le plus commun. Et le mot persan pour *âme*.

Bref, le nom parfait.

Jan I. Rana devint une bête de travail. En droit, il ne se mêlait pas aux autres. Pour les Pakistanais aux dents longues qui, par la suite, prirent d'assaut la faculté de droit, son style négligé avait quelque chose de douteux. Aux yeux de ses condisciples qui avaient grandi dans les grands vergers des quartiers ouest, il était juste un étranger de ceux de l'est, populaires et bétonnés, un jeune issu d'un milieu difficile, mais ayant malgré tout réussi. Jamais il ne pourrait devenir comme eux. Les Bull, Stang, Smith, Lükten, Stoud Platou, Collet, Falsen… leur arbre généalogique remontait jusqu'aux branches les plus aristocratiques, aux grands hommes à l'origine de la Constitution norvégienne et aux présidents de la Cour suprême, alors que le sien remontait aux Rajput indiens, à la caste des guerriers, mais ça, aucun Norvégien ne le soupçonnait.

À la place, il se mit à cultiver l'image d'un gars venant d'un milieu ouvrier très ancré dans la culture norvégienne. Dans les bars, Jan I. Rana se vantait auprès des étudiantes en droit de descendre des travailleurs immigrés qui avaient construit la ligne de chemin de fer entre Bergen et Oslo. Il prétendait que Rana était un nom commun parmi les Suédois et les Skogfinn – les Finlandais qui avaient émigré en Norvège et en Suède entre le XVIe et le XVIIe siècle. Assez vite, ses soupçons se virent confirmés : la plupart de ses condisciples étaient des fainéants et des incultes. Ils gobaient tout ce qu'on leur racontait, du moment que l'histoire était suffisamment bonne et détaillée.

Peu à peu, il comprit que ses origines jouaient en sa faveur. Ses anciens acolytes avaient régulièrement besoin d'un avocat, puis la nouvelle génération arriva. Le califat devint une mine d'or – le cabinet de Rana aurait dû envoyer une carte de vœux au calife. Leurs idées démentes étaient devenues son gagne-pain et c'est la raison pour laquelle il avait lâché toutes ses affaires en cours quand le médecin star Hans Falck avait appelé le cabinet Rana & Andenæs pour lui demander de défendre un Norvégien « innocent mais soupçonné » d'être un combattant étranger.

Ouais, je vois, avait pensé Rana.

Pour la plupart des djihadistes poursuivis en justice, il suffisait de ressortir la vieille rengaine selon laquelle ils étaient partis pour aider femmes et enfants, en croisant les doigts pour que le ministère public n'ait pas trop de preuves du contraire en sa possession. Mais ce type de défense n'intéressait pas John Omar Berg, comme il s'appelait. Il avait donné à Rana un papier sur lequel étaient inscrites les initiales « HK », suivies d'un numéro de téléphone. L'homme qui se cachait derrière ces initiales lui avait apporté tellement d'éléments que Rana se faisait une joie de plaider.

« Je donnerai raison à madame la procureure sur plusieurs points : John O. Berg a effectivement été formé dans les commandos marine, la formation militaire de l'armée la plus dure et la plus exigeante qui soit. »

Rana veillait à ne pas employer le nom étranger de Johnny.

« Et il est vrai qu'il a servi dans l'armée pendant de nombreuses années et passé la ligne de front de l'État islamique. Oui, il a écrit un mail qui peut être interprété comme un soutien à cette organisation terroriste, et oui, il a été détenu dans une prison liée à la préparation d'attentats terroristes. Mais faut-il en déduire pour autant que John O. Berg doit être incarcéré ? Que c'est une évidence ? »

Rana regarda la procureure, puis le juge. La longue pause rhétorique qui suivit avait pour but d'éveiller leur intérêt.

« Le seul problème avec la version de madame la procureure, poursuivit-il enfin, est qu'elle n'a pas cherché à savoir ce que Berg faisait dans l'armée. Or il travaillait pour les services de renseignement. »

Il leur dressa la liste des prouesses de Berg entre 2006 et 2010, quand il servait en Afghanistan. « En prenant d'énormes risques, il a mis au jour le réseau chargé de fabriquer les bombes qui étaient destinées à tuer des soldats norvégiens. Berg est un bon. Il est brillant. Il a été décoré pour sa bravoure, la croix de guerre avec une épée, puis deux épées.

Rana regarda ses deux interlocuteurs et répéta : « Deux épées. »

Puis il ménagea un autre long silence. « Jusqu'ici, seul Gunnar Sønsteby avait eu cet honneur. Berg sauve des vies norvégiennes, défend nos intérêts.

Ses responsabilités ne cessent de grandir. Il compte parmi ses sources des ministres afghans, des dissidents issus des rangs des gardiens de la révolution islamique en Iran et des politiciens russes. En Libye, il fait partie des “FAC”, les contrôleurs aériens avancés, soit les soldats au sol qui, sous le feu, guident les pilotes des avions de chasse norvégiens et étrangers. »

De nouveau, il observa un silence.

« Et oui, par la suite, la pensée que ce travail a coûté la vie à des civils le tourmente. Que fait alors John O. Berg ? Devient-il un déserteur ? Non, loyal, il informe ses supérieurs de ses tourments. Il passe par la voie hiérarchique, comme on dit dans l'armée. Il est loyal, mais pas docile. Puis on n'entend plus parler de lui pendant quelques années. Il devient papa. Les épreuves qu'il a traversées l'ont éreinté. Un test réalisé sous le contrôle du médecin-chef des armées révèle un début de stress post-traumatique. Voilà le prix à payer pour avoir défendu la Norvège. Puis que se passe-t-il ? »

Rana se gratta le cuir chevelu. Il arrivait au point clé de sa plaidoirie. « Oui, que se passe-t-il ? John O. Berg s'assoit dans un avion pour la ville kurde d'Erbil, comme nous l'a dit madame la procureure. Ce qu'elle ne mentionne pas en revanche, c'est le motif de ce voyage. Certes, elle a trouvé un message contenant une remarque lancée à la légère. J'ai moi-même défendu des prévenus combattants étrangers à plusieurs reprises, et je sais que les preuves apportées sont, en la matière, généralement conséquentes. Des traces de radicalisation sur Internet, de contacts avec des chefs islamistes en Norvège ou à l'étranger, de l'organisation logistique liée au voyage et au séjour. Mais dans le cas de John O. Berg ? Nous n'avons rien, absolument rien. »

À sa grande joie, Rana remarqua que le juge s'était penché un peu plus en avant sur sa chaise, comme s'il l'écoutait attentivement.

« Si j'étais le ministère public, face à cette absence de preuves, j'arguerais sans doute qu'elle montre bien le caractère rusé et le professionnalisme du djihadiste Berg. Peut-être a-t-il réussi à accomplir ce qu'aucun autre combattant étranger connu dans les pays occidentaux n'a jamais réussi à faire : il se peut qu'il soit totalement passé sous les radars avant son départ. Si improbable que ce soit, dans ce cas, il ne pourrait pas être incarcéré, car nous n'avons absolument aucune preuve qu'il ait eu l'intention de rejoindre une organisation terroriste. La décision de partir dans un pays déconseillé par le ministère des Affaires étrangères peut certes sembler naïve, sauf que Berg a aussi travaillé comme journaliste et peut-être était-il parti là-bas pour un reportage. Nous n'en savons rien et c'est là que je veux en venir. Pour finir, monsieur le juge, je voudrais rappeler que la loi dit explicitement que pour qu'il y ait détention, la probabilité qu'un prévenu ait commis le délit ou le crime dont il est accusé doit être plus grande que la probabilité du contraire. Or rien dans le réquisitoire du parquet ne nous incite à penser que c'est le cas. Permettez-moi par conséquent, pour apporter un nouvel éclairage sur cette affaire, de faire la lumière sur ce que Berg a réellement fait sur place. »

La procureure leva les yeux.

« Berg travaillait pour les services de renseignement », dit Rana.

Elle lui adressa un regard méfiant.

« Berg est un clandestin. Que signifie cette expression ? Vous savez sans doute que l'espionnage entre États est normalement régi par la convention de Vienne. Selon celle-ci, un État découvrant qu'une puissance étrangère se sert de ses diplomates pour l'espionner ne doit pas punir ces agents, mais les expulser. Sauf que les officiers de renseignement travaillant dans la clandestinité ne bénéficient pas de ce privilège. »

Il fit une petite pause. « Yahya Al-Jabal est le nom de couverture de Berg dans les renseignements. Quand il passe la ligne de front et entre dans la zone contrôlée par l'EI, ce n'est évidemment pas pour rejoindre une organisation terroriste. Au contraire. C'est dans le but de faire ce que John O. Berg fait si brillamment et courageusement depuis de nombreuses années, ce qui lui a valu plusieurs médailles : protéger la Norvège, veiller à ce que des gens comme vous et moi, des contribuables respectueux de la loi, puissions dormir sur nos deux oreilles la nuit. »

Oh, comme il aimait ça quand les mots devenaient des phrases bien formulées et pertinentes, qui à leur tour se transformaient en un K-O technique.

« Pour finir, je dirais seulement que le grabuge qu'entraînerait une éventuelle mise en lumière du rôle de Berg en tant qu'opérateur est une chose dont je ne me réjouirais pas si j'étais un représentant du ministère public. »

Le juge se racla la gorge : « Vous avez terminé ? demanda-t-il.

— Un dernier point, ajouta Rana. Non seulement John O. Berg n'a pas commis le forfait dont il est accusé. Mais c'est un héros. Un héros norvégien. Alors qu'il œuvrait pour la Norvège, on l'a abandonné dans un des pires endroits de la planète : une prison pour terroristes, criminels de guerre et djihadistes en Syrie. Et ce, sans que les autorités norvégiennes lèvent le petit doigt. Et c'est ça, monsieur le juge, le véritable crime dans cette affaire. »

La procureure reprit la parole, avec une brève remarque. « Concernant la croix de guerre avec épée, cette distinction peut être retirée si celui qui la reçoit ne se montre pas digne de la porter. Nous avons par conséquent déposé une demande auprès du Conseil des ministres pour que la croix de guerre soit retirée à Berg, mais c'est une décision qui relève du roi. »

Pour la première fois depuis le début de l'audience, Rana sentit que Johnny réagissait. Quand la croix de guerre et le roi furent mentionnés, il sursauta et ses lèvres blanchirent. Il eut l'impression que son client allait se mettre à crier avant de se ressaisir.

« Vous avez terminé maintenant ? » demanda le juge avant de bâiller en regardant sa montre et en se grattant le crâne.

Il sortit de la pièce. Rana jeta un coup d'œil à Johnny Berg, toujours immobile, les mains sur les genoux et le regard fermé.

Puis tout se passa très vite. Le juge revint et lut le jugement :

« La cour estimant que les chefs d'inculpation – article 133 sur l'entreprise terroriste, article 136 sur les voyages à but terroriste – ne sont pas fondés, Berg est acquitté. »

Les pieds des chaises raclèrent le sol quand les personnes dans la salle se levèrent.

Rana se tourna vers Johnny Berg et lui adressa un clin d'œil. « La table au Theatercafé est déjà réservée et le champagne au frais. On y va ? »

Chapitre 9

Les mains chaudes du médecin

Olav se promenait seul sur la pelouse, les mains dans les poches. Les obsèques avaient été le rappel de sa propre mortalité. Ces dernières années, les enterrements et les annonces de décès se succédaient à une fréquence accrue, comme les panneaux de signalisation aux abords d'une ville. C'était inévitable : la vie est une marche de lemmings qui, le moment venu, se précipitent en masse dans le vide, et Olav se rapprochait du précipice. La mort soulevait des tourbillons de forces qu'il ne contrôlait plus.

Heureusement la séance officielle des condoléances sur le parvis de l'église était enfin terminée. Les propos les plus embarrassants de la pasteure avait été supprimés de son hommage. Des minibus avaient transporté les invités les plus fragiles jusque devant l'entrée du corps de logis. Sur la terrasse au-dessus de celle-ci, ils avaient fait venir un quatuor à cordes et une chanteuse d'opéra de renom international qui interprétaient à présent l'*Ave Maria* de Schubert.

D'une façon assez informelle, Olav avait invité le roi, qui était un vieil ami, à assister à la cérémonie. Autrefois, il arrivait que ce dernier passe à Rederhaugen pour manger des boulettes de poisson et regarder le journal télévisé, pendant que ses gardes du corps l'attendaient dans la voiture. Indéniablement, entretenir une telle relation avec le monarque en imposait, et celui-ci semblait rarement aussi satisfait que lorsqu'il pouvait enfin mettre les pieds sur la table, boire une bière et griller une cigarette loin des projecteurs de la vie publique. Cette fois-ci, il n'avait pas répondu à l'invitation.

Le temps était venu de parler à Hans. Dans le hall, la musique du quatuor à cordes, installé sur la mezzanine, se mêlait au faible brouhaha des voix et au cliquetis des cuillers en argent sur le service en porcelaine. Bien qu'Olav ait serré plus de mains que la majorité des gens au cours de leur existence, il avait les grandes assemblées en horreur.

Il arpentait à pas lents les salons d'apparat à côté du grand hall de réception, en adressant des signes de tête aimables à droite et à gauche. Il y avait là des personnes qu'il n'avait pas vues depuis une éternité, un défilé de visages qui avaient croisé le chemin de sa mère et le sien, la plupart ravinés et marqués par le temps.

Qu'est-ce qui avait poussé ces gens à venir ? Que voulaient-ils ? Ses enfants l'accusaient toujours de porter un regard cynique sur la nature humaine, c'était seulement qu'il n'était pas né de la dernière pluie. Il était réaliste.

Il salua un Johan Grieg pâle et diminué ; l'ancien éditeur de sa mère qui siégeait aussi au conseil d'administration de SAGA souffrait d'insuffisance rénale. Il fut un temps où Johan avait été un ami et un copain de bringue, mais toutes les amitiés ne sont-elles pas appelées à ne devenir que de pâles ombres de ce qu'elles ont été ?

D'anciens hommes politiques étaient assis à la table voisine. Olav était depuis toujours un social-démocrate. Non pas qu'il appréciât particulièrement le parti travailliste. Il n'éprouvait que dédain pour la médiocratie ainsi que pour cette tendance à négliger le savoir et à vouloir mettre en avant des lycéens soi-disant capables de penser par eux-mêmes. D'où l'importance d'avoir quelques adultes responsables dans les locaux du parti sur Youngstorget. Et quelles autres alternatives avait-il en réalité ? La droite ? Il méprisait presque autant les propriétaires de grandes demeures et les petits commerçants bilieux que les micro-partis, qu'on ne pouvait définitivement pas prendre au sérieux.

Bon sang, mais où était Hans ? Olav traversa le hall, passa devant l'encorbellement. Il atteignait le salon de musique quand soudain une voix féminine parlant le dialecte du Nord retentit à ses oreilles.

« Falck ! Je dois dire que je vous admire. »

Le compliment améliora aussitôt son humeur. Il se tourna et se dirigea vers la femme qui l'avait prononcé.

« Voilà qui est vraiment agréable à entendre par une journée comme celle-ci ! »

Devant lui se tenait une élégante septuagénaire aux cheveux courts, avec un collier sur son pull à col roulé noir, et à l'air embarrassé.

« Olav Falck, vraiment toutes mes condoléances, et votre travail ne m'a naturellement pas échappé… »

Il la regarda, désarçonné.

« … mais avant que cela ne devienne vraiment gênant, poursuivit-elle, je tiens à préciser que ce commentaire s'adressait à Hans Falck. »

À ce moment-là seulement, Olav aperçut Hans, qu'un pilier quelques mètres plus loin cachait. D'un pas souple et alerte, ce dernier s'avança vers son interlocutrice et posa sur ses épaules ses grandes mains de médecin aux longs doigts noueux en la fixant de son regard pénétrant, le visage tout près du sien. Manifestement, pour cet homme, la notion de distance personnelle n'existait pas.

« Merci, ma chère. Mais ne serait-ce pas un dialecte des Lofoten que j'entends ?

— Moskenes, répondit-elle en rougissant.

— Oh, je vous adore, vous, les gens du Nord ! s'exclama Hans en écartant grand les bras si bien que les gens autour de lui se retournèrent. Lors de mes nombreux voyages, j'ai souvent pensé que l'hospitalité et la philosophie de vie de cette partie du pays me rappelaient celles du Moyen-Orient. Vous êtes tellement différents des gens du Sud, Dieu merci !

— Je sais que vous avez autrefois été interne à Flakstad. Mon père y était lui-même médecin et connaissait Vera Lind.

— Ne parlerions-nous pas du docteur Schultz en personne ? »

Olav sentit l'inquiétude le gagner, comme toujours quand il était entouré de personnes mieux informées que lui. Le *docteur Schultz*, il connaissait ce nom, sa mère l'avait évoqué, avant que la situation ne se complique.

« Oui, c'était mon père.

— Paix à sa mémoire, déclara Hans. Un médecin légendaire, un homme de gauche, un humaniste qui a œuvré toute sa vie à améliorer les conditions de vie des petites gens à une époque où l'État providence n'existait pas et où nous n'étions pas aussi riches. Dans les années soixante-dix, le docteur Schultz fut un modèle pour moi et pour tous les médecins de gauche engagés. »

La femme était de toute évidence touchée par ces compliments, tandis qu'Olav essayait de cacher sa jalousie. De plus en plus souvent, des gens venaient lui demander s'il était de la famille de Hans Falck. Or à une époque, c'était le contraire. Hans était le clown, un fils d'armateur autoprolétarisé qui se déguisait en ouvrier pour draguer les filles. Et de l'avis d'Olav, cet homme restait un clown, sauf que ces dernières années son travail de médecin dans les zones de conflit à travers le monde l'avait transformé en une sorte de héros populaire. Hans était le premier Occidental à avoir alerté le reste de la planète sur les massacres de l'EI dans les monts Sinjar. Apparemment, les exactions dont il était témoin le bouleversaient, mais Olav le soupçonnait de surtout apprécier l'attention qu'on lui portait.

Il ne manquait jamais de souligner que l'empathie de Hans Falck pour la misère du monde était inversement proportionnelle à la sollicitude qu'il témoignait à ses proches, dispersés à travers tout le pays.

« Et vous savez quoi ? ajouta la femme, toujours à l'intention de Hans. Vous avez vraiment bien fait de refuser l'ordre de Saint-Olaf.

— Bien sûr, les socialistes ont pour tradition de refuser les distinctions bourgeoises. J'estime que c'est un excellent principe. »

Hans avait refusé l'ordre de Saint-Olaf ?

Personnellement, Olav regrettait amèrement que la grand-croix – la plus haute distinction nationale – ne soit plus décernée.

« Faire la fine bouche et refuser l'ordre de Saint-Olaf, quelle présomption ! rétorqua Olav, mais sa remarque tomba à plat. Je me trompe ou tu as accepté la citoyenneté d'honneur kurde ?

— Et l'ordre national du Cèdre au Liban », répondit Hans en adressant un clin d'œil à son interlocutrice.

Celle-ci lui murmura quelques mots inaudibles à l'oreille, salua Olav d'un signe de tête poli et disparut.

« Mes fils ne pouvaient pas être là aujourd'hui, mais tous me chargent de te présenter leurs condoléances, déclara Hans quand ils furent seuls.

— Tu m'accordes deux minutes ? » demanda Olav en montrant à Hans le couloir qui menait à la cuisine, où trônait le garde-manger français contenant la porcelaine japonaise.

Si Olav gardait encore plus ou moins un ascendant sur Hans, c'était uniquement grâce à sa fortune. Certes, Hans savait parler aux femmes, mais cela devenait de plus en plus pitoyable à mesure qu'il vieillissait, et son statut de médecin humanitaire avait beau lui apporter une certaine aura, sa famille n'avait pas un sou. En son temps, le tribunal des successions avait dépouillé son paternel, Per Falck, mais à travers les biens de Vera, Olav avait repris la main sur l'ancien domaine de Hordnes qu'il louait à la branche de Bergen à un prix bien inférieur à celui du marché. Il leur avait en outre octroyé des sièges au conseil d'administration de la fondation et une part symbolique des actions du groupe SAGA. Car mieux valait les avoir de son côté. Pour Hans, c'était évidemment l'humiliation ultime, et de plus, avec le temps, il avait eu tellement de bouches à nourrir que les dividendes que lui rapportaient les parts de SAGA ne le menaient pas bien loin.

« Il faut qu'on parle de l'héritage, déclara Olav.

— Parfait, je vois que nous sommes sur la même longueur d'onde. »

Olav s'adossa au mur et observa son neveu.

« Je croyais que les communistes étaient contre l'institution de l'héritage.

— Qu'est-ce que tu veux, Olav ?

— Comme tu en as peut-être été informé, après la disparition de maman, le testament ne nous est pas parvenu. Nous savons qu'elle est allée le chercher chez le notaire le jour où elle a décidé d'en finir. Dans la mesure où nous n'avons rien trouvé dans ses affaires à Rederhaugen, tout laisse à croire qu'elle l'a détruit. Par conséquent, nous serons probablement dans le cas d'une succession en ligne directe, avec pour héritiers ses parents les plus proches.

— Ta mère et toi étiez encore beaucoup en contact ces dernières années ? Car si tu t'étais entretenu avec elle, tu saurais que Vera et moi étions proches, notre relation remontait à l'hiver qu'elle avait passé à Bergen lorsqu'elle travaillait sur un livre, en 1970.

— Si tu la connaissais vraiment, tu saurais que son enterrement n'est pas l'endroit où lancer de telles insinuations, répliqua Olav.

— Ta mère a toujours préféré la sincérité. C'était la chose que j'appréciais le plus chez elle. En fait, elle m'a téléphoné récemment, deux jours avant sa mort. Elle souhaitait me parler en tête à tête, m'a-t-elle dit, pour discuter du fameux héritage. »

Un sourire en coin apparut sur son visage tanné par le soleil.

« Il est possible, bien sûr, que Vera ait changé d'avis et qu'elle ait détruit le testament. Tout comme on peut imaginer que vous avez de fortes raisons à Rederhaugen de souhaiter que ses dernières volontés ne refassent jamais surface. De vouloir vous débarrasser d'un document qui risque très probablement d'entraîner la perte de plusieurs propriétés et de vous obliger à partager ses biens avec d'autres. »

Par les portes entrouvertes qui donnaient sur les salles, Olav entendait le brouhaha des voix. Hans s'approcha tout près de lui et posa ses mains sur les siennes. De fait, elles étaient aussi chaudes qu'on le disait.

Quand Hans le quitta, Olav remarqua qu'il disparaissait dans la foule d'un pas léger. Comme lui se sentait vieux !

Chapitre 10

Qui sommes-nous ?

« Qui sommes-nous ? » lança Sasha.

Son regard parcourut l'assistance réunie pour ce moment commémoratif, avant de s'arrêter sur les convives assis autour des tables dressées dans le salon avec cheminée, puis sur ceux installés dans les canapés dans la fenêtre en encorbellement avec vue sur le fjord.

« Qui sommes-nous ? répéta-t-elle. Qui sommes-nous en tant qu'individus et en tant que peuple ? C'est une question à laquelle j'ai beaucoup réfléchi depuis la mort de grand-mère. C'est la question existentielle qui se cache sous toutes les autres. Qui était Vera ? »

Les regards impatients qui ne savaient où se poser s'immobilisèrent à ces mots, exactement comme elle l'avait imaginé. Elle soutint celui de son père. Cette introduction aurait parfaitement pu sortir de sa bouche. Un choix conscient de sa part : c'était son père qui lui avait appris l'art du discours. Lui, et Vera.

« Le mot Norvège vient de *Norvegr*, "la route du nord". Cette route du nord est la voie maritime qui suit notre longue côte. Qui sommes-nous ? Un peuple résistant dans un pays à la nature peu fertile, où nos ancêtres vivaient de ce que ce littoral voulait bien leur apporter. Pendant des siècles, des voyageurs de commerce et des patrons de cotres ont échangé des produits le long de cette route du nord. Le parcours de grand-mère, de la pauvreté dans laquelle elle a grandi aux privilèges de la famille dont elle est devenue membre, est une illustration de la Norvège au siècle dernier. Cette voie maritime s'est révélée décisive dans l'histoire de Vera. C'est la voie qu'elle a empruntée jeune fille pour rejoindre le sud du pays. »

Elle observa une nouvelle pause.

« Qui était Vera ? Grand-mère parlait rarement d'elle, comme la plupart des gens de sa génération. Après sa mort, en cherchant les mots que je prononce aujourd'hui, combien de fois ai-je pensé : mon Dieu, mais pourquoi ne lui ai-je pas posé plus de questions sur ses origines, l'endroit où elle est née, où elle a grandi ? Sur son père, ce marchand pomor qu'elle n'a jamais connu ; sur sa mère qui, dans les années vingt et trente, l'a élevée seule sur la côte ouest des Lofoten, où les conditions de vie et le climat étaient particulièrement rudes ? Mais je soupçonne que nous sommes tous logés à la même enseigne. Nous traversons la vie comme des somnambules et ne prenons conscience de ce que nous avons perdu que quand il est trop tard. »

Elle but une gorgée de vin. « Il peut par conséquent paraître un peu paradoxal qu'une femme aussi secrète que Vera soit l'auteur de récits encensés par la critique à l'imagination débordante, récits qui, selon le critique Øystein Rottem, se trouvent à la croisée "d'un naturalisme ancré dans les régions côtières, d'une décadence qui n'a rien de norvégien et d'une mythologie éternelle". Mais je crois que c'est le contraire. La littérature était sa façon de fuir la réalité quand elle était petite, et le demeura jusqu'à sa mort. Sur le tapis volant de la littérature, elle était libre d'aller absolument là où elle le souhaitait. »

Les gens hochèrent la tête en silence, et Sasha sut que le moment était venu de marquer un tournant dans son discours.

« En apparence, en tout cas. Vera Lind a commencé sa vie dans un port de pêche pauvre et l'a finie ici à Rederhaugen. En se jetant dans les vagues avec un nourrisson dans les bras, elle a survécu à un naufrage dramatique où elle a perdu son mari. Cette tragédie a probablement marqué le reste de sa vie, ainsi que la nôtre, à nous ses descendants. Si elle n'avait pas sauté avec le petit Olav – mon père – dans les bras et n'avait pas été repêchée dans les vagues, rien de tout ce qui nous entoure aujourd'hui n'aurait existé. Je te dois beaucoup, ma chère grand-mère, mais je commence et m'arrête ici. Paix à ton âme. »

Spontanément l'assistance applaudit. Elle sentit ses joues lui chauffer légèrement et agrippa fermement son verre, comme si elle avait besoin de lui pour garder l'équilibre. Olav s'avança vers elle et la serra dans ses bras.

« Tu n'imagines pas combien j'apprécie ces paroles, ma très chère Alexandra », murmura-t-il.

Elle le remercia et se glissa hors de son étreinte. Comme elle se sentait creuse ! Elle avait l'impression de jouer la comédie dans une mise en scène de son père. Éprouvant le besoin urgent de fumer une cigarette, elle attrapa un manteau et se fraya un chemin parmi les gens qui lui tapotaient l'épaule et la complimentaient.

« Sasha ? » l'appela une voix au moment même où elle atteignait la double porte donnant sur la terrasse.

Elle se retourna et se retrouva face à l'ancienne

éditrice de sa grand-mère, qu'elle saisit par les poignets, deux attaches fines ornées de bracelets d'ivoire : « Ruth, quel plaisir ! »

Ruth Mendelsohn était une élégante retraitée à la chevelure argentée et ondulée. Un regard intelligent et pénétrant brillait sous les sourcils arqués.

« De belles paroles, mais y croyais-tu toi-même ?

— Que veux-tu dire ? » demanda Sasha en ouvrant la porte du jardin d'hiver. Sur le seuil elle alluma une cigarette.

« Vera parlait tout le temps de toi. Selon elle, tu étais la seule de la famille qui comprenait son travail et ce qui l'animait. Toi aussi tu fumes en cachette ? Tu en aurais une à me donner ? »

Sasha lui tendit le paquet et lui alluma sa cigarette.

« Pourquoi mentirais-je ? »

Ruth marcha, légèrement voûtée, vers le buste du Grand Thor et s'arrêta devant la chaîne qui entourait le parterre de roses gelées.

« Parce que la vérité est trop difficile à avouer. N'est-ce pas la raison pour laquelle les gens la taisent ?

— Qu'entends-tu par là ? demanda Sasha sur ses gardes.

— Ça fait longtemps que je ne suis pas retournée près de l'à-pic, on y va ? »

Pressentant que Ruth Mendelsohn souhaitait lui parler en tête à tête, Sasha passa devant elle pour lui montrer le chemin, contourna le corps de logis et descendit jusqu'à la place au bout de l'allée, où elles suivirent le sentier à travers bois jusqu'à l'à-pic. Il leur suffit de quelques minutes pour arriver au bord de celui-ci. Ruth observa d'un œil inquiet l'écueil et le haut-fond en contrebas. Il y avait plus de vent à cet endroit, une petite bise piquante.

« Savais-tu que le taux de suicides parmi les survivants de l'Holocauste était plus bas que dans la population en général ? demanda-t-elle. Sauf parmi les auteurs qui ont écrit à ce sujet, où c'était le contraire. Jean Améry, Tadeusz Borowski, Paul Celan, Jerzy Kosinski, Joseph Wulf et Primo Levi. Tous ont survécu à l'Holocauste et *tous* se sont suicidés, souvent plusieurs décennies plus tard. Pourquoi d'après toi ? »

Sasha sentit un souffle d'air froid s'engouffrer entre ses vêtements fins.

« Soit parce que les écrivains sont de nature plus fragile, soit parce qu'à travers l'écriture, ils revivent la douleur. »

Ruth hocha la tête.

« Exactement. Le mythe de Vera est bien celui que tu as raconté. La rêveuse débordant d'imagination. Une âme d'artiste un peu cinglée souffrant d'un déséquilibre psychique qui l'entraîna vers le fond et qui, un jour, se trouva confrontée au syndrome de la page blanche.

— Ce n'était absolument pas le sens de mon discours.

— Durant tout le temps de ma collaboration avec Vera, je n'ai cessé de l'entendre répéter qu'elle voulait écrire un autre type de livres que des polars et des nouvelles macabres. Un document historique, sur le naufrage de l'express côtier et les événements durant la guerre. Le titre *Le Cimetière de la mer*, ça te parle ? »

Sasha eut soudain le sentiment que c'était là un nom qu'elle aurait dû connaître. Heureusement l'obscurité cachait son visage rougissant. Ces quelques mots avaient à la fois quelque chose de séduisant et de morbide. La mer et la terre, la mer et la mort.

« Tu veux entrer chez grand-mère ? »

Ruth hocha la tête et Sasha lui ouvrit la porte du chalet froid et plongé dans l'obscurité. Le contour des meubles ressemblait à des silhouettes, ce qui, autrefois, l'aurait effrayée. Elle tourna l'interrupteur antédiluvien.

« En 1969, à la fin de l'année, Vera jugea le moment enfin venu, poursuivit Ruth. Elle passa tout l'hiver 1970 à écrire dans l'ancienne propriété des Falck à Bergen.

— Tu veux dire que grand-mère a rédigé ce manuscrit, le dernier qu'elle ait écrit mais qui n'a jamais été publié, chez les Falck de Bergen ? s'étonna Sasha. Ce n'est pas possible, cette branche de la famille détestait grand-mère, ce qui était assez naturel du reste, vu qu'elle avait détruit le mariage dont ils étaient issus.

— Peut-être, mais en tout cas, je lui ai rendu visite à Hordnes, c'est bien le nom de l'endroit ? Elle voulait écrire une ode à la culture de la côte, celle de ses origines, dans le cadre du dernier voyage de l'express côtier. Mais ce n'était que la toile de fond : Vera voulait aussi donner à lire un autre récit de la guerre. Un récit qui rompait avec l'idée que l'on se faisait alors des amis et des ennemis, de la culpabilité et de la honte. Les héros de la guerre étaient encore en vie à l'époque, Sasha. »

L'impression d'avoir été trompée s'était transformée en un engourdissement qui se répandait dans tout son corps. L'ignorance s'avérait plus douloureuse que ce que le mensonge risquait éventuellement de révéler.

« Personne dans la famille n'a lu ce manuscrit, murmura-t-elle.

— Moi non plus, je ne l'ai pas lu », répondit Ruth.

Sasha lui lança un regard désapprobateur. « Pardon ?

— Le manuscrit a été saisi par les Renseignements généraux avant que j'en aie eu la possibilité.

— Quoi ? » s'exclama-t-elle. Elle se donna le temps d'assimiler le choc avant de protester. « C'est quoi ce délire ? La Norvège n'est pas l'URSS de Staline, que je sache. Ça ne se passe pas comme ça chez nous.

— Comme tu l'as si précisément formulé dans ton discours : *Qui sommes-nous ?* »

Ruth prononça ces mots d'une voix douce, le regard vif et perçant.

« Mais que contenait ce manuscrit pour que les Renseignements généraux le saisissent ?

— Je ne sais pas, Sasha, vraiment pas. Mais il y a une chose que les RG ignoraient : qu'il existait un autre exemplaire du manuscrit qui avait été sorti en douce des bureaux dans une vieille édition du *Comte de Monte-Cristo* et remis ici même à Vera. Elle l'a déposé chez le notaire, comme une garantie, avant que tout ne s'obscurcisse pour elle. »

Déposé chez le notaire… Au même instant, elle comprit ce que la vieille éditrice était en train de lui dire.

« Grand-mère s'est rendu chez le notaire le jour où elle s'est suicidée, lança Sasha abasourdie. Nous avons cru qu'elle était allée chercher son testament. Mais en réalité elle est allée récupérer le fameux manuscrit : *Le Cimetière de la mer.* »

Son interlocutrice hocha la tête.

« Un testament est un témoignage, disait souvent ta grand-mère. Chaque testament est un roman, chaque roman est un testament. Peut-être *Le Cimetière de la mer* est-il le véritable testament de Vera ?

— Le livre est ici, déclara Sasha en se précipitant

vers une des bibliothèques. Je veux parler du *Comte de Monte-Cristo*. »

Le livre se trouvait au pied de la bergère à oreilles où sa grand-mère s'asseyait toujours. Sasha soupesa le pavé dans sa main, palpa la couverture irrégulière et l'ouvrit.

« C'est celui-là », confirma Ruth par-dessus son épaule.

Sasha observa attentivement l'ouvrage, le retourna, sans découvrir quoi que ce soit.

« Il faut que tu regardes à l'intérieur du plat du livre », lui indiqua Ruth en découpant avec précaution le haut de la page de garde d'un coup de couteau. Une poche étroite apparut.

Sasha sortit quelques feuilles paginées et lut la première ligne :

Chère Sashenka

Elle regarda Ruth. « Je souhaiterais être seule pour lire ces pages, je pense que tu peux comprendre ?

— C'est trop petit pour être le manuscrit, constata Ruth. Ça ressemble davantage à une lettre.

— Mais pourquoi Vera aurait-elle caché une lettre à mon intention dans un livre au lieu de la déposer sur son bureau ? »

Pour la première fois ce soir-là, le visage de Ruth Mendelsohn s'éclaira d'un sourire prudent. « N'oublie pas que ta grand-mère écrivait des romans policiers. Plus sérieusement, en y réfléchissant bien, la réponse à cette question me paraît assez évidente. À l'époque, et jusqu'à la fin de sa vie peut-être, ce qui peinait le plus Vera par rapport à sa famille était le sentiment de ne pas être crue. Tu n'aurais pas trouvé ce courrier si je ne t'avais pas raconté l'histoire de la saisie du manuscrit.

— Effectivement. » Sasha n'avait plus qu'une seule envie désormais : rentrer chez elle pour lire cette missive en paix.

« Comme vous le savez très bien à Rederhaugen, l'histoire, c'est le pouvoir. Contrôler l'histoire, c'est contrôler le pouvoir. Et cela fait suffisamment longtemps maintenant que certaines personnes dictent l'histoire officielle. Peut-être serait-il temps de donner la parole à Vera ? »

Sasha fixait l'horizon par la fenêtre. Au loin, elle apercevait les feux de navigation d'un bateau à moteur.

« Lis ta lettre, murmura Ruth. Et raconte l'histoire de Vera. Ça la remplirait de fierté.

— Je ne sais pas », répondit Sasha en songeant aux paroles de son père. Certaines pierres ne devaient pas être retournées, avait-il dit. Car tout ce qu'ils avaient construit jusqu'ici pouvait s'effondrer.

Soudain, la voix de Ruth devint incisive, comme si elle avait lu dans ses pensées. « J'ai vécu quelques années, Sasha Falck. Le monde ne sombrera pas parce que tu répares l'injustice dont a été victime ta grand-mère. »

*

Johnny Berg fêta sa relaxe en traversant le centre-ville, jusqu'au long ponton devant Aker Brygge.

Conformément à ce qu'il lui avait annoncé, Hans Falck l'attendait dans une petite vedette blanche au bout de celui-ci. Il portait une cravate et une chemise blanche sous son pardessus qui lui arrivait au genou, une tenue trop habillée pour l'occasion, et totalement inappropriée. Johnny grimpa à bord du bateau qui tanguait et lui serra la main.

« J'en déduis que l'audience s'est bien passée ? »

Johnny hocha la tête. « Heureusement que la presse n'était pas là. »

Il n'avait pas revu Hans depuis le jour où il lui avait rendu visite en prison. Même si la tenue de terrain lui allait mieux que le costume sombre, son énergie demeurait la même.

« Heureux d'être rentré ?

— Moins que je ne me l'étais imaginé, comme d'habitude.

— C'est souvent le cas, constata Hans. Ce que tu redoutes le plus n'est jamais aussi terrible que tu le craignais, et ce à quoi tu aspires le plus n'est jamais aussi bien que tu l'espérais. C'est comme ça. Je suis ravi qu'on puisse se rencontrer. J'arrive tout juste des obsèques à Rederhaugen, j'ai obtenu du gardien qu'il mette cette vedette à ma disposition. On va faire un tour ? »

Johnny se tenait à côté de Hans Falck dans le bateau. Le médecin déjaugea et prit un léger virage à gauche. Sur leur droite, les silhouettes du musée Fram et de l'Oscarshall, la maison de plaisance construite à la demande du roi Oscar Ier, se découpaient dans le crépuscule.

Au bout d'un moment, Hans ralentit l'allure.

« Tu vois là-bas ? » demanda-t-il en tendant le doigt.

À quelques centaines de mètres d'eux, des parois rocheuses à pic de couleur grise formaient comme une forteresse naturelle le long du rivage, tandis qu'une forêt de résineux recouvrait le dessus de la falaise.

« C'est Rederhaugen.

— Je connais l'endroit », répondit Johnny. Il distinguait de la lumière derrière certaines fenêtres. Une tour haute surmontée d'une flamme se dressait au-dessus de la cime des arbres. L'air était piquant sur le fjord.

« On doit sa construction à mon arrière-grand-père, poursuivit Hans. À l'origine, il voulait bâtir une propriété à Bergen, qui surpasserait le Gamlehaugen de Christian Michelsen, car l'homme avait l'esprit de compétition tout en étant un fervent patriote de Bergen, mais ne trouvant pas de terrain adapté, il a décidé d'acheter celui-ci ainsi que le domaine de Fana. Rederhaugen est l'un des rares exemples d'architecture gothique en Norvège.

— Moins il y a de châteaux, mieux le commun des mortels s'en porte, c'est une loi de la nature.

— Un gauchiste ! s'exclama Hans en souriant. Voilà qui n'est pas pour me déplaire.

— Vous l'étiez aussi lors de notre entretien à Beyrouth. Et voilà que vous me faites un cours sur un vieil aristocrate qui rêvait de construire des châteaux en Norvège. Dois-je en déduire que votre socialisme était juste un truc pour attirer les filles ? »

Hans esquissa un sourire indulgent. « Je suis socialiste et je le resterai jusqu'à ma mort. Mais je suis aussi un père de famille. Un Falck. Plus je vieillis, plus l'idée de transmission familiale me paraît importante. Tu verras, ce sera pareil pour toi.

— J'en doute, répondit Johnny en allumant une cigarette à l'abri du vent.

— Tu connais Olav Falck ?

— De réputation. »

Hans lança un regard au loin sur l'eau que le froid avait drapée d'un voile de brume. « C'est justement parce que je me soucie du nom de ma famille et de l'image qu'elle laissera que je t'ai contacté. SAGA est un nid de rats, à cause d'Olav.

— Une fondation où des riches privilégiés pratiquent la charité a de quoi agacer, convint Johnny, mais qu'a-t-on à craindre d'une fondation qui a comme fonds de commerce l'histoire de la guerre en Norvège, les négociations pour la paix au Moyen-Orient et les régimes hybrides autoritaires en Europe de l'Est ?

— Olav et SAGA ont deux faces, Johnny. Celle que tu décris, la face lisse, est en réalité une sorte de fondation de paille, si je puis dire, une façade cachant des activités d'espionnage et des recours à la force qui échappent au contrôle parlementaire. »

Malgré lui, Johnny sentit sa curiosité s'éveiller.

« C'est courant dans le domaine des renseignements, reconnut-il. Il y a un tas d'exemples de fondations ou de sociétés-écrans qui servent de couverture à des activités d'espionnage. Mais ce que vous avancez là, ce sont juste des allégations ou vous avez de quoi étayer ce que vous affirmez ? »

Hans mit le moteur au point mort. « Ma foi… Il se trouve que j'ai beaucoup discuté avec la personne qui, à l'époque, fut responsable de la transformation de Rederhaugen en une centrale du renseignement. Par la suite, elle a regretté et a voulu raconter ce qu'elle avait fait. C'est à ses obsèques que j'étais aujourd'hui. As-tu entendu parler de Vera Lind ?

— Pas vraiment, non. » D'une pichenette, Johnny jeta sa cigarette par-dessus bord.

« Vera était une écrivaine connue en son temps, dans les années cinquante et soixante. En 1970, alors que j'habitais encore la propriété familiale de Bergen, Vera a passé un hiver chez nous. Elle était venue éplucher les archives afin de savoir quel avait été le rôle réel joué par sa famille pendant la guerre, et plus précisément lors du naufrage d'un express côtier en 1940. Le manuscrit était une telle bombe qu'il a été saisi et brûlé par les Renseignements généraux.

— Fascinant. Mais je ne vois pas trop ce que je viens faire là-dedans. »

Hans émit un petit rire. « En ce moment même, je cherche à t'engager pour écrire ma biographie. »

Johnny se tourna vers lui. « C'est une blague ? *Votre* biographie ? »

Hans ricana en secouant la tête.

« En toute modestie, j'affirmerais que j'ai vécu une vie intéressante, et tu as écrit un très bon portrait de moi il y a quelques années. »

La situation devenait de plus en plus étrange. Johnny avait imaginé de nombreux scénarios, mais pas celui-ci.

« Pourquoi ne l'écrivez-vous pas vous-même ? »

Hans gloussa. « Rederhaugen est une véritable huître. Ses occupants ne parlent jamais aux gens de l'extérieur, en tout cas certainement pas à moi. Sauf si un biographe venait leur demander quelques anecdotes croustillantes *off the record* sur les conquêtes féminines de Hans Falck. Là, je peux te garantir que leurs langues se délieront.

— Peut-être, admit Johnny, mais qu'est-ce que vous voulez en réalité ?

— Un décès est toujours déstabilisant dans une famille. Olav est un *control freak* qui dirige la famille d'une main de fer. Sa mère, Vera Lind, a laissé un testament et… disons qu'il est dans mon intérêt d'en connaître la teneur. Le seul problème est qu'on ignore où il se trouve, Vera a emporté le secret dans sa tombe.

— Vous voulez que je vous aide à régler un problème de succession ?

— On parle d'un patrimoine non négligeable. J'ai des raisons de supposer que ma famille en est bénéficiaire. Les propriétés en question s'élèvent à plusieurs centaines de millions de couronnes, voire plus. Je souhaiterais que tu découvres où est caché le testament de Vera Lind, et ce qu'il contient.

— Et comment suis-je censé procéder ?

— Olav a une fille prénommée Alexandra, mais la plupart, à l'exception d'Olav, l'appellent Sasha. Assez brillante, directrice de musée. La copie conforme de sa grand-mère au même âge, tout en étant la fille chérie de son papa. Elle a toujours fait le grand écart entre l'amour de la littérature de sa grand-mère et les agissements machiavéliques de son père. Ton boulot sera de l'amener à comprendre que tu peux l'aider à mettre la main sur le testament. Et Sasha le trouvera pour nous.

— Je ne comprends toujours pas que vous ayez fait le voyage jusqu'au Kurdistan dans l'intention de me recruter pour régler une histoire d'héritage…

— Ce n'est pas le cas. Mais toi et moi avons beaucoup travaillé au Moyen-Orient… »

Le bateau tangua.

« Or tu sais comme moi que sur le terrain, on entend des histoires et des choses dont on n'aurait jamais eu connaissance en Norvège. Après toutes ces années au Kurdistan, j'ai un large réseau de sources là-bas. Nous reviendrons plus tard sur les détails, mais concernant l'opération à laquelle tu as participé, j'ai recoupé les informations fournies par mes différents contacts et il semblerait qu'on puisse, à travers des transferts bancaires et des sociétés-écrans, remonter jusqu'à la Fondation SAGA. Et il n'y a pas si longtemps que ça, j'ai appris qu'Olav, via ses nombreuses relations dans le monde politique et les services de renseignement, avait œuvré activement pour empêcher que tu reviennes en Norvège. »

Johnny inspira et expira par le nez. « Pourquoi ? Je ne le connais pas, moi, cet Olav Falck.

— Mais tu es en possession d'informations compromettantes pour SAGA et Olav.

— Lesquelles ? »

Hans le fixa d'un regard paternaliste. « Tu n'as toujours pas saisi. Lors de cette dernière mission au Moyen-Orient, tu ne travaillais pas pour les services secrets norvégiens – contrairement aux fois précédentes, ai-je compris. D'une part, ils ne t'auraient jamais laissé exécuter une mission aussi dangereuse et sensible d'un point de vue politique, et quand bien même, à peine arrêté, tu aurais été exfiltré. Non, John Omar Berg, sans le savoir, tu travaillais pour SAGA, et tes employeurs t'ont laissé tomber. »

Un vent froid s'abattit sur eux. Qu'est-ce que Hans était en train de lui dire en réalité ?

Ce dernier regarda en direction de Rederhaugen. « Il y a un lien entre ce qui est arrivé à Vera en 1970 et ce qui t'est arrivé à toi : le fait que vous sachiez tous les deux des choses susceptibles de révéler la face sombre de SAGA, un lien historique courant à travers toute la période d'après guerre, mais dont les racines remontent au naufrage de l'express côtier en 1940. » Il fit rugir le moteur. « Tu te rends compte que nous avons ici des intérêts communs ? Ma famille perçoit sa part légitime de l'héritage et toi tu mets la main sur l'homme qui était prêt à te laisser moisir en prison. »

Johnny sentit une délicieuse odeur de mission qui flottait dans l'air, mais il ne dit rien.

« Tu te souviens que nous avons conclu un deal. » Hans le fixait d'un regard dur. « Qui tient toujours.

Et une dernière chose : le médecin-chef des armées est un bon ami à moi. Je suis au courant des problèmes que tu rencontres avec ta fille. Nous ne vivons pas dans un pays corrompu, Johnny, mais il n'est pas inenvisageable de penser que certains pourraient voir dans ton dossier médical… comment le formuler… un élément du plus grand intérêt. Avec toutes les conséquences que cela pourrait avoir sur ton droit de visite. Dans un sens comme dans l'autre. Si tu mènes ta mission à bien, inutile de te préciser que tu auras aussi la part que tu mérites. »

Il accéléra et fit demi-tour en décrivant un grand arc de cercle, de façon que Johnny aperçoive la tour de Rederhaugen. Une de ses fenêtres était éclairée.

*

Quand Sasha revint au corps de logis, presque tout le monde était parti. Cela tombait bien, elle allait pouvoir s'asseoir pour lire la lettre de Vera. Les chaises étaient vides, et avec l'aide de plusieurs jeunes filles en chemisier blanc elle débarrassa les tables, pendant qu'Olav donnait des instructions aux deux doctorants qui portaient une table au premier étage. Du couloir de la cuisine, Sasha entendait les verres et les assiettes être empilés.

Sa petite sœur Andrea était arrivée le matin même, juste avant les funérailles. Elles avaient à peine échangé un mot.

« Oh, enfin, je sens que je suis à l'endroit où je dois être, ça fait un bien fou ! s'exclama Andrea en l'étreignant. J'étais au Svalbard sans réseau quand grand-mère est morte et j'ai dû acheter l'aller simple le plus cher de tous les temps pour rentrer en avion.

Et dans le Nord, pendant le vol, il y avait un vent de malade, heureusement que j'ai pu avaler un peu de Valium, au final les turbulences m'ont fait l'effet d'un petit massage agréable. Par contre, maintenant je suis complètement à l'ouest, mais je n'avais pas le choix.

— Mais papa nous a dit que tu étais en Suède ! s'étonna Sasha.

— Je suis toujours en Suède quand il demande. »

Sasha éclata de rire. Âgée d'une petite vingtaine, Andrea était plus grande qu'elle, elle avait une silhouette athlétique de jeune garçon, avec des épaules droites, larges, des hanches étroites et de longs bras bien dessinés. Ses cheveux courts foncés et ses éternelles tenues bouffantes renforçaient encore son côté androgyne.

Leur père s'avança vers elles. « Venez par ici un moment. »

Sasha avait eu sa dose de famille ce jour-là et n'avait en réalité qu'une envie : rentrer chez elle. Olav avait déboutonné le col de sa chemise et retroussé ses manches jusqu'aux coudes. Ses trois enfants se réunirent en un demi-cercle devant lui.

« Une journée intense, vous ne trouvez pas ? » Olav passa la paume de ses mains dans ses cheveux gris bien lissés.

Debout, de part et d'autre d'une vitrine en verre, chacun d'entre eux hocha la tête en silence. C'était vrai, un enterrement se révélait toujours étonnamment épuisant. Sasha effleura la vitre du doigt et constata qu'elle était couverte d'une fine couche de poussière. « DS *Prinsesse Ragnhild*. En service pour Det Nordenfjeldske Dampskibsselskab 1931-1940 » était-il gravé dessus. Elle regarda la maquette de l'express côtier, elle était d'une extraordinaire minutie. Les ponts, la cheminée, le pont flottant, les canots de sauvetage, la proue, la dunette. Pendant un instant, elle eut presque l'impression de pouvoir voir les passagers – les marchands, les évangélistes, les pêcheurs et les ouvriers, les matelots et les officiers se tenant devant le guichet ou profitant de la vue accoudés au bastingage. Et Vera, vingt ans, toute jeune maman. *Le Cimetière de la mer* occupait toutes ses pensées.

« Je tenais à vous dire combien j'ai apprécié votre investissement aujourd'hui et depuis la mort de maman. Andrea, merci pour le caviar de la mer Caspienne, le foie gras et le champagne. Sverre, bravo pour la logistique, que tu as parfaitement gérée.

— Hourra, une médaille pour la logistique, gémit Andrea.

— Les amateurs croient que la guerre est une question de stratégie, les experts savent que c'est une question de logistique, répliqua Olav. Allez, Sverre, un sourire ! »

Puis Olav tourna les yeux vers Sasha. « Alexandra, ma chère Alexandra, merci pour tes paroles. Elles comptent plus que vous ne l'imaginez. »

La réception avait manifestement éveillé son côté sentimental. Personnellement, Sasha ne souhaitait qu'une chose : en finir au plus vite. Olav passa les bras autour des épaules de Sverre et d'Andrea qui se tenaient à chaque extrémité de la vitrine, et se pencha en avant de façon que son front touche presque celui de Sasha.

« Vous vous souvenez qu'on avait l'habitude de parler de défense en ligne à quatre ? Nous contre le reste du monde. Alexandra et Andrea en défenseurs latéraux, Sverre et moi en milieux de terrain. Je ne fais confiance à aucune des personnes présentes aujourd'hui, pas une seule, excepté vous. Ils peuvent sourire et me présenter autant qu'ils veulent leurs condoléances, ils nous plumeront et nous planteront un poignard dans le dos à la première occasion. »

Aucun des enfants ne réagit.

« La famille, poursuivit Olav, son renouvellement infini, les descendants en ligne directe. Il n'y a que cela qui compte. Le reste ne représente rien, au final. »

Elle n'avait pratiquement pas accordé une pensée à ses filles ou à son mari depuis la mort de sa grand-mère, en tout cas pas depuis la découverte de la lettre et sa conversation avec Ruth. Mais subitement, ils lui manquèrent terriblement, leur voix, leur odeur.

Enfin, Olav ôta les bras de leurs épaules. « Voilà, c'était tout. Merci à vous.

— Ça vous dit, un verre dans le salon bleu ? demanda Andrea.

Sverre accepta la proposition, il ne disait jamais non dès lors qu'il s'agissait de boire un verre.

« Désolée, répondit Sasha. Mais Mads est arrivé tout à l'heure et j'ai à peine eu le temps de lui parler pendant la réception. De plus, je me suis très peu occupée des enfants depuis la mort de Vera. La prochaine fois. »

Son frère et sa sœur disparurent dans les étages. Sasha éteignit les lumières et sortit. Enfin seule. La soirée était claire et froide. Jazz jaillit de l'obscurité. Elle rentra chez elle.

*

Assis à la table en chêne rustique, le col de sa chemise déboutonné, Mads sirotait un verre de vin rouge. Il approchait de la quarantaine et l'âge avait donné à son visage une épaisseur qui le rendait plus attirant qu'auparavant. Deux rides de sagesse horizontales creusaient son front et il semblait à Sasha qu'elle pouvait distinguer un soupçon de gris dans sa barbe de trois jours. Avec tout le sport qu'il faisait, ses bras sous son tee-shirt délavé avaient gagné en puissance.

Elle lui donna un bref baiser et alla jusqu'au plan de travail de la cuisine pour se servir un verre.

« Les filles dorment ? demanda-t-elle à voix basse.

— Elles étaient épuisées. Elles ont passé l'après-midi à courir dans les couloirs du corps de logis. Camilla a dit qu'elle trouvait les obsèques presque aussi marrantes que le réveillon de Noël et les anniversaires. Margot a posé des questions sur la mort. »

Elle éclata de rire. Sans un mot, Mads se leva et la prit dans ses bras secs. Ils restèrent ainsi un long moment.

« C'est chouette que tu sois rentré, murmura-t-elle.

— Peut-être devrions-nous partir, rien que nous quatre ? suggéra-t-il tendrement. J'ai besoin de souffler. Ça te dirait, la France ? »

Elle ne répondit pas, mais se glissa hors de son étreinte. « Je peux te demander un conseil, Mads ?

— Évidemment.

— T'est-il déjà arrivé de regretter d'avoir choisi SAGA plutôt que la politique ? »

Quand ils s'étaient rencontrés, tout semblait indiquer que son mari était voué à un grand avenir politique, mais après leur mariage, lors d'un déjeuner dominical, Olav l'avait convaincu d'arrêter. L'avenir, c'était SAGA et Rederhaugen, pas « un parti social-démocrate à bout de souffle et sous respirateur artificiel ». Débaucher d'anciens politiciens était une des activités favorites de son père, et Mads, qui venait d'un milieu modeste, s'était laissé tenter par la brusque augmentation de salaire qu'offrait le passage dans le privé.

« Si j'avais continué en politique, je ne crois pas que notre couple aurait résisté, répondit Mads.

— Comment ça ?

— La politique éclipse tout. Certes, je voyage encore beaucoup, mais au moins maintenant j'ai des horaires de bureau. Ce que je n'avais pas à l'époque. La politique est une drogue, un jeu, où l'on oublie ceux qui nous entourent. Une situation qui n'est peut-être pas sans rappeler celle d'un écrivain comme Vera.

— Il y a beaucoup de choses que Vera ne nous a jamais révélées.

— C'est-à-dire ? »

Elle se dirigea vers la fenêtre, l'ouvrit et alluma une cigarette. D'ordinaire, il ne supportait pas qu'elle fume. Cette fois-ci, il ne broncha pas, il se contenta de se poster à côté d'elle et de s'appuyer au rebord de la fenêtre.

Elle inspira profondément.

« Papa ne veut pas que je touche aux secrets de grand-mère. Alors que l'ancienne éditrice de Vera insiste pour que je fasse toute la lumière sur le mystère entourant son dernier manuscrit. Qu'est-ce que tu me conseilles ?

— Les intuitions d'Olav sont souvent bonnes.

— C'est ça ta réponse ?

— Était-ce réellement une question ? »

Mads inclina la tête sur le côté et la regarda : « Je crois que tu connais déjà la réponse. Je te soutiens, quoi qu'il en soit, Sasha, tant que tu agis de façon juste. »

Elle l'embrassa tendrement sur le front. « Est-ce que je te dis assez souvent que je t'aime ?

— Je n'aurais rien contre le fait que tu le dises plus souvent. »

D'une chiquenaude, elle jeta sa cigarette dans la nuit et alla s'installer près de la cheminée du salon. Là, elle prit le livre et la lettre de sa grand-mère.

Ma chère Sashenka,

Si tu as découvert cette lettre, c'est que tu as parlé avec une personne qui a toute ma confiance. Je l'ai mise là, et non sur mon bureau comme une lettre d'adieu à la vue de tous, pour cette raison. Seuls ceux qui savent ce qui m'est arrivé en 1970 ont une chance de la trouver. Un petit gage de sécurité, si tu préfères.

Ce sont les mêmes personnes qui m'ont soutenue contre ceux qui voulaient me forcer à garder le silence. Ma version des événements pendant la guerre ne correspondait pas à l'histoire que le pays et ses héros se plaisaient à raconter. Je ne me doutais guère alors que je ne parviendrais plus à écrire après ce qui m'est arrivé. Soit une panne d'écriture de 2 340 semaines, ou d'environ 16 380 jours.

C'est la pensée qui m'est venue hier pendant notre conversation. La famille ayant décidé de célébrer le soixante-quinzième anniversaire du naufrage de l'express côtier, tu souhaitais connaître ma version des faits.

Mais les souvenirs sont comme un chat qui te file entre les doigts quand tu essaies de le caresser et qui, en pleine nuit, s'introduit en douce dans ta chambre et s'allonge sur toi en ronronnant.

Sur mon bureau, j'ai toujours la photo d'Olav et moi qui prenons la pose, appuyés au bastingage de l'express côtier au départ de Bergen, quelques jours seulement avant l'accident. Je la tiens en cet instant sous la lampe. Quelle part de l'essence d'un être humain reste constante au cours d'une vie ? Que reste-t-il d'Olav, et que reste-t-il de moi ?

Tu es sans doute lasse de te l'entendre répéter sans arrêt, Sasha, mais comme tu me ressembles sur cette photo ! Toi, la seule de la famille à avoir hérité d'un intérêt pour la littérature. Quand tu étais petite, tu pouvais rester des heures à m'écouter te raconter les histoires de revenants qui m'avaient accompagnée, enfant, dans le Nord.

Ce n'est cependant pas pour évoquer les vieux souvenirs que je t'écris. À mon avis, la famille a dégénéré sous la direction d'Olav. Nous n'avons peut-être jamais été aussi riches, mais moralement c'est la banqueroute.

Je pourrais te donner une longue liste d'exemples pour illustrer mon propos, que ce soit d'un point de vue politique ou personnel, mais je me contenterai de te dire que j'ai beaucoup plus longuement et bien mieux décrit cette affaire ailleurs. Ce n'est un secret pour personne que cette affaire remonte aux événements liés au naufrage du *Prinsesse Ragnhild* pendant la guerre. Cet accident est une tumeur maligne qui n'a jamais été enlevée. C'est en grande partie de ma faute et de ma responsabilité. Bien que j'aie mes raisons.

La famille se trouve à un carrefour, Sasha. Tu peux continuer à vivre en observant la devise qui figure sur le blason des Falck : *Familia ante omnia*. La famille avant tout, y compris quand la vérité et la loyauté s'opposent l'une à l'autre.

Les hommes puissants de la famille font depuis bien trop longtemps passer la loyauté avant la vérité. Une conduite envers la famille, et une certaine idée de la Norvège et de son histoire. Ils nous ont imposé leurs récits, et quand quelqu'un les remet en cause, ils s'emportent, comme les gens puissants qui prennent leurs privilèges pour acquis ont coutume de le faire.

J'espère que tu seras la personne qui osera rétablir la vérité. Si tu souhaites la découvrir, tu y parviendras. Mais tu dois te préparer mentalement à ce que la vérité soit très douloureuse.

En réalité, j'aurais dû te la raconter de vive voix, mais je n'en ai pas eu la force. Ou le courage. La mort ne m'effraie pas. Au fond, le plus dur est la douleur qu'elle cause aux proches, et avec l'âge ce chagrin s'amoindrit fortement. Paradoxalement, la mort cesse dès lors qu'elle survient. Elle n'existe qu'aux yeux des vivants.

V. L.

DEUXIÈME PARTIE

LA ROSACE

Chapitre 11

Le plus dur est de rentrer à la maison

Quelques jours après sa discussion avec Hans, Johnny Berg marchait dans le centre d'Oslo. Il traversa une belle place pavée décorée d'une fontaine, se dirigea vers la plaque de laiton gravée des éditions Grieg et poussa la lourde porte vitrée – du verre blindé, remarqua-t-il. Dans le hall d'entrée, il étudia les photos du panthéon des auteurs de la maison.

La photo de Vera Lind datait probablement des années soixante : elle avait à la fois le regard vif de la jeunesse et, autour de la bouche, les rides naissantes qui caractérisent nombre de femmes de cet âge, la fin de la quarantaine.

« Toi aussi, tu es tombée sous le charme de Vera Lind ? » demanda une voix derrière lui.

Hans Falck le rejoignit d'un pas rapide et énergique et lui donna une accolade. « Merci d'être venu, je ne suis ici que quelques jours avant de repartir au Kurdistan.

— De rien, on ne peut pas dire que je sois débordé », répondit Johnny.

Il avait passé ces derniers jours à déambuler en ville, à arpenter Oslo de long en large. Il était retourné devant l'appartement où il avait grandi à Bjølsen, devant

Sagene, le coiffeur pour hommes où travaillait l'entraîneur de foot Zolly. Le nom n'avait pas changé, mais c'était devenu un bar à hipsters. Un agent immobilier avait investi le rez-de-chaussée du squat de Løkka où il s'était installé à seize ans et où il avait lu les grands classiques de la gauche révolutionnaire, écouté du ska et mis au point des stratégies pour virer les néonazis. Peut-être était-ce inévitable, mais la ville le rendait mélancolique, comme toutes les villes natales où les lieux et les souvenirs se mêlent jusqu'à ne plus former qu'un tout indissociable.

Il était libre, sorti de la pire prison sur terre. Il aurait dû être heureux. Pourquoi n'était-ce pas le cas ? Il se surprenait à regretter cette période derrière les barreaux. Pas les passages à tabac, la torture et les maladies, bien sûr. Non, il regrettait le temps où il rêvait à la liberté. Toutes les prisons du monde sont pleines de rêves. C'est le seul luxe qu'aucune geôle ne peut retirer aux détenus. Or aujourd'hui les rêves avaient disparu, il ne restait plus que la réalité.

N'ayant rien à faire, il était incapable d'entreprendre quoi que ce soit. Mais ce jour-là, Hans l'avait convoqué à une réunion chez son éditeur.

« As-tu réussi à joindre le médecin en chef de l'armée ? C'est un type bien. »

Johnny hocha la tête, la veille il avait subi une batterie d'examens et des entretiens.

« Je dois y passer après pour avoir les résultats. »

Leur discussion fut interrompue par l'arrivée du directeur de la maison d'édition. Peder Grieg était un homme maigre de haute stature, dans la quarantaine. Sa mâchoire marquée laissait deviner une personnalité énergique. Depuis sa dernière entrevue avec Hans, Johnny avait effectué quelques vagues recherches sur la famille Grieg. Le directeur actuel des éditions Grieg n'avait absolument pas le charisme de son père en société, mais avait la réputation d'être un bien meilleur gestionnaire.

« Hans, salua-t-il d'un ton qui se voulait jovial, mais où l'on percevait surtout un certain malaise. Et vous devez être John O. Berg, je présume ? Messieurs, suivez-moi. »

Ils pénétrèrent dans un bureau très soigné, agrémenté de fauteuils et canapés Chesterfield et d'un grand bureau verni. Peder leur fit signe de s'installer dans le canapé, tandis que les deux employés de la maison d'édition – une femme et un homme qui semblaient être nés pour servir la culture – apportaient les contrats.

Hans Falck s'arrêta devant les portraits de tous les éditeurs de la famille Grieg. « Johan et Peder, une génération sur deux depuis le XIXe siècle, c'est ça, n'est-ce pas ?

— Depuis 1842, approuva Peder.

— Johan Grieg dilapide l'argent de la maison, si bien que Peder, son successeur, doit renflouer les caisses, avant que Johan le Jeune puisse de nouveau le dilapider et que le jeune Peder doive sauver les meubles, plaisanta Hans en clignant de l'œil. Ne parle-t-on pas chez vous de la "malédiction des Johan" ?

— Eh bien, répondit Peder d'une voix totalement dépourvue d'humour, le milieu est en permanente évolution et nous nous efforçons du mieux que nous pouvons de rester au top. De plus, je n'ai pas de fils, la "malédiction des Johan" ne s'appliquera donc pas à la prochaine génération. »

Il s'installa confortablement dans son fauteuil. « Comme tu le sais, Hans, je ne suis pas très chaud pour confier l'écriture de ta biographie à un écrivain aussi peu expérimenté que Berg.

— Si mes anciens mentors au Moyen-Orient avaient suivi le même raisonnement quand je n'étais encore qu'un jeune généraliste, des milliers d'enfants blessés par la guerre seraient morts, répliqua Hans avec un sourire narquois. John a ce qui manque à la plupart de ceux qui ont de l'expérience : du talent et de la volonté.

— Eh bien, répondit Peder, en tant qu'éditeur nous représentons nos écrivains. Et nous voulons ta biographie. » Il se tourna vers Johnny et l'étudia d'un œil critique et légèrement condescendant. « Puis-je vous demander comment vous avez l'intention de commencer le livre ?

— Vous le pouvez. » Johnny se racla la gorge, il avait aussitôt compris que Hans avait survendu l'idée du livre depuis leur entrevue. Ce qui pouvait s'avérer problématique, car sans le soutien d'une maison d'édition, son plan ne fonctionnerait pas, il pourrait alors oublier l'idée de s'entretenir avec les Falck de Rederhaugen. « Combien de Mémoires de Premiers ministres avez-vous publiés ces dernières années ?

— Trois, répondit Peder Grieg d'un ton soudain un peu moins assuré, plus ceux écrits par l'ancien haut-commissaire aux réfugiés.

— À combien d'exemplaires se sont-ils vendus ? demanda Johnny.

— Nous parlons de récits qui apportent un nouvel éclairage sur notre nation et son identité ! s'exclama le directeur. Les éditions Grieg racontent l'histoire de la Norvège, telle est et a toujours été notre ambition.

— Seuls les journalistes politiques lisent ce genre de bouquins, poursuivit Johnny. Ils sont lancés en fanfare dans votre hall de réception puis disparaissent aussi sec de l'esprit des gens et prennent la poussière dans un entrepôt avant d'être mis au pilon. L'histoire d'un moraliste donneur de leçons n'intéresse personne. »

Les employés de la maison d'édition se regardèrent en secouant la tête, mais Peder se gratta nerveusement le crâne, puis hocha le menton, comme pour demander à Johnny de poursuivre.

« Ce sont des écrivains qui croient pouvoir atteindre le cœur du lecteur en se vantant et en enjolivant la réalité. Je construirai la biographie de Hans en employant sa propre méthode.

— Et en quoi consiste cette méthode ? demanda l'éditeur sceptique.

— Je séduirai le lecteur comme Hans séduit les femmes, répliqua Johnny en jetant un coup d'œil à son voisin. Nous parlons d'un homme capable de séduire aussi bien le percepteur que les femmes les plus religieuses en hijab. Comment ? Parce qu'il a toujours fait preuve d'une grande honnêteté, y compris à propos de ses faiblesses, il ne cache pas qu'il a exercé son travail aux dépens de sa famille et ses enfants, de ses épouses trompées restées en Norvège. Car une guerre, si abominable soit-elle, n'est jamais le plus difficile, non, le plus dur est de rentrer à la maison. Or malgré tous ses défauts, cette face obscure, Hans est un homme qui nous fait rêver, qui nous donne envie de nous surpasser. »

Les regards condescendants s'étaient évanouis, les gens autour de la table basse l'écoutaient maintenant avec intérêt.

« Quand j'ai interviewé Hans, il y a de nombreuses années de cela, il m'a raconté une histoire. Sa biographie commencera dans un camp de réfugiés au Liban en 1982, alors qu'il vient de quitter la seule femme qu'il ait jamais aimée et court sous une pluie de balles avec un nouveau-né sans défense entre les bras, au milieu de miliciens qui souhaitent leur mort, à lui et à l'enfant. Après cette introduction, nous retournerons à Bergen en 1970, où le jeune fils d'armateur rencontre une personne qui lui ouvre de nouveaux horizons, lui fait découvrir un monde plus grand. » Ici, Johnny baissa la voix. « Cette personne s'appelle Vera Lind. »

Peder Grieg inspira profondément et haussa les sourcils. « Et tout cela, vous vous sentez capable de le raconter ?

— Oui, répondit Johnny gravement, car bien qu'il n'y ait pas de comparaison possible, ce sont des sentiments et des dilemmes que j'ai moi-même vécus jusque dans ma chair. J'en connais aussi un rayon sur les sacrifices familiaux qu'implique un travail en zone de guerre. Et c'est par ce biais – le mélange du familier et de l'extraordinaire – que l'on atteint le cœur des gens, qu'il s'agisse des maîtresses de Hans ou des lecteurs. »

Peder consulta sa montre avec un gloussement satisfait, puis fit glisser le contrat sur la table en direction de Johnny. « J'en ai suffisamment entendu, Berg. Ce boulot est à vous. 50-50, à partager entre vous. Nous avancerons l'argent pour les déplacements au Moyen-Orient, contre reçu. Hans, as-tu quelque chose à ajouter avant de signer le contrat ?

— Dis la vérité, déclara Hans à Johnny. Je te demande juste une chose : ne fais pas de moi quelqu'un d'ennuyeux. »

*

Tout feu tout flamme, Hans lui proposa d'aller boire un verre en sortant. Johnny déclina l'invitation et descendit vers le quartier de Kvadraturen. Même si la petite prestation qu'il venait de livrer le remplissait d'une certaine griserie, ses pensées ne tardèrent pas à prendre une autre tournure. Ce genre de numéro avait été son boulot à une époque, mais en traversant la place Grev Wedel, il se sentait aussi vide qu'un clown en train de se démaquiller après une représentation.

Il sonna à l'interphone de Gamle Logen, monta rapidement les larges marches recouvertes d'un tapis jusqu'au dernier étage, sous les combles, et s'arrêta devant le panneau « Service de santé des armées ». Un médecin passa la tête par la porte entrouverte et lui adressa un sourire aimable. « John Berg ? Entrez. »

Tout en parlant sans discontinuer de son vieil ami Hans Falck, le médecin le précéda jusque dans un bureau désordonné où trônait une affiche « Prenons soin de nos vétérans », puis pria Johnny de s'asseoir.

« Pour en revenir à cette IRM que vous avez passée », déclara-t-il sur un ton dangereusement prévenant. Le médecin posa deux clichés devant lui. Un scanner du cerveau, autant que Johnny puisse en juger. « Vous avez devant vous un cerveau qui n'a jamais été exposé au trauma des explosions. Remarquez la différence au niveau des tissus cérébraux… »

Il pointa du doigt une zone tout en bas à droite de la radio. « Sur le cerveau sain, cette zone ressemble à une pince de crabe, vous voyez ? »

Les coudes posés sur le bureau et les mains jointes, il se pencha en avant. « Nous sommes en présence de ce que nous, les médecins, appelons une LCT, à savoir une lésion cérébrale traumatique. Désolé, ce type de diagnostic n'est jamais simple à annoncer.

— Une lésion cérébrale ? » Johnny déglutit.

« Vous avez servi dans les forces spéciales ?

— Il y a longtemps, ces dernières années j'ai surtout travaillé dans le civil.

— Dans le civil, dit le médecin-chef en se grattant le menton. Les recherches menées aux États-Unis montrent une forte corrélation entre les LCT et les opérateurs qui pendant de nombreuses années ont été exposés à différents types d'explosions sur une longue durée, les portes que l'on fait sauter par exemple. Sans parler des mines sur les routes, évidemment. Vous est-il déjà arrivé de souffrir d'insomnies ou de dépression ? »

Johnny hésita un instant avant de répondre. « Parfois, mais n'est-ce pas notre cas à tous ?

— Ce sont des séquelles habituelles. Je tiens à préciser qu'une LCT n'implique pas nécessairement une qualité de vie réduite, mais il est important que vous réfléchissiez bien et répondiez sincèrement à ma question. Nous savons qu'une LCT a des conséquences psychologiques qui rappellent beaucoup le syndrome de stress post-traumatique. L'irritation, les idées noires, la colère, la dépression, la dysfonction érectile. »

Et voilà que ça continuait. Une lésion cérébrale. Un trou dans la tête, un trou dans le cœur. Il se sentait pitoyable. Une fois son laïus enfin terminé, le médecin l'observa attentivement, d'un regard doux et intelligent.

« Je travaille ici depuis un certain nombre d'années, dit-il. Nous essayons vraiment d'améliorer les conditions de vie de nos vétérans. Certes, les unités commandos ont un fonctionnement qui leur est propre, mais les principes restent les mêmes. Ils sont simples : des débriefings francs pendant et après la mission. Rien de ce qu'on dit n'est mal quand on vide son sac. Et le soutien des camarades par la suite. Nous prenons soin les uns des autres, des gars. »

Il but une gorgée de café. « Je comprends qu'il y ait des choses que vous ne puissiez ou ne vouliez pas me raconter. Mais avez-vous quelqu'un à qui parler de ce que vous avez vécu ? »

Johnny sentit quelque chose remonter dans son ventre, puis sa gorge.

« Non. Pas vraiment.

— Permettez-moi de vous dire, poursuivit le médecin, que votre LCT ne vous empêchera pas de vivre. Il me semble, en revanche, nécessaire que vous ayez des gens auprès de qui vous épancher. Nous avons tous besoin d'une meute. »

Johnny aurait été incapable de dire pourquoi, si c'était le mot *meute*, le visage doux du médecin-chef ou tout ce qu'il refoulait depuis si longtemps, mais soudain les mots sortirent d'eux-mêmes. « J'étais à l'étranger quand ma fille est née, dit-il en baissant les yeux. J'étais FAC, je guidais nos bombardiers dans le désert libyen. Je n'ai appris sa naissance que trois jours plus tard. Mon coéquipier, Grode, et moi l'avons fêtée en buvant une gorgée d'eau-de-vie sous la tente. Tout ce que je souhaitais était de rentrer à la maison. Je pensais que tout irait bien pour peu que je rentre chez moi.

— C'est un des très grands événements de la vie, constata le médecin-chef d'une voix empathique. Cela se comprend donc aisément.

— Je suis rentré. Au début, c'était chouette. Une maison avec un nouveau-né est tellement calme et silencieuse, une ambiance béate qui rappelle un peu celle d'une église. On parlait tout doucement, ma compagne était super-belle, resplendissante. Je me sentais tellement proche de mes deux femmes. C'était comme si je n'allais jamais devoir de nouveau les quitter. Mais ce n'était qu'en apparence, au fond de moi c'était un véritable bourbier. Je culpabilisais, je les avais lâchées, j'étais parti en mission plutôt que de rester pour assister à la naissance. »

Johnny sentit le goût salé de ses larmes.

« Puis peu à peu, ce à quoi j'avais participé m'a mis dans une colère... Les coordonnées GPS que j'avais envoyées aux bombardiers avaient provoqué la mort de Libyens innocents. Et tout ça pour quoi ? La situation en Libye ne s'est pas améliorée, elle a encore empiré. Pendant dix ans, j'avais fait ce boulot et pour quoi ? Cette pensée m'était insupportable.

— Dans les études, les chercheurs parlent de ce qu'on appelle le *préjudice moral*, intervint le médecin-chef. Il arrive que des gens qui n'ont pas été personnellement en danger – des pilotes de drones dans un désert américain, par exemple – souffrent de séquelles. Bien que, de toute évidence, vous ayez été physiquement en danger, je crois qu'il s'agit du même genre de cas.

— J'ai commencé à lâcher prise, poursuivit Johnny. Je ne me présentais pas au travail, je fumais du hasch toute la journée. Ma compagne m'a foutu dehors. Au départ, on était censés avoir une garde partagée à cinquante-cinquante, mais j'ai eu de plus en plus de mal à assurer. Alors je n'ai plus vu ma fille que les week-ends, mais quand mon ex et son nouveau mec, un putain de garde du corps du PST, m'ont un jour trouvé défoncé sur mon canapé pendant que ma fille dormait dans la pièce d'à côté, elle a dit stop. À partir de là, je n'ai plus rencontré la petite que sous surveillance. »

Le médecin se pencha vers l'avant. « Qu'avez-vous fait ?

— La seule chose que je puisse faire, répondit Johnny. Repartir. Je ne me sentais plus en sécurité que sur le terrain. J'ai fait ce qu'on me demandait et j'ai été attrapé sur un malentendu. Ajoutez là-dessus sept mois d'absence, loin de ma fille, disons que ça n'a pas franchement joué en ma faveur. Maintenant, je n'ai plus du tout le droit de la voir. Et c'est une décision que la justice a prise avant… » Il pointa les IRM d'un léger coup de menton. « … ces examens montrant que j'ai, euh, une lésion cérébrale.

— J'ai l'impression d'entendre les mêmes paroles que celles que prononcent de nombreux autres vétérans, constata le médecin-chef. Ce qui est difficile, ce ne sont pas les missions elles-mêmes, si dramatiques soient-elles, serais-je tenté de dire. C'est le retour. »

Chapitre 12

Nous avons survécu à un naufrage et aux déchirements familiaux

Avant la mort de Vera, Olav avait lancé un appel d'offres pour la restauration de la tour à la rosace dans l'aile est du corps de logis. Il avait maintenant trouvé un entrepreneur qui lui convenait et qui avait fait installer des échafaudages autour de la tour pour la recouvrir d'un filet de protection blanc neigeux.

Le problème était que la plateforme en bois sur le toit au niveau des créneaux était imprégnée d'humidité et de moisissures. Les fortes averses de pluie et de neige qui étaient tombées dernièrement avaient provoqué des fuites au dernier étage de la tour, où se trouvait la fenêtre à la rosace. La vitre de celle-ci était par ailleurs vieille et poreuse. C'était un miracle qu'elle n'ait pas cédé pendant les tempêtes. La crainte d'Olav était que l'eau ne continue à s'infiltrer et n'entraîne un dégât des eaux dans son bureau.

Quand on frappa à la porte, il se tenait devant sa fenêtre où il regardait à travers la bâche voilée. Il était tard. Comme à son habitude, il portait des mocassins Aurland marron clair. Il en avait aussi offert une paire à Alexandra, et à sa grande joie, elle ne les quittait plus. Il se pencha au-dessus du radiateur qui chauffait bien ; avec l'âge, il avait de plus en plus souvent froid. Alexandra l'avait toujours écouté. Elle était loyale. La famille passait avant tout, comme il se devait.

« Entrez », répondit-il.

Le visage ombré de Siri Greve apparut dans l'embrasure de la porte. Elle entra, se dirigea vers la carafe d'eau et s'en servit un verre.

« Vous souhaitiez me parler, dit-elle.

— Vous ne préfériez pas plutôt un verre de vin ? » lui proposa-t-il.

Non merci, elle était venue en voiture.

« Aucun testament ne nous est parvenu », déclara-t-il dans ce qui était à moitié une question et à moitié un constat.

L'avocate ne répondit pas, mais elle demeura appuyée au buffet en le scrutant d'un air pensif.

« Honnêtement, je dois avouer que je ne suis pas sûre de comprendre ce qui est en jeu avec le testament de Vera, déclara-t-elle.

— Il a disparu, répliqua Olav d'un ton acerbe, qu'est-ce que vous ne comprenez pas là-dedans ?

— Tous les titres de propriété de la famille sont au nom de Vera, vous craignez qu'elle ait pu en léguer certains à d'autres membres de la famille ? »

Olav gratta pensivement ses sourcils broussailleux. « Siri, asseyez-vous », dit-il sur un ton qui sonnait autant comme une invitation que comme un ordre.

Siri Greve prit place dans un des canapés et croisa les jambes. Olav alla chercher des livres dans la bibliothèque et les posa sur la table basse.

« Ce sont les livres de maman, tout au moins une partie d'entre eux, expliqua-t-il. Des livres intéressants, bien qu'oubliés. Qui se souvient d'un roman ou d'un recueil de nouvelles cinquante ans plus tard ? Ils finissent au cimetière des livres. »

Il remarqua que Siri Greve se tortillait avec impatience sur son siège.

« Durant l'hiver 1970, j'ai appris que maman travaillait sur un projet d'une tout autre nature. Elle était à Bergen, et quelqu'un que je connais dans sa maison d'édition m'a expliqué qu'ils attendaient beaucoup de son ouvrage sur le naufrage de l'express côtier pendant la guerre. »

Olav but une gorgée de vin. « Je ne peux pas dire que cette nouvelle m'ait ravi, car ayant grandi à ses côtés, je ne savais que trop bien quel genre de souvenirs traumatiques un tel projet risquait de remuer. Mais il existe dans la Constitution ce que l'on appelle la liberté d'expression, par conséquent si elle souhaitait écrire un ouvrage à ce sujet, elle en avait entièrement le droit. »

Siri Greve hocha la tête. En tant que juriste, elle était à cheval sur les principes, un défaut professionnel qui horripilait parfois Olav, mais d'un autre côté, le caractère pointilleux de la famille Greve faisait d'eux les personnes parfaites pour s'occuper de documents légaux, or ceux-ci ne manquaient pas à Rederhaugen.

« Toutefois, cette question de manuscrit se révéla plus compliquée que prévu, ajouta-t-il. Puisque maman, paix à son âme, a réussi à s'attirer les foudres des Renseignements généraux. Comment ? Je l'ignore, car je me suis aussitôt récusé dans cette affaire, mais il s'est avéré impossible pour les éditions Grieg de publier un livre qui contenait des allégations infondées sur des personnes défuntes, parmi lesquelles papa. Maman en a été très affectée, elle voyait des ennemis et des fantômes partout. Les troubles psychiques dont elle souffrait depuis toujours ont alors empiré.

— Saisir un manuscrit est une mesure coercitive forte, remarqua Siri Greve.

— Oh ! gémit Olav. Ce n'était pas ça le problème, ce sont les traumatismes jamais soignés qui ont entraîné son effondrement. On l'a internée à l'hôpital psychiatrique de Blakstad, ce furent des années difficiles. Les années sombres, tu connais l'histoire.

— Je ne comprends toujours pas le lien avec le testament.

— Les années passant, j'ai ouï dire que le manuscrit existait toujours. Que maman aurait déposé son ouvrage chez le notaire, en guise de testament. »

Siri Greve hocha la tête, comme si elle comprenait enfin. « Les dernières volontés de Vera étaient en réalité un manuscrit et non un testament légal ?

— Dieu seul le sait, soupira Olav. Peut-être était-ce les deux.

— Et maintenant vous craignez qu'il ait été détourné et qu'il soit rendu public ?

— Nous avons survécu à un naufrage, aux campagnes de dénigrement et aux déchirements familiaux. Et nous surmonterons aussi cette épreuve. Mais la réponse est oui, c'est ce que je crains.

— Qui est au courant de cette affaire ?

— Une fois encore, Dieu seul le sait. Maman et moi nous sommes à peine adressé la parole ces cinquante dernières années. Mais vu qu'il s'agit d'un manuscrit, il me semble logique de penser que Johan Grieg, en tant qu'éditeur, puisse être impliqué. »

Siri Greve le fixa d'un air songeur. « Contactez Johan et défendez-lui expressément d'en parler à qui que ce soit. »

Olav hocha la tête en silence. Siri Greve se leva et quitta la pièce. Il ferma à clé derrière elle. Ses pas étaient aussi lourds que sa respiration. Comme il se sentait vieux ! Était-ce parce qu'il n'était plus *fils*, mais uniquement *père* ? Il s'assit dans le fauteuil, se renversa en arrière et posa ses pieds sur le bureau. L'histoire lui pesait sur les épaules, tel un joug.

Il sortit son téléphone portable et chercha Johan Grieg dans ses contacts.

Même s'ils se croisaient encore régulièrement dans des circonstances plus officielles, des enterrements le plus souvent, leur dernier entretien au téléphone remontait à loin.

L'ancien éditeur de Vera décrocha à la troisième sonnerie, avec ce ton interrogateur de la personne qui sait qui appelle mais hésite à répondre. « Oui, allô ? »

Quelle voix éteinte ! Grieg avait vraiment pris un sacré coup de vieux ces derniers temps.

« Bonjour, c'est Olav. » Il se racla la gorge. « Olav Falck. Dis-moi, j'ai une question, Johan.

— Ça m'aurait étonné que tu me téléphones pour évoquer le bon vieux temps, répondit Grieg.

— Quand es-tu venu à Rederhaugen ces derniers mois ?

— Ça, je ne m'en souviens pas.

— Moi si, répliqua Olav, car c'était le jour où maman s'est donné la mort. C'était en fin d'après-midi, vous avez mangé ensemble. »

Grieg demeura silencieux. « Serait-ce une sorte d'interrogatoire à distance ?

— Tu es arrivé à l'heure habituelle et reparti relativement tôt, si je ne me trompe pas. »

Olav sourit d'un air satisfait à son reflet dans la

vitre. Johan s'était toujours montré faible sous la pression et la maladie ne le rendait que plus fragile encore.

« Je n'ai plus la force de m'introduire en douce à Rederhaugen en soirée, soupira Grieg. Et encore moins pour aller voir Vera. »

C'était indéniable, pensa Olav, mais c'était aussi pour l'éditeur une façon de détourner l'attention.

« C'est toi qui as le manuscrit de maman ? »

Il entendit Grieg soupirer.

« Tu étais l'éditeur de maman et tu l'aimais bien, poursuivit Olav. De plus, ce qui est arrivé en 1970 t'a toujours donné mauvaise conscience.

— C'est absurde », déclara Grieg. Il respirait avec difficulté. « Il s'agit de ta famille et de vos traumatismes, et tu m'accuses. Tu sais bien que si c'était le cas, tu en aurais été le premier averti. J'ai toujours été du côté de la famille Falck.

— Et fais en sorte de le rester, dit Olav. Pas un mot à personne. »

Puis il raccrocha.

Chapitre 13

La tutelle

Sasha se réveilla dans un sursaut.

Son radio-réveil sur la table de nuit indiquait 3:43. Mads dormait, il s'était retourné et elle ne voyait que son dos musclé. Elle était à la fois épuisée et complètement lucide, elle changea de côté, referma les yeux, mais comprit aussitôt qu'elle ne trouverait plus le sommeil.

Près d'une semaine s'était écoulée depuis les obsèques. Le matin, elle travaillait consciencieusement aux archives de SAGA, et elle passait les après-midi chez elle avec sa famille, dans la maison du gardien. L'état d'urgence provoqué par le décès était en train de céder le pas à la routine du quotidien. Elle avait suivi les instructions de son père et n'avait pas cherché à creuser davantage l'histoire de sa grand-mère. Enfin presque.

Son tee-shirt était froissé de sueur. Elle s'assit au bord du lit et, du bout de l'index, effleura le dos de Mads. Il marmonna quelque chose d'inaudible, puis se rendormit aussi sec.

En temps normal, elle dormait à poings fermés la nuit. Sauf que les temps n'étaient pas normaux. Juste avant de mettre fin à ses jours, sa grand-mère Vera s'était confiée à elle par le truchement d'une lettre qu'elle avait cachée dans un endroit que seuls les initiés, les personnes au courant des événements de 1970, pouvaient trouver. Les initiés, les événements de 1970. Elle frémit, d'excitation et de peur.

Sasha se rendit dans la salle de bains, jeta le tee-shirt humide dans le panier à linge sale, s'habilla et gagna le séjour. Elle aimait la nuit, le doux ronronnement des appareils ménagers, les lueurs de l'autre côté du fjord, qui entraient dans la pièce par la fenêtre. Elle enfila une paire de chaussures. Puis elle sortit. La nuit froide de l'hiver s'abattit sur elle, le printemps se faisait toujours attendre. L'obscurité la rendait plus sensible aux bruits, un peu comme un animal, et ses sens aiguisés engendraient parfois des pensées libératrices.

Elle alluma une cigarette et siffla Jazz. Curieusement, il ne vint pas. Les idées qu'elle ruminait depuis la mort de Vera ne cessaient de la tourmenter, comme une équation mathématique qu'elle ne parvenait pas à résoudre. Elle grimpa sur un rocher moussu au sud de la presqu'île, près de l'endroit où ils allaient se baigner, et son regard embrassa le fjord.

Elle resta là un moment, avant de sauter au pied du rocher, traverser le bois à petites foulées et passer devant la statue du Grand Thor légèrement éclairée par la lune et les hautes fenêtres en encorbellement de la bâtisse, derrière.

Elle pénétra le plus discrètement possible dans la maison, pour ne pas réveiller le reste de la famille, puis elle s'assit à la table et ouvrit son Mac. Mads lui avait envoyé quelques liens de divers hôtels et châteaux en Provence avant de se coucher. Ça pouvait attendre. Un certain John O. Berg souhaitait l'interviewer « *off the record*, pour une biographie à venir de Hans Falck aux éditions Grieg ». Sasha gloussa et écrivit une réponse brève : *Uniquement si elle n'est pas autorisée.* Elle envoya le message sans se laisser le temps de regretter sa légèreté.

Il était évident qu'elle ne parlerait à aucun journaliste quel qu'il soit.

Le dernier message qui attira son attention venait de l'hôpital de Blakstad. Malgré la promesse qu'elle avait faite à son père, elle avait tenté d'appeler l'établissement ces derniers jours et, ne réussissant pas à les joindre, avait envoyé un mail pour leur demander s'il était possible de consulter le dossier de Vera Lind.

La réponse brève et négative était signée par la directrice de la communication. Peu de choses irritaient autant Sasha que les personnes droites dans leurs bottes et à cheval sur les principes. Elle était en train de formuler une réponse incisive quand elle entendit des pas dans le couloir.

« Sasha ? » Mads était encore abruti de sommeil.

« Qu'est-ce que tu fais debout à cette heure ? demanda-t-elle.

— Et toi ? Tu crois que je ne l'ai pas remarqué ? Ça fait une semaine que tu dors à peine.

— Assieds-toi, Mads. Il faut que je te confie quelque chose. »

Il se servit un verre d'eau et s'assit en face d'elle. Il posa les mains sur les siennes. Même si, à une époque bien lointaine, elle avait été séduite par son éloquence et le charisme qui émanait des jeunes loups de la politique, c'était aujourd'hui sa sollicitude qu'elle aimait chez lui. Comme la majorité des gens, Mads s'était employé à montrer qui il voulait être durant ses études, et qui il était vraiment lorsqu'il était en famille.

« Ça concerne Vera et ce que tu m'as demandé ?

— J'ai trouvé une lettre laissée par Vera. Je n'ai rien dit ni à papa, ni à Sverre, ni à Andrea. »

Il inspira un grand coup et hocha la tête. « Que contient-elle ?

— Ce que contient une lettre d'adieu, plus ou moins. »

Il étira ses bras au-dessus de sa tête. « Tu devrais la remettre à la police.

— Non. » Sa réponse l'agaçait. « Cette affaire ne concerne pas la police. Il n'est pas interdit de mettre fin à ses jours.

— Et Olav ? »

Elle lui lança un regard en biais par-dessus la table. « Grand-mère en voulait à mort à papa. C'est la raison pour laquelle elle a écrit cette lettre. Elle me demande de découvrir la vérité sur la famille et sur ce qui s'est passé pendant la guerre. Et plus tard aussi. Je crains que grand-mère ne sache des choses sur SAGA que j'ignore et que je préférerais ne pas connaître. »

Mads se leva, alla jusqu'au plan de travail de la cuisine et leur servit deux verres de vin.

« Pourquoi tu me racontes tout ça ? demanda-t-il enfin.

— Parce que je me sens terriblement seule dans cette affaire ! »

Il s'assit en face d'elle. « Qu'as-tu l'intention de faire ? »

Sasha lui expliqua brièvement qu'elle envisageait de se rendre à Blakstad, où Vera avait été internée dans les années soixante-dix, pour obtenir son dossier. « Tu me soutiens toujours ? »

Mads eut un sourire fatigué. « Je n'aimerais pas être celui qui se trouve en travers de ton chemin. »

Sasha ne répondit pas, son ton la refroidit légèrement.

C'était là une histoire qu'il ne débordait pas d'envie de creuser.

« Je vais me recoucher, dit-il. Il serait probablement judicieux que tu fasses pareil. »

*

Le lendemain elle emprunta le sentier qui partait de chez elle et longeait le rivage, en contrebas de la maison, puis passa sur des rochers légèrement inclinés avant de rejoindre un chemin envahi par la végétation, derrière l'auditorium construit dans la roche pour les vingt ans de SAGA et conçu par le célèbre cabinet d'architectes Snøhetta. Elle coupa ensuite à travers bois, jusqu'à la baie où le ponton et le hangar à bateaux apparurent.

Sasha n'avait pas vraiment des goûts de luxe. En y réfléchissant bien, elle n'avait même qu'un seul péché mignon, un Riva Aquarama, un modèle italien de 1968 en acajou, un hors-bord aussi *bling-bling* que ce qu'elle associait d'ordinaire aux nouveaux riches et qui tranchait radicalement avec la discrétion dont elle faisait normalement preuve. Elle n'en adorait pas moins ce bateau. Souvent elle descendait ici l'hiver rien que pour sentir sous ses doigts les différentes variétés de bois poli et admirer la perfection de sa coque à la ligne gracieuse, et au moindre soupçon de printemps dans l'air, elle faisait venir un spécialiste des bateaux en bois pour le préparer et le mettre à l'eau devant le hangar situé sur la pointe sud de la presqu'île. Si les maîtres de la Renaissance avaient dessiné des bateaux, pensait Sasha, cela aurait donné un Aquarama.

Quand elle arriva sur le ponton, Olav était en train de parler avec le jardinier qui l'aidait à charger des jerrycans dans son bateau, le *Grimsøy*. L'Aquarama se balançait sur les flots.

Si elle avait le choix, elle préférait se déplacer par voie d'eau, que ce soit pour aller dans le centre d'Oslo à l'est, sur la presqu'île de Nesodden au sud, ou dans le fjord à l'ouest, là où se trouvait l'institution qui avait accueilli Vera au début des années soixante-dix. Dire qu'elle avait été bien reçue lorsqu'elle avait contacté l'hôpital de Blakstad serait exagéré, mais les choses finissaient généralement par s'arranger pour peu que l'on rencontre les gens en vis-à-vis.

« Tu mets le Riva à la mer tôt cette année ! s'écria Olav. Trop tôt, si tu veux mon avis. Tu vas où ? »

Elle haussa les épaules. « Faire un tour. »

Sasha monta à bord. S'asseoir dans les fauteuils en cuir couleur crème et tourner la clé de contact lui donnait la sensation d'être au volant d'une voiture de sport.

La comparaison n'était pas mauvaise, du reste, puisque la puissance venait d'un moteur Lamborghini douze cylindres. Elle fit marche arrière et prit un virage tranquille sur la droite, avant d'accélérer vers l'ouest. Le soleil printanier lui chauffait le visage et elle ne put s'empêcher de sourire.

Une demi-heure plus tard elle ralentit, accosta tranquillement à un quai aussi désert que peut l'être ce genre d'endroit en hiver et amarra son bateau. De là, elle suivit un sentier à travers un bosquet, jusqu'à ce que l'hôpital de Blakstad apparaisse devant elle.

L'élégante architecture des cités-jardins qui prédominaient à l'époque où l'asile avait été construit, au début des années 1900, se mêlait à des bâtisses de l'après-guerre sans âme, en brique et de quelques étages seulement. D'un pas rapide, elle franchit la large porte du bâtiment de l'administration.

Comme la plupart dans cette profession, la directrice de la communication était une journaliste sur le déclin qui s'était reconvertie, il sembla à Sasha la reconnaître : n'avait-elle pas présenté une émission de débats télévisés qui avait fait long feu il y avait belle lurette de cela ?

« Alexandra Falck, je présume ? » demanda cette dernière d'un ton légèrement pincé et renfrogné.

Sasha hocha la tête.

« Nous avons étudié votre demande, poursuivit la femme, et l'avons rejetée. Il nous est impossible de laisser des personnes extérieures accéder aux dossiers médicaux de nos patients. Il s'agit de documents parfois très sensibles. »

La colère que faisait naître en elle cette femme rigide, elle la tenait de son père. Lui non plus ne supportait pas les gens qui se cramponnent ainsi au règlement.

« Dans ce cas, vous n'êtes certainement pas sans savoir qu'il existe des cas où le secret médical peut être levé, dit-elle d'une voix posée. Notamment si ces dossiers font partie d'un projet de recherche. Je dirige les archives de la Fondation SAGA. »

La directrice de la communication grimaça. « Il faut alors que vous déposiez une demande officielle.

— Je ne suis pas seulement chercheuse dans le cas présent. Je suis aussi une parente de la patiente. Il y a peu, Vera, ma grand-mère, a mis fin à ses jours. Et je vous rappelle que les proches de vos patients ont le droit de consulter leurs anciens dossiers médicaux. »

La directrice de la communication se leva, hésitante. À cet instant-là, Sasha sut qu'elle avait gagné.

« D'accord, je vous donne deux heures. »

La femme passa devant Sasha, elles traversèrent le hall de réception et descendirent un escalier, jusque devant une porte en métal. Les corridors du sous-sol servaient de débarras pour le mobilier et le matériel de l'hôpital : des lits, des déambulateurs, des stéthoscopes, des cathéters, des potences, des brancards encombraient les lieux. Au fond du couloir, elles débouchèrent sur une nouvelle porte fermée à clé, sans aucune inscription dessus. La directrice de la communication l'ouvrit. Une odeur aisément reconnaissable de vieux papier et de mites lui sauta au nez, la lumière clignota avant de s'allumer définitivement, la poussière dansait autour d'elles alors qu'elles avançaient dans la pièce. Des cartons étaient empilés contre le mur, chacun marqué d'une année.

« Quel nom et quelle année cherchons-nous ? demanda la responsable de la communication.

— Vera Margrethe Lind », répondit Sasha. Elle remarqua que sa voix avait retrouvé son ardeur. « Elle est née en 1920 et a été internée en 1970. Je ne suis pas sûre de la date exacte, mais au plus tôt fin avril, début mai. »

L'employée lui indiqua une étagère. « Lind, voyons voir. »

Elle effleura les archives du bout des doigts, sortit un classeur et le tendit à Sasha. « Voici votre dossier. Vous ne pouvez pas rester ici, je vais vous trouver une pièce où vous installer. Vous avez déjà compulsé des documents officiels ? »

Sasha sourit. « C'est mon travail. »

Son interlocutrice l'introduisit dans une salle annexe, Sasha posa le dossier sur une petite table en contreplaqué, ferma la porte et se plongea dans les archives.

Vera avait été hospitalisée le 2 mai 1970, après « une détérioration progressive de son état mental qui culmina avec le déclenchement d'une psychose ayant entraîné une tentative de suicide à son domicile ».

En mai 1970, elle avait été suivie de près par le psychiatre Finn Butenschøn qui, après de longues consultations, était parvenu à la conclusion qu'elle souffrait de « traumas profonds remontant sans doute à un manque de liens proches dans l'enfance et à un naufrage dans le nord de la Norvège pendant la guerre » et « affaiblissant radicalement ses facultés mentales et son aptitude à vivre en société ».

Sasha interrompit sa lecture et respira profondément. Rien de tout cela ne lui était en réalité inconnu ou ne la surprenait, mais dans son rapport daté du 27 mai, Butenschøn avait noté une chose qui la fit tiquer : « L'état de la patiente est, à mon avis, encore aggravé par une image de soi fortement narcissique caractérisée par des illusions de grandeur, et associée à un délire de persécution : selon la patiente, des membres de sa famille et des personnalités de la vie publique norvégienne, explicitement nommés, lui voudraient du mal. De ce fait, elle répète régulièrement qu'elle est l'auteur d'un ouvrage qui aurait été "brûlé en forêt" en raison de son contenu susceptible de changer "l'histoire nationale". »

Sasha se leva et s'appuya au mur de la pièce exiguë. *Des membres de sa famille et des personnalités de la vie publique norvégienne ?*

Chez les Falck, cela revenait souvent au même.

Elle se réinstalla à la table et poursuivit sa lecture. De toute évidence, les psychiatres de Blakstad avaient fait un travail de fond. Butenschøn avait pris contact avec le docteur Schultz aux Lofoten, « le dossier médical établi dans son enfance complète le tableau clinique de la patiente ».

Merde alors, qu'est-ce qu'ils en savaient ? Ils n'étaient pas là ! Elle allait devoir se pencher sur le sujet.

Vera avait été une patiente sans aucune retenue et agressive, spécialement la première année. En octobre 1970, à de multiples reprises – « l'état de santé de la patiente le nécessitant » –, les infirmières avaient dû recourir à des « moyens de contention mécaniques ». Elle avait commis plusieurs tentatives de suicide, d'abord en menant une grève de la faim durant l'hiver 1971, puis, plus sordidement, le 27 juillet de cette même année « en frottant le sol avec du savon et en faisant un nœud coulant avec sa chemise qu'elle accrocha à la poignée de la porte pour essayer de s'étrangler. La tentative fut déjouée par une infirmière qui effectuait sa ronde ».

Quarante-cinq ans plus tard, Sasha était assise au sous-sol de ce même bâtiment. Subitement, un sentiment de claustrophobie l'envahit, comme si elle était elle-même immobilisée par des moyens de contention mécaniques. Elle bondit vers la porte, s'attendant presque à la trouver fermée à clé, telle une cellule d'isolement, et tira violemment sur la poignée.

La porte s'ouvrit, la poussière du sous-sol dansait dans le rai de lumière. Le seul bruit dans le sous-sol désert était celui de la ventilation.

Debout dans le couloir, alors qu'elle cherchait à reprendre son souffle, elle sentit le goût salé des larmes sur ses lèvres. Pleurait-elle à cause du passé tragique de Vera ? Certainement, mais pas seulement. Ces larmes amères étaient aussi celles de la colère : elle avait été trompée, sa propre ignorance la mettait hors d'elle, elle en voulait à ceux qui ne lui avaient jamais raconté cette histoire, et s'en voulait à elle-même de n'avoir jamais posé de questions.

Toujours adossée au mur, Sasha se raisonna à voix haute : « Tu n'es pas grand-mère, tu es une archiviste et la directrice du musée de SAGA. »

Ces mots la rassérénèrent. Une fois son calme retrouvé, elle reprit place à la table. Peu à peu, les observations portées dans le dossier perdirent de leur caractère dramatique et intense. À la fin de l'hiver 1972, Vera était suffisamment stable pour pouvoir se promener longuement en dehors des locaux de l'hôpital.

Son fidèle compagnon, le psychiatre Butenschøn, louait Vera. « Après avoir suivi la patiente durant plus de deux ans, écrivait-il dans sa dernière observation, datée du 6 juin 1972, nous pouvons affirmer que son état est stabilisé, notamment pour ce qui est du comportement agressif et des tendances suicidaires qui ont en très grande partie disparu. »

Il mettait cependant en garde : « Je n'en demeure pas moins convaincu que nous ne sommes pas allés au fond des choses concernant ses délires mégalomaniaques et de persécution. La patiente, en effet, persiste à colporter et soutenir des affirmations délirantes. C'est un point qu'il conviendra peut-être de reconsidérer avec attention lorsque son cas sera porté devant le juge des tutelles. Sur cette question, s'adresser à l'avocat de la famille, August Greve fils. »

Sasha en avait suffisamment lu. Elle referma les dossiers, remercia à la réception pour l'aide apportée et descendit jusqu'au bateau amarré.

La tutelle, songea-t-elle, quel mot affreux et glaçant, d'un autre temps, celui de la stérilisation forcée et de la lobotomie.

« Vers où porter ses recherches pour en apprendre davantage ? » se demanda-t-elle alors que le bateau filait sur le fjord froid. Quand la tour de Rederhaugen apparut à l'horizon, elle connaissait la réponse : il était trop tôt pour mettre son père face aux faits. Siri Greve, en revanche, était la fille de l'avocat qui avait instruit la demande de mise sous tutelle au nom de sa famille. Si quelqu'un savait quelque chose à ce sujet, et Siri était au courant de beaucoup de choses, c'était elle.

Sasha amarra le bateau et retourna au corps de logis.

Chapitre 14

La séduction

La sonnette retentit dans son rêve. Johnny ouvrit les yeux et se redressa. Il s'était endormi sur le canapé. Sur la table, les barquettes de pad thaï à moitié vides côtoyaient les bouteilles de soda, les bacs de glace, le papier à rouler et quelques boulettes de kif. Il avait touché le fond. La gueule de bois provoquée par le cannabis était différente de celle due à l'alcool. Elle n'entraînait pas de mal de tête lancinant, mais une impression de lourdeur, d'être dans les vapes, un peu comme après une anesthésie.

Un nouveau coup de sonnette retentit. La débauche des jours passés lui revenait par flashs, des souvenirs flous. Un dealer sous une porte cochère de Fredensborg, un bar à karaoké bruyant dans la Trondheimsvei, un club de strip-tease derrière l'hôtel de ville. Quel avait été l'élément déclencheur ? Ah oui, ça lui revenait maintenant. Tout avait commencé à Gamle Logen.

Pour la troisième fois, on sonna à la porte. Johnny se dirigea vers l'interphone. La porte extérieure vrombit dans l'entrée, quelques étages au-dessous de lui.

« Qui est-ce ? » Johnny se tenait contre la porte.

« Ouvre, c'est moi. »

La voix de HK, reconnaissable entre toutes, un

baryton puissant à l'intonation traînante et musicale d'un chauffeur de taxi des quartiers est, mâtiné d'un je-ne-sais-quoi de plus raffiné, à l'image du bonhomme lui-même.

Johnny lui ouvrit. L'ancien chef de la section avait bien perdu au moins dix kilos depuis qu'il avait raccroché, ça lui allait bien, et sa barbe blanche taillée avec soin contrastait avec son teint qui avait pris l'éclat sain et rougeoyant de la vie de retraité. Seuls les yeux de loup bleu-gris profondément enfoncés dans les orbites n'avaient pas changé. Ils se donnèrent une accolade.

« Tu as l'air en forme, fit remarquer HK.

— Disons que je tiens debout. Mais toi, chaque fois que je te vois, j'ai l'impression que tu rajeunis. »

L'homme d'un certain âge lui adressa un sourire enjoué.

« Qu'est-ce que tu veux ! C'est la retraite. Dès qu'on quitte la section, on se sent rajeunir. Tandis qu'une année dans la vie des opérateurs en service actif équivaut en pratique à sept ans, comme chez les chiens. Bientôt, nous aurons le même âge, Johnny. »

Johnny ne put retenir un léger sourire.

Un géant rougeaud qu'il connaissait bien se tenait au côté de HK.

« Grotle ! » Il serra fort dans ses bras son ancien coéquipier.

« Putain, t'as vraiment une sale mine, Johnny ! » bougonna son camarade de l'ouest de la Norvège, avec ses battoirs posés sur chacune de ses épaules. À ce moment-là, Johnny se rendit compte que son collègue était plus âgé que lui et qu'il avait les traits plus tirés que dans son souvenir ; il avait maintenant la cinquantaine, un visage buriné et la crinière ébouriffée typique des hommes qui commencent à perdre leurs cheveux.

La barbe rousse mêlée de gris et de blanc, bien que toujours broussailleuse, était plus courte qu'en Afghanistan, où l'on murmurait que Grotle aurait pu devenir gouverneur de la province de Faryab rien que par sa taille et sa carrure : c'était une véritable armoire à glace. En effet, s'il y avait une chose que les Afghans respectaient, c'était la force physique, or ce militaire était fort comme un ours. De formation, il était plongeur démineur, un des meilleurs du pays, et quand ils travaillaient ensemble au sein de la section, on blaguait toujours sur les orteils de cet homme-grenouille à la peau toute fripée et vraiment dignes, pour le coup, d'un batracien.

« Bon sang, qu'est-ce que ça me fait plaisir de te voir, Johnny ! J'ai vraiment cru qu'on t'avait perdu, ajouta Grotle.

— T'habites toujours sur ton bateau ?

— Je ne descends à terre que quand j'y suis obligé, répondit son collègue avec un clin d'œil. Mais quand HK m'a informé que tu étais rentré et que tu étais dans de sales draps, j'ai décidé de l'accompagner.

— Attendez-moi dehors, le temps que je range », leur dit Johnny, gêné.

Ses anciens collègues ignorèrent cette dernière phrase et pénétrèrent dans l'appartement. HK jeta un coup d'œil vers la table basse, puis vers Grotle et ensuite seulement vers Johnny. « Ah ouais, quand même. »

Il posa sur Johnny le regard d'un père dépité en découvrant que la fête donnée par son fils en leur absence est partie complètement en vrille. « Il ne nous reste plus qu'à retrousser nos manches ; Johnny, qu'est-ce t'en penses ? »

Il hésita quelques secondes. Puis hocha la tête à contrecœur.

Ils nettoyèrent tout l'appartement, aérèrent, passèrent l'aspirateur, récurèrent la cuisine et la salle de bains, avant que Grotle ne jette d'un air démonstratif les boulettes de shit dans les toilettes.

« Attends, protesta Johnny. Ça peut être bien d'en avoir.

— C'est encore mieux d'en être débarrassé », rétorqua Grotle en tirant la chasse d'eau.

Quand ils eurent fini, ils s'assirent dans la cuisine, chacun avec une tasse de café fumant.

« Je m'inquiétais pour toi, Johnny, déclara Grotle, mais au fond de moi j'étais furax aussi. Tu n'en avais absolument plus rien à foutre des ordres, tu n'en faisais qu'à ta tête et tu risquais de nous entraîner dans ton sillage. Tu regardais trop de vidéos antiaméricaines sur YouTube et tu fumais trop de shit.

— Nous n'aurions jamais dû bombarder la Libye, répondit Johnny. Et j'ai arrêté le shit. Jusqu'à cette semaine, où j'ai pété un câble.

— Tu sais ce que c'est, ton problème ? » Le regard de Grotle s'était adouci. « Tu prends trop à cœur les problèmes de ce monde. Je suis d'accord, le bombardement de la Libye n'était peut-être pas très malin.

— Pas très malin ? Des innocents ont été tués, les rapports de force au Moyen-Orient ont été bouleversés par des gens qui n'ont absolument aucune idée de ce qu'ils font, on a ouvert les portes de l'enfer aux terroristes. »

Grotle le regarda d'un air sévère. « Tu étais opérateur, putain, pas ministre des Affaires étrangères. Les politiques décident de la politique à mener, nous l'exécutons. Vaut mieux ça que le contraire. »

Le géant se leva et se dirigea vers la porte. « Je repars dans le Nord, j'ai un avion à prendre. Amusez-vous bien. Appelle-moi au besoin, Johnny. La plupart du temps je suis à Ramsund. Mais ne déconne pas, ou je me chargerai personnellement de te remettre les idées en place. »

*

HK et Johnny avaient acheté du poulet et des aromates dans les épiceries fines de la Bydgøy allé pour préparer un coq au vin, avant d'aller choisir deux bouteilles de bourgogne corsé au Vinmonopolet. Quand ils eurent terminé leurs courses et alors que l'odeur d'ail, de lardons, d'aromates et de vin rouge s'élevait de la marmite, le studio de Johnny était presque devenu cosy.

« J'avais oublié que tu cuisinais aussi bien, fit remarquer Johnny pendant que son vieil ami versait du cognac dans la sauce.

— C'est surtout au Liban que j'ai appris, les Français mangeaient toujours bien, même pendant une mission sur le terrain. » Il lui sourit au-dessus du plan de travail. « Ils m'ont appris à cuisiner… et à récolter les informations. »

Le passé de HK était enveloppé d'un voile de mystère, tout comme sa vie privée. Johnny savait seulement qu'il vivait en couple avec un secrétaire d'État adjoint à la retraite et qu'il avait commencé sa carrière d'officier des renseignements dans le bataillon norvégien de l'ONU au Liban au début des années quatre-vingt.

« Les Français connaissaient cette partie du Moyen-Orient. Ils m'ont aussi appris une autre chose, la plus importante pour quiconque travaille dans notre domaine.

— À jouer de ton charme ? » sourit Johnny. C'était un des enseignements que HK lui avait inculqués quand il dirigeait la section.

« Je vois que tu n'as pas tout oublié ! » HK lui adressa un clin d'œil. « On peut dire tout ce qu'on veut de ces vigoureux skieurs de fond du Trøndelag qui abondent dans nos services d'élite. Mais on peut difficilement les qualifier de *charmants* ! »

Après quelques verres, HK agrémentait volontiers ses phrases de mots français.

« Les gens croient que l'art de la séduction consiste à mettre quelqu'un dans son lit. Ça peut l'être, bien sûr. Mais *la séduction* est en réalité une question de pouvoir. Il s'agit de réussir à imposer sa volonté en recourant à la ruse, et non à la force. Voilà ce que les Français m'ont appris.

— C'est au Liban que tu as rencontré Hans Falck ?

— À Beyrouth. » Soudain HK sembla sur ses gardes. « L'été 1982, c'est facile à se rappeler, c'était au moment de l'attaque des Israéliens. »

Pendant un court instant, ils gardèrent le silence. Johnny laissa à son interlocuteur le temps de réfléchir tranquillement.

« Hans travaillait dans un camp de réfugiés palestiniens dans le sud de la ville. Un bourreau de travail, habile et encore plus arrogant et imbu de lui-même à cette époque que maintenant. Le bruit courait qu'il avait une liaison avec une dirigeante d'un des groupes armés palestiniens les plus redoutés.

— Hans m'a raconté cette histoire de façon un peu différente.

— J'ai dit *le bruit courait*, souligna HK. Hans avait

beau avoir une femme à Bergen, dès qu'il passait la frontière norvégienne, il menait une vie de célibataire, à ce moment-là comme après. En tout cas, il fréquentait beaucoup les milices palestiniennes à cette époque. Quant à ce qui était vrai ou pas, nous ne le saurons probablement jamais, car Mouna Khouri, comme elle s'appelait, a été tuée pendant les massacres des camps de réfugiés à Beyrouth. C'était en septembre 1982, je n'oublierai jamais ce mois-là. »

Son regard se fit lointain. « On s'assoit ? »

Johnny se servit dans la marmite fumante et lui rapporta sa conversation avec le médecin-chef. HK l'écoutait d'un air grave.

« Et au milieu de tout ça, on m'a proposé un boulot, déclara Johnny.

— Quoi ? Il y a vraiment quelqu'un qui veut t'embaucher ? se moqua HK en laissant échapper un de ses rires caverneux.

— Hans Falck souhaite que j'écrive sa biographie. »

HK qui s'apprêtait à boire une gorgée de vin laissa son geste en suspens.

« Tu m'en diras tant ! Qu'as-tu répondu ? »

Johnny posa le contrat sur la table. « J'ai accepté. Le contrat est signé.

— Je dois avouer que c'est un coup inattendu de la part de ce bon vieux Hans Falck.

— Selon Hans, les donneurs d'ordres lors de ma dernière mission ne seraient ni plus ni moins qu'Olav Falck et SAGA.

— Je n'aurais pas dû prendre ma retraite, soupira HK. Cette opération était une pure folie, nous n'aurions jamais rien fait de tel quand je dirigeais la section.

— Mais selon lui aussi, cette opération n'est que la continuation d'une activité qu'Olav mène par le biais de SAGA depuis l'après-guerre. Et mon histoire pouvait signer l'arrêt de mort de la fondation. Si c'est à cause d'Olav Falck que la Norvège a refusé d'intervenir quand j'ai été capturé au Kurdistan, je n'aurais rien contre.

— Intéressant, murmura HK. La vengeance est un sacré moteur, aujourd'hui comme hier. »

Il se caressa lentement le menton. « Tu es conscient de ce dans quoi tu t'engages, mon cher Johnny ? Ce sont des spéculations que des journalistes bien plus aguerris que toi ont essayé de creuser sans jamais aboutir à quoi que ce soit.

— J'ai toutes les cartes en main. Eux ne les avaient pas. »

HK laissa s'écouler un long moment avant de répondre. « J'ai travaillé avec Olav autrefois, avant qu'il ne fonde SAGA. Nous étions hommes-grenouilles à la même période. Puis il a continué dans l'armée et moi j'ai intégré les Renseignements généraux. On s'entendait bien. Nous avions la même façon de penser. Nous accordions plus d'importance aux questions de stratégie qu'à la surveillance des étudiants maoïstes, en tout cas moi. Puis nous nous sommes brouillés. C'était sans doute inévitable.

— Pourquoi ?

— La sécurité intérieure était notre préoccupation majeure, à tous les deux, mais nos méthodes différaient. Ma loyauté a toujours été envers la Constitution norvégienne, alors qu'Olav n'hésitait pas à user de moyens violant les principes de la Constitution pour défendre le pays. C'est la différence entre nous. Pour Olav, la fin justifie les moyens ; c'est un homme avide de pouvoir et sans scrupule. »

Johnny but une nouvelle gorgée de vin. « Et cette

façon de penser a donné naissance à la Fondation SAGA ?

— C'en est même le fondement ! SAGA faisait en réalité partie du réseau stay-behind comme on l'appelle. D'anciens résistants et des personnalités influentes qui refusaient de rendre les armes ont pris l'initiative de créer une armée privée secrète en cas d'invasion soviétique. Le réseau avait des cellules dans tous les pays d'Europe de l'Ouest, y compris en Norvège. Et Rederhaugen a servi de dépôt d'armes pendant la guerre froide.

— Mais l'existence de ces cellules n'a-t-elle pas été découverte dans les années soixante-dix et celles-ci démantelées ? » Johnny se souvenait vaguement de cette histoire.

« Beaucoup d'entre elles l'ont effectivement été. Mais pas toutes. Rederhaugen était l'endroit parfait pour un dépôt. Pendant la guerre, les Allemands avaient réquisitionné la propriété et construit des tunnels et des abris antiaériens. Disons que les murs en béton étaient de qualité. Après la guerre, de grandes quantités d'armes et de matériel y ont été entreposées, on a fait venir les vieux généraux allemands de la Wehrmacht afin qu'ils nous montrent le système de défense en cas d'invasion soviétique. Personne n'a jamais divulgué l'information selon laquelle la famille Falck et SAGA stockaient des armes à Rederhaugen. »

HK inspira. « Du moins, une personne a bien tenté de révéler la vérité : la mère d'Olav, une écrivaine du nom de Vera Lind, décédée récemment. »

Johnny hocha la tête. Une fois encore, ces noms ressurgissaient : SAGA et Vera Lind.

« Hans m'a dit qu'elle avait laissé un testament que personne n'a trouvé.

— Je ne sais rien de cette affaire, mais le fait est que le manuscrit de Lind a été saisi. Et ça, j'en suis sûr, parce que j'ai participé à l'enquête. »

Pour la première fois ce soir-là, Johnny éprouva ce sentiment qui se manifestait souvent quand il parlait avec HK, que rien ne pouvait surprendre son ancien chef, qu'il savait déjà tout. « Qu'est-ce que tu dis ? Tu as lu le manuscrit ?

— Non, je ne l'ai jamais lu, mais l'enquête sur Lind est la raison pour laquelle Olav et moi nous sommes fâchés et pour laquelle j'ai quitté les Renseignements généraux. Je ne pouvais pas accepter que l'on étouffe ainsi la liberté d'expression et que l'on détruise une vie humaine en se cachant derrière une formulation aussi évasive que "la sécurité du royaume". Pour Olav, la mission de la famille Falck est de préserver le récit officiel de l'histoire nationale. Tous ceux qui remettent en cause ce récit, et par conséquent SAGA, le paient cher. Ce fut le cas de Vera Lind en 1970... Et il semblerait que cela puisse aussi être ton cas, mon cher Johnny », murmura HK.

Johnny déglutit, il avait les mains en sueur et son cœur cognait dans sa poitrine.

« Alors que j'approchais l'âge de la retraite, poursuivit HK, des gens qui font la pluie et le beau temps ont commencé à se demander si les "outils" que la Norvège avait dans sa caisse étaient suffisants pour contrer la menace terroriste. On m'a maintenu à l'écart, mais je sais que Martens Magnus, le responsable de la cellule des forces spéciales au ministère des Armées, a été l'élément moteur du projet SB 2.0. Soit : le stay-behind d'une nouvelle ère. »

Johnny hocha la tête.

« Ce sont des gars de Magnus qui m'ont recruté pour cette mission.

— Et tu étais assez naïf et déprimé pour accepter, constata HK, avant de poursuivre. Des pays comme la France, les États-Unis, l'Angleterre et Israël éliminent sans vergogne les ennemis de l'État. Ce n'est même pas un secret. En Norvège, c'est politiquement impossible. Nous n'agissons pas de la sorte. Mais que fait-on quand un psychopathe aussi dangereux qu'Abu Fellah fanfaronne dans le désert que le sang va couler dans les rues norvégiennes, et quand on sait que celui-ci a les ressources et la logistique de l'EI pour mettre sa menace à exécution ? »

Johnny enfouit son visage dans ses mains. C'était exactement cela.

« Eh bien, poursuivit HK patiemment, on demande aux Américains s'ils ont un drone Predator à nous prêter. Mais s'ils n'en ont aucun de disponible, ou si la cible prend soin de ne pas s'exposer, alors on fait appel aux forces terrestres. Pas officiellement, bien sûr. Non, on demande au seul homme du royaume capable d'exécuter une telle mission : un type qui a le physique parfait pour se fondre au Moyen-Orient et qui, de surcroît, s'est mis dans de sales draps et n'a d'autre choix que d'accomplir une opération noire. Une arme pour la formation de laquelle l'armée a dépensé trente millions de couronnes. Et ayant pour nom John Omar Berg. »

Il fixa Johnny. « Et c'est là que tu interviens. »

Johnny alluma une cigarette et inspira profondément. « J'étais loyal, finit-il par déclarer. Je n'aurais rien dit, jusqu'à ce que je découvre qu'ils avaient vraiment l'intention de me laisser pourrir en prison. Martens Magnus, c'est une chose. Mais sais-tu si, comme l'affirme Hans, Olav Falck est réellement derrière tout ça ?

— Olav est malin, répondit HK gravement. Il ne se salit jamais les mains. Quand il a détruit sa mère, il n'a employé ni la force ni les menaces. Non, Olav est devenu le tuteur plein de sollicitude de Vera Lind ! Et quand l'information a commencé à circuler que tu étais détenu au Kurdistan et que j'ai remué ciel et terre pour te faire sortir de ce guêpier, Olav m'a appelé. »

Là, HK prit une voix profonde et fit ce qui était sans doute une imitation fidèle de celle du patriarche Falk. « “Berg était le meilleur, un héros national, c'est une honte que nous, en tant que nation, n'ayons pas été capables de lui offrir le suivi nécessaire après ce qu'il a enduré, ça ne pouvait que tourner mal, mais tu sais comme moi, HK, que notre gouvernement est malheureusement strict sur la question du rapatriement des combattants étrangers.” C'est le discours qu'il m'a tenu, mot pour mot. J'étais à deux doigts de l'envoyer paître, Johnny, même si ce n'est pas mon genre. Olav a compris que le pouvoir en Norvège ne s'exerce pas brutalement, qu'il faut l'envelopper de moralisme et de bonnes intentions. Mais toi et Vera Lind posiez le même problème : vous déteniez des informations qui remettaient en cause notre pays, ce qu'il est, des histoires qui pouvaient et peuvent couler la famille Falck et SAGA si elles sont rendues publiques. »

Leurs regards se croisèrent, l'ancien chef esquissa un sourire mystérieux, que Johnny lui rendit.

« Fais ce que t'a suggéré Hans, essaie de rencontrer la fille d'Olav. En 1970, si je ne me trompe pas, les Renseignements généraux auraient eu un informateur. Peut-être est-ce une personne sur laquelle il est possible de faire un peu pression, je vais voir ce que je peux trouver dans les archives. »

HK alluma sa pipe. La fumée tiède du tabac fit ressurgir des images du passé, de ce jour il y a des années de cela où HK était venu à Ramsund pour le recruter, de cette fois pendant leur formation où HK leur avait donné pour tout équipement un billet de dix couronnes et leur avait enjoint de se débrouiller pour aller à Trondheim, de toutes les fois où ils avaient arpenté ensemble les ruelles afghanes.

« À quoi penses-tu, Johnny ? Tu es complètement absent tout à coup.

— C'est bizarre, mais quand tu allumes cette pipe, soudain je pense au…

— … au passé. Aucune partie du cerveau n'est aussi liée aux souvenirs que le centre de l'odorat. »

Johnny hocha la tête, subitement il se sentit plus mélancolique que jamais.

« C'est pour ça que le parfum des anciennes petites amies devrait être interdit par la loi. »

HK eut un sourire paternel.

« Oui. D'ailleurs, comment va Rebecca ?

— Bien, je pense. Son nouveau mec est un garde du corps du PST avec quatre enfants d'un précédent mariage, tee-shirt noir au Norseman biathlon, ceinture noire dans l'éducation des enfants. »

Le regard de HK était voilé après tous les verres de vin qu'ils avaient bus. Il mit une chanson de Jacques Brel et passa le bras autour des épaules de Johnny. « On va régler ça, le moment venu. Tu es un type bien, Johnny, un type bien. »

HK en était maintenant à la gnôle, il leva son verre de cognac.

« Un toast pour Hans aussi, pour avoir pensé à te

demander d'écrire sa biographie. En littérature comme dans l'espionnage, tout est affaire de séduction. Il s'agit d'inventer une réalité capable de duper l'ennemi – ou le lecteur – jusqu'à ce qu'ils ne se rendent plus compte qu'ils ont été bernés. C'est ça, mon cher Johnny, *la séduction.* »

Chapitre 15

Entre femmes

Au sous-sol du corps de logis, derrière le vestiaire, il y avait une piscine, avec des chaises longues et un bain norvégien, le tout enrobé d'une lumière turquoise.

Sasha ouvrit la porte du vestiaire pour femmes et s'avança jusqu'au bassin. Il y flottait une légère odeur de chlore et les vagues provoquées par le crawl de la silhouette dans l'eau venaient lécher le carrelage.

Des années auparavant, Siri Greve avait fait de la natation au niveau national en catégorie junior, et elle continuait à effectuer quelques longueurs dans cette piscine aussi souvent que possible. Elle n'avait pas encore découvert la présence de Sasha qui observait ses mouvements réguliers, sa respiration cadencée, ses inspirations lorsqu'elle pivotait la tête, en alternant les côtés, tous les trois mouvements de bras. Les lunettes et le bonnet noir moulant lui donnaient un air irréel. Sasha s'assit au bout du bassin et attendit.

Siri s'arrêta, essoufflée après ses quelques longueurs, et releva les lunettes de natation sur son front. « Sasha ? Qu'est-ce qui t'amène ?

— Je t'ai envoyé plein de messages ces derniers jours.

— Désolée. » L'avocate en maillot de compétition

noir prit appui sur ses bras musclés et se hissa sur le bord. « Ne le prends pas personnellement, c'est le bazar total dans un de mes conseils d'administration. Des mâles blancs d'âge moyen, si tu vois ce que je veux dire. »

L'absence de réponse de Siri Greve à ses messages n'étonnait pas Sasha outre mesure. Quand Siri n'était pas en train de nager ou de travailler pour SAĠA, elle courait d'un conseil d'administration à l'autre. La féminisation des instances de direction était non seulement une avancée pour l'égalité des sexes, mais aussi pour Siri Jacqueline Greve. Si une féministe en Chanel, cumularde des conseils d'administration avait un visage, ce serait le sien. Sasha ne doutait pas cependant qu'une demande émanant de son père aurait été traitée dans un délai nettement plus court.

« Il faut qu'on parle de Vera.

— On va dans le sauna ? »

Ce n'était pas une question, et bien qu'elle n'en ait en réalité aucune envie, Sasha suivit le dos taillé en V de Siri Greve. Le sauna pour femmes au sous-sol de Rederhaugen était l'endroit où l'avocate avait l'habitude de tenir sa cour quand elle réunissait son large réseau de femmes ayant réussi dans le monde politique, culturel ou celui des affaires. Ces dernières années, Sasha y avait parfois été conviée. Elle avait besoin d'un contrepoids face aux hommes « égocentriques et mégalomanes » de Rederhaugen, estimait Siri. Lors de ces séances, Sasha écoutait d'une oreille attentive les spéculations sur la future cabale des secrétaires d'État, les histoires de vantards impuissants et de mariages « ouverts » dévorés par la jalousie, des sujets qui semblaient être les thèmes de prédilection du « réseau ».

Une joie mauvaise brillait alors dans les yeux des unes et des autres.

Elle se déshabilla et prit une douche froide rapide. Siri Greve était déjà assise sur le banc du haut quand elle entra dans le sauna. Nue et très nature, elle versa une louche d'eau sur les pierres brûlantes : la vapeur s'éleva, impitoyable, vers le plafond et durant quelques secondes, Sasha eut du mal à respirer.

« Alors, Sasha, quoi de neuf depuis la dernière fois ? »

Elle commença à l'entretenir en détail de ce qu'elle avait découvert dans le dossier médical de Blakstad. Le problème avec Siri Greve était que Sasha ne savait jamais vraiment de quel côté elle était. Au fil des ans, elle était devenue une sorte d'amie qui lui racontait sans détour ses coucheries (« l'autre-là, le directeur général, au lit, je lui donne un trois sur six, le mec est trop mignon, résultat : aucune femme n'a jamais osé lui dire comment on fait l'amour »). Et des liaisons, elle en avait eu beaucoup depuis qu'elle avait divorcé d'un financier célèbre qui n'avait cessé de la tromper, jusqu'à ce qu'elle ait épuisé son stock de larmes et décidé de le quitter.

Mais elle était aussi le bras droit et la plus proche collaboratrice de son père avec, en lourde toile de fond, une collaboration s'étendant sur trois générations entre les Greve et les Falck. C'était lui qui payait son salaire, et Sasha savait parfaitement que rares étaient ceux qui coupaient sans raison le cordon ombilical avec leur bienfaiteur.

« Les mesures de protection juridique, dit Siri en regardant mollement dans le vide quand Sasha eut fini son histoire. Je ne suis pas une experte en la matière, mais autant que je m'en souvienne, une nouvelle loi de réforme des tutelles, fondée sur la ratification d'une convention de l'ONU relative aux droits des personnes handicapées, a été votée il y a quelques années et le majeur protégé y est davantage pris en considération À la base, reprit-elle, la personne placée sous tutelle doit y consentir par écrit. Mais il existe naturellement des exceptions, et ce sont les tribunaux qui décident de retirer la capacité juridique à quelqu'un.

— Justement ! Je voudrais bien découvrir ce qui a été dit quand le cas de grand-mère est passé devant le juge des tutelles.

— Tu crois que Vera a été mise sous tutelle ? demanda Siri Greve en s'adossant aux bancs en bois de magnolia.

— Je ne sais pas, murmura Sasha. La seule chose dont je suis sûre, c'est que quelque chose cloche. Ton père était l'avocat de la famille à l'époque, il faut que tu m'aides à trouver les documents qui nous permettront de comprendre ce qui s'est passé. Vous devez bien avoir des archives à ce sujet, non ? »

Siri passa la paume de ses mains sur son front lissé par les injections de Restylane et sur ses joues. Elle prit une profonde inspiration : « Je ne peux pas. C'est le premier papier que j'ai signé quand j'ai commencé à travailler pour SAGA. C'est une règle que mon père m'a inculquée dès mon plus jeune âge : tu peux être en profond désaccord avec les Falck, tu peux les contredire et les engueuler en coulisse si nécessaire. Mais tu ne peux en aucun cas rompre le secret professionnel. »

Sasha regarda Siri Greve droit dans les yeux. « Je suis une Falck.

— Oui, mais deux générations de la famille sont ici en désaccord. J'aimerais vraiment t'aider, Sasha. On se doit bien ça entre femmes, n'est-ce pas ? Je peux organiser une réunion avec Olav et plaider ta cause si tu veux.

— Non, répliqua Sasha en se sentant bouillir intérieurement. Ne touche pas un mot de tout cela à papa.

— Qu'est-ce qui te laisse croire que je suis prête à déroger à ma loyauté envers Olav ? »

Siri Greve était maligne. Sasha sentit ses joues lui brûler. Si elle voulait parvenir à ses fins dans cette affaire, elle allait devoir trouver en elle un peu du cynisme de son père. Et du sens du mystère de sa grand-mère.

« Tu te souviens, Siri, de ce que tu m'as toujours dit à propos de ton divorce, de ce qui te semblait le pire dans tout ça ? Que ce n'était pas l'argent perdu, ni l'impression d'avoir raté quelque chose dans ta vie, ni même la question des enfants. Non, c'était d'avoir le sentiment de ne pas tout connaître de ses infidélités. »

Comme d'habitude, elle avait veillé à ne pas prononcer le nom de l'ancien mari de Siri Greve, l'homme étant l'*innommable*. « D'avoir été trompée. Or c'est exactement ce que j'éprouve aujourd'hui. Je prends la parole en public comme une putain de mascotte et je prononce des discours sur la nécessité de connaître l'histoire, alors que je ne connais même pas celle de ma propre famille. »

Siri Greve ouvrait de grands yeux.

« Il y a une différence de taille entre…

— Non, l'interrompit Sasha, je n'ai pas terminé. Tu tiens ta cour pour tes féministes de droite dans ce sauna. C'est très bien. Mais l'histoire d'une écrivaine esseulée dont le manuscrit a été saisi et qui est réduite au silence par des hommes puissants qui usent de la menace, qu'est-ce sinon un exemple de domination ? Je ne sais pas ce qui est arrivé à Vera, Siri, ni en

1970 ni aujourd'hui, mais j'ai bien l'intention de le découvrir.

— Mais Olav… ?

— Papa croit qu'il y a une déloyauté possible entre l'histoire de Vera et la famille. Mais il se trompe. L'honnêteté vaut toujours mieux que de mettre les choses sous le tapis. »

Siri Greve souriait à présent, une certaine surprise se lisait dans ses yeux, elle semblait impressionnée.

« Il ne lui reste plus beaucoup d'années à la tête de SAGA. Quand le moment viendra d'écrire le prochain chapitre de notre histoire, peut-être serait-il bien d'être en bons termes avec la personne qui lui succédera ? De se serrer les coudes, entre femmes ?

— Waouh ! » s'exclama Greve.

Sasha sauta sur le sol frais : « On monte ? »

*

À l'exception de deux peintures à l'huile héritées de son paternel, August Greve fils, et de son grand-père, August Greve père, le style du bureau de Siri Greve ne donnait guère dans les fauteuils Chesterfield et le lourd bureau en chêne. Les canapés contemporains, les chaises et le bureau étaient une déclinaison de nuances de brun et de beige, éclairés par des luminaires cylindriques dorés. Sasha suivit le parfum vivifiant de l'avocate jusque devant une porte fermée à clé.

Elles entrèrent dans une petite pièce poussiéreuse, remplie de rayonnages qui pouvaient être déplacés à l'aide d'une manivelle manuelle. Sasha esquissa un hochement de tête. Avec des gestes rapides et déterminés, Siri Greve dégagea une des étagères, et après avoir effleuré les boîtes marron de ses longs doigts minces, elle s'empara de l'une d'entre elles.

« Ce n'est pas la première fois que tu la sors à ce que je vois, constata Sasha. J'en déduis que tu as toujours été au courant de cette histoire. »

Siri Greve ne répondit pas. « C'est une correspondance abondante, mais je crois que je sais ce que tu cherches. Tu es bien sûre de vouloir entendre ce que je vais te dire ? »

Sasha hocha la tête et tendit la main vers le dossier, mais Siri commença à lire à voix haute.

« Juge des tutelles, 28 mai 1970. "À la requête de l'hôpital de Blakstad et du plus proche héritier en ligne directe de Vera M. Lind, le juge des tutelles a décidé d'une mesure d'incapacité pour une durée de 3 – trois – ans, en vertu de la loi du 28 novembre 1898 sur le placement sous tutelle avec retrait total de la capacité juridique visant à empêcher que le ou la majeur(e) incapable ne mette en péril son patrimoine ou entame son capital."

— Stop ! »

Siri Greve suspendit sa lecture. Sasha sentait le sol se dérober sous ses pieds, elle mit sa tête entre ses mains, comme chaque fois qu'elle était bouleversée. Elle était sous le choc.

Le plus proche héritier en ligne directe. Qui d'autre qu'Olav pouvait avoir demandé que sa mère soit placée sous tutelle ? Qui d'autre que lui pouvait avoir demandé que sa capacité juridique lui soit retirée ?

Vera, sa grand-mère, folle, peut-être, il lui arrivait parfois de se comporter bizarrement, mais aussi son héroïne, son modèle, et on avait fait d'elle une majeure incapable. Sa grand-mère, assise dans la bergère à oreilles avec un roman sur les genoux. Vera, sous la tutelle de l'homme qui lui était le plus proche.

« C'est papa qui est à l'origine de tout ça, murmura-t-elle en sentant son sang se glacer.

— Bien sûr que c'est Olav, confirma froidement Siri Greve. Sa mère est psychotique et suicidaire, que veux-tu qu'un homme comme lui fasse ? »

En d'autres circonstances, elle aurait pu éprouver l'envie de réfuter cette assertion, mais là ce n'était pas le moment. « Que s'est-il passé d'autre durant ces trois années ? demanda-t-elle.

— "Juin 1973. Tutelle prolongée pour une durée de 2 – deux – ans", lut l'avocate d'un ton neutre.

— Mais Vera est sortie de Blakstad l'année précédente ! » Pour la première fois, Sasha ne parvint pas à se maîtriser. Elle tremblait de colère. Qu'est-ce qu'ils avaient manigancé ?

« Si ça peut te consoler, intervint Siri, selon les documents en ma possession, Vera a retrouvé sa capacité juridique en 1975. À la suite de quoi, elle est redevenue propriétaire des domaines de Rederhaugen, Hordnes et du chalet de chasse. Mais ça, nous en avons déjà discuté. »

De quoi Olav l'avait-il privée ? Et comment faire pour pousser plus loin ses investigations ? Elle ne dit rien, mais elle ferma les yeux. Elle ne pouvait plus fuir la vérité.

« On ne pourra pas me reprocher de ne pas t'avoir prévenue », déclara Siri Greve.

Chapitre 16

Nous avons besoin d'un tireur d'élite

Sverre traversait la pelouse devant le corps de logis quand il entendit une détonation.

Il sursauta. Comme chaque fois, ce bruit le ramena des années en arrière, le jour où des balles s'incrustèrent dans la carrosserie blindée sur la route de montagne poussiéreuse, quand le chauffeur pila et que les gars, couverts par la grenade fumigène, bondirent du véhicule pour se jeter dans le fossé et riposter aux tirs des talibans.

Neuf années s'étaient écoulées depuis qu'il avait survolé l'Afghanistan pour la première fois. Il ne se passait pas un jour sans qu'il regrette l'émotion qui l'avait saisi quand il s'était réveillé dans l'avion qui, après une escale en Turquie, avait été affrété pour transporter les soldats. Il revoyait encore le paysage étrange qui s'étendait sous eux, les lopins de terre brun sec, le désert et, au loin, les montagnes enneigées. *Hindu Kush*, rien que le nom, avec sa consonance étrangère et romantique, semblait sortir tout droit d'un de ces livres d'aventures qu'il avait dévorés enfant. Autour de lui, la bouche ouverte, étendus sur les sièges en bois, les autres soldats dormaient. Il se sentait encore ému à la seule pensée de la troupe, de l'équipe, de son coéquipier.

Il manquait à l'explosion qu'il venait juste d'entendre le caractère incisif des munitions de combat. Un fusil, peut-être ?

Sverre avait quitté l'armée trois ans auparavant, et depuis trois ans il le regrettait. C'était son père qui l'y avait poussé. L'armée était sans aucun doute un bon endroit pour se forger le caractère, mais on n'y faisait pas de vieux os, à moins de vouloir « devenir un major aviné et un habitué des bordels du Soudan du Sud », comme il le lui avait déclaré. Des devoirs plus importants l'appelaient à Rederhaugen, avait-il souligné. Sverre était alors devenu vice-président de SAGA, avec son bureau juste au-dessous de celui de son père. Depuis il n'avait plus qu'une seule aspiration, un rêve : prendre la direction de SAGA.

Il travaillait presque tous les soirs, y compris pendant les week-ends et les vacances. Quand il courait, c'était avec un podcast sur le leadership dans les oreilles. Il s'était fixé un objectif : chaque jour, faire au moins une action – grande ou petite – qui le rapproche du poste tant convoité. Il ne croyait pas au hasard. Avec le temps, un travail dur et consciencieux porterait ses fruits.

Mais quelque chose s'était grippé. Son père n'avait cessé de repousser la date de son départ à la retraite, et Sverre avait presque l'impression qu'il accordait davantage d'attention à d'autres candidats éventuels. Tout semblait remis en jeu par la mort de sa grand-mère et l'incertitude liée à l'héritage.

Un vent froid traversa la fine chemise blanche sous sa veste en tweed. Dans l'allée où trônait le buste du Grand Thor, il glissa sur une flaque verglacée et s'étala de tout son long. Il se releva péniblement en gémissant de douleur.

La mer apparaissait à travers le petit bois. Les deux filles de Sasha étaient assises sur le ponton, avec des garçons plus âgés. L'un d'eux agita un fusil au-dessus de sa tête. Sur un promontoire au bout de la baie, une mouette battait des ailes ; manifestement, elle avait été touchée.

« Bordel, mais à quoi vous jouez ? s'écria Sverre.

— Il voulait juste nous montrer comment on tire, répondit Margot en indiquant le garçon dégingandé qui tenait le fusil. Mais la mouette a fui et maintenant elle est trop loin.

— T'as pas vu qu'elle saignait ? demanda Camilla d'une voix courroucée.

— Il est interdit d'abattre les mouettes, les réprimanda Sverre. Donne-moi le fusil. »

Avec un regard contrit, le garçon lui tendit l'arme.

« Elle souffre, la pauvre », constata Camilla.

À vol d'oiseau, la mouette se trouvait à environ soixante-dix ou quatre-vingts mètres. Sverre retira sa veste en tweed, posa la crosse du fusil au creux de son épaule. Il ne lui en fallait pas plus pour se sentir libre. Il visa. Cela faisait longtemps qu'il n'avait pas tiré avec une carabine à air comprimé, ni avec n'importe quelle arme tout court. La mouette parvint à décoller et gagna de la hauteur au-dessus d'eux. Tout était une question de respiration : inspirer, expirer et tirer quand les poumons étaient vides, la souplesse de détente. Il appuya dessus. L'oiseau tomba sur le sol, aussi lourdement qu'un pigeon en argile.

« Putain, le tir ! hoquetèrent les garçons. T'es un *sniper* ou quoi ? »

Sverre posa calmement le fusil et pointa les filles de

Sasha du doigt. « Vous, vous montez au corps de logis. Et toi, dit-il en s'adressant au garçon, tu enterres l'oiseau. Tu trouveras une pelle dans le hangar à bateaux. Et ça s'appelle pas un *sniper*, mais un *tireur d'élite.* »

*

Il était en train de regagner le corps de logis quand il entendit une voix derrière lui, dans le petit bois.

« Bien joué, Sverre Falck. »

Il se retourna et tomba nez à nez avec un visage maigre et buriné aux yeux étroits ; une vraie tête à avoir passé des années sous les tentes de l'armée, songea Sverre.

« Magnus ! Qu'est-ce que tu fais ici ? »

Sverre savait qui était Martens Magnus bien avant que l'officier ne commence à fréquenter Olav en privé, mais le sentiment que Magnus était une sangsue obséquieuse n'avait fait que se renforcer. Son père et MM, comme il l'appelait souvent, étaient devenus des amis proches ces dernières années, et son père avait même assuré une place au conseil d'administration de SAGA à l'officier de trente ans son cadet. Magnus était l'ancien chef du commando marine que Sverre rêvait d'intégrer depuis qu'il était gamin. Aux obsèques de sa grand-mère, Magnus portait l'uniforme avec la paire d'ailes sur la poitrine, une distinction qui avait toujours fait fantasmer Sverre.

Il était à présent en civil dans un pardessus sombre et des bottines parfaitement cirées.

« Je n'ai pas eu l'occasion de te présenter mes condoléances pendant les obsèques, déclara Magnus en tendant la main pour serrer la sienne avec une poigne de fer. Mais c'était un bel adieu. »

Sverre, les mains dans les poches, hocha la tête alors qu'il donnait des coups de pied dans les cailloux en remontant le chemin.

Il n'était pas tout à fait vrai qu'il ne s'était pas écoulé un jour sans que l'armée manque à Sverre depuis qu'il l'avait quittée. Un an auparavant, Martens Magnus était venu le trouver pour lui proposer un petit boulot de coursier. Un vol pour le Moyen-Orient, un saut dans une banque locale, et ensuite un rendez-vous. Il s'agissait d'une mission pour la patrie, il ne pouvait pas lui en dire plus. Évidemment, il avait accepté. Enfin, il s'était senti vivant, enfin il n'avait plus eu l'impression de mener une vie de somnambule.

« Dis-moi, tu aurais deux minutes ? demanda Magnus. J'ai une proposition à te faire.

— Dans mon bureau ?

— Bonne idée. »

Ils entrèrent ensemble dans la tour et montèrent l'escalier en colimaçon menant au bureau de Sverre. Les pas du militaire étaient étouffés par le tapis oriental écarlate que Sverre avait acheté en Afghanistan ; celui-ci recouvrait le sol entre le lourd bureau en tek et les étagères encastrées dans le mur de droite où les ouvrages historiques à reliure de cuir occupaient une place prépondérante. Quelques plaques militaires, des jetons de la section, des médailles encadrées, la mer qui scintillait à travers les hautes fenêtres cintrées, et une tête d'antilope sur le mur opposé complétaient l'ensemble.

« Classe, constata Magnus en hochant la tête. Tu as un plus beau bureau que ton père.

— Et encore, tu n'as pas tout vu », répondit Sverre avec un sourire fier en ouvrant la porte basse du dressing où des chemises et des vestes de costumes impeccables étaient suspendues devant un large coffre-fort pour armes à feu. Il tapa le code et tourna la poignée. La porte s'ouvrit et une rangée de carabines apparut ; Sverre en prit une qu'il apporta dans le bureau.

« Une Purdey, pour les safaris en Afrique, avec le faucon de notre emblème gravé dessus.

— Pas mal », reconnut Magnus. Il soupesa l'arme entre ses mains, en la manipulant avec les gestes sûrs d'un connaisseur. « Olav fait une fixation sur les safaris en Afrique en ce moment, j'essaie de lui laisser entendre que ce genre d'activités est complètement démodé. »

Sverre sourit.

« Du reste, ajouta Magnus en caressant la crosse, le jour de la mort de ta grand-mère, quand nous avons dîné ici, t'as rien remarqué de spécial ? Quelqu'un qui se serait comporté de façon étrange ? »

Ce qu'il y avait d'étrange c'était que Magnus lui pose cette question.

« C'est mon père qui t'envoie pour m'interroger ? » demanda-t-il.

Magnus sourit. « Non, ce serait plutôt le contraire en fait. J'ai eu de bons échos te concernant. Ton ancien chef dans la section des tireurs d'élite est un ami à moi et un collègue. Il a dit que tu étais un bon coéquipier. Et un tireur remarquable, bien sûr. Comme tu lc sais, les liens entre les tireurs d'élite et les commandos marine sont étroits. »

Pour Sverre, avoir été recalé lors des dernières épreuves du stage de sélection des commandos marine, les MJK pour les initiés, l'élite des forces spéciales, avait été le plus grand échec de sa vie. Un léger picotement parcourut sa colonne vertébrale.

« Comme tu le sais peut-être aussi, poursuivit

Magnus, nous avons des opérations en cours en Afghanistan. Et nous montons actuellement une force opérationnelle. Or nos tireurs d'élite ne sont pas disponibles. C'est tout un merdier, certains sont malades, d'autres blessés, et je t'en passe. »

Sverre sentit sa poitrine se gonfler. « Tu m'en vois désolé.

— Bref, nous avons besoin d'un tireur d'élite. Tu ne fais pas partie des commandos marine, mais tu as les compétences, et l'expérience. De plus, tu es un type qui a le sens de l'initiative, ce qui n'est pas pour nous déplaire. Ça te dirait ?

— Hmm. C'est une belle proposition, répondit Sverre en effleurant avec tendresse la crosse du fusil. Laisse-moi le temps d'y réfléchir.

— Évidemment. » Magnus saisit son pardessus et prit congé avec une solide poignée de main. « Mais ne tarde pas trop. Nous allons bientôt commencer à monter l'opération. »

Il s'arrêta dans l'embrasure de la porte. « Au fait, pendant que je te tiens et que nous sommes entre nous, Sverre. Tes copains vétérans ne t'auraient pas parlé de Johnny Berg ces derniers temps ?

— Johnny Berg ? » Il connaissait le nom, bien sûr, Berg était un mythe dans les unités opérationnelles. « Je croyais qu'il avait disjoncté et disparu au Moyen-Orient ?

— Il est de retour. Préviens-moi si vos chemins venaient à se croiser. Et donne-moi une réponse rapide si la mission t'intéresse. »

Sur le tapis ouzbek, décoré de cavaliers et d'animaux fantastiques, Sverre réfléchissait. Il avait fini de jouer les seconds couteaux sur la colline de Rederhaugen. Dans l'armée, il pourrait de nouveau être lui-même.

Mais à cet instant, un autre souvenir ressurgit : des éclairs hachurés, non seulement de l'Afghanistan, mais aussi des câbles au bord de la route, la lumière avant que l'Iveco devant lui ne soit projeté dans les airs, le goût de la terre et du sable dans la bouche, la fumée, le bruit de crécelle de la 12.7 qui mitraillait le flanc de la montagne de balles traçantes, l'odeur des munitions, d'essence et de chair brûlée.

Bien sûr qu'il avait eu peur, mais cette peur lui manquait. C'était un manque que des civils ne pourraient jamais comprendre. Et voilà que Martens Magnus lui avait prescrit un remède, le seul qui soit efficace.

Chapitre 17

Ils doivent être éradiqués

Ligne de front, Kurdistan

L'hôpital se trouvait du côté kurde de la ligne de front, si proche de celle-ci qu'à tout moment, ils pouvaient être frappés par des tirs d'artillerie de l'État islamique. Hans Falck donna l'ordre de s'arrêter devant l'entrée principale et descendit du véhicule. L'hôpital était un bâtiment délabré sur deux niveaux, en béton de couleur jaune tournesol. Il était entouré de cyprès, de palmiers fanés et précédé d'un carré d'herbe grillée.

À l'accueil, c'était le chaos. La veille, l'école de police à l'autre bout de la ville avait été touchée par les terroristes. Des sources indépendantes avaient signalé de nombreux morts et blessés. Sur le banc le long d'un des murs, des vieilles dames en foulard et vêtements traditionnels geignaient, pendant que des soldats en faction, parmi lesquels plusieurs femmes en treillis vert foncé, tentaient de maintenir l'ordre. Hans parcourut la salle d'attente du regard. Des gens claudiquaient en s'appuyant sur de vieilles béquilles, avec des bandages sales et ensanglantés autour de leurs membres amputés ; des jeunes mères essayaient de calmer leur nourrisson en pleurs.

Il fut accueilli par une belle infirmière norvégienne originaire de Drammen. Elle lui fit faire le tour des lieux et aussitôt lui raconta que ses parents étaient des Yézidis, la petite minorité qui vivait dans la région depuis des millénaires avant que les djihadistes ne commencent la purification ethnique de ces « adorateurs du diable », comme ils les appelaient.

Des détonations lointaines leur parvinrent.

« Ne vous inquiétez pas, c'est la coalition qui bombarde les positions des terroristes de l'autre côté du front », indiqua l'infirmière en haussant les épaules.

Ils descendirent au sous-sol, où se trouvaient les services les plus vulnérables en cas d'attaque, lui expliqua la jeune femme : le service radio, les soins intensifs et la maternité. À en juger par les doux relents d'excréments de nourrissons qui se mêlaient à l'odeur de désinfectant, ils devaient avoir atterri dans cette dernière.

À moitié redressée dans son lit, une jeune fille aux cheveux noirs ébouriffés allaitait un nouveau-né.

« Beau bébé », sourit Hans en caressant doucement le bout de chou sur la joue.

Le nourrisson lui rappelait sa fille Marte à la naissance ; parmi tous ses enfants, c'était le seul accouchement auquel il avait assisté. L'infirmière s'arrêta pour parler à une des femmes alitées et lui dit :

« Toutes ces femmes sont des Yézidies, comme mes parents, expliqua-t-elle, et tous ces nouveau-nés sont le résultat de viols de masse. La jeune fille qui allaite a été enlevée et vendue au marché aux esclaves de Mossoul, avant qu'elle ne réussisse à s'enfuir. Elle était alors déjà enceinte. Docteur Falck, vous qui avez des contacts dans la presse internationale, vous qui avez une tribune, il faut que vous alertiez le monde sur ce qui se passe ici. »

Hans Falck lui saisit les mains et la regarda au fond des yeux. « Le monde le saura. Et appelez-moi Hans. »

Au cours de sa vie, Hans Falck en avait vu, des horreurs – les milices chrétiennes qui massacraient les civils dans les camps libanais, les Soviétiques en Afghanistan, les Turcs au Kurdistan, les Israéliens à Gaza, Bachar al-Assad à Alep. La liste était infinie, de tout temps la terreur avait été un moyen de parvenir à ses fins.

Mais avec l'EI, c'était différent. Ils ne cherchaient même pas à cacher leurs exactions. Au contraire, ils les diffusaient dans le monde entier. Les horreurs étaient devenues un but en soi. Leurs prétendus objectifs – hisser leur drapeau à Rome ou conquérir le monde – n'étaient visiblement qu'un moyen de convaincre les gens de les rejoindre.

Les détonations s'étaient intensifiées, de toute évidence les bombardiers se rapprochaient.

« Je voudrais que vous regardiez les blessures de Mike, lui dit l'infirmière.

— Mike ?

— Il est norvégien, un ami de la cause, il a été blessé pendant un engagement la semaine dernière. Vous êtes sur Instagram ?

— Non.

— Mike y est très suivi. NorwegianSNIPER a 150 000 followers partout dans le monde. Il finance sa troupe de peshmergas via le *crowdfunding* et des dons privés. »

*

Mike était allongé dans un vieux lit d'hôpital dont un seul côté était relevé, avec une jambe bandée au-dessus du drap. Il avait été touché par des éclats d'obus, expliqua-t-il avec un regard timide et introverti, heureusement l'infection était en train de régresser, il retournerait bientôt au front.

L'attention de Hans fut néanmoins attirée par la couleur sombre des plaies et les croûtes noires en surface : il y avait une inflammation à l'endroit où les éclats avaient pénétré.

« On va devoir inciser légèrement. Vous avez besoin d'une anesthésie ? »

Mike secoua la tête. « Allez-y. »

Hans enfonça profondément le scalpel sur le côté de la jambe, sans que Mike n'exprime la moindre douleur.

« J'ai entendu dire que vous défendiez la cause des Kurdes depuis de nombreuses années, dit Mike dans son lit. Respect. »

Contrairement aux autres médecins humanitaires communistes que Hans Falck connaissait, et avec lesquels il avait des rapports que l'on pouvait pour le moins qualifier de compliqués – Mads Gilbert, Hans Husum, Erik Fosse, Marianne Mjaaland et autres –, il s'était spécialisé dans le Kurdistan. Dès ses toutes premières sorties à la fin des années quatre-vingt dans les montagnes aux côtés des combattants de la guérilla du PKK, le parti des travailleurs du Kurdistan, il avait soutenu la cause kurde.

« Comment avez-vous atterri ici ?

— Comme tous les autres. » Mike laissa s'écouler un petit moment avant de poursuivre. « Je ne pouvais pas regarder des terroristes massacrer les miens et rester les bras ballants. J'ai dit que j'avais un père malade à soigner dans la région, j'ai acheté du matos avec mes indemnités de départ et je suis venu ici.

— Comment ont réagi vos supérieurs ?

— Vous voulez la vérité ?

— Je n'ai pas rempli mes obligations militaires, j'étais objecteur de conscience. Je ne me fais aucune illusion sur l'armée.

— Ils nous ont pourri la vie. Moi, ils ne pouvaient plus m'atteindre, ils s'en sont donc pris aux gens de mon entourage. Les gars de mon ancienne section à Rena qui likaient mes posts sur Instagram ont eu des problèmes. Ils ont forcé ma copine, qui est aussi dans l'armée, à choisir : soit elle rompait, soit elle démissionnait. »

Hans banda la jambe de Mike.

« Je suis un patriote norvégien, reprit Mike, c'est ça qu'ils ne comprennent pas. On ne combat pas Daesh en envoyant quelques avions de transport et des putains d'équipes médicales en Irak. Les gens en Norvège ne comprennent rien à cette guerre.

— Ce n'est pas la nôtre », répondit Hans.

Mike lui lança un regard dur. « Si, ça l'est. Si nous n'arrêtons pas l'ennemi ici, ils mettront le feu à l'Europe. Le djihadisme, c'est un cancer avec métastases. C'est une peste. Les djihadistes doivent être éradiqués, jusqu'au dernier. Vous ne comprenez pas que c'est la seule et unique manière de défendre la Norvège ?

— Vous le pensez vraiment ? » demanda Hans.

Mike hocha la tête. « Quand j'étais en Norvège, j'ai été convoqué par les services du renseignement extérieur à Akershus. J'ai joué franc-jeu avec eux : "Je repars, mais si vous avez besoin d'infos, vous n'avez qu'à me contacter. En tant que citoyen norvégien, je ne demanderai pas d'argent en contrepartie." Mais je n'ai eu aucune nouvelle. Pas avant plusieurs mois. J'ai alors été contacté par un type de l'armée, qui a affirmé vouloir soutenir financièrement ma section.

— Vous vivez de financements privés ?

— Exact. J'ai rencontré le type ici en ville, il a dit que l'argent serait versé à une seule petite condition : il fallait que je récupère une arme et la dépose dans un coffre à Erbil. "OK, j'ai répondu, je devrais pouvoir vous arranger ça."

— C'était qui, ce Norvégien ? »

Mike croisa les mains derrière sa tête et fixa longuement Hans.

« Ça, je ne vous le dirai pas. Mais on se connaissait du temps où je servais dans l'armée. L'important, c'est que le mec qui a récupéré mon arme a été capturé un peu plus tard par une section kurde voisine, dans le no man's land sur le front. Les Kurdes se sont renseignés auprès de contacts qu'ils ont dans les renseignements norvégiens et vous savez ce qu'ils leur ont répondu ? Que le type était un djihadiste connu de leur service, un ancien des commandos marine qui s'était converti et qui était passé à l'ennemi. Mon cul, oui ! C'est la Norvège qui avait envoyé cet informateur pour tuer des djihadistes, avant de le laisser tomber en l'accusant du même crime.

— Comment le savez-vous ? » objecta Hans. Il sentait que la conversation était en train de prendre une tout autre tournure, comme cela arrivait souvent au Moyen-Orient : ici, ses compatriotes parlaient ouvertement de sujets strictement confidentiels chez eux.

« Parce que la section kurde qui l'a capturé a confisqué l'arme qu'il avait sur lui quand il a été arrêté. Et elle avait le même numéro de série que l'arme que je leur ai procurée, j'ai vérifié. Après quoi, j'ai essayé de le faire libérer, sauf qu'ils l'avaient déjà refilé aux Américains. C'est comme ça que ça se passe. Quand ça les arrange, il se servent de nous, et puis ils nous laissent tomber comme des merdes. »

Hans regarda pensivement autour de lui dans la pièce nue et décrépite. « C'est qui, *ils* ?

— Vous savez, répondit Mike tranquillement, quand vous bossez avec les peshmergas, vous voyez régulièrement passer des forces spéciales occidentales ou des gens du renseignement. Des Britanniques, des Français, des Américains et autres. Ils veulent des infos sur les terroristes de Daesh de leurs pays respectifs et, en général, ils ne cachent pas que leur but est de les éliminer. Qu'ils doivent mourir. Mais chez nous, en Norvège, on ne dit pas ce genre de choses. Nous, on vient creuser des puits et construire des écoles pour filles. Même si, évidemment, on agit exactement comme eux : on tue les terroristes. Sauf que politiquement, c'est inacceptable. Je parie que l'opérateur qu'ils ont laissé tomber, il travaillait en free-lance pour la Norvège. Pour qu'on ne puisse pas remonter jusqu'aux autorités. Mais ce ne sont bien sûr que des suppositions…

— Je connais l'homme en question. Il est rentré en Norvège. Mais il faut que vous me donniez l'identité du militaire que vous avez rencontré.

— Ça ne marche pas comme ça. » Mike secoua la tête.

« Demandez-lui de venir me voir. Et je lui dirai tout ce qu'il veut savoir. »

*

À ce moment-là, ils entendirent un sifflement aigu, strident, et la seconde suivante les murs tremblèrent sous l'effet d'une explosion à proximité. Des plaques de plâtre tombèrent, tandis que ciseaux et scalpels valsaient sur le guéridon à côté du lit.

« L'artillerie ! » s'écria Mike avant de sauter à terre et de partir dans le couloir en claudiquant. Hans s'empressa de le suivre pendant que le Kurde norvégien criait. « Il faut évacuer les nouveau-nés dans l'abri antiaérien ! »

Le sifflement et les détonations se rapprochaient, comme si un géant marchait en écrasant les maisons sous ses pieds. Un énorme fracas secoua les murs.

« Par ici ! » rugit l'infirmière norvégienne qui, d'un côté, tenait un bébé en pleurs emmailloté dans une couverture et, de l'autre, tirait un lit d'hôpital.

L'abri en béton était assez grand pour contenir une dizaine de patients. Dans un coin de la pièce, il y avait un groupe électrogène. Ça sentait le diesel. Mike s'était assis par terre, immobile, contre un des murs.

Les hurlements des mères faisaient concurrence aux pleurs grêles et pénétrants des nouveau-nés. Hans agitait les bras afin de leur indiquer le chemin, l'air était saturé de poussière, l'isolant sur les murs ressemblait désormais à de la sciure de bois et pleuvait sur le sol. La lumière au plafond clignota, avant de s'éteindre, la pièce fut plongée dans le noir.

Un tir s'abattit juste au-dessus d'eux, ils ressentirent le même type de secousses que dans un avion pris dans de fortes turbulences, les infirmières locales levaient les bras au ciel et louaient Allah.

Puis tout à coup le bruit cessa.

Un silence presque immédiatement suivi du bourdonnement lointain et délicieux des bombardiers.

« Je crois que Daesh en a fini pour aujourd'hui », constata Mike.

Hans hocha la tête. « Il semblerait, oui.

— Vous comprenez ce que je veux dire maintenant ? demanda Mike pensivement. Ils doivent être éradiqués, jusqu'au dernier. »

Chapitre 18

Papa mène la barque depuis trop longtemps

De la maison du gardien, Sasha pouvait constater que ses filles jouaient devant la fenêtre de la cuisine. Elle referma le trieur à soufflets sur la table et envoya un message sur le fil de discussion entre frère et sœurs :

On peut se voir ? C'est à propos de grand-mère.

Elle était devenue mère jeune, d'abord de Camilla, puis de Margot deux ans plus tard. Sasha s'était toujours considérée comme une mère qui savait y faire, peut-être parce qu'elle parlait moins de ses enfants que la plupart des femmes qu'elle connaissait. Ce qui ne l'empêchait pas de les aimer plus que tout au monde, elle se ferait tuer pour elles, sans hésiter. Mais elle avait toujours conçu la maternité comme un devoir à accomplir, une sorte de service militaire, un moyen de perpétuer une lignée. Elle avait bien sûr passé les premières années la tête sous l'eau, dans le brouillard de l'allaitement et des nuits sans sommeil, car elle exécrait le système des jeunes filles au pair, très en vogue dans ces quartiers, mais ce temps-là était révolu. La peur qu'il arrive quoi que ce soit à ses filles relâchait peu à peu son emprise. Elles avaient commencé à perdre leurs dents de lait et à poser des questions sur la mort, l'univers et leur place dans le monde.

Andrea fut la première à répondre : *Vu que je suis entre deux boulots, ah ah ah, j'ai le temps maintenant.*

De plus en plus, ses filles vivaient leur vie. Camilla avec ses robes et ses princesses, Margot le nez dans les livres. La mélancolie qui saisissait beaucoup de ses amies lorsque leurs enfants devenaient indépendants lui était étrangère. Peut-être était-elle ainsi née, peut-être était-ce dû à la mort précoce de sa mère et parce que Sverre et elle avaient été élevés par Olav, un père qu'elle aimait et auquel elle vouait une admiration sans bornes, malgré son caractère autoritaire, ses nombreuses absences et une éducation basée sur des principes qui allaient à l'encontre des idéaux de sa génération.

Dans mon bureau dans 20 minutes ? suggéra Sverre.

Quoi qu'il en soit, les filles étaient suffisamment grandes désormais pour ne plus requérir toute son attention, ce qui lui laissait le temps de continuer à fouiller l'histoire de Vera. Et elle ne s'en était pas privée. Après Blakstad et le choc provoqué par le placement sous tutelle de sa grand-mère, elle avait épluché tous les rapports annuels de la Fondation SAGA pendant, avant et après 1970. Et ce qu'elle y avait découvert l'avait convaincue d'une chose : elle devait en informer son frère et sa sœur.

Un Mads en survêtement entra dans la pièce et déposa sur ses lèvres un rapide baiser.

« Je t'ai à peine vue ces derniers jours.

— Je sais, acquiesça Sasha. J'ai travaillé.

— T'as l'air bizarre. Qu'as-tu découvert ? »

Tout en gardant un œil sur ce qui se passait dehors, Sasha lui raconta le dossier médical de Blasktad et le placement sous tutelle de Vera. Mads l'écoutait en silence.

« Donc, si je te comprends bien, finit-il par dire, selon toi Olav aurait mis sa mère sous tutelle pendant plusieurs années dans les années soixante-dix.

— Ce n'est pas selon moi, c'est un fait », rétorqua Sasha. Ses formulations délibérément sceptiques l'agaçaient au plus au point.

« Je ne connais personne qui ait un lien aussi fort avec son père que toi. Il est même ton chef. Et il était le tuteur de Vera.

— C'est ça.

— Il devait avoir une bonne raison, constata Mads pensivement. Imagine le type de responsabilités qu'il a eues. D'abord, il doit être le tuteur de sa mère qui devient psychotique, puis sa femme meurt d'un cancer et il vous élève, toi et Sverre, et ensuite Andrea, seul, alors qu'il est à la tête d'un conglomérat. Quelle force de la nature, cet homme ! »

Sasha n'avait pas envisagé la question sous cet angle, mais aussi vrai que son raisonnement puisse paraître, il lui manquait un composant essentiel : à savoir la raison pour laquelle son père avait fait en sorte de priver sa propre mère de sa capacité juridique, et que cette décision était liée au manuscrit du *Cimetière de la mer*.

Mads lui lança un regard sévère. « Olav t'a demandé de ne pas approfondir le sujet.

— Cette promesse, je l'ai déjà rompue. »

Il inspira profondément. « T'ai-je déjà raconté ce que j'ai ressenti en entrant dans la famille Falck ? Dès ma première visite chez vous, j'ai rêvé qu'elle, que vous m'acceptiez. Non pas parce que vous étiez riches et puissants. »

Il se tourna vers elle : « Mais parce que vous formiez une vraie *famille*. Avec ses cadavres dans le placard, certes, mais qui n'en a pas ? Une famille qui déjeunait ensemble, buvait et se disputait tous les dimanches. Moi, je n'avais que maman. Tu ne vas pas aimer ce que je vais te dire, déclara Mads d'une voix à la fois posée et déterminée, mais la famille et Rederhaugen sont ce que tu as de plus précieux, Sasha. Garde bien ça en tête.

— Justement, et je ne supporte pas que la vérité sur ce qui est arrivé à grand-mère ait été tenue cachée.

— Peut-être l'a-t-on justement tenue cachée pour préserver la famille ? Tu ne sais pas ce qui t'attend si tu braves le conseil d'Olav, ni ce que tu découvriras en fouinant dans les vieux rapports annuels.

— Pourquoi tu prends le parti de papa ? s'écria-t-elle.

— Pourquoi tu cries, maman ? » demanda Margot. Les filles, subitement, étaient apparues dans l'embrasure de la porte.

« Il arrive que les adultes se disputent », répondit-elle en caressant les cheveux de sa fille. Sasha respira un bon coup. La lâcheté de son mari la mettait hors d'elle. Pourquoi prenait-il le parti d'Olav ? Mais après ce qu'elle avait appris, elle allait devoir faire un choix : une course en solitaire ou une éventuelle alliance. Pour le moment, elle optait pour cette dernière.

Elle marcha d'un pas rapide jusqu'au bureau de Sverre, frappa et ouvrit la porte sans même attendre qu'on lui réponde. Andrea et Sverre étaient déjà là, ils s'entretenaient à voix basse, nonchalamment assis chacun sur un accoudoir des canapés devant la bibliothèque. Ils avaient donc compris qu'elle parlait sérieusement. Les murs étaient décorés de plaques militaires, de jetons de la section et de médailles encadrées. On aurait cru le bureau d'un vieil homme.

« Sasha, que se passe-t-il ? » demanda Sverre.

Andrea alluma une cigarette et recoiffa les mèches raides de ses cheveux sombres.

« Si tu pouvais fumer à la fenêtre », fit remarquer son frère en ouvrant le haut battant donnant sur la pelouse, avec la mer en arrière-plan. Le soleil était bas et rougeoyant au-dessus des collines à l'ouest.

« Sverre, tu es un homme du passé, riposta Andrea. Dans ton monde, les femmes n'ont pas le droit de vote, les homosexuels sont des pédérastes et Churchill vient tout juste de succéder à Chamberlain, pendant que les Britanniques évacuent Dunkerque. Alors autant te dire que l'interdiction de fumer dans les lieux publics n'est pas encore entrée en vigueur dans ton bureau ! »

Sasha ignora les propos de sa petite sœur, qui lui semblaient encore plus inappropriés et triviaux que jamais. « C'est bien qu'on se voie. Je voudrais discuter avec vous d'une chose importante. »

Andrea écrasa sa cigarette, pendant que Sverre gardait le silence.

« Nous sommes tous perturbés, je pense, par la mort de grand-mère et la disparition du testament, poursuivit Sasha en remarquant combien son ton paraissait grave. En tant qu'archiviste de la famille, je me suis permis de creuser un peu son histoire. J'ai trouvé des éléments qui… qui pourraient avoir des incidences pour nous trois. »

Elle posa les vieux rapports annuels sur la table basse.

« Voici les rapports financiers de SAGA, de respectivement 1969 et 1970 », expliqua-t-elle. Son frère et sa sœur la regardèrent d'un air interrogateur.

« Attends un peu, l'interrompit la benjamine. Là, je ne te suis pas.

— Moi non plus, renchérit Sverre.

— Il y a quelques jours, je me suis rendue à Blakstad.

— Grand-mère y a séjourné, non ? demanda Andrea, avec une légèreté qui irrita Sasha. On n'est pas artiste tant qu'on n'a pas combattu quelques démons intérieurs…

— Grand-mère est devenue psychotique au printemps 1970 », la coupa Sasha en s'efforçant de conserver son calme et une voix posée. Elle regarda sa petite sœur : « Deux années marquées par les tentatives de suicide avec recours aux "moyens de contention" se sont écoulées avant qu'on la laisse sortir. »

Elle remarqua que la gravité de son ton agissait sur son frère et sa sœur : le ricanement d'Andrea se figea et, sur son accoudoir, Sverre se tenait aussi raide qu'une poupée de cire.

« J'ai ensuite découvert que grand-mère avait été placée sous tutelle. Vous comprenez ce que ça signifie ? On lui a retiré sa capacité juridique, soit peut-être le moyen de coercition le plus fort qui existe aujourd'hui en Norvège. Grand-mère avait un tuteur, et ce tuteur était papa. Non seulement pendant qu'elle était internée, mais aussi dans les années qui ont suivi, puisque la tutelle n'a été levée qu'en 1975.

— Putain ! » s'exclama Andrea.

Sverre inspira profondément, renversa la tête en arrière et regarda les moulures en stuc au plafond.

« Personne ne nous a jamais touché un mot de tout cela. Hier soir, j'ai parcouru les rapports annuels de SAGA, poursuivit Sasha en tapotant du doigt les rapports aux couvertures ternes qui se trouvaient sur la table, afin de voir quelles conséquences cela avait eu sur le patrimoine de grand-mère et le contrôle des sociétés. »

Son frère et sa sœur s'étaient penchés en avant sur leur siège.

« La genèse de SAGA, nous la connaissons tous, déclara Sasha. En 1965, papa et Vera ont investi une partie de l'argent rapporté par la vente de nos parts dans les compagnies maritimes Falck dans une fondation et une entreprise, ce qui allait devenir SAGA. Or les statuts de la fondation sont clairs. »

Elle prit le document sur la table et le lut : « "Ce qui confère aux fondateurs de SAGA, Vera Margrethe Lind et Olav Theodor Falck, le droit de désigner de nouveaux membres du conseil d'administration et d'en révoquer, et contrairement à la règle s'appliquant aux autres membres du conseil d'administration, leur mandat ne sera pas limité dans le temps, tant qu'ils ont la capacité juridique."

— Je ne savais même pas que grand-mère faisait partie du conseil d'administration, fit remarquer Andrea qui, malgré elle, avait commencé à s'intéresser à ce que leur expliquait Sasha.

— Bien sûr qu'elle siégeait au conseil d'administration, répliqua Sasha. Vera avait donné à papa une avance sur héritage plutôt généreuse, pour dire ça comme ça. Elle a accepté que sa fortune soit investie dans une fondation reconnue d'utilité publique, mais à une condition : qu'elle conserve un droit de regard sur SAGA aussi longtemps qu'elle le souhaitait. »

Elle ouvrit le rapport annuel de l'année suivante. « Vise-moi ça, dit-elle à Sverre. Nous sommes en juin 1970. Il y a eu des changements dans le conseil d'administration. Ils sont toujours trois. Mais tu as vu qui signe cette fois-ci ! Là, tu as papa. Là, August Greve fils. En revanche, là, ce n'est plus Vera, mais son éditeur, Johan Grieg !

— Sachant qu'à ce moment-là, grand-mère était internée à Blakstad, ce n'est pas vraiment étonnant ! » objecta Sverre.

Sasha agita le document sous son nez, si fort que les pages jaunies se détachèrent presque les unes des autres. « Le diable est dans les détails. Regarde les statuts. Il est maintenant écrit : "En tant que fondateur de SAGA, Olav Falck ne sera pas soumis à la règle s'appliquant aux autres membres du conseil d'administration et son mandat ne sera pas limité dans le temps. Il ne pourra pas non plus être révoqué. "Il" à la place de "ils", "son mandat" à la place de "leur mandat". De minuscules détails de langage, mais aux conséquences lourdes. Car pourquoi Vera Lind est-elle exclue ? C'est indiqué brièvement dans le rapport financier, à la page 13. Regardez. »

Avec son frère et sa sœur penchés au-dessus de son épaule, elle lut le passage.

« "Par suite de différends avec les autres membres, Vera Lind a quitté le conseil d'administration." Rien de plus. Mais les statuts ne pouvaient pas être changés sans son consentement, me direz-vous ? Sauf qu'en juin 1970, Vera n'a plus ce que nous appelons la *capacité juridique*. Le placement sous tutelle, et donc l'absence de capacité juridique, était la seule façon de la virer de SAGA.

— Mais pourquoi ? demanda Sverre. Pourquoi toutes ces manigances ?

— Parce que, répondit Sasha lentement, Vera a écrit un manuscrit en 1970. Je sais seulement que celui-ci s'appelait *Le Cimetière de la mer*, mais j'ignore ce qu'il contenait. Vera possédait un secret, un secret si grand qu'Olav était prêt absolument à tout pour l'empêcher de le révéler. Oublie le testament égaré. Le véritable testament, c'est *Le Cimetière de la mer.*

— Mon Dieu ! s'exclama Sverre en s'appuyant au rebord de la fenêtre.

— Je crois que j'ai besoin d'un bon remontant, déclara Andrea en versant du whisky dans trois verres en cristal.

— Venez ici », leur intima Sasha. Les deux autres s'avancèrent vers elle d'un pas hésitant.

« J'ai toujours fait ce que les autres attendaient de moi, poursuivit-elle. Ce que papa attendait de moi. C'est fini, je ne couvrirai plus tous les agissements de cette famille. Mais seule, je n'y parviendrai pas. J'ai besoin de votre aide.

— Pour faire quoi exactement ? demanda Andrea.

— La vie ne s'arrêtera pas avec le départ de papa. Nous ferions mieux d'anticiper. C'est à nous qu'il reviendra d'assumer la vérité concernant SAGA. Et pour cela, nous devons découvrir en quoi elle consiste. Papa mène la barque depuis trop d'années, affirma Sasha d'un ton posé. Nous siégeons au conseil d'administration et chacun d'entre nous détient des parts de SAGA. Il est temps qu'il se retire. Il nous a menti. S'il refuse, nous allons devoir l'y contraindre. »

On aurait entendu une mouche voler dans la pièce. Sverre détourna les yeux, l'air embarrassé. Andrea les leva au plafond, vers le bureau de son père, comme s'il pouvait les entendre. Ce qui était sûrement le cas d'ailleurs, rien ne lui échappait.

« T'es bien consciente de ce que tu es en train de mettre en branle ? finit par demander Andrea en tripatouillant un glaçon dans son verre en cristal et en poussant un long soupir. C'est une mutinerie !

— Peut-être. Mais je peux compter sur toi ? »

Sasha posa un regard dur sur sa petite sœur. Andrea se tortilla sur son siège.

« Je peux compter sur toi ? » répéta Sasha.

Andrea tapota l'emblème des Falck. « Ce n'est pas pour rien si certains secrets, certaines vérités, ne doivent surtout pas être révélés. Et papa le sait parfaitement. Si tu poursuis sur cette lancée, et si tu t'opposes frontalement à lui, cette famille sera dévorée par les conflits et se déchirera pour une question d'héritage, comme toutes les autres familles. »

Elle inspira profondément. « Donc, non, ce sera sans moi. »

Sasha ne se rappelait pas avoir jamais éprouvé un mépris aussi fort envers sa sœur qu'en cet instant-là. Non seulement en raison de sa lâcheté, le monde regorgeait de gens comme elle, mais parce qu'elle la cachait derrière un air rentre-dedans.

« C'est noté. » Sasha se tourna vers son frère : « Sverre ? »

Elle savait parfaitement qu'il nourrissait toujours le rêve, si irréaliste fût-il, de prendre la succession de son père à la tête de SAGA. Sauf que ces derniers jours, ses ambitions à elle avaient changé, mais ça, elle se garda bien de le mentionner.

Il demeura silencieux un long moment dans son fauteuil, l'air gêné, avant de lâcher : « Je pars en Afghanistan, avec le MJK. »

Il le dit avec une fierté mal dissimulée. « Je ne me lancerai donc pas dans une lutte pour le pouvoir dans l'immédiat. Je ne l'ai pas encore annoncé à papa, donc merci de ne pas lui en parler avant que je le lui apprenne demain.

— Félicitations pour le commando marine, répondit Sasha d'une voix plate.

— C'est tout ce que tu trouves à dire ? répliqua son frère, vexé.

— Ça a toujours été ton rêve, non ? »

Sasha se sentait-elle, malgré tout, un peu soulagée ? Oui, peut-être. Soulagée et seule. Sur ce, elle quitta la pièce et en arrivant dans le long couloir qui menait à la mezzanine, elle repensa à ce que son père se plaisait à répéter : quand tu te sens seul, aucun autre endroit au monde n'exacerbe plus ce sentiment de solitude que Rederhaugen.

Chapitre 19

Je suis sacrément fier de toi

Le téléphone sonna. Sverre ouvrit les yeux et tendit une main vers son portable. La lumière du soleil qui brillait dans la pièce l'éblouit.

« Oui ? » répondit-il d'une voix rauque. Il avait l'esprit complètement embrumé, après une consommation excessive d'alcool et une quantité de sommeil nettement insuffisante. Où se trouvait-il ? Sur le canapé, dans son bureau. Ils s'étaient couchés beaucoup trop tard et avaient vraiment trop forcé sur l'alcool, les joints d'Andrea et toutes les autres substances qui leur étaient tombées sous la main le soir précédent. Une fois Sasha partie, ils étaient restés à discuter jusqu'au petit matin.

Principalement de sa mission en Afghanistan et des nombreuses idées de start-up d'Andrea, mais aussi de Sasha.

La plupart des gens ne prêtaient guère attention à Sasha, à cause de son air posé et de sa pondération, mais lui, comme Andrea, avait toujours pensé qu'une colère réprimée se cachait sous cette réserve apparente. Une force de caractère qui les effrayait l'un et l'autre, comme si leur sœur était faite d'un autre bois qu'eux, comme si elle était animée par des puissances obscures. Comme si elle était le portrait de leur père. Ou de leur grand-mère.

« Tu as oublié notre rendez-vous ou quoi ? hurla Olav dans le téléphone. C'est toi qui me l'as proposé, je te rappelle !

— Zut ! » Sverre se racla la gorge.

« À 7 h 30 devant le hangar à bateaux, tu avais dit ! »

Sverre porta la main à son front, son regard glissa sur les bouteilles vides et les cendriers remplis dans le bureau à l'atmosphère étouffante, puis il découvrit Andrea qui dormait d'un sommeil lourd dans une bergère à oreilles. Il avait pris soin de suspendre sa veste au dossier de sa chaise, comme il ne manquait jamais de le faire, si ivre soit-il.

« J'arrive », murmura-t-il. Il raccrocha.

Dans un état comateux, il enfila une tenue décontractée et se précipita dehors. C'était une matinée grise à Rederhaugen. La pelouse avait gelé pendant la nuit et un épais brouillard enveloppait le corps de logis et la tour. Combien de fois avait-il emprunté ce sentier dans son enfance ? Il détestait ces sorties. Il détestait ces séances que lui imposait Olav pour l'« accoutumer à l'eau ». Il lui suffisait de marcher pieds nus sur le sol froid pour que les sensations lui reviennent. Sans parler des bains dans l'eau glacée, qu'il détestait, comme le fils d'un alcoolique déteste le tintement des verres de vin.

Devant le hangar à bateaux, il aperçut le *Grimsøy* : Olav avait obtenu du jardinier qu'il l'aide à le mettre à l'eau. Ce même jardinier transportait à présent des jerrycans d'essence jusqu'à la marina, pendant qu'Olav sur le pont enroulait la bâche sur les sièges à l'arrière. Quand il aperçut son fils, il tendit le doigt. « Il y a un problème avec l'échelle. Tu t'en occupes ? Au fait ce n'est pas une question, mais un ordre. »

Sverre alla chercher des outils dans le hangar et fixa correctement l'échelle.

Puis ils firent machine arrière.

On sortait à peine de l'hiver et le fond de l'air restait froid, mais le soleil avait commencé à réchauffer le fjord. Olav se tenait debout, jambes écartées, devant le volant. Enfants, Sverre et Sasha rougissaient de honte quand leur père, qui ne quittait jamais sa casquette de capitaine et sa pipe, essayait de parler aux marins en employant des termes techniques. Sasha s'amusait à l'appeler Terje Vigen dans ces moments-là.

Ils étaient arrivés en mer, un ferry pour le Danemark passa à l'horizon. Olav ralentit l'allure et jeta un grappin dans l'eau assez peu profonde. La fraîcheur du mois de mars avait revigoré Sverre, il se sentait mieux.

À côté de la carabine Purdey, il y avait un fusil de chasse. Sans motif apparent, Olav mit des cartouches dans ce dernier et le chargea. Le bateau tangua légèrement. Il tendit l'arme à Sverre. « Montre-moi ce que tu sais faire. »

Son fils lui lança un regard soupçonneux. « C'est ridicule.

— Es-tu capable d'atteindre la mouette là-bas ? »

À une trentaine ou quarantaine de mètres au-dessus d'eux, une mouette tournait dans le ciel en se laissant porter par le vent.

« Bien sûr. Mais pourquoi je le ferais ?

— Allez ! Histoire de voir si cet engin a aussi peu de recul que tu le dis. »

Sverre soupesa le fusil entre ses mains et logea la crosse au creux de son épaule. Visa. Bien sûr qu'il était capable d'atteindre cette putain de mouette.

« Tu hésites » ? se moqua son père dans son dos.

Sverre abaissa lentement le fusil, sans tirer. En s'imaginant à quoi ressemblerait le visage d'Olav après avoir été touché par des balles. Sverre Falck, un parricide. Jamais il ne se tirerait d'affaire s'il faisait une chose pareille, pas plus que s'il attachait son père au grappin et l'envoyait couler au fond.

Olav se tenait coi à côté de lui, avec une drôle d'expression, comme s'il soupçonnait son fils de vouloir le tuer.

Sverre vida l'arme et la tendit poliment à son père.

« Il est interdit de tirer sur les mouettes. » Il s'appuya au garde-corps.

« Qui s'en soucie ? demanda Olav.

— Je vais m'absenter pendant un moment.

— T'absenter ? »

Sverre inspira un grand coup, comme pour prendre son élan.

« Je pars en Afghanistan, avec les commandos marine. Le MJK à Kaboul a besoin d'un tireur d'élite. » Il essayait de parler d'un ton posé. » « On m'a proposé de les accompagner. Et j'ai décidé d'accepter.

— Waouh ! s'exclama Olav en mettant le bateau au point mort. T'y es arrivé finalement, bon sang tu y arrivé, Sverre ! »

Son père souriait, il lui serra la main et entoura ses épaules de son bras libre. « Buvons un verre. Et pas de cette eau tourbée d'Écosse. Non, il nous faut quelque chose de plus pur, de cristallin ! » Bien qu'il soit encore l'heure du petit déjeuner, il sortit une bouteille de vodka Beluga du congélateur.

« Cadeau de Garry, Garry Kasparov, lors de son passage à SAGA », déclara son père lorsqu'ils levèrent leur verre. Ils le vidèrent d'une seule lampée. La vodka était étonnamment douce.

« T'es un dur, tu sais », déclara soudain Olav.

Sverre ne répondit pas.

« Tu tiens le cap, malgré tous les coups que tu as pris. Tu te souviens du menton en granit, *the granite chin* ? Les meilleurs boxeurs sont ceux qui supportent les plus grosses dérouillées, c'est ça qui les distingue des *journeymen* et des *pubfighters*. Tu es comme eux : c'est typique des boxeurs italiens. Tu es un Jake LaMotta, bordel ! Un Rocky Balboa ! Tu es fait du *bon bois*. »

Sverre avait presque oublié la façon dont réagissait son père face aux succès des autres. On pouvait difficilement l'accuser de mesquinerie : il adorait que ses pairs réussissent. À la fois parce que leurs victoires lui rappelaient les siennes, et parce que les gens qui réussissent se font briller les uns les autres, et parce que c'était là l'occasion pour lui de s'étendre sur les joies et les malédictions du succès, un sujet qu'il connaissait bien.

Soudain, il vous voyait, parce qu'il se voyait lui-même, songea Sverre.

C'était la médiocrité de ses contemporains, leurs misères et névroses qu'il ne supportait pas.

Olav le serra vigoureusement contre lui, Sverre sentit la force qu'il y avait encore dans ses bras.

« Je suis sacrément fier de toi, tu sais ? Mais fais attention à toi en Afghanistan.

— C'est toi qui dois faire attention à toi », répliqua Sverre.

Son père le regarda bizarrement en lâchant un rire sec. « Faut pas que j'oublie mon gilet de sauvetage quand je pars en bateau sur le fjord ? »

Sverre secoua la tête. C'était comme si une voix qui ne lui appartenait pas prononçait ces paroles : « Sasha a découvert que tu as mis grand-mère sous tutelle en 1970. Elle a l'intention de se servir de l'histoire de Vera pour te démettre et s'arroger le pouvoir à la tête de SAGA », déclara Sverre.

Son père se redressa et parcourut le fjord brillant du regard. Les mouettes tournoyaient au-dessus d'eux. Il ne révéla rien de ses pensées, mais Sverre voyait ses mâchoires qui s'activaient et le sang qui cognait avec intensité à ses tempes.

« Je ne sais pas ce qui est arrivé à Sasha, poursuivit Sverre, mais elle a changé.

— Non, Alexandra est devenue ce qu'elle a toujours été. Elle est devenue comme moi. »

Qu'entendait-il exactement par là ?

« J'apprécie ta loyauté, Sverre, déclara son père en pointant du doigt Rederhaugen qui se découpait au ras de l'horizon. Je te revaudrai ça. »

Chapitre 20

Les pierres tombales qu'on met au rebut

Sasha marchait d'un pas pressé, elle était en retard. Elle frissonna dans le vent froid qui balayait le parc de Frogner, entre le portail principal sur la Kirkevei et la large allée qui menait au Monolithe.

Elle avait parcouru les articles de John Berg. La plupart des traces qu'elle avait trouvées de lui sur Internet étaient des reportages au Moyen-Orient et en Afghanistan effectués en tant que journaliste free-lance, écrits pour la majorité entre 2005 et 2010, en plus de quelques portraits, comme celui de Hans Falck à Beyrouth. Il fallait reconnaître que le papier n'était pas mauvais et elle comprenait pourquoi on lui avait confié la biographie de son célèbre parent.

Le soir après sa prise de bec avec Mads, puis avec son frère et sa sœur, elle avait envoyé un mail à Berg. Dans sa réponse, ce dernier lui avait posé une question qui avait sérieusement éveillé son intérêt : Vera Falck lui avait-elle raconté comment Hans Falck et elle avaient vraiment fait connaissance ? Il semblerait que cela remontât à l'hiver 1970, quand elle était venue sur la propriété des Falck à Bergen pour travailler sur un projet de livre.

Elle avait finalement décidé de parler à ce Berg.

Peut-être retirerait-elle, elle aussi, des informations de cette entrevue. Et leur entretien serait en *off*, avait-il souligné.

Appuyé contre la rambarde en granit qui séparait le parc de Frogner des sculptures de Vigeland, John O. Berg était vêtu d'une doudoune légère et muni d'un petit sac, comme il le lui avait indiqué. Sasha se faisait une idée assez précise de ce à quoi ressemblaient les auteurs, et il ne correspondait absolument pas à cette image.

Elle s'approcha. Même ce début de printemps glacial et le bonnet qu'il portait ne pouvaient dissimuler son teint doré et ses traits sombres. Ses yeux verts brillaient d'un éclat joyeux et moqueur.

« Vera Lind ? » demanda-t-il.

Elle s'arrêta, le fixa. « Pardon ? »

Il porta la main à sa bouche et rigola.

« Oh, j'ai dit Vera ? Mon Dieu, comment peut-on être aussi indélicat ? Un lapsus révélateur.

— Il n'y a pas de mal, mais je n'avais jamais reçu ce compliment de la part d'un interlocuteur de moins de quatre-vingts ans, répliqua-t-elle en secouant la tête avec un sourire.

— Merci d'être venue. Mon nom est Johnny. »

Johnny ? Plus personne ne s'appelait Johnny, en tout cas pas parmi les écrivains.

Elle hocha la tête, il attendit, comme pour la pousser à prendre la parole en premier.

« Je dois dire que je n'étais d'abord pas très partante pour vous parler », déclara-t-elle. Ils se dirigeaient lentement vers la fontaine au pied de l'esplanade du Monolithe.

« Pourquoi donc ?

— Je n'aime pas les journalistes. » Sasha haussa les

épaules. « Ils essaient toujours de traîner ma famille dans la boue.

— Je suis on ne peut plus d'accord. Mais, Alexandra…

— Sasha », l'interrompit-elle.

Il sourit. « Un prénom russe ?

— Mon arrière-grand-père était un marchand pomor. Personne dans la famille ne l'a jamais revu après qu'il a mis mon arrière-grand-mère enceinte à Svolvær. Il semblerait qu'il ait entamé une liaison avec une membre géorgienne du Politburo et qu'il ait été exécuté pendant les procès de Moscou. C'est tout ce que papa a réussi à découvrir sur ses origines. »

Elle se tut. Il ne s'était pas écoulé plus d'une minute et elle en avait déjà raconté plus sur sa famille à cet étranger qu'à quiconque.

« OK, je vois, Sashenka. »

Sasha se sentit rougir, personne excepté Vera ne l'appelait ainsi.

« On marche un peu ? proposa-t-il. Ce n'est qu'une discussion pour avoir la toile de fond, sans enregistrement ni citation. Je veux juste mieux comprendre qui est Hans, et d'où il vient. Ça vous va ?

— Pourquoi m'avez-vous donné rendez-vous ici ? finit-elle par demander.

— Quand j'étais jeune, j'avais l'habitude de venir dans ce parc avec mes copains le soir du Nouvel An. On essayait de convaincre les filles des beaux quartiers de nous laisser les accompagner aux fêtes dans la Madserud allé, expliqua-t-il en montrant du doigt les grandes demeures à gauche de l'obélisque.

— Et ça marchait ? »

Il éclata de rire.

« Les petites bourges nous traitaient comme de nobles sauvages. Puis nous laissaient tomber. »

Son dialecte d'Oslo était relativement neutre, elle le soupçonnait de venir du nord de la capitale.

« Et c'est en souvenir des filles des beaux quartiers il y a vingt ans que vous avez voulu me rencontrer à cet endroit ?

— Oui, répondit Johnny Berg en arborant un air innocent. Peut-être suis-je le seul à le ressentir ainsi, mais est-il possible d'être aussi malheureux et heureux en même temps que l'on peut l'être à quatorze ans ? À cet âge, notre passé se résume à presque rien. Tout ce que l'on a, ce sont des rêves. Puis on construit sa vie, et les rêves peu à peu s'estompent. Et quand on meurt, les rêves ont disparu, seul le passé demeure. »

Quel genre d'individu tenait des propos pareils ?

Personne de sa connaissance en tout cas. « Où vous situez-vous sur l'échelle ? Plutôt côté rêves ou côté passé ?

— Le passé, malheureusement. Et vous ? »

Elle sourit intérieurement. « Vous m'auriez posé la question il y a quelques semaines, j'aurais répondu comme vous. Mais maintenant, je n'en suis plus si sûre. »

Aussitôt, pour la deuxième fois en un très court laps de temps, Sasha regretta ses paroles et s'inquiéta de sa faculté à l'entraîner elle-même sur des terrains glissants. Heureusement, il ne rebondit pas sur sa phrase.

« J'ai pensé qu'on pourrait aller jeter un coup d'œil sur les tombes du cimetière de Vestre gravlund, dit Johnny en pointant du doigt vers le nord. Le grand-père de Hans est enterré là-bas si je ne m'abuse. »

Ils passèrent devant le Monolithe et continuèrent

jusqu'au cimetière. À l'exception de quelques petites congères à l'ombre, toute la neige avait fondu.

Johnny n'avait pas l'air de venir d'une vieille famille fortunée, ni d'un milieu de nouveaux riches. Ce n'était pas non plus un jeune loup. Il avait un regard profond, avec dans les yeux une expression qui alternait entre la gaieté et la mélancolie et qu'elle n'avait jamais vue chez les joyeux drilles des grandes écoles de commerce.

Ils étaient arrivés dans l'angle nord du cimetière.

« C'est ici que sont enterrés tous les héros de la guerre, dit-elle. Les saboteurs les plus connus et les dirigeants politiques de la Résistance. »

Elle lui montra le chemin jusqu'à une simple pierre en stéatite.

Armateur
Thor Falck
3.11.1903 - 23.10.1940

« Mais il était de Bergen, s'étonna Berg. Pourquoi est-il enterré à Oslo ? »

Elle nettoya un peu autour de la stèle. « Bonne question. Le Grand Thor et ses ancêtres habitaient effectivement Bergen, mais ils avaient beau adorer dénigrer Oslo, ils rêvaient d'être reconnus dans la capitale. Le Grand Thor voulait être là où ça se passe, même après sa mort. »

Elle haussa les sourcils et croisa son regard.

« Le Grand Thor, comme vous l'appelez, est aussi votre grand-père, n'est-ce pas ? »

Elle hocha la tête.

« Oui, cette constellation familiale est un peu compliquée. »

Elle hésita un instant, c'était soulever une pierre qu'il ne fallait pas bouger, mais il s'agissait de Hans après tout et de ce dont elle avait accepté de parler.

« Mon grand-père a d'abord été marié à une peintre avec laquelle il a eu Per, expliqua-t-elle sans empressement.

— Les compagnies maritimes sombrent alors que SAGA s'envole. Et Per Falck perd la fortune familiale ?

— Exactement.

— Le souhait de venger son père aurait-il pu être le moteur de Hans dans la vie ?

— Vous les hommes, vous êtes tous les mêmes, ma parole ! s'exclama-t-elle avec un petit sourire. À vous écouter, on a l'impression que tout ce que vous faites, c'est soit pour épater vos pères, soit pour prendre votre revanche sur eux ! »

Johnny ne répondit pas à cette petite provocation. Ils ne discutaient que depuis quelques minutes mais il lui semblait pouvoir déjà affirmer que les combats de coqs virils auxquels se prêtaient son frère, son père et Mads n'étaient absolument pas son truc.

« La revanche, donc. »

Elle hocha la tête. « Mon cousin Hans est devenu un communiste autoprolétarisé. Personne ne parlait un dialecte de Bergen plus prolo que le sien, il fréquentait les pubs de Bergen en salopette et chemise de grosse toile pour draguer les filles. C'est presque à papa que vous devriez demander de vous dépeindre cette époque, je n'étais pas née pour ma part.

— Toutes les personnes avec lesquelles je m'entretiens parlent de sa cote auprès de la gent féminine. J'ai moi-même été témoin de ce phénomène au Moyen-Orient.

— Oui, il aime les femmes de là-bas.

— À quoi tient son pouvoir de séduction ?

— Ah ça, je sais ! Il vous donne l'impression que le monde extérieur n'existe pas et que la seule et unique chose qu'il souhaite est d'écouter ce que vous avez à lui raconter. »

À vrai dire, ce Johnny produisait un peu le même effet. « Et puis il fait rêver. Après avoir parlé avec Hans, on se prend à penser que tout est possible. Qu'on peut sauver le monde. »

Ils sortirent du cimetière et suivirent la Skøyenvei, une rue tranquille bordée, côté sud, de grandes villas en bois. Elle lui relata quelques anecdotes à propos des nombreuses liaisons de Hans, une palette variée qui allait des jeunes militantes maoïstes aux présentatrices du journal télévisé.

« Mais il doit bien exister une face cachée de Hans ? s'étonna Johnny.

— Il est absolument incroyable envers les étrangers et les parents éloignés. Son empathie ne connaît pas de limites, mais avec la famille, c'est une autre paire de manches. Plus on a de liens avec lui, plus il devient froid et insensible. J'aimerais savoir ce que Marte, l'aînée de ses enfants, pense réellement de lui ; il est difficile d'imaginer père plus absent. »

Johnny s'arrêta devant une vieille demeure en bois sombre. « Savez-vous pourquoi cette maison est connue ?

— Pas vraiment.

— À la fin des années soixante-dix, l'armateur qui l'habitait a été soupçonné de s'adonner au trafic d'alcool. Mais quand la police a fouillé les lieux, elle est tombée sur une pièce secrète : un énorme entrepôt d'armes et de quoi équiper une centaine d'hommes, avec du matériel de transmission sophistiqué et une antenne périscopique qui permettait de voir au-dessus de la cheminée, comme dans un sous-marin. Il appartenait à un stay-behind, lié à l'armée secrète norvégienne. Vous en avez entendu parler ?

— Je vous rappelle que je dirige un musée et des archives sur l'histoire d'après guerre, répliqua-t-elle, un brin agacée par son *mansplaining*. J'ai donc bien évidemment entendu parler des stay-behind.

— Eh bien… » Il esquissa une grimace. « Hans m'a raconté quelque chose d'intéressant à propos de votre grand-mère, ça remonte à 1970. »

Sasha se détourna pour qu'il ne remarque pas son intérêt : « Ah oui ?

— Vera a séjourné à Bergen durant cet hiver-là. Hans était alors lycéen. C'est à cette occasion qu'ils ont vraiment fait connaissance, l'élève brillant de gauche et sa tantine plus âgée, une écrivaine excentrique qui, au dire de Hans, travaillait sur un manuscrit. Et puis un jour, en avril de cette année-là, sans crier gare, les Renseignements généraux ont débarqué chez eux et fouillé la chambre de Hans. »

À l'époque où *Le Cimetière de la mer* avait été saisi, pensa-t-elle tout en sentant l'inquiétude et l'excitation commencer à bouillonner en elle.

« Hans remarqua que les flics n'avaient en réalité strictement rien à faire de ses tracts contre la guerre du Vietnam. La perquisition n'était qu'un prétexte. Ce qu'ils voulaient, c'était fouiller les archives privées des compagnies maritimes Falck, qui étaient conservées sur la propriété. »

Existait-il un rapport entre le manuscrit de Vera et les archives privées ? La conversation lui rappelait celle qu'elle avait eue avec le doctorant, sauf qu'elle ne pouvait pas virer l'homme en face d'elle. Mais peut-être était-il en mesure de l'aider ?

« Quel rapport avec la biographie de Hans ? demanda-t-elle.

— Vera, votre grand-mère, a joué un rôle important dans la vie de Hans, déclara Berg gravement. Selon lui, il a tiré des enseignements déterminants de leurs discussions cet hiver-là : il faut toujours prendre le parti des petites gens contre les puissants, lui disait-elle, ne jamais cesser de rêver d'un monde meilleur.

— Grand-mère avait cessé de rêver, murmura-t-elle. Et d'écrire. »

Johnny Berg tendit le doigt en direction d'une petite bâtisse de plain-pied au beau milieu du cimetière. « Vous êtes déjà allée voir les pierres tombales qu'on met au rebut ?

— Pardon ?

— Venez ! »

Son attitude aurait facilement pu être perçue comme étudiée et agaçante, à l'image de ces pseudo-experts en drague que l'on croisait parfois, mais il n'en était rien. Il y avait chez lui quelque chose de juvénile et naturel qui lui plaisait. Ils suivirent un sentier, elle avait tellement de questions qu'elle aurait aimé lui poser, mais pour cela il aurait fallu qu'elle réussisse à reprendre ses esprits.

« Chez qui la biographie d'oncle Hans sera-t-elle publiée ?

— Aux éditions Grieg, bien sûr. J'ai apporté le contrat, si vous voulez le voir.

— Je vous crois, répliqua-t-elle en riant avec condescendance. Vous devriez vous entretenir avec Johan Grieg. Il a beaucoup de bonnes histoires à raconter sur Hans, ils se connaissent depuis une éternité. »

Elle hésita. Soupesa les possibilités, le pour et le contre. Non, elle ne parlerait pas du manuscrit. Johnny Berg était l'homme de Hans, et ce document pouvait mener au testament, ce serait prendre un trop grand risque.

« De nombreuses questions demeurent sans réponse concernant ma grand-mère. Si jamais Grieg vous parle d'elle, et notamment au sujet de ses activités en 1970, n'hésitez pas à m'appeler. »

Ils entrèrent sur le terrain derrière la petite bâtisse. Des pierres tombales étaient éparpillées sur le sol, pêle-mêle. Ils s'installèrent sur un banc au sommet d'une petite butte. Berg ouvrit son sac et en sortit un Thermos, avant de lui tendre une tasse en caoutchouc pliable et de découper un morceau de saucisson avec son couteau de poche. Il le lui présenta sur la pointe de la lame. Elle s'aperçut alors qu'il avait une cicatrice piquetée de rouge sur le côté de la main.

Le thé était sucré, il la réchauffa. Johnny avait l'aura d'un homme qui s'est beaucoup baladé et il ne semblait pas avoir grand-chose à prouver. De plus, il ne surjouait pas la convivialité, ce qu'elle appréciait.

« Si on ne paye pas, c'est là qu'on atterrit, parmi ces stèles, expliqua Berg alors qu'un éclat froid passait dans ses yeux verts. Mais ça, c'est un problème que vous ne connaissez pas dans la famille Falck. »

Chapitre 21

Cela reste entre nous

Olav baissa les stores et éteignit la lumière du bureau. L'obscurité s'étendit sur Rederhaugen, d'abord sur les bois et les allées, puis le crépuscule enveloppa les pelouses et, enfin, le corps de logis.

Le séjour, une salle à manger intime de style rustico-romantique, se trouvait au premier étage. Il donnait sur l'auditorium à l'ouest de la propriété. Cette pièce était souvent utilisée à l'occasion de rassemblements plus restreints, qu'il s'agisse de dîners dans l'intimité ou de réunions de conciliation secrètes. C'était notamment là que les représentants israéliens et palestiniens avaient dîné avec les négociateurs norvégiens dans les premières phases des accords d'Oslo.

Peu de choses l'effrayaient, mais ce que lui avait raconté Sverre sur la cabale d'Alexandra lui avait rappelé la peur qui le hantait depuis toujours. Il craignait sa fille comme il avait autrefois craint sa mère, à croire que toutes deux présentaient une version divergente de ce que lui et la famille étaient. L'une et l'autre faisaient preuve d'indocilité et semblaient échapper à son contrôle.

Olav ne s'était pas senti aussi seul depuis bien des années, pourtant dire – comme ses enfants l'affirmaient souvent – qu'il n'avait que des connaissances et aucun ami n'était pas tout à fait vrai. Ces dernières années, Martens Magnus était devenu un ami intime. L'année précédente, Olav l'avait soutenu lors d'une rupture sentimentale, à la suite de quoi Magnus lui avait envoyé une carte : « À mon cher ami Olav », avait-il écrit, un geste qui l'avait étrangement touché.

Certes, de part et d'autre, cette relation n'était pas entièrement désintéressée, elle n'en demeurait pas moins une amitié.

Dans sa jeunesse, Olav recherchait la compagnie des personnes plus âgées que lui. Puis vers la cinquantaine, une bascule s'était opérée. Désormais, il préférait celle des jeunes gens. Il n'éprouvait que mépris pour ses contemporains, leurs maladies, leur corps, leur façon de penser figée dans un monde qui ne cessait de changer.

Un verre à la main, près de la cheminée de la salle à manger, Magnus étudiait à présent une peinture du romantisme national.

« Olav, le salua-t-il.

— Martens », répondit Olav en l'étreignant.

Magnus n'était plus si jeune que cela. Il avait la quarantaine bien tassée et un visage sillonné de rides profondes après des années passées en plein air, d'abord dans le nord de la Norvège, puis sous le soleil du désert en Afghanistan, où il avait pourchassé les terroristes au sein des forces spéciales. À cette époque, on parlait de Martens Magnus comme d'un futur chef d'état-major des armées, mais son côté calculateur avait éveillé la méfiance de plus d'une personne dans le milieu. Sans doute avait-il davantage le profil d'un homme de l'ombre qui tirait les ficelles en coulisse. Depuis, il dirigeait la cellule des forces spéciales au ministère des Armées et, en parallèle, collaborait avec Olav et SAGA lorsque l'occasion se présentait.

Olav hocha la tête. « On s'assoit ? Le repas est prêt, c'est ma petite dernière qui l'a préparé. »

Pour commencer, Andrea apporta une terrine de canard maison à la texture onctueuse, avec un délicieux parfum de girofle et de fenouil.

« Quelle entrée fantastique, la complimenta Magnus. Avez-vous l'intention de devenir chef, Andrea ?

— Quand je reprendrai les rênes de Rederhaugen, j'en ferai une boutique-hôtel avec un restaurant trois étoiles. »

Olav haussa les sourcils en regardant l'officier, pendant que sa fille prenait avec son téléphone portable une succession de photos de l'emblème de la famille sur la cheminée.

La photographie est l'art des fainéants, songea-t-il, avec un appareil photo, même un débutant peut faire mouche.

Puis Andrea disparut dans la cuisine.

« Prends bien soin de cette petite, fit remarquer Magnus. Tu ne t'en rends peut-être pas encore compte, mais elle a vraiment du potentiel. Quand j'étais instructeur, les gens comme elle étaient ceux avec lesquels il était le plus inspirant de travailler. Des gens qui ont toutes les qualités, mais qu'il faut encadrer.

— Andrea sait tout faire, soupira Olav, mais elle ne va jamais jusqu'au bout, elle manque de persévérance. »

Martens Magnus vida son verre, un beaujolais bien trop bon marché choisi par Andrea, le reposa lentement sur la table et sortit un sachet de snus de sa poche.

« Tu as l'air épuisé, Olav, constata-t-il. Tu devrais te trouver une femme. »

Olav secoua la tête.

« Oh non. Celles de cette famille me donnent déjà suffisamment de fil à retordre. Qu'elles soient vivantes ou mortes. »

Chaque jour depuis le décès de Vera, confia-t-il à Magnus, il se réveillait entre chien et loup. Et c'était encore pire depuis qu'Alexandra avait commencé à mettre son nez dans les vieilles histoires. Il se garda, en revanche, de mentionner qu'elle voulait le forcer à se retirer. Il en éprouvait un étrange sentiment de déshonneur.

« Tu ne m'as jamais dit pourquoi son manuscrit en 1970 était aussi dangereux, lança Magnus en leur resservant du vin.

— Ce sont des affaires de famille.

— Olav… » Magnus le regarda longuement. « Pour pouvoir t'aider, je dois comprendre le contexte. » Il croisa ses bras puissants. « Cela restera entre nous.

— Thor, mon père, commença lentement Olav, était directeur à Bergen de la Compagnie hanséatique des navires à vapeur, Det Hanseatiske Dampskibsselskab, quand la guerre a éclaté. Il est l'un des premiers à avoir organisé la résistance contre l'occupant sur la côte. Sans lui, il n'y aurait pas eu de Shetland Bus ni d'émetteurs radio dans l'ouest de la Norvège. Il est mort dans le naufrage du *Prinsesse Ragnhild* en octobre 1940, celui auquel j'ai moi-même survécu alors que je n'étais qu'un nourrisson, et il a reçu la croix de guerre à titre posthume.

— J'ai entendu pire comme cadavre dans le placard qu'une croix de guerre, répliqua MM.

— Mais mon père était aussi un armateur et un homme d'affaires, pris en étau entre ses propres convictions et les autorités occupantes. Après guerre, l'écriture de l'histoire, comme tu le sais, manquait quelque peu de nuances, c'était tout noir ou tout blanc, et les côtés plus… comment dire… problématiques de mon père ont été occultés. Jusqu'à ce que ma mère, vingt-cinq ans plus tard, décide d'écrire un livre à ce sujet. Alors OK, certes, il a peut-être dû conclure quelques accords avec les autorités allemandes, mais qui sommes-nous pour juger les morts ? »

Olav but une gorgée de vin pour essayer de ravaler le malaise qu'il éprouvait après en avoir autant dit. « Voilà, tu sais tout.

— Et maintenant, Sasha cherche le fameux manuscrit. Comment a-t-elle découvert son existence ?

— J'ai d'abord cru que maman l'avait mise dans la confidence. Et qui sait ? Mais je serais plutôt tenté de penser qu'une personne aux éditions Grieg a laissé fuiter l'information. L'ancienne éditrice de ma mère, ou peut-être Grieg en personne.

— Johan Grieg est un poseur », déclara Magnus.

Olav le regarda avec agacement. « Ça, tu peux le dire, mais Johan sait beaucoup de choses sur ce qui s'est passé en 1970, et qui pointent dans notre direction.

— Mais il n'est pas mourant ?

— Si, Dieu merci. Dans son cas, peut-être la nature se chargera-t-elle de régler le problème. »

Andrea apporta le plat de résistance, de la morue confite revenue dans du beurre à l'ail, accompagnée de lardons, d'une purée de petits pois à la menthe et de carottes cuites au beurre, au cumin et au miel.

Ils mangèrent en silence.

« Je crains d'avoir d'autres mauvaises nouvelles à t'annoncer », indiqua Magnus en s'essuyant la commissure des lèvres avec une serviette en coton sur laquelle était brodé l'emblème de la maison.

Cette mise en garde fit à Olav l'effet d'un coup à l'estomac.

« Quoi donc ? »

Son ami se racla la gorge. « Il s'agit de Johnny Berg.

— Oui, j'ai entendu dire qu'il était rentré en Norvège, répondit Olav en essayant de donner l'impression qu'il était au-dessus de cela, bien que son cœur cognât presque jusque dans sa gorge. Inutile de te rappeler, je pense, qui a eu l'idée de faire appel à lui.

— Sans Berg, nous n'aurions jamais réussi à attraper Fellah, répondit Martens Magnus, avec les conséquences que cela aurait pu avoir : du sang dans les rues d'Oslo, une haine croissante entre les immigrés et les Norvégiens d'origine, la formation de milices et une radicalisation accrue, une situation hors de contrôle. Éliminer Fellah était la décision la plus sage. Au niveau mondial, et pour la Norvège multiculturelle. »

Olav demeura pensif un instant. « J'étais sceptique quant à l'idée d'utiliser Berg, à cause notamment de son côté rebelle et de son rejet de l'autorité.

— Il en va avec Berg comme avec la plupart des gens exceptionnels, répondit MM, leurs forces sont aussi leurs faiblesses, et inversement. Berg a accepté parce que nous avions des moyens de faire pression sur lui. Le problème est que nous n'avons pas levé le petit doigt pour le sortir de là quand il a été capturé. Dans le cas contraire, nous aurions pu le convaincre de garder…

— C'est toujours plus facile de dire ce qu'il aurait fallu faire après coup ! s'énerva Olav. Je pensais qu'il était hors d'état de nuire. Au lieu de quoi, il rentre en

Norvège et est libéré. Qui est derrière tout cela ? Ça sent le HK à plein nez.

— Non, c'est Hans Falck qui est allé chercher Johnny au Kurdistan.

— Quoi ? s'exclama Olav d'une voix révélant qu'il était sincèrement sous le choc.

— C'est assez logique au fond. Ils se connaissent depuis le Moyen-Orient. Berg l'a interviewé au Liban il y a de nombreuses années de cela. Ces deux individus sont faits de la même étoffe si tu veux mon avis.

— Hans connaît-il la raison de la présence de Berg là-bas ? »

Magnus secoua lentement la tête. « Je ne sais pas, mais j'en doute, même s'il a de bons contacts dans la région.

— Combien de personnes étaient au courant de la mission de Berg sur le front ?

— Johnny Berg et moi, le volontaire américain qui l'a accompagné sur place, mais ce dernier a été tué, ainsi qu'un intermédiaire, un volontaire kurdo-norvégien qui combat aux côtés des peshmergas en Irak.

— C'est qui, ce volontaire ?

— Un certain Mike quelque chose. Un ancien soldat qui a quitté sa section pour s'engager aux côtés des peshmergas dans la lutte contre l'EI. C'est aussi une sorte de célébrité qui utilise les réseaux sociaux pour informer la terre entière de ce qui se passe en diffusant les scènes où il se bat contre les terroristes.

— Instagram, murmura Olav irrité. Bon sang, mais qui pouvait bien avoir l'idée d'aller raconter ouvertement la guerre sur les réseaux sociaux ? Cela allait à l'encontre de tout ce qu'il savait sur la guerre et la stratégie. Face à cette manie de toujours vouloir tout montrer, il se sentait vraiment vieux.

— J'ai vérifié, ajouta Magnus en montrant son téléphone, et depuis un moment, c'est le calme plat sur son compte, NorwegianSNIPER. Un bon moment même. J'ai parlé à des contacts là-bas. On pense qu'il est mort dans une attaque au mortier de l'EI il y a deux semaines.

— Tant mieux si les terroristes peuvent parfois nous être utiles, constata Olav pensivement. Mais je veux en être sûr à cent dix pour cent. On est bien certains qu'aucun élément ne permettra de remonter jusqu'à SAGA ? »

Contrairement à ce que croyaient souvent ses amis et ses ennemis, Olav était un stratège qui détestait prendre des risques. Or, la mission accomplie par Berg représentait de toute évidence un risque extrême, mais on avait veillé à ce qu'une succession de maillons empêche de faire le lien entre l'opérateur et SAGA.

Martens Magnus hocha la tête. « La situation est sous contrôle. »

Depuis sa création, SAGA collaborait avec les autorités et le renseignement. Tout aurait été beaucoup plus simple s'ils s'en étaient tenus au capitalisme conventionnel et à cette charité sentencieuse à laquelle s'adonnent nombre de fondations, mais un tel choix aurait rendu Olav profondément malheureux. SAGA et la propriété de Rederhaugen faisaient partie du stay-behind depuis la guerre froide, parce qu'il était dans l'intérêt de la nation d'avoir une cellule prête à réagir en cas d'invasion communiste. Et quand des centaines de jeunes Norvégiens s'enrôlaient à l'étranger pour un pseudo-État comme l'EI, il était dans l'intérêt national d'éliminer ces individus avant qu'ils ne portent atteinte à leur pays. SB 2.0 était leur grande idée, à MM et à lui. Olav était convaincu d'avoir raison, et tant pis si, à cause de leur manque de volonté politique, il fallait passer outre aux autorités.

Dans le séjour, devant un verre de vin, tandis qu'en face de lui MM était plongé dans ses pensées, sa mission historique lui parut encore plus évidente que jamais : défendre la Norvège, coûte que coûte. Certes, affirmer une telle chose pouvait sembler quelque peu fatidique et prétentieux. Ce n'en était pas moins vrai.

Andrea apporta le dessert : un soufflé préparé à partir d'une brioche de Noël rassise. L'odeur de raisins secs et de cardamome qui en émanait mit presque à Olav la larme à l'œil, tellement il était sonné et épuisé.

« En tout cas, Sverre semble super-motivé pour la mission en Afghanistan, lança Olav, qui avait besoin de penser à des sujets plus légers. Je te remercie de lui avoir ouvert les portes du commando.

— C'était ton idée, Olav, sourit MM en levant son verre. À Sverre. Et à notre amitié.

— Hum, hum. » Olav se racla la gorge, l'air embarrassé.

« Papa ? » Andrea se tenait sur le pas de la porte, elle s'était changée et avait revêtu une veste noire à capuche.

« Je m'en vais.

— Andrea, viens ici, ma chérie.

— Qu'est-ce qu'il y a ? demanda-t-elle en rougissant.

— Tu peux faire ce que tu veux comme métier, dit-il en la serrant fort, absolument ce que tu veux. »

Elle quitta la pièce. Depuis la trahison de Sasha, il avait pris conscience de la grande affection qu'il portait à sa petite dernière qui, heureusement, ne souffrait pas de la même malédiction que Vera et Alexandra.

« Une dernière chose. » Subitement, Martens Magnus parut un peu moins sûr de lui. « J'ai appris que les éditions Grieg avaient signé un contrat pour une biographie de Hans Falck.

— Une biographie de Hans ? ricana Olav. Dans ce cas, nous devons lever l'interdiction faite à la famille de parler aux journalistes. Moi-même, ça pourrait presque me donner envie de raconter à son auteur quelques anecdotes sur lui.

— En tant qu'ami, je ne suis pas certain que ce soit une si bonne idée que ça, déclara Magnus gravement. Car le biographe qui mène l'enquête auprès des membres de ta famille n'est autre que Johnny Berg. »

Chapitre 22

J'ai trouvé un endroit en Provence

Désormais, Sasha s'entraînait tous les jours. Elle partait courir longuement au bord du fjord et concluait par une série d'exercices de renforcement musculaire. Ce regain d'activité aurait dû alerter Mads, mais il n'avait même pas tiqué. Son indifférence ne donnait à Sasha que l'envie de persévérer dans cette voie.

Plus elle repensait à la façon dont son époux, son frère et sa sœur avaient pris le parti de son père, plus elle enrageait. On l'avait toujours accusée d'être rancunière, mais dans le cas présent, ce n'était pas seulement ça : leur réaction soulevait le problème de l'image que la famille avait d'elle-même. Sa grand-mère avait subi une injustice, et personne n'osait s'y attaquer. Quelle lâcheté !

Elle était allée à la Maison de la littérature assister à la conférence de Hans Falck sur « La guerre et le féminisme au Moyen-Orient ». Dans une salle tellement pleine qu'il avait fallu retransmettre son intervention sur un écran à l'extérieur afin que les personnes refoulées à l'entrée puissent également l'écouter parler de la situation au Kurdistan et de la lutte contre l'EI.

Il avait régné dans la salle une ambiance aussi électrique que pendant une messe évangélique. Évidemment, aucun autre membre de la famille n'avait été présent. Olav aurait encore préféré s'enrôler en tant que combattant étranger, soupçonnait-elle, plutôt que d'être témoin de l'ovation reçue par Hans Falck pour son « action héroïque et son travail extraordinaire dans l'humanitaire », comme l'avait présenté le rouquin fougueux qui dirigeait la Maison de la littérature.

Le public s'était laissé émouvoir et secouer par ses propos. Par l'histoire de ces adolescentes enlevées, puis vendues sur le marché de Mossoul comme esclaves sexuelles à de riches Arabes du Golfe, avant qu'elles ne réussissent à s'enfuir.

« Et ces femmes soldats, avait dit Hans, qui ont vécu des horreurs que nous pouvons à peine imaginer, forment désormais les avant-gardes dans la lutte contre le règne de la terreur, contre la barbarie. Ce sont elles qui se battent pour leur propre liberté et celle des femmes de cette région. Le mot *héroïsme* n'est pas un terme assez fort pour décrire le respect qu'elles m'inspirent. L'une d'entre elles m'a supplié : Nous avons besoin d'aide ! Le monde doit savoir ce qu'il se passe ! »

Malgré le caractère dramatique du message véhiculé durant cette conférence d'une heure, l'esprit de Sasha s'évada. De plus en plus, il lui semblait évident que les événements de ce printemps 1970 pouvaient les aider à trouver où le manuscrit de Vera s'était envolé après sa mort. Sa grand-mère avait été placée sous tutelle. Sasha connaissait suffisamment son père pour savoir qu'il réussirait à se disculper si elle n'étayait pas davantage ses accusations. Elle allait devoir attendre avant de l'affronter.

Durant toute l'intervention, elle avait scruté le public dans l'espoir d'y découvrir Johnny, mais elle ne l'avait pas vu. Une fois la conférence terminée, alors que

Hans se tenait dans le hall de la Maison de la littérature au milieu des caméras, des journalistes et de ses admirateurs, elle se fraya un chemin jusqu'à lui.

« Sasha ! » Hans posa les mains sur les siennes en soutenant son regard, sans se soucier le moins du monde de la présence des reporters télé et des autres personnes. « Tu es resplendissante. Je ne m'attendais pas à te rencontrer ici, quelle heureuse surprise ! »

Elle le félicita pour son intervention puis lui demanda s'il aurait un moment à lui accorder, elle voulait lui parler.

« Ça devrait pouvoir s'arranger, répondit-il d'un air désarmant, je suis attendu pour dîner chez les Grieg père et fils ce soir, mais demain, je dois me rendre à Rederhaugen pour assister à la réunion du conseil d'administration. C'est à quel propos ? »

Les journalistes rongeaient leur frein autour d'eux.

« Je souhaiterais te parler de Vera », murmura Sasha.

Une ombre furtive glissa sur le visage hâlé de Hans, avant qu'il ne retrouve un sourire plein d'assurance : « Vera Lind ? Un sujet inépuisable, ma chère Sasha. Je propose qu'on reprenne cette discussion après la réunion. »

*

Quand Sasha revint de son footing, elle prit une douche rapide, s'habilla et alla dans le séjour. Elle jeta un coup d'œil à la pendule au-dessus de la porte de la cuisine. La réunion commençait dans une demi-heure.

« Il va bientôt falloir qu'on se décide pour les vacances », lança Mads, concentré devant son Mac.

Du séjour, Sasha entendait les filles se disputer à propos d'un iPad.

« Ah, ah », répondit-elle en se penchant à contrecœur au-dessus de l'épaule de son mari. Il était sur la page demandant les informations relatives au paiement.

« Pourquoi est-ce marqué Mads Falck sur ta carte bancaire ? »

Lors de leur mariage six ans auparavant, Mads avait pris son nom. C'était lui qui avait insisté pour qu'ils se marient à l'église. Sasha aurait préféré une cérémonie nettement moins solennelle, dans une ambassade par exemple, mais il n'en était pas question. Mads avait avancé le prétexte de sa vieille mère. Elle était une lectrice de magazines et suivait les mariages royaux avec autant d'intérêt que d'autres regardaient la Coupe du monde de foot, et elle aurait fait une attaque s'ils s'étaient mariés un lundi à Paris.

Durant le discours qu'il avait prononcé à cette occasion, Mads avait déclaré avoir pris le nom de Falck-Johansen par amour, ce sur quoi la rebelle de seize ans qu'était alors Andrea avait bondi de sa chaise à l'autre bout de la salle et crié : « Et c'est aussi par amour que t'as changé le *t* de ton prénom en *d*, Mads ? »

La question de Sasha avait quelque peu plombé l'ambiance, mais elle avait le sentiment qu'il franchissait une limite et empiétait sur son territoire avec ce changement de nom. Un an auparavant, elle avait déjà observé que le trait d'union entre Falck et Johansen avait été discrètement enlevé. Et voilà que le Johansen avait maintenant carrément disparu.

« Quelle importance ? demanda-t-il. L'essentiel est que nous soufflions enfin un peu. Car nous en avons bien besoin, je pense. Toi comme moi. »

Il sourit, mais pas elle.

Lors de leur premier rendez-vous, Mads l'avait emmenée là où il avait grandi, une ville de banlieue glauque qui se trouvait à un court trajet en train de la capitale. Sasha n'avait jamais mis les pieds dans un coin pareil auparavant, ce dont il avait naturellement su tirer avantage. Du doigt, il avait montré une fenêtre tout en haut d'un immeuble gris de trois étages. « C'est la fenêtre de ma chambre, avait-il déclaré. Chaque matin, devant celle-ci, le regard rivé sur le centre commercial, j'échafaudais des plans pour fuir cet endroit. »

Peut-être aurait-elle dû percuter à ce moment-là, à la place de quoi elle l'avait embrassé derrière le centre commercial, sous l'extracteur d'air d'un fast-food, dans une odeur chaude de friture et de ketchup qu'elle associait encore à sa barbe de plusieurs jours et sa langue.

« J'ai trouvé un endroit en Provence qui va te plaire, dit-il, c'est ça que je suis en train de réserver.

— Avec des nouveaux riches saoudiens et des *Eurotrash* qui posent en faisant des *duck face* ? »

Il eut un sourire las. « Non, non. Un magnifique domaine, à Brantes, un village tout près du mont Ventoux, qui appartient à un chanteur français connu. Ça a l'air très bien, il n'y a même pas une épicerie dans le village. Rien, juste une librairie et le marché le jeudi. C'est plutôt ton truc, non ? *La classe*, comme tu dirais. »

Elle jeta un coup d'œil indifférent aux images et haussa les épaules. « Ouais, ça a l'air pas mal. »

Sasha partit dans la cuisine ; dans son dos, elle l'entendit pianoter sur son clavier.

« C'est quoi le problème au juste, Sasha ? lui demanda-t-il.

— Qu'est-ce que tu veux dire ?

— Tu es bizarre ces derniers temps. Depuis la mort de Vera, en fait. C'est comme si tu avais une vision parcellaire. Comme si tu ne nous voyais plus, les filles et moi.

— Bienvenue chez les Falck, puisque c'est ton nouveau nom ! répondit Sasha.

— Ne me dis pas que c'est *ça* le problème ?

— Si, répliqua-t-elle en le fixant longuement. Tu fais partie de la famille. Et si tu savais à quel point j'en ai marre qu'on persiste à glisser nos secrets sous le tapis.

— Je tiens à préserver la famille, à éviter qu'elle explose. Quand j'ai discuté avec Olav, il a clairement laissé entendre qu'un décès pouvait être un détonateur…

— Tu as discuté avec papa sans m'en parler ? »

Sasha devait maintenant se dominer pour ne pas lui crier dessus.

Le regard de Mads devint fuyant. « Pas de ça, évidemment, mais je lui parle tous les jours. »

Il se glissa derrière elle et l'enlaça, aussitôt elle le repoussa, ce geste lui paraissait maladroit et inapproprié, et il retourna s'asseoir, l'air penaud.

« Quoi qu'il en soit, réservons ce voyage. On paiera la fille de Martens Magnus pour qu'elle nous accompagne et garde les petites. Comme ça, tu pourras travailler autant que tu le souhaites de là-bas.

— Réserve, la maison a l'air très chouette », dit-elle.

Il sourit, soulagé, et entra les informations demandées. « Voilà, c'est fait. Nous partons en Provence.

— Je ne vous accompagnerai pas. »

Mads la regarda, abasourdi. « Pardon ? »

Sasha attrapa un manteau sur la patère. « Tu veux aller en Provence, les filles ont une baby-sitter, je veux rester à la maison. L'affaire est réglée, non ?

— Merde alors ! fut la seule réponse de Mads.

— Le conseil d'administration va commencer. Il faut que j'y aille. »

Sasha s'habilla et referma la porte derrière elle. Aussitôt, elle se sentit délestée d'un poids. Il faisait un froid glacial et il avait commencé à neiger, de gros flocons lourds qui recouvraient Rederhaugen d'un tapis blanc. Ce printemps était décidément bien imprévisible, les flocons fondaient sur son front et se déposaient sur son manteau en laine, dans ses cheveux. Elle alluma une cigarette. Johnny Berg fumait lui aussi, pensa-t-elle alors. Il n'avait pourtant pas l'air de quelqu'un qui fumait, elle aimait bien cette faille. C'était certainement une mauvaise habitude contractée lors de ses longues journées sur le terrain quand il était journaliste, elle se l'imaginait dans un bar d'expats enfumé à Beyrouth ou Kaboul. Tous les reporters de guerre fumaient.

Pourquoi ne lui avait-il pas donné signe de vie ?

Chapitre 23

L'euthanasie passive

« Je vous souhaite la bienvenue, déclara Olav, à cette séance extraordinaire du conseil d'administration, la première réunion depuis le décès tragique de maman. »

Siri Greve était assise à l'autre bout de la table. Elle occupait les fonctions de secrétaire de séance et d'animateur de la réunion.

« Où est Grieg ? » demanda Alexandra.

Olav fixa sa fille d'un œil soupçonneux. Il avait déjà du mal à encaisser qu'elle ait ignoré ses appels pressants à ne pas s'aventurer dans les méandres obscurs de la vie de sa mère, et voilà que maintenant, sur la base des informations recueillies, elle conspirait dans son dos pour le destituer. Ce n'était pas le pire, cependant. Car pour couronner le tout, voilà qu'un certain John Omar Berg rôdait dans les parages. S'étaient-ils rencontrés ?

« Johan Grieg est souffrant, répondit Siri Greve. Il a, comme vous le savez, de gros problèmes de santé. Par contre, nous n'avons reçu aucune procuration de sa part. »

Enfin une bonne nouvelle, songea Olav. Autant qu'il

pouvait en juger, Grieg avait tenu parole : il n'avait pas parlé.

« Si nous vous avons réunis aujourd'hui, c'est avant tout pour vous dire ce qu'il en est de la succession, plus concrètement du testament de maman, et quelles conséquences cela aura sur notre activité, déclara Olav, avant d'ajouter : Mais je commencerai par vous informer que l'organisation du SAGA Arctic Challenge sur l'express côtier est en bonne voie. Nous allons organiser le meilleur colloque jamais donné en Norvège. Et non seulement cela, mais enfin, nous allons clore le chapitre douloureux de l'express côtier dans l'histoire familiale. Sverre, je te laisse expliquer ?

— Eh bien… » Sverre hésita. « … Ralph Rafaelsen ne me répond plus au téléphone et son assistant vient juste de m'envoyer un mail où il explique que finalement, Rafaelsen ne souhaite pas mettre son Exosuit à notre disposition.

— Pourquoi ?

— C'est à lui qu'il faudrait le demander. Mais je doute qu'il ait apprécié notre dernière entrevue. "Manque de respect", a écrit son assistant. »

Olav scruta son fils un moment. « Rafaelsen est une drama queen ridicule. Je compte sur toi pour régler ce détail, Sverre. »

Il hocha la tête en direction de Siri Greve.

« Venons-en maintenant à la disparition de Vera Lind, commença l'avocate. Concernant le testament, c'est toujours le statu quo. Ce que nous savons, c'est qu'elle est allée le chercher le jour de sa mort. Or, comme chacun sait, il n'est pas réapparu depuis. »

Tous les regards étaient braqués sur elle.

« Concrètement, si nous déclarons qu'il n'existe pas de testament, cela signifie qu'Olav, en tant que fils unique de Vera, est son héritier en ligne directe. Et par conséquent, que son patrimoine – soit les propriétés de Hordnes, Rederhaugen, et le chalet de chasse – lui revient.

— Je demande un ajournement, l'interrompit Hans Falck.

— Hans Falck souhaite intervenir », déclara Siri Greve sèchement.

Olav tenta de décrypter l'expression de son neveu. Avait-il sous-estimé Hans ? Ce ne serait pas la première fois. Avant que Hans ne devienne un médecin célèbre, il ne l'avait jamais vraiment pris au sérieux, ce qu'il regrettait désormais. Ils auraient pu travailler de concert. Hans aurait pu apporter à SAGA une dimension humanitaire qui leur manquait. Quoi qu'il en soit, il était maintenant trop tard.

« La veille de son suicide, Vera Lind m'a appelé, expliqua Hans.

— On a déjà entendu cette histoire, le coupa Olav. Sauf que la dernière fois que tu l'as racontée, c'était l'avant-veille du suicide de Vera.

— Écoute, Olav, il est possible que tu aies déjà entendu cette histoire, mais vous autres, étiez-vous au courant ? » Hans avait conservé son calme.

Les gens autour de la table le regardèrent d'un air interrogateur, ce que, de toute évidence, il prit comme une invitation à poursuivre.

« Au cours de cette conversation d'une durée de neuf minutes et trente-quatre secondes, comme en atteste l'historique de mes appels, Vera m'a instamment prié de venir à Rederhaugen. Elle souhaitait m'informer d'un changement dans son testament. Ce que cela impliquait, elle n'a fait que le sous-entendre, mais il m'a semblé comprendre qu'elle souhaitait nous rendre Hordnes. Malheureusement, avant même que j'aie eu le temps d'arriver à Rederhaugen, j'ai appris qu'elle n'était plus de ce monde.

— C'est quoi la prochaine étape, Hans ? demanda Olav. Tu vas nous accuser d'avoir poussé maman du haut de la falaise pour vous empêcher de toucher une part de l'héritage ? Retire ton chapeau en aluminium, espèce de clown complotiste.

— J'ignore ce que Vera voulait me dire, poursuivit Hans, imperturbable. Mon unique exigence au nom de ma famille est que la décision soit reportée. Je ne pense pas que ce soit aberrant. »

Andrea – qui jusque-là se balançait sur sa chaise, bien calée au fond de son siège – se mêla soudain à la discussion.

« Non, mais je rêve, aucun d'entre vous ne fréquentait plus grand-mère ces dernières années. Que ce soit toi, papa, ou toi, Hans. Pas plus que Greve ou Magnus. Ou Sverre et moi. »

Martens avait vu juste pendant ce dîner, sa petite dernière pouvait se montrer incisive.

« Seule une personne parmi tous les gens réunis autour de cette table est en mesure de se prononcer sur les desiderata de grand-mère. Alors au lieu d'écouter la pénible guéguerre entre papa et Hans, je souhaiterais, au nom de toutes les autres personnes ici présentes, entendre ce que tu as d'intéressant à dire sur le sujet, Sasha. »

Alexandra ordonna les papiers devant elle, avant de se redresser. « Je respecte les points de vue exprimés de part et d'autre, commença-t-elle diplomatiquement. Mais si je me fie aux discussions que j'ai pu avoir avec grand-mère, je suis d'accord avec Hans, il serait prématuré de supposer que grand-mère ne voulait pas laisser de testament. Et je pense que nous devons nous donner plus de temps.

— Alexandra ! objecta Olav, mais sa fille était inébranlable.

— Je ne souhaite pas que la mort de grand-mère débouche sur une guerre indigne entre les différentes branches de la famille. Ma proposition est donc que l'on reporte cette réunion à plus tard, jusqu'à ce que les Berguénois puissent venir au complet. Je propose ensuite que l'on organise un conseil de famille, au cours duquel nos deux familles se rencontreront, Hans. Sans aucun avocat sur place. Ça aussi, je suis sûre que grand-mère aurait préféré.

— Je n'en suis pas si sûr », murmura Olav, mais les autres acquiescèrent d'un hochement de tête. Il était clairement minoritaire.

« D'accord, conseil de famille il y aura, conclut-il résigné. Mais ne venez pas vous plaindre si ça finit en scandale. »

Olav remarqua qu'il avait faim. Lors du repas qui suivit, on leur servit un velouté de potiron agrémenté de croûtons et de roquefort fondu, puis une fricassée d'agneau accompagnée de pommes de terre. Un vin de sa cave, un château-margaux 2005, un des meilleurs millésimes, fut apporté. La viande d'agneau était si tendre qu'elle se détachait toute seule des os, et la sauce tomate relevée, aux champignons et aux oignons confits, avait un délicieux goût de romarin. Ces mets étaient sans doute l'œuvre d'Andrea qui avait donné un coup de baguette magique aux vieilles recettes insipides.

Silencieux, Olav était assis sur le seul siège doté d'accoudoirs, au centre de la tablée, et non au bout comme on le croyait volontiers dans les classes populaires. Le fait que les gens soient des ignorants n'était pas une surprise, il ne pouvait pas en dire autant du sentiment d'avoir une famille devenue incontrôlable.

Durant tout le repas, Alexandra l'avait évité. Olav voyait maintenant l'opportunité de vanter le vin, de se montrer fidèle à lui-même : « Ces bourgognes et ces bordeaux, c'est quand même autre chose que cette vinasse que l'on achète au duty free. Alexandra, pourrais-tu m'aider s'il te plaît à remonter quelques bouteilles de la cave ? »

C'était un ordre, et non une question. Sasha se leva, en ne cachant pas qu'elle obtempérait de mauvaise grâce. Ils remontèrent le couloir menant à la tour à la rosace et descendirent au rez-de-chaussée par l'escalier en colimaçon, puis empruntèrent un autre escalier aux marches grinçantes jusqu'au cellier, où il régnait une odeur d'humidité et de moisi. Le néon bourdonna et clignota, avant de s'allumer : de lourdes ombres apparurent dans la lueur jaunâtre.

Olav leva une bouteille de cognac vers la lampe, l'ouvrit et en but une lampée directement au goulot. Le goût du raisin fermenté lui enflamma la gorge. Il tendit la bouteille à sa fille.

« On n'était pas censés venir chercher du vin ? demanda-t-elle d'une voix incertaine.

— Je vais te confier une chose, Alexandra, que je n'ai jamais dite à personne, murmura Olav dans la pénombre. Si la relation entre maman et moi est devenue si difficile, c'est justement à cause de son manuscrit. Maman faisait passer son propre sort avant celui de la famille.

— La guerre est terminée depuis longtemps, papa. Les témoins de l'époque sont morts. »

Olav soupesa la bouteille de cognac dans sa main et regarda le visage de sa fille, à demi plongé dans l'obscurité.

« Que révélait-il de si dangereux pour que tu aies dû placer Vera sous tutelle ? » demanda Alexandra.

Elle était donc au courant pour la mise sous tutelle. La ventilation de la buanderie voisine émettait un bourdonnement régulier. Olav était comme cloué sur place.

« Pourquoi ne m'en as-tu jamais parlé ? Pourquoi suis-je une archiviste qui ne sait rien de ce qui se cache dans les archives ?

— Je ne crois pas que tu puisses t'imaginer, articula-t-il lentement, ce que l'on ressent quand la personne qui, biologiquement, est censée veiller sur toi, a elle-même besoin d'être protégée. Il manque tout un arrière-plan historique à tes recherches. Tu considères les gens du passé avec ton regard à toi.

— Tu t'égares… »

Il l'interrompit brusquement.

« Laisse-moi finir. La loi sur les tutelles dit clairement qu'un tuteur désigné – moi en l'occurrence – s'engage à faire en sorte que personne d'autre n'ait accès aux informations qui lui sont délivrées ou n'ait connaissance de celles-ci. Ce devoir de confidentialité s'applique aussi une fois cette charge levée. J'avais la loi de mon côté.

— En fait, j'ai lu cette loi récemment, répliqua Alexandra. Il y est clairement stipulé que ces informations peuvent être portées à la connaissance d'autres personnes dans la mesure où cela s'avère nécessaire dans l'intérêt du majeur protégé. De même que le devoir de confidentialité ne s'applique pas aux enfants et petits-enfants de cette personne. »

Il y aurait eu tant de choses qu'il aurait aimé

répondre, à propos de Vera et de son manuscrit, de Johnny Berg et de SAGA, mais pour une fois il ne trouvait pas les mots justes pour exprimer ce qu'il pensait. Il regarda longuement sa fille dans l'obscurité, les traits de sa mère, et éprouva de nouveau cette impression d'être en face d'une femme qui lui était à la fois extrêmement familière, proche, et totalement étrangère.

« Qui est au courant de cette affaire ? demanda Sasha. La famille Greve ? Johan Grieg ? Il ne répond pas au téléphone. »

Olav comprit que sa fille ne renoncerait pas. Il allait devoir se rendre au plus vite chez Grieg.

« Johan est malade, dit-il. Mais tu peux toujours essayer de lui parler. »

*

Il faisait nuit et il neigeait dru quand Johnny traversa d'un pas rapide la rue Kristian IV pour se réfugier sous la marquise de l'hôtel Bristol. Il monta les quelques marches recouvertes d'un tapis rouge et entra dans le hall de réception au plafond orné de dorures, que soutenaient de larges piliers mauresques.

HK était assis à sa place habituelle, dans l'alcôve du fond, à gauche du comptoir. Il sirotait un verre de vin blanc en prenant délibérément son temps.

« La meilleure table du Bibliotekbar, déclara-t-il. Seuls la famille Grieg et moi avons le numéro pour la réserver. Je t'offre un verre ?

— Non, merci, je conduis, répondit Johnny, tu as dit que c'était urgent.

— Dis-moi d'abord comment tu vas. » HK, manifestement, avait l'intention de le faire mariner encore un moment.

« Je cours tous les jours et je ne fume plus, en tout et pour tout, qu'une cigarette le soir. Je suis allé me promener dans le parc de Frogner avec Sasha Falck. Nous sommes passés devant la stèle du Grand Thor, la villa du stay-behind de l'armateur Meyer et les vieilles pierres tombales à l'abandon.

— Parfait. Tu l'as emmenée dans une petite odyssée à travers l'histoire contemporaine de la Norvège. Quelle est ton impression ?

— Elle paraît futée, et un peu seule. C'est sans doute ce qui arrive quand on a le malheur de naître très intelligent dans une famille de milliardaires. Elle m'a envoyé plusieurs mails par la suite, auxquels je n'ai pas répondu. »

HK laissa échapper un petit rire. « Encore mieux. Le plus vieux truc du monde.

— Pourquoi tu voulais me voir ?

— La dernière fois que nous nous sommes rencontrés, je t'ai dit que j'avais été impliqué dans l'enquête sur la veuve Lind en 1970. Puis tu m'as annoncé que tu avais été aux éditions Grieg. »

Il sortit une feuille de sa serviette et balaya du regard une salle remplie de bourgeoises des quartiers ouest, de serveurs et d'un pianiste jouant du jazz d'ambiance.

Johnny se pencha au-dessus de la table pour regarder le papier de plus près.

HK leva l'index. « Doucement, mon garçon. Les documents sensibles ont, comme tu le sais, une fâcheuse tendance à disparaître des archives. Ne me demande pas comment celui-ci est parvenu entre mes mains, mais tu as devant toi le nom de la source des Renseignements généraux dans l'affaire Vera Lind en

1970. À en juger par ce que j'ai pu lire, l'intéressé semble avoir mauvaise conscience. »

Il haussa coquettement les sourcils. « Fais-en ce que tu veux, mais pourquoi ne pas lui rendre une petite visite ? Car la source est encore en vie mais en mauvaise santé, donc si j'étais toi, je ne tarderais pas. »

*

La villa de Johan Grieg était facile à trouver. Johnny tourna au niveau de deux grands sapins sombres et s'engagea dans l'allée. Le gravier crissait sous ses pneus. Il arrêta la voiture, descendit et se dirigea vers l'entrée. Il restait encore de grosses congères dans le jardin. Derrière la silhouette nette de la villa Heimatstil en bois brun, il distinguait les lumières de la ville.

Il s'arrêta une ou deux secondes, avant de sonner.

Personne ne vint lui ouvrir. La fenêtre à droite de la porte d'entrée était plongée dans l'obscurité, tout comme la lucarne du pignon. Il était pratiquement sûr que Grieg était chez lui, mais peut-être n'était-il pas seul.

« Qui est-ce ? demanda une voix derrière la porte.

— John O. Berg, le biographe de Hans Falck… »

La porte s'entrouvrit, le visage pâle et troublé de l'éditeur apparut dans l'entrebâillement.

« Vous permettez que j'entre ? Et je vous expliquerai. »

Le vieil éditeur ouvrit la porte avec hésitation. Vêtu d'un cardigan taché et d'un pantalon de costume dans lequel il flottait, il semblait terriblement âgé. Il remonta d'un pas mal assuré un couloir couvert de décorations honorifiques et de photos encadrées où il figurait en compagnie d'écrivains et de personnalités du monde culturel. Johnny s'arrêta devant une photo, de toute évidence prise dans la salle aux miroirs du Grand Hôtel. Un jeune Grieg, avec Vera Lind. Il s'approcha. La photo était datée : décembre 1969.

« Vous avez siégé au conseil d'administration de SAGA dans les années qui ont suivi sa création, si je ne me trompe ? demanda Johnny.

— Effectivement, et c'est pour cela que je connais aussi bien la famille. Bien que notre relation remonte à loin. Mon père était aussi un ami proche de Thor Falck, et j'ai passé beaucoup de temps avec Olav à Rederhaugen quand j'étais gamin. On courait dans les tunnels sous la propriété, c'était un paradis. Les parents de l'époque ne s'inquiétaient pas autant que ceux d'aujourd'hui des bêtises qu'on pouvait faire.

— N'était-ce pas un peu… limite que Vera Lind publie ses romans aux éditions Grieg ? »

Il rit. « Qu'est-ce qui n'est pas "limite", comme vous dites, dans le monde de l'édition ? Tout le monde connaît tout le monde. Je peux en outre vous assurer que les romans de Vera répondaient aux critères de qualité stricts que la maison d'édition appliquait. Elle était fantastique. Aujourd'hui, ses histoires se vendraient cher à l'étranger et aux chaînes de télé. Quoi qu'il en soit, quand mon père est parti à la retraite à la fin des années soixante et que j'ai pris sa succession, il était naturel qu'on me propose de siéger au conseil d'administration. »

D'un geste de la main, il l'invita à entrer dans le salon, où une grande baie vitrée donnait sur un jardin obscur entouré de sapins sombres. Johnny perçut une légère odeur, d'excréments ou de vomi, et remarqua une desserte encombrée de gobelets en carton et de médicaments. Il y avait également une seringue de cortisone sur la table.

« L'aide à domicile ne va pas tarder, le prévint Grieg, nous n'avons pas beaucoup de temps.

— Connaissiez-vous Hans à l'époque de votre mandat au conseil d'administration de SAGA ?

— Non, il était alors trop jeune. Le souvenir que je garde de lui dans ces années-là est celui d'un adolescent brillant et arrogant qui vivait à Bergen et qui était convaincu d'avoir raison sur toute la ligne. Et il n'a pas beaucoup changé, ma foi ! »

Grieg émit un rire sec et se racla la gorge.

« Hans a beaucoup discuté avec Vera quand elle écrivait son manuscrit en 1970 », dit Johnny.

L'expression qui apparut sur le visage de l'éditeur était celle d'une personne qui comprend que l'on est en train de l'attirer sur un terrain glissant. « Ah oui ?

— Vera a écrit le premier jet du manuscrit du *Cimetière de la mer* dans l'ancienne propriété familiale à Bergen. »

Une ombre passa sur le visage de Grieg. « Si vous le dites. Vous imaginez bien que je ne connais pas dans le détail les faits et gestes de nos écrivains, surtout s'ils remontent aussi loin.

— Vous avez déclaré tout à l'heure que Vera Lind était une écrivaine fantastique. N'est-il pas curieux dans ces conditions que *Le Cimetière de la mer* ait été refusé ? C'est en tout cas l'avis de Hans Falck. »

D'une main tremblante, Grieg prit un verre d'eau sur la desserte à côté du fauteuil et le porta à ses lèvres. Il semblait s'être ressaisi à présent.

« En réalité, non. Vera n'était pas une documentariste. Elle écrivait des romans. Là, elle s'aventurait sur un autre terrain, où les personnes évoquées existaient réellement, où les affirmations devaient être étayées. Peut-être aurions-nous pu le publier sous forme de fiction. Quoique, même pas, en ce temps-là les romans étaient plus facilement attaqués en justice pour diffamation qu'aujourd'hui, souvenez-vous d'Agnar Mykle et Jens Bjørneboe. Mais ce n'était pas ce que voulait Vera, elle en faisait une lutte personnelle. Elle voulait changer l'histoire, disait-elle. Elle n'était malheureusement pas de taille à mener une aussi grande bataille. Et puis, que pouvait bien en savoir Hans ?

— Le manuscrit n'était donc pas publiable ?

— Pas en l'état. Ce fut une décision éditoriale.

— Une décision éditoriale ? N'est-il pas étrange alors que les Renseignements généraux aient été impliqués dans cette affaire ? »

Grieg pencha la tête sur le côté. « De quoi parlez-vous ?

— J'ai sur moi une lettre adressée au chef des Renseignements généraux. Dans laquelle il est question du *Cimetière de la mer*. Vous y êtes mentionné du reste.

— Cela ne vous a pas traversé l'esprit, jeune homme, qu'il pouvait s'agir d'un faux ?

— Bien sûr, sauf que ma source est fiable, et ce courrier si détaillé qu'il me semble important que nous le parcourions ensemble. »

L'éditeur ne répondit pas, mais sa lèvre inférieure trembla très légèrement.

Johnny commença à lire : « Il y est dit que “notre homme connaît très bien l'écrivain Vera Margrethe Lind et sa demeure de Rederhaugen, puisqu'il fréquente la suspecte depuis son enfance et allait souvent jouer là-bas. Grieg connaît aussi comme sa poche le réseau de tunnels sous la propriété”. Des objections ?

— Bien sûr que je connaissais Rederhaugen, ce n'est un secret pour personne. »

Johnny poursuivit sa lecture. « "Lors d'une rencontre avec la source au Bibliotekbar de l'hôtel Bristol le 14 avril 1970, l'information nous a été rapportée que la veuve Lind menaçait de révéler dans un livre tout ce qu'elle savait du réseau stay-behind."

— Ça suffit ! s'exclama le vieillard.

— Non, ce n'est pas tout », sourit Johnny. Il s'éclaircit la voix, de façon un peu théâtrale : « "Partant, le 15 avril une enquête fut déclenchée sur l'écrivaine en raison de son manuscrit non publié *Le Cimetière de la mer*. Pour faire suite à la décision de l'avocat général, le manuscrit fut saisi dans les locaux des éditions Grieg, au Sehesteds gate 2, le 26.04.1970."

— Ça suffit, je ne veux pas en entendre davantage. »

Johnny se leva et s'avança vers la desserte. « Vous comprendrez, j'en suis sûr, que cette histoire a entièrement sa place dans une biographie de Hans.

— Pas vraiment. Il s'agit de l'histoire de Vera, et non de celle de Hans.

— Dans votre maison d'édition, il y a peu, j'ai expliqué comment je voyais cette biographie, sa structure telle que je la concevais, poursuivit Johnny avec assurance. Or, ils étaient entièrement d'accord avec moi : la rencontre entre Vera et Hans à Bergen durant l'hiver 1970, où Vera explique au jeune lycéen quelles sont les valeurs importantes dans la vie… »

Cette fois-ci, Johan Grieg parvint à mobiliser un rire sec : « Et quelles sont ces valeurs ?

— Que toute personne morale, que l'on soit écrivain ou médecin, se doit de défendre la cause des gens simples contre les riches et les puissants. Que l'on doit être honnête, et que la vérité n'est jamais dangereuse. Vous pouvez dire ce que vous voulez de Hans Falck, mais il est aisé de voir l'importance de ces valeurs dans sa vie.

— J'ai le plus grand respect pour Hans. Que voulez-vous ?

— Conclure un deal. Vous me racontez tout ce qu'il s'est passé en 1970, et j'envisagerai la possibilité de ne pas publier cette lettre.

— Il est exact, dit lentement Grieg, qu'il m'arrivait de parler aux Renseignements généraux. Effectivement, j'ai eu vent que Vera écrivait le manuscrit du *Cimetière de la mer*. Et je l'ai signalé à mon contact.

— Bonjour la liberté d'expression !

— C'était une époque différente ! » La colère semblait redonner de l'énergie à Grieg, mais il fut interrompu par une quinte de toux. « Les héros de la guerre étaient encore en vie. J'ai reçu un appel anonyme au bureau. On m'a dit que le manuscrit devait être détruit et qu'ils perquisitionneraient aussi les propriétés de Vera, pour s'assurer qu'il ne restait pas de copie.

— Et quelle a été votre réaction ?

— J'ai fait sortir le manuscrit en douce, sourit Grieg, et l'ai remis à Vera. »

Johnny lut. « "L'éditeur Grieg est un fervent défenseur de la liberté d'expression et a fait part après coup à l'officier traitant Tofte de ses remords après avoir dénoncé un auteur de sa maison d'édition. Il est par conséquent recommandé de cesser immédiatement toute collaboration avec cet informateur."

— Pendant quarante-cinq ans, j'ai eu l'injustice commise envers Vera sur la conscience, déclara Grieg en regardant par la fenêtre.

— Et quel meilleur moyen de se racheter que

d'emporter le manuscrit et de garantir que cette fois-ci il serait publié ? Car c'est ce qu'il s'est passé, n'est-ce pas ?

— Imaginons que j'aie ce manuscrit. Pourquoi vous donnerais-je, à vous, un étranger, l'unique exemplaire connu du *Cimetière de la mer* ?

— Il y a deux réponses à cela. La première est bien sûr que cela ne ferait pas très bon effet si l'information selon laquelle le légendaire éditeur Grieg était un indicateur qui balançait ses propres auteurs auprès des Renseignements généraux sortait dans la presse. Je ne crois pas que Peder apprécierait.

— Un indicateur, renâcla Grieg. Les menaces ne font ni chaud ni froid à un mourant. »

Johnny fixa longuement le vieil éditeur. « En réalité, je crois que vous vouliez agir dans l'intérêt de Vera Lind. Mais vous êtes lâche et vous craignez la famille Falck, surtout Olav. Et c'est pour cette raison que vous allez me le donner, car nous voulons la même chose : nous voulons dévoiler la vérité, quoi qu'en pense Olav.

— Il n'est pas exclu que nous trouvions un compromis. Je propose que nous coupions la poire en deux. » Aussi mal en point fût-il, il n'avait manifestement rien perdu de son instinct de maquignon.

« *Le Cimetière de la mer* est divisé en deux parties. Les affirmations diffamantes et sujettes à débat formulées à l'encontre de personnes nommément citées, à savoir Thor Falck, peuvent être étayées grâce aux archives privées de Det Hanseatiske Dampskibsselskab à Bergen. Je suis prêt à vous donner cette première partie. En échange de votre entière discrétion sur cette histoire des Renseignements généraux, bien sûr. »

Johnny n'appréciait guère que Grieg imposât ses conditions.

« Vous allez vous rendre à Bergen, poursuivit Grieg, et chercher dans ces archives les preuves confirmant que Vera disait vrai. Sans elles, je crains que ses assertions n'aient aucune valeur. Si vous êtes en mesure de me les rapporter, j'y verrai un signe de bonne volonté. Alors, et seulement alors, je vous laisserai lire la fin. Attention, ce n'est pas tout, ce n'est que le début. Si vous souhaitez révéler cette affaire, vous aurez besoin des deux parties. »

Sans un mot, il se leva et traversa péniblement la pièce à l'aide d'un déambulateur, puis il ouvrit un coffre encastré dans le mur et revint avec une enveloppe marron.

« Voici *Le Cimetière de la mer.* »

Il tendit à Johnny l'enveloppe contenant la pile de feuillets du manuscrit.

« Prenez bien soin de la seconde partie, dit Johnny.

— N'ayez crainte. J'ai fait comme Vera Lind. S'il devait m'arriver malheur, le manuscrit serait prêt à être publié. Filez maintenant. Mon aide à domicile devrait arriver d'une minute à l'autre. »

*

Au moment où Olav arriva, une voiture sortit de la propriété de Grieg. Il sonna, aucune réponse. Il n'avait pas mis les pieds ici depuis des années.

Ils ne se croisaient pratiquement plus qu'aux enterrements désormais.

La porte n'était pas fermée à clé, il entra.

« Felicia ? »

La voix rauque de Grieg venait du salon.

« Qui est Felicia ? demanda Olav en pénétrant dans la pièce. Une nouvelle maîtresse ?

— Olav ! s'exclama Grieg étonné, avant d'ajouter dans un toussotement : Non, ces choses-là ne m'intéressent plus. Felicia est mon aide à domicile, elle est philippine. »

Olav sentait l'impatience qui bouillonnait en lui.

« Il faut qu'on parle, Johan.

— Eh bien, parle, Olav. Tu as toujours été bon pour ça. »

Olav se pencha au-dessus du canapé. La vue de la déchéance physique de Grieg éveillait toujours une joie mauvaise en lui. Une porte à double battant qui séparait le salon d'une pièce adjacente était entrouverte, comme si quelqu'un était passé avant lui. Olav s'assit sur une chaise en face de Grieg.

« La malédiction des Johan, n'est-ce pas ce qu'on dit dans la famille Grieg ? Si je me souviens bien, c'est pour cette raison que tu as accepté l'argent du stay-behind dans les années soixante ? La maison d'édition allait mal, tu n'avais pas le choix. Tu préférais prendre du bon temps en ville plutôt que de veiller à la maîtrise des coûts.

— J'étais un patriote et un anticommuniste, nom d'une pipe ! » s'exclama Grieg. Il s'était ressaisi. « Tout comme toi.

— J'ai compris pourquoi tu avais agis comme tu as agis. Et tu as bien fait. Il ne fallait surtout pas que ce manuscrit voie la lumière du jour. »

L'éditeur saisit le verre d'eau, son tremblement s'était accru. Olav décida de tenter sa chance.

« Est-ce toi qui as rendu visite à maman le dernier jour et qui as emporté le manuscrit ?

— Qu'est-ce que tu racontes ? »

Grieg se pencha au-dessus de la desserte, mais au moment où il tenta de se lever, ses jambes se dérobèrent et il s'effondra sur la table, puis sur le sol, où il s'agita sans réussir à se redresser.

Les gobelets de médicaments roulèrent sur le sol, comme la seringue de cortisone, son téléphone portable et une enveloppe de format A4 qui atterrit quelques mètres plus loin.

Grieg se convulsait par terre. « Mon injection de cortisone, suffoqua-t-il d'une voix faible. Il faut que tu me fasses l'injection. Il... faut... que... tu... appelles... l'ambulance. »

Olav demeura tranquillement les bras croisés à quelques mètres de lui. Par la fenêtre, au loin en contrebas, il apercevait les lumières de la ville.

« Où est le testament ? Où est le manuscrit de maman ? »

Grieg vomit.

« T'aaaaas entendu parler des cri-crises d'Ad-d-d-ison, d'insuffisance rhé-rhénale ? Je suis en train de mourir, merde ! souffla-t-il.

— Où est-il ? »

L'éditeur tourna lentement la tête et leurs regards se croisèrent.

« Fais-moi cette putain de piqûre, je t'en supplie, Olav, et je t'expliquerai tout.

— Pour la dernière fois, où est-il ? »

Allongé en position fœtale, Grieg montra d'un doigt tremblant l'enveloppe matelassée sur le sol. Olav la ramassa, elle était ouverte, il sortit le tas de feuillets, le parcourut rapidement, c'était étonnamment court. « Ce n'est pas l'intégralité du manuscrit », constata-t-il.

Un sourire diabolique apparut sur le visage pâle et crispé de Grieg, il donnait presque l'impression d'avoir retrouvé des forces. « Tu crois tout maîtriser, Olav. Mais parfois tu arrives trop tard. »

Olav demeura perplexe un instant. Puis il se dirigea vers l'entrée.

« Il y avait un jeune homme ici à l'instant. »

À ce moment-là, le téléphone de l'éditeur se mit à vibrer. Olav s'arrêta, recula de quelques pas. L'appareil se déplaçait sur le sol, tel un reptile.

L'écran affichait le nom d'*Alexandra Falck.*

*

Sasha traversa le hall à moitié désert d'Oslo S, la gare centrale. Grieg n'avait pas décroché, mais elle avait reçu un message de Berg. Ou Johnny, peut-être. Non, Berg. Les filles et Mads partaient en France le lendemain, elle pourrait consacrer les jours suivants à son travail et uniquement à lui. Cette pensée la mettait en joie. Et si la recherche du manuscrit lui ouvrait d'autres portes ? Peut-être était-ce d'une femme que SAGA et Rederhaugen avaient besoin ?

La grande horloge sur le tableau d'affichage devant les quais indiquait 10 h 30. Elle passa devant le Burger King et les guichets automatiques sur sa gauche et monta l'escalier roulant quatre à quatre.

Johnny était assis à l'intérieur du pub, un bar comme il en existait dans toutes les gares, sous un maillot encadré de Wayne Rooney.

Il fit signe au barman, qui aussitôt lui apporta une pinte.

Elle remarqua que Johnny avait une valise à ses pieds. Où partait-il ?

« J'ai quelque chose qui devrait vous intéresser.

— Quoi donc ? »

Il sortit une grande enveloppe d'un sac.

« J'ai rendu visite à Johan Grieg. Il m'a donné ça. »

Il ouvrit l'enveloppe et posa la pile de feuilles imprimées devant elle.

Sasha était tellement stupéfaite qu'elle fixait le mur orné de photos de foot. Comment était-il possible qu'il ait réussi à mettre la main dessus et pas elle ?

« Merci, dit-elle alors qu'elle essayait de se ressaisir. Je le lis ce soir et je vous recontacte demain, pour discuter de la suite à donner à cette affaire. »

Quel ton pédant, elle-même s'en rendait compte. « Mais je vous garantis que cela restera entre nous et que vous serez rétribué... »

Il secoua la tête, avec un regard moqueur. « Vous ne croyez tout de même pas que ça fonctionne comme ça ?

— Il s'agit de *ma* famille.

— Ce que vous avez devant vous, dit-il en tapotant du doigt la feuille sur le dessus, n'est pas le manuscrit complet. Grieg n'est pas stupide. C'est la première partie. Qui contient ce qu'il a appelé "des affirmations diffamantes formulées à l'encontre de personnes nommément citées". Je vous explique : selon Vera, ces assertions pouvaient être corroborées par des lettres et des documents qui se trouvent dans les archives privées de Det Hanseatiske Dampskibsselskab à Bergen. »

Ces archives étaient dans l'ancienne propriété des Falck à Fana, là où vivait Hans. Maintenant, elle comprenait pourquoi Vera était partie à Bergen pour écrire son livre. En fait, elle cherchait des munitions.

« Le deal est simple, poursuivit Johnny. Nous apportons à Grieg les documents sur lesquels s'appuie ce manuscrit et il nous donne la suite. »

Il sortit deux billets de sa poche. « Le train part dans un quart d'heure. Nous lirons le manuscrit dans le train. Vous avez votre propre compartiment.

— Nous ? » dit-elle en le regardant bizarrement.

Prendre un train avec un inconnu était de la folie, tout comme de discuter des secrets de famille avec des étrangers.

« Savez-vous ce qui me pesait le plus quand je bossais au Moyen-Orient ? De devoir travailler seul dans mon coin. L'écriture est une activité solitaire. Cette fois-ci, nous serons deux.

— OK, je vous suis. »

LE CIMETIÈRE DE LA MER DE VERA LIND

PREMIÈRE PARTIE

BERGEN

Laissez-moi vous raconter ce moment où le navire sombra.

Tous les bateaux sont construits à terre, y compris ceux qui finissent le voyage dans le cimetière de la mer, recouverts de coquillages et d'astéries, parmi les poissons colorés des grands fonds et les organismes luminescents qui entrent par les hublots et, depuis longtemps, ont dévoré les dépouilles à bord. Ces bateaux furent un jour soudés par les ouvriers des chantiers navals. Ils furent un jour amarrés au quai, avec leur pavillon battant dans la légère brise de terre, tandis que l'on embarque les passagers impatients qui viennent s'appuyer au bastingage.

Aucun d'entre eux, bien sûr, ne sait ce qui l'attend, mais n'est-ce pas notre lot à tous ? Il y a du chagrin dans l'air, et du bonheur, mais surtout du chagrin, car ce monde nous réserve plus de douleur que de plaisir.

Durant toutes les années qui se sont écoulées depuis mon dernier voyage en mer, j'ai écrit, mais jamais au sujet de l'accident, ni de ce qu'il s'est réellement passé. Pourtant ils étaient là, mais on ne les voyait pas, comme l'amiante dans une vieille maison, comme le cadavre au fond d'un puits. Jusqu'à ce que je comprenne que la seule façon de garder les morts en vie était de raconter leur histoire.

Depuis le procès-verbal maritime du tribunal d'instance de Salten établi dans la loge des francs-maçons le lendemain du naufrage, le 24 octobre 1940, quantité de mensonges ont été prononcés, y compris sous serment, quant aux conditions dans lesquelles l'express côtier DS *Prinsesse Ragnhild* fut envoyé par le fond au large de l'île de Landegode. Les rares personnes à avoir enquêté sur ce naufrage sont parvenues à une sorte de consensus : selon elles, le navire aurait sauté sur une mine britannique. Mais ce n'est pas vrai, on a fait exploser le bateau de l'intérieur, pour des raisons qui, je l'espère, deviendront évidentes à la lecture de ce récit.

On dit que la vie humaine serait née en mer, mais tous les récits consacrés à la mer naissent sur terre. Celui-ci débute au sud de Bergen, dans une magnifique propriété située sur la rive nord du fjord de Fana, où je vivais avec mon fils nouveau-né Olav, une armée de domestiques et mon mari Thor, quand il était en ville.

Nous étions en 1940, dans une Norvège sous occupation allemande. En ce samedi d'octobre gris, fidèle à moi-même, j'étais en retard. Thor se plaignait toujours de mon incapacité à être à l'heure, en toutes circonstances, et comme il avait raison, cette remarque avait le don de m'exaspérer. Bien évidemment, je ne trouvais pas mes papiers d'identité. Quand je me suis souvenue qu'ils étaient rangés dans le coffre de Thor, j'ai juré. Quel était le code déjà ? Bon sang, je l'avais oublié ! Non, c'était la date de naissance à l'envers de son fils aîné, conformément à une vieille tradition familiale. Mais encore fallait-il que je me rappelle la date de naissance de cet enfant qui n'était pas le mien. Serait-ce 31 pour l'année,

10 pour le mois et 12 pour le jour ? Je tournai la mollette. À mon grand soulagement, le coffre s'ouvrit. J'attrapai mes papiers et courus à petites foulées jusqu'au bout de l'allée, où un garçon d'écurie chargea ma valise dans le taxi qui m'attendait.

La bonne d'enfants était déjà partie avec le petit Olav. Thor avait une réunion en ville, il nous rejoindrait directement sur place.

« Le quai de l'express côtier ? » Le chauffeur me lança un regard interrogateur dans le rétroviseur.

J'acquiesçai d'un hochement de tête nerveux. Je tremblais en me poudrant le nez. J'allais dans le Nord, pour la première fois depuis que j'avais effectué le voyage en sens inverse. Je retournais chez moi, dire cela me paraissait bizarre, car quand quatre ans auparavant, à la fin du cours complémentaire, j'avais quitté mes terres natales, je m'étais juré de ne jamais revenir.

Mais là n'était pas la raison de mon inquiétude. Durant cette dernière année, j'avais travaillé comme secrétaire à la capitainerie de Bergen. Thor étant le directeur de la compagnie maritime Det Hanseatiske Dampskibsselskab, c'était lui qui, à contrecœur, m'avait obtenu ce poste. Bergen était une ville portuaire importante de la côte ouest, et les informations sur le trafic maritime intéressaient fortement les services de renseignement qui rôdaient autour de nous.

Ils m'avaient abordée deux jours auparavant, par un après-midi pluvieux, alors que je me rendais à la gare. J'écris « ils », car l'homme qui surgit au détour d'une venelle non loin du bureau omit de se présenter. Il se contenta de soulever son chapeau et de me poser la question suivante : « Quels sont les navires au départ des quais de la forteresse et de Skoltegrunn aujourd'hui ?

— Non, mais de quel droit...

— Répondez, madame Lind, c'est tout ce que je vous demande. » Intimidée par la détermination et l'autorité contenues dans sa voix, j'hésitai un instant.

« Une flottille allemande de six *Räumboote*, m'empressai-je finalement de répondre, ayant tous entre 110 et 160 tonnes de déplacement et un rayon d'action de 1 100 milles nautiques, renforcés par des canons C30, partira en opération de déminage dans le Nord, vers Stadt. Il y aura aussi un bateau danois, le *Juliane*, et des navires norvégiens : le *P.G. Halvorsen*, le *Vela* et le *Hovda*.

— Quelle mémoire, madame Lind ! Dites-moi, est-ce un don inné ? »

Je secouai la tête. « C'est une question d'entraînement, comme la capacité respiratoire et la force musculaire. On retient des choses spécifiques : le joueur d'échecs se souvient parfaitement des ouvertures, sans avoir forcément une mémoire incroyable. Il arrive à une secrétaire à la capitainerie d'oublier l'anniversaire de sa mère. Mais le trafic maritime, non. »

Nous remontâmes la Teatergate jusqu'au carrefour où elle croisait la Håkonsgate. Ma nervosité avait commencé à s'apaiser quand il me déclara : « Nous avons eu écho que vous partiez dans le Nord avec l'express côtier samedi. »

J'eus le désagréable sentiment d'avoir été épiée, que mon intimité avait été violée. « Comment… ?

— Le DS *Prinsesse Ragnhild* a un remarquable salon de musique en première classe, ajouta-t-il. Le long du mur sur le flanc du navire, il y a un canapé Chesterfield, on ne peut pas le rater de l'entrée, il est entouré de fauteuils, sous une grande photographie de la reine Maud et du prince Olav. Installez-vous-y le premier soir, à dix-neuf heures trente précises. Un homme viendra vous inviter à danser. Vous recevrez de plus amples instructions à ce moment-là. »

Ma gorge et mon cœur se serrèrent. « Je voyage avec mon mari et un bébé. Que se passera-t-il si je refuse ? »

L'homme au chapeau secoua la tête en riant. « Vous ne refuserez pas. Nous avons aussi entendu dire, s'avère-t-il, que votre mariage connaissait quelques turbulences et que vous vous étiez comportée de façon légère et inconvenante à plusieurs occasions. Si vous ne vous conformez pas à nos instructions, il se pourrait qu'une instance judiciaire appropriée se voie dans l'obligation de juger de votre aptitude ou non à vous occuper de votre fils. Le salon de musique, samedi, à dix-neuf heures trente. » Sur ce, il prit congé en soulevant son chapeau, pendant que je restais clouée sur place, nauséeuse et tremblante.

Le taxi s'engagea dans le quartier de Bryggen, sur la place du marché au poisson, j'entraperçus les caisses de harengs et les tonneaux d'huile de foie de morue, puis il longea le port où les bateaux de pêche et de plaisance autour des pontons oscillaient sur une mer d'huile. Je jetai des coups d'œil inquiets dans une venelle entre les entrepôts au pignon pointu.

L'express côtier partait du quai tout au bout, au pied de la forteresse de Bergenhus. J'ouvris la portière avant même que le chauffeur ait eu le temps de descendre et attrapai ma valise, puis je bondis vers le bateau amarré devant moi.

Je tentai de retrouver mon souffle. J'étais dans une forme pitoyable depuis ma grossesse. « PRINSESSE RAGNHILD » était peint en lettres capitales sur le flanc avant du navire. De la cheminée légèrement de biais au milieu du bateau s'échappait une vapeur noire qui s'élevait au-dessus des bossoirs d'embarcation et du pont de dunette. Elle recouvrait l'anse d'un tapis de fumée puis s'évaporait dans le ciel au-dessus de la surface de l'eau légèrement agitée.

Le long du bastingage, les passagers guettaient déjà l'appareillage. Les dames élégantes y côtoyaient des hommes d'affaires obséquieux et des soldats allemands. Mon regard s'arrêta sur un individu qui se tenait juste au-dessus de la passerelle. Il avait un bandeau noir comme ceux que portent les pirates. Son œil valide soutint mon regard, sans ciller. Mal à l'aise, je baissai les yeux et poursuivis mon chemin. Sur le quai, un employé du port lança une haussière à un matelot à bord. Et si je ratais le bateau sur lequel se trouvait mon fils ?

Bien que le guichet des passagers soit fermé et la passerelle en train d'être remontée, je parvins à convaincre l'équipage de me laisser embarquer en leur expliquant que j'avais moi-même travaillé comme femme de chambre à bord du *Dronning Maud*, le sister-ship du *Prinsesse Ragnhild*, lors de mon voyage vers le sud quatre ans auparavant. Au moment où je passai devant le matelot, celui-ci me chuchota qu'il y aurait prochainement une fête dans le quartier des filles de service et que j'étais invitée.

Je foulai le pont en tek. Le sol souple sous mes semelles me donnait presque l'impression de marcher sur un sentier en forêt. Les pistons de l'express côtier battaient. Je fis la queue au comptoir d'information situé au milieu du navire. Autour de moi, des hommes d'affaires tannaient les employés pour être surclassés, tandis que des patrons de pêche et des séminaristes raides comme la justice demandaient la pension complète.

Puis soudain j'aperçus la silhouette fortement charpentée de Ragnfrid à l'arrière du navire. La main posée sur le mât de pavillon, elle tenait au creux de son bras un bébé emmailloté dans une couverture. Je me frayai un chemin parmi les attroupements de passagers et franchis les derniers mètres en courant. Je pris dans mes bras le petit Olav qui, aussitôt, se mit à hurler.

« Je vous ai cherchée partout, me gronda Ragnfrid, j'ai vraiment cru que vous aviez raté le bateau. » Elle serra les lèvres, autour desquelles des petites rides commençaient à apparaître. « Franchement, Vera, cette manie d'arriver toujours en retard... »

Et comme si cela ne suffisait pas, je me montrai incapable de calmer Olav. Ragnfrid sortit un biberon de son sac et l'introduisit dans la bouche béante de mon fils, dont les pleurs cessèrent aussi sec.

« J'avais une question importante à régler avant de partir. »

La bonne d'enfants cala ses mains sur ses hanches larges. « Dites-moi ce qu'il y a de plus important que d'arriver à l'heure sur le bateau où se trouve votre bébé ? »

Originaire d'une des îles tout au nord de la province, Ragnfrid était une paysanne de petite taille. Elle avait élevé une flopée d'enfants, probablement avec plus de poigne puritaine que d'amour. C'était une femme d'âge indéterminé. Au menton, elle avait un gros grain de beauté d'où jaillissaient de longs poils noirs, dont je ne parvenais pas à détourner les yeux quand je lui parlais. J'avais entendu dire qu'elle avait mis un bébé au monde l'année précédente, mais pour moi elle aurait tout aussi bien pu avoir soixante ans. Après la disparition de son mari, pêcheur en mer, elle était venue à Bergen chercher du travail comme bonne d'enfants dans les grandes familles de la ville. C'est ainsi qu'elle avait atterri chez les Falck.

Elle me sondait de ses yeux scrutateurs marron foncé. Elle n'avait aucun problème avec les gens riches en général. Le fait qu'ils soient riches et elle pauvre était dans l'ordre des choses. Mais elle voyait en moi une arriviste prête à tout pour s'élever dans l'échelle sociale, une femme de sa condition qui réprimait son dialecte et portait des robes en dentelle achetées aux frais de la famille Falck.

« Posez-vous un moment, dis-je, je me charge de changer Olav. »

Ragnfrid demeura pensive contre le parapet. « Elle a quoi comme problème au juste, votre mère ?

— La tuberculose, répondis-je dans un souffle. Son état a empiré.

— Espérons qu'elle pourra voir le petit Olav.

— Oui. » Je serrai sa grande main aux doigts boudinés. « Merci de votre aide, Ragnfrid. Où est Thor ?

— Dans la cabine de l'armateur, je crois. »

Je restai à l'arrière du navire tandis qu'il quittait le fjord. Olav posa sa petite tête aux cheveux aussi doux que les poils d'un chaton contre ma poitrine.

Je frémissais à l'idée de le rencontrer, mais je savais que je ne devais pas laisser passer cette chance. Il fallait que je parte, que je quitte Thor, la lâche collaboration pratiquée au sein de ses compagnies maritimes, l'opulence de la propriété des Falck, qui ne m'appartenait pas.

Nous étions samedi matin. Dans moins de deux jours, nous accosterions à Trondheim, où nous étions convenus de nous retrouver. Nous ne nous étions pas revus depuis le camp de Sunndalsøra l'année précédente, mais nous avions beaucoup correspondu. Mes mains tremblaient sur le bastingage. Comment se passeraient nos retrouvailles ? Le battement des pistons s'accéléra et le bateau prit de la vitesse. La ville au pied de la montagne disparut. Derrière nous, le sillage formait comme une longue traîne de mariée blanche et sinueuse sur l'eau gris-bleu.

Si tout se déroulait comme prévu, nous serions bientôt

libres, mais à quoi servait-il d'être libres dans un pays occupé ?

BERGEN-FLORØ

De nombreuses années plus tard, je sens encore la brise salée me poudrer les joues et se mêler à la fumée noire du navire à vapeur, produite par les pistons qui battent dans ses entrailles.

Trente années se sont écoulées. En cet hiver pluvieux de 1970, je suis de retour à Hordnes, la propriété des Falck à Bergen. À quelques brèves visites près, je n'y avais pas remis les pieds depuis notre départ pour Rederhaugen avec Olav juste après la guerre. Bergen me rappelait trop le passé. Cette fois-ci, j'ai pris pour prétexte la *recherche de l'inspiration* et le *besoin de calme pour travailler*, les excuses auxquelles les écrivains recourent quand ils souhaitent soit retrouver leur amant ou maîtresse, soit avoir du temps pour eux. Mais qui s'en soucie ? Je n'ai pas de mari, et pour Olav, je ne suis qu'un boulet à traîner qui entrave son travail à Rederhaugen.

Je suis assise dans la vieille mansarde située dans l'annexe qui abrite les archives privées des compagnies maritimes de la famille Falck. Par la fenêtre, j'aperçois les toits pointus de la villa Heimatstil et, en arrière-plan, le fjord sombre chargé de pluie. Les dossiers couvrent les quatre murs d'une pièce aveugle, cela va du sol au plafond, mais je ne me suis pas encore plongée dedans.

Les souvenirs, en effet, ne cessent de me ramener dans le passé, c'est ainsi que fonctionne le cerveau humain. Je suis de retour sur le bateau en 1940, sur le pont, devant le bureau d'information au milieu du navire, j'attends le commissaire de bord qui doit m'accompagner à la cabine de l'armateur.

Ayant travaillé sur le *Dronning Maud* quatre ans auparavant, je savais ce qui se cachait sous le pont-promenade du *Prinsesse Ragnhild*. Appartenant à la même compagnie, la Nordenfjeldske Dampskibsselskab à Trondheim, ces deux navires se ressemblaient beaucoup, le second était juste un peu plus élaboré. Tout à l'avant et tout en bas, il y avait l'étroit quartier réservé au personnel féminin et à l'équipe des cuisines. L'équipage logeait sur le pont au-dessus : les apprentis marins, les mousses, les graisseurs et les mécaniciens, bref les gens sans bandes dorées sur le bras. Le maître d'équipage disposait quant à lui de sa propre cabine, tout au bout, à l'endroit où la proue se rétrécissait.

Plus loin à l'arrière, sous les salons de troisième classe à peu près, il y avait la salle des machines, et l'on voyait parfois les chauffeurs de chaudière et les chefs mécaniciens passer la tête par la porte de cette fournaise. Sinon, on ne les croisait pas, ils restaient dans leur coin.

Le milieu du navire était réservé aux salaires et aux grades les plus élevés. Au-dessus de moi, accolées à la timonerie, il y avait les cabines du commandant, du lieutenant, du second lieutenant, du pilote et du télégraphiste. Mais le cœur battant du navire demeurait le bureau d'information devant lequel je me trouvais. L'officier qui s'y tenait était à la fois le réceptionniste, le médecin, la police et l'épaule sur laquelle on venait pleurer en cas de détresse.

Le commissaire de bord tendit une main en l'air. « Madame Falck ? » demanda-t-il. Il m'escorta à l'avant, sous le pont couvert, jusqu'à l'escalier de la salle à manger, où nous montâmes en direction des salons de première classe, sous la passerelle de commandement.

Mais au lieu de prendre à droite au sommet de l'escalier, il ouvrit une porte en acajou verni sur la gauche.

Un large lit occupait la cloison située au milieu du navire. Un petit bureau, un lavabo et un coin canapé en cuir sous le hublot donnant sur le pont complétaient l'aménagement de la cabine. La pièce sentait l'après-rasage, la cigarette et le schnaps. Thor, immobile, regardait dehors. Élégamment vêtu, comme toujours, d'un costume à rayures sombres et de chaussures basses cousues main, il avait desserré son nœud de cravate. Lentement, il se retourna.

« Vous pouvez vous retirer, dit-il au commissaire de bord. Je souhaiterais parler à ma femme. »

« Vera. » Il m'embrassa sur la joue.

« Tu n'as pas vu Olav depuis sa naissance », fis-je remarquer en lui tendant le bébé emmitouflé dans la couverture. Une fois notre mariage célébré, Thor avait exigé que je le vouvoie, comme le voulait une tradition archaïque perpétuée dans la haute société de la vieille Europe, notamment en France. J'avais catégoriquement refusé, dire *vous* à mon mari allait totalement à l'encontre du monde dans lequel j'avais grandi et de toutes les valeurs qui m'étaient chères. Je lui avais alors raconté un passage que j'avais lu dans un livre de l'écrivain britannique George Orwell : quand les anarchistes avaient pris le pouvoir dans la ville espagnole de Barcelone pendant la première phase de la guerre civile, ils avaient aboli le *vous*, lui avais-je dit, tandis que les costumes et les hauts-de-forme étaient remplacés par des bérets et des salopettes. Thor me désirait encore à cette époque et il avait ri de son rire sec tout en me caressant les cheveux avec un sourire : « Ma Vera, ma petite Vera. Alors nous nous tutoierons. »

Il semblait à présent mal à l'aise avec Olav dans les

bras. Il lui jeta un coup d'œil. « Il grandit, constata-t-il sèchement, en le tenant à distance, avant de me le rendre. Il m'a fallu du temps et faire preuve de persuasion pour réussir à convaincre les officiers allemands de nous laisser la cabine de l'armateur. Un Sturmbannführer de la police secrète occupe la cabine voisine. »

Sa valise était ouverte sur le bord du lit, dans l'armoire derrière moi il avait suspendu trois costumes. Une autre paire de chaussures élégantes et des bottines d'hiver en cuir y étaient également rangées. De profil devant le hublot, Thor lançait des regards furtifs à l'extérieur.

« J'ai mauvaise conscience concernant ma mère, lui confiai-je. Ma plus grande crainte est qu'elle meure avant même notre arrivée. »

D'un geste légèrement emprunté, Thor tenta de me caresser les reins.

Bien que notre mariage date de deux ans seulement, nos vies avaient déjà commencé à prendre des directions différentes. Thor avait pratiquement le double de mon âge. Armateur de la troisième génération, il dirigeait la Hanseatiske Dampskibsselskab, le joyau des compagnies maritimes Falck.

Elle était constituée d'une flotte importante, tant en Norvège qu'à l'étranger. Durant cette première année de la guerre, Thor avait également travaillé en étroite collaboration avec la Nordenfjeldske qui possédait de nombreux express côtiers, dont le *Prinsesse Ragnhild*.

Ce poste on ne peut plus stratégique lui conférait un pouvoir pratiquement inégalé en Norvège à cette époque où les lignes aériennes et les camions n'étaient pas encore la norme. Dans ce pays tout en longueur, tout était acheminé par bateau, le long de la côte, les gens comme les marchandises. Ce lien entre le Nord et le Sud ne datait pas d'hier : durant des siècles, les capitaines de cotres avaient vendu dans le Sud la morue séchée du Nord et rapporté de leur voyage le blé et les autres produits manquant là-haut. C'était à présent l'express côtier qui faisait le lien entre les bancs de pêche du Nord et les grandes villes commerçantes de l'Ouest.

L'importance stratégique de cette voie maritime et de son contrôle avait été encore accrue par la présence sur le sol norvégien de plusieurs centaines de milliers de soldats allemands venus construire des fortifications et renforcer le front du Nord, au cas où le pacte de non-agression avec l'Union soviétique serait rompu.

« Vera, dit-il d'une voix plus douce en s'asseyant sur le lit. Viens ici, ma chérie. »

Avec précaution, pour ne pas réveiller Olav, je glissai le couffin sous le lavabo en le poussant sur le plancher, et je vins m'asseoir à côté de lui. Thor avait une quinzaine d'années de plus que moi, c'était un homme d'un autre milieu social et d'une autre époque, où ces messieurs se devaient d'être corpulents et d'arborer un nœud papillon, une jaquette et un lorgnon.

Je dois cependant admettre que son côté prévisible était un des aspects qui m'avaient plu en lui. Mes nerfs fragiles laissaient Thor perplexe, les maladies nerveuses représentaient pour lui une véritable *terra incognita*. S'il lui arrivait un jour, contre toute attente, de lire une œuvre de Virginia Woolf, Sigmund Freud ou un autre de ces esprits modernes sensibles, je soupçonnais qu'il comprendrait aussi peu leurs névroses que je ne comprenais moi-même les ressorts de la vendetta dans les vieilles sagas familiales. Thor n'était pas du genre à se ronger les sangs pour un oui ou pour un non. Malgré l'occupation allemande ou les nouvelles accablantes, le jour du Jugement dernier n'était pas pour demain, estimait-il.

Il ne fait aucun doute que ces nazis sont de véritables

mufles, pouvait-il déclarer en buvant son café du matin à Hordnes, *mais je soupçonne fort les journaux d'exagérer l'importance de ces supposées persécutions à l'égard des Juifs en Allemagne.*

À présent, il me caressait les reins, doucement, je sentais sa grande main qui glissait sur mes hanches et mes fesses, lentement et avec le plus grand naturel.

« Vera, je suis conscient de ce que tu vis. Avec ta mère malade. Et la lourde charge que représente un nourrisson.

— J'ai été tellement seule, murmurai-je. Tu dois passer plus de temps à la maison. »

Il évita mon regard, mais secoua la tête avec agacement. « Nos domaines ne s'autofinancent pas. Cette vie que tu mènes n'est pas gratuite. »

Je sursautai et me dégageai. « Si c'est une question d'argent, je peux dormir par terre dans la cale. »

Il entoura mes épaules de son bras puissant. « Ne dis pas de bêtises, tu dormiras ici, avec moi. Je te l'accorde, on aurait pu rêver de circonstances plus agréables pour ce voyage. Mais nous partons dans le Nord, Vera. Nous allons traverser les plus beaux paysages qui existent. »

Du doigt, il me caressa le cou. « Je t'aime, ma chérie. »

Il m'embrassa au creux de la gorge puis ses lèvres descendirent, jusqu'à ce qu'elles buttent sur mon soutien-gorge et glissent le long des bordures en dentelle. Je fermai les yeux. Lorsque sa main se faufila entre mes cuisses, j'ouvris les yeux et regardai autour de moi dans la pièce.

« Non », murmurai-je.

Ses lèvres effleurèrent mon oreille. « Pourquoi ? »

Irrité et confus, il s'éloigna de moi.

Nous regardions désormais chacun dans notre direction. Les pistons du navire battaient, nous entendions des voix à travers les cloisons, des rires lointains, des échanges joyeux.

Au même instant, Olav se mit à pleurer dans son couffin. Je le pris dans mes bras. En le berçant, je l'embrassai délicatement sur le point souple au sommet de sa tête, j'inspirai l'odeur douceâtre, un peu écœurante, de ses cheveux doux. Puis je guidai son bec d'oiseau grand ouvert vers mon sein qu'il téta goulûment.

« J'ai réfléchi », déclara Thor une fois Olav recouché.

Dans son esprit, les pères n'avaient rien à apporter à leur fils tant que celui-ci n'était pas en âge d'apprendre les valeurs masculines. Un jour, Olav et son demi-frère de neuf ans de plus que lui, Per, un gamin malingre né du premier mariage de Thor, lui succéderaient à la tête de la compagnie. Les préparer à cette tâche était le travail du père. Avant cela, les élever incombait aux autres.

Il poursuivit : « Ragnfrid a accouché d'un enfant il y a peu. Nous pourrions la prendre comme nourrice. »

Une vague odeur d'excréments s'éleva du couffin. J'étalai un plaid sur le lit et allongeai Olav dessus pour le changer.

« J'aime l'allaiter, répondis-je. Si ça ne tenait qu'à moi, nous n'aurions même pas de bonne pour le garder. »

Thor, n'éprouvant absolument aucun intérêt pour les enfants et ayant lui-même grandi entouré d'un bataillon de bonnes, nourrices et gouvernantes, ne comprenait pas que je persiste à vouloir m'occuper de mon fils. Il ne connaissait strictement rien du milieu dans lequel j'avais grandi, ne savait pas ce que c'était que de devoir amarrer une maison au sol par des haubans pendant les tempêtes hivernales, de devoir rejoindre péniblement l'étable pour nourrir les bêtes pendant les ouragans. Lui qui n'avait jamais participé aux tâches ménagères, comment pouvait-il comprendre la joie que l'on ressent le samedi une fois la maison astiquée de fond en comble ? Si on avait proposé aux femmes de chez moi d'embaucher une bonne d'enfants pour qu'elles aient plus de temps à consacrer à leurs activités artistiques, elles auraient secoué la tête en levant les yeux au ciel.

« Au fond, je crois que tu apprécies la liberté que cela t'apporte. »

Depuis que j'étais petite, j'avais gardé les enfants des autres, pourquoi donc ne garderais-je pas le mien ? J'adorais mon bébé, je l'aimais plus encore que je n'aurais pu l'imaginer lorsque je tournais en rond, enceinte, à Hordnes durant ce long hiver 1940 et ce début d'été bien sombre. Il était né en juillet.

Avec l'accouchement, la réalité m'était apparue sous un jour différent, ma vie soudain ressemblait un peu à cet état de somnolence, entre rêve et éveil, qui vous poursuit parfois jusqu'au petit matin. Mon corps changea, il fut déchiré, ma peau palpitait et luisait. Je ne voyais plus les choses sous le même angle. Les détails devenaient importants – les régurgitations sur le col du chemisier, le bébé qui vous tire la langue sur la table à langer. Alors que les éternelles grandes questions, telles la taille de la voûte céleste ou la perpétuation des familles, me passaient désormais au-dessus de la tête. Par contre, la guerre, les soldats allemands qui défilaient dans les rues, les nouvelles annonçant que la Wehrmacht traversait l'Europe de l'Ouest comme l'encre une feuille, ça je ne parvenais pas à m'y faire.

Thor n'était pas à Bergen à la naissance d'Olav, mais quelques semaines plus tard il vint en ville pour voir son fils. Un jour d'août pluvieux, il m'envoya un télégramme à Fana où il me demandait de le rejoindre au siège des compagnies maritimes Falck avec le garçon.

Quand j'arrivai là-bas, il m'attendait dans son bureau

avec un docteur. Il m'embrassa froidement sur la joue, avant d'adresser un hochement de tête au médecin qui s'empara du bébé et l'allongea sur une couverture, lui donna de l'eau sucrée et lui fit une prise de sang au talon pendant qu'Olav poussait un hurlement.

« Mais qu'est-ce que vous faites ? demandai-je, bien que j'aie commencé à le soupçonner.

— Une pure formalité, répondit Thor.

— Mais tu me prends pour qui ?

— Dans ce cas, tu n'as aucune raison de t'inquiéter », répliqua-t-il en haussant les épaules. Le silence était étouffant, presque audible. Dehors il pleuvait.

Au bout d'un long moment, le docteur revint.

« Il est AB+ », annonça-t-il. Je perçus le soulagement dans sa voix. « La science a fait des progrès de géant, vous savez. Étant donné votre groupe sanguin, nous pouvons vous certifier que vous êtes les parents biologiques de cet enfant. »

Il arrive souvent qu'un instant décisif ne vous apparaisse comme tel que plus tard, mais je sais maintenant que c'est à ce moment-là que j'ai compris. Qu'il fallait que je parte, que je quitte Thor, Bergen, tout ce qui était mien sans vraiment l'être.

« Ça ne me plaît pas que Ragnfrid et Olav dorment plusieurs ponts sous le nôtre, fis-je remarquer après une petite pause. Et s'il arrivait quelque chose ?

— Il n'y a rien à craindre. Aucun de nos express côtiers n'a eu d'accident depuis le début de l'Occupation. Le *Prinsesse* est équipé d'un échosondeur. De plus, ajouta-t-il, nous sommes convenus avec l'amiral Carax, le chef de la flotte allemande qui est en charge de la Norvège de l'Ouest, et son épouse, de dîner ensemble. Demain, je crois. »

J'avais envie de le mettre face à ses responsabilités

puisqu'il s'agissait là d'un acte de collaboration évident, mais m'étant désormais rangée sous la bannière de la Résistance, ce serait contre-productif. Je risquais toutefois d'éveiller ses soupçons si je me contentais de sourire et de jouer le jeu, car Thor connaissait bien mes opinions politiques. J'optais pour un entre-deux.

« Tu ne penses pas qu'inviter un amiral allemand à notre table risque d'être perçu comme une provocation ? »

Il soupira. « Dans ton cercle de rebelles, où les gens vivent d'amour et d'eau fraîche, peut-être. Mais pour ma part, j'ai des emplois à préserver. »

Je haussai les épaules.

« Le commandant a par ailleurs exprimé le souhait que tu sois présente ce soir au dîner.

— Je rencontrerai volontiers le commandant », répondis-je poliment. Thor referma la porte derrière lui. Olav émit un geignement dans son couffin, mais il se rendormit. J'allai jusqu'au lavabo. En me regardant dans la glace, je résistai à l'envie de pleurer. Il y avait toujours une raison de se réjouir. Dans deux jours, nous arriverions à Trondheim, et deux jours après cela, je pourrais enfin tirer un trait sur la vie que je menais et prendre un nouveau départ.

FLORØ

Après m'être changée, je descendis dans la salle à manger de la première classe, qui se trouvait au pied de l'escalier de la cabine de l'armateur. À l'extérieur, j'aperçus de nouveau l'officier allemand borgne. J'avais l'impression qu'il m'observait, je me rendais compte à présent que le bandeau sur son œil était en réalité marron foncé et qu'il était attaché par un élastique sombre qui barrait son front.

L'odeur de cabillaud fraîchement cuit me sauta au nez quand je pénétrai dans la salle. Thor était attablé en compagnie d'un homme de petite taille dans la cinquantaine. Il avait des cheveux blonds bouclés, un regard vif et attentif, et quatre bandes sur la manche de sa veste.

« Commandant Brækhus, déclara Thor d'un ton formel, je vous présente ma femme, Vera. »

On nous servit du cabillaud frais avec des pommes de terre, des carottes râpées et des noisettes de beurre persillé, du vrai beurre. Les cuisiniers apportaient la nourriture sur de grands plats en argent, les filets de cabillaud tremblotaient au rythme du navire. La situation en mer n'avait rien en commun avec celle en ville où le manque de nourriture commençait à devenir un réel problème, expliqua le commandant Brækhus. La mer était un garde-manger éternel.

Je mangeais lentement, en essayant de savourer le goût doux du poisson et sa texture feuilletée, combiné à la suavité des légumes et au beurre nourrissant piqueté de persil haché.

« Notre pays étant tout en longueur, cette côte est notre grande route nationale ! Dites-moi, jeune dame, est-ce votre première fois sur l'express côtier ? »

Je secouai la tête.

« Je viens du Nord, répondis-je. Quand je suis partie dans le Sud après le cours complémentaire, j'ai embarqué sur le *Dronning Maud* comme femme de chambre. » Je tendis le doigt vers l'avant du navire. « Nous logions dans le quartier des filles, sous le rouf du mât. Le *quartier des poules* comme on l'appelait à l'époque. »

Je vis que Thor était gêné, mais le commandant Brækhus semblait s'amuser.

« Le *Dronning Maud*, notre sister-ship ! s'exclama-t-il avec enthousiasme. Je peux vous garantir que les équipements du *Prinsesse Ragnhild* sont d'un tout autre niveau.

— Mon épouse n'a plus à exécuter ce type de tâches à présent, intervint Thor en me caressant le dos, et je sursautai au contact de sa main.

— Une femme de chambre sur le *Dronning Maud.* » Le commandant Brækhus fit claquer sa langue en souriant. « Ma foi, c'est un sacré bout de femme que vous avez épousé, directeur Falck.

— À qui le dites-vous ! répliqua Thor en riant, mal à l'aise.

— Et sinon, que faites-vous quand vous ne travaillez pas à la capitainerie ? me demanda le commandant.

— J'écris », répondis-je avec aplomb.

Brækhus eut un hochement de tête éloquent. « Et qu'écrivez-vous ? »

Ma production littéraire en ce temps-là n'était guère plus qu'une vague ambition. Il y avait un immense fossé entre mes rêves et les fragments de textes que je couchais sur le papier. Mais j'étais déjà devenue une grande bluffeuse.

Je me lançai : « J'ai grandi près de la mer. La vie est née dans l'océan et pourtant il est peu de choses que nous craignons autant que l'eau. J'ai toujours été fascinée par les naufrages...

— Vera ! » Thor m'adressa un regard sévère. « Je crains que ce ne soit pas l'endroit le plus approprié pour évoquer ce type de sujet.

— Au contraire, c'est excitant, sourit le commandant.

— J'ai toujours admiré le code d'honneur des marins, ajoutai-je en le regardant au fond des yeux.

— À quoi pensez-vous exactement ?

— Au fait que le commandant soit le dernier à quitter un navire qui sombre.

— Oui, vous avez entièrement raison », acquiesça Brækhus. Il ne savait pas que quelques jours plus tard seulement, il se trouverait précisément dans cette situation, ainsi décrite dans le procès-verbal maritime :

Le navire se souleva et retomba brutalement. Il vit les gens se cramponner à la rambarde quand le bateau disparut. Il avait été attiré au fond, expliqua ensuite le commandant qui avait avalé quantité d'eau. Quand il revint à la surface, il n'y avait plus d'express côtier en vue, mais la mer était jonchée de débris et partout autour de lui, il entendait des voix.

Mais que savait donc le commandant Brækhus ? Que savions-nous donc du futur, nous qui étions attablés dans la salle à manger de la première classe ?

*

Il était sept heures vingt-cinq. Je quittai la salle à manger et sortis dans la somptueuse cage d'escalier aux marches recouvertes d'un épais tapis à carreaux rouges. Les murs étaient tapissés de miroirs. Le navire tanguait légèrement alors qu'il entrait dans le chenal. Les pistons battaient et le bateau ralentit son allure, bientôt nous accosterions à Florø. Je percevais le bruit des conversations animées dans les salons situés sur les ponts supérieurs. Je saisis la rampe froide en laiton et montai les marches.

Je croisai le second lieutenant qui descendait d'un pas fier, il souleva sa casquette en guise de salut, avant que son dos ne disparaisse dans le miroir sur l'entrepont.

Deux camelots ivres sifflèrent sur mon passage.

Sur le palier, je contournai l'arc de cercle que formait la cage d'escalier et continuai jusqu'à l'étroite porte qui menait au vestiaire éclairé par une bougie vacillante. La fille solide qui se tenait derrière le comptoir suspendit mon manteau à un cintre. Je partis en direction du bourdonnement de voix qui me parvenait à travers les portes battantes à hublots et aux panneaux en acajou sculptés de motifs nordiques, et entrai dans le fumoir.

J'entraperçus le contour des terres à l'extérieur, le black-out avait au moins eu le mérite d'aiguiser notre vision nocturne, qui était désormais aussi bonne que celle d'un chat. Le bateau se tourna sur le côté pour être amarré, j'entendais les directives données par les matelots et le personnel à terre, ainsi que le bruit du treuil de chargement que l'on préparait.

J'étais la première cliente dans le fumoir, ce qui me déplut, je souhaitais me fondre dans la masse, et non me démarquer. Les seules autres personnes présentes étaient la reine Maud et le jeune prince Olav qui me regardaient du haut de leur portrait, entre deux hublots occultés sur la paroi donnant sur l'extérieur.

J'attendis, allumai une nouvelle cigarette, me poudrai le nez. Le salon de musique n'était pas grand : il était constitué de trois canapés Chesterfield flanqués chacun de leur table basse et de quelques fauteuils, d'un piano noir juste à côté de la porte et d'une petite piste de danse au centre.

Les portes battantes s'ouvrirent et deux officiers allemands tenant d'un air affecté leur casquette sous le bras entrèrent. Se tenant en équilibre par une main, l'un d'entre eux portait un plateau rempli de verres de cristal. Ils hochèrent cordialement la tête dans ma direction. J'expirai la fumée de ma cigarette par le nez sans croiser leur regard. Des têtes de mort ornaient leurs uniformes, c'étaient des SS. J'allumai une autre cigarette, même si à force de fumer pour calmer mes nerfs, je commençais à avoir la nausée. Ma robe en dentelle me serrait à la taille.

Les humains peuvent-ils sentir la peur, comme les chiens ?

Je transpirais, et j'avais froid.

Puis la pianiste de la soirée fit son entrée dans une robe du soir vert clair. Ses cheveux couleur de jais étaient remontés en un chignon. Sa coiffure faisait ressortir ses oreilles légèrement décollées et le grand nez dans son visage asymétrique. Belle, elle ne l'était pas, mais attirante, oui, comme ces chanteuses de cabarets parisiens usées par la vie. Elle s'assit et pianota sur le clavier pour le tester. Des yeux, je suivais les mouvements élégants de ses doigts sur les touches.

Je regardai l'heure. Huit heures moins le quart. Le salon se remplissait, d'officiers allemands et de passagers locaux. Pourquoi l'homme qui m'avait abordée dans la ruelle m'avait-il demandé de venir ici ? C'était un piège. Mes pensées tournaient dans mon esprit comme un hamster dans sa roue, j'étais désemparée. Le rendez-vous était un appât et moi seule pouvais être assez naïve pour y mordre.

Les officiers SS levèrent leur verre en regardant dans ma direction.

Où était l'individu qui devait m'inviter à danser ?

« Reine Maud, aidez-moi », murmurai-je en fixant d'un air suppliant le portrait de la reine.

Deux hommes et une femme s'étaient installés dans les canapés à ma droite. La femme avait peut-être mon âge, sa coiffure à la mode s'inspirait de celle des vedettes de cinéma, avec une raie droite au milieu qui séparait ses cheveux humides bien peignés. Elle était d'une beauté remarquable. D'un geste théâtral, elle me demanda du feu. Je lui tendis mon briquet. Elle roulait les *r* en parlant, comme quelqu'un du Sunnmøre.

« Vous êtes seule ? »

Je hochai la tête.

« Vous pouvez vous joindre à nous, si vous voulez ?

— Plus tard, peut-être. »

À l'extérieur, le grondement du moteur s'intensifia.

Allez, levons l'ancre, pensai-je, en mer nous sommes en sécurité. Au même instant, une silhouette apparut dans l'embrasure de la porte. Dans la lumière faible, je devinai le contour d'une cicatrice en travers de son visage.

Il me toisa, mais ne dit rien. Il parcourut le salon du regard : ses yeux glissèrent sur les Norvégiens, la pianiste et les Allemands. D'un signe de tête aimable, Il salua la femme assise à ma droite, puis s'installa dans le fauteuil en cuir face à moi.

« Vous vous rendez dans le Nord ? demanda-t-il.

— Ma mère est gravement malade, répondis-je. Elle a la tuberculose.

— Vous m'en voyez désolé. Où allez-vous ?

— Aux Lofoten.

— C'est là qu'est né l'express côtier. » Sa voix se mêlait à la musique du piano et au bourdonnement assourdi des voix. « Je me suis toujours plu dans le Nord. Vous êtes plus larges d'esprit là-bas. Du reste, permettez-moi de me présenter : Henry Hagemann. »

Nous nous saluâmes sans nous serrer la main. « L'express côtier vient des Vesterålen », rectifiai-je.

La pianiste chantait Bing Crosby : *How deep is the ocean / How high is the sky.*

Il posa un étui à cigarettes sur la table. En gardant la main dessus, il le poussa discrètement de mon côté. Seule une inscription en émail ressortait sur sa surface lisse et brillante : une haussière en forme de cercle encadrée d'un N et d'un F au-dessus et d'un D et d'un S en dessous.

« À distance, on croirait que cet étui est en argent, n'est-ce pas ? Prenez une cigarette, je vous l'offre. »

Il se pencha au-dessus de la table et alluma ma cigarette.

« Mais c'est un simple maillechort, un alliage de cuivre, de zinc et de nickel, poursuivit-il en me scrutant du regard. Une surface scintillante peut cacher une chose peu reluisante. Rien n'est ce qu'il paraît. Il résiste bien à la corrosion et ne rouille pas sous l'eau. »

Il regarda autour de lui, examina attentivement la pièce.

« Cet étui vous appartient dorénavant. Conservez-le dans votre poche intérieure. »

Ses yeux se posèrent sur l'étui en maillechort, puis sur moi.

« Vous dansez ? »

Nous nous levâmes, il me conduisit sur la piste.

« Avant de faire ce que vous me demandez, je veux des garanties, dis-je.

— Je ne suis pas tout à fait sûr de vous comprendre.

— La garantie que vous connaissez des gens qui pourront m'aider à passer la frontière. »

Hagemann chuchota : « Le directeur Falck, votre mari, doit rencontrer les autorités allemandes sur ce bateau. Avez-vous entendu parler de l'amiral Carax ?

— Mon mari est un patriote, murmurai-je. Je ne l'espionnerai pas.

— Otto Carax est *Admiral der norwegischen Westküste*. En pratique, c'est lui qui réquisitionne les troupes et le matériel sur l'ensemble du littoral. Il va proposer à votre mari de collaborer plus étroitement avec les autorités allemandes. »

Je sentis mon cœur accélérer, mais je gardai le silence.

Je ne me faisais peut-être pas beaucoup d'illusions sur Thor, mais ce n'était pas une chemise brune.

« Lundi, dans deux jours, lors du débarquement à Trondheim, vous vous rendrez dans le jardin d'hiver de l'hôtel Britannia. À onze heures précises, un homme viendra vous demander une cigarette, à gauche de la porte d'entrée. Vous sortirez l'étui et lui donnerez une cigarette.

— Merci pour cette danse », lui dis-je.

Galamment, Henry Hagemann me raccompagna jusqu'aux canapés, puis sans un mot, il s'esquiva.

Je saisis l'étui et l'ouvris. La rangée de cigarettes était maintenue en place par un élastique. Celle qu'il m'avait offerte était plus courte que les autres de quelques millimètres, et d'une légère couleur jaune. Elle ressortait. Ma peur se mêla à de la fierté. N'était-ce pas ce dont j'avais toujours rêvé ? Agir pour la patrie ?

Quelles étaient ces voix à l'extérieur ?

Je tendis l'oreille.

Elles me semblaient plus fortes à présent.

Au même instant, un rai de lumière puissant se déversa par la porte battante. Une fraction de seconde plus tard, le salon fut totalement éclairé, en tout cas pour nos yeux habitués à l'obscurité. Les gens regardaient autour d'eux, l'air perdu, comme lorsque la lumière se rallume dans une salle de bal, révélant les défauts demeurés jusqu'alors cachés.

Les portes battantes s'ouvrirent et les Allemands entrèrent en trombe.

FLORØ-MÅLØY

Je comptai au moins dix soldats armés, suivis de deux hommes en pardessus gris portant l'insigne de la police secrète.

Tout s'était passé si vite que personne dans le salon n'avait eu le temps de bouger.

Les bougies sur les tables s'éteignirent, à l'exception d'une seule, qui vacillait toujours.

L'entrée des soldats fut suivie par des ordres nerveux qui retentissaient dans les salons, des claquements de portes et les aboiements des bergers allemands qui tiraient sur leur laisse, la bave aux lèvres.

« Que personne ne bouge ! » ordonna l'officier de la Gestapo. Il portait une chemise blanche, une cravate et une veste croisée, simple et élégante, à larges bords et aux boutons dorés. L'uniforme près du corps soulignait sa stature haute et athlétique. Il avait des cheveux blonds, un visage anguleux et des pommettes marquées.

Les SS se levèrent et les saluèrent. Les officiers de la marine allemande se mirent au garde-à-vous.

Les soldats pointaient sur nous leurs torches et le canon de leurs fusils.

L'étui sur la table scintillait dans le faisceau des lampes. Hagemann se serait-il joué de moi ? L'espace d'une seconde la peur me paralysa. Bien sûr que c'était un traquenard, il voulait me prendre au piège. Comme je pouvais être naïve !

« Les Norvégiens, dans le coin à droite », intima le commandant de la Gestapo, le menton levé, le dos droit et raide. Âgé d'une trentaine d'années, il donnait ses ordres d'un ton sec, mais courtois.

La pianiste proféra des imprécations contre les soldats et aussitôt, deux subalternes la traînèrent jusqu'à notre groupe. À part moi, les deux hommes et la fille du Sunnmøre à la table voisine, il n'y avait que deux autres Norvégiens dans la pièce. Nous étions tassés entre deux chaises et un guéridon.

La reine Maud nous regardait sur son mur.

La dernière bougie s'éteignit. De la fumée s'éleva du bougeoir et se répandit dans le salon.

« Je suis le Sturmbannführer Müller, déclara le chef de la Gestapo. Et vous, comment vous appelez-vous ?

Il hocha la tête en direction de la jeune femme du Sunnmøre.

« Betsy Flisdal.

— Profession et raison de ce voyage ?

— Je suis employée de bureau à l'usine de filetage de poisson d'Ålesund. Je me rends à Bodø pour y commencer un nouveau travail dans la confection pour dames. »

Müller étudia son billet et ses papiers d'identité. « Vous voyagez en troisième classe, mademoiselle. Comment se fait-il que vous soyez dans un salon de première classe ?

— Ce n'est pas votre problème, monsieur l'occupant », rétorqua Betsy avec colère.

Müller ne répondit pas, mais lança un regard dédaigneux à la jeune fille, sans se laisser désarçonner par sa provocation. Ses compagnons de voyage expliquèrent en bredouillant qu'ils n'avaient pas d'emploi fixe pour le moment, mais qu'ils vivaient des coups de main qu'ils donnaient sur les bateaux de pêche, c'était la raison pour laquelle ils se rendaient à Måløy.

Puis le chef de la Gestapo s'avança vers moi.

« Vera Lind, me présentai-je, mais ma voix ne portait pas. Secrétaire à la capitainerie de Bergen. » Je baissai les yeux. « Je suis partie de Bergen avec mon mari, mon fils et notre bonne d'enfants. » Ma voix retrouva un certain calme, l'explication semblait plausible. « Nous nous rendons au chevet de ma mère tuberculeuse, à Stamsund.

— Très bien. Avez-vous les papiers certifiant que vous dites vrai ? »

La peur me picota le dos. Pourvu qu'il ne perçoive pas ma nervosité, pensai-je. « Malheureusement, répondis-je, tout est allé très vite. Ma mère est à l'article de la mort. Mais j'ai ici mes papiers d'identité, qui attestent que je suis née aux Lofoten et que je vis à Bergen. »

Je les lui montrai, mais il ne leur accorda qu'un bref coup d'œil. « Nous comprenons que c'est un voyage nécessaire et la situation qui est la vôtre, mais n'oubliez pas vos papiers la prochaine fois. »

Müller nous tourna le dos et traversa la petite piste de danse. Il examina notre table, les verres en cristal à demi pleins. Les glaçons avaient fondu dans l'eau-de-vie.

Le Sturmbannführer prit l'étui à cigarettes et le tendit devant lui, les yeux plissés. « À qui appartient-il ? »

L'assemblée se tenait coite, comme à l'église.

Comment allais-je bien pouvoir me sortir de là ? Reine Maud, suppliai-je intérieurement, aidez-moi.

Je finis par rompre le silence. « C'est le mien.

— J'ai oublié mes cigarettes, déclara Müller d'un ton presque gai qui m'effraya plus encore. En auriez-vous une à m'offrir ? »

Je hochai la tête et retins mon souffle.

L'officier souleva le couvercle de l'étui dans un silence tel que j'entendis le petit *clic*. D'un geste presque féminin, il passa le bout de ses doigts sur la rangée de cigarettes. Je fermai les yeux en m'imaginant une cellule de prison.

Il prit une cigarette.

S'il l'examinait de plus près, j'étais fichue.

Le Sturmbannführer Müller étudia l'étui, le referma avec précaution et le reposa là où il l'avait trouvé.

« Un grand merci, madame Lind. »

Le soulagement se répandit en moi.

Son ordonnance lui alluma sa cigarette.

« Toutefois, ajouta-t-il avant que j'aie eu le temps d'assimiler le soulagement qui se répandait en moi, c'est votre poste à la capitainerie qui est l'objet de notre enquête. »

De nouveau, mon cœur bondit dans ma poitrine. Comment savait-il ?

« Je vous demanderai par conséquent de bien vouloir nous suivre.

— Pardon ? demandai-je d'une voix crispée.

— Vous avez parfaitement entendu. »

Je m'apprêtai à me lever quand, de nouveau, la porte s'ouvrit.

Thor apparut sur le seuil, en costume, son chapeau sous le bras.

Le commissaire de bord l'accompagnait.

« Que se passe-t-il ? demanda-t-il avec autorité au Sturmbannführer.

— Nous enquêtons sur d'éventuels agitateurs ou résistants », répondit Müller, d'une voix nettement moins affirmée. Les Allemands avaient du respect pour les gens haut placés.

« Ce qui, conformément à la nouvelle ordonnance, est parfaitement votre droit, déclara Thor, toujours aussi pédant, puis il s'avança vers moi. Mais cette femme ici présente est mon épouse. »

Müller s'agita nerveusement.

« Ils t'ont bien traitée ? » me demanda-t-il d'une voix tendre.

J'opinai du chef en regardant mes pieds, il se tourna vers l'officier de la Gestapo.

« À moins que vous n'ayez des soupçons concrets sur ma femme, vous n'avez aucun droit de l'importuner.

— Elle travaille à la capitainerie, se justifia Müller.

— Ma femme est une employée diligente et apolitique », répliqua Thor.

Le Sturmbannführer s'entretint à voix basse avec son assistant. Puis il adressa un signe de tête poli à Thor et quitta la pièce, ses soldats sur les talons. Devant la porte, il s'arrêta et fit volte-face. « Merci pour la cigarette », me dit-il.

MÅLØY

Cette nuit-là, l'express côtier resta à quai à Måløy. À mon côté, Thor ronflait avec régularité, tandis que je demeurais éveillée.

Notre première rencontre remontait au début de l'été 1938, au vernissage de l'exposition de sa femme, sur le même domaine que celui où j'écris ces lignes plus de trente ans après.

Harriet Constance Mohn, qui avait grandi à Kalfaret, était issue d'une des familles les plus riches de Bergen. Pour les marieuses de la haute bourgeoisie de la ville, un mariage Falck-Mohn était l'alliance parfaite. Les deux familles avaient de l'argent, ou « du bien » comme elles disaient. Thor apportait en dot la conséquente flotte internationale des compagnies maritimes Falck et comme de nombreuses femmes de sa condition, Harriet Mohn nourrissait des ambitions artistiques. Bien vite, malheureusement, il s'avéra qu'il lui manquait à la fois le talent et le caractère pour les concrétiser.

Tout cela, bien sûr, je l'ignorais le jour où je surgis devant une immense et somptueuse villa Heimatstil au sud de Bergen, dans la commune de Fana qui, à cette époque, était encore la campagne. On m'avait appelée en urgence à Hordnes après qu'une des serveuses leur eut fait faux bond. La propriété avait été édifiée au tournant du siècle, m'avait-on informée en amont, par le richissime et excentrique armateur Theodor Falck. J'avais fait le ménage et servi chez de nombreux riches de Bergen durant les deux années que j'y avais passées, afin d'avoir les moyens de terminer le lycée. Mais rien de ce que j'avais vu jusqu'alors ne pouvait se mesurer à cet endroit.

Le portail était surmonté d'une plaque ornée d'un faucon aux ailes déployées au-dessous duquel était gravée la devise : *Familia ante omnia*. De là, un chemin pentu menait à une cour entourée d'une haie ondoyante taillée avec soin. Cette cour servait de manège aux lipizzans que les Falck gardaient dans une écurie à gauche de l'entrée. Je pénétrai dans le jardin d'hiver, puis dans un salon aussi grand qu'une salle de bal. C'était là que l'exposition devait se tenir. Avec quelques autres serveuses, j'apportais des plateaux de champagne, de homard et de caviar aux invités. La majorité de l'assemblée était constituée de dames riches à l'accoutrement ridicule, qui me traitaient comme si je n'existais pas, tandis que leurs maris lorgnaient mon chemisier blanc. Thor allait et venait d'un pas énergique entre la cuisine et ses hôtes. À la vérité, il semblait assez stressé alors qu'il intimait au personnel de remplir les verres avant l'ouverture de l'exposition.

Il y avait juste un petit problème : l'artiste elle-même souffrait d'un de ses nombreux accès d'épuisement. Harriet Mohn-Falck était alitée dans une chambre au deuxième étage et avait verrouillé la porte de l'intérieur. Je resservis les invités pendant que Thor Falck s'adressait courageusement à l'assistance. La principale intéressée était pour l'heure incommodée, expliqua-t-il, mais qu'ils se rassurent, l'exposition se déroulerait comme prévu. Cette annonce entraîna des murmures inquiets, ainsi que quelques rires mauvais. Et s'ils le souhaitaient, souligna-t-il gêné, il leur était bien sûr possible d'acquérir des aquarelles.

En retournant à la cuisine, je l'aperçus, dans le couloir, qui secouait la tête. Un éclat de vulnérabilité était apparu dans ses yeux.

« Tout va bien ? demandai-je doucement.

— Quelle femme ingrate et gâtée, murmura-t-il dans son dialecte de Bergen nasal, nous sommes tous là pour cette fichue exposition d'aquarelles dont personne n'a que faire, et madame ne daigne même pas nous honorer de sa présence. »

Je m'avançai vers lui et me postai contre le mur. « Je sais ce que c'est. »

Il me lança un regard peu amène. « Pardon ?

— J'ai eu une mère malade qui, pendant toute mon enfance, a gardé le lit.

— Vous n'êtes qu'une simple serveuse et vous osez me parler de votre vie ?

— Vous aviez l'air si triste, monsieur Falck. »

Il avait peut-être le double de mon âge, entre trente et quarante ans. Il n'était pas bel homme, mais je percevais une pointe de fragilité et de douceur dans ses yeux. Je ne le savais pas alors, mais ma remarque fut comme une lance qui pénétra la carapace et le stoïcisme qu'il arborait toujours.

« Disons que je suis surtout las, déclara-t-il d'un ton plus cordial. Ma femme passe ses journées dans une chambre plongée dans l'obscurité. Elle n'a le courage de rien.

— Les artistes sont souvent des êtres très sensibles.

— Ma femme n'est pas une artiste. » Il cracha ces mots. « C'est une épouse gâtée qui peint des aquarelles. »

Thor Falck marqua une pause et but d'un trait une coupe de champagne. « Et pouvez-vous me dire pourquoi je me ridiculise en racontant tout cela à une étrangère ?

— On éprouve parfois le besoin de vider son sac. »

Il hocha la tête, à contrecœur, pensif. Il se redressa. « Dites-moi, comment ça s'est passé avec votre mère ?

— Pas très bien. Son état ne cesse de se dégrader. Quoique... je ne l'ai pas revue depuis plusieurs années.

— Vous êtes partie ? » Ce qui ressemblait à une vague lueur d'espoir brilla dans ses yeux, même s'il tentait de le cacher.

Je souris. « Nous n'avons qu'une vie, n'est-ce pas ? »

Pour résumer une histoire longue et compliquée, je dirai simplement que Thor finit lui aussi par partir. Ce n'était pas une romance au sens propre. Pas de mon point de vue, en tout cas. J'étais une domestique de dix-huit ans venant du fin fond des Lofoten qui y avait soigné sa mère malade dans une pauvre baraque mal isolée.

Quel choix avais-je en réalité quand l'armateur Thor Falck m'invita peu après à une promenade à cheval sur ses lipizzans ?

En apparence, nos actes sont libres. Mais ils sont soumis à des forces qui échappent à notre contrôle. Car bien sûr, je me suis présentée légèrement rougissante à l'endroit convenu, à une distance convenable de l'atelier de sa femme et hors du domaine. Thor m'attendait avec deux chevaux attachés sous un grand frêne moussu. Je m'inclinai poliment, il m'embrassa sur les deux joues. Nous avons chevauché le long du fjord, à travers champs et sous les bosquets, sur les sentiers au bord de l'eau, sur les chemins de terre, alors que le soleil nous chauffait le dos. Thor allait au trot avec assurance et le dos droit, tel un cavalier russe, alors que derrière lui, je ressemblais à un sac de patates sur ma monture. Bien sûr, je ris aux bons moments et soutins son regard un peu trop longtemps, et quand nous avons attaché les chevaux et rejoint un grand rocher plat au fond d'une baie tranquille relativement éloignée du domaine, j'ai laissé tomber mes vêtements et exhibé mon sexe, avant de me diriger vers l'eau en lui adressant un clin d'œil.

« Qu'est-ce que vous attendez ? »

Il ne se le fit pas dire deux fois. Avec un regard plein de désir, il ôta ses vêtements avec hâte et, son membre caché dans sa main, et me rejoignit en courant dans la mer. À cette époque, une liaison secrète avec un comédien marié de la scène nationale, qui m'invitait de temps en temps dans un appartement sous les toits à Nordnes, m'avait permis d'acquérir quelques compétences. Quand nous sommes ressortis en frissonnant de ce bain romantique, je me suis penchée et ai pris son membre dans ma bouche. Il avait un goût de sexe et d'eau salée. Il me fixait d'un regard envoûté.

Je me suis ensuite allongée sur le rocher chaud et, la tête appuyée sur ma main, j'ai plongé mes yeux dans les siens.

« Tu sais que je ne serai jamais ta maîtresse ? »

Il perdit de son assurance. « Comment cela ?

— Si tu veux recommencer, tu dois divorcer. »

Thor contesterait peut-être la rapidité des faits, car cela prit malgré tout un été. Quoi qu'il en soit, il brava les ragots qui se répandirent comme une traînée de poudre dans les milieux de la haute bourgeoisie berguénoise et divorça de Harriet. Sans qu'éclate le moindre scandale. Je dois lui reconnaître cela.

La famille de Harriet était bien sûr furieuse qu'il rompe son engagement, pour une fille du Nord de dix-huit ans sans le sou et à la moralité douteuse de surcroît. Après d'âpres négociations entre les représentants juridiques des Mohn et August Greve, le jeune et brillant avocat de la famille Falck, les deux parties parvinrent cependant à un accord. Thor était dur en affaires, mais il avait accepté de verser une modeste pension à Harriet afin de lui permettre de continuer à peindre. Il avait, certes, renoncé à élever son fils, confié aux soins de sa mère, mais il resterait son garant et continuerait à assurer financièrement son éducation et, de toute évidence, cette solution lui convenait parfaitement. De plus, à sa majorité, son fils hériterait d'une part importante des compagnies maritimes Falck.

C'est ainsi que commença pour moi une nouvelle vie. J'appris les bonnes manières : comment me comporter à table, m'habiller correctement, qui vouvoyer et qui ignorer, j'allais au théâtre, je dînais chez des consuls, des hommes d'affaires, des politiciens et d'autres armateurs. Un jour, Thor et moi sommes partis à Londres en vapeur, d'où nous prîmes un autre ferry puis un train pour Paris. Des endroits que je ne connaissais qu'à travers la littérature et qui m'attiraient. Les rêves que je nourrissais dans ma jeunesse se réalisaient, ma vie ressemblait désormais à ces romans que je dévorais dans mon adolescence. Et quand Thor me besognait dans une chambre d'hôtel parisienne en gémissant lourdement ou quand il glissait le bout de sa langue rugueuse dans ma bouche, je me répétais en permanence que s'il continuait à me désirer, la partie était gagnée. J'étais libre d'agir à ma guise.

La réalité se révéla cependant un peu plus compliquée. Parmi les familles riches de la ville, il était mal vu que les femmes aient un emploi salarié. Nous pouvions peindre autant d'aquarelles ou écrire autant de nouvelles que nous le souhaitions, du moment que nous remplissions parfaitement notre rôle d'épouse modèle en parallèle. Mais moi je voulais étudier. Je voulais m'imprégner de tout le savoir sur terre. Et travailler aussi.

Thor refusa catégoriquement. Pourquoi m'abaisser à accepter un travail mal payé plutôt que de veiller au bon fonctionnement du domaine lors de ses absences de plus en plus longues ? C'était absurde, estimait-il. Il me proposa aussi d'embaucher un professeur qui viendrait m'instruire à la maison, ce qui m'éviterait de « traîner avec les fauteurs de troubles et les communistes », comme il disait. Mais c'était exactement ce que je voulais. Ce printemps-là, je fêtai mes dix-neuf ans. J'avais terminé le lycée et passé mon examen presque en cachette.

Je commençai à désobéir à Thor. Dès qu'il s'absentait, et c'était souvent, je partais en ville pour suivre des cours d'économie politique, aller à la Société des étudiants écouter le poète communiste Arnulf Øverland ou des réfugiés allemands, et boire des bières le soir. Puis je rejoignis la Ligue des jeunes travaillistes. Durant l'été 1939, je participai à un camp d'été à Sunndalsøra, et ce qui se passa là-bas explique en partie que je me trouve ici aujourd'hui en train d'écrire.

ÅLESUND-MOLDE

J'avais menti à Thor. Non seulement notre mariage était un mensonge, mais je n'allais pas dans le Nord pour voir ma mère, celle-ci était morte depuis belle lurette de la tuberculose dont elle avait souffert durant de nombreuses années. Le but de ce voyage était digne de ces nouvelles que je rédigeais quand je m'ennuyais à Hordnes.

Le deuxième jour sur l'express côtier, je tournais comme un lion en cage sur le bateau tout en allaitant Olav ou en le berçant. Le navire avançait à bonne allure. La côte parsemée de petits îlots et de récifs verdoyants céda peu à peu la place à de hautes montagnes aussi pointues que des chapeaux de bouffon et à une mer agitée où les crêtes blanches du ressac venaient s'écraser sur la roche incolore. Tous les capitaines de caboteur redoutaient les eaux de Stadt et Hustadvika, et à raison. On distinguait à présent les couloirs de navigation capricieux, guère plus larges que des rivières, et les rides peu naturelles que formaient à la surface de l'eau les écueils.

Le décès de ma mère m'avait été annoncé par un télégramme, du docteur Schultz, qui était parvenu entre mes mains à Hordnes un jour de septembre, en 1938 : *Chère Vera, j'ai le regret de vous informer...* Aussitôt j'avais compris la teneur du message et couru jusqu'au fjord où j'avais pleuré toutes les larmes de mon corps.

J'avais certes pleuré sa triste fin, mais au moins autant la trahison dont je m'étais rendue coupable en partant dans le Sud. Ma mère avait mené une vie pénible depuis ce soir à Svolvær où un Russe l'avait engrossée avant de disparaître sur son bateau pomor. Elle était pauvre et de faible constitution, mais m'avait élevée de son mieux. Elle avait loué une chambre à un propriétaire terrien dans un des petits ports de pêche de la côte ouest. Elle avait travaillé d'arrache-pied et, six jours par semaine, elle me préparait du lieu noir ou de la morue salée ; le dimanche, avec un peu de chance, nous avions droit à des croquettes de poisson ou à une soupe de gruau, accompagnées d'un pruneau chacune.

J'avais onze ans quand ma mère tomba malade. Elle toussait parfois toute la nuit, sa respiration purulente alourdissait l'air de la pièce. À plusieurs reprises, je tombai sur des mouchoirs pleins de glaires ensanglantées qu'elle avait cachés. Jusqu'alors, elle s'était toujours levée pour aller nourrir les bêtes ou m'aider à exécuter les nombreuses tâches du quotidien. Désormais, régulièrement, elle ne bougeait plus de son lit, d'où elle me donnait les consignes.

À cause de cela, je séchais le collège. Nous avions besoin d'argent, vivre de la bienveillance des autres ne pouvait durer qu'un temps. Je récurais le sol, tranchais les têtes de poissons, tricotais des vêtements, même si tout en moi s'opposait à ces activités. Et le soir, s'il me restait des forces, je lisais, allongée, dans la lumière vacillante.

Les livres étaient ma seule fenêtre sur l'extérieur, avec eux je pouvais voyager, loin de Hell et loin de Å, et remonter la côte jusqu'à Reine et l'hôpital de Gravdal, au-delà desquels je n'étais jamais allée, puis traverser le fjord et fuir la nuit polaire, la montagne, la mer et ces gens qui m'appelaient la fille du Russe.

Mais ce monde qui m'avait vue naître et grandir avait sombré en mer lors de mon départ dans le Sud à seize ans, et maintenant que ma mère était morte, je n'avais plus aucune attache là-bas. Par contre, j'avais une tante à Sulitjelma dont j'avais toujours été proche. Et cette tante Gerd jouait un rôle clé dans mon plan. Quand l'express côtier ferait escale à Bodø, je quitterais subrepticement le navire avec le petit Olav pour rejoindre Sulitjelma avec un laissez-passer en règle.

Thor croyait que nous devions rendre visite à ma mère et quand il découvrirait mon absence, le navire serait déjà au milieu du Vestfjord.

Les événements sur le navire le premier jour de la traversée l'avaient relégué loin dans un coin de mon esprit. Depuis l'autre rencontre cet été-là, qui avait illuminé mon quotidien. Cet homme était dans chacun de mes faits et gestes, dans toutes les chansons que j'entendais, c'était lui et non Thor qui me touchait le soir dans le lit. Peut-être n'était-il que le fruit de mon imagination, une de ces fictions qui depuis toujours donnaient du sens à ma vie. Peut-être le conte de fées se heurterait-il à la dure réalité. Peut-être. Je le découvrirais le lendemain, et cette seule pensée me transportait de joie et me grisait.

Thor était en réunion pratiquement toute la journée. De temps en temps, nous entendions retentir la sirène, elle était suivie par le ralentissement du navire avant qu'il n'accoste. À Ålesund, les marchandises et les produits furent déchargés de la cale avec l'immense grue. Des caisses de choux, de pommes et de lait, du bois et des roues de voitures… je vis même quelques chevaux passer une tête inquiète hors de la bâche. Le quai était en ébullition, le lieutenant et le charpentier étudiaient le plan de la cale et de sa cargaison, un matelot attacha une corde à la grue et la tira dans la bonne direction. Un jeune mousse protégé par un masque dont c'était le premier voyage en mer astiquait la cloche du navire et essayait d'enlever les taches de vert-de-gris sur le laiton.

J'avais confié le petit Olav à notre bonne. Devant le bureau d'information, je me heurtai à Betsy Flisdal, la jeune femme que j'avais rencontrée dans le salon de musique la veille au soir. À la lumière du jour, ses imperfections me sautèrent aux yeux. Elle se tenait mal, avec les épaules voûtées et le buste cave, sa peau était rouge et boutonneuse sous la couche de maquillage, son regard fuyant, on aurait dit qu'elle suivait une mouche des yeux.

« Désolée pour hier, déclara-t-elle. D'où connaissez-vous Henry ?

— D'ici et là. » Je haussai les épaules en espérant qu'elle n'était pas bien informée, ou alors je risquais d'avoir des problèmes. « Je l'ai rencontré quelquefois à Bergen, mais je ne le connais pas très bien en réalité. Et vous ?

— On travaillait ensemble jadis, répondit Betsy avec un sourire entendu. On va faire un tour ? »

Elle attendit que nous soyons accoudées au bastingage pour déclarer d'un air pensif : « Vous comprenez, je n'avais pas envie d'évoquer certains sujets alors qu'on pouvait nous entendre.

— Ah bon ? répondis-je avec hésitation.

— Nous avons pas mal voyagé en mer du Nord, si vous voyez ce que je veux dire.

— Pas vraiment. » Elle ne me paraissait pas très futée. « Pour passer de l'eau-de-vie en contrebande, on avait un accord avec un trafiquant des Shetland. »

Henry Hagemann avait effectivement la mine burinée et blasée d'un contrebandier, et je n'étais pas une seconde surprise que Betsy ait pu participer à de telles opérations. C'était tout à fait le genre.

« Pourquoi en contrebande ? Ça fait longtemps que la prohibition des spiritueux a été levée.

— Vous n'imaginez pas le nombre de Norvégiens qui en réclament encore, répondit Betsy en souriant de toutes ses dents décolorées. Nous avons effectué la traversée de nombreuses fois, y compris après l'arrivée des Allemands. La côte est longue, ce n'est pas difficile... »

Subitement, son visage s'assombrit.

« Que se passe-t-il ? demandai-je en recouvrant sa main sur le garde-corps de la mienne.

— ... Sauf une fois cet été, murmura-t-elle. C'était au début du mois de juillet, le 6 exactement, je m'en souviens parce que c'était le lendemain de l'anniversaire de maman.

— De quoi parlez-vous ?

— Une fois de plus, nous étions censés faire la traversée. Nous sommes allés à Bremanger. Là, un bateau de pêche des Shetland, le *Irma*, devait nous attendre. Sauf qu'on est tombé sur ces maudits boches.

— Combien de bateaux allemands y avait-il ?

— Trois, ça aussi je me le rappelle bien, parce qu'ils nous ont encerclés. Et mon fiancé a été emmené, je ne l'ai plus revu depuis. » Le 6 juillet, je travaillais. Je connaissais le trafic maritime sur le bout des doigts. Il n'y avait aucun navire allemand à proximité de Bremanger ce jour-là.

Je cherchai dans ma mémoire. *L'Irma*. Il était à quai à Bergen à ce moment-là.

Ce qui signifiait que Betsy Flisdal mentait.

Mais pourquoi ? Que me voulait-elle ?

Je posai une main compatissante sur son épaule. « Je suis sûre que vous reverrez bientôt votre fiancé. Mais je dois vous laisser maintenant, il faut que je file vérifier que tout se passe bien avec mon fils. À plus tard. »

Dès que j'eus refermé la porte métallique derrière moi, je m'arrêtai. Par le hublot, je vis Betsy se diriger d'un pas déterminé vers l'arrière du bateau, le long du bastingage à tribord, sur le pont des superstructures.

J'empruntai l'escalier qui montait au pont-promenade et m'engageai dans la même direction qu'elle, je continuai jusqu'au pont de dunette, puis jusqu'à l'escalier descendant devant la hampe du pavillon sur la poupe. Là, je m'arrêtai. Il n'y avait pas grand monde autour de moi, la plupart des passagers étaient partis se dégourdir les jambes à terre. Je tendis la tête, face au vent, et dressai l'oreille.

J'entendis sa voix. « On va à l'avant ? Il y a deux ou trois trucs dont je voudrais discuter. »

Une voix d'homme indistincte grommela une réponse.

Le bruit de leurs pas disparut et je me faufilai à leur suite. Au niveau de l'escalier à l'avant du navire, celui qui menait aux salons de la première classe, ils descendirent, passèrent le pont principal, et poursuivirent vers le fond du navire, dans les parties accessibles aux passagers. Où allaient-ils ? Je veillais à maintenir une bonne distance entre nous et me fiais au bruit de leurs pas pour m'orienter.

Le large escalier s'arrêtait au deuxième pont. Ils ne m'avaient pas remarquée. Je restai sur l'entrepont jusqu'à ce que leurs voix s'éteignent. Alors seulement, j'osai m'aventurer dans la longue coursive. Quelques mètres plus loin, vers la salle des machines, j'entendis une porte claquer. Je partis en direction du bruit. Les cloisons auxquelles je m'appuyai étaient chaudes. Je pénétrai dans une coursive très étroite aux armoires remplies de matériel. *Cambuse – Accès interdit à toute personne étrangère au service*, était-il inscrit sur une porte.

J'appuyai ma tête contre celle-ci et tentai, avec précaution, de la pousser. Elle était fermée.

*

Même si je n'ai guère remis les pieds sur un bateau depuis 1940, les images de l'express côtier me reviennent en écrivant ces lignes à Hordnes. Ma mémoire demeure intacte, mais les souvenirs ne sont pas des pièces à conviction.

Chaque jour je fais de longues promenades sur le domaine. Au cours de la trentaine d'années qui se sont écoulées depuis la grande époque des Falck à Bergen, il s'est complètement délabré. Les mauvaises herbes dissimulent les arbustes d'ornement et les écuries n'ont pas été repeintes depuis une éternité. C'est Per qui dirige les compagnies maritimes à présent. Chaque matin, je l'aperçois par la fenêtre de la mansarde, alors qu'il traverse la cour, le dos voûté. Je sais qu'il se rend en ville pour négocier de nouvelles garanties de prêts pour la flotte Falck, le visage gris et les traits tirés par l'accumulation de mauvaises nouvelles. Qui dit « crise des transports maritimes » dit « crise des compagnies Falck », si j'ai bien compris, et Per n'a pas la poigne nécessaire pour redresser la barre.

Par chance, il m'a gracieusement prêté l'annexe qui abrite les archives privées de la désormais défunte

Hanseatiske Dampskibsselskab et a mis à ma disposition une chambre de bonne où je suis libre de rester aussi longtemps que je le souhaite. Je ne crois pas qu'il comprenne dans quoi il s'est embarqué, mais ça, c'est son problème.

Je ne suis pas ici en tant que romancière, je me suis fixé une mission autrement plus sérieuse : je suis venue chercher dans les archives privées de la Hanseatiske Dampskibsselskab les documents à même d'attester que l'histoire que je raconte ici est vraie, que ce n'est pas un roman.

Le repas de ce deuxième jour sur l'express côtier joue un rôle important à cet égard. L'amiral Otto Carax et son épouse avaient obtenu pour l'occasion que nous nous installions dans une alcôve à part dans la salle à manger de la première classe, juste au-dessous du fumoir et du salon de musique sur le pont avant. Je m'étais changée et avais passé une robe à fleurs bleues que j'avais achetée à Paris. Thor me lança un coup d'œil satisfait quand je pénétrai dans le salon à ses côtés.

L'amiral Carax n'avait rien d'une vulgaire chemise brune ; c'était un aristocrate de la vieille école, poli et précieux. Il avait des cheveux blonds ondulés et un regard attentif, légèrement railleur et hautain. Sa femme d'une quarantaine d'années me dévisagea d'un œil critique et tenta d'engager la conversation en lançant une ou deux remarques sur la peinture du romantisme national et le « brillant » compositeur norvégien Geir Tveitt, mais celles-ci tombèrent à plat quand Thor se racla la gorge et s'exclama :

« Trinquons, mes chers amis ! Même si l'amiral et moi avons nos divergences sur l'occupation de la Norvège, nous nous accordons néanmoins sur l'essentiel : il faut que les rouages de ce pays continuent de tourner, pré-

server les emplois et permettre aux gens de vivre en paix et dans de bonnes conditions. »

Nous avons tous trinqué. L'amiral Carax me lança un regard ambigu, ce que sa femme ne manqua pas de remarquer ; elle lui décocha un coup d'œil furieux, qu'elle reporta ensuite sur moi. Pour ma part, j'étais surtout frappée par l'absurdité de la situation : je me trouvais là, sur l'express côtier, en compagnie d'un amiral allemand dont je partageais le repas.

Thor et l'amiral continuaient à discuter des contrats qu'ils étaient en train de négocier, et il paraissait établi que ces dames devaient se garder d'intervenir, et plutôt converser de leur côté. Je n'avais rien à dire. Le monde de Thor, où les épouses se contentaient d'obéir à leur mari et d'observer les bonnes manières, n'était pas le mien.

Thor finit par se rendre compte que ce manège m'ennuyait. Il se tourna vers moi.

« Depuis un moment, l'amiral cherche un endroit où s'installer, une propriété qui puisse à la fois lui servir d'habitation et de lieu de réception plus officiel. Lui et, surtout, sa ravissante épouse sont très exigeants. Je soupçonne ces dames ici présentes de s'y entendre nettement plus sur cette question que sur le transport maritime. »

Je comprenais maintenant pourquoi on m'avait invitée à me joindre à eux.

« J'ai le plus grand respect pour l'ascétisme des Norvégiens, enchaîna Carax en sirotant un verre de vin rouge, mais si vous voulez mon avis, vous ne perdriez rien à construire plus de demeures de taille acceptable. Mais je crois savoir que vous habitez une belle résidence au sud de Bergen. »

Il se pencha en souriant au-dessus de la table.

« Vous voulez parler de notre maison à Hordnes ? demanda Thor avec hésitation.

— Exact », sourit l'Allemand.

Je percevais le profond malaise qu'engendrait chez Thor l'insistance aimable et la voix doucereuse de l'amiral. « Malheureusement, je crains que Hordnes ne soit pas à louer, même aux bons amis, déclara-t-il.

— Vraiment ?

— En revanche, notre famille possède un domaine juste à l'extérieur d'Oslo, rebondit Thor, nommé Rederhaugen. L'endroit s'est quelque peu dégradé ces dernières années, mais c'est une plus belle et une plus prestigieuse propriété que celle de Bergen. Qu'en penses-tu, Vera ? »

Je savais que Rederhaugen avait été édifié par Theodor Falck dans les années 1900 et nous y avions passé la nuit à quelques occasions, mais je n'éprouvais aucun attachement particulier pour l'endroit en ce temps-là.

« Le domaine jouit d'une belle situation, répondis-je en regardant les trois convives autour de la table l'un après l'autre, mais le bruit court qu'il serait hanté.

— Hanté ! » L'amiral éclata de rire. « Quelle imagination vous avez, madame Falck ! »

Je sentis que mes propos éveillaient une légère inquiétude chez sa femme, mais Thor s'empressa d'enchaîner : « Je pense que l'amiral devrait réussir à venir à bout d'éventuels fantômes, tout comme il parvient à venir à bout de problèmes autrement plus délicats.

— Je le crois aussi, répondit l'amiral en se laissant retomber contre le dossier de sa chaise avec un sourire. Nous reviendrons naturellement sur les questions pratiques, mais il n'est pas impossible que nous devions procéder à quelques aménagements dans les sous-sols du domaine.

— De quel ordre ? demanda Thor.

— Eh bien, comme vous le savez, ces maudits Anglais

n'ont toujours pas capitulé, et ils seraient bien capables, ces inconscients, de nous envoyer leurs avions.

— Vous ne croyez pas qu'ils ont déjà suffisamment à faire avec la défense de leur propre pays ?

— Effectivement, convint l'amiral avec un clin d'œil, mais nous aimons être bien préparés. »

Nous trinquâmes, à la collaboration et à Rederhaugen.

*

C'est l'hiver et la pluie tombe sans bruit sur le fjord de Fana que j'aperçois par la fenêtre. Dans les archives, j'ai passé en revue la correspondance de la Hanseatiske Dampskibsselskab pour l'année 1940. Parmi tous les courriers à l'en-tête de la compagnie, j'ai découvert une lettre.

L'intéressant dans celle-ci, ce sont les noms et la date.

De la part de : Thor Falck, directeur de la Hanseatiske Dampskibsselskab.

À l'attention de : Amiral Otto Carax.

Elle est datée du 21.10.1940. Date à laquelle le *Prinsesse Ragnhild* était à quai à Trondheim.

Objet : mouvements de troupes allemandes.

Voici ce qui est marqué :

À la suite de la réunion du 21.10 à Trondheim, l'accord suivant a été conclu entre le Hauptabt Volkswirtschaft (HVW) et la Hanseatiske Dampskibsselskab (HDS) : en cas de nécessité, les autorités allemandes pourront réquisitionner les express côtiers de la compagnie pour le transport des troupes en troisième classe.

Le paiement se fera en fonction des tarifs passagers correspondants. Des tarifs spécifiques seront appliqués au transport de marchandises, notamment si les cargaisons comprennent des matières inflammables et explosives.

Je photocopie la lettre et la remets à sa place.

Thor reçut à titre posthume la croix de guerre avec une épée pour son action pendant la guerre. C'est à moi qu'elle fut remise. Nos dirigeants étaient-ils au courant de cet accord ? Savaient-ils que lui et les compagnies Falck – en même temps qu'il menait son supposé travail de résistance – gagnaient des millions en transportant les troupes ennemies jusqu'au front ?

*

Je m'empressai de descendre sur le pont inférieur et frappai à la porte de la cabine où dormaient Ragnfrid et le petit Olav. Plus je repensais à la rencontre avec l'amiral, plus ma colère enflait. Que faire ? Devais-je donner l'alerte ?

Le visage inquiet et sans dentier de la bonne d'enfants apparut dans l'entrebâillement de la porte. De toute évidence, elle était déjà au lit.

« Vera ?

— Je peux ? demandai-je en tendant le menton vers la cabine sombre.

— Chut, dit-elle, Olav dort.

— Peu importe. » Je m'avançai d'un pas ; après une légère hésitation, elle s'écarta.

Dans l'obscurité, je devinais le petit visage paisible d'Olav dans le couffin sur le plancher. Sa vue me remplissait d'un amour inconditionnel, mais aussi d'inquiétude, à l'idée de ce qui nous attendait. Je grimpai dans la couchette supérieure et enlevai mes chaussures.

« Demain », commençai-je.

Ragnhild me lança un coup d'œil inquiet. « Quoi donc demain ?

— Thor passera la journée en réunion. J'ai besoin que vous gardiez Olav.

— D'accord. »

Je perçus de la réticence dans sa voix. « De plus, ajoutai-je en la regardant au fond des yeux, je souhaiterais que Thor n'en sache rien. »

Elle m'observa. « Vous n'êtes pas heureuse, Vera, n'est-ce pas ? »

Je fus émue par sa soudaine sollicitude mais la notion du « heureuse » ou « pas heureuse » n'entrait pas dans le spectre de mes sentiments à cette heure. Bien sûr que j'étais malheureuse, et heureuse en même temps. Je tremblais d'excitation et de peur.

C'était pour demain.

« Je peux dormir ici cette nuit ? » demandai-je.

KRISTIANSUND-TRONDHEIM

Il s'appelait Wilhelm.

W comme War, W comme Weltschmerz, W comme Wilhelm. Mais son véritable nom, je ne le connaissais pas. Par mesure de sécurité, tous les opposants allemands qui participaient au camp d'été de la Ligue des jeunes travaillistes opéraient sous un pseudonyme.

Le camp de 1939 se tenait à Sunndalsøra. Avant de partir, j'avais eu ma première grande dispute avec Thor. Au début de ce même été, j'avais réussi à placer un article dans un des journaux de Bergen. Globalement, Thor me laissait libre d'agir à ma guise. Même mon adhésion à une organisation aussi à gauche que la Ligue des jeunes travaillistes ne lui faisait ni chaud ni froid. Il parlait avec condescendance de mes « égarements de jeunesse ». Mais le contenu de cet article lui resta en travers de la gorge, j'avais poussé le bouchon trop loin. « La guerre arrive et la crise entraînera une redistribution radicale des moyens de production », avais-je écrit. Un peu partout en ville, en découvrant ces formulations sinistres et le style sans concession, les membres de la famille Falck faillirent s'étrangler en buvant leur café du matin. Dès lors, Thor mit le holà.

Il était hors de question que je parte dans un camp d'été socialiste.

« Tu n'es pas mon père ! m'écriai-je si fort que cela résonna entre les poteaux de la balustrade.

— C'est peut-être justement ça le problème, répondit-il froidement. Il t'a toujours manqué une figure paternelle, Vera. »

Mon cœur battait à tout rompre. Je dirigeai mon index contre sa poitrine. « Ne répète jamais ça. Jamais. Et le camp d'été est social-démocrate. »

Si l'article m'attira les foudres de la famille Falck, grâce à lui je rentrai dans les bonnes grâces de la Ligue des jeunes travaillistes. Depuis toujours, j'écrivais et il devint vite évident que j'avais un certain talent pour les formules qui claquent et les attaques personnelles efficaces et nécessaires dans les polémiques publiées dans la presse. Or, à l'exception des milieux intellectuels de la capitale gravitant autour du mouvement communiste Mot Dag, c'était un art que les sociaux-démocrates ne maîtrisaient pas. Ils étaient attentifs aux autres, pragmatiques, de bonne composition, terre à terre, sincèrement soucieux de rendre ce monde un peu moins affreux pour les opprimés. Mais ils ne savaient pas écrire. Leurs articles étaient aussi secs et indigestes qu'un rapport d'expert-comptable.

Ma capacité à écrire de la propagande politique découlait bien sûr de mon souhait de devenir écrivain. J'avais beau n'avoir que dix-neuf ans, je comprenais déjà que la politique et le monde réel ne nécessitaient pas seulement de la documentation.

C'était aussi une matière que l'on manipule. Une activité qui requiert de la créativité.

Un écrivain est par principe un magicien, un séducteur, un illusionniste. Je n'étais peut-être pas une magicienne très expérimentée, mais je caricaturais les ennemis et esquissais des rêves pour l'avenir. J'étais une utopiste. Toute ma vie je m'étais évadée par l'imagination. Le rêve n'était-il pas l'élément clé de toutes les formes de socialisme, mais aussi de la vie elle-même ? Le rêve d'une vie heureuse, ou d'un avenir en tant qu'être libre. Où le travail rémunéré et la quête du profit passeraient après la joie et le bonheur, où les gens pourraient aimer qui ils voulaient, où les devoirs des femmes seraient remplacés par la liberté, celle d'agir comme bon leur semblait, qu'il s'agisse de créer une œuvre d'art ou de se baigner nue par une nuit de pleine lune.

Mais j'étais aussi une jeune fille naïve relativement ignorante, et cet été-là je redescendis sur terre. Le drapeau rouge et le drapeau norvégien flottaient au-dessus du campement de Tangen à Øra. La délégation venant de Bergen était importante, bien que deux de nos camarades soient morts cet hiver-là au combat près de Tarragone, en Espagne, alors que la guerre civile touchait à sa fin. Leur disparition nous avait confortés dans nos convictions : le fascisme était une peste qu'il fallait combattre, par tous les moyens.

Les tentes blanches formaient comme un village dans Øra. Non loin de la nôtre, nous pouvions apercevoir la haute silhouette efflanquée et déjà ô combien respectée de notre futur Premier ministre Einar Gerhardsen qui se rasait le matin, torse nu et le visage couvert de mousse.

Quelques tentes plus grandes servaient de réfectoire et d'auditorium pour les conférences les plus importantes, quand elles n'avaient pas lieu en plein air. Si des pointures comme Gerhardsen ou Trygve Bratteli participaient au camp, les réfugiés allemands sociaux-démocrates étaient ceux qui nous impressionnaient le plus. Il suffisait d'entrer dans les salles où ils intervenaient pour sentir la différence. Ils avaient souvent un visage plus vieux, plus marqué, et les yeux pleins de la nostalgie de l'exilé et du souhait ardent de retourner dans leur pays. Nombre d'entre eux parlaient étonnamment le norvégien, et toutes leurs prises de parole bien formulées et précises traitaient de la tragédie qui s'était abattue sur l'Allemagne.

Le leader informel des exilés allemands était un nommé Willy Brandt qui vivait en Norvège depuis quelques années. Sa voix était grave et tranchante, son maintien calme et assuré, ses arguments logiques et précis, bien qu'il s'exprime dans une langue apprise à l'âge adulte.

Nous buvions ses paroles.

Soudain, pendant son intervention, soit une bonne heure durant laquelle il nous dépeignit la situation épouvantable dans laquelle les sociaux-démocrates européens se trouvaient face au fascisme, un inconnu surgit au dernier rang. Au contraire de Brandt et des autres Allemands, il y avait chez lui une sorte de nonchalance et de légèreté qui attirait immédiatement l'attention. Vêtu d'un large pantalon de velours côtelé, d'une chemise en lin froissée et avec son chapeau sous le bras, il donna presque l'impression de s'affaler en s'asseyant. Mais quand il prit la parole pour poser des questions à Willy Brandt à la fin de sa conférence, il produisit une tout autre impression.

Je ne me souviens plus de la teneur exacte de ses

propos, mais il était question de la stratégie que devaient adopter les Allemands radicaux face au national-socialisme. Il s'ensuivit un échange passionné entre les deux compatriotes, car selon l'inconnu en chemise de lin, le front commun prôné par Brandt faisait plus de mal que de bien.

Mon propre dilettantisme éclata au grand jour lors de cette même discussion : après celle-ci, je levai la main et me lançai dans une défense sincère du modèle social soviétique, un endroit sans propriété privée ni exploitation capitaliste, une société socialiste d'un type nouveau. Ici mon discours se fit plus vibrant, car soudain j'imaginai mon père, le dos droit, le teint hâlé, avec une faux sur l'épaule. Mon intervention recueillit de nombreux applaudissements de la part des jeunes Norvégiens de la Ligue, auprès desquels l'Union soviétique avait toujours la cote.

Willy Brandt démonta mes allégations une par une : contrairement à ce que je semblais penser, lui-même s'était laissé séduire par le Soviet. Mais ce pays était un village Potemkine, dit-il en me regardant droit dans les yeux d'un air grave.

« Un village Potemquoi ? » demandai-je bêtement.

Grigori Potemkine, expliqua-t-il, avait érigé un village en carton-pâte lors de la visite de l'impératrice Catherine II en Crimée en 1787 afin de lui montrer que le développement était en bonne voie. Un village Potemkine était un trompe-l'œil qui donnait une image de ce que devrait être la réalité, et non de la réalité telle qu'elle était.

Un village Potemkine : dans la bouche de Brandt, cette expression avait de toute évidence une connotation négative, mais déjà elle me plaisait.

« Dans ma "société idéale", poursuivit Brandt sévèrement, des millions de gens mouraient de faim, étaient déportés de force ou exécutés au moindre soupçon.

De plus, cette division marxiste rigide des bourgeois et des travailleurs avait pour conséquence de jeter les franges les plus modérées de la bourgeoisie droit dans les bras des fascistes, alors que nous avions plus que jamais besoin d'un front uni contre eux. Les idéalistes avaient de nobles convictions, mais ils étaient incapables, pour cette même raison, de saisir le caractère fondamentalement chaotique de la politique. »

Mon intervention, cependant, ne passa sans doute pas totalement inaperçue car le soir même, alors que je lisais sous une lampe à huile devant la tente que je partageais, l'homme en chemise de lin surgit dans le crépuscule. La plupart des autres participants étaient réunis autour du feu de camp, et il resta un moment à m'observer dans la pénombre avant de s'avancer vers moi.

« Qu'est-ce que tu lis ? » Comme Brandt, il parlait un norvégien remarquable, avec un accent allemand à peine perceptible.

« *Pêcheurs au soleil d'été* de Sigurd Hoel. C'est norvégien, tu n'en as probablement jamais entendu parler. »

Il soupesa le livre dans ses mains. « Il a été publié en allemand avant l'arrivée au pouvoir des nazis. *Sünder am Meer*. Je l'ai d'abord lu dans ma langue maternelle, puis en norvégien. C'est plus facile de lire en langue étrangère des romans que l'on connaît déjà. Il m'a beaucoup plu. N'est-ce pas Fredrik et Erik que les garçons s'appellent ?

— Il ne faut pas oublier les filles, répliquai-je.

— Elles sont tellement naïves. Elles croient en un nouveau type d'hommes. Capables de bâtir un monde meilleur. Sans guerre, sans oppression, où les gens peuvent s'adonner à l'amour.

— Ce qui n'est pas ton cas ? » Une lueur moqueuse avait dû apparaître dans mon regard, mais c'est sur un ton on ne peut plus sérieux qu'il me répondit.

« Nous pensions pareil, déclara-t-il d'une voix triste. Mais l'amour et la solidarité ne triompheront pas du nazisme.

— Je m'appelle Vera, dis-je en lui tendant la main. Et toi ?

— Wilhelm », répondit-il posément. Il n'était probablement pas beaucoup plus âgé que moi, mais je remarquai aussitôt son calme. Il était contagieux. Wilhelm avait un visage ouvert et confiant et un regard qui me happait.

« Tu as mentionné l'Union soviétique tout à l'heure », dit-il d'un ton un peu raide et poli. Je me demandai si cette relative froideur était due au fait qu'il ne s'exprimait pas dans sa langue maternelle. « Qu'est-ce qui te touche personnellement dans ce pays ? »

Personne ne m'avait encore jamais posé la question de façon aussi directe. Depuis des années, je refoulais cet aspect de ma personnalité. Je n'en avais jamais informé Thor, cette partie de ma vie était restée dans le Nord. Au loin, j'entendais les voix allègres des autres participants. Je fixai mes pieds.

« Je préférerais ne pas en parler », murmurai-je.

Il me répondit par un hochement de tête silencieux et fixa l'obscurité.

Nous restâmes ainsi un long moment.

« Mais merci d'avoir posé la question. »

Il se leva et disparut dans la pénombre entre les tentes.

Le lendemain, toute la journée, je le cherchai des yeux. Le matin, nous étions allés nous baigner à Tippen, et l'après-midi, notre équipe de foot battit à plates coutures celle des pontes de l'AUF. Des gens comme Trygve Bratteli et Brandt étaient d'habiles orateurs qui en avaient nettement plus dans la tête que dans les jambes. Wilhelm demeurait invisible. Cela ne fit que renforcer l'aura mystérieuse qui l'entourait. Le soir, il y avait un bal, et tous les dirigeants des antennes locales m'invitèrent à danser. Mais je ne cessais de jeter des coups d'œil par-dessus mon épaule et retournai à la tente de bonne heure. Tout étourdie, je m'endormis dans mon sac de couchage. J'ignore combien de temps après, une voix me parvint à travers mes rêves.

« Vera », chuchota-t-elle.

Je regardai autour de moi, mes camarades dormaient et ronflaient, le bal était depuis longtemps terminé. Une silhouette apparut dans l'entrée de la tente, la lumière de la lune dans son dos dissimulait les traits de son visage.

Wilhelm.

« Ça te dit, une promenade au clair de lune ? proposa-t-il. Munis-toi d'un pull et de bonnes chaussures. »

J'étais trop dans les vapes pour éprouver la moindre nervosité ou excitation. Sans un bruit, j'enfilai un pantalon et laçai mes chaussures. Nous sortîmes dans l'herbe trempée de rosée. En silence et rapidement, nous nous glissâmes hors du campement, sous un ciel haut couvert d'étoiles, parmi les montagnes sombres.

« Tu vois là-bas ? » demanda-t-il en tendant le doigt. Deux vélos pour homme étaient adossés à un pin. J'enfourchai l'un d'entre eux. Il me fallait tendre les jambes au maximum pour pouvoir appuyer sur les pédales. Nous traversâmes Øra, lui devant, moi dans sa roue. Hormis un chat tigré gris qui passa devant nous, les rues étaient désertes. Un léger film de rosée s'était déposé sur la route. Dans les virages, je devais ralentir pour garder le contrôle de mon vélo.

Une fois la rivière franchie, ce fut le début des côtes. Ma bicyclette n'avait qu'une seule vitesse. Alors que Wilhelm semblait monter sans la moindre difficulté, je devais pédaler debout et déporter le poids de mon corps de droite et de gauche à chaque tour de roue. J'avais l'impression de tracter du plomb. Nous suivîmes le fjord jusqu'au bout avant de partir à l'assaut de la montagne. Au bout d'une éternité, la route s'arrêta enfin.

L'obscurité nous enveloppait toujours. Les nuits avaient rallongé depuis le solstice d'été.

Il descendit de vélo avec aisance.

« Tu aurais pu me prévenir qu'on allait participer aux olympiades ! m'exclamai-je essoufflée.

— Tu t'es bien débrouillée, Vera. »

Un sentier parfaitement visible malgré la nuit et les nombreux arbres s'enfonçait dans la forêt. Il me précéda. Le chemin était abrupt. Les bouleaux et la végétation verdoyante cédèrent peu à peu le terrain aux éboulis et à un univers minéral. Quand je manquai glisser sur un rocher, aussitôt il fut là, il m'attrapa par le poignet d'une main ferme. Nos regards se croisèrent. Nous continuâmes à grimper sans échanger un mot.

L'aube s'était levée autour de nous, mais je ne le remarquai qu'en arrivant sur le plateau. Derrière nous, au loin, tout en contrebas, je distinguai des grappes de maisons et nos tentes à Sunndalsøra. Dans la direction opposée, un fjord scintillant serpentait entre les sommets, jusqu'à la mer, à mille mètres au-dessous de nous.

Nous nous assîmes sur une petite corniche un peu plus bas. Wilhelm sortit un couteau et un saucisson de mouton et nous en coupa des rondelles.

« Nous aussi, nous avons des montagnes en Allemagne, fit-il remarquer. Mais la mer ne s'enfonce pas dans les vallées.

— Tu verrais aux Lofoten ! C'est comme si l'eau s'étendait jusqu'à mi-hauteur du Cervin et des montagnes autour.

— Tu viens de là-bas ? Ton dialecte ressemble à celui du Nord.

— Entends-tu vraiment la différence ? » demandai-je en riant.

Il hocha la tête. « Et si on partait aux Lofoten ? »

Je souris. « Ma vie est dans le Sud désormais. »

Wilhelm grignota une tranche de saucisson. « Pourquoi ? »

J'ignore pourquoi, mais un flot de paroles s'échappa soudain de mes lèvres. Je lui parlai de la côte ouest des Lofoten, ma région natale, où le soleil ne se couchait jamais en été et ne se levait plus en hiver, puis de la pièce sombre en sous-sol que ma mère avait ensuite louée au propriétaire terrien Ellingsen dans le petit port de pêche de Å.

La dernière lettre de l'alphabet.

Le bout du monde.

Je lui racontai l'histoire que ma mère m'avait confiée à contrecœur peu avant que je ne quitte le Nord. À propos de cette année 1919 où elle était partie travailler dans une boutique de Svolvær pour gagner de l'argent afin de pouvoir entrer à l'École normale. Par une chaude soirée d'été, ma mère était allée danser avec une amie.

Un bateau russe pomor était à quai dans le port et les gars de là-bas buvaient du kvas et de la vodka tout en enchaînant les danses traditionnelles qu'ils jouaient à l'accordéon. Après quelques tours de piste, l'amie de ma mère rentra chez elle et ma mère resta avec un étranger aux yeux foncés et aux cheveux acajou. Dimitri, il s'appelait. Il lui parla de la Russie, des villes aux flèches d'église en forme de bulbe doré, d'endroits si froids qu'ils devaient allumer des feux sous les voitures la nuit pour qu'elles ne se mettent pas en court-circuit. Il lui parla de ces somptueuses demeures où les domestiques apportaient du vin et du pain noir en accompagnement du caviar et des gigots rôtis dégoulinant de graisse sur des plateaux d'argent. Ils se marieraient, lui déclara-t-il, dans une église magnifique où la lumière tombait à travers des vitraux bleus, et jamais il ne la quitterait.

Je fus conçue cette nuit-là, sur ces belles paroles. Quand ma mère se réveilla, tard le lendemain, le Russe et le bateau pomor avaient disparu.

Wilhelm m'avait écoutée avec attention. « Et Dimitri n'est jamais revenu ?

— Quand j'ai eu l'âge, poursuivis-je, ma mère m'a emmenée au hangar à bateaux. Là, elle m'a montré un coffre qu'elle avait rempli d'affaires, au cas où Dimitri reviendrait. J'en ai éprouvé de la peine dans un premier temps, cela m'attristait que maman prenne ses désirs pour des réalités, sachant qu'ils ne se concrétiseraient jamais. Puis j'ai compris que c'était un geste symbolique : nous devions toujours nous tenir prêts à partir. Une fois le cours élémentaire terminé, j'ai mis les voiles. J'ai emballé toutes mes affaires dans le coffre. En me promettant de ne jamais revenir.

« Dire que je te raconte ça à toi ! m'exclamai-je. Alors que je ne l'ai jamais dit à personne. À ton tour maintenant. »

Tranquillement, à son tour, il raconta.

C'était une histoire compliquée, une scission au sein du parti social-démocrate allemand, entre les socialistes et les sociaux-démocrates ; il m'énuméra une longue liste de noms que je ne connaissais pas. Willy Brandt avait quitté le socialisme intellectuel et théorique pour rejoindre le parti travailliste. Dans le front commun contre le fascisme, expliqua Wilhelm, tout le reste était devenu secondaire. Mais alors que la plupart des Allemands exilés en Norvège étaient recherchés dans leur pays et rendus apatrides, en 1936 Brandt avait réussi à rentrer en Allemagne en se faisant passer pour un étudiant norvégien. La situation de Wilhelm était quant à elle différente.

Il était arrivé en Norvège à l'adolescence et avait intégré la communauté en exil profondément antinazie par le biais d'étudiants norvégiens. Ses parents, qui travaillaient dans la délégation allemande à Oslo, étaient apolitiques. Son casier judiciaire étant vierge, quand il était reparti en Allemagne à l'automne 1938, il n'avait pas eu d'autres choix que de faire son service militaire.

« Tu es dans l'armée allemande ? » demandai-je.

Il hésita avant de répondre.

« Il existe de nombreuses façons de se battre, Vera. J'ai la mienne. Et tu dois trouver la tienne. »

Les premiers rayons de soleil coloraient les montagnes autour de nous. Nous étions assis sur une corniche. Quand j'écris cela, plus de trente ans après dans la mansarde avec vue sur le fjord de Fana, je sens encore le sol inégal sous mes fesses et la bruyère qui me chatouille les chevilles, le soleil qui chauffe mes avant-bras nus et le goût du saucisson salé que je mâche. Je vois son visage enfantin et ouvert, ses yeux en amande et sa bouche sensible, ses cheveux blond foncé, la chemise kaki aux taches de transpiration, toute froissée après l'ascension. Comme je regrette de ne pas avoir, en cette matinée de juillet de ce merveilleux été 1939, dans la montagne entre Sunndalsøra et Øksendal, posé ma main sur la sienne et chuchoté : « Viens, on s'en va, toi et moi, tout de suite. »

Mais c'est toujours pareil, si l'on tenait compte de tout ce qui aurait pu être, les répliques que nous aurions dû prononcer, les choses que nous aurions dû faire, les gens que nous aurions pu aimer ou les livres que nous aurions pu imaginer, nous réécririons l'histoire du monde à l'infini.

Le soir même, il se mit à pleuvoir. L'allée du camp se transforma en un bain de boue. Wilhelm ne réapparut pas. Deux jours plus tard, je retournai à Bergen. Cet automne-là, je me découvris enceinte. La guerre éclata et la naissance d'Olav fut la lumière qui brillait à travers le couvercle d'un puits profond et sombre.

TRONDHEIM

Je dormis d'un sommeil léger et troublé cette nuit-là. En me réveillant dans la cabine de Ragnfrid, j'aperçus Munkholmen par le hublot. Nous arrivions à Trondheim. J'étais bien trop excitée et nerveuse pour réussir à avaler quoi que ce soit au petit déjeuner. Nous étions le jour J. Celui où je retrouverais Wilhelm, pour la première fois depuis le camp.

Je me tenais avec Ragnfrid et le petit Olav sur le pont-promenade quand le bateau accosta ; la coque heurta lourdement le quai. Thor arriva derrière nous, impeccablement mis dans un costume marron taillé sur mesure et en chapeau melon.

« Le navire ne repart pas avant ce soir », déclara-t-il.

Personne ne répondit, Olav geignit dans mes bras.

« Je vais enchaîner les réunions, continua-t-il, elles se poursuivront jusque tard dans la soirée. »

C'était exactement ce que j'avais espéré et la joie de me l'entendre confirmer, ajoutée aux attentes que cette journée éveillait en moi, me poussèrent à enrouler ma main autour de son bras.

« Dommage, j'aurais bien aimé visiter la ville avec toi, mais ce sera pour la prochaine fois. »

Sensible à mes flatteries, il sourit avec contentement. « Et ces dames, qu'ont-elles de prévu aujourd'hui ?

— J'imagine qu'il y a quelques jolies boutiques de confection dans le quartier de Nybyen, répondis-je en souriant. Nous pensions aussi aller boire le thé et nous poser quelques heures à l'hôtel Britannia. N'est-ce pas, Ragnfrid ? »

La bonne d'enfants hocha la tête d'un air renfrogné. Nous rejoignîmes la passerelle, beaucoup de monde débarquait.

Je lui souhaitai bon courage pour les réunions et, dans un moment d'égarement, alors que nous étions descendus à terre, devant l'abri du terminal de l'express côtier, je l'embrassai.

« À ce soir », sourit-il avant de disparaître.

« Vous lui avez menti ! s'exclama Ragnhild quand il fut parti. Vous avez menti à votre mari. Ça ne me plaît pas du tout. »

Je soupirai.

« Je lui aurais volontiers dit la vérité. Mais le prix à payer est parfois trop élevé. Si Thor demande ce que nous avons fait aujourd'hui, vous lui répondrez que nous avons pris une chambre à la journée au Britannia. Compris ? »

La bonne d'enfants ne répondit pas, mais elle baissa les yeux.

« Il y a un autre homme ? demanda-t-elle enfin.

— Oui, il y a un autre homme. »

Ragnfrid m'enleva Olav et s'éloigna avec lui.

*

Dans le ciel d'automne d'un gris charbonneux, la flèche en cuivre de la cathédrale ressemblait à un scalpel pointu. C'était une de ces journées où il ne fait jamais vraiment jour, où le moindre surgissement de lumière n'est qu'un bref intermède dans la perpétuelle obscurité.

Durant les heures précédant notre rendez-vous, j'errai sans but dans la ville. Mon cœur battait comme mille lipizzans au galop. J'avais souvent rêvé de lui. Il surgissait dans la cour de la propriété de Hordnes au volant d'une voiture : « Monte, ma chère Vera », disait-il galamment et nous partions à travers la campagne, le soleil dans le dos. Parfois je passais la frontière suédoise sur ses épaules charpentées. Qui était-il ? Un réfugié allemand rencontré au camp de la Ligue des jeunes travaillistes. Que savais-je de lui ? Peut-être n'était-il qu'un mirage.

Vue de l'entrée, la façade ouest de la cathédrale ressemblait à une paroi de montagne verticale et infranchissable. Des officiers allemands fumaient à l'extérieur sous les délicates arches gothiques, surmontées de rangées de chérubins, de saints, et dominées par les gargouilles et le Christ qui entouraient le tympan et la rosace.

Eux, je ne les craignais plus. J'entrai directement dans l'église.

L'ampleur de l'endroit me saisit quand je pénétrai à l'intérieur. Jamais je n'avais été dans un espace fermé aussi vaste. Les rangées de chaises étaient séparées par une large allée centrale qui menait à un autel éclairé. La nef était bordée de chaque côté par un alignement d'arcades massives et, au-dessus, les triforiums se terminaient par des voûtes en ogive, formant comme la proue d'un navire. Les murs de granit exhalaient une odeur d'humidité à laquelle se mêlaient celles d'un air un peu vicié, de l'encens et des cierges à la flamme vacillante.

La cathédrale était presque déserte. Pour éviter d'être remarquée, je rejoignis le transept en suivant le bas-côté plongé dans la pénombre.

Les clochèrent sonnèrent midi. Où était-il ?

À l'endroit où l'église prend la forme d'une croix, je m'assis près d'une colonne sur la gauche. Je levai la tête et fixai le plafond. La stéatite refroidissait l'air épais, on se serait cru dans une grotte.

Un instant la nervosité me submergea. Il vaudrait mieux pour tout le monde qu'il ne se passe rien. Qu'il ne vienne pas. Mais il était trop tard pour faire marche arrière. Je restai assise, accoudée au banc devant moi, le regard rivé sur le chœur.

La première chose que je perçus fut le bruit de ses semelles, un claquement dur pareil à celui de sabots en bois. À côté de moi, des chaussures se glissèrent sous l'agenouilloir. Des souliers étroits, parfaitement cirés. Mon regard remonta le long de la jambe de pantalon bleu foncé, aux plis marqués. Spontanément, mes mains se mirent à trembler.

Il posa le bras sur le dossier et chuchota à mon oreille.

J'étais incapable de prononcer le moindre mot.

« Tu as perdu ta langue, Vera ? Ce n'est pas le souvenir que je garde de toi.

— Ce n'est pas possible, murmurai-je. Dis-moi que ce n'est pas vrai. Dis-moi que tu n'es pas un officier allemand, que tu n'as pas infiltré le camp cet été. »

Il secoua la tête.

« Je ne peux pas nier que je porte l'uniforme, Vera. »

Un ange passa. La tête me tournait.

« Cela ne signifie pas pour autant que je suis un nazi. On ne vous a pas attendus pour mettre le monde en garde contre la peste brune, si je puis me permettre. Tu dois me croire. Bien que je ne puisse pas tout t'expliquer. Je suis sûr que tu as toi aussi des secrets, nous en avons tous. »

Je souris. « Tu as gagné. J'ai un fils, de trois mois.

— Tu vois. Nous sommes nombreux à combattre le nazisme dans les forces armées. Plus que vous ne le pensez, ici en Norvège.

— Les nazis ont conquis l'Europe avec l'armée la plus forte du monde, objectai-je. La France, les Pays-Bas, le Danemark, la Norvège. Les fascistes sont au pouvoir dans le sud de l'Europe. Même si tu dis vrai, que peuvent faire quelques résistants ? »

Des enfants de chœur dégingandés passèrent nonchalamment devant nous. Ils étaient plus jeunes que moi et me fixaient, l'air dur. Ils ressemblaient à des moines dans leur soutane sombre.

Un bedeau corpulent remonta l'allée centrale à pas lourds.

« Il ne faut pas qu'on nous aperçoive ensemble. Suis-moi, murmurai-je. Viens. »

Sans un mot, nous nous glissâmes derrière les colonnes et partîmes en direction des fonts baptismaux à côté de l'autel, ornementés et surélevés, comme sur un piédestal. Le crucifix en argent illuminait la pierre de taille verdâtre. Le Christ sur sa croix se trouvait à plusieurs mètres au-dessus de nos têtes. Nous empruntâmes la galerie derrière l'autel, jusqu'à un puits.

Avec précaution, Wilhelm se pencha au-dessus de la margelle, il paraissait presque nerveux à l'idée de devoir exprimer clairement ce qu'il ressentait. « Tous les catholiques allemands connaissent cette source. C'est ici que saint Olav fut d'abord enterré. Son eau est miraculeuse. »

Il but à la source. Peut-être était-il réellement croyant. Ce n'était pas la première fois qu'il venait ici.

« Effectivement, répondis-je, non sans une pointe d'ironie. Les ongles d'Olav ont continué de pousser après sa mort.

— Oui, mais ça c'est parfaitement logique, objecta Wilhelm. Quand on meurt, notre peau se déshydrate, puis se rétracte. Résultat : nos ongles paraissent plus longs. Le mythe d'Olav est une bonne histoire. Rien de plus.

— Mais au fond, qu'est-ce qui différencie la vérité d'un mythe ? demandai-je.

— Qu'est-ce que tu veux dire ?

— En ce moment même, tu te tiens à l'endroit qui serait le plus sacré de Norvège. *Cor Norvegiae.* »

Il sourit. « Le cœur de la Norvège, un nom qui en jette.

— C'est dans ce cercueil que saint Olav fut enterré après sa mort. Personne ne sait où il se trouve, et cela n'a guère d'importance. Car le mythe de saint Olav parle à plein de gens. »

Nous continuâmes à cheminer sous les colonnades. Au bout du transept, il y avait une pièce qui, de prime abord, ressemblait à une autre église à l'intérieur de la cathédrale : là encore, l'allée centrale qui séparait les rangées de chaises aboutissait à un chœur, un autel.

Nous nous tenions si près l'un de l'autre que je sentais son souffle chaud sur mon visage.

« Depuis notre dernière rencontre, j'ai passé des nuits à regretter, murmurai-je.

— Regretter quoi ?

— Que nous n'ayons pas fui ensemble. »

Il baissa les yeux. « Nous ne nous connaissons pas.

— Je suis mariée à un homme que je ne peux pas souffrir. Tu es dans une armée que tu détestes. Nous n'avons pas grand-chose à perdre.

— Tu as un fils.

— J'ai pris mes dispositions pour Olav. Nous descendrons à terre et passerons la frontière. J'ai des contacts. Mais tu dois me promettre une chose.

— Quoi donc ?

— Que tu es sincère. »

Son regard ne vacilla pas.

« Car si tu ne l'es pas, je tirerai un trait sur cette histoire. Tu comprends ? Je tirerai un trait sur la cathédrale, sur l'express côtier, sur toi.

— J'ai mon billet. Rejoins-moi sous le pont des officiers après le départ », dit-il.

Je regagnai la nef et levai les yeux vers la rosace.

Le vitrail filtrait la lumière. Des flammes jaunes se déversaient de l'escarboucle rouge sur fond bleu. Les anges soufflaient dans la trompette du Jugement dernier.

C'était ça qu'annonçait la rosace : le jour du Jugement dernier.

TROISIÈME PARTIE

LES LIAISONS DANGEREUSES

Chapitre 24

Finse 1222

Le train pour Bergen changeait de voie, bringuebalait et hurlait chaque fois qu'il pénétrait dans un tunnel. Allongée sur l'étroite couchette, Sasha ne trouvait pas le sommeil, la voix de sa grand-mère résonnait encore à ses oreilles. Ils s'étaient lu le manuscrit à voix haute, en alternant, un chapitre sur deux, pendant que le train cheminait bruyamment vers l'ouest à travers la vallée de Hallingdal, jusqu'à ce qu'ils aient terminé et que Johnny Berg range le paquet de feuilles dans son sac.

Elle était loin d'être une lectrice neutre, mais elle ne parvenait pas à se sortir le récit de la tête. Ni la voix de Johnny. Il avait lu la partie consacrée à Sunndalsøra et ralenti sa lecture lorsqu'il avait perçu le choc que lui causait l'apparition de Wilhelm.

Qui était-il ? Sa grand-mère était-elle tombée amoureuse d'un opposant allemand alors qu'elle était mariée – et profondément malheureuse, manifestement – au Grand Thor ? Si elle lui en avait un jour parlé, elle s'en serait souvenue. Or ce n'était pas le cas. Elle n'avait jamais abordé le sujet. Ce fut aussi Johnny qui lut le dernier chapitre et quand le manuscrit se referma dans la cathédrale de Nidaros, l'étrange appréhension de ce que l'intérieur d'une église peut parfois engendrer l'avait étreinte, celle de l'éternité de l'histoire et de la tragédie à venir. Wilhelm avait-il péri dans le naufrage ?

Le train passa la gare d'Ustaoset.

Sasha se sentait étrangement réveillée, elle s'habilla et sortit dans le couloir exigu. Elle partit vers l'arrière du train. Il avait beau faire nuit noire dehors, elle distinguait vaguement que la forêt avait laissé place à la végétation rase des hauts plateaux. Un militaire en uniforme dormait dans un carré de quatre places, un homme de son âge était plongé dans un roman, un spectacle rare qui à la fois la réjouissait et l'attristait. Deux filles, à peu près du même âge que les siennes, dormaient dans les bras l'une de l'autre.

Johnny était assoupi contre la fenêtre, le souffle régulier, la bouche entrouverte et le sac contenant le manuscrit sous sa tête. Il avait lui-même insisté : un simple siège lui convenait parfaitement. Il dormait comme un bébé où qu'il se trouve, avait-il affirmé.

Le train entama un virage. Elle resta dans l'allée centrale à le regarder. Dans la pénombre, ses traits sombres ressortaient. Subitement, il ouvrit les yeux et la fixa.

« Vous me surveillez ? » demanda-t-il d'une voix rauque.

Elle rougit en espérant que cela ne se voyait pas dans l'obscurité de la voiture.

« Je croyais que vous dormiez.

— Je ne dors toujours que d'un œil, murmura-t-il en souriant d'un air hébété. Un vieux réflexe du terrain. »

Vieux réflexe du terrain. Sasha avait rencontré suffisamment d'anciens officiers pour savoir que c'était le genre d'expressions que les militaires de carrière employaient volontiers, mais dans la bouche d'un journaliste c'était inhabituel.

« On va faire un tour ? » proposa-t-elle.

Ballottés entre les rangées de sièges, ils avançaient, jambes écartées, comme dans un bateau sur une mer agitée, à travers les voitures uniquement éclairées, çà et là, par une lampe de lecture et la pâle réverbération d'un écran allumé, jusqu'à ce qu'ils atteignent l'étroit couloir des voitures-lits.

Sasha s'arrêta et posa la paume de ses mains sur la vitre froide. À l'extérieur, la neige éclaircissait légèrement un panorama grandiose d'une blancheur infinie, des lacs couverts de congères sous un ciel étoilé d'un bleu glacé. Au loin se dressait la silhouette du glacier Hardangerjøkul. Le train ralentit et entra en gare de Finse.

« J'ai besoin d'une clope », déclara Sasha.

Ils sortirent sur le quai enneigé.

Il faisait un froid arctique. C'était encore vraiment l'hiver à cette altitude, elle discernait à peine le panneau tout givré *Finse 1222*. Le souvenir la fit sursauter : la carte postale que lui avait envoyée Mads juste avant la mort de Vera. Avant que tout ne change. Quelques touristes déchargèrent leur lourd matériel de ski et de kite sur le quai et l'emportèrent en direction de l'hôtel historique Heimatstil qui se découpait sur le paysage gelé sous la voûte céleste.

« C'est du lourd, ce qu'a écrit Vera, constata Johnny. Ce doit être particulier pour vous de lire une chose pareille. »

Sasha hocha la tête. « J'ai l'impression, d'une certaine façon, de découvrir ma grand-mère. Mais malgré ce sentiment de mieux la comprendre, beaucoup de questions demeurent.

— Sur la haine que lui inspirait son mari ?

— Par exemple, bien que je l'aie toujours sentie chaque fois que le sujet du Grand Thor était abordé. Ou sur le fait que sa mère soit morte deux ans avant ce voyage. Autant que je me souvienne, selon le récit familial, Vera était partie dans le Nord pour faire ses adieux à sa mère malade. Et où était-elle pendant la guerre ? Tout ce que je sais, c'est qu'elle est passée en Suède en 1944. Papa était alors trop petit pour s'en souvenir. Ces années-là sont une *terra incognita.* »

Johnny inspira une profonde bouffée de cigarette. « Vous êtes sûre que vous voulez continuer à creuser ?

— Que voulez-vous dire ?

— C'est votre famille, pas la mienne.

— Les témoins de l'époque ne sont plus de ce monde. S'il y a bien un moment pour sortir les squelettes du placard, c'est maintenant. La lecture du manuscrit m'en a encore plus convaincue.

— Dans ce cas, il ne faut pas que nous rations le train », dit-il en balançant d'une pichenette sa cigarette à moitié consumée dans une congère, juste à temps pour lui tendre la main et l'aider à monter avant que les portes ne se referment. Lentement, le train quitta la gare.

Ils restèrent face à face dans le couloir.

« Qu'a dit Johan Grieg concernant les archives à Bergen ? demanda Sasha.

— Que sans la correspondance entre Thor Falck et les autorités allemandes, le récit de Vera n'est rien de plus qu'une ébauche de roman. Il nous faut mettre la main sur le contrat passé avec l'amiral Carax.

— J'ai un peu réfléchi à l'identité de Wilhelm, dit-elle avec impétuosité. Je peux appeler les archives du Mouvement ouvrier ou de la Ligue des jeunes travaillistes afin de connaître le nom des Allemands en exil invités au camp de Sunndalsøra. Ou les Archives fédérales pour leur demander les matricules de la marine de guerre allemande à Bergen. »

Il hésita légèrement. « Pourquoi pas…

— Vous semblez un peu, comment dire… réticent », fit-elle remarquer alors que le train pénétrait dans un tunnel.

De nouveau, il hésita et se mordit la lèvre inférieure avant de répondre : « Je comprends que ce soit important pour vous, Sasha, mais j'écris la biographie de Hans. Vera Lind est un personnage secondaire, un personnage certes intéressant et fascinant, mais elle n'est pas le personnage principal de mon récit.

— Pourquoi êtes-vous ici alors ?

— Parce que tous les secrets de votre famille m'intéressent », répondit-il en soutenant longuement son regard.

Elle baissa les yeux. « Quel est le lien avec Hans ?

— Je me reconnais dans les outsiders de la famille Falck. Faire passer le travail avant la famille, sacrifier les personnes qui vous sont le plus chères pour quelque chose de plus grand. C'est tragique en un sens. Et en même temps compréhensible. Vous voyez ce que je veux dire ?

— Vous avez fait pareil ? »

Jonnhy sourit, presque tristement. « Si je me lance dans cette histoire, nous arriverons à Bergen avant que j'en sois à la moitié du récit. Et si on allait dormir un peu ?

— Où se trouve le manuscrit à ce moment précis ? demanda Sasha. De façon purement physique, j'entends.

— Ici, dit-il en montrant le sac accroché à son épaule.

— Pourrais-je… y jeter un œil cette nuit ? »

Le sourire blanc de Johnny se dessina dans l'obscurité. Il resta ainsi un long moment, alors que son corps bringuebalait au rythme des secousses de la voiture. Puis il posa le sac devant lui, ouvrit la fermeture Éclair et en sortit *Le Cimetière de la mer*.

« Bien sûr que tu peux. » Il lui tendit l'enveloppe. « Mais veille à dormir un peu, Sashenka, je crois que tu en as bien besoin. »

Sur ce, il repartit vers l'arrière du train. Sasha le regarda s'éloigner. Théoriquement, rien ne l'empêchait de jeter le manuscrit par la fenêtre, les mots se dissoudraient dans la neige mouillée, et tout redeviendrait comme avant. Il y avait chez Johnny à la fois une certaine intensité et de l'indifférence. Elle avait lâché tout ce qu'elle était en train de faire pour partir avec lui à Bergen par le train de nuit. D'autres journalistes n'auraient pas réussi à masquer une joie malsaine en découvrant des squelettes dans les placards de la famille Falck. Sasha avait vécu assez longtemps avec Mads pour connaître l'attraction que pouvait exercer la richesse. Mais Johnny ne paraissait pas impressionné par cela. Elle ne pouvait cependant pas manquer de remarquer son regard scrutateur, comme s'il notait ses moindres gestes et tous les détails extérieurs, ses ongles manucurés et les fleurs brodées sur son chemisier, comme s'il voyait à travers tout cela et directement en elle, sans sembler particulièrement ému de ce qu'il découvrait.

Mais pour qui se prenait-il ? Ou plutôt : qui était-il ?

Chapitre 25

Nous nous sommes élevés au rang de dieux

Le printemps arriva à Rederhaugen durant la nuit, aussi brusquement qu'un changement de décor pendant une pièce de théâtre. En l'espace de quelques heures, les dernières traces de neige fondirent et l'activité grouillante et bourdonnante du printemps succéda au paysage hivernal incolore. Soudain, les fourmis et les insectes surgirent dans les bois, les hépatiques fleurirent, les pépiements aigus et électroniques des merles noirs et des rouges-gorges retentirent. Des filets d'eau dévalaient les lits des ruisseaux pierreux jusqu'au rivage et l'hiver gelé inodore laissa place à l'odeur de la terre, du pollen et au parfum puissant des aiguilles de pin.

Le fœhn caressa le visage de Sverre quand il partit courir. Il s'était réveillé tôt. Le soleil était encore bas au-dessus du fjord. Il était en meilleure forme qu'il ne l'avait été depuis quinze ans. Il se sentait fier et fort. Il aperçut la voiture de son père qui remontait l'allée. Sverre lui adressa un signe de la main et accéléra le rythme. Quoi qu'il en soit, il ne l'aurait bientôt plus dans les pattes.

Dans l'armée, le nom ne signifiait rien. Son arbre

généalogique ne lui pèserait pas sur les épaules comme un joug. Là-bas, il volerait de ses propres ailes.

À partir du portail, il prit le sentier accidenté le long du fjord. D'ordinaire, quand il courait, il aimait écouter des podcasts de développement personnel ou historiques sur les empires révolus, les grandes batailles et les manœuvres audacieuses. Mais ce jour-là, il débordait d'énergie, trop pour se concentrer sur des sujets de cette sorte. Il avait l'impression de revenir d'un entraînement en altitude dans l'Himalaya, tellement il se sentait remonté.

Une heure plus tard, il franchit le portail dans l'autre sens, épuisé et satisfait. Il s'apprêtait à ouvrir la porte du vestiaire pour aller faire quelques longueurs dans la piscine, quand il entendit la voix de sa petite sœur dans son dos.

« Sverre, as-tu vu le vitrier aujourd'hui ?

— Le vitrier ?

— Les ouvriers dans la tour. Quelqu'un était censé venir réparer la fenêtre de la rosace.

— Non. Mais j'avais la tête complètement ailleurs. »

Sa petite sœur s'adossa au mur en pierre. « Tu pars quand ? »

Sverre haussa les épaules, avec suffisance. « La période de préparation commence la semaine prochaine, on devrait donc partir dans quelques semaines *a priori*. »

Andrea le regarda pensivement. « Je ne veux pas que tu y ailles. »

Sverre posa une main sur son épaule. « Je comprends bien que les missions à l'étranger soient aussi très dures pour vous qui restez à la maison. »

Sa petite sœur se détourna et secoua la tête. « Je

ne te parle pas de nous. C'est pour toi que ce n'est pas bien.

— Bien sûr que si, c'est très bien pour moi. Cette mission représente une opportunité unique. »

Andrea entrouvrit la porte de l'extérieur et alluma une cigarette. « La dernière fois que tu es rentré d'Afghanistan, tu avais le regard mort d'un moine qui aurait médité pendant dix ans d'affilée dans un monastère du Bhoutan. Tu n'es pas fait pour la guerre, Sverre. »

La petite voix qui se manifestait toujours quand quelqu'un le mettait face à des vérités désagréables retentit dans sa tête. Il devait avouer qu'il s'était souvent demandé comment cet homme, qui participait à des réunions avec des grands patrons et discutait avec des dirigeants politiques, pouvait être le même que celui en proie aux idées noires et aux insomnies.

« Tu es libre de penser ce que tu veux, riposta-t-il bravache, mais c'est l'armée qui me l'a proposé. »

Andrea semblait ne pas en avoir fini.

« C'est la seule fois de ma vie que j'ai été heureux, Andrea. Et pour rien au monde, je n'aurais voulu renoncer à ce que j'ai vécu en Afghanistan. »

Et il n'y avait pas renoncé. Ce n'était pas seulement l'aventure ou l'esprit de camaraderie auxquels il voulait rester fidèle. Mais aussi aux câbles au bord de la route, aux traits de lumière juste avant que le véhicule ne soit projeté en l'air par l'explosion, à l'odeur de cordite et de diesel, ou même aux talibans qui, dans les montagnes, leur tiraient dessus. Les civils ne le comprenaient pas et ne le comprendraient jamais.

« Il se peut tout à fait que l'homme qui trompe sa bonne femme soit heureux quand il le fait, répondit Andrea. Ce n'est pas pour autant qu'il doive recommencer.

— Que tu le veuilles ou non, je partirai, répliqua Sverre, avant de changer de sujet : Tu avais l'intention de monter dans la tour à la rosace ? »

Andrea devait aller chercher quelque chose à la cuisine. Dans le salon à la cheminée, ils croisèrent les filles de Sasha qui couraient partout et jouaient à cache-cache.

« Margot, Camilla ! » s'écria Andrea en ouvrant grand les bras. Aussitôt les deux petites accoururent vers elle en levant un regard légèrement craintif vers Sverre qui, contrairement à sa petite sœur, n'avait jamais su s'y prendre avec les enfants.

« Nous, on part en France aujourd'hui ! » s'exclamèrent les fillettes en chœur. Manifestement ce voyage les excitait. « Avec papa.

— Votre maman ne vous accompagne pas ? » demanda Andrea.

Camilla parut sur le point de fondre en larmes. « Maman, elle n'est plus jamais à la maison.

— Elle travaille, décidément tu comprends rien, toi ! » s'exclama Margot en faisant les gros yeux à sa sœur. Sverre avait toujours bien aimé cette petite *nerd* à lunettes de bientôt huit ans et aux connaissances nettement supérieures à celles de sa sœur et des autres enfants de son âge.

« Peut-être, mais c'est bientôt Pâques quand même, elle est pas obligée de travailler tout le temps, que je sache ! répliqua Camilla.

— Maman essaie de découvrir pourquoi grand-mamie était tellement fâchée contre papy. C'est important qu'elle le fasse, répondit Margot-la-petite-adulte en souriant à Andrea.

— Votre maman essaie de trouver les fantômes de

la famille ! » s'exclama Andrea, elle aussi avec un sourire. Elle adorait raconter des histoires à ses nièces.

« Des fantômes ? » demanda Camilla, inquiète.

Margot leva les yeux vers sa tante. « Dis, tata Andrea, tu pourrais nous raconter une histoire de fantômes ?

— OK », acquiesça-t-elle gaiement. Elle s'agenouilla devant elles et baissa la voix : « Je vais vous en raconter une, mais vous devez me promettre de ne pas faire de bruit quand vous monterez avec moi dans la tour à la rosace. Car on risquerait de réveiller les mauvais esprits. C'est compris ? »

Les fillettes hochèrent la tête, les yeux écarquillés. Andrea monta l'escalier en colimaçon, passa devant le bureau de Sverre au premier étage et celui d'Olav à l'étage au-dessus, puis grimpa encore deux volées de marches, jusqu'au palier où la cage d'escalier s'assombrissait.

« Grand-mère avait l'habitude de m'emmener ici quand j'étais petite, expliqua Andrea d'un air espiègle. Il nous faut quelqu'un pour symboliser le mal. Viens là, Sverre ! »

Sverre montra les dents et mima deux cornes de diable avec ses index en hurlant : « Ooooouuahhhhh ! »

Les fillettes s'écrièrent, surexcitées : « Vilain Sverre, vilain Sverre ! »

L'escalier grinça et s'étrécit. Par les petites meurtrières et derrière le filet de protection, on apercevait vaguement la cime des arbres. Andrea s'accroupit au sommet des marches.

« Il était une fois, commença-t-elle en allumant une allumette, une bonne d'enfants de Rederhaugen, qui s'appelait Ragnfrid. Elle était arrivée sur la propriété quand elle n'était encore qu'une jeune fille, après que ses parents, emportés par les tempêtes de l'automne, eurent disparu en mer. Ragnfrid était sévère, mais juste. Elle allaitait les enfants quand ils étaient petits, mais s'ils se comportaient mal, elle n'hésitait pas à sortir la baguette. Un petit garçon nommé Per se faisait régulièrement taper sur les doigts. C'était un bambin chétif qui venait pleurer dans ses jupes quand les grands l'embêtaient. Le papa de Per s'appelait Thor, et quand celui-ci eut un enfant avec grand-mamie Vera, Ragnfrid devint tout naturellement la nourrice du bébé. Mais voilà que Ragnfrid embarqua sur l'express côtier avec le petit Olav et sa maman Vera. Et, à son tour, Ragnfrid disparut dans les flots…

— Andrea ! la gronda Sverre.

— Vous voyez la rosace derrière vous ? continua Andrea, imperturbable, en montrant le vitrail du doigt. Si vous regardez à travers l'escarboucle rouge au milieu, vous verrez que, sur le fond bleu, des anges lancent des flammes jaunes. La fin est proche. »

Camilla avait levé ses menottes devant son visage.

« Je sais ce qu'est une rosace, intervint Margot, mais j'ai lu qu'on les trouvait dans les églises et Rederhaugen n'est pas une église. Pourquoi on en a une ici ?

— C'est parce que nous avons enfreint une des règles les plus importantes de l'Église, répondit Andrea gravement. Nous avons rejeté le Christ et refusé de le considérer comme notre Sauveur, et nous nous sommes élevés au rang de dieux. Ce qui est arrogant et présomptueux, nous serons punis pour ce péché.

— Moi, je ne crois pas en Dieu », rétorqua Margot tandis qu'elle et sa sœur escaladaient la rampe.

À ce moment-là, ils entendirent des pas dans l'escalier. Peu après, la tête de Mads apparut au-dessus des marches.

« Margot, Camille, vous êtes là ! Faut qu'on se dépêche ou on va rater l'avion !

— Au revoir, tata Andrea et vilain Sverre ! » s'écrièrent les fillettes avant de dévaler l'escalier.

Quand le bruit de leurs pas eut disparu, Andrea regarda par la fenêtre en plissant les yeux.

« Pourquoi tu laisses papa te mener à la baguette ? demanda-t-elle.

— Qu'est-ce que tu veux dire ?

— Tu sais très bien ce que je veux dire. Papa a toujours tenu à Sasha comme à la prunelle de ses yeux – en tout cas, jusqu'à maintenant. » Andrea pouffa de rire. « Je m'en fous, perso. Mais il se comporte comme une merde avec toi, et soyons honnêtes, tu le supportes mal. »

Sverre s'assit sur le rebord de la meurtrière en face de la rosace. Il inspira profondément. Il appréciait de se confier à sa petite sœur au téléphone, mais ça venait de lui. En revanche, il n'aimait vraiment pas quand elle se mettait en tête de l'analyser.

« De toute façon, bientôt je ne serai plus là, répondit-il crânement. Papa est comme il est. Qu'il fasse ce qu'il veut, ça m'est égal. »

Andrea secoua lentement la tête. « Qu'est-ce que tu peux être naïf ! »

Il déglutit et lui lança un regard de travers. « Naïf ?

— Tu crois que je n'ai pas remarqué que l'autre sangsue retorse, Martens Magnus, était venu te trouver ? Ça m'a frappé parce que je l'avais vu quelques jours plus tôt à Rederhaugen, et l'y ai revu quelques jours plus tard. Lui et papa discutaient dans le salon à la cheminée. Ils pensaient que je n'entendais pas leur conversation, mais ils parlaient de toi, Sverre.

— De moi ? » Il eut soudain l'impression que le

contenu de son estomac remontait dans sa gorge, comme l'eau dans un évier bouché.

— Papa a dit que tu avais besoin d'un défi à relever, qu'un tour en Afghanistan avec les commandos marine te forgerait le caractère. Il a lourdement insisté et MM a fini par accepter. À contrecœur.

— Ce n'est pas possible. » Sverre s'aperçut que sa voix ne portait pas. C'était comme si sa sœur lui avait décoché un coup dans le diaphragme, non, le coup venait d'Olav, il l'avait envoyé dans les cordes. La voix de son père résonnait dans sa tête :

Tu es un survivant, Sverre, un boxeur au menton en granit.

Il se réjouissait de cette mission justement parce que là-bas, on se foutait de ce que pouvait dire Olav. « Ils ont parlé avec mon ancien chef de section, c'est lui qui m'a recommandé…

— Je les ai entendus, répondit Andrea en secouant la tête. Les tentacules de papa sont partout, frérot. Mais ce n'est pas la seule raison pour laquelle je préférerais que tu restes. J'ai le sentiment qu'il va se passer quelque chose ici, que le navire commence à prendre l'eau, si tu vois ce que je veux dire. »

Elle disparut. Sverre s'appuya au mur en pierre rugueux. Quand son poing traversa le vitrail, il se rendit compte qu'il pleurait.

Chapitre 26

Poney Club Falck

Sasha n'était pas revenue à Hordnes depuis de nombreuses années, et il ne faisait aucun doute que l'endroit avait franchement connu des jours meilleurs. L'emplacement avec vue sur le fjord de Fana était, sans conteste, idyllique. En contrebas, dans le soleil du matin, la surface de l'eau scintillait à travers la forêt. La pluie avait cessé et le soleil printanier réchauffait l'air ambiant.

Johnny arrêta la voiture de location sur une petite aire de retournement que surplombaient des conifères et des érables. Une grille couleur rouille leur bloquait le passage. Sasha sauta de son siège pour aller ouvrir. Les gonds grincèrent.

« As-tu déjà rencontré la famille de Hans ? demanda-t-elle.

— Pas encore. Mais il m'a beaucoup parlé d'eux, surtout de sa fille.

— Hans vénère Marte. Ses fils, il ne les mentionne jamais, pas plus que sa nouvelle compagne, une interne, je crois, qu'il a rencontrée au service des urgences et qu'il a mise enceinte. Ce doit être sa troisième couvée.

— Hans m'a dit de très belles choses sur elle, répliqua Johnny en lui lançant un regard en coin.

Sérieusement, le clan d'Oslo, vous êtes plein de préjugés sur Hans, faut arrêter ! »

C'était dit d'un ton légèrement espiègle, genre le type qui veut avoir le dernier mot, mais il avait quoi qu'il en soit le don de lancer des remarques inattendues qui la déstabilisaient. La route sinueuse qui descendait vers la mer n'avait pas été aplanie et gravillonnée depuis longtemps, et il s'y était formé des trous et des ornières si profondes qu'une voiture ordinaire ne serait pas passée. Dans une clairière sur la gauche, elle aperçut ce qui devait être les vestiges d'un tracteur et derrière celui-ci, une grange basse tout en longueur, où la fenêtre du pignon était bouchée par une planche de contreplaqué. Comme à Rederhaugen, l'allée se terminait devant une fontaine, mais celle-ci ne coulait plus et les chevaux cabrés qui l'entouraient étaient tachés de rouille et de suie.

« Tu te souviens du passage sur les lipizzans ? demanda Sasha en montrant du doigt des écuries délabrées sur lesquelles était placardé un panneau couleur pastel indiquant *Poney club Falck – Shetlands à louer : âge conseillé 3-6 ans*. Dans les années trente, cette propriété faisait de l'ombre à Rederhaugen. Et regarde ce que c'est devenu : un poney club ! Jusqu'où peut-on tomber ? »

Elle mit le pied dans du crottin de cheval en descendant de voiture et jura à voix basse. « Cette famille me rappelle la France et ses vieux aristocrates déchus, murmura-t-elle, ceux qui vivent dans des châteaux somptueux, mais qui tremblent de froid, assis devant leur cheminée.

— Je ne peux pas dire que je les plaigne, objecta Johnny en allumant une cigarette. Si c'est si terrible que ça, ils n'ont qu'à vendre le monstre et emménager dans un pavillon !

— Un pavillon ? » Elle leva les yeux au ciel. « Je te rappelle quand même que cette propriété appartient à Vera. Du moins, appartenait. Hans et sa famille la louent à un prix bien inférieur à celui du marché. Et des domaines pareils, ça ne se vend pas comme ça. Tu m'étonnes que la question du testament les préoccupe ! »

Comme Rederhaugen, cette propriété se trouvait sur une presqu'île, bien que celle-ci soit plus petite et le terrain plus accidenté. Elle était dominée par la maison de maître, située sur une butte qui, à cette heure, baignait dans le soleil. La villa Heimatstil était massive et jaune colza. Elle s'élevait sur deux étages et la peinture bleue des encadrements de fenêtres s'écaillait. Elle avait une entrée imposante avec un grand perron, surmonté d'une terrasse et, encore au-dessus, d'un pignon pointu.

Sur les marches, Marte et une autre femme allaitaient chacune leur nourrisson.

« Sasha ! » s'exclama Marte. Avec son bébé dans les bras, elle se leva et l'embrassa à la française, sur les deux joues. « Quel plaisir de te voir. Tu as l'air plus en forme que jamais ! »

À son grand agacement, Sasha devait reconnaître que la grossesse numéro trois de sa cousine n'avait en rien entamé sa beauté. Son poncho et sa robe tachés de lait maternel ne faisaient que souligner son côté libre et hippie. Elle avait une silhouette élancée et gracieuse, et un visage où le nez aristocratique tutoyait de grands yeux vifs. C'était une force de la nature.

Marte se tourna vers la seconde femme, d'à peu près son âge, mais avec des cernes noirs sous les yeux.

« Papa n'est pas là. Mais je vous présente Synne… » Elle observa un silence. « Ça donne quoi ? La compagne de papa, et donc ma belle-mère. »

Synne les salua pendant qu'elle tentait d'endormir son bébé en le berçant.

« Et voici mon demi-frère, sourit Marte en regardant Johnny et Sasha alors qu'elle caressait les cheveux de l'autre bébé. On dit bonjour au petit Per. »

Sasha sourit et pinça affectueusement la joue du bout de chou, avant de se tourner vers Johnny.

« Et voici Johnny Berg.

— Mon Dieu ! » Le visage de Marte s'illumina à la vue de Johnny. « C'est vous qui écrivez la biographie de papa ? »

Marte serra sa main une fraction de seconde de trop quand ils se saluèrent. Les hommes lui tournaient autour comme des guêpes autour d'un verre de sirop, et ce depuis toujours. Bien que Marte soit plus jeune qu'elle, Sasha l'avait toujours admirée. Elle avait la même attitude nonchalante et je-m'en-foutiste qu'Andrea, mais alors que sa petite sœur avait un côté asexué, Marte Harriet Falck était l'incarnation d'une sensualité physique et érotique à l'état brut.

« Restez dîner avec nous, je suis sûre que papa sera ravi, poursuivit Marte en montrant le fjord du doigt. Comme d'habitude, il est parti pêcher le repas.

— Tant que nous ne faisons pas trop de bruit, intervint Synne. Ça perturbe le sommeil de Per. »

Marte haussa les sourcils et lança un regard accablé à Sasha. « Il n'y a rien de mieux pour un enfant que de s'endormir au bruit des rires et des voix animées autour d'une table. »

Elle sourit à Johnny. « Qu'allez-vous écrire sur papa, au juste ? Il faudrait qu'on se parle.

— Bien sûr, c'est quand vous voulez. Mais pour le moment, je travaille sur les sources écrites.

— C'est-à-dire ? » Marte rejeta ses cheveux blond foncé en arrière tout en berçant son petit dans l'écharpe porte-bébé.

« Tout ce qui tourne autour des compagnies maritimes Falck, du rapport au père, à l'héritage, répondit Johnny prosaïquement. Vera Lind a passé un hiver ici en 1970 et si j'ai bien compris, c'est à cette occasion que votre père et elle ont vraiment fait connaissance. Il semblerait qu'il y ait de la matière à ce sujet dans les archives de la compagnie. »

Sasha remarqua un changement dans l'expression de Marte quand Johnny mentionna ces éléments, la curiosité mêlée de scepticisme laissa place à un grand sourire et à l'affabilité. Que savait-elle exactement de la dernière conversation entre Hans et Vera ?

« Les archives prennent la poussière dans ce bâtiment là-haut. Je n'y ai pas mis les pieds depuis des années, déclara Marte. Je suis sûre qu'en fouillant un peu, vous devriez pouvoir trouver les journaux de Hitler. Mais il y a du boulot, vu la quantité de boîtes.

— Tu pourrais nous ouvrir ? » demanda Sasha.

Marte les conduisit jusqu'à une sorte de grenier sur pilotis situé entre les vieilles écuries et la villa Heimatstil.

« Putain, Synne, elle est relou ! » murmura-t-elle en recroquevillant sa main autour de sa bouche.

Une lourde odeur de poussière et de renfermé leur sauta aux narines quand elle leur ouvrit la porte et resta sur le pas de celle-ci, le bras tendu contre le battant.

Ils regardèrent autour d'eux. Il régnait un bazar sans nom dans la pièce, qui donnait l'impression de ne pas avoir été rangée depuis une éternité. Des classeurs de la même couleur et sans aucune indication dessus étaient alignés sur les étagères, de grands cartons jonchaient le sol, on pouvait à peine circuler.

« Amusez-vous bien ! » leur lança Marte.

Par une lucarne, Sasha la vit disparaître au coin du bâtiment et repartir vers la maison.

« Elle est magnifique, n'est-ce pas ? constata-t-elle.

— Mon Dieu. Elle ne ferait pas un peu du rentre-dedans ? » répondit Johnny. Sasha ressentit une petite pointe de joie mauvaise.

Elle saisit un classeur sur une des étagères. *1896-1898*, indiquait-il. Il était rempli de commandes, de comptes rendus et de courriers jaunis. « "Correspondance DHS, Siège social, janvier-mars 1896". Si tout est classé comme ça, on devrait s'en sortir, fit-elle remarquer. Il suffit de chercher la correspondance de 1940, d'octobre plus précisément. Logiquement, c'est là que devrait être rangé le contrat du Grand Thor avec l'amiral Carax.

— Mmm… », répondit Johnny en se caressant le menton.

Ils se répartirent les tâches et se mirent au travail. Tandis que Johnny se concentrait sur les cartons par terre, Sasha essayait de trouver un système dans les classeurs sur les étagères. Besogne qui s'avéra plus ardue que prévu. Déjà, seuls les dossiers concernant les premières décennies – de 1896 à 1918 – avaient l'année inscrite au dos. Ensuite les archives devenaient plus labyrinthiques. La correspondance restait classée par trimestres – janvier-mars, avril-juin, juillet-septembre, octobre-décembre – mais il manquait l'année, elle devait ouvrir chaque classeur pour la connaître. Et il y avait absolument de tout dans cette correspondance trimestrielle du siège, cela allait de la construction des bateaux aux problèmes de livraison ou au travail effectué en collaboration avec La Bonne Intention, l'œuvre de bienfaisance de Bergen, à propos d'une bourse pour les « enfants particulièrement doués ».

Elle jeta un coup d'œil en direction de Johnny. Les oreilles coiffées d'un gros casque, il procédait avec méthode. Pourquoi s'intéressait-il autant à cette affaire ? Il y avait chez lui quelque chose de militaire, de par son physique mais aussi dans sa façon de scanner la pièce du regard, bien que son style se distingue radicalement de celui qu'elle avait pu observer chez les officiers que fréquentaient son père et son frère. Peut-être avait-il suivi le prestigieux cursus de russe à l'école militaire ? Mais il avait un côté futé et espiègle qu'elle n'associait pas à l'élite issue de ces rangs. Le renseignement ? Il faudrait qu'elle lui pose la question à l'occasion.

« Johnny ? »

Sasha avait déjà trié plusieurs mètres linéaires, un travail laborieux mais indispensable dont elle avait une certaine expérience.

« Oui ? » Il enleva le casque.

« Tu as trouvé la correspondance de 1940 ? »

Il secoua la tête. « Non, ici je n'ai que celle de 1941 à 1945. On est bons pour continuer à chercher. »

Il ne restait plus à Sasha qu'un pan de mur à explorer. Elle commença tout en haut des rayonnages, en allant de la gauche vers la droite et en sortant systématiquement chaque classeur pour vérifier de quelle année datait la correspondance. 1929. 1937. 1931.

Elle trouva les importations de 1940 dans le coin tout en bas. D'un coup, la somnolence qui avait commencé à s'emparer d'elle s'envola. *DHS : Quatrième trimestre 1940 octobre-décembre.*

« Johnny ! » appela-t-elle.

Il souleva son casque : « Quoi ? demanda-t-il d'une voix forte.

— Viens voir, je crois avoir trouvé ce qu'on cherche. »

Johnny la rejoignit.

« Regarde. Ça commence ici, le 1er octobre 1940, le mois du naufrage. »

Elle pensa aux lettres du manuscrit, entre le directeur Thor Falck et l'amiral Otto Carax, datées du 21.10.1940, concernant les mouvements de troupes allemandes.

« Voyez-moi ça ! » s'exclama une voix chaleureuse dans leur dos.

Tous deux sursautèrent et se retournèrent brusquement vers la porte. Le front haut et ridé de Hans Falck était bronzé par le soleil du désert de son dernier séjour au Moyen-Orient.

« Alexandra Falck et John Omar Berg, dit-il. Un couple magnifique, si je puis me permettre. Aurais-tu fichu ton social-démocrate de droite à la porte, Sasha ? »

Elle soupira.

« Il est en vacances avec les filles en Provence. »

Hans gloussa. « Quand on commence à partir en vacances chacun de son côté, crois-moi, c'est que dans les faits le mariage est mort.

— Oui, et tu t'y connais en mariages ratés, répliqua-t-elle, ça fait partie de tes domaines de compétence, au même titre que l'anesthésie en zone de combat et la lutte pour l'indépendance kurde. »

Il jeta un regard autour de lui dans la pièce. « Qu'est-ce que vous cherchez ? »

Alors que le train traversait les montagnes, elle avait mûrement réfléchi à ce qu'elle pourrait répondre à cette question précise. « Je dois parler de la vie de grand-mère et de son œuvre pendant le SAGA Arctic Challenge et je documente le dernier voyage de l'express côtier. Quant au travail de Johnny, tu le connais.

— Je n'ai jamais vu cet homme auparavant, plaisanta Hans. Mais quand je bossais au Moyen-Orient, j'ai ouï dire qu'il fallait s'en méfier. Vous trouvez des choses intéressantes ? »

Sasha lança un regard furtif à Johnny. « Peut-être. En fait, on aurait besoin d'une petite heure de plus.

— Hors de question ! s'exclama Hans. Il y a du cabillaud frais qui nous attend. Vous pourrez continuer demain. Personne n'a mis le nez dans ces archives depuis 1970, et si vous n'étiez pas venus, personne n'y aurait probablement touché pendant les quarante-cinq prochaines années. »

Chapitre 27

Ils sont tous morts

Johnny descendit à la villa Heimatstil. Jusqu'à maintenant, les pièces du puzzle s'imbriquaient exactement dans l'ordre qu'il avait espéré : Grieg qui lui donnait le manuscrit, Sasha qui mordait à l'hameçon, l'histoire de Vera et sa matière compromettante sur la famille Falck. Et ce n'était que le début, il en était sûr.

La déco de la salle à manger des Berguénois était pour le moins hétéroclite, comme l'architecture de ces grandes villes où les périodes de grandeur et de déclin ont déposé leurs différentes strates. L'héritage maritime de la famille Falck se manifestait dans les aquarelles de schooners sombres aux lourds cadres dorés sur la tapisserie à fleurs, sa décadence et ses soucis économiques à travers le froid de canard qui régnait dans la maison. Des jouets d'enfant de couleurs pastel traînaient partout sur le sol et côtoyaient des bibliothèques Billy de travers, surchargées de romans du réalisme magique en édition club. Côté cuisine, le plan de travail en pagaille était parsemé de carottes à moitié coupées et d'herbes aromatiques, à côté desquelles trônaient les bustes grisonnants de Lénine et Marx sur le rebord de la fenêtre.

« Je vais tenter de coucher Per », annonça Synne.

Dans une vague odeur de couche pleine, Hans souhaita bonne nuit au bébé, l'embrassa, puis déposa un baiser dans les cheveux de sa compagne, avant de se tourner vers Sasha et Johnny.

« Trente-cinq ans que je suis père de jeunes enfants ! s'exclama-t-il en écartant les bras. Trente-cinq ans, vous vous rendez compte ?

— Dit comme ça, c'est à croire que tu es complètement maso ! rétorqua Sasha.

— Putain, en tout cas, je suis super-content que tu sois venue, Sasha », poursuivit-il en posant la main sur l'épaule de sa jeune cousine.

Johnny remarqua que son dialecte distingué de Bergen s'était enrichi de quelques jurons, sûrement un élément conscient ou inconscient dans la construction de son image.

Soudain, une silhouette puissante aux longs membres surgit dans la pièce. L'homme en veste de survêtement sur laquelle tombaient des cheveux de jais attachés en queue-de-cheval embrassa Marte. « Tu connais Sasha, je te présente Johnny, dit celle-ci. Voici Ivan, mon mari, un artiste spécialisé dans les installations, qui a son atelier ici. »

Ivan hocha la tête sans un mot.

« Au fait, comment vous êtes-vous rencontrés ? demanda Marte, appuyée au plan de travail de la cuisine, avec un verre de vin à la main. Je veux dire, toi papa et Johnny ?

— À Beyrouth, répondit Hans en donnant une claque virile sur l'épaule de Johnny. Il ne m'a pas fallu longtemps pour comprendre que ce garçon était taillé pour quelque chose de plus grand que le journalisme. Les autres reporters passaient la majeure partie de leur temps dans le hall de réception de l'hôtel, alors que Johnny était en permanence sur le terrain. C'était encore une de ces putains d'invasions d'Israël. Beyrouth a été bombardée et pulvérisée. Une crise humanitaire majeure.

— Vous n'aviez pas peur ? demanda Marte en regardant Johnny.

— Bien sûr que j'avais peur, répondit-il poliment. Il ne faut pas croire les gens qui prétendent ne pas avoir peur. Mais ce genre de conflits paraît plus effrayant à distance que sur place. »

Marte sourit. « On croirait entendre papa !

— C'était comment au Kurdistan ? demanda Johnny à Hans.

— Pire que jamais, comme tu peux l'imaginer. Je me souviens d'avoir reçu un jour dans les territoires palestiniens occupés la visite de parlementaires norvégiens. “Ça ne peut pas continuer comme ça”, se sont-ils offusqués en voyant comment étaient traités les Palestiniens. Ils ignoraient à peu près tout du fonctionnement de cette région, bien que la situation soit à peu près la même depuis soixante ans. Eh bien maintenant, c'est au Kurdistan que ça barde. Les djihadistes gagnent du terrain, l'Occident reste sur la touche, les Kurdes sont les seuls à faire vaillamment tampon avec un califat qui s'étend de Damas à Bassora et soutenu par la Turquie. L'EI a bombardé une maternité avec l'artillerie, par chance on a réussi à mettre les enfants à l'abri. »

Hans eut un sourire las. « Mais assez parlé de tout ça. On mange ? »

Le long d'un des murs de la salle, il y avait une commode en acajou verni, et autour de la table, des chaises tapissées de velours brodé sous des lustres en cristal.

Marte et Hans apportèrent les plats – du cabillaud,

du foie et des pommes de terre bouillies au beurre persillé – et leur servirent du vin rouge chilien bon marché dans de grands verres à lait. En bout de table, le mari de Marte ne disait pas un mot.

« Tout d'abord, j'ai une mauvaise nouvelle à vous annoncer. On vient juste de m'informer de la mort de Johan Grieg. Un homme que plusieurs d'entre nous ici connaissaient par différents biais.

— Johan, mort ? demanda Sasha d'une voix épaisse.

— Insuffisance surrénalienne, poursuivit Hans. Il était malade depuis longtemps et il a fait un malaise hier soir. Le pauvre diable n'a pas réussi à mettre la main sur son *antidote.* »

Johnny lança un coup d'œil furtif à Sasha. La mâchoire lui en tombait.

« À Johan, dit Hans en levant son verre. Un bon ami, un homme et un éditeur formidables. À une longue vie bien remplie ! »

À Johan, marmonnèrent les convives autour de la table.

Il s'ensuivit un silence.

« Excellent ton poisson, papa », le complimenta Marte et les autres hochèrent la tête. Hans se lança aussitôt dans un exposé sur la pêche au filet et les astuces qu'il avait apprises aux Lofoten dans les années soixante-dix lorsqu'il n'était encore qu'un jeune médecin de gauche dans le nord de la Norvège.

« Vera venait de là-bas, ajouta Hans en regardant Sasha. Mais elle avait un rapport compliqué à cet endroit. Ni Olav ni toi n'avez été beaucoup dans le Nord, si je ne m'abuse ? »

Johnny remarqua que Sasha se tortillait sur sa chaise, mal à l'aise.

« As-tu rencontré… » Elle hésita avant de poursuivre : « … As-tu rencontré beaucoup de gens qui connaissaient grand-mère là-bas ?

— Moins que j'aurais pu l'imaginer, répondit Hans. La vie était rude là-haut en ce temps-là, beaucoup mouraient jeunes ou partaient. Et les hameaux de la côte ouest des Lofoten ont été abandonnés après guerre.

— Il devait quand même bien rester des gens qui se souvenaient d'elle ? »

Hans les resservit en vin. « Tu as entendu parler du docteur Schultz ? »

N'obtenant pas de réponse, Hans poursuivit. « Schultz était un pionnier, un homme de conviction, un médecin légendaire qui travaillait pour les services publics et qui a quitté les milieux intellectuels d'extrême gauche d'Oslo dans lesquels il avait grandi pour aider les pêcheurs et les gens ordinaires du Nord. Il fut un modèle pour moi et de nombreux médecins engagés de ma génération.

— Comment connaissait-il Vera ?

— Il s'est occupé d'elle quand elle était petite à l'hôpital de Gravdal lors de son hospitalisation pour la polio.

— Grand-mère en a gardé toute sa vie un pied tombant. » Johnny voyait que Sasha était émue. « Mais elle le cachait bien.

— Le docteur Schultz et sa femme, qui était institutrice, ont vite compris que ta grand-mère était une enfant particulièrement vive d'esprit. Ils se sont occupés d'elle, ont alimenté ses lectures et ont insisté pour qu'elle termine le collège alors que sa mère s'y opposait. Puis ils l'ont aidée à partir dans le Sud. Et ils l'ont accueillie chez eux quand elle est revenue aux Lofoten après le naufrage. »

Assis en face de Sasha, Johnny percevait sa curiosité. « Vera a habité chez eux pendant la guerre ?

— De façon sporadique, je crois. Mais tout cela, je l'ai déjà raconté à Olav à plusieurs occasions, sans qu'il semble y attacher la moindre importance.

— Moi, ça m'intéresse, répondit Sasha. J'ai envie de raconter sa vie lors du colloque sur l'express côtier.

— Aha… » Hans hocha la tête. « C'est aussi dans cette intention que tu consultes les archives ? »

Avant que Sasha ait eu le temps de répondre, un cri retentit dans la maison pleine de courants d'air. « Hans ! »

Synne avait quitté la table pour coucher le bébé. Elle était penchée au-dessus de la rampe de l'escalier raide, avec le nourrisson dans les bras et le visage à peine visible par la porte entrouverte. Elle avait l'air agacée. « Per ne dort toujours pas. À toi de t'y coller !

— Laisse-le pleurer, il va finir par s'endormir et viens plutôt boire un verre de vin avec nous, ma chérie ! » s'écria Hans.

Synne demeura insensible à son charme. « J'allaite, rétorqua-t-elle d'un ton irrité.

— Et tu sais comme moi que les conseils à l'allaitement en Norvège sont l'œuvre de pasteurs et de moralistes, Synne. Un verre de vin ne pourra que vous faire du bien à toi et au petit ! »

Une porte à l'étage se referma dans un claquement brutal.

« Tu ne pourrais pas lui donner quelques tuyaux, Marte ? soupira Hans. T'as su y faire dès le début avec tes enfants, toi. »

Marte rejeta la tête en arrière. Manifestement, elle souffrait du syndrome qui touche les femmes les plus belles. Elle était de toute évidence habituée à ce que les hommes acquiescent avec ferveur à la moindre de ses paroles et à ce que l'ambiance dans la pièce change dès qu'elle y entrait. Elle n'était pas habituée à devoir lutter pour retenir l'attention, mais la force tranquille qui émanait de Sasha – moins impétueuse et expressive que sa cousine – fascinait nettement plus Johnny.

À contrecœur, Hans monta l'escalier.

Marte les resservit en vin, en but une grande gorgée, puis se tourna vers la cousine de son père : « As-tu détruit le testament de Vera, Sasha ? »

Le silence tomba autour de la table, seuls étaient désormais audibles le raclement des couverts dans les assiettes et les gouttes légères sur la vitre. Il avait recommencé à pleuvoir.

« Qu'est-ce que tu racontes ?

— Papa m'a dit que Vera avait écrit un manuscrit ici en 1970. Qui a été saisi et détruit.

— Puisque tu en sais manifestement plus que moi, répondit Sasha acerbe, je suis preneuse de toutes les infos que tu pourrais avoir sur l'endroit où se trouve le testament. Car personnellement, je n'en ai pas la moindre idée.

— Le testament de Vera ne sera pas en votre faveur. Papa déteste les conflits et ne voudrait pour rien au monde gâcher l'ambiance alors que tu nous fais l'honneur de ta visite, mais il reste que Vera lui a fait des promesses concrètes avant de… » Ici Marte mima des guillemets avec ses doigts : « … “se suicider”. »

Le visage de Sasha avait pris une pâleur anémique.

« Mon Dieu, mais quelle impudence ! s'exclama-t-elle avec une colère réprimée. C'est moi qui ai trouvé grand-mère. La police a enquêté sur son décès.

— Vera a promis à papa de faire en sorte que la propriété nous revienne, répondit Marte, et aussi de nous léguer une somme d'argent conséquente. Mais il y avait autre chose. Qui, semble-t-il, ne pouvait pas être discuté au téléphone.

— Johnny, appela Hans Falck du haut de l'escalier. Le petit dort à poings fermés. Viens, j'ai quelque chose à te montrer. »

Le mur de l'escalier était tapissé de plusieurs lithographies de Toulouse-Lautrec, d'une étagère de romans policiers qui étaient passés entre de nombreuses mains et d'une aquarelle du *Prinsesse Ragnhild*.

« Ah te voilà ! » demanda la voix de Hans dans son dos, du ton calme et doux d'une personne qui tient un bébé dans ses bras. Johnny s'arrêta devant une commode couverte de photos encadrées. Il leva les cadres sous ses yeux. Il y avait là des dignitaires et des personnages éminents de la société norvégienne mais aussi du monde entier, quelques titres arabes de professeur honoraire et des plaques. C'était comme un panthéon des dirigeants arabes, kurdes et afghans, tous amis de Hans Falck.

« Ils sont tous morts, ou presque, murmura Hans. Les personnes héroïques ne font pas de vieux os là-bas.

— Ces photos me renvoient au Moyen-Orient, répondit Johnny tout bas.

— À quoi penses-tu en premier ?

— Aux odeurs. Le cumin, les cèdres, le diesel et la viande d'agneau grillée.

— Tu vois cette femme ? »

Hans s'arrêta devant une photo et tendit le doigt. Un jeune homme en chemise kaki et coiffé d'un chèche, lui-même probablement, avec des oliveraies en arrière-plan. Et une jeune femme en débardeur noir moulant, munie d'une kalachnikov. Le visage était peut-être trop typé pour qu'on puisse le qualifier de sublime au sens conventionnel du terme, mais Johnny ne parvenait pas à détacher son regard de ses yeux brûlants et sombres.

« C'est à elle que je pense en premier, murmura Hans.

— Qui est-ce ?

— Mouna Khouri. Une Palestinienne chrétienne réfugiée au Liban, expulsée en 1948, un personnage central des organisations militantes. Une force primitive, tuée par les phalangistes à Beyrouth durant les massacres des camps de Sabra et Chatila.

— C'est elle que vous avez essayé de sauver ?

— C'était impossible, et pourtant depuis plus de trente ans je ne cesse de me demander ce que j'aurais pu faire de plus pour y parvenir.

— Hans, vous avez sauvé plus de vies que pratiquement n'importe qui.

— Tu as sans doute raison », répondit ce dernier pensivement.

Johnny le regarda. « De quoi vouliez-vous me parler ?

— Qu'as-tu découvert depuis notre dernière entrevue ?

— Je suis allé chez Johan Grieg juste avant qu'il meure. Il m'a donné la première partie du *Cimetière de la mer.* »

D'un air concentré, Hans fixait un point dans l'air. « Le manuscrit de 1970 ? Ah ben ça alors ! s'exclama-t-il, sans croiser son regard.

— Grieg était l'informateur des Renseignements généraux en 1970, poursuivit Johnny. J'ai une note de service qui le prouve. Je l'ai utilisée pour faire pression sur Grieg et le convaincre de me donner la première partie. Sasha et moi l'avons lue ensemble. Nous sommes ici pour vérifier ce qu'affirme Vera dans le manuscrit.

— Bon travail, Berg. Je savais que tu étais l'homme de la situation. Laisse Olav et ses successeurs scier la branche sur laquelle ils sont assis.

— Le manuscrit raconte la première partie du voyage de l'express côtier de Bergen à Trondheim. Il contient des accusations concrètes contre Thor Falck, que Vera a étayées de lettres émanant des archives privées de Det Hanseatiske Dampskibsselskab. C'est elles que nous cherchons.

— Prenez le temps qu'il vous faudra.

— Je ne comprends toujours pas très bien ce que le manuscrit de Vera Lind a à voir avec le règlement de la succession, ni avec le fait qu'Olav m'ait abandonné dans la cellule d'une prison au Moyen-Orient. »

Hans hésita une seconde avant de répondre. « Commençons par la fin. Quand j'étais là-bas la semaine dernière, j'ai rencontré un Norvégien des milices kurdes, un tireur d'élite.

— Mike alias NorwegianSNIPER, l'interrompit Johnny. Je l'ai déjà rencontré. Mais il n'est pas tombé au front ?

— Non, il n'est pas mort, murmura Hans. Je l'ai croisé dans un hôpital au nord de Mossoul. En revanche, il est sacrément furax contre les autorités et le renseignement norvégiens, qui, selon lui, l'ont poignardé dans le dos. Il m'a raconté avoir joué les intermédiaires il y a un an entre le renseignement et un Norvégien qui devait partir en mission dans le califat.

— Et ? » Johnny sentit son cœur s'accélérer : ne serait-on pas en train de parler de sa propre affaire ?

« L'opérateur norvégien a été capturé et quand Mike les en a avertis, on lui a répondu que le type était en réalité un djihadiste, et que lui-même était soupçonné d'avoir aidé un terroriste. Oui, c'est bien de toi qu'on parle, Johnny.

— Où se trouve Mike à présent ?

— Je serais tenté de penser qu'il est de retour sur le front, dans la section peshmerga. Envisages-tu de repartir, Johnny ? Souviens-toi que je t'ai confié la tâche d'exhumer le testament de Vera Lind. »

De nouveau, Johnny sentit l'odeur du Moyen-Orient.

« Écoutez-moi bien, Hans, répondit-il à voix basse. J'ai découvert plus de choses dans cette affaire que n'importe qui d'autre en cinquante ans. Dans *Le Cimetière de la mer*, Vera décrit une rencontre avec un amiral allemand sur l'express côtier, avec lequel le Grand Thor aurait conclu un accord. La collaboration est une chose, mais ce n'est pas tout. Vous connaissez HK ?

— Un vieux roublard.

— D'après lui, la collaboration avec les Allemands pendant la guerre a marqué le début d'une autre activité. À l'époque, les Allemands ont construit des tunnels et un abri antiaérien à Rederhaugen, qui ont ensuite servi de dépôt d'armes pour un stay-behind. En 1970, Vera Lind écrit un manuscrit qui est saisi pour des raisons de sécurité intérieure. Les détails, je ne les connais pas, mais il doit s'agir d'un lien entre SAGA et les services secrets du réseau stay-behind. L'année dernière, sans le savoir, j'ai été missionné par SAGA. Autrement dit : le lien entre la fondation et les services secrets existe toujours. Si vous voulez vraiment la peau d'Olav, vous devriez vous réjouir que je parte au Kurdistan et m'y encourager. Car ces deux histoires pointent toutes deux dans la même direction : Rederhaugen et Olav.

— OK, se contenta de dire Hans. Sois prudent. »

Chapitre 28

Les zones grises de la guerre

Pour dormir, Sasha avait mis son téléphone sur silencieux et à son réveil, elle découvrit une succession d'appels manqués d'Olav. Ses messages étaient comme toujours laconiques, mais il « l'invitait fortement » à le rappeler « à propos du soi-disant biographe Johnny Berg ». Elle savait bien que son père allait lui faire la leçon habituelle sur le fait qu'aucun Falck ne devait parler aux journalistes et que ce biographe était un incapable. Quant aux autres messages qu'il avait laissés, ils attendraient.

Elle s'habilla et descendit dans la cuisine. Hans était déjà assis devant un petit déjeuner frugal. Par la porte entrouverte de la salle à manger, elle constata que personne ne s'était donné la peine de débarrasser la table du dîner de la veille. Dans la lumière du matin, les taches de gras étaient visibles sur les verres de vin à moitié vides. Un chat noir s'était discrètement faufilé parmi les assiettes et mangeait les restes dans le plat de poisson.

« Bien dormi ? » demanda Hans d'un ton dynamique.

Elle hocha la tête.

« Olav m'a appelé plusieurs fois.

— Il attendra », répondit Sasha en versant du lait dans son café. Elle n'avait pas faim.

Sasha aurait eu plein de questions à poser sur la conversation que Hans avait eue avec sa grand-mère au téléphone, mais elle décida que le moment ne s'y prêtait pas. « Johnny est levé ? »

Hans attrapa une brique de jus d'orange, s'en servit un verre puis s'agita nerveusement dans la cuisine. « Il s'est levé tôt ce matin. »

Sasha fut saisie d'une légère inquiétude. Nous travaillons ensemble, avait-il dit, elle ne voulait pas que Johnny commence avant qu'elle ne soit prête. « Il est déjà dans les archives ? »

Hans mit un petit moment avant de répondre. « John a dû partir. »

Son cœur se pinça. « Pardon ? »

Hans écarta les bras. « Il m'a demandé de l'excuser de ne pas t'avoir prévenue avant, mais comme tu le sais, les choses vont vite au Moyen-Orient. Un des plus importants dirigeants du parti communiste kurde, un homme que je connais depuis la nuit des temps, a accepté une interview à la dernière minute.

— Attends un peu ! » Sasha se frotta les yeux pour évacuer les dernières traces de sommeil. « Tu es en train de me dire qu'il est parti au Kurdistan ? »

Hans hocha la tête.

« Par un vol matinal via Francfort. Berg est mon biographe. L'histoire de Vera est passionnante, mais elle n'en reste pas moins un personnage secondaire dans cette histoire. »

Sasha se leva et alla à la fenêtre. Le fjord scintillait. Cette affaire puait. À la demande de Johnny, elle avait tout laissé en plan pour le suivre. Comme elle s'était sentie heureuse quand ils avaient lu et discuté du manuscrit, si compromettant soit son contenu. À présent, elle se sentait trahie. Je dois reprendre la situation en main, songea-t-elle.

« J'ai une proposition, dit-elle en fixant longuement Hans. Que toi et Johnny Berg cessiez immédiatement votre collaboration sur ce projet de biographie. »

Hans se renversa sur sa chaise en souriant, les mains derrière la tête. « Quelle proposition hardie, Sasha. Et la liberté d'expression, tu en fais quoi ? J'ai cru un instant que tu tenais de ta grand-mère et que toi aussi tu étais en quête de la vérité. Mais là, j'ai plutôt l'impression d'entendre ton père.

— Je croyais qu'on condamnait les concepts "bourgeois" comme la liberté d'expression chez les communistes ? »

Hans éclata d'un rire légèrement condescendant. « Les années passant, je me considère davantage comme un socialiste libre.

— Je n'ai pas dit que tu devais mettre un terme à ton projet de livre, mais de mettre fin à cette collaboration. Je voudrais moi aussi embaucher Berg, pour faire la lumière sur l'histoire de Vera. Je dédommage l'éditeur et je le rémunère pour un projet financé par SAGA. J'imagine qu'on devrait pouvoir surenchérir sur ton offre et l'avance des éditions Grieg.

— Une proposition gaillarde, ma foi. Mais je ne suis pas sûr que Johnny soit le genre de personne à se laisser acheter. Olav n'a jamais compris que ce type de personnes existe, je pensais que tu étais peut-être différente. »

Il s'ensuivit un silence de quelques secondes.

« C'est au Liban que tu as rencontré Johnny ? » finit par demander Sasha.

Hans émit un rire dédaigneux. « John est un jeune

homme talentueux, or ceux-ci ne poussent pas sur les arbres. Tu as lu l'interview qu'il a faite de moi à Beyrouth ?

— Tu sais ce que Johnny a fait ces dernières années ? Ses derniers articles remontent à cinq ou dix ans.

— J'ai cru comprendre qu'il avait traversé une période difficile. Ce sont des métiers qui vous usent, je pourrais te citer plein d'exemples dont j'ai été témoin. La guerre est un stimulant puissant, peut-être le plus fort qui existe. Les reporters sont particulièrement exposés et vulnérables, car ils travaillent seuls, sans suivi professionnel, ni personne pour leur poser des limites, beaucoup finissent dans le fossé. Il n'était pas très en forme quand je l'ai trouvé.

— Trouvé ? Qu'est-ce que tu veux dire par là ? »

Le sentiment de Sasha d'avoir été trompée s'accrut encore.

« Johnny a été emprisonné au Kurdistan l'an passé, expliqua Hans calmement. Je ne connais pas les détails, mais les Kurdes redoutent les combattants étrangers occidentaux, à raison, il se peut donc que cela vienne d'un malentendu. Plusieurs journalistes occidentaux prétendument accusés d'espionnage croupissent actuellement en prison au Moyen-Orient. »

Johnny, emprisonné au Kurdistan ?

« Peu de Norvégiens, je pense, ont d'aussi bons contacts que moi dans cette région. La vérité est que j'ai été appelé, en douce, par un ami dans les services secrets il n'y a pas très longtemps.

— Qui ça ?

— Je soupçonne que cette personne préfère rester anonyme. Il m'a demandé de faire jouer mes contacts afin de libérer John, pour raison humanitaire. »

Sasha se leva et alla à la fenêtre. Il pleuvait, le brouillard était lourd et bas au-dessus du fjord.

« Nous vivons en Norvège, dit-elle en regardant l'eau, et non dans une république bananière où il faut qu'un médecin gauchiste intervienne pour sortir de la panade un ressortissant norvégien abandonné à son triste sort par les autorités. »

Hans posa la main sur la sienne quand elle vint se rasseoir. « La Norvège est, certes, un pays où il fait bon vivre, cela ne signifie pas pour autant qu'il ne s'y passe pas des choses guère reluisantes. La Norvège officielle n'aime pas les histoires qui écornent son image irréprochable. Ce qui pourrait être le cas si nous racontions réellement ce qu'il se passe sur le terrain lors de nos opérations à l'étranger. Ou quoi que ce soit qui écorne l'image de nos grands héros de la Résistance pendant la guerre, comme ta grand-mère a essayé de le faire. Tu es une archiviste, Sasha. Tu fouilles le passé. Mais es-tu vraiment prête à affronter les conséquences que pourraient avoir les recherches que tu mènes sur ta propre famille ? »

Sasha se redressa sur sa chaise. « Oui. Tu vivais ici en 1970 quand Vera a écrit son manuscrit ? »

Pour la première fois pendant leur conversation ce matin-là, elle nota que Hans était pris au dépourvu par une de ses remarques ou questions. Sans répondre, il débarrassa la table et commença à ranger les assiettes dans le lave-vaisselle.

« Effectivement », confirma-t-il.

Elle se tourna vers lui et scruta son visage buriné éternellement bronzé. « Que s'est-il passé exactement, Hans ?

— L'étude des archives, c'est ton domaine, Sasha, peut-être vaut-il mieux que tu découvres tout cela par toi-même, déclara-t-il le doigt tendu en direction du grenier sur pilotis. Tu devrais y trouver les réponses à tes questions, et dans le cas contraire, j'aurais tendance à penser que c'est une réponse en soi. »

L'air humide de la côte ouest s'abattit sur elle quand elle sortit. Qu'avait donc bien pu vouloir dire Hans ? Le sol herbeux était détrempé sous ses pieds, elle suivit un sentier en partie recouvert par la végétation, les roseaux mouillés qui le bordaient fouettaient légèrement les jambes de son pantalon.

Elle saisit le classeur contenant la correspondance de la DHS en 1940. Afin de bien comprendre le contexte, elle commença par le début de l'année. Que percevaient Thor Falck et les dirigeants de la compagnie de la situation en Europe, de ce qui était en train de s'y mettre en place ? Pas grand-chose, en réalité. La vie et les affaires semblaient suivre leur cours habituel.

Il ressortait clairement que Thor Falck avait assisté à de multiples réunions avec les autorités allemandes après l'invasion au printemps 1940, bien que celles-ci soient souvent dissimulées sous l'appellation technique de services ou de directions. Ce qui, en soi, n'avait rien d'illégal ou de particulièrement immoral à l'époque. Il était normal qu'un directeur de compagnie maritime cherche à s'adapter à un nouveau système, quel qu'il soit. À la fin du mois de juillet, les rendez-vous les plus importants avaient été pris par le directeur adjoint. Cette période correspondait à la naissance d'Olav. « 3 jours de congé social ont été accordés au directeur Falck. »

Enfin, elle parvint au quatrième trimestre, qui commençait au 1er octobre. La correspondance était conséquente et soigneusement datée. Sasha s'efforçait de recenser tous les détails qui y figuraient, une succession infinie d'informations techniques sur les bateaux et les tonnages qui ne lui évoquaient rien : *P.G. Halvorsen*, *Vela*, *Hovda*, *Juliane*. Le navire norvégien S/S *Tindefjell* partait du quai des Douanes tandis que les bateaux norvégiens *Finse* et *Taiwan* ainsi que le navire allemand S/S *Kattegatt* partaient de Laksevågshopen, de l'atelier de Laksevåg et de Dokken. Et ainsi de suite.

C'est alors qu'un détail la frappa. Si une série d'opérations étaient quotidiennement reportées jusqu'au vendredi 18 octobre, il y avait un grand blanc dans les archives entre le samedi 19 octobre et le jeudi 24 octobre, où seule apparaissait la mention : « Naufrage du DS *Prinsesse Ragnhild* hier, au large de Landegode. Beaucoup de morts redouté, le directeur Falck parmi les disparus. »

Mais il n'y avait absolument rien durant les jours qui s'étaient écoulés entre le départ de l'express côtier de Bergen et son naufrage.

Elle vérifia dans le manuscrit de Vera. Les dates qu'elle mentionnait étaient bien celles qui manquaient. Elle n'avait par conséquent rien qui puisse étayer les allégations de Vera, aucune trace de l'accord passé entre Thor Falck et l'amiral Carax. Sasha se leva et traversa le grenier. De nombreuses années auparavant, c'était dans cette pièce que, cet hiver-là, sa grand-mère avait écrit *Le Cimetière de la mer*, avant que le manuscrit ne soit saisi.

Elle repensa à ce que Hans avait dit à propos de l'image irréprochable et des zones grises pendant la guerre. Quelqu'un avait subtilisé les documents prouvant les actes commis par le Grand Thor, comme on supprime la présence de personnes compromettantes en retouchant des photos historiques. Mais qui ?

Et pourquoi ? Ces personnes avaient-elles lu le manuscrit et savaient-elles ce qu'elles cherchaient ?

Elle poursuivrait son enquête où que celle-ci doive la mener. Et elle trouverait la seconde partie du manuscrit de sa grand-mère.

Chapitre 29

Du russe sur les radios

Kurdistan, Irak du Nord

Johnny était assis sur le siège passager du taxi, une vieille Toyota à la vitre latérale scotchée et au châssis qui raclait le sol quand la route devenait cahoteuse. Les djihadistes avaient mis le feu aux puits de pétrole et de la fumée lourde et noire s'élevait dans les airs. Ça puait le pétrole brûlé.

Cette action était mauvais signe. Elle visait de toute évidence à brouiller la visibilité des bombardiers alliés. Si l'EI incendiait ses propres sources de revenus, c'était parce qu'une grosse action se préparait.

Le chauffeur sentait la transpiration rance et écoutait depuis le début du trajet des *nasheed* sur la radio antédiluvienne qui trônait sur le tableau de bord. Juste après qu'ils eurent passé un panneau indiquant « Mossoul 29 km », son vieux Nokia sonna. Johnny entendait qu'il parlait en kurde et comprenait une partie des mots qu'il employait.

« Étranger… journaliste, j'ai dit… oui, on est en route. »

Le mauvais pressentiment qu'il avait depuis qu'il avait atterri à Erbil se renforça. Les Kurdes avaient beau faire partie des plus grands ennemis du califat, il ne fallait pas oublier qu'une part non négligeable d'entre eux le soutenaient. Le chauffeur de taxi n'avait même pas besoin d'être un pilier idéologique, il suffisait qu'il soit un pauvre diable avec une famille à nourrir. Un journaliste étranger pouvait rapporter gros. Parmi les otages qui avaient eu la gorge tranchée en direct à la télé, plusieurs étaient des reporters.

Johnny se pencha en avant sur son siège et fit mine de se gratter la cheville droite pour vérifier que son couteau était bien en place. Il l'avait acheté la veille au marché noir, un KA-BAR à lame noire et au manche raboteux couleur noisette, un petit couteau de combat très maniable utilisé par les marines américains. Il n'avait aucune idée de sa provenance. Les Américains avaient fourni beaucoup de matériel aux Irakiens. Les djihadistes l'avaient volé, et le couteau était sans doute une prise de guerre des Kurdes quand ils avaient lancé l'assaut.

Le paysage plat du désert s'étendait sous leurs yeux. Le chauffeur ralentit. Johnny lui jeta un regard en coin. Un check-point se profilait à l'horizon. S'il voyait, en approchant, qu'il s'agissait de l'EI, il devrait instantanément poignarder son voisin à la gorge et braquer le volant pour passer. Y parviendrait-il ? Le chauffeur n'aurait pas le temps de réagir, mais lui-même n'était pas sûr de s'en sortir.

Il y avait peu de voitures sur la route devant eux et ils arrivèrent rapidement au barrage. Les soldats portaient des uniformes américains, ce qui n'était pas forcément de bon augure. Dans une offensive de choc l'année précédente, les terroristes avaient eu le dessus sur les forces irakiennes équipées par les Américains. Ils avaient saisi leur matériel et donné aux soldats le choix : rester avec eux ou les accompagner jusqu'au ravin où les exécutions de masse étaient commises.

« *Sahafi*, dit Johnny aux soldats barbus. Je suis journaliste. »

Les soldats en faction s'emparèrent de ses papiers et disparurent. Johnny tambourina impatiemment des doigts sur le tableau de bord. Tout s'était déroulé beaucoup plus vite qu'il n'aurait osé l'espérer. Dès que Hans lui avait raconté l'histoire de Mike, il avait su qu'il devait partir. Son domaine, c'était le Moyen-Orient, pas l'histoire de la guerre en Norvège. Si traumatisants soient les souvenirs qu'il gardait de la prison, c'était ici qu'il trouverait le fin mot de cette affaire.

De Bergen, il avait pris un avion pour Francfort, et de là pour la capitale kurde. Avant d'atterrir à Erbil, il avait craint que son nom soit d'une façon ou d'une autre fiché. L'Américain qui avait mené l'interrogatoire en lui infligeant la torture de l'eau était le seul auquel il avait donné son vrai nom. Ce n'était pas le cas.

Il était passé rapidement à la douane et s'était rendu dans une pension qu'il connaissait d'avant, dans le vieux quartier chrétien d'Ankawa en périphérie de la ville, où il était encore possible de se procurer de l'alcool. De plus, il préférait éviter les hôtels cinq étoiles, qui, généralement, grouillaient de journalistes et d'humanitaires occidentaux.

Il avait envoyé un message sur Instagram à NorwegianSNIPER, qui l'avait rappelé le soir de son arrivée sur une ligne cryptée. La situation avait évolué, avait-il annoncé. La pression sur le front ne cessait de s'accroître. Ils étaient en état d'alerte maximale. Le général

Kovle, un ancien tueur à gages kurde qui dirigeait la section, avait supprimé toutes les permissions. Le seul moyen qu'ils avaient de se rencontrer, dit Mike, était que Johnny le rejoigne.

Aller en zone de guerre impliquait de devoir toujours attendre, comme à cet instant-là. Après une éternité, le soldat de garde revint. Le soleil était bas dans le ciel et la chaleur de l'après-midi laissait peu à peu place à l'obscurité froide de l'intérieur des terres ; les nuits étaient encore fraîches ici.

« Dehors, le journaliste », ordonna le soldat en faisant signe à Johnny de se placer face à un mur, la paume des mains contre le béton et les jambes écartées.

« Journaliste, vous avez dit ? » demanda le soldat en sortant le couteau de Johnny de la jambe de son pantalon. « *Front... closed... for sahafi.* »

Johnny fixait le crépi écaillé. Il avait toujours eu du flair pour détecter les personnes en qui il pouvait avoir confiance et les ennemis. Ces gars n'étaient pas des djihadistes. Et la zone était interdite à la presse. Il décida de tenter sa chance.

« *Mukhabarat*, dit-il en arabe avant de passer à l'anglais avec un fort accent américain : Je travaille pour les services de renseignement. Nous sommes là pour localiser des combattants étrangers occidentaux. »

Tout en sifflant, il s'efforça de mimer la trajectoire d'un obus de mortier.

« Aha ! » Le visage du soldat s'illumina. « *You will... kill... Daesh terrorists... booom ! Welcome to The Kurdish Peshmergafront, my friend !* »

*

La nuit était tombée quand ils entrèrent dans le village que Mike lui avait indiqué. Depuis que Johnny avait prononcé le mot *mukhabarat*, le chauffeur corpulent se montrait très respectueux à son égard.

La lumière de la nuit teintait les maisonnettes de couleur sable d'un éclat bleu, leurs contours étaient dominés par les flèches des minarets et des églises. Les chrétiens et les musulmans cohabitaient avant l'arrivée des barbares. Ce n'était plus le cas. Cette pensée l'affligeait, le Moyen-Orient le rendait toujours triste et énergique. Le chauffeur klaxonna, quelques soldats sortirent. Johnny paya et adressa un signe de tête à l'homme au volant. La voiture disparut.

Il n'y avait pas un bruit. Dans une ruelle des chiens errants aboyèrent. Il porta son paquetage léger jusqu'au poste de garde, qui s'avéra être une villa privée quittée par des Assyriens chrétiens l'année précédente. Assis par terre, un groupe de soldats kurdes jouaient aux cartes, tandis que d'autres regardaient sur un petit écran ce qui ressemblait fort à un *soap* turc. L'ambiance paraissait paisible. Une photo du général Kovle était accrochée au mur.

« J'ai rendez-vous avec Mike », annonça-il.

Un Kurde allemand qui parlait anglais lui expliqua que Mike se trouvait à un poste avancé à un kilomètre de là, il lui proposa de l'y emmener. « Il se pourrait bien que ça barde cette nuit, le prévint le Kurde alors que la voiture cahotait sur le chemin plein d'ornières.

— L'état d'alerte ne semblait pas particulièrement élevé chez vous, fit remarquer Johnny.

— *My friend.* Nous connaissons Daesh, nous les entendons sur la radio tous les soirs. Nous savons quand ils se préparent à attaquer. Ce n'est pas encore pour tout suite, mais cela ne saurait tarder, cette nuit peut-être. »

Il montra du doigt une bâtisse plongée dans l'obscurité. « Et sinon, Mike se cache là-bas. »

Malgré la nuit noire, Johnny reconnut dans l'édifice en question une ancienne église. Il se présenta à de jeunes soldats en faction qui le laissèrent passer et il entra dans une pièce haute. Accrochée au-dessus de l'entrée détruite, il devinait une croix. Il aperçut un escalier en colimaçon sur un côté du chœur et monta à l'étage.

Mike était assis contre un mur. Dans la faible lueur du téléphone, Johnny vit qu'il avait des cheveux foncés courts. Une barbe bien taillée entourait son visage rond. Autour de lui, il avait empilé des romans de Jan Guillou, Jon Michelet et Ken Follett en édition de poche, ainsi que des canons sans recul et des grenades à main.

« Tu as fini par trouver, constata Mike dans un dialecte de l'est de la Norvège normalisé. On peut dire que tu as choisi ton jour. Ça faisait un moment que c'était calme. Je viens juste de rentrer de l'hôpital. D'habitude je ne suis pas ici, mais ce soir, je crois que c'est judicieux. »

Johnny ne savait pas à quoi il s'était attendu, mais il émanait de cet homme douceur et prudence. Son fusil de tireur d'élite, au canon braqué vers la petite lucarne, était posé au milieu de la pièce, derrière des sac de sable.

« Ce fusil Barrett m'a sauvé de nombreuses fois la vie, l'informa Mike. Je n'avais pas les moyens de me le payer en fait, mais grâce à un financement participatif sur Internet j'ai pu me le procurer. Il vaut de l'or. »

Il fut interrompu par un grésillement de la radio, suivi d'échanges en français. Johnny ne comprenait pas tout, mais il était question de chiens kurdes.

« C'est l'ennemi. L'État islamique. Des volontaires qui parlent de nombreuses langues. L'arabe, bien sûr, mais aussi le russe, le français. Ils écoutent nos fréquences et nous les leurs. Ça m'arrangerait de parler le français, histoire de leur dire de la fermer.

— Là, je peux peut-être t'aider, dit Johnny. Essaie : *Ta gueule, Mohammed, nique ta mère.* »

Mike eut un rire sec. « Tu peux répéter ? »

Après avoir corrigé sa prononciation, Mike fit comme il disait. Juste après, des injures en français explosèrent dans le poste.

Johnny remarqua qu'il se détendait avec Mike. De même que des Norvégiens se reconnaissaient toujours à l'étranger, il reconnaissait toujours ceux qui avaient déjà donné la mort.

Ils étaient une nation de meurtriers et Mike en était véritablement un citoyen.

« Les Français, rigola Mike. Tant que ce sont eux qui parlent, je ne suis pas inquiet. Par contre, quand on entend du russe, le danger est imminent. Les Russes sont de loin les meilleurs soldats de l'EI. Il arrive que les renseignements ou les forces spéciales françaises viennent sur le front. On ne mange jamais aussi bien que quand ils sont là, il y a du vin rouge, de la ratatouille. »

Johnny se souvint que HK avait tenu les mêmes propos, et se surprit à se demander quelle serait la réaction de son ancien chef s'il apprenait qu'il était reparti au Kurdistan. Il sourirait dans sa barbe.

« Le renseignement vient ici pour localiser les combattants étrangers français afin de pouvoir en abattre un maximum. Il y en a un sacré paquet dans le califat, et s'ils retournent en France, ce sera l'enfer sur terre. »

Quand Mike se leva et se dirigea vers l'ouverture, Johnny vit qu'il boitait.

« C'est Hans Falck qui t'a soigné, n'est-ce pas ?

— Coup de bol qu'il ait été dans le coin. Autrement, je ne donnais pas cher de ma jambe.

— Il m'a parlé de votre rencontre. Mais il y a encore des choses que je ne comprends pas. »

Mike avait servi dans la section des tireurs d'élite et avait participé à plusieurs missions en Afghanistan. L'avancée du califat dans le pays natal de ses parents avait tout changé. Regarder des massacres en restant sans rien faire, il ne pouvait pas.

Mike avait démissionné et était parti sur le front. Par l'intermédiaire d'un Kurde allemand, il avait atterri dans la section du général Kovle. Mike racontait son histoire de façon très militaire, son récit était aussi détaillé qu'un télégramme, sans adjectifs ni points d'exclamation.

Mike s'était signalé auprès du service de renseignement norvégien pendant une permission, mais ils n'avaient pas donné suite. Le temps avait passé.

« Puis voilà que je reçois un message d'une vieille connaissance de la section des tireurs d'élite. Il utilise un code militaire qui me permet de l'identifier.

— C'était qui ?

— Un type nommé Sverre Falck.

— Sverre Falck ? » Johnny écarquilla les yeux.

Mike hocha la tête.

« J'avais mal pour lui quand il était dans la section. Les gars se moquaient de lui. Le fils à papa, ils l'appelaient, ou le gosse de riche. S'il était arrivé là, c'était uniquement grâce à son père, disait-on. Un tireur habile, de fait, mais sinon sans grand talent. Faible psychiquement. Il a complètement dévissé après quelques engagements en Afghanistan, à la fin il passait plus de temps chez l'aumônier militaire qu'avec les gars. »

Mike poursuivit. « Quoi qu'il en soit, Sverre Falck était une tout autre personne quand il est venu me voir. Trop bien habillé pour le Kurdistan. Il a dit qu'il venait au nom de je ne sais plus quelle organisation humanitaire, mais ça puait les renseignements à plein nez. Il avait sur lui dix mille dollars en cash, c'était la moitié. Je ne voulais pas d'argent, mais il a insisté, alors je l'ai accepté, cet argent me permettrait d'acheter des trucs pour les gars sur le front. Le reste me parviendrait si je faisais comme il demandait, soit me procurer une arme portative et la déposer avec cinq mille dollars…

— … dans un coffre de la Kurdistan International Bank, compléta Johnny. C'est là que je suis allé chercher le matériel. »

Mike hocha la tête. « Sverre Falck travaillait pour le renseignement norvégien.

— Non, répondit Johnny. Sverre Falck est venu pour le compte de SAGA. Ce n'est pas le service de renseignement qui est à l'origine de cette opération, car elle n'aurait jamais été acceptée politiquement en Norvège. C'était une mission privée, sans que nous le sachions.

— On s'est servi de nous, et on nous a tous les deux laissés dans la merde.

— Sverre Falck est l'élément clé dans cette affaire. Personne ne nous croira s'il ne joue pas cartes sur table. Mais s'il le fait, nous pourrons dénoncer SAGA. Bon, il vaudrait mieux que je me rentre maintenant.

— Je crois que ce soir, ce sera difficile, mon vieux. »

Au même instant, la radio crépita.

Cette fois-ci, ils parlaient russe.

Chapitre 30

C'est fini maintenant, espèce de malade

Quand il revint à Rederhaugen après trois jours de ski acharné, Sverre avait pris sa décision. Il partirait quand même en Afghanistan, bien qu'il doive à Olav d'avoir été accepté. Ça, seul Martens Magnus le savait, et l'intervention de son père serait oubliée dès l'instant où l'alerte perçante retentirait et où il montrerait de quoi il était capable.

Quelques jours plus tôt, il était monté dans un train qui l'avait emmené en montagne, à plusieurs heures d'Oslo. Puis il était rentré à skis, furieux et affamé dans le vent et la neige. Le soir, dans les refuges, maussade, il regagnait son lit, sans accorder la moindre pensée aux regards chauds que lui lançaient des filles seules et intrépides.

Non qu'il ne plaise pas aux filles. Un fils de milliardaire célibataire, c'est un peu comme un pot de confiture à proximité d'un nid de guêpes. Mais pour rien au monde, il n'aurait voulu coucher avec ces chercheuses d'or qui ne s'intéressaient à lui que pour cette raison. Plutôt mourir.

Celles qu'il voulait ne voulaient pas de lui.

Depuis l'Afghanistan, il n'avait pas eu une seule relation durable. Non qu'il en ait eu avant de partir du reste, mais à l'époque cette vie de célibataire endurci était seulement un sujet de plaisanterie. « Sverre attend de trouver le grand amour », se plaisait à répéter son père. Désormais, il ne disait plus rien, il n'en laissait pas moins transparaître son mépris envers ceux qui ne se reproduisaient pas et qui, par conséquent, ne perpétuaient pas la lignée familiale.

Peut-être était-ce l'Afghanistan le problème. Il s'était senti tellement heureux dans ce pays désertique, il y avait trouvé un sens à la vie, un but, avant que la vague sur laquelle il surfait ne s'abatte sur lui à son retour. Il était devenu absent, sujet aux insomnies et à des accès de colère inexplicables, le genre de choses qui n'aidait pas vraiment quand on partait à la chasse sur le marché du sexe.

Tu ne me vois pas, avait dit l'une.

Ah oui.

Je sais que tu protégeais notre pays, avait dit une autre, *pourquoi tu ne me protèges pas, moi ?*

Va te faire foutre, petite conne !

Il n'était pas tout à fait vrai que son père le traitait mal. À son retour du Kurdistan l'année précédente et de sa rencontre avec Mike, Olav avait momentanément changé de comportement.

Sverre connaissait Mike depuis près d'une dizaine d'années. Dans la section des tireurs d'élite, le Kurde avait fait profil bas. Tous les gars avaient éprouvé un choc en découvrant qu'il s'était enrôlé aux côtés des peshmergas et qu'il documentait le combat sur Insta.

Le nom de Mike était sur toutes les lèvres dans l'armée. Les officiers étaient furax. Selon les anciens collègues de Sverre qui y travaillaient toujours, il suffisait de poster un commentaire de soutien sur son compte pour s'attirer les foudres de la hiérarchie et de la police militaire. Ce qui n'empêchait pas que, pour la plupart des gars, Mike était un héros norvégien qui osait prendre la situation en main et passer à la vitesse supérieure alors que les politiques et l'état-major se montraient lâches.

En soi, le boulot de messager au Kurdistan n'avait posé aucune difficulté. Martens Magnus avait tout organisé. Il n'avait eu qu'à introduire dans le pays une somme en cash conséquente et à rencontrer une fondation kurde, puis Mike. Avant de rentrer. Bien qu'il n'ait jamais mentionné cette mission dans leurs conversations, de toute évidence, son père était fier de lui. Il lui avait soudain demandé de représenter la famille lors de repas auxquels il ne l'aurait jamais convié auparavant.

Malheureusement cette embellie ne dura pas. Dès la fin de l'été, Olav retourna à son *modus operandi* habituel, toujours prompt à la critique. Le chaud et le froid, le froid et le chaud, tel était son mode de fonctionnement.

Sverre était assis au sommet du Knatten, le point le plus haut de Rederhaugen. Sur sa droite, il apercevait la villa de son père, la maison de gardien de Sasha et l'allée principale. Autrefois, il rêvait d'habiter cette bâtisse, mais sa sœur ayant fondé une famille avant lui, la maison lui était revenue, tandis que Sverre devait se contenter d'un appartement dans le quartier de Gimle Terrasse. Le corps de logis et la tour à la rosace se dressaient juste en face de lui, alors que sur sa gauche, la cime des arbres oscillait autour du chalet de Vera, avant que le paysage ne se termine abruptement au niveau de l'à-pic et de la mer au pied de celui-ci.

Il entendit un bruissement dans les broussailles en

contrebas, quelques branches sèches se cassèrent et une silhouette apparut.

« Tu voulais me voir ? » demanda Siri Greve. Comme toujours, sa mise était impeccable et sa tenue élégante, une *milf* ou une *cougar*, comme on disait sur les sites, mais pour l'occasion, elle avait troqué les bottines contre une paire de Nike.

Sverre lança une pomme de pin en l'air.

« Je peux te faire confiance, tu n'iras pas le répéter à papa ? »

Elle rit. « Si tu savais le nombre de secrets que je ne raconte pas à ton père.

— Je veux vendre ma part », déclara-t-il d'un ton ferme.

Elle le regarda de travers. « Ta part de quoi ?

— Du groupe SAGA. Je n'y ai aucun avenir ou, plutôt, pour être plus juste, aucun avenir qui me tente. Je veux recommencer à zéro.

— C'est ta mission en Afghanistan et les manigances d'Olav qui t'incitent à voir les choses sous cet angle ? »

Elle était donc au courant.

Et merde !

« Ce n'est pas seulement ça le problème, tenta-t-il de dire.

— Ah non ? » Siri Greve s'assit à côté de Sverre sur le rocher et balaya d'un revers de la main les écorces et les brindilles de sapin sur son manteau de marque. « Le problème est uniquement qu'Olav t'a traité comme il traite tout le monde, à savoir comme quelqu'un à sa botte et à son service. »

Il ne se souvenait pas de l'avoir jamais entendue critiquer son père auparavant.

« Olav a ses bons côtés, c'est indéniable, et il restera

dans l'histoire de la Norvège comme un des grands hommes de l'après-guerre, un pilier de la nation. Mais il se fait vieux, et plus il vieillit, plus il éprouve le besoin de dissimuler ses faiblesses en dézinguant les autres. Et la mort de Vera n'a rien arrangé. La question est de savoir si tu as ce qu'il faut dans le ventre pour te mesurer à lui. »

Sverre écoutait les paroles de Siri Greve avec surprise.

« Ce qu'il faut dans le ventre ? répéta-t-il.

— Ne sois pas naïf. Tu sais qu'Olav exige une loyauté absolue. De ma part, du conseil d'administration, mais surtout de vous, ses enfants. C'est là-dessus que Sasha a toujours été beaucoup plus habile que toi. Mais il semblerait qu'elle aussi commence à aller de l'avant. Si tu cherches à vendre, y compris au sein de la famille, c'est une déclaration de guerre. As-tu les tripes pour t'opposer à lui ?

— Qui me dit que tu n'es pas le messager qui tente de me piéger ? » demanda-t-il. Qui pouvait savoir ? Peut-être Olav s'attendait-il à cette réaction et avait-il ordonné à Siri Greve de le neutraliser.

« Voilà que tu deviens parano, Sverre, répondit-elle d'une voix posée. La question est simplement de savoir si tu as ce qu'il faut dans le ventre pour te mesurer à ton père. »

Il fallait qu'il reprenne son souffle, qu'il retrouve la respiration qu'il adoptait avant d'appuyer sur la détente, celle qui lui avait permis de toucher un soldat taliban à mille mètres.

« Dans l'équipe des tireurs d'élite en Afghanistan il y avait un type qui s'appelait Fiskvik, dit-il. Personne n'était capable de soulever autant de kilos que lui, personne ne courait plus vite que lui le trois mille mètres, personne ne faisait de meilleurs scores que lui aux séances de tir, personne ne se vantait plus que lui de toutes les filles qu'il avait réussi à mettre dans son lit en Norvège. Dans l'équipe, il avait pris comme souffre-douleur un certain Johansen. Mais la première fois qu'on nous a tiré dessus dans un *wadi* – le lit d'une rivière asséchée, si tu préfères –, Fisvik a eu tellement peur qu'il est resté couché en position fœtale dans la tranchée. Le fameux Johansen a dû le porter jusqu'au véhicule. Le lendemain, il a été renvoyé en Norvège. » Il se renversa sur son dos, les yeux levés vers le ciel. « Personne ne sait s'il a ce qu'il faut dans le ventre.

— Épargne-moi tes fables morales, répliqua Siri Greve. Tu veux vendre. OK, mais les actions sont soumises à une clause. Seuls des membres de la famille peuvent les acheter, et à moitié prix, justement pour éviter ce dont tu me parles. Olav a toujours été défavorable à l'idée que quelqu'un de la famille puisse céder ses parts à l'extérieur. Mieux vaut garder les membres de celle-ci pieds et poings liés au sein du groupe, selon lui. La branche de Bergen voudrait vendre depuis des années, ils ont désespérément besoin d'argent, mais Olav n'a jamais voulu acheter. Peut-être seraient-ils prêts à reconsidérer la question sous un nouvel angle ? En trouvant un moyen d'accroître leur poids en rachetant d'autres parts, plutôt que de vendre les leurs.

— Je peux essayer d'appeler Marte, suggéra Sverre.

— Vas-y. » L'avocate se leva, brossa ses vêtements et haussa les sourcils. « Appelle Marte Falck. »

Était-elle aussi au courant de cette histoire-là ? se demanda-t-il quand elle eut disparu et qu'il se retrouva seul assis sur son rocher.

Quand il s'apitoyait sur son affligeante vie de célibataire, il n'était pas rare qu'il en rejette la faute sur Marte Falck.

Jamais il n'avait aimé quelqu'un comme il aimait Marte. Depuis tout petit, quand ils couraient nus entre les arroseurs automatiques de Rederhaugen ou Hordnes, ou dans les pâturages du chalet de chasse. C'était tellement innocent à cette époque, et si beau, ses souvenirs avaient les couleurs d'un vieux Polaroid. Il avait huit ans et elle six. Marte lui avait adressé un clin d'œil et l'avait entraîné dans un petit bosquet, où elle l'avait embrassé avec la langue en glissant la main tremblante de Sverre dans sa culotte, un frisson l'avait parcouru, comme quand il frottait son zizi contre le poteau en métal sur le terrain de jeux.

On finit par les découvrir. Olav était tellement furieux qu'il menaça d'envoyer Sverre dans un pensionnat en Angleterre. Hans Falck le prit plus calmement. « Les enfants ont une sexualité forte, eux aussi », l'entendit-il dire un soir où il ne trouvait pas le sommeil.

Ça aurait pu en rester là, comme un souvenir d'enfance un peu honteux et bizarre, s'il n'y avait eu ce matin dans la chambre bleue de nombreuses années plus tard, quand Sverre se réveilla avec un mal au crâne carabiné et un black-out total après avoir fait la fête toute la nuit avec les plus jeunes membres de la famille. Marte était assise à califourchon sur lui dans ce lit où tant de lauréats de prix Nobel de la paix avaient dormi.

Il comprit bien sûr immédiatement que tout cela était hautement condamnable. Mais la chair n'a que faire de la morale, et la pensée d'être pris par Marte Falck remplissait le jeune Sverre d'une folle et irrépressible excitation.

Coucher avec Marte devint un rendez-vous familial

annuel qu'il attendait avec impatience tout le reste de l'année. Mais elle, pourquoi continuait-elle ? Peut-être était-ce le caractère transgressif et moralement répréhensible de baiser avec un cousin derrière les vieilles toilettes à l'abandon dans le jardin ou ce genre d'endroits ? Peut-être son appétit sexuel était-il insatiable ?

Que sa personne puisse être à l'origine d'une telle fougue, il n'osait même pas le concevoir, car comme tous les hommes dotés d'un ego important et d'une faible confiance en eux, l'idée que quelqu'un puisse l'aimer était la seule chose qu'il ne parvenait pas à s'imaginer.

La tradition se poursuivit jusqu'à l'entrée en scène d'Ivan, l'artiste aux installations. Lors d'une soirée dégagée, à Pâques, devant le chalet sur les estives, il avait pris Sverre à l'écart : « Je sais ce que tu trafiques, avait-il murmuré avec un regard glacial à la Poutine. C'est fini maintenant, espèce de malade. »

Et malheureusement, ce fut bel et bien le cas. Mais quiconque ayant un jour couché avec Marte Falck en gardait un souvenir indélébile. Elle était encore là, tapie dans ses rêves, tel un animal sauvage assoupi, tel un virus en embuscade.

Chapitre 31

De sang et de terre

Ligne de front, Irak du Nord

L'attaque fut lancée à la radio par un *Allahou akbar !* et se poursuivit avec des tirs de mortier de Daesh. Ils entendirent d'abord un léger grondement de l'autre côté de la ligne de front, puis un faible sifflement bas rappelant celui des feux d'artifice du Nouvel An, suivi de l'explosion elle-même, un peu plus loin. Le sol vibra. Mike boita sans trop de difficulté jusqu'à la fenêtre de l'église et scruta l'extérieur avec les jumelles de vision nocturne.

« Ça va être une grosse attaque, déclara-t-il gravement. Ils se fraient un chemin jusqu'à nous avec les mortiers. »

Johnny le rejoignit, Mike lui tendit les jumelles. Il ne vit d'abord qu'un no man's land de fossés, de talus et de fils barbelés. Puis en levant les jumelles, il comprit.

De l'autre côté, à ce qu'il estimait être une distance de cinq mètres, des rangées de pick-up blancs et de différents véhicules peints de drapeaux noirs se tenaient prêtes à l'attaque.

Un nouveau sifflement, et un impact, nettement plus

près cette fois-ci. Les livres de poche et les couverts tombèrent. En quelques gestes rapides et précis, Mike récupéra le Barrett.

« Il y a des soldats dans le no man's land », annonça Johnny en apercevant des silhouettes sombres qui s'avançaient dans leur direction. Les tirs de mortier avaient provoqué une décharge d'adrénaline en lui, de nouveau il était dans l'action. « Ça ressemble à une patrouille. »

Mike se mit en position, avec le fusil à l'épaule, derrière le sac de sable, pendant que Johnny observait ce qu'il se passait avec les jumelles.

Mike fit feu sur l'arrière de la patrouille, un tir isolé. Ce qu'il voyait à travers la lentille d'un vert granuleux manquait de précision, mais un homme s'écroula, et les autres djihadistes se jetèrent à terre. Quand ils se relevèrent, Mike en abattit deux autres, coup sur coup. Les deux soldats qui fermaient la patrouille détalèrent en sens inverse.

« Beau tir, constata Johnny.

— Maintenant ils y réfléchiront à deux fois avant de se risquer par ici », répondit Mike.

L'odeur de poudre prit Johnny à la gorge.

Un nouveau grondement se fit entendre de l'autre côté de la ligne de front.

Le fracas infernal d'une explosion retentit sur leur gauche et tous deux furent catapultés dans la pièce. Quand Johnny revint à lui, il constata qu'un des murs de la tour avait sauté. Il avait des sifflements dans les oreilles.

« Faut qu'on se casse ! » s'écria Mike alors qu'il se levait et attrapait son fusil et quelques grenades. Il passa les jumelles autour de son cou. « Embarque tout le matos que tu peux ! »

Johnny accrocha un canon sans recul à son épaule et lui emboîta le pas avec, à la main, un M-16 américain. L'escalier était encombré de pierres provenant du mur écroulé et il manquait plusieurs marches. Des balles traçantes, des drones vrombissants et plusieurs obus sillonnaient le ciel. L'explosion avait incendié une partie de l'église.

« Ils ont pris l'église pour cible, il vont l'attaquer, rugit Mike. Magne-toi, bordel ! »

D'un bond, ils traversèrent l'espace devant l'église. Ils venaient de se réfugier entre des petits cyprès quand un nouvel impact derrière eux produisit un énorme fracas : la tour dans laquelle ils étaient encore une minute auparavant vola en éclats. Autour d'eux, les soldats kurdes en faction couraient de toutes parts en s'interpellant et en criant.

Au lieu de s'éloigner de la ligne de front et de se précipiter vers le village, Mike fila dans la direction opposée, vers un remblai de sable qui marquait le début du no man's land.

Ils se jetèrent au sol derrière la butte. Daesh tirait maintenant sur leurs positions avec des lance-roquettes RPG. Derrière eux, une voiture s'enflamma. Les balles traçantes déchiraient le ciel.

« Nous sommes plus en sécurité ici ! cria Mike. Ils préfèrent tirer trop loin que trop près avec leur mortier. Les RPG ne nous atteindront pas.

— Jusqu'à ce qu'ils attaquent avec l'infanterie », répondit Johnny.

Un des drones des terroristes dévia de sa trajectoire et atterrit une centaine de mètres derrière eux. Deux jeunes soldats peshmergas se précipitèrent vers lui. « Ne touchez pas à ce putain de drone ! » leur hurla Mike.

Trop tard. Une bombe à retardement se déclencha et projeta les deux jeunes garçons en l'air.

« Bordel ! s'exclama Mike. Ne jamais s'approcher des drones abattus. T'es prêt à tirer, Johnny ? Nous devons empêcher les terroristes de franchir la ligne de front. Nous devons tenir la position.

— Je suis prêt. »

Tout était allé si vite. Il n'avait pas eu le temps d'avoir peur, il remarquait seulement maintenant que ses mains tremblaient et qu'il claquait des dents. Une fois encore il avait fait le mauvais choix. Il n'aurait jamais dû venir ici.

Il vérifia que le fusil automatique était chargé et rampa plus haut sur le remblai, jusqu'à une petite dépression offrant une bonne vue sur la ligne de front. Là, il leva prudemment la tête. Au même instant, une salve de tirs souleva des tourbillons de terre autour de lui.

« Ils nous voient ! » Il redescendit au pied du remblai et cria à Mike : « Tu peux me couvrir ? »

Mike hocha la tête et s'éloigna en courant à petits pas, le dos courbé, et se précipita à couvert derrière un fourré à une vingtaine de mètres de la butte, où il demeurait visible de l'endroit où se trouvait Johnny.

Johnny fit feu trois fois d'affilée, sans voir s'il avait atteint sa cible. De nouveau, il risqua un coup d'œil par-dessus le remblai. Manifestement, il avait effrayé les djihadistes, car aucun tir ne partit.

Johnny essaya d'avoir une meilleure vue d'ensemble de la ligne de front. Des soldats peshmergas défendaient leurs positions sur les autres remblais autour de lui. Quelle distance y avait-il à parcourir pour passer en territoire ennemi ? Difficile à dire dans l'obscurité, avec les jumelles de vision nocturne. Cinq cents mètres, peut-être. Le terrain était en pente douce de chaque côté et séparé au milieu par un fossé sombre. C'était un gage de sécurité : les terroristes pouvaient venir jusqu'ici à pied, mais pas les gros véhicules.

Son attention fut alors attirée par des mouvements. Seraient-ce des petits arbres qui s'agitaient dans le vent léger ? Non. Dix ou quinze combattants ennemis qui marchaient à pas lents de l'autre côté du front surgirent de l'obscurité.

Mike avait manifestement vu la même chose que lui et transmit l'information. L'instant d'après, une fusée éclairante déchira le ciel.

« Feu ! » hurla Mike.

Johnny roula sur lui-même et essaya de faire ce qu'il avait déjà fait à de si nombreuses reprises. Il agissait automatiquement, bien que la dernière fois remonte à loin. La crosse au creux de l'épaule, le doigt recourbé sur la détente froide, le souffle rapide et contrôlé, le léger recul dans la clavicule.

Il tira deux coups. Un djihadiste tomba à terre.

Deux nouveaux coups, avec le même effet. Puis une salve partit du fusil de tireur d'élite de Mike.

La fusée éclairante s'éteignit aussi soudainement que lorsque l'on appuie sur un interrupteur.

Le problème était que les effectifs de Daesh étaient nettement supérieurs aux leurs. À chaque terroriste abattu, il en arrivait trois autres. Certains munis de simples armes automatiques, d'autres de lance-missiles plus lourds ou de mitrailleuses avec lesquelles ils tiraient depuis les pick-up. Lentement, mètre par mètre, ils perçaient la ligne de défense ennemie. Lui-même avait été assez bête pour ne prendre que trois magasins, il devait économiser les munitions.

Faute de pouvoir arroser suffisamment le ciel, les

hommes de Daesh avançaient plusieurs gros véhicules jusqu'au pied du fossé. Johnny tâta dans son dos. Le canon sans recul était toujours là. C'était ce type d'arme que l'on devait mettre au-dessus de son épaule, en raison de la flamme violente que le système de propulsion formait à l'arrière du tube de lancement quand on faisait feu. Réussirait-il à l'utiliser ? Il n'avait pas touché un engin pareil depuis des séances d'entraînement de nombreuses années auparavant, et jamais dans une situation délicate. Quoi qu'il en soit, il avait besoin de Mike, il fallait être deux pour le faire fonctionner.

Il courut jusqu'à Mike. « Il ne me reste plus beaucoup de munitions. Mais j'ai le canon Carl Gustav. Tu sais t'en servir ? »

Mike haussa les épaules. « Je peux essayer. »

Sur le remblai, ils s'allongèrent de part et d'autre du canon. Mike visa, Johnny prit une roquette et l'enfonça à l'arrière du tube.

« Prêt ! »

Une détonation retentit, la camionnette postée de l'autre côté du fossé s'enflamma.

« Bien joué ! » commenta Johnny.

Mike scruta l'horizon. « Eh merde, ils ont le génie ! » dit-il songeur alors qu'il regardait dans les jumelles.

Daesh avait des ingénieurs de combat qui construisaient des ponts et faisaient sauter les routes pour leurs voitures suicides.

C'est pas vrai ! Au fond du fossé, à l'abri des balles, Johnny aperçut un flot de personnes qui allaient et venaient, puis qui se mirent à couvert. Une nouvelle explosion retentit.

« Ils préparent le terrain pour le bulldozer, annonça Mike.

— Le bulldozer ?

— C'est ce qu'ils ont de pire. S'il parvient jusqu'ici, on est morts. »

Un bulldozer arborant un drapeau noir roulait dans leur direction. Il était blindé sur les côtés par des grilles et des plaques d'acier et alors que les autres voitures roulaient à toute allure, lui donnait l'impression de prendre tout son temps tandis qu'il descendait tranquillement dans la tranchée.

La position à leur gauche mitraillait sans discontinuer, en vain, cela n'avait guère plus d'effet qu'un chalumeau sur un mur. L'engin patina au fond du fossé. Puis la lame réapparut et le monstre se dirigea vers eux.

« Une autre roquette ! » cria Mike. Johnny introduisit un nouvel obus et se boucha les oreilles quand il fit feu. Le projectile atterrit en plein dans le blindage du véhicule et explosa. Mais le véhicule poursuivit sa course, imperturbable. À quelle distance se trouvait-il ? Deux cents mètres ?

« Qu'est-ce qu'on fait ? demanda Johnny en percevant la peur dans sa voix. On se retire ?

— Nous sommes des peshmergas, ceux qui affrontent la mort », répondit Mike.

Le bulldozer se dirigeait toujours droit sur eux. Il ressemblait à ces monstres que l'on voit dans les films, qui regardent bêtement les flèches qu'on lance sur eux. S'il réussissait à pénétrer dans la zone où ils se trouvaient, le secteur entier serait transformé en un cratère.

Deux cents mètres. Le véhicule était agité de légères secousses alors qu'il traversait le no man's land. Il écrasa une clôture dont il ne fit qu'une bouchée, une mine terrestre explosa, sans causer le moindre dégât.

Cent mètres. À présent, Johnny voyait distinctement

l'avant du bulldozer. Les vitres étaient recouvertes de plaques en acier, percées d'une petite lucarne.

C'est alors qu'apparurent deux hélicoptères dans le ciel rempli de fumée, entre les grenades et les balles traçantes. Les deux Apache crachèrent des missiles sur le bulldozer suicide et firent le ménage dans les positions ennemies. Les combattants de Daesh couraient dans toutes les directions. Tout en haut dans le ciel, les drones pilonnaient les véhicules des terroristes de missiles Hellfire. Johnny était en train de fuir le no man's land à toutes jambes, poussé par des forces extérieures, lorsqu'une violente explosion le projeta dans les airs. Tout s'obscurcit.

*

Au loin il entendit des pépiements d'oiseau. Johnny était allongé, le visage à moitié enfoui dans le sable dur. Il bougea la tête avec précaution, il était complètement sonné et se sentait tout contusionné. À l'est, le ciel avait commencé à se lever, il rougeoyait. L'adrénaline était en train de retomber ; c'était comme de rentrer d'une fête alors que l'alcoolémie baisse. Une immense fatigue s'abattit sur lui. Mike sortit de sa cachette, le regard fou. La poussière et la saleté teintaient sa barbe noire de gris et de marron clair. À leur démarche, on aurait pu croire que tous les combattants avaient été passés à tabac.

Le commandant en chef de la section peshmerga, le général Kovle, arriva à vive allure dans un Landcruiser. Il descendit du véhicule, des lunettes noires d'aviateur sur le nez et une cigarette au coin de la bouche. Il se posta au sommet du remblai et scruta l'horizon, avant de crier un ordre en kurde.

« Il veut qu'on fasse le ménage dans le no man's land », traduisit Mike.

Le général s'avança vers eux.

« Bon travail, dit-il en adressant un hochement de tête à Mike, qui le remercia.

« Comme vous le savez, nous n'acceptons normalement pas d'étrangers dans notre section, ajouta-t-il en se tournant vers Johnny. Mais vous m'avez l'air de vous y connaître. Vous êtes le bienvenu si vous le souhaitez. »

Dans toute la plaine, de la fumée s'élevait par à-coups de ce qui avait été les voitures de l'ennemi et qui n'était plus maintenant que des épaves calcinées. Une odeur pestilentielle de diesel, d'excréments et de chair brûlée saisit Johnny à la gorge, il remonta son tour de cou sur son nez. Les rapaces tournaient déjà au-dessus de leurs têtes.

Les cadavres étaient disséminés autour d'eux, certains avaient des plaies sanglantes à la tête ou au torse, d'autres avaient été à moitié déchiquetés par les vestes bourrées d'explosifs qu'ils avaient réussi à déclencher. D'autres encore avaient l'air intacts, ils avaient probablement été assommés par la pression des bombes et des missiles. Ils étaient morts, lui était en vie. À cet instant-là, c'était tout ce qui comptait.

Certains Kurdes attrapaient les djihadistes par les cheveux et tenaient leurs visages gris, à l'aspect cireux, à côté du leur pendant qu'ils fouillaient leurs uniformes et se photographiaient tout sourire avec leur victime.

Derrière une épave fumante, ils découvrirent un djihadiste encore en vie et conscient, bien que sa poitrine soit en sang. Même à quelques mètres de distance, Johnny pouvait voir que le blessé était bel homme, avec de grands yeux ronds et des cheveux noirs mi-longs qui tombaient sur les épaules de son uniforme brun. Il aurait pu être le petit frère d'Abu Fellah. Quelques soldats peshmergas s'avancèrent vers lui dans l'intention de vider leurs chargeurs, mais le général les rejoignit.

« Il a besoin de soins médicaux, déclara-t-il en se penchant sur le soldat. Vous entendez, poursuivit-il en arabe pour l'homme à terre. Nous traitons nos ennemis comme des êtres humains. C'est la différence entre vous et nous. »

Avec les dernières forces qui lui restaient, le combattant de Daesh redressa son torse et cracha au visage du général.

Le général Kovle rangea avec calme ses lunettes d'aviateur dans sa poche et s'essuya la joue avec la manche de son uniforme. Il sortit ensuite son pistolet et tira six coups successifs dans la tête du prisonnier. La dernière vision qu'eut Johnny avant de quitter les lieux fut celle des fluides corporels qui s'infiltraient dans le sol et se transformaient en un magma de sang et de terre.

Chapitre 32

Vous aviez raison

Sasha suivit les allées piétonnes du campus de Blindern et traversa la place pavée devant l'entrée de la bibliothèque universitaire.

Quatre jours s'étaient écoulés depuis que Johnny avait disparu au Kurdistan, et il n'avait pas envoyé ne serait-ce qu'un message. Elle était rentrée de Bergen, mais avait évité son père, son frère et sa sœur. Heureusement, Mads et les filles étaient toujours en France. Elle éprouvait le besoin d'être seule. Elle jeta un coup d'œil à son téléphone. Aucun message de Johnny. Il faisait chaud pour la saison, les étudiants avaient envahi le large escalier et les bords de la fontaine.

Johnny Berg et les lettres entre l'amiral Carax et Thor Falck ayant disparu, Sasha devait envisager un nouvel angle d'attaque. Il existait une autre piste dans *Le Cimetière de la mer*, la piste allemande. À quel type de groupe appartenait Wilhelm ? Était-il impliqué dans la résistance allemande au sein des forces armées ?

C'était la spécialité de Sindre Tollefsen et le doctorant congédié l'attendait maintenant à une table de café dans le foyer de la bibliothèque, avec son propre Thermos. Il la salua d'un signe de tête distant et inquiet.

Sasha s'installa sur une chaise en face de lui et joignit ses mains.

« Merci d'avoir accepté de me rencontrer, dit-elle en allant droit au but. Je me suis mal exprimée lors de notre dernière entrevue. »

L'universitaire hocha la tête sans répondre, comme s'il cherchait à deviner quelles pouvaient être ses intentions.

« Comme vous le savez sûrement, poursuivit Sasha, il s'est passé beaucoup de choses depuis notre dernier entretien.

— Toutes mes condoléances », dit-il platement.

Elle murmura un merci et lui demanda à quoi il se consacrait ces derniers temps.

« À pas grand-chose. » L'amertume perçait dans son ton. « Je fais quelques heures comme vacataire dans un lycée privé, en espérant pouvoir réintégrer le programme de doctorat ici à l'automne. »

Ses yeux exprimaient à la fois une certaine impuissance et de la douceur, auxquelles se mêlait cette jalousie universitaire qu'elle avait si souvent observée chez les doctorants de SAGA. Mais il était loin d'être bête, et des historiens comme lui détenaient parfois des informations précises sur un thème complexe et pointu, l'élément manquant qui permettait de faire le lien entre toutes les autres les pièces du puzzle.

« Cela concerne votre sujet de doctorat, dit Sasha. J'aurais une question.

— La dernière fois que vous m'avez interrogé à ce propos, j'ai eu l'impression de passer devant le tribunal de l'Inquisition, répondit Tollefsen. Comment puis-je être sûr que vous n'allez pas me voler mes recherches ? »

Sasha s'était préparée à cette objection. « D'un point

de vue purement formel, j'avais toutes les raisons de mettre un terme à notre collaboration, vous vous êtes intéressé à des questions qui n'entraient pas dans le cadre de votre travail. »

Il s'apprêta à protester, elle haussa le ton de quelques décibels. « Néanmoins, je me suis rendu compte que vous aviez raison. Je crois qu'il existe bel et bien un lien entre votre sujet et Vera. »

Tollefsen sembla surpris. « Si vous le dites.

— Avez-vous des preuves que la résistance allemande était active en Norvège à l'automne 1940 ? demanda Sasha.

— Le problème avec le mouvement de résistance allemand est que c'est un sujet très peu documenté, y compris parmi les historiens et les experts. On a entendu parler des étudiants de la Rose blanche et du complot des officiers contre Hitler en 1944, mais nous ignorons si les opposants étaient nombreux au sein des forces armées. Il y en avait bien sûr. Le régime nazi avait tout de même plusieurs centaines de milliers d'homme stationnés en Norvège pendant la guerre. Or les recherches nous ont appris que les soldats sont des êtres humains comme les autres. Une minorité devient très zélée et sadique, la majorité se contente plus ou moins d'exécuter les ordres, et l'autre minorité – qui correspond généralement à vingt pour cent – s'y oppose activement. Ajoutez à cela les nombreux sympathisants sociaux-démocrates et communistes dans les rangs de la Wehrmacht et de la Kriegsmarine. »

Le doctorant saisit son Thermos et se resservit du café. Sasha eut un accès de mauvaise conscience. « Je vous offre quelque chose ?

— Non, merci, ça ira, répondit-il. Pendant longtemps j'ai tâtonné dans le noir. D'après une source, l'homme qui était appelé à devenir le Premier ministre Trygve Bratteli aurait rencontré en cachette un ancien camarade social-démocrate allemand qui servait dans la Wehrmacht en Norvège. Ils se seraient rencontrés lors du camp de Sunndalsøra en 1939, auquel participait aussi le futur chancelier fédéral Willy Brandt, ainsi que de nombreux autres opposants allemands.

— Attendez un peu », l'interrompit Sasha.

C'était exactement ce que Vera avait décrit dans son manuscrit. Se pourrait-il que ce soit Wilhelm ?

« Et qu'avez-vous trouvé ?

— Eh bien, j'ai étudié les archives du mouvement ouvrier à la loupe, mais ils ont eu la prévoyance de se débarrasser de ces documents avant que le pays ne soit occupé. Je n'ai donc jamais pu établir la preuve d'un tel lien.

— Oui, j'imagine, murmura Sasha.

— Mais les deux soldats sur lesquels j'ai fini par me concentrer pour ma thèse, les officiers de marine allemands Karl Neipel et Peter Ewinger, étaient stationnés en Norvège en août 1940. »

C'était l'enfant chéri de Tollefsen et il parlait maintenant d'un seul trait. « Tous les deux travaillaient dans l'atelier de réparation des bateaux qui dépendait du commando de la Kriegsmarine en ville. En 1944, ils sont entrés en contact avec un agent du renseignement norvégien et ont réussi à le convaincre qu'ils souhaitaient lutter contre le nazisme. À partir de là, ils ont donné les coordonnées des convois et navires allemands à cet agent, qui les transmettait afin que les Alliés puissent les bombarder. J'ignore s'il étaient déjà actifs dans la Résistance en 1940. Mais c'est possible. »

L'histoire ressemblait grandement à celle de Wilhelm et Vera pendant la guerre. Un éclat enfantin brillait désormais dans les yeux de Tollefsen.

« Lors d'un démantèlement de l'organisation Milorg, la police secrète a découvert la trace de deux opposants allemands. L'agent norvégien a lui-même été arrêté par la suite. Le temps passa et un jour de février 1945, le Norvégien a été conduit au tribunal militaire provisoire à l'extérieur de la ville. Il craignait que c'en soit fini pour lui, mais il s'est avéré qu'il était cité comme témoin – contre les officiers de la marine allemande. Ceux-ci ont été amenés. Neipel boitait, il avait été blessé alors qu'il essayait de s'enfuir. Le juge leur a dit qu'ils étaient inculpés pour tentative de coup d'État et leur a annoncé la peine encourue s'ils étaient déclarés coupables. Les deux Allemands étaient bien sûr parfaitement conscients de ce qui les attendait. Ils ont été condamnés à mort sept fois, à une exécution par pendaison. À la suite de quoi, on les a conduits à l'extérieur. Neipel a craché en pleine face du bourreau. Tous deux ont refusé de porter la cagoule quand ils ont été pendus dans le soleil de l'après-midi d'Odderøya.

— Une histoire forte, admit Sasha tout en essayant de cacher sa déception.

— Je n'ai pas fini, l'interrompit Tollefsen. Je n'avais que la parole de l'agent norvégien à ce sujet. Quand j'ai pu consulter les archives allemandes et parcourir l'acte d'accusation du tribunal militaire, qui existe encore, je suis tombé sur quelque chose d'assez intéressant. Il s'est avéré que les deux Allemands appartenaient à un groupe de résistance sans nom, actif en Norvège pendant toute l'Occupation. Un autre sous-officier, qui s'appelait Hoffman, mais connu sous le nom du “Borgne”, était soupçonné d'avoir envoyé par le fond un express côtier au large de Bodø en 1940. »

Le Borgne, Sasha n'avait pas oublié la description que Vera en donnait dans le manuscrit. Était-il vraiment responsable du naufrage de l'express côtier ? Vera l'avait aussi laissé entendre, cela rompait toutefois avec le mode opératoire de la Résistance norvégienne, alors encore à peine organisée.

Elle se redressa. « J'ai bien sûr lu le procès-verbal maritime du tribunal d'instance de Salten. Les sabotages de ce genre étaient inhabituels dans notre pays, les Norvégiens craignant que des civils périssent dans de telles opérations, c'est un principe ancré dans notre mentalité.

— Effectivement, mais ce ne sont pas des Norvégiens qui en sont les auteurs. Imaginez que vous soyez un Allemand antinazi à l'automne 1940. L'Allemagne l'emporte sur tous les fronts, vous n'avez pratiquement plus rien à perdre. Le mouvement de résistance allemand a tenté d'assassiner Hitler dès 1938. Peu leur importait que des civils meurent. De plus, l'express côtier était un objectif militaire, la plupart des passagers étaient des soldats allemands. À quelques exceptions près. Votre famille. Votre père, votre grand-père et votre grand-mère. »

Sasha se pencha vers l'avant. « Avez-vous entendu parler d'un certain Wilhelm ? Il se trouvait sur cet express côtier, je n'ai pas de nom de famille, mais je sais qu'il vivait en Norvège avant la guerre.

— C'est très probablement un pseudonyme. Les Allemands en Norvège en utilisaient souvent. Willy Brandt est ainsi retourné en Allemagne sous le nom de Gunnar Gaasland, un ami proche. Mais non, ce nom ne m'évoque rien.

— Avez-vous des éléments susceptibles d'étayer cette théorie du sabotage ?

— Eh bien, c'est là que le bât blesse. » Tollefsen se renversa sur sa chaise. « Peu de recherches ont été effectuées sur ce naufrage, mais une bande de passionnés de bateaux et d'historiens amateurs s'intéressent au sujet et les témoignages qu'ils ont pu exhumer racontent une autre histoire. Aux Lofoten, un homme du nom de Bjørn Carlsen est incollable sur le sujet, il sera certainement ravi si vous l'appelez. Quant à savoir si ses recherches tiendraient la route face à un jury de thèse de doctorat, c'est encore une autre question. Car le secret est enfoui au fond de l'océan, plus précisément à trois cents mètres de profondeur, hors de portée des plongeurs sur épaves. »

Sasha s'inclina au-dessus de la table et posa la main sur l'épaule du thésard. « Merci pour ces informations utiles, Sindre. Donnez-moi une semaine pour voir ce que je peux faire concernant votre doctorat. »

Ils se séparèrent et Sasha quitta le café. Toujours aucun message de Johnny. Il lui apparaissait de plus en plus clairement que Vera avait révélé dans son manuscrit une série de secrets qui remontaient à la guerre. Une petite voix la poussait vers le Nord, vers les Lofoten où était née Vera, vers l'épave du navire au fond de la mer.

Chapitre 33

Que Dieu protège le roi et la patrie, frérot !

Le cabinet d'avocats Rana & Andenæs se situait au rez-de-chaussée d'un immeuble fatigué du quartier de Grønland, juste à côté de la mosquée en sous-sol d'où sortait un flot d'hommes au port droit, en sarouel, le menton agrémenté d'un bouc de la longueur d'un poing.

Johnny avait passé les jours qui avaient suivi l'attaque sur le front de Mossoul dans le brouillard, il était complètement sonné. Il avait pris congé de Mike, était rentré à Erbil et avait sauté dans le premier avion quittant le Kurdistan. Sur son portable, il avait découvert une série de messages et d'appels en absence de Sasha et Hans Falck, mais après ce qu'il venait de vivre, cette histoire d'héritage lui paraissait totalement secondaire. Je fais ça pour moi, pensait-il, pas pour Hans ni pour personne d'autre. Dans l'avion il dormit d'un sommeil lourd et sans rêves, et une des premières choses qu'il fit en atterrissant à Oslo fut de se rendre chez maître Rana.

Ce dernier était aussi l'avocat de Mike et le Kurde avait enregistré une déposition sur les événements qui avaient conduit à l'arrestation de Johnny au Kurdistan, au cas où il lui arriverait quoi que ce soit sur le front.

Dans l'embrasure de la porte, Jan I. Rana écarta grand les bras quand il accueillit Johnny.

« Johnny Omar ! Ça faisait longtemps. Content de te voir, *bro.* » En apercevant les écorchures sur le visage de Johnny, il se tapota la joue avec l'index. « On t'a tabassé ou quoi ?

— Je me suis fait attaquer par des petites frappes près de la rivière, répondit Johnny. Ils ont invoqué la pauvreté infantile et les logements sociaux trop exigus. Sûrement des clients à toi. »

Rana éclata de rire. « Ouais, tu peux avoir le nombre d'épées que tu veux sur la croix de guerre, ça ne te sert pas des masses quand un Abdulrahim de douze ans te tombe dessus avec son couteau à cran d'arrêt parce que la ville a réduit les heures d'ouverture de son centré aéré.

— Andenæs, c'est ton associé ? » demanda Johnny en pointant la plaque du doigt.

« Je sais ce que tu te demandes. Grønland, n'est-ce pas, pourquoi avoir choisi ce ghetto plutôt que le quartier de Vika en plein centre-ville ou celui très bourgeois de Tjuvholmen ? » Il tendit le pouce vers la mosquée. « Pour dire ça comme ça : il arrive que les gars du coin aient besoin d'un avocat. Il arrive aussi qu'ils se soient égarés en Syrie. »

Jan I. Rana était un homme de petite taille en surpoids. Avec son visage enfantin, il avait l'air d'un confirmand dans son costume cravate, bien qu'il ait sans doute l'âge de Johnny. Ses yeux brillaient. Ça tournait vite là-haut.

Il précéda Johnny dans une réception occupée par une secrétaire blanche – évidemment qu'il avait une secrétaire blanche – et dans une salle de réunion sobre où trônait une table en contreplaqué aux angles arrondis. Un grand portrait du roi en uniforme de gala était accroché au mur.

« Andenæs, ça sonne bien, Johnny, c'est ça l'intérêt. Tu n'imagines pas le nombre de professeurs qui s'appellent Andenæs ! Avec le *æ*, toujours avec le *æ*. C'est comme si chaque putain d'Andenæs qui naît dans ce pays était élevé pour devenir juriste. J'ai hésité avec Smith, une autre bon nom dans le milieu juridique, mais Andenæs sonne plus norvégien. Quand tu l'entends, tout de suite tu imagines la famille fortunée sur dix générations, avec le compost dans le jardin, les toilettes sèches du chalet à la montagne, et les randonnées à skis dans les montagnes au nord d'Oslo. Tout ce que les Norvégiens adorent et que nous, les étrangers, n'avons pas.

— Mais, d'un point de vue purement juridique, tu ne peux pas donner n'importe quel nom à ton entreprise, si ?

— Bien sûr que non, mais tout est en ordre de ce côté-là, rigola Rana. Ma secrétaire, mon associée, s'appelle Andenæs. Je suis allée la chercher à la fac. Je lui ai dit que si elle me laissait utiliser son nom, elle pouvait devenir mon associée. Combien d'étudiants en droit se voient offrir cette possibilité, Berg ? Mais son nom le valait bien. »

La secrétaire et associée Andenæs ne devait guère avoir plus de vingt ans. Elle apporta du café et des viennoiseries, dans lesquelles Rana piocha copieusement.

Johnny sortit l'enveloppe de sa poche et la poussa vers Rana sur la table.

« C'est quoi ? demanda Rana.

— C'est de la part de Mike.

— Mike, alias NorwegianSNIPER, que l'odeur de

djihadistes morts dans le soleil du matin fait triper ? Je kiffe ce type, Johnny, à lui seul, c'est une véritable entreprise de nettoyage ! J'espère seulement qu'il ne tuera pas tous mes autres clients avec son fusil de tireur d'élite.

— C'est une déposition, au cas où il lui arriverait malheur, expliqua Johnny en frappant l'enveloppe du doigt. Il me l'a remise en main propre. »

Rana leva un regard étonné sur Johnny. « Ah, je comprends maintenant d'où viennent tes égratignures. Tu es allé au Moyen-Orient ? Putain, mais c'est toi qui as foutu une branlée à l'EI ! »

Il sortit son téléphone et ouvrit le compte Instagram de Mike. Entre les images floutées de djihadistes morts, il y avait une silhouette, elle aussi au visage flouté, torse nu et un keffieh gris enroulé autour de la tête. C'était lui. On apercevait les trois cicatrices sur sa poitrine. Purée, Mike l'avait prise quand l'adrénaline n'était pas encore retombée après le combat. *A little morning exercise with a comrade from the North*, avait-il écrit.

« J'ai repensé à ton affaire, poursuivit Rana.

— Et ?

— Globalement, je ne vois qu'une seule chose qui soit susceptible de faire peur au service du renseignement : la transparence. Ça, ils en ont une trouille folle. Ils redoutent les médias. Tu dois me raconter ce qu'il s'est passé, Johnny. Il faut que ton histoire sorte. J'ai des contacts dans la presse, de super-bons journalistes qui donneraient leur mère pour pouvoir raconter cette histoire. J'assure tes arrières d'un point de vue juridique. Raconte ton histoire, Johnny, et l'opinion publique sera ta protection. »

Johnny détestait la presse. Tous les gens de son

milieu, tous ceux qu'il connaissait, détestaient la presse.

« "Le héros qui se sacrifie pour que nous, le peuple norvégien, nous puissions dormir sur nos deux oreilles la nuit. Injustement emprisonné pour terrorisme, il passe près d'un an en enfer", s'imagina Rana. Sois sincère, c'est tout, tu t'attireras la sympathie d'un tas de gens. Certes, on n'échappera probablement pas au débat sur les agents secrets qui se croient tout permis, et tout le tintouin. Mais les gens vont t'adorer. Et ce ne sera pas seulement de la sympathie. Quand ils comprendront qui tu es en réalité et le travail que tu as accompli, tes ennemis ne pourront plus te faire passer pour un malade ou affirmer que tu es un djihadiste, ou des trucs aussi aberrants. Et dans ce cas, ton ex n'aura plus aucune raison valable de t'empêcher de voir ta fille. Tu récupéreras ton droit de garde.

— Écoute, Jan Ivar, si je ne t'ai pas recontacté plus tôt, ce n'est pas parce que je suis contre ton idée. Ou pas seulement. Mais je ne peux pas aller voir la presse maintenant.

— Pourquoi ?

— Parce que je ne détiens pas de preuves assez solides. Pour toi, quoi qu'il en soit, c'est gagnant-gagnant. Si on me croit, tu gagnes. Si je suis cloué au pilori dans l'opinion publique et assigné en justice pour non-respect de la loi de sécurité nationale, tu es aussi gagnant, en tant qu'avocat star dont le nom circule dans les médias. C'est la différence entre toi et moi. Une peine de vingt et un ans pour espionnage et homicide à mon endroit correspond à une victoire pour toi. C'est sur cette affaire que je suis en train de monter un dossier, celle d'acteurs privés et secrets qui commanditent une exécution en court-circuitant le Parlement qui représente les citoyens norvégiens. C'est dans ce but que je suis parti rencontrer Mike sur le front. »

Rana hocha la tête. « Pas bête.

— Je sais ce qu'il s'est passé. Maintenant, je comprends le mode opératoire de ces gens. Et qu'ils se sont servis de Mike, pour se servir de moi. Mais pour les coincer, nous devons d'abord démêler toute la chaîne des acteurs. Je sais quel en est le premier maillon et comment remonter jusqu'à lui.

— Qui est-ce ?

— Ça, je ne te le dirai que quand j'aurai des preuves plus solides.

— Putain, tu es un dur, John Omar Berg, sourit Jan I. Rana en se levant. Au fait, une femme a appelé le cabinet. Mon Dieu, elle n'a eu qu'à ouvrir la bouche pour que ça pue le fric, et effectivement, c'était Alexandra Falck. Elle se demandait si j'avais des nouvelles de mon “client Berg”. »

Il rit, Johnny sentit son cœur bondir dans sa poitrine.

« Tu rougis, frérot ? Ne me dis pas que tu continues à vendre de la dope aux petites bourges et à te baigner nu avec, comme au bon vieux temps ?

— Je ne touche plus à la drogue.

— J'ai un peu étudié ce qu'il en était de cette histoire de croix de guerre qu'ils voulaient te retirer. » Il montra du doigt le portrait au mur. « C'est au roi qu'il revient de prendre cette décision, en conseil des ministres ; dans les faits, c'est donc le gouvernement.

— Le roi est un homme bien. »

Rana sourit. « Justement ! Personne ne kiffe plus le roi que nous, les étrangers. C'est une chose que les Norvégiens ne pigent pas. Ils croient qu'on passe notre temps dans le canapé à regarder des émissions par satellite avec des mollahs cinglés qui, en douce, cherchent à introduire la charia en Norvège. Et bien sûr que ces gens existent, on ne peut pas le nier. Mais je vais te dire une chose : personne n'aime autant le roi et le 17 Mai que nous. La fête nationale avec ses défilés et ces vieux chefs d'État qui héritent du trône de père en fils : tous ces trucs, ça nous parle. »

Johnny hocha la tête.

« Les Norvégiens ne comprennent pas à quel point nous aimons ce pays. Et c'est justement le message que tu feras passer le jour où tu iras voir la presse, Johnny.

— Quoi donc ?

— Que Dieu protège le roi et la patrie, frérot. »

Chapitre 34

Sensed-presence effect

Elle passa un long moment devant le miroir pour avoir l'air naturel et donner l'impression de ne pas s'être souciée de son apparence. Elle finit par opter pour une chemise vintage à motifs rouges sans col, achetée à Paris. Puis elle se noircit les yeux, avant de pousser un soupir, de se démaquiller et de sortir.

C'était une soirée d'automne claire et inhabituellement chaude. Des insectes bourdonnaient et des petits ruisseaux libérés par la saison coulaient un peu partout. Le soleil bas teintait les feuilles vertes. Sasha enleva sa veste et la posa sur son bras, elle n'avait même pas froid en se promenant manches retroussées.

Johnny lui avait envoyé un message, s'était excusé de son silence et avait proposé qu'ils se voient. Rederhaugen, avait-elle répondu. Où est-ce ? avait-il demandé. Là où j'habite, avait-elle dit. Mais à quoi jouait-elle ? Je ne fais que mon travail, j'étudie les archives, pensa-t-elle en se dirigeant vers le portail. Or l'histoire pointait en direction du nord de la Norvège, du passé de Vera, de l'épave engloutie par les flots. Johnny serait-il capable de descendre à cette profondeur ?

Peut-être. Mais affirmer qu'elle l'avait contacté pour cette raison serait se mentir.

Il attendait devant le portail de Rederhaugen, appuyé à un des piliers.

« Sasha », dit-il en l'étreignant.

Son regard avait changé, comme s'il regardait en lui, Sverre avait le même à son retour d'Afghanistan. Elle remarqua les égratignures sur sa joue mais s'abstint de tout commentaire, elle lui indiqua simplement le portail et l'allée.

« Je crois que tu me dois un certain nombre d'explications, dit-elle.

— Qu'est-ce que tu veux savoir ?

— Tu as disparu sans prévenir, pour repartir au Kurdistan qui plus est.

— J'ai réalisé des interviews… »

Elle l'interrompit. « Des interviews… Tu as été emprisonné pour espionnage.

— C'est Hans qui t'a raconté ça ?

— Peu importe qui me l'a dit. Tu sais un tas de choses sur ma famille, mais moi je ne sais absolument rien de toi. »

Ils remontaient l'allée. En haut de la colline sur leur droite, la lumière dorée de l'après-midi nimbait la tour à la rosace.

« C'est parce que je n'ai pas été honnête avec toi, déclara-t-il.

— Ah non ? » Elle ressentit une pointe d'inquiétude.

« Tu es consciente qu'en réalité je vous en veux à mort, Sasha ?

— C'est qui, ce *vous* ?

— SAGA, ta famille, les compagnies maritimes Falck. » Il haussa les épaules. « Ne le prends pas personnellement. Je parle d'un pour cent, non d'un pour mille, de la population, en Norvège et ailleurs. Je trouve injuste qu'autant de gens doivent partager aussi peu de richesses… »

Il pointa du doigt la cime des arbres scintillante, en direction du corps de logis. « Alors que d'autres sont tellement bien dotés.

— C'est à nous », répliqua-t-elle. Les gens comme lui refusaient de comprendre que ses ancêtres n'étaient pas des aristocrates décadents, mais des hommes d'affaires audacieux et visionnaires qui, en risquant très gros, avaient bâti des entreprises et créé des emplois. « Tu proposes quoi comme alternative, un kolkhoze ?

— Je me souviens de la première fois que j'ai mis les pieds dans un endroit comme celui-ci. Tu sais, quand, à treize ou quatorze ans, tu commences à te rendre compte que le monde est plus vaste que le quartier dans lequel tu as grandi. À cette époque, j'habitais encore dans ma famille d'accueil à Bjølsen. Avec les copains, on faisait un peu de deal, et un jour des petites bourges qui voulaient acheter de l'herbe nous ont invités, deux potes et moi. Peu après, on atterrissait dans une piscine de malade. Abu, un de mes copains, ne savait même pas nager ! Quand une des filles s'est évanouie dans la piscine, les autres ont appelé les flics pour qu'ils viennent nous coffrer.

— Ils t'ont attrapé ?

— Non, sourit-il. Je ne suis pas du genre à me laisser attraper. Je leur ai échappé. »

Elle déverrouilla la porte du rez-de-chaussée de la tour à la rosace et lui fit signe d'entrer dans la bibliothèque.

« C'est là que je travaille », déclara-t-elle.

Johnny s'avança de quelques pas dans la pièce, le regard rivé sur le plafond de l'atrium. « Quel endroit ! » s'exclama-t-il. C'était la première fois qu'il semblait impressionné par une chose qu'elle lui montrait.

Jusqu'ici, elle s'était comportée avec lui comme une gamine nerveuse, ça l'agaçait, il était temps d'y remédier.

« Je n'ai pas non plus été tout à fait honnête avec toi, dit-elle en plongeant les yeux dans son regard vert. Il y a une raison si je m'intéresse autant au manuscrit de Vera.

— C'est la clé qui permettra de régler cette histoire d'héritage entre vous et la famille de Hans. Il me semble que c'est assez évident.

— C'est un peu plus compliqué que ça. Je vais tout t'expliquer, mais avant cela, il me faut une garantie. »

Johnny esquissa un sourire prudent. « Une garantie ?

— Ou une offre. Tu mets ton travail pour Hans, sa biographie, sur pause. »

Il inspira et s'apprêta à répliquer.

« Toutes les pistes dans cette histoire pointent en direction du Nord, poursuivit-elle. C'est là qu'a grandi grand-mère, là aussi qu'elle a séjourné pendant la guerre et c'est là que se trouve l'épave du navire. J'en ai parlé avec un chercheur dont c'est la spécialité. Tout comme Vera dans le manuscrit, il soutient que l'express côtier n'a pas sauté sur une mine, mais que l'explosion venait de l'intérieur. Papa a toujours affirmé le contraire. Si seulement nous arrivions à descendre au fond pour étudier la coque, nous pourrions prouver que Vera disait vrai, et que la version officielle est un mensonge. »

Johnny eut un sourire sarcastique. « Le *Prinsesse Ragnhild* gît à trois cents mètres de profondeur. Et c'est là que "nous" devrions descendre ? Bonne chance, Sasha, il y a plus de présidents américains encore en vie que de gens revenus vivants d'une telle expédition.

— Je le sais. Mais le truc, c'est que nous avons accès à un équipement spécial. C'est l'avantage de s'appeler Falck. Du moins, nous avions. Mon frère était convenu d'emprunter une combinaison de plongée atmosphérique à un magnat de l'élevage dans le Nord, Ralph Rafaelsen, mais apparemment papa a réussi à le vexer.

— Les Lofoten et les Vesterålen… Je connais là-haut. Ou plutôt, je connaissais. Tu voudrais que je plonge ? »

Elle prit son élan et se lança. « Bien sûr, je dédommagerai ton éditeur et je te rémunérerai en tant que contributeur à un projet de SAGA. »

Johnny éclata de rire.

« Tu veux combien ? demanda-t-elle, sérieuse.

— Au moins la prime de risque pour plonger à trois cents mètres avec une combinaison de plongée atmosphérique ! »

Quand ils sortirent, la nuit avait commencé à tomber. Les températures demeuraient douces. Ils traversèrent la pelouse humide légèrement boueuse et se dirigèrent vers le kiosque à musique au bord de l'eau alors qu'elle lui relatait ce qu'elle avait appris à propos des opposants allemands qui avaient été exécutés à la fin de la guerre.

« Ça, c'est de l'héroïsme, constata Johnny.

— Effectivement.

— Loin de moi l'idée de critiquer les résistants

norvégiens. Ils ont risqué leur vie eux aussi et se sont montrés courageux. Mais en réalité, ils ont fait ce que l'on attendait d'eux : ils ont défendu leur pays. Les gens les soutenaient. Tandis que ces Allemands se sont rendus coupables de haute trahison pour défendre des idéaux en lesquels ils croyaient.

— Tu aurais fait pareil ?

— Je ne sais pas. J'espère, mais on ne peut jamais être sûr avant d'être mis à l'épreuve. »

Elle pencha légèrement la tête sur le côté, ses cheveux tombèrent sur son épaule. « Tu ressembles un peu à Hans, dit-elle en riant, tu crois que tu pourrais te comporter comme lui ?

— C'est-à-dire ? »

Peu à peu, sans qu'ils s'en aperçoivent, le crépuscule les avaient encerclés. Soudain ils baignaient dans l'obscurité.

« Faire passer tes missions au Moyen-Orient avant ta famille ?

— J'ignore si c'est ce que je voulais, répondit-il, mais c'est ce que j'ai fait. Je n'ai pas été un bon père. Et mon séjour d'un an dans une prison kurde n'a pas arrangé les choses. »

Elle garda le silence quelques secondes, durant lesquelles elle tenta de se ressaisir.

Sans vraiment savoir pourquoi, elle avait considéré comme acquis qu'il n'avait pas d'enfant, et sa propre réaction à cet égard la surprenait.

« Attends un peu. » Elle inspira. « Tu as un enfant que tu n'as pas vu depuis près d'un an ? »

Johnny hocha la tête.

« Comment t'as réussi à tenir ? »

Il haussa les épaules.

« Eh bien, un jour j'ai entendu un explorateur polaire parler de ce qu'il appelait le *sensed-presence effect*. C'est fréquent parmi ces gens-là, les marins et ceux qui ne voient pas leur famille durant de nombreux mois. C'est la façon qu'a le cerveau de nous aider à gérer la solitude. Ceux que nous aimons viennent à nous. Non pas sous forme d'un vague souvenir, mais d'une présence que l'on ressent. Ma fille venait à moi tous les soirs là-bas, elle s'asseyait sur le lit, ses petites jambes se balançaient dans le vide, elles étaient toute sales et pleines d'écorchures après un été entier passé à jouer dehors. Je commençais par lui peigner les cheveux, avant de les tresser. Ensuite, je lui brossais les dents et lui lisais une histoire. Et pour finir, je lui chantais une berceuse. Ça m'aidait. »

Sasha se tut pendant un long moment. Puis se leva. « Tu veux voir le corps de logis ? »

Ils pénétrèrent dans la tour à la rosace et refermèrent à clé derrière eux, avant de monter jusqu'au palier où se trouvait l'entrée du bureau d'Olav. L'alarme était biométrique, elle s'éteignit quand Sasha prononça son nom dans un interphone au mur, pendant que Johnny regardait le plan d'évacuation de la bâtisse en cas d'incendie.

« Comment est-ce de travailler de façon aussi étroite avec son père ? » demanda-t-il.

Elle hésita avant de répondre, mais après tout ça ne mangeait pas de pain. « Papa en lui-même est OK. Bien que cette histoire selon laquelle il évoluerait avec son temps soit un leurre. Au fond de lui, il demeure un patriarche conservateur convaincu que le monde était mieux quand la course de relais de Holmenkollen était exclusivement réservée aux hommes. Préserver les traditions des Falck est une obsession chez lui. Chaque matin, il ouvre le coffre-fort pour regarder la croix de guerre du Grand Thor. Son bureau appartenait à Theo Falck et il se plaît à répéter que le code du coffre, les stylos plume et le vin sont les mêmes qu'à l'époque du Grand Thor.

— Et tu as passé ta vie à chercher un homme comme ton père ?

— Non, ou alors si, d'une certaine façon. Je croyais qu'il était comme papa, en tout cas. Mais il s'avère que non. Et la mère de ta fille ?

— Ce qui est sûr, c'est qu'elle ne ressemble pas à ma mère. Cela dit, je n'en sais rien, je ne l'ai pas connue. Tu me fais penser à elle. Intelligente, sophistiquée, intellectuelle, un peu snob, directe, on ne jouait pas tout à fait dans la même catégorie.

— Personnellement, je trouve que tu t'en sors plutôt pas mal, Johnny Berg. »

Son compliment sembla le mettre légèrement mal à l'aise. Ils redescendirent l'escalier en colimaçon, lui en tête et elle deux pas derrière. Ils arrivèrent devant l'entrée du vestiaire au sous-sol. Elle décida de se jeter à l'eau.

« T'as envie de te baigner ? » Elle tendit l'index en direction de la porte. « Tu peux te changer dans le vestiaire des hommes. On se retrouve dans la piscine, de l'autre côté, dans cinq minutes. »

Pendant deux secondes, il lui donna l'impression de peser le pour et le contre, puis il hocha la tête et disparut dans le vestiaire. En un tournemain, Sasha se déshabilla et passa le bikini couleur crème suspendu à la patère, elle s'étudia dans la lumière puissante au-dessus du miroir. La chair de poule la picotait sur les bras. L'éclat roux de ses cheveux était plus fort sous cet éclairage. Elle les releva en un chignon sur la nuque.

Il en mettait, du temps. Elle finit par se demander s'il n'avait pas paniqué et filé à l'anglaise. Elle nageait tranquillement le crawl et avait déjà parcouru quelques longueurs quand elle le vit s'avancer sur le carrelage chauffant. Il portait un des maillots de bain de son frère. Elle s'arrêta et s'adossa au bord du bassin, les bras étendus de chaque côté. Johnny était plus maigre qu'elle ne l'aurait cru. Sa poitrine bronzée était barrée de trois cicatrices en diagonale. D'où venaient-elles ? Il plongea et la rejoignit calmement.

« Belle piscine, constata-t-il en regardant autour de lui avec un sourire. J'ai presque l'impression d'être redevenu un dealer d'herbe de quatorze ans invité par une fille des beaux quartiers.

— Que s'est-il passé au Kurdistan ? Je l'entends à ta voix. Tu es différent, plus ouvert peut-être.

— C'était complètement irréel. La guerre est irréelle. L'EI a attaqué la base où nous nous trouvions.

— Tu as tué des gens ?

— Oui. Pour qu'ils ne me tuent pas. »

Ils se tenaient à quelques centimètres seulement l'un de l'autre, avec de l'eau jusqu'au cou. Elle pouvait toujours battre en retraite.

« Je ne réussirai pas à résoudre cette affaire seule », murmura Sasha. Elle était si près de lui qu'elle distinguait la forme des gouttes d'eau sur sa joue. « Acceptes-tu de m'accompagner dans le Nord ? Ce sera toi et moi.

— Peux-tu me prouver que je peux avoir confiance en toi ?

— Oui », dit-elle, et elle l'embrassa doucement.

Une lumière tamisée teintait les murs en violet. L'eau ondulait légèrement à la surface.

Puis elle ferma les yeux, recula et se hissa sur le bord du bassin, ses pieds clapotèrent sur le carrelage. Sans se retourner elle regagna le vestiaire, où elle enleva le bikini et prit une longue douche jusqu'à ce que l'eau peu à peu refroidisse et qu'elle finisse par claquer des dents sous le jet glacial.

Chapitre 35

Le souvenir que nous laissons est tout ce qu'il reste de nous après notre mort

Malgré la saison bien avancée, on pouvait encore skier dans la campagne au nord d'Oslo. Si grâce au fœhn le mercure dépassait maintenant les vingt degrés à Rederhaugen et alors que les terrasses de la capitale étaient prises d'assaut par des gens que le printemps grisait, à une heure seulement du centre-ville, les collines demeuraient généreusement enneigées et offraient des conditions de glisse aussi idéales qu'à Pâques.

Olav avait passé ces derniers jours dans le chalet de Martens Magnus, près du lac de Mylla. Il n'avait pas souhaité partir plus loin, ce n'était pas le moment. En temps normal, il aurait opté pour un séjour en famille dans le chalet de chasse à Ustaoset. Mais il sentait le sol se désagréger sous ses pieds. Tout devenait très mouvant.

Dernièrement, il avait beaucoup pensé à Johan Grieg, à son vieil ami se convulsant sur le parquet. Lors de la veillée chez lui, Olav avait prononcé un discours, où il l'avait dépeint comme « l'éditeur définitivement le plus ouvert et le plus optimiste de la seconde moitié du XXe siècle, et quand viendrait l'heure de raconter l'histoire de notre pays à l'ère du pétrole et de la prospérité, son travail au nom de la liberté d'expression et de la presse en serait un marqueur important ».

L'après-midi touchait à sa fin, les journées ne cessaient de rallonger. Martens, l'animal, avait un pas alternatif plutôt pas mal, et Olav avait toutes les peines du monde à le suivre sur la rive sud du Mylla, à travers les tourbières de Fuglemyrene et jusqu'à l'ancienne auberge de montagne de Bislingen.

« Nous venons d'emprunter la piste de Formo, ainsi baptisée en l'honneur d'Ivar Formo, annonça l'officier avec un petit sourire alors qu'ils approchaient du sommet. Médaille d'or au cinquante kilomètres aux jeux Olympiques d'Innsbruck en 1976, c'était son parcours habituel.

— Oui et si je me souviens bien, c'est aussi ici que ce même Ivar est passé à travers la glace il y a quelques années, répondit Olav d'un ton âpre. Une sacrée tragédie ! »

Magnus s'arrêta devant l'ancienne auberge et s'appuya sur ses bâtons pendant qu'Olav tentait de reprendre son souffle.

« Tu penses trop à la mort, Olav. »

Dans un premier temps, il se contenta de secouer lentement la tête.

« Difficile de penser à autre chose dans un tel endroit », finit-il par répondre en montrant l'auberge de la pointe de son bâton.

La bâtisse était dans un piteux état. On avait cloué des planches de contreplaqué aux portes, les murs étaient écaillés et les carreaux cassés. Des sapins avaient poussé à travers les fenêtres. La vue du délabrement l'avait toujours effrayé.

Martens Magnus planta ses skis dans une congère

et partit en direction des baies vitrées de la salle au rez-de-chaussée. Il enjamba le châssis de la fenêtre.

« Et dire qu'il fut un temps où c'était le toit du Nordmarka, constata MM avec dépit. Quand je voulais m'offrir une balade du dimanche et sentir le soleil sur mes joues, je prenais une navette jusqu'ici. Et regarde-moi ça, maintenant ! »

Les pièces avaient été pillées et saccagées par les petites frappes locales.

« Tu sais quoi, Martens, déclara Olav d'un ton pensif alors qu'ils jetaient un coup d'œil dans la cuisine dévastée, il m'arrive d'être réveillé par un cauchemar, où je découvre un Rederhaugen dans le même état. Où il ne reste plus que le squelette des bâtiments aux fenêtres occultées. »

Magnus le regarda, les yeux plissés. « D'où viennent ces rêves et que nous disent-ils d'après toi ?

— Qu'un jour, tout ce que nous sommes et possédons disparaîtra. On peut travailler autant qu'on veut et faire en sorte de préserver sa fortune, mais un jour viendra où le sol se dérobera sous nos pieds. À cause d'erreurs que nous aurons commises ou de choses qui échappent à notre contrôle.

— La mort représente l'étape ultime de la perte de contrôle.

— Tu parles trop de la mort », marmonna Olav.

L'endroit délabré avait ravivé ses idées noires. Ils sortirent. Bien que le fond de l'air soit aussi frais qu'en haute montagne, le soleil réchauffait l'atmosphère. Ils s'assirent dans une pente avec vue sur les collines douces qui s'étendaient à perte de vue vers le sud.

MM offrit une orange à Olav et lui proposa une gorgée de l'eau-de-vie qu'il transportait dans une flasque.

« Tu dois redevenir maître de la situation, fit remarquer Magnus.

— C'est plus facile à dire qu'à faire. Sverre et Alexandra sont braqués contre moi, et il y a ce maudit conseil de famille dans quelques jours avec Hans et sa famille.

— Prenons les problèmes un par un, répondit Magnus avec pédagogie. Le conseil de famille n'est pas un souci, c'est toi qui l'emportera.

— Comment ça ?

— Soyons francs. Tu as peur que Vera ait légué la propriété de Bergen à la famille de Hans ? Eh bien, donne-la-leur ! Débarrasse-toi de ce nid à emmerdes. Fais en sorte qu'il soit écrit noir sur blanc que le testament ne vous est pas parvenu et que l'accord conclu est un contrat contraignant.

— Leur donner Hordnes ? s'écria Olav. C'est une propriété magnifique qu'on leur loue à un prix dérisoire et si tu voyais l'endroit aujourd'hui… on croirait qu'il est squatté par une bande de Roms. » Du pouce, il pointa la bâtisse derrière lui. « Bientôt, il ressemblera à cette auberge.

— On se rentre ? La nuit commence à tomber. »

Au même instant, Olav entendit la sonnerie de son téléphone dans la poche de son anorak. Il mit un certain temps à le sortir de la moufle à l'intérieur de laquelle il se trouvait.

« Olav Falck.

— Bonjour, ici Johnny, Johnny Berg. »

*

Johnny marchait lentement dans les rues qui menaient à Rederhaugen. Elles étaient bordées de belles demeures ceintes de haies qui protégeaient leur jardin des regards extérieurs. Des Tesla étaient garées devant. Il avait rendez-vous avec Sasha, mais avant cela, il avait une petite tâche à exécuter.

« Berg, articula lentement Olav Falck à l'autre bout du fil, comme s'il cherchait à gagner du temps. Voilà un appel inattendu, je dois le dire. J'ai appris que vous aviez été libéré. Bon sang, ce qui passe dans l'armée ne me regarde pas, mais j'ose espérer que, d'une façon ou d'une autre, vous allez reprendre du service. La Norvège est un petit pays et nous avons besoin de toutes les forces disponibles. Or vous étiez un de nos meilleurs éléments, si ce n'est le meilleur.

— Merci, mais ce n'est pas la raison de mon appel. Je souhaiterais vous rencontrer.

— Vous souhaitez me rencontrer. » Sa voix traîna sur cette phrase. « C'est à propos de ce… » Il chercha le mot. « … projet de livre sur Hans, n'est-ce pas ? Effectivement, j'en aurais des choses à raconter sur ce bon vieux Hans. Nous partageons une longue histoire et nos familles sont liées pour l'éternité. Pour tout vous avouer, j'avais pensé vous téléphoner.

— De fait, je m'entretiendrais volontiers avec vous à propos de Hans. Ce n'est toutefois pas l'objet de mon appel. Nous nous sommes ratés de peu chez notre vieil ami Johan Grieg l'autre jour. Je vous l'accorde, il n'avait vraiment pas l'air en forme, mais je n'aurais pas cru qu'il nous quitterait aussi vite. Que des personnes âgées malades meurent est sans doute dans l'ordre des choses, cela n'en demeure pas moins triste. Grieg m'a remis la première partie du manuscrit de votre mère et m'a promis de me donner le reste dès que j'aurais vérifié quelques informations dans les archives de la compagnie à Bergen. Malheureusement, notre affaire a pris une tournure inattendue : Grieg est mort et le manuscrit a disparu.

— Quelle imagination vous avez, Berg ! » La colère et l'impatience transparaissaient dans sa voix. « Qu'est-ce que vous voulez ? »

Johnny approchait du portail de Rederhaugen.

« Si j'ai accepté d'écrire la biographie de Hans, c'est bien sûr pour essayer de mieux comprendre comment vous traitez les gens qui cherchent à révéler la vérité sur vos activités. Votre mère a été mise sous tutelle, on a tenté de me laisser moisir au Moyen-Orient en me faisant passer pour un djihadiste. Mais vous ne pourrez pas le cacher éternellement. Un jour, la vérité éclatera. »

Un long moment s'écoula avant qu'Olav Falck réponde, un moment si long que Johnny se demanda si la communication avait été coupée.

« Comme vous le savez, j'ai décidé très tôt qu'une carrière d'armateur traditionnelle comme celle de mon père et de ses ancêtres ne m'attirait pas. L'argent se tarit, regardez l'histoire : il suffit de quelques générations de descendants sans ambition pour qu'une fortune disparaisse. Je souhaitais construire quelque chose de durable. Quel souvenir laissons-nous une fois morts, Berg ? Je ne crois pas au surnaturel. Pour moi, le souvenir que nous laissons est tout ce qu'il reste de nous après.

— Vous vous égarez », répliqua Johnny. Il remarqua que son oreille contre le téléphone était trempée de sueur. « Mais écoutez-moi bien. Je suis prêt à rendre le manuscrit à votre famille. À une condition.

— À savoir ? » La voix était sceptique, mais mieux disposée.

« Avoir été déclaré inapte, et ce soupçon absurde

selon lequel je serais un déserteur et un djihadiste me posent quelques problèmes sur le plan personnel, dont je me passerais bien. Je veux que tout cela disparaisse de mon dossier.

— Ce qui me caractérise, c'est que les gens me surestiment, rétorqua Falck. Je ne peux malheureusement pas me substituer au PST, au service de santé ou encore au médecin-chef de l'armée.

— Dommage, car dans ce cas nous n'avons plus rien à nous dire.

— Attendez. » Olav rassembla ses esprits. « Je peux peut-être passer un ou deux coups de fil.

— Bien », répondit Johnny, et il raccrocha.

Il entra dans l'enceinte de Rederhaugen et poursuivit en direction du corps de logis. Par inadvertance, c'était Sasha qui au détour d'une phrase la veille au soir lui avait donné les éléments qui lui manquaient pour pouvoir mettre son projet à exécution.

Entourée d'une barrière en acier galvanisé avec un panneau *Accès interdit*, la zone autour de la tour à la rosace ressemblait à n'importe quel chantier. Il sauta par-dessus la grille.

Dans le crépuscule il distinguait le matériel de l'entrepreneur, les bétonnières ainsi que les conteneurs remplis de planches et de détritus alignés sous les échafaudages. Il souleva le filet de protection et se glissa dessous. L'odeur de peinture et du coffrage s'intensifia. On n'y voyait plus grand-chose, en revanche, et il manqua trébucher sur une bouteille oubliée ; celle-ci tournoya et tomba sur la plateforme inférieure dans un bruit qui pour lui s'apparentait à un énorme fracas.

Merde ! Il s'arrêta. Écouta. Au loin, un chien aboya et le vrombissement régulier d'un moteur hors-bord lui parvint du fjord. Sinon rien. Il poursuivit son ascension. Devant la fenêtre à la rosace il s'arrêta et éclaira en direction de l'escarboucle rouge et du vitrail autour. Il était cassé au centre. Il tâta avec précaution le châssis. Non, impossible de le retirer.

Il grimpa au sommet de l'échafaudage et passa au-dessus d'un créneau. Ses yeux s'étaient maintenant habitués à l'obscurité. Il s'arrêta un instant, étourdi par la vue magnifique. Non seulement il voyait tout Rederhaugen – la symétrie des sentiers, les petits bois sombres, l'auditorium, l'allée de tilleuls rectiligne, l'à-pic qui tombait dans la mer bleu nuit –, mais aussi au loin, les lumières scintillantes de la ville.

La porte avait été démontée pendant les travaux, il ouvrit le panneau de contreplaqué qui la remplaçait provisoirement. Il se trouvait maintenant à l'intérieur de la tour. L'escalier en colimaçon descendait au vitrail à la rosace et desservait encore un étage en dessous. C'était la clé. L'endroit qu'il avait repéré sur le plan d'évacuation. Au centre de la pièce, les menuisiers avaient abattu le vieux mur en lambris. Johnny scruta l'obscurité. Il se pencha et trouva la grille du puits d'aération. Elle était facile à enlever, il la retira délicatement et la posa à côté du trou. Puis il se faufila à l'intérieur. C'était aussi étroit qu'un tube de torpille dans un sous-marin. Et très raide, il devait contracter ses bras et ses jambes au maximum contre les parois pour ne pas tomber, c'était éreintant. Il respirait profondément et descendait à la vitesse de l'escargot.

Un mètre plus bas, il distinguait une sorte de lueur. Il tâtonna autour de lui. Les murs étaient plus humides ici, le plafond original de la pièce avait probablement été abaissé. Doucement, Johnny posa les pieds de chaque côté de la ventilation et la souleva.

Il put ensuite se laisser tomber sur un tapis persan

écarlate qui amortit sa chute. Johnny roula sur lui-même et se releva. L'alarme à côté de la porte bipait dangereusement. Il sortit son téléphone et le leva devant l'interphone, tout en déclenchant le message vocal.

« Olav Falck. »

Le silence se fit. Johnny demeura immobile.

« *Alarme désactivée* », annonça une voix de femme enregistrée.

Il respira.

Le cabinet de travail était moins vieillot et tape-à-l'œil qu'il ne l'aurait cru. Un bureau ancien occupait une partie de la pièce. Les œuvres d'art étaient plutôt modernes. Le coffre flanqué de deux étagères était intégré dans le mur derrière le bureau.

Ils avaient conservé le même code qu'au temps du Grand Thor avait dit Sasha, ce qui pouvait signifier deux choses : soit Olav utilisait toujours la date d'anniversaire à l'envers de l'aîné de l'époque – à savoir Per Falck. Mais ça lui semblait peu probable. Tradition et modernité, changer pour mieux préserver, correspondait davantage au mantra d'Olav. Soit c'était le principe qui restait le même. En l'occurrence, la date d'anniversaire à l'envers devait être celle de Sverre Falck. Il avait vérifié celle-ci avant de venir.

9 février 1980.

80-02-09. Johnny tourna la mollette.

Un *clic* retentit. Avec précaution, il tira la lourde porte.

Johnny s'agenouilla. Le coffre comportait trois grandes étagères. Un petit étui rouge était posé sur l'une d'entre elles. Il l'ouvrit délicatement. Il contenait une croix ornée en son centre d'un lion, celui figurant sur les armoiries du royaume de Norvège ; cette croix était accrochée à une couronne dorée aussi petite qu'un anneau de porte-clés, reliée à une lanière aux couleurs de la Norvège. Et en travers de celle-ci, sur les bandes rouge, blanc et bleu : une épée.

La distinction de Thor Falck.

Avec la croix de guerre dans le plat de sa main, il se laissa un instant envahir par les souvenirs que celle-ci réveillait dans sa propre vie, les généraux et le roi, l'uniforme de gala qui le serrait à la taille. Comme tout cela lui paraissait loin, bien que ce ne le soit pas.

Johnny revint à lui. Il se trouvait dans le bureau d'un étranger. Avec précaution, il remit la croix dans l'étui, le referma et le reposa à l'endroit où il l'avait trouvé.

Le manuscrit était rangé sur l'étagère du dessous, dans la même enveloppe marron des éditions Grieg que celle dont Johan avait extrait un paquet de feuilles ce soir-là. Johnny la soupesa. La fin du texte semblait moins conséquente que le début. Dans le coffre, il la remplaça par la première partie et résista à la tentation d'écrire un message à l'attention d'Olav Falck.

Quand Johnny se hissa par la trappe pour repartir d'où il était venu, il ne put s'empêcher d'éprouver le désagréable sentiment d'avoir été dupé. Tout cela lui semblait trop facile.

C'est trop beau pour être vrai, songea-t-il.

*

Sasha finit son verre de vin et traversa les pièces à l'étage. Elle passa devant la table en chêne et le secrétaire ancien d'un pas aussi léger que celui d'un animal ne laissant aucune trace dans la neige. Les rideaux s'agitèrent légèrement. Elle s'assit sur le rebord de la fenêtre et alluma une cigarette. *J'ai la seconde partie du* Cimetière de la mer, avait-il écrit. *J'arrive.*

Lors de leur dernier déjeuner, Vera avait posé ses mains couvertes de taches de vieillesse sur celles de Sasha et lui avait demandé comment ça allait côté cœur.

« J'ai beaucoup d'amour dans ma vie.

— Et Mads ? »

Elle avait hésité. « Cela reste de l'amour, mais d'un autre type. Je suis trop vieille pour rougir et avoir le cœur qui bat la chamade.

— N'importe quoi ! Tu as quel âge, rappelle-moi ? Trente-trois ans ? »

Sasha avait hoché la tête. Elle en avait trente-quatre.

« Crois-moi, avait déclaré Vera. Tu es trop jeune pour tenir ce genre de discours. Ce n'est pas fini. Ça ne fait que commencer. »

Comme d'habitude, il y avait du vrai dans ses formules chocs. Affirmer que la passion adulte n'était qu'un pâle écho de celle de l'adolescence était faux. Peut-être est-elle même encore plus forte, pensa Sasha. Elle le voyait dans toutes les pièces, il était assis à côté d'elle à table, il fumait avec elle, assis sur le rebord de la fenêtre.

Sasha jeta un coup d'œil sur son téléphone : aucun autre message de *JB*, comme elle l'avait enregistré dans son répertoire. Au moment où elle écrasait sa cigarette, elle entendit des pas de l'autre côté de la maison. Son cœur s'arrêta, elle sentit la chaleur se diffuser dans son corps.

Sasha sauta de l'encadrement de la fenêtre, lança un regard rapide dans la cuisine et le séjour, tout était propre, même si pas tout à fait rangé. Elle descendit l'escalier, ébouriffa ses cheveux dans le miroir, retroussa une des manches de son chemisier à fleurs.

« J'arrive, Johnny. »

De nouveau, on frappa.

Elle ouvrit la porte.

Olav se tenait devant elle. « Je te dérange, Alexandra ?

— Non, mon Dieu, entre, papa », répondit-elle embarrassée.

Sans se déchausser, il monta à l'étage et fit le tour du séjour, comme s'il cherchait une chose sans trop savoir quoi.

« Un verre de vin, dit-il. Tu aurais ça ? »

Elle lui servit un verre de vin.

« Vera est venue nous voir, le vieux Grieg et moi, un jour dans les années soixante parce qu'elle envisageait de changer d'éditeur, déclara Olav en s'appuyant contre le plan de travail de la cuisine. Brikt Jensen ne demandait qu'à l'accueillir chez Gyldendal avec, à la clé, de nouvelles perspectives et une coquette somme d'argent. Vera était déçue que ses livres ne se vendent pas plus, malgré leur succès. L'insatisfaction est un état normal chez un écrivain. Mais changer d'éditeur, avait dit le vieux Grieg en pesant chacun de ses mots, s'apparente à un divorce. Dans certains cas, bien sûr, une telle décision est défendable, mais la plupart du temps on ne fait que recréer un même schéma. Car le problème tient plus souvent à nous qu'à l'autre. Et le vieux Grieg en connaissait un rayon sur le sujet.

— Pourquoi tu me racontes ça ?

— T'es allée à Bergen », constata Olav d'une voix posée.

Elle sortit, de façon presque démonstrative, une cigarette de son sac et l'alluma.

« Ne fume pas, la somma-t-il.

— J'étais à Bergen pour faire des recherches dans les archives privées de la Hanseatiske Dampskibsselskab pendant la guerre, répondit-elle en expirant la fumée par les narines. Je n'ai rien trouvé, du reste. Les documents qui m'intéressaient ont vraisemblablement disparu après la saisie du manuscrit de grand-mère. Et pourquoi ? Parce qu'ils prouvaient que le Grand Thor n'était pas un héros, mais un profiteur de guerre.

— Regarde autour de toi, Alexandra ! s'exclama Olav en allant à la fenêtre. Tu crois qu'on obtient des lieux comme Rederhaugen sans renoncements ?

— Des renoncements ? Le terme de mensonges me semblerait plus juste. Qui sait combien de cadavres sont enterrés sous nos pieds ? »

Il secoua la tête.

« Ne sois pas naïve. Qui sommes-nous pour juger les vivants et les morts ? Papa s'est trouvé obligé de faire des choix que toi et moi devons nous estimer heureux de ne jamais avoir eu à faire. Comment préserver les compagnies maritimes de la famille et les emplois sur le littoral quand son propre pays est occupé ? Comment y parvenir sans renier son patriotisme et l'amour que l'on porte à sa patrie ? Tu peux dire ce que tu veux, mais papa s'en est tiré avec brio.

— C'est pour protéger la réputation de Thor que tu as supprimé des documents des archives ? »

Olav laissa sa question sans réponse.

« Je peux te prendre une cigarette ? demanda-t-il à la place.

— T'es sérieux ? » demanda-t-elle en haussant un sourcil. Elle lui tendit le paquet. Il tint maladroitement la cigarette entre son index et son majeur pendant qu'il l'allumait.

« Il y a beaucoup de choses que les gens ignorent concernant la guerre, dit-il en tétant le filtre. Que par la suite, par exemple, les anciens ennemis se sont unis, pour lutter contre le communisme. En 1949, une délégation d'amiraux allemands est venue en Norvège afin de montrer aux officiers norvégiens le système de batteries et de fortifications qu'ils avaient construit pendant la guerre. Ils sont passés ici. »

Il pointa le pouce derrière lui.

« Dans les années qui ont suivi, des dépôts d'armes ont été établis à travers tout le pays.

— Un stay-behind. Cette histoire-là, je la connais.

— Alors tu sais sûrement aussi que c'est maman qui les y a autorisés. » Il toussota. « C'est elle qui connaissait les installations sous Rederhaugen en cas d'occupation. »

Sasha sentit l'inquiétude la saisir, elle s'était préparée à de nouveaux mensonges et à des omissions, elle ne s'attendait pas à des propos aussi directs.

« Mais pour des raisons qui m'échappent, elle a décidé de tout révéler en 1970. Sais-tu quelle aurait été la conséquence d'un tel acte, ma chère Alexandra ? Ça aurait été catastrophique. Le réseau stay-behind, dont l'existence ne fut dévoilée qu'une dizaine d'années après, aurait pris énormément de retard. Il s'agissait de la sécurité du royaume. Mais ce n'est pas tout. À tes yeux, SAGA semble peut-être aussi solide que le granit. Mais ce n'était pas le cas en 1970. J'étais jeune et le groupe venait à peine de naître. Per Falck gérait ses affaires et les compagnies maritimes à Bergen de façon calamiteuse. Nous aurions tout perdu, Alexandra.

— Le réseau stay-behind n'est plus un secret d'État. J'ai décidé d'aller au fond de l'histoire de grand-mère, y compris si elle comporte des vérités dérangeantes concernant SAGA, ou nous.

— Aller au fond… »

Son père poussa un soupir dépité.

« Beaucoup de vérités communément admises ne sont jamais remises en question, déclara-t-elle.

— De quoi tu parles ? »

Sasha fixait son père. « Tu as toujours affirmé, en te référant au procès-verbal maritime, que le *Prinsesse Ragnhild* avait sauté sur une mine britannique. Et si c'était totalement faux ? »

Elle vit qu'un tremblement agitait soudain la lèvre inférieure d'Olav, avant que son poing ne s'abatte sur la table. Un des verres à pied se renversa et le vin se répandit sur le plateau.

« Bien sûr qu'il est passé sur une mine britannique ! s'écria-t-il.

— Pourquoi te mettre dans un tel état ? Bon sang, mais qu'est-ce qu'on en a à foutre de la raison pour laquelle un express côtier a été envoyé par le fond il y a soixante ans ? Ça n'a plus aucune importance.

— Si. Mais tu es assez naïve pour croire qu'il s'agit seulement d'un événement historique et que c'est la liberté d'expression qui est ici en jeu. Ce que tu ne vois pas, en revanche, c'est que nos adversaires se serviront de cette information pour nous détruire.

— Nos adversaires ? » Cela prêtait presque à sourire. « Mon Dieu, papa, tu te crois en permanence sur un ring. Tout dans la vie ne s'apparente pas à un combat de boxe. »

Il hocha la tête.

« Je pense à John Omar Berg ».

Elle sursauta quand il prononça son nom.

« Tu ne sais rien de ce Berg, Alexandra. Il a grandi dans des familles d'accueil, c'est une charmante petite frappe d'Oslo et un squatter que l'armée a remis dans le droit chemin. Ils lui ont donné la meilleure éducation civile et militaire qui soit. Un projet pilote. Berg est devenu un opérateur de premier ordre, il était partout là où ça se passait. L'Afghanistan, l'Irak, le Liban, la Russie, et que sais-je encore. Berg est devenu une légende. Rares sont ceux qui auraient pu résister à la pression à laquelle il a été soumis.

— Quelle pression ? »

Olav ignora sa question et continua. « Nous devrions prendre davantage soin de ceux qui se sacrifient pour leur patrie. Pauvre John Omar Berg ! Tôt ou tard, il était évident que ça tournerait mal. Berg a fini par détester le pays qui lui avait tout donné. C'est l'histoire habituelle : stress post-traumatique, séparation, une garde d'enfant conflictuelle. Il a commencé à flirter avec l'islamisme radical, puis il est parti rejoindre l'État islamique en tant que combattant étranger. Il a été arrêté dans le no man's land sur la ligne de front, après être allé rencontrer des djihadistes norvégiens. Et voilà qu'il est de retour.

— Johnny a quasiment failli y passer dans la lutte contre l'EI au Kurdistan la semaine dernière, répondit-elle. Tu crois qu'un combattant étranger djihadiste aurait couru un tel risque ?

— Je crois que tu ne te doutes pas de ce qu'un homme comme lui fait à l'étranger, Alexandra.

— Peut-être, mais ça au moins, j'en suis sûre, dit-elle en ouvrant le compte Instagram de Norwegian-SNIPER. Tiens, voilà Johnny Berg avec les peshmergas kurdes, après une bataille contre l'EI. »

Olav chaussa ses lunettes et jeta un bref regard à la photo. « Le visage est flouté. Mais si je comprends bien, ça ne t'empêche pas de reconnaître cet homme torse nu ?

— Effectivement, répondit Sasha en rougissant légèrement.

— Il est une chose que tu dois savoir à propos des types de son espèce, dit son père d'un ton sévère. Ce sont des manipulateurs redoutables. Son boulot est d'amener les gens à parler, par tous les moyens. La technique du chantage affectif n'a aucun secret pour eux. Ils sont prêts à tout pour atteindre leur objectif, y compris si cela implique de devoir établir une liaison intime.

— Une liaison intime. C'est quoi cette façon de s'exprimer ? »

Olav ne prit pas la peine de répondre. « Johnny Berg est une fréquentation dangereuse, ajouta-t-il, très dangereuse même. Berg cherche à détruire SAGA. Pourquoi ? Ça, ça relève du domaine des suppositions. Mais il fera ce qu'il faut pour parvenir à ses fins, même si cela implique de se faire passer pour le biographe de Hans Falck. Tu ne croyais tout de même pas, j'espère, qu'il écrivait vraiment une biographie de Hans ? »

Elle ne répondit pas, mais ressentit une pointe d'inquiétude.

« Il a signé un contrat avec l'éditeur. » Soudain, elle ne parvenait plus à soutenir le regard de son père. « Je sais qu'il a été emprisonné au Kurdistan. Contrairement à toi, il m'a toujours dit la vérité.

— Ce contrat a moins de valeur que le papier sur lequel il a été imprimé. Se faire passer pour un journaliste est une technique courante dans son milieu pour approcher sa véritable cible. C'est la spécialité de Berg, sa signature. Il trouve un bon prétexte pour nouer le contact. Quelques petites histoires *off the record* à propos de Hans, qui pourrait résister à cette tentation ? »

Touché, pensa Sasha avec un effroi grandissant.

« Et puis, en passant, il mentionne qu'il a découvert une information qui l'intrigue au cours de ses recherches, concernant Vera en 1970, peut-être que tu pourrais l'aider ? Une femme qui adorait sa grand-mère, qui s'ennuie un peu avec son mari et a besoin d'un nouveau projet dans sa vie, est la victime idéale quand un type aussi charismatique que lui surgit. Ma foi, qui pourrait résister à une petite aventure ? Naturellement, elle accepte sa proposition. »

Elle inspira. Touché, coulé.

« Ils partent à Bergen. Mais Berg est bien sûr trop intelligent pour se montrer trop insistant et se couvrir de ridicule. Non, il emploie la technique la plus vieille du monde en psychologie : il joue les indifférents. Tu rougis. Nous sommes donc dans cette situation exceptionnelle où la directrice de musée Alexandra Falck – la loyauté incarnée, qui n'a jamais révélé un mot des affaires internes à qui que ce soit de l'extérieur – se retrouve être celle qui insiste et se met à genoux devant Johnny Berg, dont elle a bien sûr réussi à tomber amoureuse, pour lui demander de détruire l'entreprise familiale, voire la famille carrément. »

Olav sourit.

« Mais bon, au fond je n'en sais rien, ma chère Alexandra, puisque je ne suis qu'un menteur tyrannique qui a fait son temps, mais se pourrait-il que les choses se soient à peu près déroulées comme ça ? »

*

Aussi léger que le vent qui porte les oiseaux, Johnny remonta les rues bordées de belles demeures jusqu'au portail au faucon. Il faisait nuit quand il arriva. Son corps avait secrété tant d'adrénaline dans la journée qu'il était maintenant plein de clairvoyance, l'esprit encore obsédé par son effraction dans le bureau d'Olav, par elle.

Le portail était fermé. Il frappa doucement à la porte d'entrée.

« Sasha ? »

Aucune réponse. Elle devrait pourtant être là. Depuis leur première rencontre, elle s'était toujours montrée ponctuelle.

La porte s'ouvrit automatiquement. Dans la pénombre, il ne discernait que sa silhouette, et le chien à ses côtés. Les oreilles en arrière, l'animal montra les crocs dans un grognement menaçant.

Quelque chose n'allait pas, vraiment pas.

« Sasha ?

— Tu m'as menti, dit-elle sans croiser son regard.

— De quoi tu parles ?

— Ça fait partie de ta formation de jouer la surprise quand tes victimes te mettent face à tes mensonges ?

— Absolument pas.

— Tu n'as jamais eu la moindre intention d'écrire une putain de biographie ! Tu avais l'intention de détruire ma famille, et Dieu sait quoi encore. C'est Hans qui te l'a demandé ou quelqu'un d'autre ? »

Johnny leva l'enveloppe des éditions Grieg. « Voici la deuxième partie du *Cimetière de la mer*. Nous allons enfin pouvoir obtenir les réponses au…

— Jazz veille sur moi. Au moindre geste, il t'attaque. »

Jazz aboya férocement et de nouveau, lui montra les crocs.

« Va-t'en, cracha-t-elle. Fais ce que tu veux du manuscrit. Je ne veux plus te voir. »

Il ne bougea pas, ses jambes lui paraissaient si lourdes.

« Dis-moi juste une chose, ajouta Sasha d'une voix déformée par la colère. Tout dans cette histoire entrait dans le cadre de ta mission ? »

Il se tut, il reconnaissait la douleur de Sasha, il était passé par là auparavant.

« Tu m'as demandé de partir…

— Réponds d'abord, et tu pourras partir.

— C'était un mensonge du début à la fin, répondit-il en croisant son regard. Souviens-toi seulement d'une chose : ce qui est arrivé à ta grand-mère est ce qui m'est arrivé à moi aussi. Peut-être places-tu finalement la loyauté envers ta famille au-dessus de la vérité. Je n'ai pas de famille, mais d'une certaine façon je peux le comprendre.

— Va-t'en, tire-toi !

— Je vais découvrir si ta grand-mère disait vrai. Et ce qui était un mensonge de ma part s'est transformé en autre chose. »

Johnny tourna les talons et s'en alla. Il traversa les forêts de la presqu'île et longea les champs plongés dans l'obscurité jusqu'à la gare. Il s'assit dans le train pour l'aéroport, acheta un billet pour le Nord, sans réussir à se sortir cette pensée de la tête : les riches et les puissants sont ceux qui écrivent l'histoire, et quiconque ose remettre en cause ce récit doit être puni. Sasha Falck voulait échapper à cette règle, mais elle pouvait toujours courir, elle risquait fort de se mordre la queue, car c'était un cercle vicieux.

L'histoire est une roue de hamster. Elle se répète sans cesse.

Johnny se plongea dans la lecture du manuscrit.

LE CIMETIÈRE DE LA MER
DE VERA LIND

DEUXIÈME PARTIE

TRONDHEIM-BESSAKER

En arrivant sur l'embarcadère de l'express côtier, je constatai que l'atmosphère avait changé. Ça y est, la guerre nous avait rejoints. Une colonne de camions allemands avait été avancée jusque sur le côté du navire et des escouades de soldats chargeaient du matériel à bord. La forte odeur de diesel des moteurs qui continuaient de tourner se superposait à la fraîcheur de la brise marine. Partout on entendait le murmure de voix allemandes enjouées.

Je me faufilai entre les véhicules. Ça fourmillait de soldats entre les treuils et les hautes remorques bâchées. Avec leurs brodequins marron, leur pantalon de combat large, leur anorak brun et leur bâton de marche, ces hommes ne ressemblaient à aucun autre militaire allemand que j'avais pu croiser jusqu'ici. Ils avaient des visages ravinés et barbus. Une fleur, un edelweiss, était cousue sur la manche de leur uniforme et leur béret.

« Ce sont des chasseurs alpins, dit un jeune badaud.

— Des chasseurs quoi ? demanda son camarade, un petit bonhomme vif coiffé d'une casquette à carreaux.

— Ils se vantent d'être les meilleurs combattants.

On les appelle aussi les *Gebirgsjäger*. Ils partent en renfort sur le front nord.

— En tout cas, ils emportent beaucoup d'armes », fit remarquer le jeune garçon en montrant du doigt les longues malles en bois scellées, les caisses de munitions en métal brillant, les vivres et les motos avec side-car qui étaient hissés à bord.

En montant sur le pont, dans la foule devant le bureau d'information, j'aperçus Wilhelm en pardessus de la Kriegsmarine. Le borgne l'accompagnait.

Le bateau s'éloignait lentement de la côte dans la nuit. Le navire grouillait de Gebirgsjäger. C'était donc grâce à ces gens que Thor et sa compagnie s'enrichissaient.

Je me hâtai de gagner la cabine de l'armateur. Heureusement, Thor n'était pas là. Je commençai par me maquiller, mais en me regardant dans le miroir, je décidai de tout retirer avec une serviette en papier. Wilhelm m'avait donné rendez-vous sur le pont, sous le pont des officiers, avait-il dit. Je nouai un foulard autour de mon cou et sortis.

L'air était doux, la température avait grimpé de plusieurs degrés ces dernières heures et le vent était tombé. Je me heurtai à un mur de brouillard, la côte était désormais hors de vue. Il faisait nuit. Au rythme des pistons, je compris que le navire avait ralenti en raison de la mauvaise visibilité.

J'eus la sensation étrange qu'il m'observait depuis un moment par un interstice dans les hublots occultés. Il était en civil et vêtu d'un gros pull traditionnel, d'un pantalon large de couleur sombre et d'un bonnet de laine, comme un Norvégien.

« Viens », murmura-t-il en m'entraînant vers l'avant du bateau, sur le pont devant la salle à manger. La porte en fer semblait fermée, mais Wilhelm tira le lourd battant en se penchant en arrière et celui-ci s'ouvrit. Je me faufilai à l'intérieur, il referma derrière nous et pointa l'index au-dessus de nos têtes en mimant avec les lèvres : le pont des officiers.

« Suis-moi », souffla-t-il.

Profitant de l'épais brouillard, nous courûmes courbés jusqu'à l'étrave, en passant devant le panneau de cale recouvert d'une bâche et devant le rouf du mât. Nous nous arrêtâmes. Je me retournai, un épais voile de brume enveloppait la passerelle de commandement. Alors seulement, je remarquai qu'il avait saisi mon poignet, nous restâmes ainsi un instant, avant que je ne retire ma main.

Il régnait le plus grand silence autour de nous.

« Tu sais ce qui se trouve là ? murmurai-je en montrant le petit rouf sur lequel un mât se dressait dans le brouillard.

— C'est toi qui connais les lieux.

— La cellule de dégrisement. Il arrive régulièrement que l'équipage juste au-dessous de nous ne puisse pas dormir à cause de soiffards. »

Je donnai un coup de pied prudent dans une bitte d'amarrage.

Nous nous assîmes contre le mur avant du rouf. De là, nous n'étions pas visibles de la passerelle de commandement, même par temps clair.

« Tu as remarqué comme le navire est bas dans l'eau ? demandai-je.

— Il y a des centaines de soldats à bord, répondit-il gravement. Ils partent renforcer le front nord et construire des infrastructures.

— C'est qui ce type avec le bandeau sur l'œil ? »

Il sourit dans le brouillard. « Dieter ? C'est un collègue.

— Il y a quelque chose dans sa façon de me regarder qui me déplaît.

— C'est un homme bien. Une personne sur qui on peut compter. Une des rares. »

Je fixai pensivement la surface sombre de l'eau.

« Ça y est, tu me fais confiance ? demanda Wilhelm.

— Je fais plus confiance aux gens qui ne respectent pas les lois et les règles qu'à ceux qui s'y plient. »

J'aurais dû me rendre compte que nous avions commencé à parler plus fort, à oublier toute prudence. Soudain, j'entendis un bruit. Nous sursautâmes tous les deux. La porte du rouf s'ouvrit, à tribord, à quelques mètres de nous.

« Y a quelqu'un ? » cria une voix dans le brouillard.

Je réfléchis à toute vitesse. Il fallait agir. Devant nous, à nos pieds, il y avait une chaîne d'ancre enroulée dans une caisse. À la vitesse de l'éclair, je l'attrapai et la jetai contre l'étrave pour détourner l'attention. Elle s'abattit bruyamment sur le pont. Au même instant, je saisis la main de Wilhelm. Alors que la silhouette se dirigeait vers l'avant du navire pour essayer de comprendre d'où venait ce raffut, nous nous glissâmes à l'arrière du rouf et ressortîmes par la porte opposée. Je l'attrapai par le poignet et descendis à petites foulées l'escalier étroit.

Au bas des marches, nous tombâmes nez à nez avec le matelot qui m'avait invitée à la fête dans le quartier des filles. Il nous regarda, les deux mains sur les hanches et l'air de tomber des nues. Je me figeai, tel un animal pris dans la glace. Wilhelm ne semblait pas plus prêt que moi à dégainer une bonne excuse.

« C'est vous qui étiez près de l'étrave ? Il est strictement interdit aux passagers de circuler sur le pont avant. »

Je me raccrochai aux branches en décochant un sourire enjôleur au matelot, il avait la peau boutonneuse et devait être plus jeune que moi. « Tu m'as invitée à la fête dans le quartier des poules. On voulait juste prendre un raccourci. »

Le matelot demeura sans voix l'espace d'une seconde, avant que son visage ne s'éclaire d'un sourire.

« C'est toi qui as travaillé sur le *Maud* il y a plusieurs années ?

— Oui. » C'est bon, je le tiens, pensais-je triomphante.

« Le quartier des poules ? demanda Wilhelm.

— C'est le surnom qu'on donne au quartier où logent les filles qui travaillent à bord », expliquai-je.

Le matelot et Wilhelm échangèrent un salut.

L'échelle était très raide et nous descendîmes aussi loin que nous pûmes au fond du bateau, jusqu'au fameux quartier. La porte d'une cabine était entrouverte, deux serveuses assises au bord de la couchette avalaient de l'eau-de-vie dans les tasses en fer-blanc qu'elles avaient apportées. De la cantine exiguë de l'équipage tout à l'avant de la proue nous parvenaient des braillements, des chants et des tonnerres d'applaudissements. Ça empestait l'alcool, les roulées, le parfum lourd et la sueur. Le matelot ouvrit la porte, huit ou dix membres de l'équipage étaient entassés dans la pièce.

« Je vous présente Vera, annonça le matelot, et son cavalier.

— Vera Lind ! » s'écria une voix. Je reconnus une des filles qui avaient travaillé avec moi sur le *Dronning Maud* des années auparavant. « Elle tenait mieux l'alcool que l'équipe des machines, je vous promets qu'ils rampaient sous la table avant elle ! »

Les chauffeurs et les cuisiniers applaudirent en sifflant pendant que les filles poussaient des petits cris aigus.

Les gens riaient à n'en plus finir, l'ambiance était survoltée. On me tendit une tasse d'eau-de-vie. Je la bus d'un trait. Elle était maison, elle brûlait la gorge, je fis la grimace en l'avalant, mais aussitôt, je me sentis mieux. Nous trinquâmes. Je m'appuyai contre Wilhelm, il sentait l'après-rasage et le tabac, il me caressa doucement les cheveux, je me collai à lui. La fille du *Dronning Maud* me tendit une nouvelle tasse. Les mécaniciens m'encouragèrent bruyamment en tapant du pied contre le sol.

« Une fête remarquable, constata Wilhelm.

— Qu'est-ce que t'as dit ? demanda le matelot.

— Une fête remarquable. »

Le matelot Fagerheim se tourna vers les autres. « Non, mais écoutez-le, *une fête remarquable*, rigola-t-il. Mais t'es d'où, toi ?

— Viens, Wilhelm, on s'en va, chuchotai-je.

— J'ai demandé à ton homme d'où y venait, répéta le matelot. Ce serait pas un boche, par hasard ? »

Les discussions s'étaient tues, tous les regards étaient braqués sur nous.

« Viens ici », dis-je. Fagerheim s'avança d'un pas vers moi. « Tu sais ce que je faisais aux matelots qui l'ouvraient trop ? »

J'empoignai fermement son entrejambe d'une main et le tordis. Entre mes doigts, je sentis ses testicules et son membre se recroqueviller comme des escargots dans leur coquille. Une expression de souffrance apparut sur le visage de Fagerheim.

« Sors de ton trou avant de parler de trucs que tu ne connais pas, espèce de cloporte ! »

Je le repoussai, l'excitation était maintenant à son comble, je crus que la proue allait exploser. Je remerciai ses collègues pour les boissons, donnai une accolade aux filles de service et m'empressai de sortir avec Wilhelm. Nous remontâmes l'escalier par lequel nous étions arrivés et partîmes vers l'arrière du bateau, jusqu'à ce que nous ayons quitté le quartier de l'équipage. Le navire tanguait et je me cognai aux cloisons de la coursive à plusieurs reprises. Dans la salle des machines, les pistons battaient à leur rythme régulier, j'entendis des voix criardes et légèrement ivres dans l'escalier. Enfin, nous arrivâmes devant la porte de la cabine où dormait Olav.

« Merci, me dit Wilhelm, adossé au mur en lambris.

— Tu es beau », répondis-je, et je l'embrassai.

BESSAKER-RØRVIK

Le lendemain, le grondement pénétrant de la sirène du navire me réveilla. Perdue, j'ouvris les yeux. À côté de moi, Ragnfrid ronflait profondément. Je me redressai sur ma couchette, hébétée. Je n'avais pas assez dormi, je me sentais mal et j'avais la tête qui tournait, comme si je n'avais pas dessaoulé. Du couffin d'Olav, seules me parvenaient de courtes respirations, parfois un geignement. Avec la rapidité et la discrétion d'un chat, je fis ma toilette, m'habillai et sortis dans la coursive. L'escalier était désert. Je regardai par-dessus mon épaule. Un passager essoufflé tirait une lourde valise en cuir. Au mur, une pendule indiquait six heures trente : le jour ne s'était pas encore levé.

Je montai sur le pont. Nous étions dans la Follahavet, ou le cimetière de la mer, comme l'appelaient les capitaines de caboteurs, une zone de vents forts où des milliers d'écueils traîtres aussi affilés que des lames de rasoir affleuraient sous la crête des vagues. J'inspirai l'air de la côte avec la même avidité que si je ressurgissais à la surface après une longue plongée en apnée. Le paysage baignait dans une lumière grisâtre. Une toile grandiose d'îlots et de récifs rabotés par l'érosion dans une mer blanc-bleu houleuse s'étendait devant moi. Des rouleaux ourlés de blanc s'écrasaient à intervalles réguliers sur les brisants noirs. Une mouette qui planait dans le ciel piqua brusquement vers l'eau.

Je m'assis sur un banc. J'aperçus une silhouette qui se dirigeait vers moi depuis l'arrière du bateau. Nous étions les seuls sur le pont. Elle se rapprocha, un léger frisson me parcourut l'échine : c'était l'Allemand au bandeau. Dieter, n'était-ce pas ainsi qu'il se prénommait ?

Sans un mot, il s'installa à quelques mètres de moi. Je gardai les yeux rivés sur l'horizon ; je distinguais une perche de balisage dans mon champ de vision et un phare au loin.

« Vous avez travaillé sur l'express côtier dans le passé, n'est-ce pas ? » demanda-t-il en allemand.

Il m'apparut soudain que, jusqu'ici, je n'avais parlé que norvégien avec les Allemands, avec Wilhelm bien sûr, mais aussi avec l'officier de la Gestapo lors de leur descente le premier soir dans le salon de musique. Je connaissais l'allemand, pas parfaitement peut-être, mais je l'avais appris à l'école et j'avais toujours eu des facilités pour les langues.

« Je n'ai pas pour habitude de perdre mon temps à raconter mes emplois passés à des étrangers, répliquai-je.

— Tout ce qui m'intéresse, c'est de savoir s'il est possible d'accéder à la cale par la coursive des passagers sur le pont inférieur. Et si vous seriez éventuellement prête à me montrer comment. »

Je me tournai vers lui et mon regard croisa le bandeau en cuir d'un côté et un œil scrutateur de l'autre.

Un froid m'envahit. Pour qui travaillait-il ?

« Je ne fais pas partie de l'équipage, répondis-je nerveusement. Demandez plutôt au second.

— Oh, soupira-t-il, cela ne ferait que générer des rumeurs et de la peur. »

Il se leva et souleva sa casquette d'officier. « Prévenez-moi si vous changez d'avis, Frau Falck. »

Je restai assise un long moment. Il régnait une drôle d'ambiance à bord, comme si tout le monde se lançait des regards en coin et s'épiait. Je tentai de me diriger vers l'arrière du navire, mais très vite, je me heurtai à des pistolets-mitrailleurs de la Wehrmacht. Ces soldats m'informèrent d'un ton brusque que l'accès à la salle à manger de la troisième classe était réservé aux chasseurs alpins. De toute évidence, cela rapportait gros de transporter des troupes allemandes dans le Nord.

De retour dans la salle à manger de la première classe, je tombai sur Thor. « Tu étais partie quand je me suis réveillé, constata-t-il d'une voix qui me parut dangereusement douce. Tu t'es levée tôt ?

— J'ai fini par dormir avec Olav dans la cabine de Ragnfrid. J'ai plus de mal que je ne l'imaginais à m'en séparer. »

Je regardai autour de moi. « Le bateau est plein à craquer, la coque s'enfonce profondément dans l'eau, ça me fait peur. »

Il porta la petite tasse de porcelaine à ses lèvres, mais dans le roulis des vagues, il renversa de l'ersatz de café brûlant sur sa main et le col de sa chemise. « Non, mais qu'est-ce que tu racontes ?

— Seuls les chasseurs alpins ont encore accès au pont arrière, et j'ai bien vu toutes les armes et munitions qui ont été chargées à bord à Trondheim. »

Il blêmit et secoua énergiquement la tête.

« Pourquoi tu fais ça ? Pour accroître encore les profits de la compagnie ? » demandai-je tout bas.

Une colère contenue couvait.

« Tu crois que le billet de l'express côtier, sans parler de la cabine de l'armateur, peut s'acheter avec le salaire mensuel de l'administration portuaire ? Dernièrement, il s'élevait à 145 couronnes. Es-tu consciente du prix à payer pour la cabine de l'armateur ? Et là, je ne te parle pas d'argent, c'est secondaire.

— C'est peut-être ça le problème », rétorquai-je. Je posai le sachet de thé fumant sur la petite cuiller et enroulai la fine ficelle autour. À l'extérieur, les vagues blanches déferlaient.

« Depuis la naissance d'Olav, tu as à peine mis les pieds à la maison. Et tu crois qu'une fichue cabine d'armateur peut racheter ton absence.

— Mais je travaille, bon sang ! » La phrase claqua dans la bouche de Thor. « Chaque jour, je travaille pour vous offrir une vie décente à toi et au petit. »

Il reprit ses esprits, mais ses mains tremblaient légèrement.

« Je ne veux pas entendre parler d'argent, déclarai-je.

— Nous sommes mariés. Depuis le jour où je t'ai juré fidélité, je n'ai pas ne serait-ce que posé les yeux sur une autre femme. J'essaie d'agir au mieux, dans notre intérêt à tous, nous, toi, le petit. Je t'ai tout donné. As-tu idée de ce que tu as reçu ? »

Mes pensées étaient ailleurs, peu importe ce qu'il me disait, ses paroles glissaient sur moi.

« Et non seulement cela, poursuivit-il, mais si jamais il m'arrivait quelque chose, tu hériterais d'une grosse partie de mes biens, tout est consigné dans le testament établi l'an passé. Mais si tu continues, peut-être serons-nous obligés de nous repencher de plus près sur celui-ci.

— J'ai peur », murmurai-je.

Aussi sec, le regard de Thor changea : il s'adoucit, devint plus compréhensif.

« Tu veux me dire pourquoi ? demanda-t-il en me caressant légèrement le bras.

— C'est difficile », hoquetai-je, d'une voix si basse que ma réponse était presque inaudible.

Les mensonges les plus efficaces sont ceux qui contiennent une part de vérité, je le savais. Je me raclai la gorge. « La veille de notre départ..., commençai-je sur un autre ton, et aussitôt l'élégant dialecte de Bergen fut de retour. La veille de notre départ, je rentrais de la capitainerie quand un homme a surgi à mes côtés alors que je tournais au coin de la rue. Il a dit qu'ils me surveillaient. Qu'ils me prendraient Olav si je ne suivais pas leurs instructions. Si je ne remettais pas une cigarette contenant un microfilm à un homme dans le salon de musique.

— Tu aurais dû m'en parler, Vera.

— On me l'a fortement déconseillé. Puis j'ai rencontré l'homme. Bref, j'ai fait passer clandestinement un microfilm dans une cigarette jusqu'à Trondheim. J'ai eu tellement peur, Thor. »

Il grimaça.

« Bien, répondit-il. J'apprécie ton honnêteté. Il reste néanmoins un point que je souhaiterais éclaircir. »

Il sortit une photographie. L'homme sur celle-ci ne portait pas de bandeau, mais je le reconnus immédiatement : c'était Dieter.

« La compagnie a appris, de source sûre, que cet homme essayait d'infiltrer et de démanteler les réseaux de résistance norvégiens. Son domaine, c'est la navigation, mais ce qui le rend particulièrement dangereux, c'est sa parfaite maîtrise de notre langue, après plusieurs années passées dans le pays. Si jamais tu croises cet homme, Vera, il faut impérativement que tu me préviennes. »

Je restai à regarder le gros navire accoster le quai avec élégance en faisant machine arrière tandis que les matelots amarraient les haussières aux bittes sur le quai, avec autant d'agilité qu'un Lapon capturant ses rennes au lasso. Vis-à-vis de Thor, j'avais gagné un peu de temps avec mon histoire, mais elle ne tarderait pas à prendre l'eau.

Quant à l'information qu'il venait de me transmettre, elle était fort plausible. Certes, mon époux cherchait sans doute à se blanchir et à passer sous silence le fait que lui-même gagnait de l'argent grâce à l'occupant, cela n'empêche qu'il disait peut-être vrai. Mais si Dieter était un provocateur qui tentait de se rapprocher de Thor par mon intermédiaire, qu'en était-il de Wilhelm ? Étaient-ils de mèche ? Je ne pouvais pas exclure cette possibilité, et cette pensée me donnait la nausée. Il n'existe guère de pire sentiment que celui d'être trompé. Tout cela n'était-il qu'une mise en scène ? Cette idée m'étourdissait. Wilhelm travaillait-il déjà pour le renseignement allemand lors du camp où nous nous étions rencontrés ?

Je descendis à l'avant du pont inférieur. Pourquoi Dieter s'intéressait-il autant à cet endroit ? Cette fois-ci, la porte n'était pas fermée à clé. Avec précaution, je collai mon oreille contre l'acier. Personne. Je m'empressai de descendre l'échelle, puis d'ouvrir la porte et de jeter un œil à l'intérieur de la cambuse. Des intrus seraient-ils passés par là ?

J'étais plongée dans mes réflexions quand j'entendis du bruit au-dessus de ma tête, au niveau de la porte et de l'échelle : quelqu'un descendait. Immobile, je retins mon souffle. Puis, sans bruit, je poussai la porte d'un cagibi. La pièce était tellement exiguë que je dus replier mes jambes pour rentrer dedans. Je me faufilai derrière des bidons de lait et déplaçai une pile de caisses de poisson pour me cacher. Si jamais quelqu'un venait à examiner l'endroit plus attentivement, je n'avais bien sûr aucune chance. Il ne me restait plus qu'à espérer qu'ils ne vérifieraient pas que le réduit était vide. Dans un premier temps, sous l'effet de l'adrénaline, je ne sentis pas le froid. La porte s'ouvrit, des pieds sur les marches raides. Je tendis l'oreille : y avait-il une ou deux personnes ?

« C'est l'endroit le plus sûr du bateau », déclara une voix. Celle de Thor. Je perçus le bruit des pas au bas de l'échelle. « Vera m'a confié que beaucoup d'oreilles indiscrètes traînaient à bord et sur ce point, elle a parfaitement raison. »

Des bouteilles tintèrent, le fond d'une caisse racla le sol.

« Je veux savoir exactement ce que Vera vous a dit, répondit une voix. Au mot près si possible. »

Mon cœur sauta un battement. Puis un autre, et encore un autre.

C'était Betsy Flisdal.

J'étais coincée. J'oubliai totalement le froid.

« Qu'est-ce qu'il y a en bas ? demanda Betsy. Comment peut-on être sûr qu'il n'y a personne ? »

Des coups violents furent donnés contre les cloisons et la porte en acier verrouillée.

« Celle-là, on ne peut pas l'ouvrir, fit remarquer Thor. Calmez-vous. »

La porte de la chambre froide grinça. Un rai de lumière pénétra dans la pièce. Thor se pencha à hauteur de mes pieds. Il allait me voir. Je me rencognai derrière un des bidons de lait. En retenant mon souffle. Une goutte sur le sol.

Plop, plop, plop.

À voix basse, mais suffisamment fort pour que je puisse suivre son récit, Betsy lui raconta la soirée dans le salon de musique. Qu'elle m'avait remarquée, « une femme attirante, mais très jeune ». Que j'avais dansé avec un homme à la joue barrée d'une cicatrice.

« Henry Hagemann, ça nous le savons. »

Je frissonnai. Thor connaissait son nom.

« Il faisait sombre dans la pièce. J'ai essayé de les observer et bien que je n'en sois pas sûre, je crois qu'à un moment, Hagemann lui a remis quelque chose. Et puis la Gestapo a déboulé.

— L'affaire est la suivante, expliqua Thor. Mes contacts dans la police allemande soupçonnent depuis longtemps certains éléments de la Kriegsmarine de laisser fuiter des informations et de mener des actions subversives. En effet, sans que l'on comprenne comment, des avions britanniques ont envoyé par le fond des bateaux qui venaient tout juste de quitter le port. Ce qui a entraîné un grand nombre de morts – des Allemands surtout, mais aussi des Norvégiens. On parle de tonnage équivalant à des centaines de milliers de couronnes. Et il faut ajouter à cela la perte de bénéfices pour la compagnie et d'emplois pour nos compatriotes.

— Mais si les chantiers navals doivent construire de nouveaux bateaux, il y aura plus de travail, non ? » l'interrompit Betsy.

Définitivement, cette fille était une idiote.

Thor ignora sa remarque et poursuivit : « Lors de mon entretien avec des représentants du Reichskommissariat à Oslo la semaine dernière, le message était clair : cette activité insensée doit cesser. C'est aussi l'avis de la grande majorité des armateurs norvégiens. De toute façon, l'Allemagne gagnera cette guerre haut la main. »

Il continua. « Le problème est que deux personnes de

ce réseau de résistance dans la Kriegsmarine se trouvent à bord. »

Je tendis l'oreille.

« L'une a comme nom de couverture Wilhelm Frahm, et l'autre est Dieter Hartz, reconnaissable à son bandeau sur l'œil droit. »

Ses propos, leur malveillance, me firent frémir. Non seulement Thor collaborait en faisant des affaires avec les Allemands, mais pour protéger ses intérêts, il répandait des rumeurs infondées extrêmement dangereuses sur de vrais hommes. Au fond de moi, j'avais presque envie de rester dans ce frigo, jusqu'à ce que ma température corporelle baisse, que je perde conscience et glisse dans l'éternité. Le froid est censé être une mort agréable. Quoi qu'il en soit, j'étais en sursis. Je me levai, mes articulations craquèrent, comme gelées. Le compte à rebours avait commencé, selon l'itinéraire, il restait moins de neuf heures avant que mon destin ne soit scellé à Sandnessjøen.

Je me faufilai à l'extérieur.

Betsy ne devait pas quitter le bateau lors de cette escale, mais comment faire pour l'en empêcher ?

BRØNNØYSUND-SANDNESSJØEN

Hier, je suis partie de Bergen en train et je rédige désormais ces mots dans mon bureau à Rederhaugen. J'ai trouvé ce que je cherchais dans les archives de la compagnie. Nous sommes en avril, le temps alterne entre une bise mordante et une chaleur estivale, mon récit avance, tel un bateau à vapeur sur une mer calme.

Pendant l'écriture de ce manuscrit, je me suis beaucoup demandé quel accueil il recevrait, quelle serait la réaction du public norvégien à sa lecture. Tous les écrivains se posent cette question, bien sûr. Nous rêvons de renommée tout en redoutant d'être humiliés par les critiques, même si la sortie d'un livre ne provoque en général qu'un simple haussement d'épaules plus ou moins bienveillant avant que le récit ne tombe dans l'oubli.

Mais nous sommes là dans une situation différente. Ces révélations ne seront pas sans faire des vagues. Qu'en diront les descendants de Thor, et Olav ?

Aujourd'hui, en 1970, une grosse vingtaine d'années plus tard, ce n'est un secret pour personne que les individus qui se sont rendus coupables de haute trahison en faisant des affaires avec l'occupant ont été condamnés à des peines nettement moins sévères que les autres collaborateurs, s'ils ont même été condamnés. Ces hommes ne se sont pas engagés volontairement dans l'armée allemande ou n'ont pas été des tortionnaires, ils n'ont pas de sang sur les mains, « ils ont seulement essayé de continuer à faire tourner le pays », pour reprendre les mots d'un avocat de la défense influent. Le capital ne sert pas seulement à répartir les risques, il est aussi très pratique pour noyer la responsabilité entre dirigeants et exécutants, entre maisons mères et sous-traitants. La Hanseatiske Dampskibsselskab a certes collaboré, mais qui doit être puni pour cet acte ? La compagnie a fait ce qu'aurait fait n'importe quel capitaliste, ni plus ni moins.

Dans notre cas, la situation est toutefois rendue encore plus piquante par l'attribution à titre posthume, en 1949, de la croix de guerre avec épée à Thor, sur proposition directe de Greve, l'avocat de la famille, « pour avoir, en prenant personnellement les plus grands risques, organisé l'activité de la Résistance sur le littoral dès 1940 ».

Je n'ai eu d'autre choix que de recevoir cette distinction en son nom, mais j'ai quitté la cérémonie juste après le roi Haakon en prétextant une maladie subite. Puis j'ai rangé la croix dans le coffre-fort de Rederhaugen et ne l'en ai jamais ressortie. Malheureusement, en grandissant, Olav a conçu un intérêt croissant pour la prétendue œuvre de son père au sein de la Résistance, et mes insinuations sont tombées à plat.

Je n'ai cependant pas encore abordé la véritable raison qui rend cette affaire si extraordinairement compliquée. Car, contrairement à ce que l'on pourrait croire, les délits et crimes commis pendant la guerre ne se sont pas arrêtés avec elle, ils projettent leurs longues ombres jusque dans la paix.

*

Il faisait déjà nuit quand nous quittâmes le port de Brønnøysund. La côte sauvage et déchiquetée de l'Helgeland, que j'avais trouvée si belle des années auparavant lorsque j'avais effectué ce périple dans le sens inverse, se profilait en arrière-plan, tel un décor sinistre. À cette époque, le navire était aussi éclairé et attrayant qu'un casino. Ce soir-là, il se fondait dans la nuit noire.

Il avait commencé à tomber un mélange de pluie et de neige, comme toujours quand le mercure avoisine le zéro, la plus dangereuse des températures. Celle où l'on meurt de froid.

Je m'assis dans la cafétéria de la troisième classe à l'arrière du bateau, là où je ne risquais pas de croiser Thor. Je ruminais en tripotant un poivrier sur la table. Dans moins de cinq heures, Betsy descendrait à terre et avertirait la police. Et là, nous serions dans un sale pétrin.

Une voix me parla.

« Vera ? » C'était la fille de service avec qui j'avais travaillé dans le passé.

« Salut, répondis-je.

— On m'a remis une lettre pour toi. » Sur ce, elle s'inclina et disparut sans me laisser le temps d'ouvrir la bouche.

Je jetai quelques regards de part et d'autre et décachetai l'enveloppe. *Retrouve-moi à la cabine 31. W.* Je déchirai ces quelques mots en petits morceaux et me dépêchai de descendre à la cabine située sur le pont principal. Wilhelm m'ouvrit, je bondis à l'intérieur et ne l'embrassai qu'une fois la porte refermée. C'était une cabine simple avec deux couchettes superposées en croix pour gagner de la place et un bureau verni sous le petit hublot. Cela n'en demeurait pas moins une chambre. Je m'assis sur le lit du bas.

« Un de mes collègues a eu un empêchement, expliqua-t-il. Le bateau étant plein à craquer, je peux m'estimer heureux d'avoir obtenu cette cabine. »

Une ombre passa sur son visage quand il vit mon air bouleversé. « Qu'est-ce qu'il t'arrive, Vera ? »

Aussi calmement que possible, je lui répétai les propos que j'avais surpris dans la cambuse.

« Nous devons arrêter Betsy. Le sablier est retourné. »

Le navire tanguait. Des voix nous parvinrent de la coursive, elles parlaient mon dialecte, à moins que ce ne soit le galimatias chantant des gens de Brønnøysund, un curieux mélange de la langue du Trøndelag et de celle du Nord. Wilhelm posa sur un moi un regard à la fois tendre et inquiet. L'espace d'un instant, il n'y eut plus que lui et moi au monde, avant que la gravité du moment ne me saisisse. Sandnessjøen se rapprochait dangereusement.

Dans quelques petites heures, nous serions à quai.

« Tu la connais, dit-il pensivement. Quelles sont ses motivations ?

— Elle n'en a qu'une seule : l'argent. L'idéologie, elle s'en fiche.

— J'ai un peu de sous. Pas énormément, mais un peu. Deux cents couronnes, ça correspond à quoi ? Un mois de salaire ?

— Le problème est que nous ne pourrons jamais surenchérir contre Thor », constatai-je, découragée.

À côté de moi sur la couchette, Wilhelm avait le visage enfoui entre ses mains. « Qu'est-ce que tu proposes d'autre ?

— J'ai peut-être la solution, murmurai-je, sans savoir si j'y croyais moi-même. Ne bouge pas, je reviens. »

Betsy ne se trouvait dans aucun des salons de la première classe. Aurait-elle décidé de se réfugier dans une cabine jusqu'au débarquement ? Je partis à sa recherche, en commençant par le pont de la superstructure à l'arrière du navire, mais très vite je me heurtai aux canons des MP allemands. Faute de pouvoir aller plus loin, je montai l'escalier et sortis sur le pont-promenade désert, passai devant le magasin et les grands canots de sauvetage accrochés le long du bastingage, puis je tournai au coin de la cabine sur la dunette.

C'était là qu'elle se cachait. Un vent glacial transperçait mes vêtements. Au-dessus de la poupe, un pavillon battait au vent.

« Betsy, depuis le temps que je te cherche.

— Vera ? » Je perçus l'hésitation et l'interrogation dans sa voix.

« Tu te souviens m'avoir raconté que ton mari avait dû s'enfuir ? demandai-je. C'était bien le 6 juillet que vous aviez rendez-vous avec un bateau des Shetland mais que vous êtes tombés sur les Allemands ? »

Elle ne soupçonnait toujours rien. « Exact.

— Sauf que le 6 juillet, je travaillais à la capitainerie.

Et comme j'ai une bonne mémoire, tout au moins quand il s'agit de mon travail, je me rappelle parfaitement le trafic maritime de ce jour-là. Si je ne me trompe pas, tu m'as dit que les Allemands vous étaient tombés dessus à Bremanger. Or il n'y avait aucun navire allemand dans ce secteur le 6 juillet. Ils étaient beaucoup plus au sud, près d'Osterøy. Tu as menti, Betsy. Depuis le début tu mens. »

Elle s'était figée contre le pavois. Nos yeux s'étaient accoutumés à l'obscurité. Par-dessus son épaule, je distinguais le sillage.

« Tu es une moucharde, Betsy, poursuivis-je d'un ton étrangement calme, qui dénonce ses compatriotes pour de l'argent. Et maintenant tu as l'intention de me balancer à Sandnessjøen. J'ose espérer que tu vas toucher gros pour cette délation. Mais j'ai une autre proposition à te faire.

— Au secours ! s'écria Betsy. Une résistante me menace ! »

Je la saisis par le col, mais elle réussit à se libérer, puis elle tomba sur le pont en tentant de s'échapper et se dirigea tant bien que mal vers la porte.

Je me précipitai sur elle et atterris sur une de ses jambes. Elle hurla de douleur. Couchée à terre, elle battait frénétiquement des pieds, je reçus un coup dans la poitrine ; pendant une fraction de seconde, j'en perdis ma respiration, puis je roulai sur le côté et lui décochai un coup de coude dans le ventre. Les paquets de mer qui s'abattaient sur le bateau nous aspergeaient. Je me levai, complètement sonnée. Betsy s'était elle aussi redressée sur ses jambes. Nous restâmes ainsi un moment, le temps de reprendre notre souffle. Puis je la frappai au visage. Mon coup manquait de précision et de force, mais elle recula en hurlant et tomba contre le parapet. Je la bourrai de coups de pied dans les jambes.

« Saleté ! s'écria-t-elle quand je serrai les doigts autour de son cou. À l'aide ! »

Au même instant, elle parvint à se dégager et à me pousser contre le bastingage. Je sentis l'acier froid contre ma colonne vertébrale. Elle accentua la pression, ma tête et le haut de mon corps se trouvait désormais au-dessus du garde-corps.

J'eus une pensée pour l'hélice qui tournoyait en contrebas. Quelques centimètres de plus et je passerais par-dessus bord, dans la mer glaciale. Elle était étonnamment costaud. Je contractai les muscles de mon ventre de toutes mes forces pour ne pas basculer.

« Crève, salope ! » s'écria Betsy.

De nombreuses années plus tard, en écrivant ceci, je me souviens encore de son visage aux lèvres pincées et aux yeux fous, de la mer s'agitant sous la poupe et de la neige fondue sur mes joues. Dans un effort désespéré, je libérai mes bras, me dégageai de son étreinte, me penchai sous le bastingage et la balançai par-dessus bord.

Je n'entendis pas son corps toucher la surface de l'eau, dans les flots tumultueux à proximité des hélices. Je jetai un coup d'œil autour de moi. Personne n'avait assisté à la scène. Je restai un instant à l'arrière du bateau, les yeux rivés sur le sillage au cours sinueux, mais elle avait disparu.

SANDNESSJØEN-BODØ

Je me tenais dans l'embrasure de la porte, tremblante, j'avais froid et chaud à la fois et j'étais hagarde. Dans un blouson à moitié déchiré et des vêtements trempés qui dégoulinaient. Horrifié, Wilhelm se leva du lit. Sans un mot, il me serra dans ses bras. Je fondis en larmes. Il ne fit aucun commentaire. Tant mieux. C'était ce dont j'avais besoin. Longtemps, nous restâmes ainsi, dans l'étroite cabine pendant que la mer nous berçait d'un côté, puis de l'autre.

« Betsy Flisdal n'alertera pas la police, finis-je par murmurer.

— Tu veux me raconter ?

— Non.

— Ce n'est pas grave. »

C'était une réponse comme une autre.

Il sortit une bouteille de brandy et me la tendit. J'en bus une lampée puis je m'assis à côté de lui sur la couchette. Je posai ma main droite tremblante sur sa cuisse.

« Ce n'était qu'une gamine, dis-je. Une gamine idiote et naïve, certes. Mais pas méchante.

— Ce n'est pas grave, me consola Wilhelm.

— Mais bon sang, si, c'est grave ! »

Je pleurais, tournais en rond dans la cabine exiguë en donnant des coups dans les couchettes et l'armoire. Il m'attrapa d'un air résolu et me força à me rasseoir.

« C'est la guerre, déclara-t-il.

— Qu'est-ce que t'en sais, toi, en tant que marin, de ce que ça fait de tuer quelqu'un ? » reniflai-je.

Je revis les bras et les jambes de Betsy qui s'agitaient dans le vide alors que son corps passait par-dessus bord et qu'elle tombait en criant.

« Parfois, et particulièrement en temps de guerre, il est nécessaire de tuer, répliqua-t-il.

— C'est facile à dire en théorie, mais en pratique c'est une autre paire de manches.

— Que crois-tu que l'on ressente en luttant contre les dirigeants de son propre pays, que presque toute la population soutient ?

— Vous êtes beaucoup d'opposants au régime ?

— Plus que tu ne le crois. Y compris parmi ceux qui portent l'uniforme. Mais si je te dis ça, c'est parce que les choix que nous devons faire sont difficiles. Voire impossibles. Comme toi aujourd'hui. »

Je murmurai : « Et de quel type de choix s'agit-il ?

— Tu ne t'es jamais trouvée face à ce dilemme : faut-il signaler les mouvements des bateaux afin que les Anglais et consorts puissent les bombarder ? Pour toi, de toute façon, ces navires appartiennent à une force d'occupation étrangère. Pour moi, en pratique, cela signifie que je condamne à mort des centaines de personnes, des gens bien peut-être, des hommes ordinaires ayant une femme et des enfants qu'ils aiment dans leur pays. »

Il inspira profondément et but une gorgée de brandy. « Donc à ce niveau-là, crois-moi, je sais de quoi je parle. »

Cette dernière phrase fut suivie d'un silence.

« Comment parviens-tu à l'assumer ? demandai-je.

— Je sais que je me bats pour des idéaux plus grands. Je suis convaincu que la lutte contre le nazisme est cruciale et que tous les moyens, absolument tous, doivent être employés pour en venir à bout, même si cela implique de tuer des civils. »

Je pris le temps d'assimiler ses paroles.

Wilhelm était un traître à la patrie.

Mais ces actes dits de haute trahison faisaient justement de lui un héros. Au fond, les Norvégiens qui luttaient contre le nazisme ne faisaient que remplir leur devoir en protégeant leur pays, alors que les sociaux-démocrates allemands trahissaient leur pays pour défendre un idéal plus grand.

N'était-ce pas ce qui se rapprochait le plus de la définition de l'héroïsme ?

« Autre chose. » Une ride soucieuse lui barra le front alors qu'il m'agrippait fermement les poignets.

« Je descendrai à Bodø. Et toi et ton fils devez faire de même.

— Pourquoi ?

— Ce que je m'apprête à te confier, je ne le fais qu'à la seule condition que tu ne le répètes à personne, si affreux que cela puisse te paraître. Compris ? »

Je déglutis et hochai la tête.

« Dieter, poursuivit-il, appartient au même réseau que moi dans la Kriegsmarine.

— Le borgne ?

— Donne-lui le nom que tu veux, peu importe. Il va installer une mèche dans la cale, reliée à un détonateur simple. Afin de déclencher un incendie. Le bateau est, comme tu le sais, chargé à bloc d'armes et de munitions. Cela aura le même effet qu'un explosif.

— Mon Dieu, murmurai-je en pensant à l'équipage, au commandant, aux filles de service, aux mécaniciens. Il y a des centaines de Norvégiens à bord.

— Et des centaines de chasseurs alpins, répliqua-t-il froidement, la bouche pincée. En fin de compte, l'issue de chaque guerre est déterminée par de simples soldats. Celui qui, en s'endormant pendant son quart, provoque l'effondrement du château de cartes. Les chasseurs alpins qui doivent renforcer le front nord n'arriveront pas à destination. C'est un petit pas de plus vers la victoire. »

Je m'accoudai à la couchette et posai la tête sur ma main.

« Dis-moi en quoi consiste ton plan, dit-il.

— Thor croit que nous allons rendre visite à ma mère mourante. Sauf qu'elle est morte il y a deux ans. Quand je l'ai appris, elle était déjà enterrée. C'est l'histoire que je lui ai racontée pour le convaincre de me laisser partir dans le Nord. L'express côtier fait une escale d'une heure à Bodø. J'ai des amis qui savent comment éviter les barrages et les contrôles. Thor ne se doutera de rien avant que nous arrivions à Sulitjelma. »

Il écarquilla les yeux. « Sul-i-tjel-ma, joli mot.

— J'ai de la famille là-bas, c'est juste à côté de la frontière. Une tante et un cousin. De là-bas, nous passerons rapidement en Suède. La lutte pourra alors commencer. »

Wilhelm enleva sa plaque militaire et la soupesa dans sa main. « Je ne peux pas voyager avec cette plaque autour du cou. »

Le hublot avait un volet en acier retenu par une chaîne blanche, elle-même reliée à un crochet au plafond. Il dévissa la protection sur laquelle était fixé le crochet : une bouche d'aération apparut. De mon côté, je sortis l'étui à cigarettes, qui était un souvenir de ce voyage, et mis la plaque à l'intérieur. Puis nous glissâmes l'étui dans le conduit.

À nous désormais. J'embrassai Wilhelm. Il m'agrippa de ses mains fortes, m'ôta mon blouson et mes chaussures, puis ma robe en dentelle et dégrafa mon soutien-gorge, pendant que je lui arrachais son uniforme. Nos vêtements atterrirent sur le plancher, tandis que le navire tanguait et que le battement des pistons couvrait le bruit de nos ébats.

Il était un peu plus de minuit, le 23 octobre 1940, et peut-être savions-nous qu'à partir de ce moment-là, nous ne pourrions plus rebrousser chemin, qu'inéluctablement celui-ci nous mènerait vers le Nord, à Nesna, Indre Kvarøy, Grønnøy, Ørnes et Bodø, puis jusqu'aux Lofoten. Et de là : vers le fond.

BODØ-STAMSUND

Il tombait de la neige fondue quand le DS *Prinsesse Ragnhild* fit escale à Bodø le 23 octobre au matin, une neige accompagnée de fortes rafales de vent. La mer était aussi blanche et sa surface aussi mouvementée que des congères sur un plateau, le navire gîtait et roulait sur les vagues qui s'écrasaient contre le bord du quai.

Je me tenais devant le bastingage, seule sur le pont sous ce sale temps. Bodø avait été bombardée au printemps et les cheminées nues s'élançaient vers le ciel dans un paysage dévasté de maisonnettes en bois dont il ne restait plus que les fondations. J'étais presque décomposée intérieurement. Encore sous le choc des confidences échangées avec Wilhelm durant la nuit, je ne pouvais m'empêcher de trembler en revoyant Betsy Flisdal disparaître dans le sillage sombre du navire. J'étais terrifiée, par ce qui s'était passé et par ce qui nous attendait.

Le plan que j'avais exposé à Wilhelm la nuit précédente semblait simple en théorie. J'étais censée amener le petit Olav sur l'entrepont. Thor se tiendrait près de la passerelle pour accueillir les policiers qu'il attendait, je ne pourrais donc pas quitter le bateau avec mon fils dans les bras. Cette tâche reviendrait à Wilhelm, dans son uniforme allemand. Nous étions convenus de nous retrouver derrière le marchand de poisson, puis de partir à Sulitjelma.

Il était néanmoins important que Thor nous croie toujours à bord.

Je m'empressai de descendre sur le pont de la superstructure. La passerelle racla le quai et la coque cogna lourdement contre le pneu quand le navire accosta. Il y avait foule devant le terminal, de toute évidence nombreux étaient ceux à vouloir se rendre aux Lofoten, de l'autre côté du fjord. Des jeunes en bonnet de laine traînaient sur l'embarcadère. Les matelots aidèrent une femme, qui se déplaçait avec difficulté, à débarquer. Ni vu ni connu, je quittai le bateau et me frayai un passage dans la cohue, puis je suivis les indications que l'on m'avait données – tourner au coin à gauche, passer devant une bâtisse rouge sur le port –, jusqu'à ce que j'aperçoive l'épicerie de l'autre côté de la rue.

Je me réjouissais déjà de le revoir. Mais ce n'était pas Wilhelm qui m'y attendait.

« Tu es sortie te dégourdir les jambes sous ce mauvais temps ? » demanda Thor, une main fermement posée sur son chapeau pour qu'il ne s'envole pas. Dans l'autre, il tenait le couffin du petit Olav.

Mon cœur bondit dans ma poitrine. Où était Wilhelm ? Que s'était-il passé ? D'un air tranquille et assuré, Thor consulta sa montre.

« L'heure tourne, ma chérie. Peut-être serait-il judicieux de remonter à bord ? »

Il fallait que je trouve une excuse. « Thor, dis-je gravement, tandis que le vent soufflait dans mon dos. Je n'aime pas ça. J'ai entendu dire que des gens voulaient faire sauter le bateau. »

Il rit d'un air condescendant. « Faire sauter le bateau. J'en doute, Vera.

— On ne peut pas monter à bord ! m'écriai-je. Ni toi ni moi et certainement pas Olav ! »

Thor m'agrippa brusquement l'épaule. « Ça suffit, tes bobards, j'en ai assez. Que tu le veuilles ou non, tu m'accompagneras à bord. Allez, viens ! »

Dans la cohue, j'aperçus Dieter le borgne qui descendait du navire et disparaissait dans la foule. Que faire ? Je suivis Thor.

Peu après le DS *Prinsesse Ragnhild* appareilla et quitta le bassin du port aux eaux houleuses.

Il était dix heures trente du matin, le jeudi 23 octobre.

*

Je me lève de mon bureau. Je suis seule dans le chalet près de l'à-pic en cette soirée de printemps claire et fraîche, quand j'entends des pas à l'extérieur.

Quelqu'un frappe à la porte et l'ouvre sans même attendre que je réponde. Dans la pâle lueur d'une fenêtre, j'aperçois Olav sur le seuil. Mon garçon approche de la trentaine désormais, c'est un adulte. Un homme vigoureux, à la silhouette haute et fière. Son regard est ambitieux, son sourire charismatique. Il tient plus de son père que de moi. Depuis quelques années, il travaille pour le service du renseignement.

« Maman, dit-il sans s'avancer dans la pièce.

— Olav. Entre. »

Immobiles, chacun à un bout de la pièce, nous ne prononçons pas un mot, comme si nous attendions l'un de l'autre un faux pas. Son calme m'effraie quelque peu. En l'observant d'un œil plus attentif, je constate que sa lèvre inférieure tremble très légèrement.

« Je t'offre un verre ? » Je pars dans le petit coin cuisine, sors une bouteille de bière, la décapsule et la pose sur la table avant qu'il ait eu le temps d'ouvrir la bouche.

« Je sais ce que tu es en train d'écrire, déclare-t-il.

— Non, dis-je froidement, mais en serrant les poings à ses paroles, je sens que j'ai la paume des mains en sueur, tu n'en as aucune idée.

— Je suis venu te demander de mettre un terme à ce projet de livre.

— Tu n'as jamais lu le moindre mot de ce que j'ai écrit.

— Tu passais ton temps à écrire, dit-il avec ce regard doucement réprobateur qu'il avait déjà dans son enfance, jour et nuit, tu ne faisais que ça. L'hiver, tu partais, pendant des mois, et quand tu rentrais, tu n'étais jamais vraiment là, soit tu étais accompagnée d'un de tes amants, soit tu vivais dans ton monde.

— Ce n'est pas vrai.

— Mon seul souhait quand j'étais petit était de t'impressionner, murmura-t-il. Je rêvais que tu me montres ton amour, car tu m'aimais à ta façon, mais jamais tu ne l'extériorisais. Jusqu'à ce que je comprenne qu'au fond tu étais égoïste, que tu te plaçais au-dessus des autres. Peut-être avais-tu été blessée, par ta mère malade, et ce père que tu n'as jamais connu…

— Stop ! » Je lève la main pour l'interrompre.

« Pourquoi tu ne m'as jamais parlé de papa ?

— Parce que je m'exprime mieux par écrit. Tout est ici, dis-je en montrant la machine à écrire.

— S'il te plaît, arrête ce livre, pour la famille. Si tu n'obtempères pas, je ne serai plus en mesure de te protéger.

— Ce sont les tunnels et le dépôt d'armes du stay-behind qui posent problème ? »

Il acquiesça d'un bref hochement de tête. « Es-tu consciente des conséquences qu'aurait une publication pareille sur ce système de défense nationale, sur notre famille ?

— Un pays qui doit recourir à des moyens illégaux pour se protéger ne vaut pas d'être protégé, répliquai-je.

— Sauf que je ne parviens toujours pas à comprendre quel rapport il peut bien y avoir entre une histoire de 1940 et les cellules du réseau stay-behind. Ce réseau date de l'après-guerre, que je sache. »

Je secoue la tête. « Cela a commencé pendant la guerre. Avec le contrat conclu entre Thor et l'amiral Carax concernant le transport de troupes et de matériel allemands. Grâce à celui-ci, les compagnies maritimes ont gagné beaucoup d'argent, en commerçant avec les nazis. »

Il s'apprête à protester, mais de nouveau, je l'interromps d'un geste de la main.

« Entre-temps, l'amiral Carax a été nommé commandant en chef de la flotte de guerre dans le Nord et a emménagé à Rederhaugen, où il a construit des tunnels et des abris antiaériens. Mais Carax ne faisait pas partie de ces tortionnaires ou commandants de camps de concentration qui ont été jugés après guerre. Dès la chute du régime nazi, ni vu ni connu, il s'est fondu dans les rangs de l'armée allemande. L'occupant parti, toi et moi nous sommes installés ici et au fil des années tu es devenu un jeune homme brillant. Mais quand tu étais petit, un jour, nous avons reçu une visite inattendue. Un cortège de voitures a déboulé à Rederhaugen. De celles-ci est descendue une cohorte d'officiers supérieurs, de bureaucrates et de politiciens, bref que du beau monde, et parmi ces gens se trouvait l'amiral Carax.

— Carax est revenu ?

— Oui, il travaillait désormais à l'OTAN, comme conseiller pour tout ce qui avait trait au Nord, c'était une mine de renseignements, jouissant d'une grande expérience quant aux stratégies militaires de l'Union soviétique dans la région de Barents. Il est parti dans les tunnels et les abris antiaériens à l'abandon avec quelques officiers, des Norvégiens et des Allemands, ainsi que plusieurs hommes politiques. Ils ne sont revenus qu'en fin de journée et m'ont présenté une déclaration de confidentialité et de sécurité que je devais lire et signer. Selon celle-ci, en tant que propriétaire de Rederhaugen, j'acceptais de mettre les abris antiaériens sous la propriété à disposition du réseau stay-behind en Norvège. Pour la sécurité du royaume. La confidentialité était absolue et à vie. Je me suis exécutée et l'année suivante, une armée d'ouvriers a débarqué à Rederhaugen. De gros travaux ont été réalisés dans les tunnels. Voici le lien entre la guerre et aujourd'hui, conclus-je. Et tu es plus au fait que moi de l'activité présente. »

Mon fils tourne un moment dans la pièce.

« Tu ne peux pas publier un livre à ce sujet.

— Tu veux que je te dise quelque chose, Olav ? » Je le fixe longuement. « Montre-moi ce que cachent ces tunnels. Ce qui est si foutument secret.

— Maman, je ne le peux pas, tu le sais très bien.

— Montre-moi. »

Olav rit, l'air découragé, avant de hocher la tête et d'écarter la main. « Tu veux vraiment tout voir ? Eh bien allons-y, puisque tu y tiens tant ! »

À ce moment-là seulement, je remarque le tube en carton dans sa main. Il ôte le couvercle en plastique à l'une de ses extrémités et en sort une carte qu'il déroule sur la table. Apparaît alors l'inscription : *Geheime : Organisation Todt*. Nos regards se croisent.

« À tes yeux, ces tunnels n'ont jamais rien été d'autre qu'une élucubration littéraire tirée d'un roman gothique, n'est-ce pas ? Mais crois-moi, on est bien loin d'une bluette dans un château anglais. Ces tunnels ont été construits par des ingénieurs allemands pendant la guerre et servaient d'abris antiaériens. Certains d'entre eux sont indiqués sur le plan, d'autres non. Ils sont encore utilisés. Voilà, tu comprends mieux ce qui est en jeu maintenant ? »

Dans le couloir reliant le séjour à la chambre à coucher, il y a une trappe dans le plancher. Celle-ci mène à la cave à bois et à pommes de terre. Olav tire sur un anneau pour la soulever et nous descendons l'escalier abrupt, jusque dans la pièce rongée par les mites. Je tiens une lampe à incandescence à la main. Olav pousse une étagère et se retrouve devant un placard. Tout en appuyant sur un endroit précis au plafond, il frappe le sol des pieds.

Je perçois un bruit mécanique. La seconde d'après, le mur se divise en deux battants qui, en s'écartant, forment une ouverture de la taille d'une porte.

Je reste bouche bée.

« Viens ! » me dit Olav, et je le suis dans un couloir tout blanc qui ressemble à une conduite. Au bout de cinquante mètres, nous nous arrêtons devant une porte en fer où il est indiqué : HAUTE TENSION : DANGER DE MORT. Olav tape un code et fait pivoter le lourd panneau.

La pièce d'une cinquantaine de mètres carrés est plongée dans l'obscurité. Dans la lumière de la lampe, j'aperçois des étagères qui courent sur tous les murs, et adossées à celles-ci, des rangées d'armes.

« Ça, dit Olav en soupesant une mitrailleuse dans ses mains d'un air connaisseur, c'est une MG34 allemande, à côté ce sont des missiles antichars, tandis que ce monstre est une MG3 ; là, tu as les mausers, les Sten, les Schmeisser, le matériel radio et les grenades à main. »

Je suis sans voix.

« Et cette radio d'urgence, poursuivit Olav avec un enthousiasme presque enfantin, est équipée d'une antenne qu'on peut hisser à travers la cheminée, comme un périscope, puis rabaisser. Et sais-tu pourquoi nous avons tout ça, maman ?

— Ce n'est pas ainsi que l'on doit procéder, murmuré-je. Nous avons une armée, un service de renseignement, sous le contrôle du Parlement. »

Olav me fixe d'un regard ardent. « C'est ça la défense de la Norvège, au cas où le reste nous lâcherait. Certains secrets militaires sont de telle nature qu'ils ne peuvent être confiés à des élus ou autres représentants politiques à cheval sur les principes. Ils sont entre les mains de particuliers. Si tu révèles ce genre d'informations dans un livre, tu mets ces activités en péril. Et tu renvoies les cellules du réseau stay-behind dix ans en arrière. Autre détail non négligeable : ces révélations signeront aussi l'arrêt de mort de Rederhaugen et de tout ce que nous y avons entrepris.

— Toute cette histoire a commencé avec un amiral allemand que Thor a rencontré sur l'express côtier, la veille du naufrage, dis-je. Les citoyens norvégiens ont le droit de savoir ce qui se passe en coulisse. »

Olav s'appuya à une des étagères : « Non, répliqua-t-il. Certaines informations doivent être tenues secrètes.

— Je publierai mon livre.

— Dans ce cas, tu dois choisir entre l'intérêt de la famille et ton ego. Si tu persistes à vouloir publier ce manuscrit, tu ne feras plus partie de la famille. »

Olav n'est pas le genre d'hommes qui lance des menaces à la légère.

« Tu crois avoir fait toute la lumière sur cette affaire, répliqué-je. En réalité, tu ne sais rien du tout. »

*

Nous sommes le 23 octobre 1940 et l'express côtier vient de quitter Bodø. Qu'est-il advenu de Wilhelm et où est mon fils ?

Je dois le trouver. Dans un premier temps, je cours jusqu'à la cabine de l'armateur.

Je colle mon oreille à la porte. Aucun bruit à l'intérieur, pas d'adultes ni de pleurs d'enfant. Bon sang ! Ils ne sont pas là. Mais où ont-ils disparu ? Le bateau est certes grand, mais pas tant que cela. Je rebrousse chemin et me précipite vers les vestiaires, puis je continue vers l'avant, je pousse la porte du fumoir à moitié plein, je traverse la pièce en forme de U sous la passerelle de commandement et j'entre dans le salon de musique vide. Ils ne sont pas là, évidemment. Je bouscule quelques passagers et sors sur le pont-promenade à tribord. La lumière m'éblouit. La tempête malmène mes vêtements, mais j'ai chaud, la peur donne chaud. Le pont est presque désert, quelques Allemands sont accoudés au bastingage, un peu plus loin des passagers qui viennent d'embarquer attendent, les mains dans les poches. Je dépasse la superstructure aux canots de sauvetage, et me dirige vers la dunette. Là, j'aperçois un bébé. Je m'apprête à l'arracher des mains de la femme qui le porte avant de comprendre que ce ne peut pas être Olav, mon petit Olav. L'escalier à l'arrière, je le descends en deux bonds.

Où peut-il bien se cacher ?

Les soldats allemands me regardent avec des yeux écarquillés quand je me faufile dans la cantine de l'équipage de la troisième classe. Olav n'est pas là, bien sûr qu'il n'est pas là, mais plus rien ne me semble évident. Je repars en direction du bureau d'information au milieu du navire. L'officier m'adresse un salut cordial, mais son regard se teinte d'une expression inquiète quand ses yeux se posent sur moi.

« Madame Falck. En quoi puis-je vous être utile ?

— Mon fils, réponds-je, fébrile, je ne le trouve pas. »

Il inspire profondément. « Il a disparu ? Quelle terrible nouvelle. Mais je suis sûr qu'il s'agit d'un simple malentendu.

— Un malentendu ? m'écrié-je. Il a disparu. Vous devez sonner l'alarme.

— La dernière fois que j'ai aperçu votre fils, il était en compagnie d'une bonne d'enfants. L'avez-vous cherchée ?

— Non, savez-vous où elle se trouve ?

— Maintenant que vous le dites, je l'ai vue en compagnie de votre époux. Oui, ce devait être au moment de l'escale à Bodø.

— Vous devez sonner l'alarme !

— Écoutez, madame Falck. Je comprends que vous jugiez la situation effrayante. Mais de toute évidence, votre fils est avec la bonne d'enfants ou avec votre mari. Vous comprendrez que sonner l'alarme ne ferait que susciter de l'inquiétude à cette heure. »

Sur le pont principal, d'un pas rapide, je me dirige vers l'arrière à bâbord en criant et en cognant contre les portes des cabines 1-3-5-7-9-11 : « Olav ! Thor, s'il te plaît, faut qu'on parle ! » Mais à l'exception de quelques soldats agacés et de gens du Nord, personne n'ouvre la porte des dortoirs exigus de la troisième classe, je repars en sens inverse à tribord, la 10-8-6-4-2. Ils ne sont pas là. Je passe dans la coursive des premières classes au milieu du navire. Le postier me regarde bizarrement. La chaleur de la salle des machines s'infiltre dans le couloir.

Je suis en train de tambouriner contre la porte de la cabine de la bonne d'enfants quand j'entends une voix dans mon dos.

« Vera ! »

Wilhelm est trempé. « T'étais où ? demandé-je d'une voix affolée.

— Thor a dû percer ton plan à jour. Il est venu récupérer ton fils avant que j'aie eu le temps de le faire. J'ai cherché la mèche, pour la désarmer.

— Et ? »

Il me regarde d'un air résigné. « Je suis désolé. C'est fini. »

Je serre sa main et nous partons en courant chacun dans notre direction. L'explosion qui suit est si puissante qu'elle me coupe le souffle et me comprime la cage thoracique.

QUATRIÈME PARTIE

LA ROUTE DU ROI OLAV

Chapitre 36

La bicoque

Ramsund, Norvège du Nord

Johnny se réveilla quand le pilote inclina l'appareil et annonça la préparation à l'atterrissage.

En contrebas, la surface de l'eau scintillait dans le soleil et au loin les sommets enneigés des Lofoten semblaient surgir de la mer. Il ne connaissait pas d'autre endroit au monde où le ciel paraissait aussi haut et les montagnes plus abruptes. Les fjords sinuaient à l'intérieur des terres et se terminaient par des plages de sable d'un blanc crayeux aux eaux turquoise. Les Lofoten était une zone de haute montagne située en pleine mer, où seuls émergeaient les pics les plus pointus tandis que les plaines et les vallées se trouvaient sous l'eau. C'était comme survoler une Europe où le niveau des océans aurait grimpé de trois mille mètres et dont on ne verrait plus que les Alpes. C'était comme regarder la planète d'en haut après le Déluge. Un fjord brillant, large, argenté et aussi lisse qu'une feuille de papier aluminium séparait l'archipel du continent. C'était quelque part ici, à plusieurs centaines de mètres de profondeur, que gisait l'épave du DS *Prinsesse Ragnhild*.

Sasha avait pris le parti de son père. Johnny avait

néanmoins décidé d'effectuer le voyage qu'elle avait prévu de faire. Quoi qu'elle prétende, en fin de compte, le récit de Vera Lind passait après les intérêts paternels et familiaux. Et les prétendues preuves de collaboration dans les archives privées avaient depuis longtemps disparu. Bref, Johnny se retrouvait le bec dans l'eau.

Ou bien ?

Jusque-là, il n'avait pas vraiment saisi pourquoi il était aussi important de descendre jusqu'à l'épave du navire afin d'établir l'origine de l'explosion. Mais maintenant qu'il avait lu les derniers chapitres du manuscrit, il comprenait. Avec l'approbation de Thor Falck et de la Hanseatiske Dampskibsselskab, l'express côtier avait été rempli à ras bord d'armes et de munitions allemandes. Qui avait fait sauter le *Prinsesse Ragnhild* ? Si Vera disait vrai, on devait ce sinistre à un résistant allemand nommé Dieter, aujourd'hui décédé. Mais qui était responsable en haut lieu de cette catastrophe ?

Thor Falck. C'était lui qui avait laissé les autorités allemandes transporter du matériel militaire explosif sur l'express côtier.

L'avion atterrit à Evenes. Le temps s'était couvert. L'air froid et humide s'abattit sur lui quand il sortit de l'aéroport. Après avoir récupéré la voiture de location, il prit la E10. Lors de son dernier séjour ici, cette route s'appelait la Kong Olavs vei, la route du roi Olav. Un nom autrement plus parlant.

Il parcourut la courte distance jusqu'à Ramsund. De nombreuses années auparavant, Johnny y avait franchi les différentes étapes du stage de sélection du commando marine. Dans l'armée, Ramsund était un endroit mythique et il se souvenait de sa déception en arrivant sur place par une journée d'hiver glaciale.

Alors que les stagiaires s'étaient imaginé une structure super-moderne bénéficiant de toutes les technologies de pointe, ils avaient découvert une base dans un coin complètement paumé, avec des baraquements bon marché, son propre port sécurisé, des bâtiments administratifs, des hangars démontables et des casernes.

C'était voulu, bien sûr. On vous envoyait à Ramsund pour vous endurcir. On vous y apprenait principalement, en tout cas lors des premières phases de la formation, à opérer sous l'eau, afin que tous y soient absolument dans leur élément. La mer, et surtout l'océan polaire, inspire la peur aux gens ordinaires. Celle du manque d'oxygène, des gelures, des tempêtes, des naufrages. Une peur justifiée. Chez les MJK, on apprenait à l'aimer, elle et tout ce qui allait avec : l'eau glacée dans laquelle ils se baignaient chaque matin, les tubes des lance-torpilles dans lesquels ils rampaient, la piscine où ils étaient plongés avec les mains nouées dans le dos et un bandeau sur les yeux. Le temps dans les commandos marine avait été une autre vie, une vie qui laissait peu de place à autre chose, mais qu'il avait fini par repousser dans un coin de son esprit jusqu'à ce qu'elle ne soit plus qu'un lointain souvenir, comme tout le reste.

L'endroit était exactement tel qu'il se le rappelait. À la pensée des exercices et de l'épuisement qu'il avait pu éprouver ici, la sensation de l'uniforme trempé sur la peau ressurgit. Sur le fjord, le moteur d'un RIB rugit. Il quitta la nationale et emprunta un petit raccourci.

La Bicoque n'était pas pour rien dans la réputation mythique de Ramsund. Cet endroit où se retrouvaient tous les membres du commando était une vieille maison discrète amménagée, qui avait appartenu autrefois à des civils. Johnny consulta sa montre. Il était en avance.

Il frappa. Un moment s'écoula avant qu'un jeune type à la barbe bien taillée et au cou de taureau digne d'un joueur de hockey entrouvre la porte et jauge Johnny d'un regard sceptique.

« Classe 44, annonça Johnny, j'ai rendez-vous avec Einar Grotle. »

L'homme demeura quelques secondes dans l'embrasure de la porte sans prononcer un mot, avant de hocher brièvement la tête et de s'écarter d'un pas. Johnny entra. Un seau et un balai espagnol étaient posés par terre, le type était certainement un stagiaire de corvée de ménage.

La Bicoque obéissait à une organisation très hiérarchisée.

Johnny poursuivit sur la droite et entra dans le bar, qui était une sorte de musée des opérations de la section : la guerre du Kosovo en 1999, Tora Bora en 2002, la mission Helmand en 2005-2006 et de nombreuses autres encore. Un second gars, à peu près de son âge, était perché sur un tabouret à l'autre bout du comptoir. Il lui adressa un signe de tête et alla se chercher une bière qu'il sirota tout en triturant un briquet.

« Vétéran ? » demanda laconiquement le type au comptoir. De la musique passait en sourdine, une vieille chanson de Tom Waits.

« En quelque sorte, répondit-il, les yeux rivés sur une photo d'opérateurs tombés au front, sans que son regard croise celui de son interlocuteur.

— En quelque sorte ?

— Je ne suis pas resté longtemps. On m'a renvoyé dans le Sud.

— T'as été *blessé*, c'est ça ? riposta le type avec

une certaine condescendance. C'est ce que disent tous ceux qui se plantent. Blessé dans leur orgueil, oui.

— J'ai changé d'affectation. Je suis parti dans les bureaux. »

Les bureaux, leur avait notifié HK pendant la formation. Vous travaillez dans les bureaux. Si les gens demandent plus de précisions, dites que vous bossez à la logistique. Ça coupe court aux questions.

L'autre rigola.

« Au moins, t'es honnête, déclara-t-il en se tournant vers Johnny. La plupart des mecs qui viennent ici se la jouent, les journalistes notamment. Il faut toujours qu'ils se vantent. »

Son interlocuteur parlait le dialecte d'Oslo, avec une nette intonation des quartiers ouest, légèrement nasale.

« Moi non plus, je ne suis pas dans les commandos marine. » Un sourire apparut à la commissure de ses lèvres.

« Ah bon ?

— J'ai servi dans les tireurs d'élite. J'ai participé à un certain nombre de missions en Afghanistan, c'était quelque chose à Faryab en 2009-2010. »

Johnny hocha la tête. « J'imagine. »

Le type au bar le scruta, l'air pensif. « Je ne t'aurais pas rencontré là-bas ? »

C'est fort possible, songea Johnny. Même s'ils opéraient surtout en civil, il arrivait qu'ils croisent d'autres soldats.

« Moi, en Afghanistan ? » Johnny rit. « Non, on s'est éventuellement croisés à l'aéroport de Gardermoen puisque que c'est nous qui livrons le matériel quand vous partez en mission, mais en Afghanistan certainement pas. Je travaille dans la logistique.

Les amateurs parlent de stratégie, les professionnels parlent de logistique, comme on dit.

— Peut-être que je me trompe. » L'homme esquissa un sourire prudent. « Cette phrase, c'est ce que ne cesse de répéter mon père. Quoi qu'il en soit, nous sommes en train de monter un escadron pour une mission à Kaboul. On va encadrer les forces spéciales afghanes, ils sont devenus plutôt bons. Faut dire que chez eux, la pratique ce n'est pas ce qui manque. »

Le cou de taureau lavait le sol, le regard aux aguets, comme s'il écoutait leur conversation.

« Je m'appelle Sverre Falck, du reste », se présenta le gars au comptoir en lui tendant la main.

Johnny ne put s'empêcher de sourire.

« Pourquoi tu rigoles ? demanda Sverre, l'air soudain suspicieux.

— Le monde est petit. Je travaille sur la biographie de Hans Falck. Mon nom est Johnny, Johnny Berg. »

Le cou de taureau les fixa d'un regard mauvais alors qu'il passait derrière le comptoir et haussait le volume de la radio. D'autres soldats affluèrent dans le bar, des gars plus jeunes qu'eux, des stagiaires de toute évidence. Ça aurait pu être lui dix ans auparavant.

« Johnny Berg, t'as dit ? » Le cou de taureau se redressa et s'avança vers eux, campé sur ses jambes écartées. Ses collègues s'étaient levés et avaient esquissé quelques pas en direction de Johnny. « Je sais qui t'es. On a entendu parler de toi. Casse-toi, Djihadi John, t'as rien à foutre ici ! »

Johnny parcourut la pièce des yeux, son regard tomba d'abord sur le visage ahuri de Sverre Falck, puis sur le cou de taureau qui se tenait devant lui, les bras tatoués croisés sur son torse. Il essayait de réfléchir rapidement. Leur formation leur avait appris que quand il y avait un départ de feu, il fallait l'éteindre au plus vite, avec les moyens à disposition. Une lourde chope de bière pourrait faire l'affaire. Mais les gars en face étaient aussi entraînés que lui, si ce n'est mieux. Et ils avaient dix ans de moins et une meilleure condition physique. Que se passerait-il si, contre toute attente, il envoyait ce mec au tapis ?

Non, c'était impossible.

Johnny tendit lentement la main vers sa bouteille. « Je finis ma bière et je m'en vais. »

Le cou de taureau posa son poing sur son avant-bras.

« Tu ne manques pas de culot. »

Johnny ne répondit pas. Ça ne servait à rien.

« D'abord tu t'enrôles dans l'EI et puis tu crois que tu peux te pointer ici, comme ça, et tailler tranquillement le bout de gras. Alors que tout ce que tu mérites, connard, c'est qu'on te retire la nationalité.

— Qu'est-ce que tu veux ? demanda Johnny.

— Rien de plus que ça », répondit le cou de taureau en arrachant Johnny à son tabouret d'un seul mouvement, avant de l'envoyer valser sur le ventre. Johnny atterrit à moitié sur le comptoir, le souffle coupé. *Ce qui est dit à la Bicoque ne doit pas en sortir*, songea-t-il en tentant de reprendre son souffle. Le cou de taureau l'attrapa par le col et le balança par terre, il sentit une ranger s'enfoncer dans son diaphragme, de nouveau il eut le souffle coupé. Un nouveau coup de pied dans les côtes lui fit l'effet d'une décharge électrique.

« On devrait te retirer ta croix de guerre, cracha le cou de taureau.

— N'oublie pas les deux épées, gémit Johnny alors qu'il s'agenouillait. Celles que tu n'auras jamais.

— Tu veux faire ton malin ? »

Le cou de taureau souleva Johnny et le colla au mur.

« C'est quoi ce bordel ? »

Einar Grotle se fraya un chemin au milieu des gars. Johnny se libéra de la poigne du cou de taureau.

« Aux dernières nouvelles, les djihadistes n'avaient pas accès à la Bicoque », répliqua le cou de taureau.

Les autres gars hochèrent la tête, il était de toute évidence leur mâle alpha et leur leader informel. Grotle souleva le puissant stagiaire du sol avec la même facilité que s'il était s'agi d'un gamin. Johnny avait oublié à quel point il était fort.

« Berg a fait plus pour la Norvège que vous ne le ferez jamais, aspirant, asséna-t-il. Je veux que les chiottes des filles soient rutilantes pour l'inspection dans une demi-heure. Compris ? »

Le type sortit dans le couloir en traînant les pieds.

« Désolé de cet incident, Johnny. Le manque de culture générale est un fléau qui se répand, comme tu le sais. Et si on allait ailleurs discuter tranquillement ? »

Chapitre 37

Johnny Berg est innocent

Mads et les filles revinrent de Provence la veille du conseil de famille.

Après avoir envoyé paître Johnny Berg et la tirade de son père, Sasha avait ressenti la honte d'avoir été dupée. Au fond, peu lui importait ce que Berg avait fait au Moyen-Orient. On a tous nos secrets. Non, ce qui lui était insupportable, c'était de s'être laissé manipuler, telle une vulgaire pièce d'échecs sur un plateau. Cette seule pensée lui retournait l'estomac. Le rire de Johnny dans le parc de Frogner, le voyage en train pour Bergen, le baiser dans la piscine : tout cela n'avait-il été qu'un leurre, une comédie ? Elle éprouvait un tel malaise à cette idée qu'elle ne parvenait pas à garder les images dans sa tête. Ni à les effacer, pour le coup. Mon Dieu, qu'elle avait été naïve, déconnectée de la réalité, comme Vera.

Mads n'était pas un homme rancunier. À l'instar de la plupart des maris (en tout cas, à en juger par un *chat* en cours avec une amie), il craignait les conflits et préférait glisser les problèmes sous le tapis pour préserver la paix du ménage, et si jamais il avait eu l'intention de lui chercher querelle, ses pensées belliqueuses s'envolèrent vite quand elle l'accueillit en sanglotant dans une longue étreinte, avec un bon dîner, et qu'elle se pressa contre lui dans le lit en chuchotant qu'elle aurait bien fait l'amour, malheureusement elle avait ses règles. La dernière fois remontait à tellement loin qu'il ne savait plus du tout où elle en était de son cycle menstruel.

Alors que les filles disparaissaient derrière un petit rocher, Mads l'attrapa et l'embrassa, un baiser tendre. Elle appréciait sa sollicitude, l'assurance qu'il dégageait.

« Je propose qu'on déjeune », dit-il. Elle étendit une couverture sur laquelle elle posa la nourriture, pendant que, satisfait, il sortait deux bières qu'ils burent avec leur repas. Camilla, à qui son père avait acheté un nouvel appareil photo en France, insista pour prendre une photo de toute la famille réunie.

Après le déjeuner, alors que Mads était parti se baigner avec les filles, Sasha les contempla pendant un long moment. Peut-être était-ce dans le quotidien que le bonheur se manifestait, tous les gens sages ne cessaient de le répéter.

« Tu avances dans ton enquête sur le livre de Vera ? » demanda Mads gentiment tandis qu'il parcourait le fjord du regard. Ils se promenaient à pas lents au bord de l'eau pendant que les filles gambadaient à la recherche de crabes et de coquillages, heureuses de voir leurs parents ensemble, pour la première fois depuis longtemps.

« J'en ai retrouvé une partie, répondit Sasha en haussant les épaules. Le problème est qu'on ne peut pas se fier à ce qu'elle écrit. C'était une romancière. J'ai donc décidé de laisser tomber. C'est sans doute mieux comme ça.

— Ça me semble judicieux, il faut regarder vers l'avant, c'est ça qui est important. »

Elle lui mentait, avec une facilité qui la surprenait autant qu'elle l'effrayait. La vérité était qu'elle n'arrivait pas à se sortir Vera et le nord de la Norvège de la tête. Dans ses moments libres, elle cherchait sur Internet des cabanes de pêcheur sur pilotis à louer – des *rorbu* comme on les appelait là-haut –, des chemins de randonnée et les musées aux Lofoten. Elle ouvrait Google Earth et savourait l'impression de tomber de l'espace jusqu'à cet endroit oublié des dieux. Å, le village d'origine de Vera entouré de sommets au milieu de l'océan Atlantique qui semblait s'étendre à l'infini, ou encore l'île de Landegode dans le Vestfjord, juste à côté de l'endroit où l'express côtier avait fait naufrage. C'était comme si des forces extérieures l'attiraient vers le Nord.

De temps en temps, Johnny surgissait au milieu de ces rêveries, mais aussitôt elle se reprenait, « non, non, non », se disait-elle à voix haute. Elle savait qu'un voyage dans le Nord s'imposait, tout comme elle savait qu'il n'avait pas sa place dans cette histoire. *Je le déteste*, pensait-elle.

Ce qui était effectivement le cas, d'une certaine façon. Le problème était qu'il avait la seconde partie du manuscrit. Il fallait qu'elle la lise, il fallait qu'elle sache ce que Vera avait écrit, ne serait-ce que pour pouvoir tourner la page. Non, le vrai problème était que chaque fois que retentissait le bruit annonçant un nouveau message ou mail sur son téléphone, avant que son cerveau ne réussisse à devancer la réaction immédiate de son corps, quelque chose en elle espérait que son expéditeur serait JB.

Sa poche vibra ; en ouvrant le mail, elle ressentit une légère déception teintée de soulagement. Le message provenait de l'historien local Bjørn Carlsen de Moskenes, à qui elle avait écrit quelques jours auparavant :

Chère Alexandra Falck. Merci de votre message. Venez quand vous voulez, nous sommes hospitaliers dans le Nord, surtout quand la demande concerne notre chère Vera. J'ai des témoignages attestant qu'elle dit vrai et que l'express côtier a bien été la victime de traîtres à bord.

Elle rangea le téléphone dans sa poche, prit congé de Mads et suivit les filles jusqu'au corps de logis, où elle devait retrouver son frère et sa sœur. Dans la salle à manger, devant une peinture à l'huile au fond pourpre, elle découvrit Olav. La peinture représentait Theodor Falck assis dans un fauteuil en bois sculpté, les avant-bras posés sur les accoudoirs. Son arrière-arrière-grand-père portait une jaquette.

Sasha demeura sur le seuil, derrière son père qui lui tournait le dos, et étudia le tableau. La lumière du soleil laissait apparaître la surface irrégulière de la toile. Longtemps, son père se tint ainsi, immobile.

« Alexandra », déclara-t-il sans la regarder. Comment avait-il deviné sa présence ? Elle l'ignorait. « Qu'aurait pensé le bon vieux Theodor de la situation dans laquelle nous nous trouvons, d'après toi ?

— Du conflit autour du testament ? »

Olav hocha la tête et se tourna lentement vers elle. « Theo était un homme du compromis, un grand diplomate, dit-on. Il aurait été un des hommes de l'ombre ayant œuvré pour la dissolution de l'union avec la

Suède en 1905, il avait l'art de faire en sorte que l'adversaire ait l'impression de l'emporter, même s'il ne repartait qu'avec des clopinettes et de belles paroles. »

Le silence retomba dans la pièce.

« Viens ici, Alexandra », déclara-t-il en écartant les bras.

Après sa diatribe contre Johnny Berg, Olav n'avait plus évoqué l'affaire. La seule pensée de parler davantage avec son père d'un sujet d'ordre personnel lui était aussi désagréable que celle de poursuivre une conversation intime avec une personne dont on n'est pas proche, mais à laquelle, pour des raisons incompréhensibles, on se serait confié. Comme cela arrive parfois.

« Theo et les hommes qui lui ont succédé, y compris papa, étaient des diplomates dans l'âme, lança-t-il d'un air absent, avant de la regarder droit dans les yeux. Mais c'est parce qu'ils l'étaient qu'ils pouvaient aussi taper du poing sur la table. Tirer quand quelqu'un devait mourir. Hans et les autres s'attendent à une salve cruelle de ma part lors du conseil de famille.

— Tu n'auras qu'à enfiler le costume de diplomate de Theodor Falck », répliqua Sasha.

Il posa sa grande main forte sur son avant-bras. Son père avait toujours eu une poigne puissante, bien qu'il n'ait jamais effectué le moindre travail physique.

« Je ne crois pas, non, répondit-il.

— On y va ?

— Oui. » Un sourire éclaira le visage d'Olav. « On y va. Mais tu t'exprimeras en notre nom à tous face à ceux de Bergen.

— T'es sérieux ? » Sasha inspira profondément, en essayant de réfléchir avant d'ajouter quoi que ce soit.

« Parfaitement. Accompagne-moi dans mon bureau et je t'expliquerai ce que tu as besoin de savoir. »

Elle le suivit.

*

Quand une demi-heure plus tard elle redescendit en ayant mémorisé les différents points à évoquer dans son discours lors du conseil de famille, elle frémit en repensant à l'absence de scrupules de son père : il était démoniaque mais brillant. Ce n'était pas un hasard s'il avait bâti un empire tandis que la plupart des gens étaient dans le rouge à la fin du mois.

D'un autre côté, Hans Falck avait tenté de les berner en se servant de Johnny Berg comme d'un cheval de Troie dans la famille et ça, il allait le payer.

Elle se rendit dans la cuisine où Andrea préparait le repas. Sverre, lui aussi de retour, était assis à une table sur laquelle il tambourinait des doigts. Il avait l'air en meilleure forme depuis qu'il avait pris ses distances avec Rederhaugen et son père.

« T'es rentré ? »

Il hocha la tête et s'empara d'un toast couvert de pulpe de tomate. « C'est le week-end, je suis en permission, j'ai sauté dans le premier avion ce matin. »

Andrea leur servit à chacun un verre de vin. « C'est bien que vous ayez pu venir. »

Sasha et Sverre échangèrent un regard en coin, surpris qu'Andrea soit à l'origine d'une quelconque initiative.

« L'ambiance était tellement pourrie la dernière fois qu'on s'est vus. Mais Sasha avait raison sur un point : nous devons nous serrer les coudes. Je trouve qu'il est judicieux de nous nous retrouver un peu avant, pour que nous soyons tous raccord pendant le conseil de famille. »

Sasha avait presque envie de sourire, c'était insuffisant et trop tard, mais elle ne laissa rien paraître de ses pensées. C'était ce qui la distinguait de son frère et de sa sœur, et elle avait appris que cette manière d'être lui donnait un certain pouvoir. Andrea était trop expressive et irascible. Et Sverre avait beau essayer de rester stoïque, ses sentiments affleuraient toujours, comme chez un enfant.

« Naturellement, répondit Sasha en regardant sa petite sœur. Et d'après toi, sur quoi devrions-nous nous accorder ?

— Nous devons parvenir à un compromis avec eux, déclara Andrea. Je comprends qu'ils l'aient mauvaise, pour dire ça comme ça. Tout le monde se rend bien compte que papa a entubé cet idiot de Per Falck à l'époque. Ne pourrait-il pas tout simplement leur donner deux ou trois cents millions ? Comme ça, on est quittes. Économiquement, ça ne représente pas beaucoup plus pour nous que le billet de mille qu'un travailleur lambda file au Téléthon.

— Ce dernier argument est la raison pour laquelle papa est aussi riche alors que toi, tu dois faire tes courses à crédit, répliqua Sasha.

— *Fuck off*, rigola Andrea, tu n'es pas aussi maligne que tu le crois, Sasha. Il n'y a pas besoin d'être une vieille famille désargentée de Bergen pour comprendre que grand-mère prévoyait de léguer beaucoup plus que ça à Hans et compagnie. Si nous réussissons à trouver un accord suffisamment alléchant pour qu'ils ne puissent pas le refuser, nous aurons aussi de quoi les convaincre de renoncer à chercher le testament de Vera. »

Au fond d'elle, Sasha devait avouer qu'il y avait

une certaine logique dans le raisonnement de sa sœur, mais elle se garda bien de le reconnaître. « C'est noté, Andrea, je transmettrai ton idée à papa. Sverre, qu'en penses-tu ? »

Il n'avait pas ouvert la bouche depuis le début de la discussion.

« Moi aussi, je voulais vous parler, annonça-t-il avec un soupçon de gêne. Je voulais voir avec vous si le rachat de mes parts vous intéresserait, sachant que vous êtes prioritaires et que je vous les vends à moitié prix. Par contre, c'est tout ou rien. »

Ça y est, la bombe à retardement venait d'exploser. Sasha joignit les mains sous son menton. Andrea s'exclama, bouche bée : « Sverre, putain, mais qu'est-ce que… »

Sasha l'interrompit d'un geste de la main. « Pourquoi pas ? dit-elle en regardant son frère. Mais peux-tu nous dire pourquoi ?

— L'argent de cette vente m'apporterait le capital nécessaire pour lancer ma propre activité.

— Ce n'est pas ça le problème ! s'écria Andrea. Tu es furax contre papa et ses combines pour t'envoyer en Afghanistan.

— Là, je ne vous suis plus », intervint Sasha.

Sans attendre l'approbation de son frère, Andrea lui raconta comment elle avait découvert les manigances de leur père.

« C'est vrai ? demanda Sasha.

— Grosso modo, oui, admit Sverre. J'ai discuté avec Siri Greve et d'un point de vue purement légal, vendre mes actions en interne, au sein de la famille, ne pose aucun problème.

— Tu ne peux pas faire ça ! s'exclama Sasha. Je ne te le permettrai pas. Nous sommes une famille et nous faisons front commun. Tu es en colère, et je peux le concevoir. Mais ce n'est absolument pas le bon moment pour prendre une décision pareille. »

Son frère s'emporta. « C'est tellement facile à dire pour toi, papa t'a toujours bien traitée. Pour ma part, c'en est fini de tous ses mensonges, je ne me laisserai plus manipuler. Moi qui croyais que l'enquête sur l'histoire de grand-mère t'avait peut-être enfin ouvert les yeux.

— Papa n'est pas le seul menteur dans cette histoire, répliqua Sasha. Vera… »

Sverre l'interrompit. « À Ramsund l'autre jour, j'ai discuté par hasard avec le biographe de Hans. Le gars est un ancien commando marine. »

Pour la première fois depuis le début de leur conversation, Sasha ne parvint pas à demeurer impassible. « Tu as parlé avec qui ?

— Il m'a dit qu'il restait de nombreuses zones d'ombre autour du manuscrit que grand-mère a écrit en 1970. Que des documents auraient mystérieusement disparu des archives…

— Ah oui, ça je suis au courant », déclara Sasha. Elle était soulagée que les arguments de Sverre soient des informations qu'elle connaissait déjà, d'autant qu'ils lui permettaient de détourner la conversation et d'éviter de mentionner Berg.

« Je confirme, effectivement, il manque des documents dans les archives Falck à Hordnes. Mais j'ai étudié attentivement l'histoire de grand-mère. Comme toute bonne théorie conspirationniste, elle est séduisante au premier abord. Mais pour peu que tu creuses un peu, les preuves ne tiennent pas la route. »

Sverre ne commenta pas ces derniers propos. « J'ai déjà rencontré Berg dans le passé, en Afghanistan, déclara-t-il à la place. Il a mené des opérations sacrément risquées là-bas. »

Son frère leur raconta l'altercation de la veille, leur discussion interrompue par des recrues soutenant que ce type était un traître avant de lui tomber dessus, puis l'intervention d'un vieux de la vieille parmi les opérateurs et ancien collègue qui l'avait tiré de là.

« Il n'a fait que récolter ce qu'il a semé », répliqua Sasha. Elle ne parvenait toujours pas à prononcer le nom de Johnny. « Il a tenté d'enterrer notre famille, sous prétexte d'écrire la biographie de Hans. »

Sverre secoua la tête.

« Ce que tu ne comprends pas, c'est que Johnny Berg a une bonne raison d'en vouloir à mort à papa. Il y en a plein qui le soutiennent parmi les commandos marine. Après son départ hier, je suis resté à parler avec des anciens. Tu connais son histoire ? »

Pour Sasha, c'était un peu comme de se trouver face à une personne qui tient absolument à vous donner plein de détails sur la maîtresse de votre ex-mari : elle brûlait de les entendre, et en même temps non.

« Ce n'est pas le moment, on a d'autres choses à discuter, riposta-t-elle.

— Bien sûr que si, ma grande, dit Sverre avec aplomb. Je le vois bien que ça t'intéresse.

— Tu nous en veux si on sort ? demanda Sasha à sa petite sœur, qui haussa les épaules.

— Berg a toujours été spécial, expliqua Sverre quand ils sortirent sur la pelouse devant le corps de logis. Personne ne sait d'où il vient, d'un endroit au Moyen-Orient sans doute. Il a été adopté par une famille d'accueil, mais il enchaînait connerie sur connerie. À seize ans, ils l'ont viré et il a vécu dans des immeubles squattés par des punks. Pour une raison que j'ignore, il a décidé d'entrer dans les commandos marine, et comme il était balèze et n'avait aucune limite, il a réussi à intégrer la section. Avant d'être recruté dans un service secret du renseignement. »

Elle avait souvent pensé que les problèmes de son frère étaient dus à ce qu'un ami psychologue appelait le « narcissisme caché ». Il avait une aussi haute opinion de lui-même et était aussi égocentrique que des narcissiques mégalomanes comme Olav ou Hans, mais il lui manquait leur énergie et leur impudence. « Si j'avais voulu, j'aurais pu intégrer les commandos marine », beuglait-il souvent quand il était ivre et amer. C'était typique d'un narcissique qui cache son jeu, tout comme l'était le mélange de dénigrement et d'admiration à l'égard de ses semblables. Et Johnny Berg était de toute évidence un individu que son frère admirait.

« Le problème, poursuivit Sverre alors qu'ils étaient arrivés au kiosque, est que c'est Martens Magnus qui a recruté Johnny Berg pour cette mission qui s'est terminée dans une prison kurde. Ce qui, en soi, est déjà intéressant, mais le pire est que c'est papa qui a fait pression sur les autorités pour empêcher qu'il revienne en Norvège.

— Comment le sais-tu ? Parce qu'un de ses anciens collègues t'a raconté une histoire à dormir debout devant un whisky ?

— Ça, je ne peux pas te le dire, répondit Sverre en la regardant fixement. Mais je sais que Johnny Berg est innocent. Et je peux comprendre qu'un mec qui travaille d'abord pour Martens Magnus et qu'on laisse ensuite moisir dans une prison de l'EI puisse en vouloir à mort à l'homme qui loge là. »

Il pointa le doigt derrière eux, en direction de la tour à la rosace.

Chapitre 38

Une somme forfaitaire non imposable

Sverre se posta dans l'embrasure de la porte du corps de logis pour accueillir la délégation de Bergen sous un temps radieux. Hans Falck se pavanait avec sa compagne, le petit Per dans le porte-bébé et ses trois enfants adultes à sa suite.

Sverre ressentait toujours un coup au cœur quand il rencontrait Marte, qui l'embrassait à présent sur les deux joues. Son parfum pénétra dans ses narines.

« Heureuse de te voir, Sverre », déclara-t-elle d'un ton assez neutre, en raison sans doute du Russe et de l'enfant sur ses talons.

Avec leur fils unique perché sur ses épaules, Ivan broya la main de Sverre, le visage impassible. Andrea l'avait rejoint, elle s'avança droit sur Marte et l'embrassa de façon démonstrative sur la bouche.

« Mon Dieu, comme tu as l'air en forme, Marte. Plus que jamais même, je dirais.

— Fais des enfants, Andrea, grasseya Marte dans son dialecte de Bergen. Contrairement à ce qu'on prétend, ça nous rend plus attractives. »

Un des fils de Hans, Christian, était un commercial sans relief de l'âge de Sverre, un grand amateur d'activités de plein air avec une femme bien comme il faut et deux enfants en bonne santé. Soit tout l'opposé de son petit frère Erik, un vagabond d'une trentaine d'années, complètement camé, aux yeux craintifs injectés de sang, que les antidépresseurs avaient rendu bouffi. Ces deux fils étaient le fruit d'une relation éphémère que Hans avait eue dans les années quatre-vingt avec une présentatrice télé. Olav se plaisait à affirmer qu'il reconnaissait chez Erik Falck « de nombreux traits de Per et Harriet ». Le garçon avait, selon lui, cette « faible constitution » dont souffraient certains membres de la famille de Bergen et ne s'était jamais remis de l'éducation dispensée par un père très absent.

« J'ai appris que tu repartais en Afghanistan, Sverre, dit Hans en posant une main sur son épaule.

— Je rentre tout juste de la période de préparation. »

Hans secoua la tête. « Quand les politiques comprendront-ils qu'occuper un pays n'a jamais rien apporté de bon ?

— Je suis un soldat, pas un politique », répondit Sverre. Il préférait éviter les tirades de son cousin.

« Non, répliqua Hans en le fixant d'un regard dur. Tu es un occupant. Et j'ai vu de mes propres yeux ce qui se passe avec les occupants dans cette partie du monde. En 1985, quand les moudjahidin ont commencé à abattre les hélicoptères russes…

— Avec des lance-missiles Stinger fournis par les États-Unis qui croyaient avoir trouvé un solide allié dans leur lutte contre le communisme, mais qui ont en réalité fondé al-Qaida », compléta Andrea. Tous les gens autour d'eux esquissèrent un sourire. « Cette histoire, tu l'as déjà racontée des centaines de fois, Hans.

— Oui, répondit son cousin gravement. Et on continuera à la raconter tant que personne ne nous écoutera sérieusement.

— Et si on profitait plutôt de la liberté et de la prospérité dont nous avons hérité ici à Rederhaugen ? » Andrea regarda Hans. « Que je sache, nous sommes les êtres les plus riches et les plus libres qui aient jamais existé ! »

Dans le salon avec cheminée, des huîtres, du foie gras et de généreuses coupes de champagne Pol Roger furent servis. Le fond de l'air demeurait chaud et plusieurs des convives allèrent sur la terrasse dallée. Les enfants couraient dans les couloirs et sur la pelouse. Sverre percevait une tension derrière l'ambiance joviale. Il s'excusa et partit aux toilettes. En sortant, il entendit une voix dans son dos.

« Sverre ? »

Marte. Comme elle était belle, songea-t-il, les cheveux blond doré, foncés à la racine, qui ondulaient sur ses épaules, les pommettes hautes sous ses yeux bleus et ses sourcils bruns arqués. Et l'odeur, son odeur, qui n'avait absolument pas changé, elle devrait être interdite par la loi.

« Tu m'as téléphoné, fit-elle remarquer d'une voix sévère. Dois-je te demander, une fois de plus, de ne pas m'appeler ?

— Je t'ai appelée pour parler de l'héritage de Vera. »

Elle le regarda avec intérêt. « Qu'est-ce qu'il a, cet héritage ?

— Suis-moi. » Ils montèrent le large escalier dans le hall, jusqu'à la bibliothèque au premier étage. Marte s'installa dans un fauteuil rococo, les jambes croisées.

D'une main légèrement fébrile, Sverre ouvrit un placard et en sortit un vieux whisky.

« Sans moi, le prévint Marte. Explique-moi ce que tu veux.

— La vérité est que vous n'allez rien toucher du tout. Or vendre vos parts à des gens qui seraient extérieurs à la famille est exclu, comme tu le sais. En théorie, nous pourrions vous les racheter et vous verser une compensation. Mais il est opposé à cette idée. Il vous veut au sein du groupe.

— Tout ça, je le sais. J'ose espérer que tu ne m'as pas fait monter jusqu'ici pour me raconter ça. ».

Sverre respira un grand coup. « J'ai proposé à Sasha et Andrea de racheter ma part de SAGA. Elles ont refusé. Et comme je pars bientôt en Afghanistan – le genre d'événement qui vous pousse à gamberger et à réfléchir aux grandes questions –, je me suis dit que je pouvais toujours vous demander si vous, vous seriez intéressés. Étant des descendants en ligne directe du Grand Thor, rien ne vous en empêche. Si vous pouvez racheter ma part, elle est à vous. »

Marte hocha la tête en direction de l'armoire rustique. « Je crois que finalement j'ai besoin d'un verre. »

Il la servit.

« Faut voir, déclara-t-elle. Pour l'instant, nous n'avons pas de cash. Comme tu le sais. Mais il se pourrait que ça change. Un tel rachat se révélerait alors peut-être intéressant.

— Qu'est-ce qui te laisse penser que ça pourrait changer ?

— Quand le testament de Vera réapparaîtra. »

Sverre ne se pressa pas pour répondre, il pencha la tête sur le côté, pour s'assurer qu'aucune oreille indiscrète ne traînait dans les parages. « À ma connaissance, le testament a bel et bien disparu. Je veux cependant que vous me garantissiez une chose.

— Je t'écoute.

— S'il devait arriver quoi que ce soit, si papa perdait complètement la tête et disparaissait de la circulation, par exemple, je veux pouvoir racheter mes parts de SAGA. »

Marte fixa une psyché rectangulaire, puis Sverre, d'un regard triste plein de commisération.

« En fait, ton problème, c'est ton père.

— Non, pas seulement, il y a plusieurs choses.

— Comme quoi ? »

Il lui lança un regard abattu, il ne pouvait pas choisir de pire moment que celui-ci pour ce qu'il s'apprêtait à dire, il s'en rendait bien compte. Pourtant, les mots lui échappèrent. « Je veux que tu sois heureuse. Je t'ai toujours bien aimée, Marte.

— Et moi aussi, je t'ai toujours bien aimé, Sverre », répondit-elle en posant la main sur son épaule, mais le ton de sa voix n'avait rien pour le réjouir, tout au contraire. Il l'observa longuement, elle vida son whisky. « Tu l'aimes ? finit-il par demander.

— C'est pour ça que tu m'as fait venir ici ? » Marte jouait avec son verre en cristal. « Il n'y a jamais rien eu entre nous, Sverre, et ce qui n'a jamais existé est depuis longtemps fini. »

Marte s'inclina vers lui, l'embrassa brièvement, puis sortit en refermant la porte derrière elle.

Sverre resta figé dans le fauteuil en bois sculpté, jusqu'à ce que l'odeur de Marte se soit évaporée. De la terrasse à l'extérieur, il entendait les discussions enjouées et des voix d'enfants excités. Il se leva et traversa la pièce d'un pas traînant, il avait soudain l'impression d'avoir un corps de vieillard. D'être passé directement du jeune homme plein d'avenir au vieil homme fragile, en sautant l'étape intermédiaire de l'accomplissement professionnel et de la vie familiale ; c'était comme si l'absence de renommée et de femmes dans sa vie était un trou par lequel la force et l'énergie s'échappaient.

*

Quand il se décida enfin à descendre, le reste de la famille était en train de passer à table. Sasha était arrivée, avec Mads et les filles. Son beau-frère et Christian Falck étaient plongés dans une conversation sans intérêt sur la grande traversée du Jotunheimen ; Sverre leur adressa un hochement de tête maussade et poursuivit son chemin. Il ne voyait pas Olav. Dans la salle à manger, la longue table avait été dressée, avec une belle nappe en dentelle aux motifs floraux, un service bleu marine, des couverts en argent rutilants et de grands candélabres anciens. C'était magnifique. Le cristal du grand lustre scintillait.

Jazz dormait au bout de la table.

Subitement le brouhaha se tut et les têtes se tournèrent vers la porte de la cuisine, où Olav se tenait, un fusil levé au-dessus de sa tête. Putain, mais il joue à quoi ? songea Sverre.

Un murmure de stupéfaction générale s'éleva dans l'assemblée.

« Mes chers parents de Bergen ! déclara Olav. Comme nous le savons tous, nous sommes une famille fière qui peut s'enorgueillir de représenter ce que la Norvège a de meilleur – la tradition du commerce sur notre longue côte et l'héritage des administrateurs de la capitale. Il arrive que des désaccords surviennent, mais le temps est aujourd'hui venu de la réconciliation.

— Avec un vieux fusil ? s'étonna Hans.

— Cette carabine, de la marque Purdey, avec les balles réelles correspondantes, a été retrouvée chez maman, dans les affaires qu'elle nous a laissées. » Il regarda Hans. « C'est mon père, ton grand-père, Thor, qui l'a utilisée lors d'un safari en Afrique orientale britannique en 1935, où il était parti chasser les antilopes et les zèbres avec un groupe de lords anglais. Approche-toi, Hans. »

Hans se leva en arborant une mine consternée et rejoignit Olav. « À l'origine, je pensais la donner à Sverre qui est sans conteste le meilleur tireur de la famille. »

Les autres hochèrent la tête en direction de Sverre, à la fois fier et gêné sur sa chaise.

« Mais à la réflexion, ce fusil est entré dans la famille à l'époque où Thor était marié à sa chère Harriet. Pour cette raison, et en signe de bonne volonté, je souhaite vous le remettre. La crosse est aussi délicate que l'intérieur de la cuisse d'une femme…

— Papa ! le corrigea Andrea. Ce n'est pas parce que l'arme date de 1935 que ton discours doit dater de la même époque !

— Bien. » Il caressa la crosse des doigts. « Notre emblème, le faucon, est gravé ici, avec notre devise : *Familia ante omnia*. La famille avant tout. »

Des deux mains, il tendit le fusil à Hans.

Quelques applaudissements épars éclatèrent autour de Sverre pendant que des jeunes filles en chemisier blanc resservaient les invités en champagne. Il était surpris que son père ait choisi de provoquer aussi ouvertement la branche de Bergen la veille du conseil. Ses cousins n'avaient absolument rien à faire d'un fusil. Plusieurs des enfants de Hans étaient végétariens, et pour peu que Hans lui-même ait jamais tenu une arme, c'était en tant que jeune gauchiste au Moyen-Orient, à l'époque où les armes devaient être braquées dans la direction de gens dont leur hôte de Rederhaugen était un représentant.

Comme pour souligner le thème de la chasse et des armes, on apporta sur la table un cochon de lait rosé. Sverre se servit généreusement, sans avoir réellement faim. Il buvait vite et ne tarda pas à remarquer que ses pensées tournaient au ralenti, il s'exprimait plus difficilement et la discussion avec sa voisine, la femme insipide de Christian Falck, s'enlisa très vite. Juste en face de lui, Marte était resplendissante et très courtisée. En pleine conversation avec son père et son oncle, elle adressait de temps en temps un regard voilé et tendre à Ivan-le-mari.

Sverre sentit qu'il commençait à dodeliner, comme s'il nageait dans sa propre ivresse. Très vite, sa petite sœur s'en aperçut et l'entraîna dans les toilettes situées dans le couloir, où elle traça plusieurs lignes blanches épaisses avec sa carte bancaire.

« Vu ton état, ça ne pourra que te faire du bien. C'est un ordre, Sverre ! »

Il roula un billet et renifla la poudre, il perdit toute sensation dans les narines mais subitement, il avait les idées plus claires. Il retourna dans la salle à manger, où il se remit à boire : la cocaïne était un véritable kérosène, grâce à elle, il pouvait continuer à picoler.

C'est à ce moment-là qu'un verre tinta et que Hans se leva. Il s'éclaircit la voix. « C'est souvent à moi que revient la difficile tâche des remerciements, déclara-t-il. Mais la personne que nous devons remercier ici, outre

Olav et la belle arme coloniale qu'il nous a si généreusement offerte, est Andrea Falck, la représentante du goût et de l'hédonisme à Rederhaugen. Ton cochon de lait grillé est aussi fondant que du beurre.

— Un nourrisson de vingt et un jours ! s'exclama son fils, Erik Falck. C'est ça que vous êtes en train de manger. Si vous aviez vu les mêmes films que…

— Merci de nous épargner la leçon de l'Université YouTube ce soir, Erik, l'interrompit Hans avec condescendance, avant d'adresser d'autres compliments à Andrea et leurs hôtes. La veille d'un duel, la tradition veut que l'on fasse bombance, un art que nos chers Falck ici à Oslo maîtrisent. »

Il poursuivit : « Comme certains d'entre vous le savent, je suis arrivé à l'âge où l'on regarde autant derrière soi que devant. Pour cette raison, en collaboration avec un jeune biographe prometteur, j'ai souhaité raconter ma vie et tout ce à quoi j'ai participé, et avec les années, ma foi, ça commence à faire. »

Sverre lança un regard en direction de Sasha qui se tenait immobile, les yeux rivés sur la nappe blanche. Lui-même ressentait le besoin de boire un autre verre, mais Andrea ne paraissait pas décidée à se lever.

« La biographie n'aura rien d'hagiographique, ajouta Hans, ça, je vous le promets. Tout élément vrai devra y figurer, même s'il ne me présente pas sous mon meilleur jour. Si j'ai bien compris, mon biographe vous a demandé de contribuer à cet ouvrage. Et j'espère que vous le ferez. J'ai toujours pensé que la possibilité de se tromper et les paroles sincères valaient plus que la paix familiale. »

Il inspira et but une gorgée de vin. « À cet égard, je voudrais dire quelques mots d'une personne qui jouera sans doute un rôle plus important qu'on ne l'imagine dans cette biographie, et qui malheureusement n'est plus parmi nous ici-bas. Vera, ma chère Vera, continua-t-il en baissant la voix, pendant qu'Olav se redressait avec inquiétude sur sa chaise. Elle a joué un rôle déterminant dans la vie de la plupart d'entre nous. Y compris la mienne. Elle m'a inspiré quand j'étais jeune, lors de cet hiver qu'elle a passé chez nous à Hordnes pour écrire son récit consacré à l'express côtier, jusqu'à ce qu'elle soit dessaisie de tout. »

Hans s'interrompit et Sverre remarqua que le visage de son père avait viré au gris. « Dessaisie. Dessaisie de tout. Et trahie par les puissants de ce monde, par les personnes censées lui être le plus proches. »

Il fixa les membres de la branche d'Oslo tour à tour. « Vera ne vous l'a jamais pardonné.

— Tu nous raconteras la suite demain, l'interrompit Olav. Nous devrions réussir à trouver le temps d'écouter tes récits pleins d'imagination.

— Non, nous n'attendrons pas demain, répliqua Hans. Car j'étais celui qui connaissait le mieux Vera. Durant toutes les années qui ont suivi, je lui ai rendu visite. D'abord à Blakstad, puis dans son chalet près de l'à-pic. Je l'écoutais vider son sac. Ses récits, parfois très farfelus, sur les revenants du naufrage qui erraient désormais dans les galeries sombres des souterrains de Rederhaugen, avec le petit Olav pleurant entre leurs bras. Tout cela elle le racontait, et vous ne vouliez pas l'entendre.

— Je crois que le moment est venu de passer au dessert, déclara Olav en frappant dans ses mains.

— Pas tout à fait encore, rétorqua Hans. Deux jours avant sa mort, Vera m'a téléphoné. Jusqu'ici, je ne vous ai pas exposé les détails de notre conversation, mais elle m'a confié qu'elle souhaitait nous léguer – rendre serait-il plus juste de dire – la propriété de Hordnes. Elle détenait par ailleurs des informations sensibles dont elle ne souhaitait pas m'entretenir par téléphone, mais qui pourraient jeter une nouvelle lumière sur la question de l'héritage. Tu peux rire avec mépris, Olav, mais c'est aussi cette question précise que mon biographe doit m'aider à résoudre. »

Il leva le doigt en direction du plafond, comme les conteurs dans l'ancien temps. « C'est-à-dire, à moins que nous n'apportions une réponse à cette question dans ce conseil de famille *informel.* »

Sverre but une dernière gorgée.

« Tu sais quoi ? déclara Olav. Je suis d'accord avec toi, Hans. » Il adorait désarçonner ses adversaires avec des réactions inattendues. « Laissons tomber la réunion de demain. Finissons-en dès maintenant avec ce foutu conseil. On t'écoute, qu'est-ce que tu proposes ? »

*

Sasha avait suivi la scène qui se jouait sous ses yeux avec un malaise grandissant. L'indignité des uns et des autres, ce stupide fusil Falck qui était maintenant adossé à la commode sous une toile au cadre doré où Theodor Falck les toisait d'un regard plein d'autorité. Sans parler de Hans qui se couvrait de ridicule, sans filtre, devant la famille au grand complet et offrait un spectacle si désespérant que cela devait cacher quelque chose. Si pour sa part elle avait à peine touché à son verre de vin, on ne pouvait pas en dire autant des autres personnes assises autour de la table : depuis longtemps déjà, son frère et sa sœur avaient un regard flottant qui ne parvenait plus à se fixer, tout comme un certain nombre des Falck de Bergen.

En révélant toutes ces informations sur la relation qu'il entretenait avec Vera, Hans Falck avait sans doute voulu leur instiller la peur avant la réunion du lendemain. Sauf qu'il avait mal jaugé son père. Mais disait-il vrai ? Avait-il vraiment été l'ami fidèle de Vera et son soutien depuis 1970 ?

Jusque-là, Olav n'avait pas bougé dans son fauteuil de maître de maison. Pensif, il gardait la nuque courbée. Puis lentement il se leva, la rejoignit de l'autre côté de la table, s'arrêta devant elle et se pencha à son oreille. Elle sentit l'odeur de son parfum de vieil homme. « Tu es prête, Alexandra ? En avant toute ! »

Comme si souvent quand elle prenait la parole en public, sa nervosité s'envola dès l'instant où elle se leva. Elle s'était demandé si elle aurait besoin de ses notes, mais elle se rappelait tous les mots clés.

« Vous voulez vendre. En premier lieu, je voudrais vous rappeler ce que disent les statuts de SAGA, établis selon la volonté de notre ancêtre Thor Falck : les autres actionnaires ont un droit de préemption pour racheter ces parts à moitié prix. Par conséquent, si nous estimons à cent millions le montant total de votre part, cette somme devra être divisée par deux. Ensuite, rappelons que Vera et Per Falck ont conclu un accord lors de la faillite des compagnies maritimes familiales, dans lequel Vera s'engageait à racheter la propriété de Fana lors de la liquidation de la masse de la faillite et à vous la louer pour une somme symbolique. Il est formellement stipulé dans le contrat de location… »

Sasha souriait à présent, elle se rendit compte que ce qu'elle s'apprêtait à dire ne la dérangeait absolument pas.

« … que si vous souhaitez vendre vos parts, nos loyers perdus devront être pris en compte dans les calculs. Supposons que les revenus perdus s'élèvent à – regardons à combien est arrivé notre comptable – 52,8 millions de couronnes sur quarante-quatre ans, moins bien sûr les cinq mille couronnes symboliques que vous payez par mois, ce qui nous amène à un total de 2,6 millions couronnes sur cette même période. Et nous nous retrouvons à environ zéro. Voilà à quoi ressemble le calcul si vous souhaitez vendre vos parts et vous retirer. Vous n'avez aucune créance sur quoi que ce soit. En signe de bonne volonté, sourit Sasha, nous sommes néanmoins prêts à offrir à chacun d'entre vous une somme forfaitaire non imposable de cinquante mille couronnes. »

Elle regarda longuement Marte et Hans en disant cela, mais ils demeurèrent muets.

Le silence fut rompu par Erik Falck : « Cinquante mille couronnes. Putain ! » s'exclama-t-il.

Sasha enfouit son nez dans son verre de vin, le reposa et se laissa aller contre le dossier de sa chaise en fermant les yeux.

« Sans avoir discuté de cette proposition en famille, répondit Hans, je pense pouvoir affirmer que cette offre ne nous intéresse guère. »

Ceux de Bergen hochèrent la tête dans la lumière vacillante des candélabres autour de la table.

« Je voudrais intervenir, déclara Marte Falck en adressant à Sasha le même regard que dans leur jeunesse, quand se traîner cette cousine éloignée rasoir était bien la dernière chose au monde qu'elle souhaitait. Une offre nous a été faite qui change quelque peu la donne. Comme nous le savons tous, Olav, c'est toi qui, à travers tes parts, contrôles les activités du groupe SAGA. Mais tes enfants détiennent eux aussi chacun une part de SAGA. Or s'il s'avère que ton fils, Sverre, souhaite vendre la sienne.

— Vendre ? Sverre ? répondit Olav d'un ton railleur. Faut-il que je vous rappelle ce que stipulent les statuts ? Sverre ne peut pas céder ses titres d'un coup de baguette magique, ses acquéreurs doivent être des descendants en ligne directe du Grand Thor.

— Inutile de me le rappeler, je ne l'ai pas oublié, répondit Marte qui n'avait rien perdu de son assurance. Mais Sverre céderait ses parts au sein de la famille, à nous, avec le droit de préemption et à cinquante pour cent de leur valeur. »

Olav posa un de ses coudes sur la table et se gratta pensivement le menton.

« Et comment pensez-vous financer ce rachat ? demanda Sasha. Même si vous avez mon frère et les statuts de votre côté, cette opération vous coûtera cher, réduction ou non. Or cet argent, vous ne l'avez pas. Je ne crois pas que la somme forfaitaire de cinquante mille couronnes suffise à financer un tel rachat.

— Nous n'accepterons bien sûr aucun accord de ce genre dans l'immédiat. Nous le financerons avec les biens que nous assurera le testament de Vera, répondit Marte. Quand il nous parviendra. Et si tel n'est pas le cas, vos mensonges finiront bien, quoi qu'il en soit, par être révélés. Papa m'a informé que son biographe était en route vers l'épave de l'express côtier au large de Bodø. Vous allez perdre, et vous le savez. »

L'ambiance était celle d'un QG de campagne après une défaite écrasante aux élections. Les gens se levèrent de table, Sverre évita le regard de son père et s'empressa de rejoindre les toilettes avec Andrea.

Bientôt, Sasha entendit un verre se casser et des voix excitées dans le couloir. Elle se précipita vers la porte et vit que Sverre avait saisi Ivan à la gorge et le pressait contre le mur, pendant que Marte essayait en criant de les séparer.

Puis Erik Falck accourut ventre à terre de l'autre bout de la pièce, en agitant la carabine Purdey devant lui.

« Erik ! s'écria Andrea. Arrêtez-le ! Il va tirer sur Sverre ! »

Comme dans un film au ralenti, Sasha vit Jazz bondir de la salle voisine, sa gueule de loup grande ouverte et la langue flottant en l'air. Telle une bête sauvage, il se jeta à la gorge de sa proie et l'instant d'après, Erick Falck s'effondra sur le sol pavé, avec le chien au-dessus de lui, qui grognait férocement. L'arme avait valsé par terre.

Leur cousin avait le regard fou, il porta la main à sa gorge, où le sang perlait.

« Virez-moi cette bête sauvage de là ! » rugit-il.

Olav se fraya un passage parmi le cercle qui s'était formé autour d'Erick Falck. « Vous allez devoir trouver un hôtel pour cette nuit », déclara-t-il en regardant Hans et Marte. Puis il fixa son fils, avec mépris. « La remarque vaut aussi pour toi, Sverre. »

Quand Sasha sortit dans l'air frais, elle avait acheté son billet pour le Nord, avec un départ le lendemain.

Chapitre 39

La mer est un mystère

« Si je comprends bien, dit Ralph Rafaelsen le regard rivé sur l'océan Atlantique gris foncé derrière la baie vitrée du séjour, vous voulez utiliser mon Exosuit pour descendre jusqu'à l'épave du *Prinsesse Ragnhild* ?

— Nous aurions aussi besoin d'un bateau équipé d'un vrai winch pour la plongée, intervint Grotle. Et vous avez le bon modèle. »

Rafaelsen était cash et ne faisait pas de quartier. Le mieux était sans doute de lui rendre la pareille. Johnny vint à sa hauteur. « On peut partir quand ? » demanda-t-il.

Il ne leur répondit pas directement, mais leur adressa un hochement de tête : « Suivez-moi », dit-il.

Le séjour était meublé de canapés blancs installés devant un écran au mur presque aussi grand qu'une toile de cinéma. Une chaîne stéréo à son surround diffusait des rythmes tropicaux en sourdine. Johnny et Grotle échangèrent un coup d'œil. Une employée de maison asiatique débarrassait la table de salon.

« Vous pouvez y aller, Tri », déclara Ralph, et la femme disparut. Leur hôte était vêtu d'un jean moulant et d'une paire de loafers.

Son tee-shirt reprenait les motifs d'un uniforme

d'amiral, avec des médailles et une bandoulière rouge en travers de la poitrine. Il pénétra d'un pas énergique dans un long couloir où des hommes-grenouilles du sculpteur Ola Enstad tombaient du plafond.

C'était l'argent généré par son empire de l'aquaculture qui avait permis à Ralph Rafaelsen d'acheter l'unique combinaison de plongée atmosphérique du pays et de construire cette propriété en bord de mer. Toute la maison avait quelque chose d'irréel, pensa Johnny, elle ressemblait à un musée inhabité. Elle était exposée au climat rigoureux de la côte ouest des Vesterålen, à environ deux heures de route de Ramsund, et avait fait couler beaucoup d'encre dans les médias.

Le père de Ralph avait été à la tête d'une entreprise de conditionnement de poisson relativement grande selon les critères de l'époque. Il avait aussi réussi à ramener dans le Nord une reine de beauté américaine, d'où le prénom anglais de son fils, avant d'être touché de plein fouet par la crise des années quatre-vingt-dix qui entraîna sa ruine. Sa femme, elle aussi, se volatilisa. Le bruit courait que le père biologique de Ralph Rafaelsen était en réalité un médecin qui aimait les femmes et travaillait dans le Nord en ce temps-là. Après cela, Ralph n'eut plus qu'une idée en tête : prendre sa revanche et venger son père, qui finit sa vie au fond de l'océan. Peut-être était-ce l'alcool, peut-être était-ce un suicide, quoi qu'il en soit il n'était déjà plus qu'un spectre.

Après s'être battu toute sa vie, Rafaelsen était le genre de type à vous écraser au moindre signe de faiblesse, mais il tenait les soldats des forces spéciales en haute estime. Lui-même avait été recalé aux dernières étapes du stage de sélection des commandos marine avant, finalement, de devenir plongeur démineur. Lui et Grotle se connaissaient, et c'est bien sûr la raison pour laquelle il avait accepté de les recevoir chez lui.

Il ouvrit la porte au bout du long couloir blanc et descendit un sentier couvert de larges dalles menant à un hangar à bateaux moderne, au faîte pointu et au toit qui descendait jusqu'au sol. La neige avait entièrement disparu à cet endroit et une forte odeur d'algues et de sel flottait dans l'air. Rafaelsen introduisit la clé dans la porte.

Des bonbonnes d'oxygène, des combinaisons de plongée et beaucoup d'autre matos étaient accrochés aux murs. Ça sentait le caoutchouc, ça sentait le passé, cela faisait plusieurs années que Johnny n'avait pas plongé.

« C'était plongeur que je voulais être, déclara Rafaelsen le regard rivé sur l'océan, avant que cette foutue entreprise ne m'accapare. Voilà l'Exosuit. »

Dans la lumière faible, la combinaison ressemblait à un homme mort pendu à une potence. Un câble épais qui tombait du plafond était relié au cou de la combinaison, soit un appareil en forme d'homme avec une visière, des bonbonnes d'oxygène intégrées et des bras équipés de pinces.

« Je l'ai acheté cinq millions, annonça Rafaelsen sans détour. Une bonne affaire, le prix du marché est nettement supérieur, c'est au moins le double. »

Johnny admirait la petite merveille suspendue à quelques mètres au-dessus de lui.

« La bête fait deux mètres de haut et pèse deux cent quarante kilos. Elle est constituée de dix-huit parties articulées en aluminium moulé. Avec elle, fini les problèmes de la plongée en eau profonde ! Fini les accidents de décompression ou de mélange gazeux. La pression reste la même qu'à la surface. Tu te rends compte ? »

Johnny hocha la tête, ébahi.

« Tu y es autant en sécurité que dans un sous-marin, ajouta Rafaelsen, sauf que là, tu as des bras et des jambes mobiles. Tu peux les bouger et agripper les objets avec la pince au bout de chaque bras. Sur le dos, tu as une hélice de propulsion de quatre chevaux, un câble qui te relie à la surface, la radio, la caméra et un recycleur contenant de l'oxygène. Grâce à lui, en cas d'accident, tu peux rester au fond jusqu'à cinquante heures.

« Grotle, tu peux montrer à Ralph les photos du bateau ? »

Grotle sortit un portable de son sac et le posa sur un banc.

« Ça, expliqua-t-il, c'est le DS *Prinsesse Ragnhild* dans le Vestfjord. »

Leur hôte hocha la tête, l'air concentré, il était manifeste que cette expédition l'intéressait.

« Quand un sous-marin de poche de l'armée a découvert le navire en 2000, il a pris des photos du fond. »

C'était une façon de vendre l'affaire à Rafaelsen. Johnny le soupçonnait de s'ennuyer ferme dans le Nord. Une image vacillante apparut à l'écran.

En haut de l'image, il était marqué : *Date : 02/29/00. Pos : Vestfjord. Heure : 12:37:33. Profondeur : 289.32.* Un océan sombre, impénétrable. Johnny devinait la silhouette d'une coque. Dans la lumière du sous-marin de poche, elle semblait grise. Puis il vit la proue et le pont de dunette, les hublots, la cheminée, les cabines sur le pont, le pont des officiers.

Après avoir lu le manuscrit, il ne pouvait s'empêcher d'imaginer la jeune Vera arpentant désespérément le sol en tek. C'est ici qu'ils avaient vu l'éclair de l'explosion, ressenti le coup de massue qui avait suivi, qu'ils avaient crié, couru, survécu ou péri.

« Trois cents mètres, annonça Grotle en les regardant tour à tour. Le fond des océans demeure une *terra incognita*. Nous connaissons mieux l'espace. Ce qui s'y cache dépasse tout ce que nous pouvons voir sur terre. Il est peuplé d'organismes que nous pouvons à peine nous imaginer. Parmi eux, certains émettent des lumières colorées scintillantes à côté desquelles les réclames de Times Square font vraiment pâle figure ! Sans parler des pieuvres aux tentacules rougeoyantes, des méduses qui bleuissent et clignotent comme des véhicules d'intervention quand elles sont attaquées. L'océan est un mystère, peut-être le plus grand qui existe encore. »

Rafaelsen avait écouté Grotle sans rien dire, en se tenant sur la réserve. Mais là, il se leva. « Le *Prinsesse Ragnhild* est un bateau-cimetière, y compris juridiquement. Par conséquent, si un plongeur retrouve le corps d'un naufragé, il ne doit pas y porter atteinte et rester à une distance convenable de sa découverte. Une tombe naturelle ne doit pas être touchée autrement que pour déplacer le cadavre dans un cimetière ou un lieu de sépulture, ce qui me semble exclu dans ce cas. »

Johnny avait anticipé cette question. « Mais je suppose que tu connais aussi l'article 14 de la loi relative aux biens culturels disant que les plongeurs doivent se montrer prudents, sans interdire pour autant la plongée sur épaves. Des navires célèbres tels que le *Blücher* ou le *Tirpitz* sont certes des monuments historiques qui ont été classés parce qu'ils avaient été pillés par des plongeurs amateurs, mais cela ne concerne pas l'épave d'un bateau à trois cents mètres de profondeur.

— Pourquoi ne pas utiliser des drones sous-marins ? » demanda Rafaelsen.

Johnny secoua la tête. « Les drones et les sous-marins de poche ne parviendront jamais jusqu'au trou dans la coque. La proue est à droite sur la photo. Ça signifie que le côté que nous voyons est à tribord. Or l'explosion a eu lieu à tribord. Il faut que nous descendions jusque-là. Et la seule façon réaliste de le faire est avec l'Exosuit. »

Ralph Rafaelsen les observa l'un après l'autre. « Olav Falck du conglomérat SAGA à Oslo et son fils me tannent pour utiliser la combinaison à l'occasion d'un événement qui se tiendra ici dans quelques mois. Pourquoi la mettrais-je à votre disposition ? »

C'était le moment que Johnny attendait. « Je travaille sur une biographie de Hans Falck.

— Hans Falck, répéta Rafaelsen d'un ton respectueux. Un homme très bien, une légende, même si nous ne sommes pas tout à fait du même bord politique, pour dire ça comme ça. Un homme vraiment bien.

— La biographie de Hans, poursuivit Johnny, n'est qu'une couverture pour ma réelle activité. »

Rafaelsen haussa les sourcils. « Qui est ?

— Par curiosité, il t'a bien traité, Olav Falck ? »

Rafaelsen fronça les sourcils.

« C'est Hans qui m'a renvoyé vers toi. Lui et sa famille doivent se contenter des miettes qu'Olav daigne leur laisser. Nous voulons descendre jusqu'à l'épave pour prouver qu'il ment, pour que Hans Falck obtienne sa part légitime de l'héritage. Olav va le payer cher. »

Johnny se renversa sur sa chaise et attendit. Grotle les observait en silence. Rafaelsen allait et venait dans le hangar à bateaux. Puis il adressa à Johnny un sourire complice.

« Allons jeter un coup d'œil au bateau, alors. Il est à quai. Un peu qu'on va descendre jusqu'à l'épave. »

Chapitre 40

L'explosion venait de l'intérieur

Le lendemain Sasha partit dans le Nord, à Bodø. De là, elle prit un petit avion jusqu'aux Lofoten, où elle loua une voiture.

Elle roulait vers l'ouest, les *rorbu* de couleur rouge, les entrepôts de conditionnement de poisson et les boutiques Mix défilaient sous ses yeux ainsi que la silhouette de séchoirs à poissons nus qui se découpaient sur la mer, sous des montagnes à pic enneigées. Les rochers étaient polis par le ressac à l'écume blanche. Puis soudain, le paysage s'ouvrit et laissa place à de larges vallées plates ponctuées de lopins de terre printaniers, de tunnels et de ponts. À Flakstad, elle s'arrêta pour fumer une cigarette.

L'air de l'Atlantique était différent par ici, le vent striait les flaques d'eau. Johnny n'avait pas encore répondu à ses messages.

Aux abords de Moskenes, il se mit à neiger. Cela commença par des petits flocons sur le pare-brise, puis la neige s'intensifia tant et si bien que Sasha dut ralentir pour éviter une sortie de route et rester sur le pont étroit qui marquait l'entrée de la bourgade de Reine. Elle finit quand même par arriver. Elle se gara et courut à petits pas dans la tempête jusqu'à l'adresse qu'on lui avait donnée, un *rorbu* rouge sur la laisse de basse mer, entouré de barques et de séchoirs à poissons. *Musée de la guerre de Reine*, indiquait le panneau sur la porte.

L'historien local Bjørn Carlsen ressemblait au chanteur de country Willie Nelson : c'était un petit homme vif de soixante-dix ans aux cheveux gris attachés en queue-de-cheval. Il l'invita à entrer dans son musée, qu'il était manifestement fier et heureux de pouvoir lui faire visiter.

Les murs disparaissaient derrière les vitrines où étaient exposés des mannequins en uniformes – les anoraks Milorg de la Résistance norvégienne, les bombers britanniques, la tenue de camouflage hivernale de l'armée rouge, divers équipements de la Wehrmacht, de la Luftwaffe et de la Kriegsmarine, des uniformes de gala ou ceux des chasseurs alpins. Et au milieu de tout cela, un bric-à-brac de services, médailles, cloches de bateau, des armes de toutes sortes, des affiches de recrutement, des fac-similés de journaux, des panneaux indicateurs et des photos en noir et blanc encadrées. Des corbeaux, des mouettes et des pygargues à queue blanche empaillés étaient suspendus au plafond.

« Impressionnant, comme collection », constata-t-elle.

Carlsen s'arrêta devant des aquarelles. « D'après vous, qui les a peintes ? » demanda-t-il de sa voix aiguë et enrouée. Avant même qu'elle ait eu le temps d'ouvrir la bouche, il lui donna la réponse : « Un certain "A. Hitler", en 1940.

— Mon Dieu ! s'exclama Sasha en haussant les sourcils.

— Je suis tombé dessus quand des parents à moi ont vidé le grenier d'une vieille dame en Bavière il y a quelques années. Les historiens de l'art et ces soi-disant experts ne me croient pas bien sûr, sauf que je leur ai rabattu le caquet. »

Soudain, Sasha commença à douter de l'intérêt de ce voyage dans le Nord.

Elle ne consultait pas de médecin amateur, alors pourquoi écouterait-elle des historiens amateurs ?

Elle pénétra dans le bureau de Carlsen, lui aussi surchargé de tout un fatras d'objets, précieux pour certains. Les vitrines contenant des maquettes de bateaux et des mannequins en uniforme de capitaine apportaient une touche maritime à la pièce.

« Pour en revenir au naufrage du *Prinsesse Ragnhild*, dit Sasha. J'ai lu le procès-verbal maritime. Il indique clairement que le naufrage a été provoqué par une mine britannique dans le Vestfjord.

— Le procès-verbal ! s'exclama Carlsen. Il est tout juste bon à allumer un feu de bois. Vous avez vraiment foi dans ce truc-là ? Il a été établi pendant l'Occupation, à l'intention d'une justice nazifiée. Les gens étaient terrifiés, ils disaient ce que les Allemands voulaient entendre.

— Peut-être, mais avez-vous des éléments qui laisseraient penser le contraire ?

— Attendez-moi ici, j'en ai pour une minute. » Carlsen sortit du bureau et revint peu après. « C'est un témoin, Knut Indergård, le capitaine du cargo MS *Batnfjord*.

— Je me souviens de ce nom, il apparaît dans le procès-verbal, fit-elle remarquer après un instant de réflexion.

— La première chose que vous devez savoir concernant Indergård est que lui et son équipage sont de véritables héros. Même dans le procès-verbal, c'est écrit noir sur blanc : “En tout, l’équipage du *Batnfjord* prit à son bord quelque cent quarante survivants, dont sept moururent lors de la traversée jusqu’à Bodø. Parmi eux, une large moitié étaient des soldats allemands.” Cent quarante personnes ! s’écria Carlsen. Si ce n’est pas un acte héroïque, ça ! Mais pour lequel ils n’ont jamais reçu la moindre reconnaissance. Avez-vous jamais lu quoi que ce soit sur Knut Indergård ou le MS *Batnfjord* dans les livres d’histoire ? On ne lui a décerné aucune médaille. Pourtant son héroïsme ne fait aucun doute. En revanche, les propos que le capitaine a tenus *après* la guerre – une fois les Allemands partis, quand on a de nouveau pu s’exprimer librement –, ils ont nettement plus fait débat à l’époque. »

Il leva une clé USB sous la lampe, avant de la connecter à son ordinateur. « C’est un entretien avec Indergård, à la fin de sa vie, quelqu’un en a fait don à la Société historique de la navigation norvégienne du Nordmøre à Kristiansund et ses membres ont eu la gentillesse de bien vouloir le partager avec moi. »

Un fichier audio grésillant d’assez mauvaise qualité fut lancé, et une voix parlant le dialecte du Nordmøre, probablement celle du capitaine Indergård, retentit dans la pièce.

« C’était un cargo de cent quarante tonnes acheté à la France pendant la Première Guerre mondiale. Un super-navire et un moteur solide. Pendant vingt ans, aucune des pièces ne nous a posé le moindre problème. Nous naviguions alors sur la côte norvégienne, dans l’est et l’ouest du pays, mais surtout entre Bergen, Trondheim et le Finnmark tout au nord. Nous étions partis de Trondheim et nous faisions route vers Havøysund. À Trondheim, nous étions à quai à côté du *Prinsesse Ragnhild*. »

Carlsen appuya sur pause. « Le *Batnfjord* et le *Prinsesse Ragnhild* étaient côte à côte à Trondheim et après ils se sont suivis alors qu'ils remontaient vers le nord en longeant le littoral, jusqu'au lieu de l'accident.

— Continuez. » Sasha sentait qu'ils approchaient du cœur de l'histoire.

De nouveau, il appuya sur le bouton. « Et d'après vous, quelle était la cause de l'accident ? demanda l'intervieweur à Indergård.

— Pour moi ça ne fait aucun doute, mais je suis peut-être le seul à penser ainsi. L'explosion venait de l'intérieur. Autrement, les côtés du bateau n'auraient pas éclaté vers l'extérieur comme ils l'ont fait. Laissez-moi vous expliquer. Le commandant Brækhus, le capitaine du *Prinsesse Ragnhild*, a survécu au naufrage, contrairement à son lieutenant et son second lieutenant. Je lui ai rendu visite chez lui à Bergen à plusieurs occasions et nous avons reparlé de l'explosion. Lui était convaincu que le bateau avait sauté sur une mine, il ne voyait pas ce que ça pouvait être d'autre, alors que pour moi, il était évident que ce n'était pas le cas, une mine n'aurait pas provoqué une explosion de ce genre. Les poutres du fumoir et la charpente sont parties en fumée. Il ne restait plus que les poutrelles. Auxquelles étaient suspendus des cadavres. C'est ce qu'ont dit les survivants qui étaient à bord. Je suis allé trois fois chez Brækhus, et à la deuxième il m'a confié qu'il avait appris que les Allemands avaient camouflé des munitions dans des caisses censées contenir des oranges. Mais n'oublie pas, lui ai-je dit, qu'il y avait là plusieurs centaines de soldats allemands, équipés de grenades à main, de munitions, d'armes. Ce qui faisait beaucoup d'explosifs à bord, ma foi. »

Carlsen mit de nouveau sur pause. « Pourquoi ne l'a-t-il pas dit dans le procès-verbal ? demanda Sasha.

— Eh bien, je vous laisse découvrir ce que lui-même affirme à ce sujet. Et si, justement, il l'avait dit au tribunal d'instance de Salten ? »

Le vieux fichier audio redémarra, avec la voix du capitaine Indergård : « Oui, je l'ai dit, et cette histoire a bien failli me coûter cher. Car les Allemands étaient là pour contrôler et eux voulaient que la déflagration vienne de l'extérieur et non de l'intérieur. »

Sasha se leva et fixa les murs du musée.

Carlsen était peut-être un amateur, mais l'enregistrement qu'elle venait d'écouter était plausible. Il confirmait ce que Vera avait écrit : on avait fait sauter le navire de l'intérieur, mais les Allemands ne souhaitaient pas que cette information soit diffusée.

« Mon père a survécu de justesse, déclara-t-elle. Il a été repêché, peut-être par Knut Indergård. »

Son interlocuteur hocha la tête. « Pas improbable. Il y avait aussi un autre bateau sur place, le *Gange-Rolf* de Sortland, mais l'équipage n'aurait pas été à la hauteur, selon Indergård. »

Elle imaginait parfaitement la scène à présent, ces marins anonymes du Nordmøre qui avaient hissé sa grand-mère et son père à bord, les vagues, les cris, les gens qui s'agrippaient aux planches et à tout ce qui traînait. Sans eux, leur lignée aurait été rompue. Son père n'aurait pas existé, ni elle.

La vie ne tenait vraiment qu'à un fil.

« Il y a quelque chose de bizarre dans l'histoire de Vera Lind, intervint Carlsen. Elle n'apparaît dans aucun registre après l'accident. Si elle n'était pas devenue célèbre par la suite, on aurait pu la croire disparue. Elle n'est jamais revenue non plus dans son village natal après la guerre. Alors que pendant l'Occupation, il fallait sans cesse s'enregistrer. On ne pouvait pas se déplacer sans avoir ses papiers tamponnés. Mais nous n'avons retrouvé aucune trace d'elle.

— Elle est partie en Suède.

— Oui, mais trois ans et demi plus tard.

— Où a-t-elle bien pu aller entre-temps ?

— Il faut que vous alliez sur la plage de Bunes, sur la côte ouest.

— Là où elle a grandi ? »

Il hocha la tête. « Pas très loin. Les hameaux et les ports de ce secteur ont été en grande partie abandonnés. Mais une vieille dame y habite encore. Else, la fille du docteur Schultz, un homme formidable. »

Chapitre 41

Cabine 31

Sasha suivit un chemin carrossable enneigé le long du fjord, s'éleva quelques mètres au-dessus du niveau de la mer en grimpant au sommet d'une petite colline prise entre deux montagnes, puis le col franchi, elle redescendit vers l'océan Atlantique. L'air était différent sur cette partie de la côte exposée aux intempéries, il faisait plus froid et le vent soufflait plus fort.

Sur sa droite, le pic escarpé du Helvetestinden se dressait vers le ciel. La plage de Bunes, qui ressemblait davantage à un delta qu'à une plage proprement dite, pénétrait sur plusieurs centaines de mètres à l'intérieur des terres. Le soleil teintait les flancs des montagnes d'un éclat rougeoyant et en face d'elle, au loin, s'étendait l'océan Atlantique, bleu et infini. Elle s'avança sur le sable blanc couvert de bois flotté et de guirlandes d'algues. La maison se trouvait sur la gauche, sur un petit promontoire. Des ruisseaux peu profonds sillonnaient le sable, elle enjamba l'eau de fonte glaciale.

La maison en bois était peinte en rouge et l'encadrement des ouvertures en blanc. La taille réduite des fenêtres et le hauban qui partait du chéneau et fixait la maison au sol en disaient long sur la rigueur du climat dans le secteur. Elle frappa.

Personne ne répondit.

« Il y a quelqu'un ? » Elle refrappa, plus fort.

Puis elle fit le tour de la maison. Elle aperçut une silhouette derrière un des carreaux de la façade avant. Elle agita la main et attendit que la silhouette réapparaisse.

« Ce n'est pas un putain d'office de tourisme ici ! s'écria une voix féminine dans l'entrebâillement de la fenêtre.

— Une petite minute ! s'exclama Sasha. Je voudrais juste savoir si vous n'auriez pas connu une personne qui a habité ici pendant la guerre. Ma grand-mère, Vera Lind. »

La dame d'un certain âge tendit le cou par la fenêtre. « Pardon, vous pouvez répéter ? »

Bien qu'elle doive avoir entre soixante-dix et quatre-vingts ans, Else Foss n'avait pas une ride. C'était une femme menue, aux cheveux gris courts. L'air incrédule, elle ouvrit à Sasha, qui s'avança d'un pas à l'intérieur. La maison était bien rangée, avec un mobilier simple des années cinquante, des napperons en dentelle sur les tables et une cuisine étroite où trônait un poste de radio à l'ancienne. Il était allumé. Manifestement elle vivait seule.

« J'aurais souhaité vous poser quelques questions sur ma grand-mère », expliqua Sasha.

Else lui proposa un café bouilli et l'invita à s'asseoir à la table de la cuisine. « Vous m'excuserez de ne pas avoir mieux à vous offrir. Je vis à Bodø l'hiver et je viens juste d'arriver.

— Vous étiez aux funérailles de ma grand-mère. » Désormais, Sasha se rappelait son visage. Elle avait parlé avec son père et Hans Falck.

« Bien sûr que j'y étais. Le contraire aurait été inconcevable. Ce serait mentir de dire que je ne m'attendais pas à la visite de l'un d'entre vous un de ces jours. »

Sasha hocha la tête, cette femme lui était déjà sympathique.

Else se leva et transporta quelques assiettes jusqu'à l'évier. « J'espérais seulement que ce serait vous et pas votre père.

— Pourquoi cela ? » Sasha tendit l'oreille, même si elle se doutait de la réponse.

La femme l'observa d'un regard compatissant. « C'est bon, je pense qu'on peut laisser tomber les formules de politesse et entrer dans le vif du sujet ? Je suppose que vous êtes venue jusqu'ici pour savoir ce qui est arrivé à votre grand-mère ?

— Oui, effectivement. »

Else les resservit en café et commença à raconter.

Elle avait rencontré Vera Lind pour la première fois à l'automne 1969, dans une salle de la Studenters-amfundet à Oslo pleine à craquer, lors d'un débat auquel participait Vera. Else était une étudiante de trente-deux ans. Elle n'avait pas grand souvenir du débat, mais quand les intervenants s'étaient retrouvés au bar après leur intervention, elle avait pris son courage à deux mains et était allée voir Vera. Elle qui n'avait jamais eu le moindre souhait de se distinguer ou de se mettre en avant, mais qui admirait ceux qui osaient le faire, était infiniment fascinée par le côté brut de décoffrage de Vera. Else s'inclina et expliqua qu'elle était la fille de l'institutrice Gjertrud Schultz à Sørvågen et du docteur Schultz à Moskenes.

L'espace d'un instant, Vera avait eu l'air complètement pétrifiée.

« Je dois tout à tes parents, déclara Vera quand elle eut repris ses esprits et elle l'étreignit. Absolument tout. »

Elles passèrent cette soirée seules, en tête à tête. À la fin, Vera avait commencé à lui parler du manuscrit sur lequel elle travaillait.

« Ça se passe dans le Nord », avait-elle expliqué. Elle avait été transparente : « J'écris à propos d'endroits que nous connaissons.

— Un autre roman policier ?

— Non. C'est une histoire vraie. Et nombreux sont ceux qui ne l'apprécieront pas. »

C'était bien sûr Vera qui s'était arrangée pour qu'Else travaille aux éditions Grieg. Ce boulot n'avait rien de prestigieux, il s'agissait surtout de petites tâches du quotidien à exécuter et de secrétariat, mais Else tapait vite et bien à la machine et se vit confier de plus en plus de responsabilités. Elles se fréquentèrent beaucoup cet automne-là. Quand Else rentra chez ses parents à Noël, elle était porteuse d'une longue lettre manuscrite de Vera à leur intention. Elle n'avait jamais su quelle en était la teneur.

« Mais un jour, entre Noël et le Nouvel An, papa m'a emmenée à Å, où Vera avait grandi dans le dénuement. Il espérait que la Norvège avait progressé et qu'elle offrait de meilleures opportunités aux jeunes que du temps de Vera, m'a-t-il alors expliqué. Elle était si brillante, a-t-il déclaré, jusqu'à ce jour il n'avait jamais rencontré d'enfant aussi douée. Mais elle avait aussi des fêlures, à cause de la maladie de sa mère et parce qu'elle ne connaissait pas son père.

— Votre père a-t-il ajouté autre chose ? demanda Sasha en s'efforçant de respirer profondément pour parler d'une voix posée.

— Vera était tellement intelligente et fascinante que tout le monde l'admirait, a dit papa. Mais c'était justement pour cette raison qu'il fallait se méfier. Quand Vera dit la vérité, on croit qu'elle ment, a-t-il ajouté, et quand elle ment, on la croit. Comment le sais-tu ? ai-je demandé. Parce que Vera a vécu chez nous pendant la guerre, après le naufrage, m'a-t-il répondu. »

Sasha se leva et alla à la fenêtre. Elle ne doutait pas un instant des propos d'Else, et c'est bien pour cela que l'entendre était aussi douloureux. Car dans cet endroit où l'océan Atlantique s'étendait à l'infini derrière la fenêtre, une autre histoire s'esquissait, une histoire bien différente de celle que son père racontait et qu'elle avait sagement transmise.

Elle retourna à la table. « Et puis il y a eu la rafle à la maison d'édition. »

Else hocha la tête.

« Johan Grieg était nerveux depuis quelques jours, expliqua-t-elle, il avait compris qu'il se tramait quelque chose. Mais de bonne heure ce matin-là, il m'a prise à l'écart : "Voilà le manuscrit de Vera. Tu es la plus rapide et la meilleure secrétaire que j'ai, tape-moi ça, aussi vite que possible, m'a-t-il ordonné en me tendant un exemplaire évidé du *Comte de Monte-Cristo*. Son père avait fait passer des documents secrets dans ce livre pendant la guerre, m'a-t-il expliqué. Et j'ai tapé, à toute vitesse. Quand la police a débarqué quelques heures plus tard, Grieg leur a remis le manuscrit original, pendant que je rangeais celui que je venais de taper dans le livre évidé. Je suis passée devant eux avec. »

Le Comte de Monte-Cristo, songea Sasha. Trois générations s'étaient servies de cet ouvrage pour transmettre des informations.

« Grieg m'a dit que c'était lui qui avait fait sortir le manuscrit en douce.

— Ça m'ennuie de dire du mal de Johan Grieg, car travailler pour lui a été une grande chance, répondit-elle poliment. Mais ce qu'il affirme est faux, ni plus ni moins.

— Mon Dieu », laissa échapper Sasha.

Else lui adressa un sourire chaleureux.

« S'il y a une chose que la vie m'a apprise en travaillant avec de nombreux hommes importants, c'est qu'ils aiment jouer le rôle principal dans les histoires qu'ils racontent. Quoi qu'il en soit, après cela, Vera et moi sommes devenues assez paranoïaques, nous avions peur que les Renseignements généraux s'en prennent à nous. Où cacher le manuscrit ? C'est Vera qui a eu l'idée de le déposer chez le notaire comme on le ferait avec un testament. Et c'est aussi ce que c'est, du reste, un testament. Une solution géniale. Légalement, personne d'autre qu'elle ne pouvait aller l'y chercher, pas même la police ou alors difficilement. Et s'il devait arriver quoi que ce soit à Vera, si cette affaire allait jusqu'à son assassinat, son testament, *Le Cimetière de la mer*, serait rendu public. »

Sasha pensa à la deuxième partie que Johnny avait agitée sous son nez quand elle l'avait rejeté.

« L'intégralité du manuscrit se trouvait donc chez le notaire ? »

Pour la première fois, Else hésita.

« Non. Pas le dernier chapitre. Le plus important. Elle me l'a envoyé.

— Mais attendez un peu, protesta Sasha. Ça me paraît bien compliqué. Pourquoi déposer le manuscrit chez le notaire et puis vous envoyer, à vous, le dernier chapitre ?

— Ce n'est pas compliqué du tout, répondit Else calmement. Vous avez lu le manuscrit, n'est-ce pas ? Il parle de la collaboration de Thor Falck avec les Allemands et des conséquences de celle-ci après guerre. C'était ça qu'Olav tenait tant à étouffer. Mais le véritable secret, il ne le connaît pas.

— Avec tout mon respect… Vous êtes une personne périphérique dans la vie de ma grand-mère. Pourquoi aurait-elle partagé, avec vous précisément, ce qu'elle n'a jamais confié à personne d'autre ?

— Parce que j'étais la seule à être au courant, répondit Else. À l'époque, j'étais simplement trop jeune pour le comprendre. »

Sasha ne savait plus que croire. « Montrez-moi ce qu'elle a écrit », ordonna-t-elle.

Else sourit. « Je vous ai vues vous et Ruth Mendelsohn partir chez Vera après les funérailles. Ruth et moi, nous ne nous sommes jamais bien entendues. Quand je vous ai vues quitter le chalet, j'y suis moi-même entrée et j'ai déposé l'épilogue…

— … dans la version évidée du *Comte de Monte-Cristo*, compléta Sasha en se prenant le front.

— Vera était parfaitement consciente que pour réussir à trouver la cachette, il faudrait être au courant de ce qu'il s'était passé en 1970. Sinon, cet ouvrage n'était qu'un livre parmi des milliers d'autres. Seuls les initiés sauraient où chercher. Je n'en dirai pas plus pour l'instant. Mais si vous le souhaitez, nous pourrons en rediscuter quand vous l'aurez lu. »

Sasha sortit. Ça soufflait dur, les rochers étaient glissants. Elle ne pouvait pas tenir Johnny à l'écart plus longtemps. Les doigts gourds, elle écrivit un message :

Johnny, réponds-moi, je suis aux Lofoten. Je sais qu'il manque un chapitre et je sais où il se trouve. Tu rentres avec moi ?

En réalité, elle avait abandonné tout espoir qu'il lui réponde, mais juste après, elle sentit une vibration dans sa poche. JB. C'était la première fois qu'elle avait de ses nouvelles depuis ce soir-là, elle se débattit avec son téléphone, il pleuvait, et les gouttes tombaient sur l'écran, elle devait les essuyer avec la manche de son blouson pour pouvoir lire le message.

Rejoins-moi au phare de Landegode. Je vais descendre jusqu'à l'épave, comme je te l'ai promis. À plus.

Elle demeura immobile en tentant de découvrir un message ou un sens caché dans ces mots, mais il n'y avait aucun sous-entendu. Ou si, il lui demandait de venir. Et il allait plonger. Au phare de Landegode. Elle s'apprêtait à écrire que la plongée pouvait attendre, quand elle se rendit compte que ça ne servait à rien.

À la place, elle retourna dans la maison. « Je dois me rendre à Landegode, annonça-t-elle. Un ami doit plonger jusqu'au *Prinsesse Ragnhild*. Pour savoir si l'express côtier a sauté sur une mine ou s'il a explosé de l'intérieur.

— Bon courage ! s'exclama Else. Il y a toutefois une chose qui ne figure pas dans le manuscrit. Bien que ce soit loin d'être une question négligeable. C'est la véritable identité de Wilhelm.

— Comment cela ? »

Else sortit de la pièce et revint avec un cylindre en carton blanc. Elle l'ouvrit, étala les plans sur la table et pointa du doigt. « Vous voyez ici ? “Fumoir”,

“Salon de musique”, “Première classe”… Là c’est le pont-promenade, à l’avant. Au milieu, il y a l’escalier doré, à droite on distingue le fumoir avec vue sur la proue. Là, c’est le salon de musique. Et juste à droite de l’escalier, il y a la cabine de l’armateur. »

Else montra l’étage inférieur.

« Là, on descend dans le navire, sur le pont des deuxièmes classes, sous le pont principal, poursuivit Else, toujours en montrant du doigt. Vous voyez les chiffres tout en haut du plan ? »

Sasha plissa les yeux. « Effectivement, il y a une série de nombres : 33, 31, 29, 27.

— Ça correspond aux numéros des cabines. La 31 est celle où Vera et Wilhelm se sont retrouvés la dernière nuit. »

Elle fixait Sasha comme s’il s’agissait là d’une information capitale, Sasha hocha la tête en essayant de cacher qu’elle avançait sur un terrain mouvant. Elle devait faire référence à un passage dans la deuxième partie du manuscrit, celle que détenait Johnny.

« Vous vous rappelez le moment où Wilhelm enlève sa plaque militaire, quand ils décident de fuir tous les deux. »

La plaque militaire, fuir tous les deux, elle avait l’impression d’entendre quelqu’un lui raconter le dernier épisode d’une série qu’elle n’avait pas vue. « Bien sûr, répondit-elle.

— Dites à ce plongeur qu’il aille voir le puits d’aération de la cabine 31 s’il en a la possibilité. La plaque militaire est cachée dans l’étui à cigarette. Et comme vous vous en souvenez sans doute, le maillechort ne rouille pas dans l’eau.

— Je me souviens, effectivement. »

Sasha prit les plans du bateau en photo et les envoya à Johnny.

Cabine 31, si possible.

Quand ce soir-là, au crépuscule, l'avion qui l'emmenait à Bodø, où elle prendrait un bateau pour Landegode, survola le lieu du naufrage, elle se dit que cette histoire était quand même complètement dingue. Un tout petit étui en maillechort dans un immense océan. Mais c'était pareil pour tout en réalité : les gens que nous rencontrions, la vie que nous vivions, le fait même que nous existions, qu'elle soit Sasha Falck, issue d'une des familles les plus riches de Norvège, un des pays les plus modernes au monde, et non une esclave dans la Russie tsariste ou une prostituée de Babylone, ou une chasseuse-cueilleuse vagabondant dans les bois il y a dix mille ans – l'existence en tant que telle dépassait l'entendement pour peu que l'on y réfléchisse et se révélait infiniment plus aléatoire qu'un étui en maillechort caché depuis soixante-quinze ans à trois cents mètres de profondeur dans l'étendue d'eau à ses pieds.

Chapitre 42

Introduis-toi à l'intérieur du navire

C'était l'aube. Johnny était en train d'être attaché à un câble en acier et soulevé par-dessus bord à l'aide d'un winch.

Avec le câble accroché à son cou, il ressemblait à un homme suspendu à une potence. Tant qu'il avait la terre ferme sous ses pieds, l'Exosuit paraissait grand et informe. Les plaques en aluminium dur étaient, certes, par endroits articulées pour simuler des genoux, des coudes et des hanches, mais il était impossible de se déplacer au sol dans cette combinaison. Il avait sur le dos des bonbonnes de gaz intégrées, et sur l'épaule, une caméra qui permettait de suivre sa descente.

À présent, même Grotle était excité comme un gamin. Assisté de Rafaelsen, il vérifiait d'un œil expérimenté que la surface n'était pas endommagée, que les hélices motorisées fonctionnaient et que la radio était bien installée. Puis il lui enfila la cloche de verre.

Lentement Johnny fut immergé. La température à l'intérieur de la combinaison était régulée, il y régnait le même silence pesant que dans une pièce insonorisée. Il se servit des pédales au niveau des pieds pour s'allonger à l'horizontale. La visière fendit la surface de la mer. D'un côté il distinguait les contours de la coque du bateau qui l'accompagnait, telle une baleine bleue lointaine. Et sous lui, les grandes profondeurs noires. Le câble fut décroché, il ne restait plus comme attache que le câble de communication. Il flottait dans la mer. Un plongeur fendit la surface de l'eau et nagea tranquillement vers lui. C'était Grotle. Leurs regards se croisèrent. Grotle vérifia que tout était en ordre. Pour finir, il leva le pouce en l'air.

La silhouette de Grotle, la combinaison noire et les longues palmes de caoutchouc se détachant sur la mer bleu azur disparurent en direction du bateau au rythme paisible des battements de pieds.

Maintenant il était seul. Johnny tourna la tête d'un côté puis de l'autre. La cloche de verre offrait une bonne visibilité. Il aperçut l'ombre d'un banc de poissons au loin, tel un essaim d'abeilles ou une nuée d'oiseaux dans le ciel d'automne. Doucement, il commença à descendre. Le bleu de la surface de l'eau prit peu à peu des teintes plus foncées alors qu'il regardait sous lui. Il tenta de trouver une bonne trajectoire et augmenta lentement la vitesse des hélices. Il jeta un œil au bathymètre : *100 pieds de profondeur*. C'était ici qu'avait coulé le *Prinsesse Ragnhild*, de biais, en suivant la même inclinaison qu'une piste de ski. Soixante-quinze ans auparavant. Qu'en était-il des passagers qui n'avaient pas réussi à sortir ? Ils avaient dû perdre connaissance à cette profondeur. Mais qui sait ? Peut-être certains avaient-ils été pris dans une poche d'air, peut-être avaient-ils désespérément tambouriné contre les portes jusqu'à ce qu'ils comprennent qu'il n'y avait plus aucun espoir, jusqu'à ce que les hublots explosent sous la pression et qu'ils meurent asphyxiés.

La mort avait dû être un soulagement pour ces gens.

Comme souvent. Mourir en soi ne lui avait jamais

fait peur, seul l'instant d'avant l'effrayait, celui où, en tombant de haut, on voit le sol se rapprocher ; où la grille du semi-remorque surgit juste devant le pare-brise de la voiture ; où l'éclair de l'explosion n'est pas encore devenu un vent supersonique qui vous lacère les organes internes. L'instant où l'on saisit que l'heure de la fin a sonné.

Dans l'obscurité, il entrevoyait un objet sur sa droite. Qui avançait tranquillement dans sa direction. Serait-ce un sous-marin de poche ? Mais que ferait un tel engin à cet endroit ? Sa respiration s'accéléra. Il reconnaissait à présent un poisson, avec un aileron de requin. La faible lueur qui lui parvenait encore de la surface se reflétait légèrement sur le dos de la créature gris anthracite.

Seuls quelques mètres le séparaient désormais du squale, Johnny apercevait la gueule grande ouverte, une fente branchiale de la taille d'une plaque d'égout. Un requin-pèlerin, il en avait vu des photos. S'attaquaient-ils aux humains ? Non, mais même dans la combinaison atmosphérique le géant ne ferait qu'une bouchée de lui sans s'en rendre compte.

« Requin-pèlerin en vue, murmura-t-il, comme si le poisson risquait de l'entendre parler dans la combinaison.

— Profite du spectacle, répondit Grotle dans son oreille. Les requins-pèlerins ne sont pas dangereux. »

La gueule de l'animal glissa devant lui.

Johnny flottait, en faisant du surplace, il sentit les remous dans le sillage de la bête. Enfin, il osa respirer, le verre s'embua.

Il poursuivit sa descente. La lumière ne pénétrait plus jusque-là, autour de lui il faisait aussi noir que la nuit sous les tropiques. Il se déplaçait maintenant à deux cents, trois cents, quatre cents pieds sous la surface de l'eau. L'apesanteur lors de cette descente lui donnait l'impression d'être dans un rêve, une autre réalité.

Johnny entraperçut de faibles lueurs vers le fond. Avait-il des hallucinations ? Il cligna deux fois des yeux. Non, c'était bien réel, les lumières s'intensifièrent, comme quand un avion entame la descente au-dessus d'une grande ville la nuit. Un amas de plancton luminescent bleu de cobalt formait un tapis au fond de l'océan, des poissons aux branchies couvertes de rayures vert camouflage, des méduses translucides bleu turquoise, des anguilles rouge pompier, des créatures à pattes transparentes qui donnaient l'impression qu'on regardait une radio, des étoiles de mer vert émeraude de la taille d'un ballon de foot, des plantes aux feuilles bordées d'une raie lumineuse telle la piste d'atterrissage d'un aéroport, des crabes yétis velus.

Il se retourna sur le côté. Au-dessus de lui, il neigeait des organismes vivants luminescents. Il n'avait jamais rien vu d'aussi beau.

Il demeura allongé ainsi quelques minutes.

« Tout va bien ? demanda Grotle.

— C'est magnifique ! s'exclama Johnny. J'ai l'impression d'être dans un autre univers… D'être devant les réclames des panneaux lumineux de Times Square, mais d'une puissance mille fois supérieure.

— Tu es à trente mètres du *Prinsesse Ragnhild*, l'informa Grotle. À dix heures sur ta gauche. »

Johnny vérifia que le câble était toujours bien fixé à son cou. Il jeta un coup d'œil au GPS, se déplaça en suivant le fond de l'océan. Le *Prinsesse Ragnhild* était censé se trouver ici, mais il ne voyait rien. Les poissons filaient autour de lui, mais après sa rencontre avec le requin-pèlerin, ils lui paraissaient aussi inoffensifs que dans un aquarium. Il avançait lentement. Quelques mètres plus loin, il entraperçut une ombre. Une nouvelle formation rocheuse, peut-être ? Non, l'objet avait des lignes droites créées par l'homme.

C'était la coque. Dans la lumière de sa frontale, elle semblait blanche. Il distinguait maintenant le bastingage, les dalots de la proue et la rangée de hublots. Le navire s'était renversé sur le côté, avec le bâbord en bas et, sur le dessus, la coque à tribord à moitié redressée. Par chance, l'explosion s'était produite du côté accessible.

« J'ai localisé le navire, annonça-t-il dans la radio.

— Bien, répondit Grotle. Cherche le trou dans la coque. On te suit. »

Johnny coupa la radio.

Il y avait des bancs de petits poissons autour de la carcasse. L'express côtier était à moitié enfoui dans un banc de sable, comme une énorme épave dans un désert aride. Il commença par l'avant, examina la coque avec sa lampe. Jusque-là, elle était intacte. Puis il remonta lentement vers l'arrière. Soudain, à gauche dans son champ de vision, il aperçut une tache sombre. Il s'approcha. C'était une cavité, un trou. Un trou d'un ou deux mètres de diamètre peut-être. Bien que de forme circulaire, son bord irrégulier ressortait sur la surface de la coque.

Il avait devant lui la réponse à ce qui était arrivé au DS *Prinsesse Ragnhild*. Son pouls s'accéléra, la cloche en verre s'embua.

En tentant de rester le plus à l'horizontale possible, il éclaira l'intérieur du trou noir. Il ne distinguait pas encore les détails. Le bord était lacéré. Une étoile de mer rouge y était accrochée. Mais l'acier était replié vers l'extérieur. Il passa la pince au bout de son bras dessus. Cela ne faisait vraiment aucun doute : le bateau n'avait pas été torpillé par une mine. Le bord en acier aurait alors été retourné dans l'autre sens, vers l'intérieur.

La théorie de la mine britannique était un mensonge. Vera avait dit la vérité.

La voix de Grotle retentit dans la radio : « Il semblerait que tu sois près de l'endroit de l'explosion. Il est difficile de tirer des conclusions à partir des images. Essaie de filmer sous un maximum d'angles.

— OK.

— Quand tu auras fini, remonte à la surface. »

Il se hissa quelques mètres plus haut et s'écarta légèrement. Le pont des officiers était intact, idem pour le corps du bateau. Il continua, passa devant la timonerie et la cheminée. Avait-il la possibilité de pénétrer au cœur de l'express côtier ?

Johnny éteignit la caméra, peu après la radio grésilla.

« Johnny ! L'image a disparu. Tu nous entends ?

— Parfaitement. Tout va bien ici.

— Je n'aime pas ça. Remonte à la surface, maintenant !

— Je veux juste vérifier deux ou trois choses », répondit-il, puis il éteignit la radio.

Un courant souleva Johnny au-dessus de l'étrave, c'était comme s'il volait. Il flotta au-dessus du rouf du mât et de la passerelle de commandement. Pour sa part, il avait trouvé ce qu'il cherchait. S'il essayait de s'introduire dans la cabine 31, c'était pour Sasha.

Il s'engouffra dans le navire.

Avant de descendre au fond, il avait mémorisé le plan envoyé par Sasha. Il lui avait paru assez simple :

la passerelle de commandement tout en haut, puis le pont-promenade, le pont de la superstructure, le pont principal et les autres ponts. À l'avant, au niveau des salons sur le pont supérieur, il y avait l'escalier que Vera décrivait à de multiples reprises dans le manuscrit. Il menait au pont passagers inférieur. Mais c'était une chose d'avoir une bonne vision d'ensemble de quelques plans à la lumière du jour, c'en était une autre de se repérer dans l'obscurité. Johnny repartit sur le dessus de l'épave. Dans la colonne de lumière, il apercevait nettement l'endroit où la passerelle de commandement finissait et celui où se trouvait la cheminée en biais. Il éclaira plus bas et s'approcha.

Il flottait à l'horizontale dans ce qui avait dû être la partie qui reliait les salons des premières classes aux ponts inférieurs. La porte sur sa droite était sans doute celle qui menait au fumoir et au salon de musique. Celle par laquelle Vera était entrée vêtue de sa robe en dentelle. Il résista à la tentation de jeter un coup d'œil à l'intérieur, juste par curiosité, et se dirigea vers l'escalier. Il devinait aisément les contours d'une rampe. Sur les photos, la coursive était décorée de miroirs, de laiton et de tek. Il ne restait plus désormais que le squelette de la construction en acier. Il plongea vers le bas de l'escalier et s'arrêta sur l'entrepont pour vérifier que le cordon du câble de communication ne s'était pas entortillé. Puis, lentement, il poursuivit sa descente. La pièce était en tout point identique aux salons au-dessus. L'ouverture donnait autrefois accès à la salle à manger des premières classes. Encore un pont et il serait en bas.

Johnny répéta la procédure, il descendit l'escalier et, de nouveau, vérifia que le cordon était bien en place. Il ne restait plus grand-chose du *Prinsesse Ragnhild*.

Tous les matériaux organiques avaient depuis longtemps été dévorés, seuls les matériaux solides avaient résisté. Les vestiges d'un miroir étaient accrochés au mur. Johnny fut ébloui par la lumière qui s'y réfléchissait, il entraperçut son propre visage à travers le verre de l'Exosuit. *Qu'est-ce que tu fous ici ?* À deux cent quatre-vingt-quatorze mètres au-dessous de la surface de la mer d'après le bathymètre. L'escalier débouchait sur deux ouvertures à hublot, une pour chaque coursive du navire. Dans sa tête, il visualisa le plan de l'express côtier.

Cabine 31, avait écrit Vera. Juste de l'autre côté de la porte, en bas à droite.

C'était tellement étroit qu'il dut s'allonger sur le côté pour passer. Il sentit le dos de la combinaison racler contre le bord quand il se faufila à l'intérieur de la coursive qui s'étendait désormais sur de nombreux mètres devant lui. Mais partait-elle bien en direction de l'avant ? Tout à coup, il avait un doute. Et la claustrophobie déployait sa couverture poisseuse autour de lui, comme le couvercle d'un cercueil qui se refermerait au-dessus de son corps et serait enseveli sous une pluie de terre. Non, ça y est, il se rappelait où il était. Il retourna sur ses pas, remonta l'escalier, sortit…

Les panneaux de la cabine avaient depuis longtemps disparu. Il se glissa à l'intérieur avec précaution. Il n'y avait plus de pièce, les cloisons n'existaient plus. Il éclaira. Dans la coque, en face de lui, il aperçut un hublot rond, ainsi qu'un volet en acier retenu par une chaîne, elle-même accrochée à une plaque couvrant la bouche d'aération. Celle-ci semblait intacte. Tout en gardant la lampe braquée dessus, avec sa pince, il agrippa les maillons supérieurs de la chaîne et les enroula de façon à faire tomber la fixation.

Un objet apparut dans la lumière. *Le maillechort peut rester au fond de l'océan pendant des centaines d'années.* L'étui à cigarettes de Vera.

Par précaution, Johnny s'abstint de l'ouvrir. Il l'attrapa avec la pince. C'était bon maintenant, il avait assez donné. *Sors de là.* Il commença à rebrousser chemin. *Remonte à la surface.*

Ce qu'il ressentit ensuite, ce fut un violent coup dans le dos qui le projeta dans l'eau, il avait l'impression d'être dans le tambour d'un sèche-linge. Un poisson avait dû le percuter avec sa nageoire caudale, sauf que le poisson devait être gros, car la puissance du coup équivalait à la ruade d'un cheval. Il gémit de douleur, mais à cette heure, la douleur était le cadet de ses soucis.

La radio était coupée. Il criait désormais dans un micro mort. Avec les bras, Johnny tâta le reste de la combinaison. Les fonctions n'obéissaient plus, ni les pinces télécommandées dans le prolongement de ses bras, ni le moteur, ni le GPS. Ni la lampe. Le système était cassé.

Il jeta un coup d'œil dans l'obscurité. Il se trouvait à deux cent quatre-vingts mètres de profondeur, dans une capsule à l'intérieur d'un bateau. Le pire était qu'il se sentait bien dans la combinaison. Le syndrome d'enfermement, comme les soldats du *Koursk*, le sous-marin russe qui avait sombré des années auparavant. Il essayait de réfléchir. Pouvait-il réparer lui-même les câbles ? Dans l'obscurité, c'était impossible.

Il tâtonna autour de lui. Les tubes fluorescents. Il avait deux bâtons lumineux supplémentaires dans son équipement. Il reprit légèrement espoir. Dans la faible lueur d'un tube, Johnny retourna lentement vers l'escalier. Il lui sembla deviner la forme d'un objet devant lui. Probablement les câbles de la combinaison qui avaient été arrachés. En les suivant, il devrait pouvoir repartir dans la bonne direction. Mais sans les propulseurs, il était obligé de nager avec les bras de l'Exosuit.

Combien de temps s'était-il écoulé ? Il n'en avait aucune idée, mais il avait fini par sortir du bateau. Grâce à l'apesanteur, son équipement ne lui semblait pas si lourd, mais sans l'aide des propulseurs il avançait au ralenti. Néanmoins il avançait. Il entreprit de remonter doucement à la surface et bientôt l'épave du navire ne fut plus qu'une image lointaine, avant de disparaître totalement. Il faisait sombre autour de lui. Était-il vraiment en train de remonter ? Il avait un doute. Continue, songea-t-il, continue. *Monte. Monte.* Un astronaute dévié de sa trajectoire, un sous-marin sans direction. Il avait des crampes dans les pieds. Il essayait de reposer ses bras en les gardant au maximum le long de son corps.

Ne serait-ce pas plus lumineux ? Il crut d'abord que c'était une illusion. Il tenta d'accélérer. Non, effectivement, son environnement s'était éclairci, c'était désormais comme à l'aube quand, imperceptiblement, la lumière perce les ténèbres, avant que le soleil se lève. Il apercevait désormais distinctement les rayons du soleil dans la couche supérieure de l'océan. Cela lui redonna des forces. Encore dix, vingt, trente, quarante mètres ?

Quand, enfin, il fendit la surface de l'eau, il n'y avait aucun bateau aux alentours, mais à quelques centaines de mètres il devinait des collines pointues. Il nagea dans leur direction. En atteignant la plage couverte d'algues, il aperçut les montagnes de Landegode qui se dressaient en face lui. Il était tellement épuisé qu'il s'effondra.

Chapitre 43

La plaque militaire

« Il dort, l'informa le géant roux débonnaire qui l'accueillit au phare. Et il faut le laisser dormir, jusqu'à ce qu'il se réveille. »

Le phare de Landegode se trouvait sur un îlot, juste au nord des hauts sommets qui avaient donné leur nom à l'endroit. L'obélisque rayé de rouge et de blanc dominait les environs, il était entouré de maisons blanches et d'un hangar à bateaux rouge, qui se reflétaient dans l'eau étale.

L'homme montra du doigt la bâtisse principale. « Au fait, il y a quelque chose pour vous à la réception. »

Elle avait du mal à digérer ce qu'elle venait de lire, la trahison du Grand Thor, le destin de Betsy et les recherches désespérées de Vera sur le bateau avant l'explosion. Mais le pire était sans doute l'entretien entre Vera et Olav. Il lui donnait la chair de poule. Ainsi donc, le conflit entre son père et sa grand-mère remontait à une discussion sur *Le Cimetière de la mer* en 1970.

Sasha sortit de l'ancienne habitation du gardien. De l'autre côté de la cour, il y avait les dépendances et la salle des machines, alors que l'endroit où logeait le personnel se trouvait à gauche de l'entrée. Elle sauta au-dessus de quelques rochers et contempla l'horizon.

Au loin, elle distinguait le Lofotveggen, alors qu'en face d'elle les cimes de Landegode semblaient s'élancer vers le ciel.

Son téléphone sonna, elle sursauta. *Papa.* Elle hésita à le laisser sonner, puis finit par répondre.

« Sasha ? C'est moi. »

Aussitôt, elle sentit l'angoisse la gagner.

« J'ai lu *Le Cimetière de la mer.*

— Alexandra. » Son père lui parlait d'un ton autoritaire.

« Je sais ce qu'a fait le Grand Thor. Je sais ce qu'a fait grand-mère. Je sais ce que tu as dit.

— Sasha. Une chose à la fois, s'il te plaît. Il est un point essentiel que tu dois comprendre. Cette information a été gardée secrète pour une seule et unique raison. Maman. Vera. On parle beaucoup, trop, de cette idée de devoir protéger une personne contre elle-même, mais dans notre cas, c'est exactement cela.

— Tu l'as lu ?

— Non, je n'ai pas souhaité m'attarder sur ce texte, même si je connais l'histoire dans ses grands traits. Et je sais ce qui est arrivé à ce manuscrit. Que Grieg en éditeur responsable l'a signalé aux Renseignements généraux et qu'il a été saisi. Une décision sage, dans l'intérêt de tous. »

Sasha soupira, dépitée. Mon Dieu, qu'il pouvait être arrogant parfois.

« Faire passer pour malades des gens qui disent la vérité est un moyen de coercition.

— Peut-être. Sauf qu'ici la personne qui formulait ces allégations était, à l'évidence, selon nos psychiatres les plus éminents, gravement malade.

— On parle de ta mère, et tu te caches derrière des putains de psychiatres !

— Non, répliqua Olav d'une voix dure et pleine d'autorité. J'ai pu faire le même constat : toute ma vie, j'ai été témoin de ce déséquilibre. Tu n'étais pas encore née, Sasha. Tu n'as aucune idée de ce que l'on ressent quand la personne qui, par nature, est censée veiller sur nous, être notre refuge, n'est pas en mesure d'assumer cette tâche. Quand on sait qu'à tout instant on risque d'apprendre la pire nouvelle qui soit, que notre mère – notre seul parent restant – a mis fin à ses jours. J'ai toujours vécu avec cette peur. Depuis ma plus tendre enfance. D'une certaine façon, quand tu m'as appelé le vendredi où tu as trouvé maman, j'ai été soulagé, Sasha. Parce que je savais, si affreuse soit la nouvelle, que ce que je redoutais était arrivé, et que jamais plus je n'éprouverais cette crainte. »

Pendant quelques secondes, aucun d'entre eux ne prononça un mot.

« Rentre à la maison, Sasha.

— Non. J'en ai marre de tes mensonges. Je reste ici.

— À bientôt, alors. Je pars par le premier vol demain. »

*

Dans son rêve, les bombes explosaient dans la mer et éteignaient les néons de l'océan – le napalm brûle aussi sous l'eau, avait-il lu un jour –, alors qu'il était emprisonné à l'intérieur du blindé, puis enfin, quand il pensa les bombardements terminés, il osa se risquer à l'extérieur du véhicule, et là il fut de retour dans le fjord, il était redevenu un petit garçon avec son masque de plongée et son tuba, il attrapait les crabes en prenant soin de les saisir au bon endroit, de façon qu'ils ne le pincent pas. À côté de lui, sa sœur nageait sur le fond marin.

Quand il se réveilla, il découvrit Sasha, assise sur une chaise à côté de lui.

« Il est quelle heure ? » demanda Johnny.

Il faisait encore jour. Hébété, il se redressa et s'assit au bord du lit.

« Comment c'était au fond ? demanda-t-elle.

— Magique. C'était comme si une pluie de créatures luminescentes et de plancton incandescent me tombait dessus. Vera disait la vérité.

— Comment cela ?

— Le navire a explosé de l'intérieur. J'ai des images qui le prouvent. » Il sourit, un peu sonné. « En tout cas, j'avais.

— Je vois.

— Je me suis introduit dans le bateau. Dans la cabine 31, ou ce qu'il en reste.

— Et qu'as-tu trouvé ? »

Il tendit la main vers la table de nuit : « Ça. »

Elle fixa la surface inégale, la toucha, la caressa du bout des doigts.

« L'étui à cigarettes de Vera, à l'endroit qu'elle décrit dans le manuscrit, là où ils l'ont caché la dernière nuit. »

Les contours des vieux drapeaux gravés de la Nordenfjeldske Dampskibsselskab se détachaient vaguement sur le maillechort.

« Et regarde ce que j'ai découvert dans l'étui. »

L'objet ovale ressemblait à une pièce de monnaie. Johnny le posa sur la table. Sasha se pencha vers celui-ci. La surface en laiton autrefois jaune avait terni, mais les inscriptions demeuraient lisibles.

C'était une plaque militaire, cet élément que portent tous les soldats autour du cou et sur lequel est inscrit leur numéro d'identification et leur groupe sanguin.

« Mon Dieu ! s'exclama-t-elle en regardant Johnny. Ce doit être la sienne. Celle de Wilhelm. Tu te souviens du projet avec les archives fédérales à Freiburg dont je t'ai parlé ? C'est exactement ce type de renseignements qu'il permet de retrouver. On ne devrait avoir aucun problème maintenant pour connaître son identité. Mais ce n'est pas le plus important : je sais où est caché le dernier chapitre. »

Il se leva et oscilla en cherchant à garder l'équilibre.

« Tu arrives d'où ? demanda-t-il en se rasseyant.

— Peu importe. Je suis désolée de m'être fâchée contre toi, Johnny. » Elle posa la main sur la sienne.

L'instant d'après, ils étaient allongés dans les bras l'un de l'autre, et ils restèrent ainsi jusqu'au lendemain.

Au petit matin, ils repartirent dans le Sud.

CINQUIÈME PARTIE

DES ÂMES NAUFRAGÉES

LE CIMETIÈRE DE LA MER DE VERA LIND

ÉPILOGUE

Laissez-moi vous raconter le moment où l'express côtier sombra. Si vous n'avez jamais vu la proue d'un navire se remplir d'eau et s'enfoncer dans les profondeurs telle la lame d'un couteau, si vous n'avez jamais vu des passagers se cramponner à des mâts et des haubans tandis que la poupe qui se dresse à la verticale ressemble à une tour, si vous n'avez jamais vu la silhouette de l'hélice tournoyante se détacher dans le ciel, jamais entendu les gens se débattre dans la mer agitée, jamais senti la gravitation vous projeter sur le pont en tek aussi glissant qu'une patinoire, alors vivez en paix. Estimez-vous heureux de n'avoir jamais dû choisir entre suivre le navire dans les ténèbres des abysses ou sauter dans les vagues glaciales en serrant dans vos bras un bébé, votre enfant.

Les nourrissons retiennent leur respiration sous l'eau. C'est un réflexe.

Laissez-moi vous raconter l'histoire d'un bateau qui sombre. Cela commence par une explosion, si puissante que la force de la charge explosive me coupe le souffle et comprime ma poitrine, mon cœur martèle mes côtes. Une explosion, à l'avant, à tribord. Si puissante que les panneaux en bois des salons volent en éclats, laissant à nu les poutrelles. Si violente que les passagers gisent çà et là, inconscients. L'onde de choc est telle que le grand bateau à vapeur de deux cent cinquante pieds décolle de la surface de l'eau, tandis que la pesanteur presse mon corps contre le sol, avant que le navire ne retombe sur la mer agitée et que je voltige dans les airs.

Je suis en train de descendre l'escalier quand l'explosion se produit. Dans le fracas, la marche sous mes pieds disparaît et je suis projetée sur la moquette du palier, ma tête heurte la rampe en laiton.

S'ensuit une brève perte de conscience. Puis je me réveille. Désorientée, je regarde autour de moi. Mes oreilles sifflent. Une fumée épaisse s'échappe des cloisons en lambris éventrées et moutonne dans l'escalier. Une odeur de cordite et de fumée me prend à la gorge. Je m'agenouille. Ma tête me paraît horriblement lourde, j'ai l'impression que mon crâne est intact, mais que ma cervelle a enflé, ma mâchoire tombe. Je toussote et pose mes mains sur mes tempes, mes paumes se couvrent de sang. Je lève les yeux. Dans la mosaïque des miroirs cassés, mon visage est fragmenté.

Alors que je me relève pour fuir, le bateau gîte brutalement à tribord. Je glisse et me recroqueville tant que je peux en échouant contre la cloison du palier inférieur. Un bruit de bottes retentit dans l'escalier. La coque gronde, tel un géant blessé. J'aperçois des brodequins noirs, ceux-ci foulent lourdement le sol, écrasent mes cheveux ; des brodequins aux lacets croisés à l'intérieur de la botte, des pas lourds sur la moquette rouge, les pas de la guerre. Les soldats m'ignorent. Je sens la semelle de leurs chaussures sur mes doigts, mais n'éprouve aucune douleur. Des cris en allemand fusent autour de moi. La peur est contagieuse. Des passagers affluent des coursives, ballottés de droite et de gauche, ils se fraient un passage dans le goulet d'étranglement que forme l'escalier.

Grimper, grimper jusqu'au pont-promenade, jusqu'aux canots de sauvetage !

Mais je ne vois toujours aucune trace de mon fils.

« Où est Olav ? » Je me redresse à genoux. « Où est mon fils ?! »

Personne ne m'entend dans la cohue, personne ne me répond.

Le sol tangue sous mes pieds quand je me relève et m'élance dans une coursive. Je bouscule trois soldats de la Wehrmacht, des gamins, je me heurte à deux voyageurs de commerce en costume et une vieille dame qui hurle à l'aide.

Le bateau prend l'eau. À toute vitesse. Comme lors de la grande inondation de Storofsen en 1789, les paquets de mer emportent des torrents de planches, de lampes et de colis de marchandises qui déferlent dans les coursives.

Je dois planter chacun de mes pas dans le sol pour ne pas tomber. Par endroits, les cloisons entre la salle des machines et la coursive se sont effondrées. L'air est lourd, il règne une chaleur aussi infernale que dans un incendie.

Il doit être dans la cabine. Olav, mon petit garçon, une vraie crevette à la naissance, deux kilos sept seulement. Qui a souri pour la première fois la semaine précédente. Olav, où es-tu ?

Les pistons du navire ralentissent, avant de s'arrêter net.

Le DS *Prinsesse Ragnhild* est en train de sombrer et mon fils a disparu.

*

Le lendemain du naufrage, j'ai pris le ferry pour traverser le Vestfjord et retourner sur mes terres natales.

Où aller sinon ? Je n'avais plus rien. J'avais tout perdu, mon ancien monde gisait dans le cimetière de la mer. Le ciel s'était effondré, la mer s'était répandue sur la terre ferme, détruisant pratiquement toute vie, je flottais dans ce petit interstice entre les éléments, comme une poche d'air dans la coursive d'un bateau en train de sombrer.

Nous avons accosté dans la petite baie qui abrite l'église, la montagne de Moskenes se dressait devant moi. Rien n'avait changé : les mouettes criaient ; dans l'eau, les cabanes de pêcheurs sur pilotis offraient un spectacle toujours aussi séduisant et dans l'air, l'odeur de vidures de poisson se mêlait à celle du sel. Tout était nouveau.

J'ai suivi la route qui contourne la baie en passant devant le hangar à bateaux et les entrepôts. Quelques locaux aux yeux écarquillés s'écartèrent à la vue de cette femme au regard fou. J'ai continué jusqu'à Sørvågen, où quelques minutes plus tard j'ai frappé à la villa Heimatstil ornée d'une plaque en laiton gravée que je connaissais bien : Schultz.

« Vera ! s'est exclamée l'institutrice Schultz quand elle a ouvert la porte. Dieux du ciel, que s'est-il passé ? »

Je n'ai pas réussi à articuler la moindre réponse, mais cette femme sage avait suffisamment vécu pour comprendre la gravité de la situation et quand j'ai franchi le seuil en titubant avant de m'effondrer sur la peau de renne devant la cheminée, elle n'a pas cherché à me relever, elle m'a simplement enveloppée d'une couverture et a veillé sur moi. Une fillette effrayée se cachait derrière sa jupe. La petite Else, âgée de trois ans seulement. J'ai dormi, jusque tard le lendemain.

La seconde où j'ai ouvert les yeux juste avant que la mémoire ne me revienne fut le seul instant heureux. Le monde qui m'est apparu quand j'ai regardé fixement par la fenêtre la mer démontée et le ciel gris était lui-même devenu gris.

Entre-temps, le docteur Schultz était lui aussi rentré, il m'a donné un tranquillisant qui m'a amollie. J'étais dans les vapes, enfin la douleur s'estompait, je me suis envolée dans un monde d'avant où rien n'était encore arrivé, où le navire n'avait pas sombré, où je n'étais pas obligée de m'enfuir, où la guerre n'avait pas été déclarée, où ma mère n'était pas morte et mon père parti.

Tous les soirs durant ces premières semaines, la petite Else venait me voir dans la chambre d'ami. Elle jouait par terre avec ses poupées, puis elle a commencé à me caresser les cheveux.

Cette année-là, l'hiver fut tardif aux Lofoten et durant l'automne 1940, je m'en allais vagabonder pendant des heures à Sørvågen et dans les montagnes alentour pour y cueillir tout ce que je pouvais trouver. Grâce aux oignons et pommes de terre que Gjertrud cultivait dans son potager, à la viande de lièvre et au poisson du fjord, nous mangions mieux que presque partout ailleurs dans le pays. Et quel appétit j'avais ! Si durant les premières semaines qui avaient suivi le naufrage je n'avais pratiquement rien avalé de solide, désormais j'engouffrais les galettes de pommes de terre au petit déjeuner et dévorais le poisson au dîner.

Un jour, Gjertrud m'a regardée et dit : « Tu as un appétit d'ogre, Vera.

— Il faut que je récupère après tout ce que j'ai perdu.

— Tu es sûre que tu n'attendrais pas un enfant ?

— Un enfant ? ai-je répondu. T'es folle ? »

Mais mon appétit a perduré, et a bientôt été suivi par les nausées matinales, des seins gonflés et une fatigue permanente. Au cours de l'hiver 1941, mon ventre a commencé à s'arrondir. Cela ne faisait aucun doute.

Un soir de juillet 1941, alors que le fjord scintillait et le soleil brillait sur la côte ouest des Lofoten, en proie à des contractions douloureuses je gisais sur mon lit dans le cagibi de la maison, entourée du docteur Schultz, qui pour l'occasion faisait office de sage-femme, pendant que Gjertrud et la petite Else me serraient les mains. J'ai mis au monde un garçon bien constitué que j'ai décidé d'appeler Olav.

Je n'avais pas le choix.

Quelques jours plus tard, je suis partie en direction de l'église pour faire baptiser le bébé et l'inscrire dans les registres paroissiaux, mais devant l'édifice je me suis arrêtée.

Et suis retournée chez les Schultz. Peu après, j'ai écrit à Bergen pour que l'on m'envoie l'acte de naissance original d'Olav, celui établi en juillet 1940.

À partir de ce moment-là, j'ai eu pour tâche de garder Olav et Else. Nous vivions à l'écart, dans une maison isolée dont les Schultz disposaient, juste à côté de l'immense plage de Bunes. Nous étions en bonne santé, vigoureux et vifs, nous ne souffrions pas d'anémie, contrairement aux gens du Sud. Olav grandissait vite. À six mois, il marchait à quatre pattes, à moins d'un an, il a fait ses premiers pas entre la maison et un petit grenier sur pilotis.

J'avais été passagère sur un bateau qui avait sombré, en même temps que tout mon monde, mais je n'abordais jamais le sujet. On ne parlait pas de ses traumas pour les soigner à l'époque, la règle voulait qu'on les garde pour soi. Cela avait aussi ses avantages. La vie reprenait, le printemps succédait à l'hiver, puis venait l'été qui cette année-là tomba un vendredi, comme on dit en plaisantant dans le Nord, avant le retour de l'automne, de ses tempêtes, de la neige et de la nuit polaire. Ainsi s'écoulèrent les années pendant la guerre.

Alors que l'hiver 1944 touchait à sa fin, Else a un jour déboulé dans ma chambre. Elle n'entrerait à l'école que l'année suivante, mais elle savait déjà lire. Olav dormait dans la pièce à côté. Elle se tenait devant moi, en chemise de nuit, avec son visage de fillette sérieuse et intelligente. Et une feuille à la main. Je me suis figée sur place, l'air soudain m'a manqué.

L'acte de naissance.

« Qu'est-ce que tu fais avec ça ? » me suis-je écriée en tentant de réprimer ma colère. Je lui ai arraché le papier des mains. « Ce document appartient aux adultes, ce n'est pas pour les enfants !

— C'est marqué qu'Olav est né à Bergen en 1940, a-t-elle répondu. Mais on n'est pas à Bergen ici, on est à Sørvågen. J'étais là la nuit où il est né, je me souviens comme tu criais.

— Else..., ai-je balbutié.

— Maman ! a-t-elle hurlé. Tante Vera dit qu'Olav est né... »

Brusquement, je l'ai serrée dans les bras, ma poitrine cognait comme dix chevaux au galop. Elle a fini par se calmer. J'ai caressé ses longs cheveux. En lui murmurant que tout irait bien.

« En temps de guerre, lui ai-je expliqué, certaines choses doivent rester secrètes. Toi et tes copines, vous avez des secrets, n'est-ce pas ? Et tu sais bien que rien n'est plus important que de les garder. »

Elle a hoché la tête, avec un regard pensif et grave.

« C'est pareil dans ce cas. Tu sais ce que font les Allemands quand ils découvrent nos secrets ? Ils brûlent nos maisons. Ils t'enlèveront ta maman, ils l'emmèneront loin d'ici. C'est pour cela que nous ne devons jamais les révéler, à personne. Tu comprends ? Ni maintenant ni jamais. »

Le lendemain, j'ai décidé de partir. Ça sentait le roussi. Si je restais, je courais le risque que d'autres personnes découvrent la vérité, soit en cherchant eux-mêmes la preuve de mon mensonge, soit en me forçant à l'avouer. Alors qu'une fois partie, même si Else divulguait notre secret, il y avait de fortes chances que sa mère n'y prête guère attention et assimile son récit à une de ces nombreuses fabulations enfantines. Puis progressivement, au fil du temps, les souvenirs d'Else s'estomperaient, tel un message inscrit sur le sable, avant qu'elle-même ne commence à douter de leur véracité. Voilà ce que je pensais alors.

Je me tenais devant le bastingage avec Olav à mes côtés. Il était devenu suffisamment grand pour que sa tête dépasse presque le garde-corps s'il tendait le cou. Un pêcheur nous a transportés de l'autre côté du Vestfjord. Les sommets de Moskenes s'amenuisaient à l'horizon. Jamais je ne retournerais dans cet endroit.

Sous prétexte d'aller chercher du travail à l'infirmerie de la mine de Sulitjelma, j'ai réussi à passer les postes de contrôle allemands dans le train qui m'emmenait là-bas. Puis un jour, deux skieurs m'ont accompagnée pour passer la frontière depuis Jakobsbakken, près de Sulitjelma.

Ce matin-là, il faisait froid et beau, entre moins cinq et moins dix, des températures idéales pour skier, la neige était bonne. Les passeurs m'ont aidée à hisser le petit traîneau où était allongé Olav jusqu'en haut des premières côtes. Arrivés sur le plateau, ils ont pris congé. J'ai poursuivi vers l'est et traversé les massifs tout en longueur et les surfaces d'eau gelée, monté des versants à pic et redescendu des pentes périlleuses. Je devais avancer coûte que coûte, c'était une question de survie, non seulement la mienne, mais aussi celle d'Olav. Malheureusement, subitement le temps a changé. Il y a eu un redoux et j'ai commencé à m'enfoncer dans la neige tôlée. Je jurais, mon fils dormait comme un bienheureux dans le traîneau, sans se douter que si, d'épuisement, je venais à m'asseoir, jamais je ne me relèverais. Mais j'ai continué à avancer. Il neigeait. Je n'étais pas une bonne skieuse, et je ne connaissais rien de pire que les températures avoisinant le zéro, car non seulement je m'enfonçais dans la neige, mais j'étais aussi toute mouillée, or l'humidité était encore plus redoutable qu'un froid intense. Le vent soufflait et je poursuivais mon chemin. Enfin, les pentes se sont multipliées, les surfaces enneigées ont commencé à se craqueler pour laisser place à des ruisseaux traîtres qui coulaient lentement. L'herbe aplatie tout l'hiver par la neige, telle une mèche de cheveux plaquée sur le côté par la Gomina, se redressait. Nos provisions étaient depuis longtemps épuisées, et j'ai fini par manger la bouillie normalement destinée à Olav. Sans elle, jamais je ne serais arrivée à bon port.

Quelques jours plus tard, je suis entrée péniblement dans un centre d'accueil à la frontière suédoise. On m'a conduite dans le cabinet d'un médecin suédois. Il nous a examinés attentivement, avant de regarder l'acte de naissance et de faire remarquer que mon fils était petit pour son âge. Je lui ai répondu que nous ne mangions pas à notre faim en Norvège. Il a objecté que l'enfant avait un langage peu développé pour un garçon de quatre ans. Les enfants évoluent tous à des rythmes différents, ai-je rétorqué.

Puis le Suédois a tamponné nos papiers. *Olav Falck, né le 27.07.1940.*

C'était maintenant officiel : Olav venait de renaître.

Mais quelle est la vérité ?

Nous sommes le 23 octobre 1940, l'explosion a touché

le bateau à tribord et je ne le trouve pas. Je tambourine à présent contre la porte de la cabine 11, je cogne et donne des coups de tête contre le panneau en bois, mes articulations sont en sang, j'entends les pleurs d'Olav à l'intérieur, mais la porte ne s'ouvre pas. Un homme baraqué tente de m'aider, avant de s'enfuir à toutes jambes pour sauver sa peau. La porte demeure bloquée. Désespérée, je rebrousse chemin et remonte en courant sur le pont-promenade. Les canots de sauvetage sont en train d'être amenés. J'aperçois Wilhelm. L'angle du navire est complètement fou, je me cramponne à un étai pendant que le tableau se dresse vers le ciel bas. Ensemble, nous nous précipitons vers la cabine, l'escalier est une cascade. En bas, l'eau a presque envahi toute la coursive, seules nos têtes dépassent, Wilhelm tente une dernière fois d'enfoncer la porte avec l'épaule, en vain, avant qu'un flot puissant ne l'emporte, jusqu'au bout du couloir, jusqu'au fond de l'océan.

Je tente de le retenir, mais la vague suivante m'entraîne dans la direction opposée, loin de lui, loin de toi, Olav – à travers les coursives et les escaliers, tout devient noir et bleu, avant que je n'entraperçoive une lueur, fende la surface de l'eau en suffoquant et sois hissée à bord du cargo MK *Batnfjord*.

Et pendant soixante-quinze ans, j'ai essayé de te maintenir en vie.

Chapitre 44

Signature devant témoins

Sasha posa avec précaution l'épilogue à côté de l'exemplaire ouvert du *Comte de Monte-Cristo* sur la vieille table de cuisine de Vera. La lumière tombait par les fenêtres, sur le plancher qui s'affaissait légèrement sous vos pas et sur le dos des livres de la bibliothèque.

Elle sortit. C'était une journée chaude, le fjord était étale, un hors-bord rompit le silence. Sasha parcourut les quelques mètres qui séparaient le chalet de l'à-pic. Elle s'arrêta au bord de celui-ci et se pencha vers l'avant. En contrebas, elle aperçut le récif, la baie peu profonde et quelques méduses à crinière de lion qui flottaient, rouges et gélatineuses, à la surface de l'eau. En temps normal, une impression de vertige l'aurait saisie, mais ce jour-là, la hauteur ne lui fit ni chaud ni froid.

Que signifiait cet épiloguc, au juste ? Qu'Olav était en réalité mort dans le naufrage et né à Moskenes au cours de l'été 1941. À ce stade, on ne parlait même plus de faits choquants, c'était carrément le récit personnel que son père se plaisait à raconter qui était entièrement remis en cause, les bains glacés, son audace, celle d'un homme qui avait lutté pour sa survie pratiquement dès sa naissance. Le connaissant comme elle le connaissait, elle savait qu'il en serait brisé, et n'avait-elle pas dit que le mensonge lui-même était pire que sa teneur ? Si. Mais au-delà de ça, était-ce vraiment important ? Son père était peut-être un fils de boche, mais après tout, ce dernier était un soldat allemand d'une rare envergure. Et puis elle n'était pas la première à apprendre à un âge bien avancé que son père attentionné n'était pas celui qu'elle pensait, songea-t-elle, avec une soudaine légèreté. Certes, au vu de la situation, c'était un peu plus compliqué, mais elle pourrait vivre avec.

Elle ne révélerait rien à personne. Ni à son frère, ni à sa sœur, ni à Olav. Ce dernier ne tarderait pas à essayer de la joindre. Qu'est-ce que ça changeait qu'il soit né soixante-quatorze ou soixante-quinze ans auparavant ? Les dernières années de sa vie seraient anéanties par ce qui n'était au fond qu'un détail auquel il serait le seul à attacher de l'importance. Non, elle ne parlerait pas, et quand Sasha décidait de se taire, elle était une vraie tombe. Cette vérité qu'elle-même n'avait cessé de prêcher était secondaire, elle s'en rendait compte à présent.

Mais elle avait mal pour Vera. Elle comprenait sa douleur, car ce qu'elle décrivait était la plus grande peur de tous les parents. Comme ce secret avait dû être terrible à porter, non seulement à cause du trauma lui-même, mais aussi du mensonge qui avait fini par devenir tellement monstrueux qu'il en était devenu ingérable. C'était exactement le genre de choses qui vous minait, vous faisait interner, vous poussait à mettre fin à vos jours.

Jusqu'ici Johnny était resté discrètement en retrait. Il la rejoignit.

« Comment te sens-tu ?

— Mieux que l'on pourrait s'y attendre, je crois.

— Dans ce cas, dis-moi quand tu auras le courage de chercher l'identité du numéro sur la plaque militaire. »

La plaque militaire.

Elle avait complètement disparu dans le ressac de l'histoire qu'ils venaient de lire. Qui était Wilhelm ? Au même instant, un tressaillement parcourut son corps. Qui était… ?

« Johnny. Depuis le début, nous travaillons de concert, il me semble donc évident que nous irons ensemble jusqu'au bout. »

Ils traversèrent la forêt d'un bon pas, la place au bout de l'allée et la pelouse devant le corps de logis et passèrent par l'entrée du rez-de-chaussée. La bibliothèque était ouverte, elle adressa un bref signe de tête à l'employée à l'accueil et referma à clé derrière eux la porte du bureau, alluma l'ordinateur et se connecta à la base de données où étaient archivées les fiches des soldats allemands stationnés en Norvège pendant la guerre. Johnny, debout derrière elle, regardait par-dessus son épaule. Elle tapa les chiffres de la plaque militaire de la Kriegsmarine.

Vous avez un résultat.

La notice était brève :

Hans Otto Brandt : n. 12/05/1916, a servi dans la Kriegsmarine, Hafenkommendo, Abteilung Bergen, supposé mort dans le naufrage du DS Prinsesse Ragnhild *23/10/1940, corps non retrouvé.*

« C'est Wilhelm, dit-elle à Johnny, c'est son vrai nom. »

Il lui manquait encore une information. En tant qu'administratrice de la base de données, Sasha pouvait savoir qui dans le réseau Intranet s'était connecté à cette page. C'est comme ça qu'elle avait attrapé le doctorant Tollefsen quelque temps auparavant. Elle cliqua sur l'historique de la fiche.

Un nom apparut : Siri Jacqueline Greve avait consulté cette notice le lendemain de la mort de Vera.

Elle commençait maintenant à entrevoir les contours de cette affaire. Elle sortit en laissant la porte ouverte, monta l'escalier de la tour à la rosace, traversa le salon et le hall, et fonça jusqu'au bureau de l'avocate dans l'autre aile du bâtiment.

Sasha s'arrêta net, inspira un grand coup et frappa.

« Aurais-tu deux minutes à m'accorder ? demanda-t-elle, d'une voix on ne peut plus calme, curieusement.

— Entre », répondit Siri.

L'avocate consulta sa montre. Johnny était appuyé au chambranle de la porte.

« Je me suis rendue dans le nord de la Norvège, commença Sasha, et j'ai lu le manuscrit de Vera. »

Siri hocha la tête. Soit elle était une bonne actrice, soit elle était naïve.

« Celui-ci a répondu à beaucoup de questions que je me posais, poursuivit Sasha. Pourquoi grand-mère était une femme brisée et pourquoi il était aussi dangereux pour papa que les éléments contenus dans ce livre soient révélés. »

Sasha sortit un paquet de cigarettes et s'en alluma une. Siri la regarda d'un air ahuri. « Par contre, je ne savais toujours pas où se trouvait le testament, ni même s'il existait. Jusqu'à ce que Johnny (elle le montra du pouce derrière elle) trouve la plaque militaire dans l'épave du *Prinsesse Ragnhild*. »

L'expression de Siri Greve se troubla.

« Là, ce fut facile, il suffisait d'inscrire le numéro dans l'outil de recherche, et hop, voilà qu'apparaît la vieille flamme de Vera dans *Le Cimetière de la mer*. Mais ça, tu le sais. Il y avait quatre cent mille Allemands en Norvège pendant l'Occupation. Et entre tous, tu choisis un Brandt dans la Kriegsmarine, Abteilung Bergen. »

— Oui, et alors ? demanda Siri avec un sourire crispé.

— Cela a répondu à la question que je me pose depuis le suicide de Vera et la disparition du testament : devant quels témoins a-t-il été signé ? Il faut deux personnes. L'une d'entre elles n'était autre que Grieg ; Vera en a profité pour lui remettre le manuscrit afin qu'il le publie. Mais qui était la seconde ? Je n'ai pas arrêté de me le demander pendant que je courais après le manuscrit, tandis que le testament passait à l'arrière-plan. Mais comment n'y ai-je pas pensé plus tôt ? C'est évidemment l'avocate de la famille qui gère depuis trois générations les documents juridiques des Falck, les acteurs de l'ombre qu'on ne voit pas et qu'on n'entend pas, mais qui misent sur plusieurs chevaux et connaissent tous les secrets de Rederhaugen. Tout ce temps-là tu nous as menti, Siri, tu es en possession du testament depuis sa signature, le jour où Vera s'est jetée du haut de la falaise.

— Effectivement », répondit Siri Greve posément.

Sasha montra du doigt la porte de l'armoire aux archives d'où l'avocate avait extrait les papiers liés à la mise sous tutelle de Vera lors de sa dernière visite dans ce bureau.

« Et si tu me laissais t'expliquer pourquoi j'ai agi de la sorte ?

— Écoute, Siri. Depuis ce matin, j'ai appris que la personne que mon père croit être est en réalité morte dans un naufrage en 1940 et que grand-mère a gardé cette information secrète pendant soixante-quinze ans. Je crois que je devrais pouvoir aussi encaisser cette vérité.

— Je n'en suis pas si sûre. »

Elle affichait un tel calme que Sasha, pour la première fois depuis le début de leur entretien, sentit l'hésitation la gagner. Mais elle était allée trop loin, faire machine arrière lui paraissait désormais impossible. De nouveau, elle tendit le menton vers l'armoire.

« Je partage tous les secrets de l'entreprise avec Olav, expliqua Siri. Mais je ne voyais absolument pas comment lui transmettre cette information. Vera a en outre été claire : je ne devais rien révéler tant que tu n'avais pas lu son manuscrit. C'était sa façon de s'expliquer. Sur ce, je t'aurai prévenue… »

Elle ouvrit l'armoire et en sortit un document, qu'elle posa devant eux et lut.

TESTAMENT

TESTATRICE :
VERA MARGRETHE LIND 20032034284
« L'À-PIC », REDERHAUGEN, 20.03.2015
[SIGNATURE]

La famille Falck a toujours transmis les biens familiaux et le contrôle des entreprises/fondations en suivant le principe de la « ligne directe ».

La vérité est qu'Olav Falck est le fils du soldat allemand Hans Otto Brandt, supposé mort dans le naufrage du DS *Prinsesse Ragnhild* le 23.10.1940. Pour cette raison, Olav et ses descendants n'ont aucun droit de succession légitime.

En tant que survivant le plus âgé en ligne directe de Thor Falck, Hans Falck est son héritier légitime. Rederhaugen et tous les autres biens de la famille doivent lui être cédés.

Concernant le groupe SAGA, il est mentionné dans le testament de Thor Falck que tous ses biens – les entreprises, les propriétés comme les biens mobiliers – doivent être gérés par un descendant en ligne directe, soit Hans Falck.

Je lègue l'intégralité de mes droits et les éventuels revenus de mes livres à ma petite-fille Alexandra Falck.

Signature des témoins : 2 témoins de plus de 18 ans, qui confirment ne pas être légataires de ce testament, les soussignés

JOHAN GRIEG
[signature]

SIRI JACQUELINE GREVE
[signature]

Chapitre 45

C'est une urgence

Un jour, quand Sasha avait huit ans, ses cheveux s'étaient pris dans le drain d'un jacuzzi. Elle avait plongé la tête sous l'eau et avait soudain senti une force inexplicable la tirer par la racine des cheveux et l'entraîner vers le fond du bassin, elle avait beau se débattre, rien à faire, elle était coincée, elle n'avait plus d'air, son nez et sa bouche étaient remplis d'eau, avant que quelqu'un ne la sorte de là.

C'était Olav.

En lisant le testament dans le bureau de Siri Greve, le sentiment qu'elle avait alors éprouvé lui revint. Non seulement celui de la panique qui l'avait saisie en découvrant qu'elle était coincée, mais aussi le souvenir de ce qu'elle avait ressenti alors que son père et elle étaient assis enlacés au bord du bassin. Tous deux avaient le corps secoué de sanglots. Sasha se rappelait encore avoir enfoui son visage dans sa chemise trempée transparente.

« Tout va bien, mon trésor, avait-il murmuré, tout va bien. »

Son père lui manquait à présent. Il régnait un silence de mort dans la pièce, le vrombissement d'un taille-haie retentit à l'extérieur. Mais cette fois-ci, Olav n'était pas en mesure de la consoler.

Combien de temps était-elle restée ainsi, elle l'ignorait, mais ça lui semblait être une éternité. Elle se leva et alla à la fenêtre. Rederhaugen s'étendait sous ses yeux, aussi magnifique que toujours au printemps, avec ses pelouses d'un vert resplendissant, le fjord scintillant et argenté lorsqu'on approchait des rochers près du ponton du hangar à bateaux. Tout cela leur avait appartenu et d'un coup de crayon, Vera venait de le leur enlever. *La vérité est...* Mais était-ce la vérité ou une vengeance ? Ou les deux ? Oui, c'était probablement ça. C'était la façon qu'une personne contrainte au silence avait trouvé de faire entendre sa voix. Les motifs étaient quoi qu'il en soit secondaires. Car le fait est que sa grand-mère les avait déshérités.

Mais il était hors de question qu'elle laisse une telle chose se produire. Dans sa jeunesse, Sasha redoutait de mourir, d'un cancer ou dans un accident, mais quand elle était elle-même devenue mère, cette peur de la mort avait disparu. Elle l'avait reportée sur ses filles. La peur de perdre ce qu'ils possédaient ne l'avait en revanche jamais quittée.

On disait qu'elle ressemblait à sa grand-mère, mais elle était la fille d'Olav.

À cet instant-là, Sasha sut ce qu'elle devait faire. Ce serait l'acmé de tout ce que son père et Vera lui avaient appris : la réalité n'est pas une chose que l'on documente, l'histoire est celle que l'on écrit.

« Siri, Johnny, dit-elle d'une voix déterminée. Venez ici. »

Ils s'avancèrent vers elle d'un pas hésitant. Le testament était posé sur la table devant eux.

Sasha le leva sous leur yeux. « Qu'en pensez-vous ?

— Dans son manuscrit, Vera parle de la perte d'un enfant, intervint Johnny. Or un enfant vaut plus qu'un million de propriétés ou qu'un conglomérat estimé à un milliard. Ne l'oublie pas. »

Elle ne répondit pas, mais regarda l'avocate. « Siri ?

— Cela peut avoir de longues suites judiciaires.

— Non, déclara Sasha en les regardant tour à tour. Ce testament ne verra jamais la lumière du jour. Je veux que vous me garantissiez que jamais vous ne mentionnerez son existence. Ce qu'il va se passer maintenant n'a jamais eu lieu. Votre silence sera bien sûr récompensé. Si jamais l'un d'entre vous ouvre la bouche à ce sujet, quel que soit le contexte, j'emploierai absolument tout ce qui est en mon pouvoir pour l'en empêcher. Compris ? »

Siri Greve hocha la tête.

« Non, répliqua Johnny. Pour moi, c'est inacceptable.

— Ce testament, tu t'en fiches en réalité, cette histoire ne te concerne pas. C'est le problème de Hans. Toi, ce que tu veux, c'est te venger de papa qui t'a laissé croupir dans une prison au Kurdistan. Je te fournirai les pièces nécessaires. Mais à une seule condition : que tu oublies ce testament. »

Il la regarda de ses yeux verts et secoua la tête. « Cela va à l'encontre de tous mes principes. Je ne peux pas. Notre but était de découvrir la vérité. »

Avant que les autres aient eu le temps de réagir, Sasha alluma un briquet au bas de la feuille. Les flammes s'enroulèrent autour du testament qui se piqueta d'abord de taches de suie, puis s'embrasa. Une pluie de cendres tomba sur le sol du bureau de Siri Greve.

« Tu es comme ton père, constata Johnny froidement. Tu crois que tu peux brûler les documents révélant votre véritable nature. Ça marche un moment. Mais tôt ou tard, la vérité finira par vous rattraper et vous explosera à la figure. Garde bien ça en tête. »

Sans un mot, Sasha sortit et ne s'arrêta qu'une fois sur la pelouse devant le corps de logis, elle était en mode survie. Elle composa un numéro : le 112.

« Bonjour, ici Sasha Falck. J'appelle de Rederhaugen. C'est une urgence.

— C'est-à-dire ?

— C'est à propos d'un certain Johnny Berg. John Omar Berg. Un ancien soldat des unités spéciales, récemment soupçonné d'avoir eu une activité de combattant étranger en Syrie et Irak. Il est ici.

— Êtes-vous en sécurité ?

— Il est sur la propriété. Il est dangereux. Venez vite !

— C'est noté, dit la voix. Restez où vous êtes. »

Peu après, elle entendit les sirènes.

Chapitre 46

Le ciel afghan

Sverre se réveilla quand l'avion entra dans le ciel afghan. Il était de retour dans le paysage de lopins de terre brun sec, le désert, avec les montagnes enneigées au loin. Dans les rangées de sièges autour de lui, les commandos marine barbus dormaient d'un sommeil lourd et réagirent à peine quand l'avion pénétra dans la vallée du Panchir et quand ses roues heurtèrent violemment la piste d'atterrissage de Kaboul.

Il enfila son casque, son gilet pare-balles et porta son paquetage de plomb jusqu'au terminal de l'aéroport militaire. Les membres du commando le traitaient correctement. Avec un léger scepticisme et une certaine réserve peut-être, mais à quoi d'autre pouvait-il s'attendre ? Dès qu'il aurait fait ses preuves, le respect suivrait.

Il sentait déjà l'air lourd de Kaboul, chargé de kérosène et de viande grillée au charbon de bois.

Ils roulèrent en colonne jusqu'au camp. En apparence, peu de choses avaient changé depuis sa dernière mission. La ville défilait sous leurs yeux : les barbelés, les check-points, les maisonnettes, des immeubles dignes de l'Europe de l'Est, des groupes d'hommes en *salwar kameez*, des femmes couvertes de la tête aux pieds suivies d'une flopée d'enfants.

La route jusqu'au camp traversait plusieurs périmètres de sécurité et ils zigzaguaient entre les pieds-de-loup, les blocs de béton, les véhicules blindés et les sacs de sable. Sverre transporta ses affaires dans un petit box sous une tente climatisée. À la cantine, il mangea seul, mais même cet isolement ne parvint pas à entamer sa bonne humeur.

Puis ils se réunirent dans la salle d'opérations.

« Bon retour parmi nous, leur souhaita un capitaine de frégate, le chef des opérations manifestement. Les choses sérieuses commencent dès ce soir. »

Il exposa en détail l'opération imminente. Leur objectif cette nuit-là était d'arrêter un fabricant de bombes en collaboration avec les unités spéciales de la police nationale afghane. Une opération dangereuse, la situation en ville étant comme toujours tendue. Les membres du commando hochèrent la tête, endormis. De toute évidence, pour eux, cette entrée en matière relevait de la routine, mais Sverre était tendu jusqu'au bout des ongles. Cette opération lui donnerait la possibilité de montrer de quel bois il était fait et ce qu'il valait.

Le capitaine de frégate frappa dans ses mains. « Allez, on se prépare. En avant toute ! »

Les pieds des chaises raclèrent le sol quand la troupe se leva comme un seul homme.

Alors que Sverre se dirigeait vers la sortie avec les autres, il entendit une voix dans son dos.

« Falck », l'appela le capitaine de frégate.

Sverre s'immobilisa.

« Tu ne nous accompagnes pas, tu restes ici.

— Pourquoi ? »

Le capitaine, un homme de son âge petit et puissant, au visage rond barbu, poussa un soupir agacé. « C'est moi qui dirige les opérations ici. Si ton père t'envoie pour te forger le caractère, ça n'engage que lui, mais je ne veux pas en faire les frais. »

Ces mots s'abattirent sur lui comme un coup dans les reins.

« Mais…

— Il n'y a pas de mais. J'ai pour responsabilité de répartir les tâches le plus judicieusement possible. Tu es chargé de l'entretien des armes de la section et de vérifier qu'elles fonctionnent. Compris ? »

Sverre demeura sans voix.

« Bien, on t'attend au rapport dans trois heures. »

Sverre tourna les talons et s'engagea entre les containers de la base.

« Au fait ! cria le capitaine de frégate derrière lui. Un avocat qui souhaiterait te parler nous a contactés. Rana quelque chose… Jan Rana. Il a proposé de t'appeler en FaceTime. Je lui dis que tu n'es pas joignable ?

— Non, répondit Sverre après un petit moment de réflexion. Dites-lui que je m'entretiendrai volontiers avec lui. »

*

Dans les semaines qui suivirent, Sasha se consacra entièrement à son rôle de mère et d'épouse. La maison était tenue de main de maître, chaque jour elle préparait les repas de A à Z, accompagnait les filles dans toutes leurs activités extrascolaires, et un week-end, par un temps radieux, elle et Mads purent enfin partir de la gare de Finse et randonner jusqu'au glacier du Hardangerjøkulen.

Un soir de mai, juste avant la fête nationale, elle abandonna néanmoins sa famille et remonta l'allée du corps de logis. Il faisait chaud. Sasha n'avait pas vraiment reparlé à son père depuis sa virée dans le Nord et la scène dans le bureau de Siri Greve, mais ils étaient convenus de dîner ensemble ce jour-là, dans le salon à cheminée au premier étage.

Olav était déjà là quand elle arriva. La mort de sa mère l'avait vieilli, sa silhouette s'était voûtée et il avait le teint pâle.

« Alexandra. » Il l'étreignit. « Tu as bonne mine. Tu as demandé à Andrea de nous préparer à manger ? »

Sasha avait donné à sa petite sœur la consigne stricte de préparer le repas bien en amont, la dernière chose qu'elle souhaitait étant d'avoir Andrea qui rôdait dans les parages lors de la discussion qui allait suivre.

Elle descendit chercher un plat de sushis et de sashimi dans le réfrigérateur du bas. « Tu as eu des nouvelles de Sverre dernièrement ? demanda-t-elle en remontant. Il m'a dit qu'ils partaient pour une longue mission et qu'il ne serait pas joignable.

— Non, ça fait un moment que je n'en ai pas eu. Je crois qu'il est en colère contre moi. Mais pas de nouvelles, bonnes nouvelles, comme on dit. Et sinon, tu es prête pour le SAGA Arctic Challenge ? Tu parleras de maman ?

— Oui, c'est justement à ce propos que je voulais te voir, répondit Sasha entre deux bouchées de poisson.

— Pour ma part, j'ai l'intention d'évoquer papa et le début des mouvements de résistance sur la côte en 1940. »

La tête penchée sur le côté, Sasha lui lança un long regard scrutateur : « Tu n'en feras rien, finit-elle par déclarer.

— Tiens donc, répondit son père, presque égayé par la dureté de son ton. Je croyais que nous défendions la liberté d'expression et la sincérité dans la famille ! »

Sasha le fixa d'un air pensif. « J'ai lu le manuscrit de grand-mère. Attends, laisse-moi terminer. Vera avait raison, le bateau n'a pas sauté sur une mine, nous en avons la preuve, et c'est attesté par des photos, prises avec l'appareil de l'Exosuit de Rafaelsen. Quant à l'affirmation selon laquelle le Grand Thor aurait collaboré avec les Allemands, la correspondance qui pourrait l'attester a disparu des archives de la DHS à Bergen. Mais dans *Le Cimetière de la mer*, grand-mère relate une discussion qu'elle a eue, ici, à Rederhaugen, au printemps 1970, pendant qu'elle écrivait le manuscrit. Une discussion avec toi qui explique pourquoi, durant les quarante-cinq années qui ont suivi, vos relations ont été aussi difficiles. »

Olav garda le silence.

« Bien sûr, ajouta Sasha, tu peux tirer sur le messager. Tu peux accuser ta défunte mère de mensonge ou m'accuser moi de conspirer contre toi. »

Elle souriait à présent.

« Mais tu ne le feras pas. Car tout au fond de toi, papa, tu sais que les temps ont changé. SAGA conservera toutes les activités où nous sommes performants, mais nous avons besoin désormais de jouer franc jeu. Je propose, par conséquent, que tu te retires et que je reprenne les rênes en tant que P-DG du groupe SAGA et présidente de la fondation. Je ne vois pas de meilleure occasion pour annoncer ce changement de direction que le SAGA Arctic Challenge. »

Le dernier rayon de soleil de cette soirée claire illuminait le visage de son père d'un seul côté. Il garda le silence un long moment, puis un sourire imperceptible apparut au coin de ses lèvres.

« Tu me vires, Alexandra ? »

Il lui souriait, Sasha lui retourna son sourire. « Effectivement, papa.

— Dans ce cas, déclara Olav calmement, préviens chez toi que tu risques de rentrer tard. Nous avons beaucoup de choses à discuter. »

Chapitre 47

Des bêtises, j'en ai fait plein

Sa cellule était d'un tout autre standing que lors de son précédent séjour en prison, mais durant les premiers jours, le moral de Johnny Berg avait touché le fond, il ne se souvenait pas être jamais descendu aussi bas. La nuit, il dormait à peine, le jour, il était incapable d'avaler quoi que ce soit. Il essayait de visualiser sa fille, mais son visage se délitait, telle une photographie dévorée par les flammes.

L'audience avait été une formalité. Il avait été mis en examen pour profanation d'un lieu de sépulture, en l'occurrence un cimetière de bateaux, lequel était soumis à l'article 14 de la loi relative aux Monuments culturels et – plus grave – pour effraction et violation de l'article 184 du Code pénal et de la loi sur la sécurité intérieure. Le fait qu'il ait été précédemment soupçonné d'être un combattant étranger avait bien évidemment été considéré comme une circonstance aggravante, et la justice n'avait vu d'autre possibilité que de le placer en détention provisoire.

Mais surtout, il se sentait trahi par Sasha. Elle avait travaillé, flirté et couché avec lui pour ensuite se blottir dans ses bras. Sauf qu'au final, elle avait choisi son camp : celui de la famille, de la version officielle. Une version officielle écrite par SAGA. Non par méchanceté, car elle avait ses raisons, le pouvoir pour elle était fondamentalement juste. Ce pouvoir l'avait toujours bien traitée. On ne l'avait jamais arrêtée à la douane ou prise pour une djihadiste. Elle n'avait jamais été une étrangère.

Ou peut-être ses motivations demeuraient hors de sa portée. Dans le bureau de Siri Greve, Sasha lui avait donné l'impression d'être animée par des forces qui avaient la même puissance, et lui étaient aussi étrangères et incompréhensibles, qu'un crime d'honneur. La famille et les racines avaient cet effet sur lui : en théorie, il était capable de comprendre les ressorts incroyables qu'elles pouvaient avoir, mais au fond de lui, vu qu'il n'avait jamais eu de famille, ces concepts lui échappaient.

Johnny était allongé sur son lit. Il entendit du bruit derrière la porte.

« Alors, Berg, comment on se sent aujourd'hui ? » demanda le gardien d'un ton viril, ses poings et ses bras de bûcheron nonchalamment posés sur les hanches.

Sa question resta sans réponse.

« Bien, bien, soupira-t-il. Je suis juste venu vous dire que vous aviez de la visite. »

Quand dix minutes plus tard il entra dans le parloir, son avocat Jan I. Rana et HK l'y attendaient.

« Johnny ! s'exclama son ancien formateur en l'étreignant. Je dois te transmettre le bonjour de Hans et te remercier pour ton travail. Il commence à douter de l'intérêt de publier cette biographie, mais il te paiera quand même. »

Johnny ne broncha pas.

« Désolé de ne pas avoir pu être présent à l'audience, s'excusa Rana, tu comprends, le vieux a mis les voiles.

Non, t'inquiète, il était malade depuis de nombreuses années. Le problème c'est qu'il était retourné au Pendjab, où il vivait aux crochets de la sécu norvégienne. »

Il rit tout seul. « À sa mort, j'ai dû me rendre là-bas pour régler quelques questions. Et c'est tombé pile au moment de l'audience. Mais ne baisse pas la tête, Johnny, car cette audience est un scandale, un vrai foutage de gueule. On ne peut pas dire qu'on m'ait refilé la défense d'OJ Simpson. Mais écoute-moi bien.

— Tu m'as leurré, déclara Johnny en fixant HK d'un regard dur. En me donnant ce document de 1970, tu savais que je mordrais à l'hameçon.

— Non, répondit HK. Bien au contraire.

— Ton cas est un cas d'école ! intervint Jan I. Rana. Car, même si un avocat de troisième division ne le sait pas forcément, un lanceur d'alerte signalant des actes condamnables au sein des services secrets a droit à une protection juridique, la Cour suprême est très claire sur ce point. Surtout quand les faits signalés remontent à cinquante ans en arrière et ne menacent en rien la sécurité du royaume. Et la profanation de sépulture ? C'est une blague. »

Johnny secoua la tête. « C'est fini. Je purge ma peine et je repars de zéro.

— Bien, l'approuva HK, là nous sommes d'accord. Rana ? »

L'avocat sortit une tablette de sa sacoche et la plaça sur la table devant eux.

« Puisque l'accès à Internet est interdit entre ces murs, expliqua-t-il, j'ai apporté un fichier auquel tu devrais jeter un œil. »

Il introduisit une clé USB sur le côté de la tablette, tapa le code sur l'écran et cliqua sur un dossier.

La vidéo avait été filmée dans une tente verte

comme celles utilisées en Afghanistan. À l'image : Sverre Falck, en treillis couleur sable, avec la plaque militaire pendant autour de son cou.

Johnny entendit une voix.

« Sverre Falck ? Ici Jan I. Rana, vous m'entendez ?

— Parfaitement.

— Bien. Le but de cette conversation n'est pas d'entreprendre quoi que ce soit qui ait une valeur juridique. C'est un premier entretien afin de poser les bases d'une future déposition susceptible d'étayer le dossier de mon client par la suite. Vous comprenez ?

— C'est compris.

— Où étiez-vous le 6 septembre 2014 ?

— J'étais à Erbil, la capitale du Kurdistan autonome en Irak.

— Ça fait plus d'un an, comment pouvez-vous en être aussi sûr ?

— J'ai une excellente mémoire des dates. Et c'était la première fois que j'allais au Kurdistan. Je suis donc sûr de ce que j'affirme. Par ailleurs, des billets d'avion et des mouvements de carte bancaire pourront confirmer mes dires.

— Pourquoi étiez-vous là-bas ?

— Je devais transférer une somme d'argent à une unité kurde sur le front et rencontrer mon contact sur place. On parle d'une somme conséquente. Vingt mille dollars, si je me souviens bien. Une première moitié comme avance, et la seconde une fois la mission accomplie.

— Attendez un peu, je voudrais revenir sur plusieurs points. Qui était votre contact sur place ?

— Un soldat du nom de Miraz Barzani, mais plus connu sous l'identité de Mike, ou NorwegianSNIPER. Je savais qui il était, nous étions ensemble dans la section des tireurs d'élite. Je l'ai contacté via un faux compte Instagram.

— De quel genre de mission parle-t-on ?

— Ça, on ne me l'a jamais dit. J'avais une enveloppe scellée que je devais remettre à Mike, mais il me semblait évident que c'était pour soutenir les Kurdes contre Daesh.

— Qui vous a donné l'argent et l'enveloppe avant votre départ ?

— Une personne du nom de Martens Magnus, mais plus communément appelée MM.

— Et pourquoi ce MM vous a-t-il confié une telle mission ?

— Parce que MM est un ami de la famille, du moins de mon père.

— Et tout cela, vous êtes prêt à le raconter sous serment si nécessaire ?

— Oui. » Le regard de Sverre Falck vacilla légèrement. « Absolument. »

Rana arrêta la vidéo et se tourna vers Johnny. « Sverre Falck est prêt à témoigner contre son père. On constitue un dossier. Par contre, pour que nous puissions avancer, il faut que tu nous dises en quoi consistait cette mission au Kurdistan. »

Johnny passa ses mains sur son visage, se pencha en arrière sur sa chaise et ferma les yeux.

« Je vais faire court, nous reprendrons les détails plus tard, commença-t-il. La cible de cette mission était le djihadiste norvégien Abu Fellah, lié à la section de l'EI spécialisée dans les "opérations extérieures". Cet Abu Fellah avait menacé la Norvège et vivait dans un petit village non loin de la ligne de front nord-irakienne. Nous avons étudié les cartes et les images satellite, le contact a été établi avec le soldat des forces spéciales américaines, volontaire dans les milices assyriennes, qui devait m'accompagner.

« Le voyage jusqu'au Kurdistan s'est déroulé sans problème, poursuivit Johnny. J'ai atterri, je suis allé chercher l'argent à la banque, j'ai rencontré l'Américain qui m'a remis l'arme que je devais utiliser. Pour résumer : une nuit, nous avons passé la ligne de front. Elle fait entre cinq cents mètres et un kilomètre de large, c'est une zone envahie par les herbes hautes. Fellah habitait dans une maison en béton d'un étage, protégée par un portail en fer, avec une guérite à côté, gardée par un vieil Irakien. Pendant que l'Américain l'attachait, je suis entré dans la maison. Il y avait un chien à l'intérieur et j'ai dû sacrifier une balle pour l'abattre. J'ai monté l'escalier. Dans la chambre, Fellah avait dû être réveillé par le tir, malgré le silencieux, car quand j'ai ouvert la porte, il s'est dirigé vers moi. J'ai tiré deux coups, un dans la poitrine et l'autre dans le front. Sa femme poussait des cris hystériques. Je me suis esquivé et là… »

Johnny observa un silence et baissa les yeux. « Il y avait deux enfants, un garçon et une fille, ils se tenaient par la main dans le clair de lune. Ils avaient sans doute été réveillés par les bruits, eux aussi. Ils me regardaient, complètement pétrifiés, comme deux zombies. Je suis passé devant eux en courant, j'ai descendu l'escalier et je me suis précipité dehors où m'attendait l'Américain, nous avons déguerpi, mais le village était désormais réveillé, et au moment où on atteignait le no man's land, il a été abattu. J'ai réussi à échapper aux tirs, mais j'ai été capturé, non par l'EI, mais par les Kurdes, qui ont cru que j'étais un djihadiste. »

C'est sur ces mots que se termina le récit de Johnny.

« Pour qu'il n'y ait pas d'ambiguïtés, reprit Jan I. Rana, ce que tu viens de nous raconter, c'est bien la mission que Magnus t'a demandé d'exécuter ?

— Oui, confirma Johnny. Éliminer Abu Fellah avant qu'il ne réussisse à porter atteinte à la Norvège. Ce sont les mots qu'il a employés.

— Lors des opérations auxquelles tu as participé, tu étais soumis au secret de la défense nationale, poursuivit Rana sur un ton inquisiteur. Es-tu prêt à violer le secret professionnel et à répéter toute cette histoire devant la cour ?

— Pour moi, on ne parle pas ici de violer le secret professionnel, répondit Johnny. Il s'agit d'avouer un crime. Je ne crois pas que Magnus, et quelles que soient la ou les personnes qu'il représente, ait agi au nom de l'armée, et si jamais c'était le cas, je ne veux pas travailler pour un pays pareil. »

Johnny regarda en direction de HK. « Comme mon mentor disait toujours : ce n'est pas le pays en soi que je défends. C'est la Constitution. Et ceux qui violent la Constitution sous prétexte de protéger le pays ne méritent pas d'être défendus.

— Excellent, c'est vraiment parfait, dit Jan I. Rana satisfait. Je me régale d'avance. »

Johnny regarda autour de lui dans le parloir et fixa HK, qui se balançait silencieusement sur sa chaise. « Tu m'as promis de m'aider, lui fit remarquer Johnny. Je ne me souviens presque plus de ce à quoi ressemble ma fille.

— Ah oui, c'est vrai, il y avait ça aussi. »

HK se leva et se dirigea vers la porte.

Rebecca pénétra dans la pièce, les salua, sur la réserve. Par la main, elle tenait une petite fille. Ingrid était devenue une fillette de six ans aux longues jambes, avec deux tresses serrées qui tombaient sur ses épaules. Johnny s'avança vers elle et la souleva, s'imprégna de son odeur, avant de la reposer par terre.

« Maman dit qu'on va en prison quand on fait des bêtises, déclara-t-elle en le regardant avec curiosité.

— C'est vrai, répondit Johnny.

— Tu as fait des bêtises ?

— J'en ai fait plein. »

ÉPILOGUE

L'express côtier était un navire hybride si moderne qu'il ne faisait pas encore partie de la flotte de la ligne régulière. Située à l'avant du bateau, sous la passerelle de commandement, la suite Explorer au style scandinave minimaliste, design, offrait une palette de coloris délicats et froids, allant du beige au marron. Un canapé trois places en laine grise et des fauteuils derrière les baies vitrées panoramiques donnaient sur la proue.

Sasha se tenait devant le miroir de la salle de bains spacieuse.

« Qu'est-ce que tu en penses, Mads ?

— Sasha, le vert n'est pas ta couleur. »

Elle jeta la veste sur une chaise.

« Opte pour le tweed, poursuivit son mari, c'est intemporel et élégant. Ce sont tes paroles qui doivent faire impression, pas ton blazer. »

Un Mads d'humeur joueuse se glissa derrière elle, passa les bras autour de sa taille et l'embrassa dans le cou.

Sasha ferma les yeux avec un sourire satisfait.

« Tu sais que j'ai été inquiet pour toi, pour nous. Après la mort de Vera. Vraiment. Pour la première fois. »

Elle croisa son regard dans le miroir. « Le problème n'a jamais été toi, Mads. Le problème, c'était moi. »

Il l'embrassa dans les cheveux.

« J'ai besoin de deux minutes seule, chéri. C'est un grand jour, tu sais. »

C'est Olav qui avait décidé que, cette fois-ci, la « cabine de l'armateur » reviendrait à Sasha et sa famille. Il lui avait fait un clin d'œil en annonçant cela, la *private joke* d'un patriarche dont la famille descendait d'une longue lignée d'armateurs, mais la légèreté qui avait habité Sasha ces dernières semaines s'était comme envolée. Subitement, elle était de retour dans le passé, en 1940. Non, elle était de retour dans les temps qui avaient suivi la mort de Vera, quand tout était susceptible de basculer, avant que le monde ne retrouve son équilibre. Un nouvel équilibre.

On frappa. Sasha ouvrit la porte. Siri Greve et son père se tenaient devant elle.

« Siri, tu peux nous laisser quelques minutes, s'il te plaît ? »

L'avocate hocha poliment la tête et disparut. Elle avait bien sûr été muette comme une carpe depuis ce jour où le testament avait été brûlé dans son bureau.

Il pénétra dans la suite : ses cheveux raides et gris, ses yeux enfoncés au regard intense, la coupe courte qui faisait ressortir ses oreilles, les rides qui partaient de chaque côté des ailes de son nez et formaient comme une parenthèse autour de sa bouche. Mais sa tenue – une chemise en lin aux manches retroussées, un jean et des mocassins – était plus décontractée que d'ordinaire. Il se dirigea droit sur le mini bar et en sortit une bière.

« Tu n'en veux peut-être pas ?

— Depuis quand tu commences à boire dès le matin ? »

Olav lui adressa un large sourire. « Je suis à la

retraite, Alexandra. J'ai déjà l'impression d'avoir rajeuni de dix ans. »

Olav but une gorgée de bière. « J'aurais dû raccrocher depuis longtemps, c'est ma meilleure décision de tous les temps. Échapper aux formules de politesse ridicules avec le gratin international qui ne sait plus sur quel continent il se trouve. Fini les intrigues, fini les membres du conseil d'administration pas contents, fini les prises de bec avec les patrons, les hommes d'affaires ou les Prix Nobel qui n'arrêtent pas de se plaindre.

— Merci pour ces encouragements, rétorqua Sasha.

— Cela dit : ce soixante-quinzième anniversaire du naufrage est important. Enfin, nous allons nous délester des fantômes de l'express côtier. »

*

C'était une magnifique journée de la mi-juin. La Norvège connaissait une vague de chaleur, qui leur était arrivée de Sibérie. Le soleil brillait jour et nuit, l'événement avait attiré les curieux, leurs petites embarcations entouraient le navire, les pygargues à queue blanche tournaient au-dessus d'eux. À l'horizon Sasha distinguait les contours du Lofotveggen, enveloppé de brume. L'express côtier avait quitté Bodø le matin même. Il accueillait le « SAGA Arctic Challenge », un congrès consacré aux questions géopolitiques, aux changements climatiques et autres urgences de l'époque sur la calotte nordique. Il durerait deux jours pendant lesquels ils traverseraient l'archipel des Lofoten et des Vesterålen avant de terminer leur voyage à Tromsø.

Le navire ralentit l'allure. La corne de brune retentit trois fois. Olav s'avança jusqu'au garde-fou et lança une couronne de fleurs par-dessus bord. « Par ce geste, je tiens à rendre hommage aux renoncements de notre famille et au cimetière qu'est devenu le *Prinsesse Ragnhild*. À tous ceux que la mer a emportés, paix à leur âme, déclara-t-il. Chers amis, j'ai plusieurs nouvelles à vous annoncer. »

Comme d'habitude quand il s'exprimait en public, il y eut un léger moment de flottement au début de son allocution, comme s'il lui fallait quelques secondes pour trouver sa vitesse de croisière.

« Ainsi que certains d'entre vous le savent, c'est un endroit à forte charge symbolique pour notre famille. C'est ici qu'en 1940, mon père a péri en mer, un naufrage qui a aiguillé notre famille dans d'autres directions. C'est pourquoi c'est aussi l'endroit parfait, me semble-t-il, pour vous informer qu'à partir d'aujourd'hui, un nouveau chapitre s'ouvre dans l'histoire de SAGA. J'ai en effet le plaisir de vous annoncer que je me retire et l'honneur de donner la parole à sa nouvelle P-DG et présidente, Alexandra Falck. »

Une pluie de flashs et un tonnerre d'applaudissements l'accueillirent quand elle monta sur l'estrade. Elle sentit l'adrénaline affluer dans son corps. Elle prit la parole :

« Mon mantra en tant que responsable de SAGA est : Qui sommes-nous ? Que sommes-nous en tant que nation et individus ? Peu d'endroits incarnent aussi bien l'identité norvégienne que cette côte et le magnifique archipel des Lofoten et Vesterålen, tout comme aucun endroit n'a marqué aussi fortement ma famille que celui-ci. Ce cimetière de la mer. C'est ici que mon grand-père Thor Falck a péri ; c'est ici que Knut Indergård, le capitaine héroïque du *Batnfjord*, et son équipage exécutèrent un des plus grands actes de bravoure de la guerre en sauvant des flots glacés des centaines de personnes. L'un de ces rescapés est mon père, Olav. S'il te plaît, viens ici ! » intima Sasha en faisant signe à son père de la rejoindre.

Il tenta d'un geste peu convaincu de refuser mais le public siffla et martela le sol des pieds, il remonta donc sur scène sous un nouveau tonnerre d'applaudissements et agita la main.

« Heureusement que tu as survécu au naufrage, déclara-t-elle gravement en s'adressant à son père. Depuis que tu as fondé SAGA, tu t'es attaché constamment à raconter l'histoire de notre pays afin de défendre des valeurs qui nous sont chères – telles que la lutte contre les extrêmismes, le respect de la liberté et de la démocratie. L'avenir est, comme je l'ai dit, difficile à prédire. Mais crois-moi, cher Olav, c'est une tâche que j'ai bien l'intention de poursuivre. Nous lutterons contre les ennemis de la démocratie et de la liberté par tous les moyens à notre disposition. Car ces valeurs dépassent toutes les autres : en effet, si nous perdons notre liberté, nous perdrons tout le reste. Je consacrerai ma vie à continuer à me battre pour ce en quoi tu crois. »

Il lui sembla voir une larme apparaître au coin des yeux de son père.

« Je ne sais pas ce que je peux donner à un homme qui a tout, et qui a tant vécu, ajouta-t-elle. Même si je crois avoir ma petite idée. Tiens, papa, voici un cxcmplaire relié en cuir du manuscrit de ta mère, *Le Cimetière de la mer* ! »

De nouveau, une pluie de flashs et un tonnerre d'applaudissements s'abattirent sur eux quand elle lui tendit l'exemplaire relié. Sans l'épilogue.

*

Le discours de Sasha fut suivi d'une réception sur le pont-promenade. Hans Falck tentait de se frayer un passage parmi les personnalités qui buvaient du champagne et colportaient des ragots. Il n'y avait pas plus hypocrites que ces individus qui, pour des honoraires de plusieurs millions, voyageaient aux quatre coins du monde dans leur jet privé ou en première classe, des moralistes qui accusaient les citoyens lambda de détruire la planète en roulant au diesel et en faisant des barbecues dans leur jardin. Où qu'il aille, il croisait des gens comme eux. Jeffrey Sachs, Tom Friedman, Sheryl Sandberg, Steven Pinker… Quelque chose dans ce congrès sonnait faux. Il l'avait encore plus fortement ressenti lors de la conférence que lui-même avait donnée, sur le courage de ces femmes kurdes qui combattaient l'EI. Les discours prononcés sur ce navire ne correspondaient pas à la réalité, la vraie, mais à celle telle que certains la souhaiteraient.

Ils avaient traversé le fjord et s'étaient engagés dans l'étroit chenal de Raftsund aux Lofoten. Hans se pencha au-dessus du bastingage. Le bateau faisait un lent demi-tour à bâbord. Les dignitaires étaient sortis sur le pont pour admirer la vue grandiose, les montagnes qui tombaient à pic dans les bras du fjord.

À côté de lui, une quadragénaire athlétique et élégante s'appuya au garde-corps.

« Siri Greve, quel plaisir de vous voir ici ! s'exclama Hans.

— Vous avez un moment ?

— Les générations passent, et vous tenez bon la rampe. La ténacité de la famille Greve m'a toujours impressionné.

— Je vous conseille de m'écouter attentivement »,

l'interrompit Siri Greve. De toute évidence, elle n'était pas là pour parler de la pluie et du beau temps.

« Pourquoi donc ?

— À cause de cela. » Très discrètement, elle sortit une enveloppe de la poche de sa veste. « Le testament de Vera Lind, j'en suis un des deux témoins. Le second, l'éditeur Johan Grieg, est mort il y a quelques mois. J'ai vu de mes propres yeux Sasha Falck le brûler. Je refuse de continuer à couvrir les activités de la famille Falck. Sasha s'est montrée encore plus impitoyable que son père. En voici une copie. »

L'embouchure du Trollfjord s'étendait devant eux, bordée de part et d'autre de montagnes qui formaient comme un V, avec en arrière-plan des pics enneigés. La coque fendait la surface de l'eau, le soleil de minuit brillait sur les sommets.

Hans quitta le pont et remonta les coursives, jusqu'à sa cabine.

Il jeta la veste de son costume sur la couchette. Intuitivement, il savait que cette nouvelle allait changer le cours de sa vie, comme cet hiver de 1970 en compagnie de Vera à Hordnes, ou cette affreuse nuit de septembre à Beyrouth en 1982. Oui, celle-là même. Hans ouvrit une vieille photo sur son téléphone, il l'avait conservée et fait scanner, la seule qu'il avait d'eux. Il se tenait fièrement appuyé à un vieux lit d'hôpital. Dans ce lit, Mouna Khouri avait l'air épuisé et heureux des femmes qui viennent d'accoucher. Un nouveau-né était allongé sur son ventre. Le premier enfant de Hans. Il s'appellera Yahya, avait murmuré sa mère. La version arabe de Jean-Baptiste, ou John en anglais.

Arbre généalogique

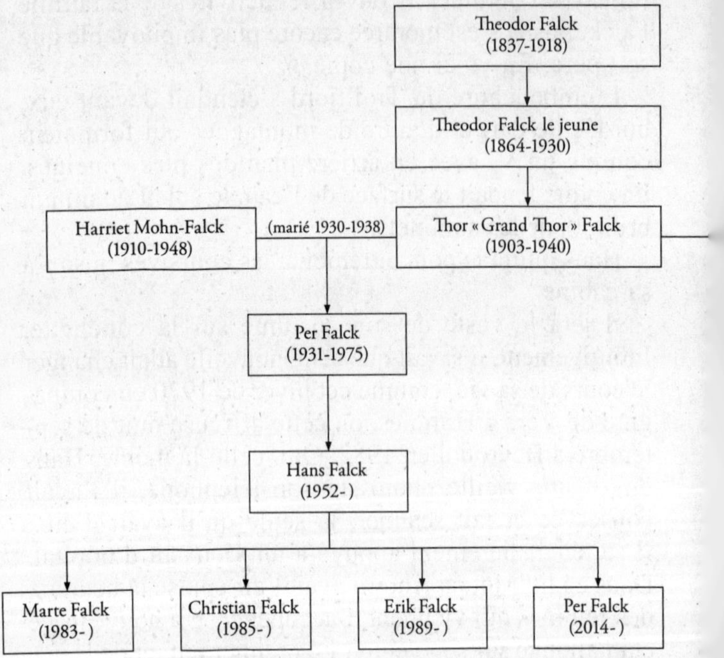

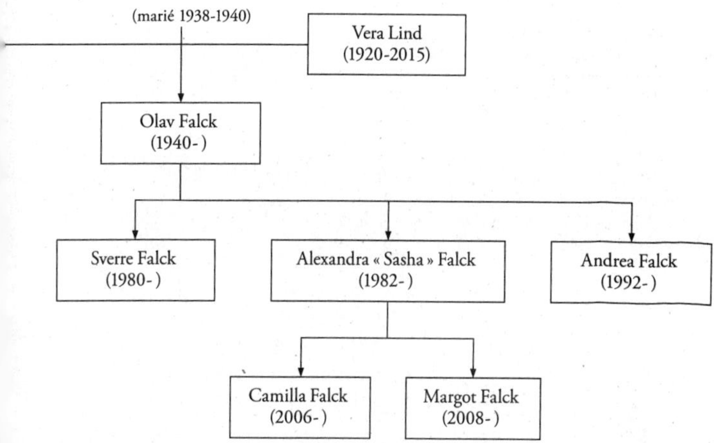
(marié 1938-1940)
Vera Lind
(1920-2015)
Olav Falck
(1940-)
Sverre Falck
(1980-)
Alexandra « Sasha » Falck
(1982-)
Andrea Falck
(1992-)
Camilla Falck
(2006-)
Margot Falck
(2008-)

REMERCIEMENTS

Même s'il s'agit d'un roman, beaucoup de personnes méritent d'être remerciées pour m'avoir aidé sur le chemin de la vérité. C'est le journaliste Christian Lyder Marstrander qui, par hasard, m'a mis sur la voie du destin du DS *Prinsesse Ragnhild* en consacrant à ce dernier un épisode de sa série « Les naufrages norvégiens », diffusée sur la radio NRK à l'automne 2017 – et dont on peut toujours écouter le podcast sur le site Internet de la station.

Lors de ce travail autour du naufrage, grâce à Rune Thomas Ege, le chargé de communication de l'express côtier, j'ai pu rencontrer Lina Vibe et Sten Magne Engen du musée de l'Express côtier à Stokmarknes, qui m'ont offert une visite privée des lieux et m'ont permis de consulter les anciens plans et horaires du *Prinsesse Ragnhild*. Sans ces documents, le travail de reconstitution des journées ayant précédé le naufrage aurait été nettement plus ardu, et j'espère que l'on me pardonnera d'avoir fait commencer le dernier voyage du *Prinsesse Ragnhild* à Bergen, et non à Trondheim, comme ce fut le cas en réalité. J'ai néanmoins tenté autant que possible de respecter les escales et les horaires de ce navire en octobre 1940.

Un immense merci aussi à Jørgen Strand de la Société historique de la navigation norvégienne du Nordmøre, qui a retrouvé les témoignages du capitaine Knut Indergård et m'a laissé les utiliser. La meilleure introduction au naufrage se trouve dans le *Recueil de textes sur le naufrage du* Prinsesse Ragnhild *du 23 octobre 1940* (sous la direction d'Åge Johansen). Conservé à la Bibliothèque nationale, il contient entre autres documents le procès-verbal maritime du tribunal d'instance de Salten.

C'est l'historien des religions Terje Emberland, du Centre d'études de l'Holocauste et des minorités religieuses, qui m'a conseillé de m'intéresser de plus près à la question trop souvent oubliée de la Résistance au sein des forces armées allemandes pendant la guerre. J'ai aussi discuté de ce sujet avec l'historien Bjørn Tore Rosendahl de la Fondation Arkivet à Kristiansand, où les deux Allemands furent emprisonnés avant leur exécution. Affirmer que j'ai creusé le sujet à fond serait néanmoins exagérer, mais tout comme dans le roman, il y a peut-être là matière à de futurs travaux universitaires.

Concernant les questions d'ordre plus général sur l'express côtier et la navigation pendant la guerre, je remercie Per Kristian Sebak du Musée maritime de Bergen, l'écrivain Asgeir Ueland et avant tout Pål Espolin Johnsen, qui écrit depuis longtemps sur l'express côtier et à qui l'on doit le désormais classique *L'Express côtier* (*Hurtigruta*, Cappelen, 1978). Un grand merci à lui d'avoir répondu avec patience à mes questions sur les bateaux et la culture de la côte. Je me suis aussi fortement appuyé sur *Une ligne de vie et une aventure : l'histoire de l'express côtier* (*Livslinje og eventyrreise : Historien om*

Hurtigruten (Bedoni 2017) de Dag Bakka jr., *Sur toutes les mers, par tous les temps : les 125 ans de la compagnie Nordenfjeldske* (*I storm og stille på alle hav : Nordenfjeldske 125 år* (F. Beyer, 1982) de Leif B. Lillegård, et *L'Express côtier : un voyage littéraire* (*Hurtigruta : En litterær reise* d'Øystein Rottem (Press, 2002), ce dernier étant l'un des rares écrivains norvégiens à avoir essayé de donner à la culture du littoral la place que, selon moi, elle mérite dans la littérature norvégienne.

Concernant la côte norvégienne, j'ai été naturellement très inspiré par *L'Art de pêcher un requin géant à bord d'un canot pneumatique sur une vaste mer au fil des quatre saisons* (Gallimard, 2018) de Morten A. Strøksnes. Avant et pendant mes différents voyages aux Lofoten, j'ai aussi longuement discuté avec William Hakvaag du Musée mémorial de la guerre des Lofoten à Svolvær et avec l'historienne Gro Røde, auteure de *Dans une montagne que j'appelle mienne* (*På et berg eg kalla mett* (Orkana, 1994), un livre incroyablement fort et fascinant sur l'abandon des villages de pêcheurs de la côte ouest des Lofoten, celle tournée vers l'Atlantique et particulièrement exposée aux éléments.

*

Le récit au présent m'a demandé moins de recherches. Merci à Mohammed Usman Rana, Matias l'Abée-Lund, Adele Matheson Mestad, Onger Zadig, Kim Heger et Lasse Gallefoss pour leurs réponses à mes grandes et petites interrogations. La directrice du Centre d'études de l'Holocauste et des minorités religieuses m'a fait l'honneur d'une visite privée de la Villa Grande, un domaine qui n'est peut-être pas sans présenter quelques traits communs avec Rederhaugen.

Je n'aurais probablement pas pu écrire les chapitres sur le Kurdistan sans m'être moi-même rendu sur place. Je remercie chaleureusement Mike Peshmerganor (pseudonyme), dont j'ai édité le livre *Mon combat contre le califat* (Kagge, 2017) il y a quelques années. Mike a relu les chapitres qui lui sont consacrés et accepté que je fasse de lui un personnage de fiction dans les cabales que j'ai imaginées. Mes amis des forces spéciales et du renseignement demeureront anonymes.

Je remercie ma maison d'édition, Aschehoug forlag, et mes éditeurs Nora Campbell et Marius Fossøy Mohaugen pour leur rôle décisif, leur immense investissement et une foi inébranlable dans ce projet lorsque j'ai moi-même pu être tenté de jeter l'éponge. Merci également à Benedicte Treider, Trygve Åslund et Sarah Natasha Melbye pour leur relecture et leurs remarques constructives. Quant à Anne-Laure Albessard, elle ne lit peut-être pas le norvégien, mais intuitivement, elle comprend comment une histoire doit être construite. Et enfin, quelle chance ont les écrivains qui, comme moi, ont pour interlocuteur un homme tel que le scénariste Petter Skavlan qui, fort de son expérience, est capable de vous aider, presque au débotté, à résoudre les problèmes posés par l'intrigue. Je dois à sa créativité de nombreuses idées dans ce livre. Je dois aussi une fière chandelle à ma collègue Ruth Lillegraven, auteure de romans policiers dont je suis l'éditeur. Les rôles ont été ici inversés, et sans ses relectures, sa sensibilité et son attention à la langue, j'aurais eu bien du mal à mener ce projet à bien.

Quant au contenu, j'en suis le seul et unique responsable.

Aslak Nore
Marseille, août 2021

TABLE DES MATIÈRES

LE CIMETIÈRE DE LA MER de Vera Lind

TROISIÈME PARTIE – LES LIAISONS DANGEREUSES